テレサ・ベイン 著
Theresa Bane

桐谷知未、庭田よう子 訳

神話・伝説・伝承
世界の
魔法道具
大事典

Encyclopedia
of
Mythological Objects

原書房

神話・伝説・伝承
世界の魔法道具大事典

フランク・J・メリアムに。
生涯の友情に、ありがとう。

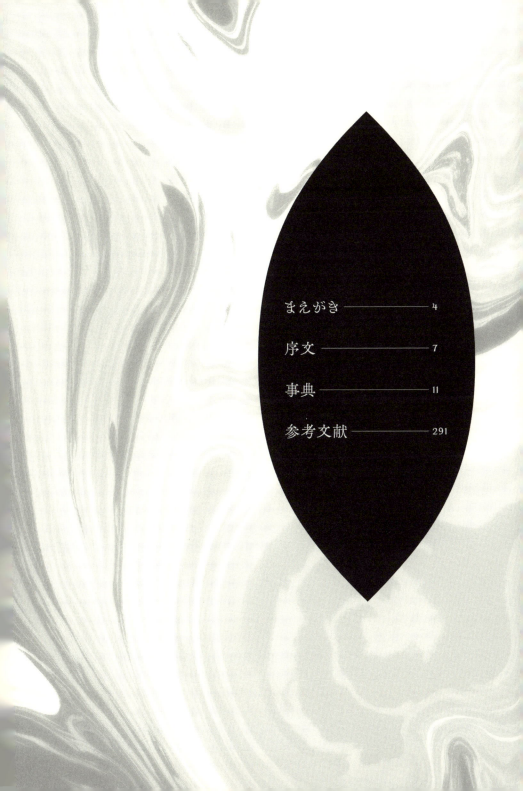

まえがき	4
序文	7
事典	11
参考文献	291

まえがき

　神話のアイテムに焦点を当てたこの事典は、民間伝承に登場する英雄と神々の持ち物や武器が帯びる魔法の力について、原資料の記述に引けを取らないほど詳しく紹介し解説することにすべてを捧げた本であり、おそらくこれまでに類を見ないものだろう。学者や研究者の役に立つツールとしての整合性を保つため、伝統的なおとぎ話に由来するアイテムを除いて、フィクション（大衆向けにせよ、そうでないにせよ）のアイテムは収録しなかった。

　こういう特定の題材を扱った、比較対照できるような本はほかに見かけないので、収録することに決めたアイテムが、今日の読者や研究者だけでなく何年も先の未来の読者や研究者にも確実に役立ってくれるよう、細心の注意を払った。現代文学や知的創造物に由来するアイテムを含めなかったのは、そのためだ。たとえば、ヴァージニア州ミスティック・フォールズという（あるエピソードで示された地図によると、わたしの自宅から約20キロ南東に位置する）架空の町を舞台にした人気テレビドラマ『ヴァンパイア・ダイアリーズ』のファンであるわたしは、手に入れにくいと言われるアイテム、"日光から身を守る指輪"がドラマに出てくることを知っている。ドラマ内の言い伝えによれば、吸血鬼がこの指輪を身に着けると、昼の光の中でもダメージや制約を受けずに外を歩ける。このちょっとした魔法は、『ヴァンパイア・ダイアリーズ』とそのスピンオフドラマ『オリジナルズ』と『レガシーズ』で語られる伝承独自のものなので、本書には登場しない。

　収録したアイテムは、世界のさまざまな宗教の神々が使いこなす驚くべき強力なアイテムとして（明確に名前を挙げられてはいなくても、素晴らしい描写によって）言及されているものである。なかでもすぐに思い浮かぶのは、古代北欧の宗教に由来するアイテムだろう。最も有名なのは、雷神トール（ソー）が持つ比類なき鎚、▶ミョルニルだ。現代のコミックや映画シリーズのおかげでトールは昨今人気なので、多くの人はこの武器になじみがあると思うが、現代的な物語にするためにどれほど多くの脚色が施されてきたかについては、おそらく知る由もないだろう。もともとの神話によれば、鎚の柄の短さを補うために、トールは鉄製の手袋（▶ヤールングレイプル）をはめてから鎚を振るう必要があったことを、現代の映画ファンはたぶん知らない。

　さらに、『狐物語』の挿話や、アーサー王伝説に捧げられた数多くの作品など、世界中のさまざまな民間伝承に登場するアイテムも収録した。収録を決めた理由は、それらの物語が当時の大衆小説だったからでも、何世紀も経た今に至るまで語り継がれているからでもなく、そこに込められたメッセージが時を超えても色褪せず、物語を最初に聞いた人たちの心に響いたのと同じくらい、現代の読者の心にも響くはずだからだ。社会は物語を生かし続けることを選び、おそらく今後何世紀にもわたってそれが途切れることはないだろう。

　これまで、吸血鬼、悪魔、妖精、怪物、幽霊、巨人、神話の舞台についての百科事典的な分厚い本を書いたときと同じく、今回も民間伝承、伝説、神話、世界的な宗教を扱ったありとあらゆる有用な文献を参照し、活用した。美術参考書、歴史書、人類学や社会学の

著書に加えて、資料のほとんどは、あまたの宗教の経典から直接拾い集めた。

どのアイテムを収録し、どのアイテムを収録しないかについては、腰を据えてきびしい決断をしなくてはならないことが多かった。▶ビルガ(フィン・マク・クウィルの魔法の槍)や▶食べても尽きない米俵(日本の民話で有名)、▶60巻きの投げ縄(ペルシアの叙事詩『シャー・ナーメ』に登場)が実際に存在すると論理的に主張する人はほとんどいない。考古学者たちは、鋤で地面を掘り起こすたびに息を潜めて、今度こそそういうアイテムが見つかるのではと期待しているわけではない、と言っても差し支えないだろう。けれども、ゴフェルの木で造られたノアの箱舟には、もっと複雑な問題がある。

世界は、文字どおりまっさらな状態に戻すべく、荒れ狂う水の中に放り込まれたのだろうか? 世界の宗教の多くには似通った物語があり、そのいくつかでは男が箱型の船を造って、あらゆる動物のつがい(と自分の親族)を乗せ、地球規模の自然災害を生き延びている。伝説によれば、やがて箱舟は、水が引いた山地に乗り上げたという。古代の宗教から生み出された奇想天外な物語とは言い切れない。実際、旧約聖書の『創世記』には、箱型の船をどうやって建造すべきかについてかなり正確な指示が記されている。聖書考古学者たちは、この失われた箱舟を発見しようと努めてきた。探索に向けた遠征には資金が費やされているし、分別も理性もある科学思考の人々が、箱舟は実在し、発見されるのを待っていると信じている。わたしにとって、ノアの箱舟は神話のアイテムというより、神秘考古学的な人工物に近い。というわけで、目撃されてはいるが科学的に実在がまだ証明されていない未確認動物、キングチーターやビッグフットの例を踏まえて慎重になるほうを選び、ノアの箱舟の記載は控えることにした。ほかにも多くのアイテムが、このような理由から本書への収録を見送られている。

プロの吸血鬼学者、つまり複数の文化にまたがる吸血鬼研究を専門とする神話学者として、わたしは数冊の本を同時進行で執筆している。主要な仕事のほかに、心の奥のガスコンロでは常に複数の著作がぐつぐつと煮込まれている。調査する際には、ありとあらゆる細かな情報をできるかぎり分類する。名前を打ち込み、説明を加え、後日に元の資料を読み返す必要がある場合に備えて出典とページ番号を書き添えてから、"悪魔"、"妖精"、"吸血鬼"、あるいは(今回のように)"アイテム"といった大まかな見出しをつけて、情報を電子機器にファイルする。そうこうしているうちに、次の本を書くのに充分な情報が集まる。腰を据えて全力を傾け始めてから、完成までに約1年かかる仕事だ。

当初から、神話のアイテムという題材で1冊の本を書き上げるのに充分な材料があることはわかっていたが、アーサー王伝説や北欧神話に登場する品々を含めると分厚くなるのではないかと心配だった。そんな心配をしたことで、もっとほかの文化に意識を向け、簡単には見つからないものを探し出そうと思い直した。自分が何を探しているのか具体的にはわからなかったので、少しむずかしかったが、見つかればきっとわかるという自信はあった。

参考図書のなかでは特に、フィリス・アン・カーのアーサー王伝説に関する本、『アーサー王の仲間たち(*The Authurian Companion*)』がお気に入りだ。この資料には著者の個人的な見解や要約が含まれているが、頻繁に引用されているうえに、他の本では扱われていないさま

ざまなアイテムが記載されている。

　誰もが1冊は持っていることをお薦めする"必携の"書は、ハイラン・イヴェット・グライムズの『北欧神話(*The Norse Myths*)』だ。唯一ライバルとなりうるのは、おそらくH・A・ガーバーの『北欧神話(*Myths of the Norsemen*)』だろう。どちらも、読者がこの題材についてしっかりした役に立つ知識を得るのに充分な内容を備えている。

　いつもと同じように、さまざまな国の人々が語り継いできた口頭による伝承や物語の原型を書き写したものとされる古くからの書物を活用した。わたしにとっては、著作権の日付が古い本ほど素晴らしい。実のところ、セミコロンの使用を恐れない、長い重複文を偏愛している。わたしに言わせれば、文体や綴りが古めかしくても一向に構わない。最高の研究資料のなかには、1700年代半ばから1800年代後半に刊行されたものもある。語り口はより豊かで、より饒舌だ。こういう本の初期の版は、著者の本来の意図を最もよく反映している。研究者が嘲笑を恐れることなく、時代の主流をなす考えかたに合わせるためにアイデアを薄める必要もなく、混じり気のない真実を語ることができた時代だった。つまり、より純度が高い。

　どの項目を本に入れるかを選んだあと、原資料に挙げられている情報だけを取り入れるよう気をつけながら、各項目を書き出す。可能なかぎり、ひとつの項目につき少なくとも3つの出典を使いたい。出典の信頼性が高い場合のみ、それより少なくてもよしとする。提示された事実のとおりに項目を凝縮し、まとめる。余計な説明や考察は加えない。信頼できる原資料から拾い集めた情報だけを掲載する。今のわたしの目標は、最初の百科事典的な著作からずっと変わらず、自分の注釈を加えずに、各項目について簡潔で情報量の多い説明を届けることにある。

　常に献身と協力を惜しまない夫のT・グレン・ベインに、深く感謝したい。わたしに向けた夫の得意の質問は、「今、アルファベットのどこをやってる?」だ。夫がいなければ、本書は実現しなかっただろう。

序文

　太古の昔、今からおよそ250万年前、古代人が石を拾い上げ、その素晴らしい性質を見抜いて最初の道具を作り出した。わたしたちがその他の霊長類よりも優位に立てたのは、この行為のおかげだった。人間に鉤爪や鋭い歯、天然の甲冑がなくても、道具と武器がそれを補ってくれた。長い年月をかけて、わたしたちは道具を使用することによって食物連鎖で優位な地位を獲得し、頂点捕食者となったばかりか、地球上の支配的生物となったのだ。

　世の常として、古代人のなかにも、部族のほかの者よりも道具作りが得意な者たちがいた。そうした者たちは、この天賦の才のおかげで、特権とまでは言わなくとも、部族内で有利な立場を得られた。時の流れとともに人類は進化し、そうした道具作りの才能も進化した。道具作りに秀でた者たち、保持する価値のある、未来の世代へ引き継ぐ価値のあるかもしれない道具を作ることができる者たちは、大きな尊敬を集めたにちがいない。そして、他者から称賛される優れた職人技が生み出すその道具は、さしずめ魔法のように思われたにちがいない。

　火は恐るべき自然の力である——無差別に命を奪い、出くわしたものすべてを（破滅させはしないものの）損ねる。火と遭遇して生き残った者または物は、火が残した痛ましい傷跡に苦しむ。火にはきわめて危険で命を奪うほどの力があるので、生来、ほぼすべての生物は生来火を恐れるものだ。このことを念頭に置いたうえで、部族のなかで、誰かが意図的に火を作り出すところを最初に披露したときに、部族の人たちのあいだにどのような反応が起こったのか、想像してみてほしい。それは、畏怖の起こさせる、目を見張る瞬間だったことだろう。それから数千年後、世界中の文化で火を噴き出す魔法の武器が描かれることになっても、それは何ら不思議なことではない。

　3万年から5万年前のある時点において、センスのある者が、手でフリントの欠片を研いで望みどおりに形作り、それを使って動物の皮をやすやすと剥いだ。労力を要する作業が急に容易になったのを最初に見た人々は、さぞかし目を丸くしたことだろう。先の尖った石を棒の端にくくりつけて——人類学者が「柄をつける」と呼ぶ工程——槍として用いたときは、言うなれば、まさに頭の上で電球がピカッと光るような瞬間だったにちがいない。最初に作られたまだ名もない槍は、フリントの欠片を棒の端にくくりつけて武器にするという、それまでにない革新的な進歩を伴っていた。この槍は、当時の人たちにとって大事なものとなったのではないだろうか。この原始の槍には、獲物をより速く手際よく仕留める力があった。槍を使う側にとっても、それまでと比べてはるかに危険が少なくなった。しかし、最大の特徴は、誰が使っても"機能する"という点だった。誰でもそれを手に取り、比較的簡単に獲物を殺すことができたし、その皮を剥いで火で調理すれば、すぐに食べずに食料を保存しておくこともできた。

　わたしたちの大昔の祖先は、何と奇妙で興味深い時代に生きていたのだろうか。

　わたしがこのような技術革新——石切り道具や槍の使用、火起こし——について述べる

のは、こうしたアイテムが、人類の歴史のある時点においては、人間にとって最も重要なものだったからだ。こうしたもののおかげで、楽々とではないにせよ、人間は生存が可能だった。こうしたものがなければ、死はすぐにでも訪れた。このような所有物は、初期の人類の文化や社会、ひいては今あるような文明にとってきわめて重要だったので、やがて独り歩きするようになった。たとえば、熟練者によって作られ、使い手にすこぶる重宝された特別な槍は、名前がつけられて、唯一無二のものと見なされるようになった。戦士が自らの武勇や狩猟能力で名を揚げた場合、彼の武器(彼自身の延長)も、ほかの武器を"上回る"ものだと思われたかもしれない。特殊な技術を持つ戦士だけがそのような武器を扱えたので、その武器自体が独自性を確立し、語るべき物語を持つようになったのも、もっともなことだ。アーサー王と言えば▶エクスカリバーを連想するが、多くの騎士がその剣を使用した。トールだけが▶ミョルニルを扱えた。

　わたしたちのおとぎ話や民話、神話、宗教に、数々の魔法の剣が登場するのも不思議なことではない。剣は広く象徴として使われている。剣は権威、正義、力、保護、高潔を表しているうえに、英雄や王に備わっていてほしいと望む、勇気、道義心、強さ、誠実さなどの資質も表しているのだ。剣を持つということは、文字どおり、歴史の流れを変える力をその手に握るということだった。

　優れた剣工が作った剣を所有する腕の立つ戦士は、物語では素晴らしい登場人物となるだろう。しかし、共感できる人物にはならないかもしれない。剣を振るって歴史を変えるほどの活躍をするためには、特別な技術を磨く必要があり、それには時間と資源が必要だった。はるか昔の素晴らしい物語の真の英雄は、普通の人々であることが多い。彼らは、貧しい生活を支えるために汗水流して働いて、運命を変えるという夢にエネルギーを注ぐ余裕など、ましてや実際に運命を変える余裕などない人々だった——もちろん、たまたま魔法の剣を見つけた場合は別だが。そのような場合、極貧で虐げられた(けれども勇敢で善良な)農夫にとって、ドラゴンを倒し、お姫さまを助け出し、誰もがそれからずっと幸せに暮らす自分の王国を勝ち取るには、こうした武器があれば充分かもしれない。

　アーサー王物語の宮廷で、▶円卓の騎士はみな、その円卓につく審査のためだけに、名声を博した勇敢で高潔な戦士であることを証明しなくてはならなかった。したがって、アーサー王の精鋭中の精鋭となるためには、(文字どおり)壮大な冒険が必要だった。しかし、王の騎士たちのなかでもきわめて謙虚で献身的な騎士たちには、印象に残る勝利と深く心に感じる物語がある。ランスロットは最高の騎士で、王妃や宮廷の貴婦人たちの目を引いたかもしれないが、最終的に▶聖杯を見つけるのは、サー・ガラハッドなのである。

　本書の執筆に取りかかったとき、それまで手がけてきた百科事典に連なる次作、という位置づけ以上のものにしたいと思った。既刊を引き立て、それらが語る物語に彩りを加えるものにしたいと思った。たとえば北欧神話では、フェンリル(フェンリスウールヴ/フェンリスウールヴリン)とその役割について語られるとき、彼を束縛する足かせ——▶ドローミ、▶グレイプニル、▶レージング——についても語られた。その物語は、誰が足かせをつけたかという物語と比べれば、それほど壮大でも深遠でもないかもしれないが、それは語られるべき物語であった。わたしがそう言っているからではなく、神話を創り上げた人々が、

そうした足かせに名前をつけ、その物語を語ることが必要だと考えたからだ。

　実際に執筆を開始する段になり、同じテーマを扱った既刊書がないかネットで検索してみたが、1冊も見つからなかった。どうして誰もこのテーマをやってみようとしないのか、不思議に思った。わたしが取り組んでいたテーマを扱う本が、ロールプレイングゲーム本の別冊として、出版社から何冊か刊行されていることは知っていた。けれども、わたしはゲームデザイナーとしても、筋金入りのゲーマーとしても、この手の本は役立たないことを承知していた。そもそも、各アイテムは、それぞれのゲーム体系の文脈で描かれるものだ。それに、そのアイテムが使われる世界にあらかじめバックストーリーがある場合(ほとんどのゲームにある)、アイテムはそのフィクションの世界に合うように変えられているので、アイテムについての説明は信用ならないことがある。

　わたしはまたもや未知の領域に足を踏み入れ、自分の書斎に置きたいと思う本を書いていた。どんな神話本であれ定価に見合う分のアイテムは記載されているものだが、わたしは、よく知られた民話や神話に出てくる、主流をなす人気アイテムだけで済ますつもりはなかった。いくら払ってでも自分が買いたいと思うような本を書くために、調査に途方もない時間がかかることになった。

　本書は、わたしの著作のなかで最も多くの参考文献を挙げているのだが、それには理由がある。執筆中は、もうひとつだけ取り入れようとして常にアイテムを探していた。本書に収録しなかった多くのアイテムもあった。それは、最終的に実在することが判明するか(エルフの矢、ホレーショ・ネルソン提督のチェレンクなど)、ある時点では存在していたが、その後破壊されるか失われるかしていたからだ(ダゴベルト1世の王笏のように)。ほかには、本物だと主張される人工物も取り入れなかった(南軍の金や、キリストが磔にされた十字架から切り取られたと言われる小さな木片など)。さらに、ヴェロニカのヴェールや聖骸布も取り入れなかった。詐欺か、神聖な奇跡か？　それは本書の目的とは関係がない。どちらも存在しているので、分析したり、調べたり、触れたりすることが可能だ。こうしたものについては、何千ページにも及ぶ研究が文書にまとめられ、発表されている。これらはほぼ限りなく本物と言っていいのだろうと思う。

　最初に決めたことのひとつは、呪文と魔法学校は除外するということだった。どんなものであれ、魔術の手引書を作るつもりはなかった。魔法の呪文は無数に存在しており、研究者がこのテーマを扱う場合は、単一の文化や1種類の魔法に力を注ぐしかないはずだ。その場合でさえ、基本となる呪文から変化した呪文は幅広く存在するので、確信を持って扱うことはできないだろう。

　また、さまざまな文化やサブカルチャー、宗教的思想などで見られる、多くの呪符(何者または何かから身を守るために使われる)や護符(何かを引き寄せるために使われる)も取り入れなかった。"本物の"魔術か、類感魔術かにかかわらず、購入可能なもので、自分の好みに応じてカスタマイズする方法や、いちから作る方法をオンラインで読むことができるようなお守りは本物だろう。このテーマは、それ自体で1冊の本にまとめる価値があるが、わたしの専門外である。ただ、もしそのような本が出版されることがあったら、わたしは絶対に2冊購入するつもりだ。1冊は読書用に、もう1冊は余白にメモを書き込むために。

アイテムを候補から外すたびに、別のアイテムと置き換えることにしていた。古代のケルトやギリシア、日本、北欧の資料はアイテムの宝庫だった。興味深いアイテムがすぐ見つかるし、すでに収録済みのものも多かった。こうした地域の神話をさらに掘り下げ、魔力を持つ装身具や宝石、武器であまり知られていないものを見つけた。次に、たとえば古代インド、古代エジプト、北米のインディアンの部族、南米のインディオの部族、イスラムの伝承、ロシアの民話など、西洋では見逃されがちな伝承や伝説にも目を向けた。

わたしと信仰を異にする人がわたしの信仰について述べるとき、わたしの奉じる信仰を適切に表現してほしいと望んでいる。その点を重々承知していたので、本書で取り上げたあらゆる宗教に対して、わたしは正確性・中立性・敬意を保つように努めた。本書の読者に、異なる文化やそこで暮らす人々について理解を深め、さらに知りたいと思ってもらえたら、特定のアイテムが、ある神話体系ではなぜそれほど重要視されているのかを知ってもらえたら、幸いである。本書に対してどのような感想が寄せられるのかはわからないが、読者が探す答えを見つけるうえで充分な情報を提供できていればと思う。

本書は、民話や伝説、神話に登場する、普通の人々や英雄、神々が使ったアイテムの包括的な百科事典となることを目的としている。各項では（できるかぎり）、原資料の名称、原資料に示された記述と同じほどのアイテムの説明、そのアイテムの持つ魔力または本来の力、存在するに至った経緯、それを誰が所有し、使用していたかについて記載した。▶アイテム名で示した用語や名称は、本書で項目が立てられているので、相互参照できるようになっている。読者はある項目から別の項目へと情報の流れを追い、ひとつの項目についてすべての関連知識を結びつけることができる。

情報、言語、意味は時代とともに変化するので、アイテムによっては名称に複数の綴りがあるものもある。また、どの文化圏でその物語が語られるかによって、名称が異なる場合もある。中国の民話に登場するアイテムが、どう見ても同じ物語に登場する同じアイテムだったとしても、韓国や日本の民話では同じ名前でないこともある。多くの別名があるアイテムもあるため、本書ではわたしの好みの名称ではなく、言及された全作品中で最も一般的に使われている名称を選んだ。

あるアイテムに複数の名称があったり、その名称に異なる綴りがあったりする場合にはすべて、「別名・類語」という見出しで、アイテム名のすぐ下に記載した。

アーカーシャ

akasha

サンスクリット語では、アーカーシャ（「空」または「空間」）という言葉は、万物に含まれる基本物質を指す。仏教、ヒンドゥー教、チベットのボン教では、創造的エネルギーの存在を説明するのに使われる。形はなく、見ることも、味わうことも、触れることもできない。表に出る唯一の特徴は、音あるいは振動である。アーカーシャは、5大元素のひとつ。

近代になると、アーカーシャという概念は、世界、宇宙、生命そのものに関するあらゆる知識を含む包括的な一種の世界記憶、つまり広大な天空の石板のようなものへ発展していった。その情報には、幽体離脱、指導霊との対話、瞑想など、ほかにも多数あるさまざまな方法でアクセスできると信じられている。この概念は、一般にはアーカーシャ・ホールまたはアカシック・レコードとして知られている。

出典 Dalal, *Hinduism*, 1 7; Hammer and Rothstein, *Handbook of the Theosophical Current*, 122

アースグリンダル

Asgrindar

別名・類語 アースガルズの門

アースグリンダル（「アース神族の門」）は、北欧神話において、アースガルズ（「アース神族の地」）の前に立つ門の総称。個々の門はアースグリンドと呼ばれる。2枚の門のそれぞれの名称は、▶スリムギュルと▶ヴァルグリンドである。

出典 Grimes, *The Norse Myths*, 3 0 4; Norroena Society, *Asatru Edda*, 391

アアラーフ（高壁）

A'raf, al/ Aaraaf, Araf

別名・類語 アル・アラット、愚者の楽園

イスラムの伝承で、アル・アアラーフ（「仕切り」）はコーランにおいて、リンボのような神秘的な中間領域、ジャンナ（楽園）とジャハンナム（地獄）を隔てている壁として描写されている。この領域には、さまざまな者たちが住む。たとえば、人の姿をした天使、開祖と預言者、幼児や知的障害者など生前に道徳的な善悪の判断ができなかった者たち、両親の許可なく戦闘に行きそこで命を落とした者たち、善行と悪行の割合がほぼ同じでちょうど釣り合うので報酬にも罰にも値しない者たちなどだ。永遠にここにとどまる者たちは、隣接する領域にいる者たちと会話を交わすことができる。興味深いことに、天国にいる魂がアル・アアラーフをのぞき込んでも地獄しか見えず、地獄にいる呪われた魂が上を向いても天国にいる人たちしか見えないという。

出典 Hughes, *Dictionary of Islam*, 20-21; Smith, *Century Cyclopedia of Names*, Volume 6, 7 0; Stork, *A-Z Guide to the Qur'an*, 32; Van Scott, *Encyclopedia of Hell*, 10

アールヴスカウト

alfskot

別名・類語 エールヴスカウト

ノルウェーの民間伝承によると、人がある種の病に倒れたとき、その人はアールヴスカウト（「エルフの一撃」）にやられたと言われる。つまり、エルフの種族であるアールヴァルが用いる矢のことだ。小さな火打ち石の矢じり（希少でめったに見つからない）がその証拠と言われ、身に着ければ強力なお守りになる。

出典 Salisbury and South Wales Museum, *Some Account of the Blackmore Museum*, 1６7; Wilson, *Prehistoric Annals of Scotland*, 180

アールヴレズル

Alfrothul

別名・類語 アールヴクドゥル、アールヴロドゥル

北欧神話で、アールヴレズル（「エルフに祝福された者」あるいは「エルフの光」）は、ラグナレクの大戦以前の太陽の名前だった。大戦中、太陽はスケル・フローズヴィトニスソンという名前の狼に食われてしまう。アールヴレズルは食い尽くされる前に娘を産み、この娘が新しい太陽となった。

出典 CrossleyHolland, *The Norse Myths*, 78［ケビン・クロスリイ－ホランド（山室静・米原まり子訳）『北欧神話』青土社、1983年］; Grimes, *The Norse Myths*, 10, 254

アイアスの盾

shield of Ajax, the

古代ギリシア神話において、アイアスはサラミス王テラモンの息子である。ホメロスによる古代ギリシア叙事詩『イリアス』（前1260-1180年）によれば、アイアスは半神アキレウスに次ぐ勇敢さと強さを誇っていた。アイアスが持っていた大きな円形の盾は、7枚の牛革を張った上に青銅板を重ねて作ったもので、ヒュレと

いう都市で作られた。トロイア戦争での一騎打ちでは、ヘクトルの槍がこの盾の6層まで貫いた。ヘクトルが投げつけた大きな石は盾の中心に当たり、アイアスの身を守った。

出典 Brennan, *The Delphian Course*, Volume 2, 253; Westmoreland, *Ancient Greek Beliefs*, 370

アイギス

Aegis, the

別名・類語 ゼウスのアイギス、▶ペルセウスの盾

古代ギリシア神話において、アイギス（「猛烈な暴風」）は、運命、王、稲妻、空、雷の神であるゼウス（ローマ神話の神ユピテル）の胸当て、丸盾、あるいは盾で、黄金の房で飾られ、ゴルゴネイオン（ゴルゴンの首）の像がはめ込まれていた。振り動かせば、イダ山が揺れ、雷が空じゅうに鳴り響いて1000頭のドラゴンの咆哮に聞こえ、人々の心を恐怖で満たした。アイギスは、暗雲を象徴していた。アイギスが実際になんだったのか（胸当てか、盾か）は定かではないものの、備わった魔法のおかげで、身に着けた者はどんな打撃や槍の攻撃からも守られた。

神話を通じて、この盾はたびたび、ゼウスの娘で工芸、軍事的勝利、戦争、知恵の女神であるアテナ（ローマ神話の女神ミネルヴァ）に貸し出された。まれに、ゼウスの息子で弓術、芸術、治癒、狩猟、知識、医学、音楽、託宣、疫病、予言、太陽と光、真理、若い未婚男性の神であるアポロン（「破壊する」あるいは「追い払う」）に与えられ、少なくとも1度は英雄ペルセウスが使用した。

一般に、アイギスを創ったのは、束縛、彫刻術、火、鍛冶、金属細工、石工、護

符の神であるヘパイストス(ヘファイストス、ローマ神話の神ウルカヌス)と言われているが、起源については多くの物語がある。ギリシアの悲劇詩人エウリピデスによれば、盾はもともとゴルゴンの持ち物であり、山羊革でできていたという(ゴルゴンの像は、のちにペルセウスが感謝の意を示すために加えた)。別の神話では、アイギスは盾ではなく、胴甲(胸当てと背当てを蝶番または別の方法でつなぎ合わせた鎧の一部)であり、アテナが火を吐くキマイラの皮を剥いで作ったと言われる。さらに別の物語によれば、アイギスは、同じくアテナに殺された醜怪な巨人パラスのなめした皮だという。のちの神話では、ゼウスがティタン神族との戦いに使う盾を作るために、幼いころの自分を育てた山羊アマルテイアの皮を剥いだとされている。

出典 Berens, *Myths and Legends of Ancient Greece and Rome*, 106; Graves, *The Greek Myths*, 21-23 [ロバート・グレイヴズ(高杉一郎訳)『ギリシア神話』紀伊國屋書店、1998年]; Kerenyi, *The Gods of the Greeks*, 50 [カール・ケレーニイ(植田兼義訳)『ギリシアの神話──神々の時代』中央公論新社、1985年]; Smith, *A Classical Dictionary of Greek and Roman Biography, Mythology and Geography*, 90, 139-40, 365, 369, 644, 1016

アイトル

eitr

北欧神話において、すべての生命の起源となる神話的な物質で、原液のままでは猛毒だと言われている。ヨルムンガンド(ミズガルズのヘビ)など、数種のヘビはアイトルを作ることができる。最初の巨人ユミル(「うめく者」、アウルゲルミル)は、アイトルから生み出された。

出典 Norroena Society, *Satr Edda*, 343; Rydberg, *Teutonic Mythology* Volume 2, 3 5 9, 3 7 1, 3 7 5; Sherman, *Storytelling*, 517

アイムール

Ayamur

フェニキア神話で、アイムール(「駆る者」)と▶ヤグルシ(「追う者」)は、工芸神コシャル・ハシスが作って名づけた2本の棍棒で、嵐神バアル(「雲に乗る者」)に贈られ、海神ヤムを倒すために使われた。

出典 Gowan, *Theology in Exodus*, 1 3 5; Pritchard and Fleming, *The Ancient Near East*, 109, 112

アインドラストラ

Aindrastra

ヒンドゥー教の神話において、▶アストラは、神々が創造した、あるいは持ち主となる者に神々が授けた超自然的な武器である。アストラの使い手はアストラダリと呼ばれる。

アインドラストラは、サンスクリット叙事詩『マハーバーラタ』の主要人物で弓の名手であるアルジュナ(「一点の曇りなく銀のように光り輝く」)に授けられた聖なる武器だった。アルジュナはこれを使って、鬼神アラムブサを含むクル族軍の大部分を壊滅させた。しかし、アインドラストラは▶バルガヴァストラほど強力なアストラではなかった。

出典 Menon, *The Mahabharata* Volume 1, 3 8 2; Subramaniam, *Mahabharata for Children*, 175, 179

アインの指輪

ring of Aine, the

エゴバガル王(トゥアタ・デー・ダナンのひとり)の娘で、西マンスターのリムリック県ノケインの女王である美しい妖精アイン(「輝く」)は、妖精に連れ去られ魔法をかけられたとき、シー一族の一員だった。彼女がまだ人間だった頃、妖精が姿を現すという魔法の指輪を持っていた。

出典 Evan-Wentz, *Fairy Faith in Celtic Countries*, 7 9; Mountain, *The Celtic Encyclopedia*, Volume 2, 301

アウル

aurr/ aur

別名・類語 フヴィート・アウル(「白い粘土」)

北欧神話で、アウル(「脆い粘土」)は、腐敗を防ぐ肥料のような物質で、運命の3女神ノルンはそれを▶ウルズの泉から集めて▶ユグドラシルの木に注いでいた。

出典 Anderson, *Norse Mythology*, 4 6 0; Grimes, The Norse Myths, 256

アウルヴァンディルのつま先

toe of Aurvandil

別名・類語 アウルヴァンディルの足指、オルヴァンデルのつま先、オーヴァンディルのつま先

北欧神話では、雷神トールが巨人アウルヴァンディルをヨトゥンヘイムから救い出し、籠に入れてエーリヴァーガル川を渡った。その途中で、籠から１本飛び出していたアウルヴァンディルの足の指が、凍りつくような冷たい川の水に浸かった。その指が凍傷を起こしたので、トールは指をもぎ取って天に投げた。それはアウルヴァンディルのつま先として知られる星となった。

出典 Grimes, *The Norse Myths*, 2 5 6; Lindow, *Norse Mythology*, 65

アカディーネ

Acadine

シチリアの民間伝承で、文書が真実を伝えているかどうかを暴く力がある魔法の泉のこと。伝説によれば、嘘が書かれた文書を泉の中に入れるとすぐに底へ沈んでしまうが、真実を伝える誠実な文書なら浮いたままになるという。また、言い伝えによると、泉は人が誓った忠誠や約束、結んだ誓約を試すためにも使われた。約束を破った者、あるいは偽っていたことが判明した者は、泉の水を飲めなかったと言われている。

出典 Brewer, *Dictionary of Phrase and Fable* 1900, 8; de Genlis, *Tales of the Castle*, Volume 3, 12

アキレウスの盾

shield of Achilles, the

束縛、彫刻術、火、鍛冶、金属細工、石工、護符の神であるヘパイストス(ヘファイストス。ローマ神話の神ウルカヌス)は、半神アキレウスのために盾を作った。高名な戦士だったアキレウスはこの盾を、自分にとってかけがえのないもののひとつだとし、人間の言葉を話す不死の軍馬クサントスよりも大事なものだと考えていた。

ホメロスが書いた古代ギリシア叙事詩『イリアス』(前1260-1180年)によれば、ヘパイストスは、幼い頃に自分を育ててくれた女神テティスへの感謝の念からこの盾を作ったという。テティスの息子であるアキレウスが以前使っていた甲冑は、友人のパトロクロスが借りて装着していたが、パトロクロスの戦死後、その甲冑は戦利品として持ち去られた。テティスは息子に新しい甲冑を与えたいと考え、ヘパイストスに製作を依頼した。

新たに作られた盾は重く、大型で円形をしており、5層の青銅でできているとされた。ホメロスは、盾の意匠である9

つの同心円について詳細に描写している。1番中心には星座、地球、月、海、空、そしてオオクマ座、ヒアデス星団、オリオン座、プレアデス星団が描かれていた。次の円は「人々であふれる美しい2都市。片方では裁判官が仕事をし、結婚式が行われている。もう片方の都市は包囲されている。次の円では、畑の耕作と、その隣で王の領地で作物が刈り取られる収穫の光景、その隣ではブドウ畑の収穫。その次の円は、まっすぐな角を持つ牛の群れが描かれ、先頭の雄牛はライオンに襲われ、そのライオンは牛飼いと犬の群れに襲われている。その隣は牧羊場の牧歌的な光景、そしてその隣は、若い男女が踊っている姿。1番外側には、大洋（オーケアノス）の大いなる流れが描かれている」。

　アウグストゥス帝時代のローマの詩人、プーブリウス・ウェルギリウス・マロー（英語名はヴァージルとして知られる）は、ヘパイストスがアキレウスのために、胸当て、紋章入りの兜、槍、剣、盾の甲冑ひとそろいを作ったと記している。ウェルギリウスによれば、盾の表面にはローマの全歴史が刻まれていたという（▶アキレウスの鎧を参照）。

出典 Homer, *The Iliad*, 349-53［ホメロス（松平千秋訳）『イリアス（上・下）』岩波書店、1992年］; Roman and Roman, *Encyclopedia of Greek and Roman Mythology*, 43, 200

アキレウスの鎧
armor of Achilles, the

　半神半人の英雄アキレウスの鎧は、束縛、彫刻術、火、鍛冶、金属細工、石工、護符の神であるヘパイストス（ヘファイストス、ローマの神ウルカヌス）が作り、人間の言葉を話す不死の軍馬クサントスをも

しのぐほど、この有名な戦士にとって屈指の貴重な持ち物である。

　ホメロスの作とされる古代ギリシアの叙事詩『イリアス』（前1260-前1180年）によれば、ヘパイストスは、幼少期に自分を育ててくれた海の女神テティスへの感謝のしるしに、彼女の息子アキレウスへの贈り物として鎧を作った。この鎧は、アキレウスが戦友パトロクロスに貸していた鎧の代わりとなるものだった。不幸にもパトロクロスは戦場で死に、武具は遺体から剥ぎ取られ、戦利品として持ち去られてしまったからだ。

　アウグストゥス帝時代のローマの詩人プーブリウス・ウェルギリウス・マローは、ヘパイストスがアキレウスのために鎧一式すべてを作ったと書いている。ひとそろいの武具には、青銅の胸当て、羽飾りつきの兜、槍、剣、そしてこの上なく見事な盾（▶アキレウスの盾参照）が含まれていた。ウェルギリウスによれば、盾の表面にはローマの全歴史が刻まれていたという。ホメロスの描写によると、鎧はまばゆい青銅製で、星がちりばめられていた。足首の部分は銀で補強されていたと言われる。『イリアス』のなかで、アキレウスは何度も自分の鎧を貸し出しており、それを身に着けた英雄たちはみな、装着時の聖なる力を感じることができた。

出典 Homer, *The Iliad*, 349-53［ホメロス（松平千秋訳）『イリアス（上・下）』岩波書店、1992年］; Roman and Roman, *Encyclopedia of Greek and Roman Mythology*, 43, 200

アクシャヤ・パトラ
Akshaya Patra

　ヒンドゥー教の神話において、アクシャヤ・パトラ（「無尽蔵の器」）は、太陽神

スーリヤが英雄ユディシュティラに与えた黄金の器のことで、彼が12年にわたり国を追放されていたあいだ、ドヴァイタの森まで従ってきた人々を養えるようにした。毎日、容器は食べ物で満ちていて、パンチャーラ国王ドルパダの娘でウパパンダヴァシャッドの母親であるドラウパディーが食べるまで中身は尽きなかった。ドラウパディーが食べ終わると、翌日まで食べ物は現れなかった。

出典 Satyamayananda, *Ancient Sages*, n.p.; Srivastava, *Decoding the Metaphor Mahabharata*, n.p.

アグネヤストラ
agneyastra/ agney astra

別名・類語 アグニアストラ、アグニラタ、ブラフマーの炎の槍

　古代インドのサンスクリット叙事詩（『マハーバーラタ』と『ラーマーヤナ』）で描写されている、聖なる火の武器（▶アストラ）であるアグネヤストラは、矢、槍、またはロケットのような先端の丸いある種の発射体で、とてつもない力を持つ。この武器は、主要なサンスクリット叙事詩のそれぞれで重要な役割を果たす。武器が発射されるたびに、100本の燃え盛る矢の火力が放たれる（したがって、通常は敵の軍団全体に対して使われる）。また、最大5発の燃え立つ黒い流星が、黒く濃い煙を伴いながら噴出し、あたりの空気は肉の焼けるにおいで満たされたとも言われる。

　7つの元素で作られたというアグネヤストラは、使用者が振るう個人の力がはっきり現れる武器でもあるらしく、学者にとっては物理的に説明するのがむずかしい。さらに、『マハーバーラタ』によると、アグネヤストラは人の体を麻痺させ、「感覚を深い眠りの中に閉じ込める」

ことができ、天から火あるいは水を呼び大嵐を引き起こせるという。

　この武器を使う者たちは、サストラ・デヴァタス（「聖なる武器の神々」）として知られる。通常、学者たちはアグネヤストラを「ブラフマーの炎の槍」と訳している。

出典 Balfour, *Cyclopadia of India and of Eastern and Southern Asia*, Volume 3, 4　4; Blavatsky, *Anthropogenesis*, 6　2　9-3　0; Dowson, *Classical Dictionary of Hindu Mythology and Religion*, 33, 271; Menon, *The Mahabharata*, Volume 2, 274, 355

アクラブ・エ・スレイマニ
Aqrab-E Suleimani

　中世ペルシアのアミール・ハムザの英雄伝説によれば、かつてスレイマン王が持っていた4本の剣の1本。ほか3本は、▶クムカム、▶サムサム、▶ズル＝ハジャムである。アミール・ハムザはシャフパル王に、この国から反逆者を一掃すると誓い、目的を達成するために剣を1本選ぶことを許された。輝く剣アクラブ・エ・スレイマニが、デヴ（悪の化身）の首を切ることは予言されていた。アミールは、自身の価値の証として悪魔イフリートと同じ高さと幅を持つポプラの木をふたつに裂かなければならなかったが、その課題を難なく成し遂げた。アミール以外の者が手に取ると、剣はサソリに姿を変えたという。

出典 Jah, *Hoshruba*, 44, 243, 245, 261, 271, 279, 292, 361, 443

アグラフォーティス
aglaophotis

別名・類語 シノスパストス、キノスパストス（「犬に引きずられる」）

　魔術やオカルティズムの書物によく登

場する魔法の薬草であるアグラフォーティス(「明るい輝き」)の名は、古代世界ではシャクヤクと同じ意味で使われることが多かった。2世紀のローマの作家アエリアヌスは、夜には星の瞬きのように明るく輝く植物だが、昼には似通った植物と見分けがつかないと述べた。アエリアヌスによると、この薬草を採取する唯一の安全な方法は、犬を使うことだという。まず、犬には数日間餌を与えてはならない。次に、丈夫な紐を薬草の根元に結び、木の枝にひと巻きしてから、もう一方の端を犬に結びつける。できるだけ薬草から遠く離れたあと、犬においしそうな餌を与えれば、薬草が地面から引き抜かれるというわけだった。このような方法が取られたのは、人がアグラフォーティスを地面から抜くと、病気にかかって失明したり、極端な場合では死んだりすると考えられていたからだ。日の出とともに、犬は死ぬ。採取者は薬草を抜いた場所に犬を埋葬し、魂を鎮める。犬を適切に埋葬して初めて、失明やてんかんの治療薬として、この薬草を安全に使うことができた。

哲学者テオフラストス(前371-前287年)は、この植物を採取しようと根を切っているところをキツツキ(昼行性の鳥)に見つかると視力を失うことになるので、夜間にしか採取してはいけないと警告した。

アグラフォーティスについては、ギリシアの作家、植物学者、薬理学者、医師であるディオスコリデス(40-90年)がさらに詳しく説明している。ディオスコリデスはこの植物をボタン科に分類し、『薬物誌』という5巻からなる著作で、熱を下げるほか、悪魔や魔術の影響を祓(はら)うのにも役立つと述べた。

出典 Frazer, *Folk-lore in the Old Testament*, Volume 2, 388-89; Gerald, *The Herball or Generall Historie of Plantes*, 832; Salverte, *The Occult Sciences*, Volume 1, 32

アケロンティアの書
Acherontian Books, the

エトルリア神話に由来し、かつて世界で最も名高い卜占(ぼくせん)(予兆の解釈を意味する)の書と言われた。生贄の動物を神々に捧げ、その魂を解放することで未来のさまざまな側面をあらわにする方法を説明したこの書は、神ユピテルがもたらし、孫である半神半人のタゲスに与えたとされる。

出典 Brewer, *Dictionary of Phrase and Fable* 1900, 8; Winning, "On the Aegypto-Tuscan 'Daemonology'," 649

アシ
Asi

別名・類語 アス、カドガ

古代インドの主要な叙事詩のひとつである『マハーバーラタ』では、ふたりの王子の戦いの物語が語られている。"シャーンティパルヴァ(平和)"の巻では、宇宙の創造主であるブラフマーが、アシと名づけた最初の剣をどうやって作ったかが描写されている。この剣については何人もの所有者や使い手の記録がある。原典の翻訳のいくつかでは、長さ180センチ余りの両手使いの剣が登場し、しばしばディルガーシ(「長い剣」)、マハシ、ニストリンガ(「短い剣」)、サーベルなどと呼ばれている。

伝説によると、デーヴァ神族がブラフマーに、ダーナヴァ族らアスラ神族の邪悪で不法な支配を訴えると、ブラフマーはそれに応じて生贄となるものを集め、

盛大な儀式を執り行った。その最中、生贄の火の中から剣の神アシデヴァタという恐ろしい怪物が飛び出てきた。奇怪なアシデヴァタはとてつもない力を持ち、エネルギーに満ちあふれていたと描写されている。腹部は細く、非常に長身で、鋭い歯と筋張った体つきをしていた。これを見たブラフマーは、アシデヴァタを使って神々の敵を滅ぼし、世界に正義を取り戻すと宣言した。アシデヴァタはすぐさま剣の形を取り、鋭い刃を炎のようにひらめかせた。剣は暴風神ルドラに授けられ、悪事を働く者たちを殺し、秩序と正しい生きかたを回復することが期待された。

ルドラは、ダーナヴァ族やダイティヤ族をはじめ、神々の敵に対して戦争を仕掛けた。彼らが全滅すると、ルドラはシヴァ神本来の姿を取り、今や赤く染まった剣を、天界、稲妻、雨、河川、嵐、ヴァジュラ（「雷」）の神であるインドラに授けた。インドラはさらに、他の神々に譲り渡した。

アシは次に、人類の始祖であるマヌの手に渡った。マヌは、秩序を回復して大きな罪を犯した者だけを罰するために剣を使い、小さな罪を犯した者はけっして殺さないようにと命じられた。マヌはこの忠告を心に留め、剣を息子のクシュパに、その後もうひとりの息子イクシュヴァクに譲り渡した。

ここから、アシは次々と異なる人に引き継がれていった。まずはプルーラヴァスからアーユへ、さらにナフシャへ、さらにヤヤーティへ、さらにプールへと手渡された。その後、アシはアムルタラヤスに盗まれ、ブミシャヤに手渡され、さらにバラタ・ダウシャンティヘ、さらに

アイラヴィラへ、さらにクヴァラシュヴァ王へ手渡された。のちに剣はカンボジャ族のカンボジャ王によってクヴァラシュヴァの手から奪われた。次にムチュクンダへ、さらにマルタへと渡った。そこからライヴァタへ、さらにユヴァナシュヴァへ、さらにラグーへ、さらにハリナシュヴァへと渡った。そこからシュナカへ、次にウシナラへと渡った。剣はそこからボジャ族とヤーダヴァ族の手に渡り、さらにヤドゥー族からシヴィの手に渡った。シヴィはアシをカシのパルタルダナスに与えたが、アシュタカ一族のヴィシュヴァーミトラに奪われ、結局パンチャーラ・プリシャダシュヴァが手にした。その後、剣はバラドヴァージャ一族のバラモンの手に渡り、家系の最後のひとりであるドローナからクリパチャリヤに与えられ、さらにパーンダヴァに与えられた。

出典 Burton, *The Book of the Sword*, 214; Hopkins, *The Social and Military Position of the Ruling Caste in Ancient India*, 2 8 5; Pendergrass. *Mythological Swords*, 10-11

アジャガヴ

Ajagav

別名・類語 アジャガヴァ、▶ピナーカ（「弓」）

古代インドの神話において、アジャガヴは、シヴァ神の持つ原始的な弓を含むいくつかの弓の名前である。聖仙プリトゥの誕生時に天から降ってきたと言われており、雌牛と山羊の角で作られ、虹のすべての色を備えていた。初期の書物では、アジャガヴの弓は▶ピナーカ（「弓」）と呼ばれていた。この名がついた弓の、あとふたりの持ち主は、『マハーバーラタ』の主要人物で弓の名手である

アルジュナ（『一点の曇りなく銀のように光り輝く』）と、マンダートリである。アジャガヴァは、その神聖な起源から▶アストラと考えられている。

出典 Garg, *Encyclopaedia of the Hindu World*, Volume 1, 264; Kramrisch, *The Presence of Siva*, 92, 4 6 9; Sorensen, *An Index to the Names in the Mahabharata*, 27

アズ・イシュテン・カルディヤ

Az Isten Kardja

別名・類語 神の剣

フン族のアッティラ王が持っていたと言われる伝説の剣は、アズ・イシュテン・カルディヤと呼ばれていた。伝説によると、兄で部族長だったブレダが狩りの最中に死亡した際、長老たちは新しい部族長を決めるために評議会を招集した。内紛が起こったとき、ひとりの若者が、近くの野に突如として燃え立つ剣が現れたと報告した。長老たちは若者のあとについて現場に向かった。到着すると、剣は空中に舞い上がり、アッティラの伸ばした手の中に飛び込んだ。剣はきわめて良質に作られていたので、神からの贈り物であり、次の部族長になるべき人物を示す前兆と判断された。

出典 Pendergrass, *Mythological Swords*, 6 7; Roberts, *Leadership Secrets of Attila the Hun*, n.p.

アスカロン

Ascalon

キリスト教の民間伝承において、聖ジョージが竜を倒したときに振るった槍（あるいは剣、出典により異なる）の名前がアスカロンだった。中世の物語では、剣として言及されることが増え、この武器を手にした聖ジョージは無敵となった。

出典 Auden, *Reading Albrecht Durer's the Knight, Death, and the Devil Ab Ovum*, n.p.; Frankel, *From Girl to Goddess*, 49

アスクレピオスのカドゥケウス

caduceus of Asclepius/ caduceus of Aesculapius

別名・類語 アスクレピオス、カドケウス、アスクレピオスの杖、ヘルメスの杖、テイレシアスの杖

▶ヘルメスの杖とよく混同されるが、アスクレピオスのカドゥケウス（「使者の杖」）は、1匹のヘビが巻きついた荒削りの杖。古代ギリシア神話に登場するアスクレピオスは医学の半神で、コロニスと弓術、芸術、治癒、狩猟、知識、医学、音楽、託宣、疫病、予言、太陽と光、真理、若い未婚男性の神であるアポロン（「破壊する」あるいは「追い払う」）の息子である。アスクレピオスは病気を癒やす力で名高く、素晴らしい才能に恵まれ、ヘビに教えてもらった名もない魔法の薬草を使って死者を生き返らせることができるほどだった。冥界の神ハデス（ローマ神話の神ディス／プルート）は、死者が復活させられていることに腹を立て、運命、王、稲妻、空、雷の神であるゼウス（ローマ神話の神ユピテル）に苦情を訴えた。ゼウスは人間が不死になることを恐れ、雷でアスクレピオスを撃ち殺した。

出典 Cavanaugh, *Hippocrates' Oath and Asclepius' Snake*, n.p.; Graves, *The Greek Myths*, 49［ロバート・グレイヴズ（高杉一郎訳）『ギリシア神話』紀伊國屋書店、1998年］; Layman, *Medical Terminology Demystified*, 8

アストラ

astra

別名・類語 アストラニ

　ヒンドゥー教の神話において、アストラ(「聖なる武器」)は、神々が創造した、あるいは持ち主となる者に神々が授けた超自然的な武器である。アストラの使い手はアストラダリと呼ばれる。これらの武器は、苦行や武勇で偉業をなした者に対する褒美として与えられることが多い。武器の名前はたいてい、その機能か、それを授けた神を表す。アストラの威力は、アストラを勝ち得た者がどれほどの苦行を成し遂げたかにより、その判定は主宰神が行う。

　アストラは、古代サンスクリット叙事詩『マハーバーラタ』や『ラーマーヤナ』に頻繁に登場し、多くの戦いのなかでこの武器が使われている。ほとんどの場合、アストラは矢であり、当然ながら弓の射手が使用する。
『マハーバーラタ』や『ラーマーヤナ』では、多くの種類のアストラが描写されている。たとえば▶アグネヤストラ(「炎の武器」)は、熱、炎、あるいはエネルギーそのものなど、さまざまな効果を及ぼすことができる。

　のちの時代には、アストラという言葉はあらゆる手持ち武器を意味するようになった。

出典 Edizioni, *Vimanas and the Wars of the Gods*, n.p.; Valmiki, *The Ramayana of Valmiki*, Volume 1, 339

アスラストラ

Asurastra

　ヒンドゥー教の神話において、▶アストラ(「聖なる武器」)は、神々が創造した、あるいは持ち主となる者に神々が授けた超自然的な武器である。アストラの使い手はアストラダリと呼ばれる。

　アスラストラは、力を求めるアスラ神族が作ったアストラである。もとは鬼神(ラークシャサ)の王ラーヴァナが持っていた金属製の矢と言われ、現代の生物兵器や細菌兵器のような機能を果たす力を備えていた。

出典 Edizioni, *Vimanas and the Wars of the Gods*, n.p.; Sundaram, *Kamba Ramayana*, n.p.

アゾート

azoth

別名・類語 賢者のアゾート、賢者の水銀

　錬金術と錬金術の書によれば、アゾート(「第一の物質」)は、万能の薬あるいは溶媒と考えられている。第2の命の水、あるいは溶解した肉体の魂と説明される。

出典 Frankel, *From Girl to Goddess*, 49; Haeffner, *Dictionary of Alchemy*, 5 9-6 0; Hauck, *The Complete Idiot's Guide to Alchemy*, 229

アダーストーン
（クサリヘビの石）

adder stone

別名・類語 アダービード(クサリヘビの玉)、アダーズジェム(クサリヘビの宝石)、アダーステインズ、アグリ、アグリー、ドルイド僧の玉、ドルイドの石、グラン・ネイドル(ヘビの玉)、グロイネ・ナン・ドルイド(「ドルイドのガラス」)、妖婆の石、ミルプレーヴェ、大蛇の石、大蛇の卵、ヘビの石、魔女の石

　古代ブリトンの民間伝承でよく知られるアダーストーンは、丸くて穴があいており、毒を持つクサリヘビによる咬み傷

を癒やす力があるとされている。お守りとして身に着けられることが多く、ほかにも百日咳を治す、邪悪な魔力を祓う、悪夢を防ぐ、目の病気から守る、妖精や魔術のまやかしを見破るなど、身に帯びる人にさまざまな恩恵をもたらした。

アダーストーンがどのようにして生み出されたのかについては、ふたつの異なる物語がある。ひとつめの説によれば、群れをなす大蛇の唾液が固まって石になったもので、穴は大蛇の舌先であけられる。ふたつめの説によれば、石はクサリヘビの頭の中にあり、手で取り出さなくてはならない。どちらの場合でも、本物のアダーストーンは水に落とすと浮くと言われている。

出典 Campbell, *Witchcraft & Second Sight in the Highlands & Islands of Scotland*, 8 4; Daniels and Stevens, *Encyclopedia of Superstitions, Folklore, and the Occult Sciences of the World*, Volume 2, 7 5 7; Grimassi, *Encyclopedia of Wicca & Witchcraft*, 201

アダマンティン
adamantine

神話上の物質であるアダマンティン(「征服されない」あるいは「手なずけられない」)は、神々に影響を及ぼす力で知られていた。古代ギリシア神話では、ガイアが創造し、灰色の▶ハルパー(あるいは鎌、出典により異なる)を作るのに使った金属である。ガイアの息子、ティタン神族で農耕の神であるクロノスは、ハルパーを使って父ウラノス(「天」)を去勢した。この物質は、多くのギリシア神話で重要な要素となっているようだ。アダマンティンの剣(別名ハルパー)は、畜産、商業、雄弁、豊穣、言語、略奪、幸運、睡眠、盗賊、交易、旅行、富の神であるヘルメス(ローマ神話の神メルクリウス)によって、半神半

人の英雄ペルセウスに授けられた。ペルセウスはこれを使って、ゴルゴン3姉妹のメドゥーサの首を切ることができた。アダマンティンの鎌(あるいは剣ハルパー、出典により異なる)は、運命、王、稲妻、空、雷の神であるゼウス(ローマ神話の神ユピテル)が、テュポン(テュポエウス/テュポーン/テュポス)というティタン神族と戦うために使った。奈落の"タルタロスの壁"には復讐の女神ティシポネが守るアダマンティンの門があり、半神半人の伝説的英雄ヘラクレスの兜もアダマンティンで作られたと言われる。別のギリシア神話によると、乙女アステリアはゼウスの誘惑から逃れるため、岩に姿を変えて海の底に沈んだが、その後ゼウスは岩を水面に浮上させ、アダマンティンの鎖で海の底に固定することによって、アステリア島を創ったという。北欧神話では、神ロキを地下の牢獄に縛りつけるためにアダマンティンの鎖が使われた(ただし、息子の腸が使われたという説もある)。

古代の歴史を通じて、アダマンティンおよびアダマントという言葉は、非常に硬い物質を指して使われ、中世にはダイヤモンドを指す言葉となった。

出典 Hansen, *Classical Mythology*, 9 6, 1 3 7-3 8; Hesiod, *Hesiod's Theogony*, 37-38[ヘシオドス(廣川洋一訳)『神統記』岩波書店、1984年]; Smith, *Smaller Classical Mythology*, 6, 41, 59; West, *Hesiod: Theology*, 215

アダムの衣服
vestment of Adam, the

別名・類語 攻撃を受けても傷つかない光る服、アダムの光る服

秘教的伝承によると、アダムの衣服とは、神がアダムに与えた服のことで、サタンの攻撃からアダムを守る力があった

とされる。この衣服は代々受け継がれていった。ハムは、父ノアが酔って寝ているあいだにその衣服を盗んだという。その後、この衣服はハムの子孫のニムロドの手に渡った。その衣服と▶モーセの杖を使い、ニムロドは強大な王となり、バベルの塔を建てた。物語によると、神はニムロドの耳の中にカブトムシを這わせたため、ニムロドは気が触れ、アブラハムが衣服と杖を手に入れることができたという。アダムの衣服は、▶契約の箱の中に入れられた品物のひとつと言われている。

出典 Grimes, *The Norse Myths*, 3 0 7; Norroena Society, *Asatru Edda*, 396

アダロ

adaro

メラネシアの民間伝承によれば、アダロ(大まかには「炎の影」)は、人が死んだあと肉体のそばに残る、魂を構成する物質の悪の部分で、この物質が亡霊になることもある。アダロが亡霊になると、魔法使いはその霊を使って他者に危害を加えることができる。この危険から身を守るには、別の魔法使いを雇って、別のアダロに防御させなければならない。雇った魔法使いへの報酬は、たいてい豚1頭である。ふたつの霊の戦いは、祟られた人の頭上で槍を使って行われるが、目には見えないと言われている。ときおり、幽霊はガーやトビウオなど魚の姿で現れ、獲物に噛みついて命を奪う。

出典 Codrington, *The Melanesians*, 1 9 6; Mackenzie, *Myths from Melanesia and Indonesia*, 177-78, 206

アッティラの剣

sword of Attila, the

別名・類語 神の剣、マルスの剣

ローマ帝国の官僚から歴史家になったヨルダネス(ヨルダニス/ヨルナンデス)によれば、ある羊飼いが剣を掘り出し、フン族のアッティラ王に献上したという。アッティラはそれを軍神の恩寵の象徴であり、自分が世界の支配者になるしるしだと見なした。剣はアッティラの武器であり笏でもあった。ヨルダネスは著作のなかで、この伝説的な武器はマルス神のものだと述べているが、フン族はローマの神を崇拝していなかったはずだ。

この剣は毎年、縦横およそ300メートルの薪の山を築いて、マルスに奉献または再奉献されたという。薪の上に、馬や羊、100人の捕虜が生贄として捧げられた。生贄となる人々は、腕を肩から切断されて、火に投げ込まれた。切断された腕が落ちた場所や形状によって、茶葉占いのごとく、未来を占ったという。

出典 Gibbon, *The History of the Decline and Fall of the Roman Empire*, Volume 4, 1 9 5; Jordanes, *The Origin and Deeds of the Goths*, 57

アディロク

Adylok/ Adyloke

別名・類語 アドラク、アドロク

大陸ゲルマン神話によれば、伝説の鍛冶職人ヴェルンド(ゴファノン/ヴェーラント/ヴィーラント/ウェイランド)が鍛えた鋭利な優れた剣で、ポルティンゲール(ポルトガル)のトレントが所有していた。

出典 Carlyon-Brotton et al., *British Numismatic Journal*, Volume 1, 1 4; Halliwell-Phillipps, *Torrent of Portugal*, 34

アテナのアイギス

aegis of Athena, the/ Athena's aegis

別名・類語 ▶アイギス、アテナの盾

　古代ギリシア神話によれば、工芸、軍事的勝利、戦争、知恵の女神であるアテナ（ローマ神話の女神ミネルヴァ）のアイギスは、房で飾られ、戦場で恐怖をあおるためにゴルゴネイオンの像があしらわれた胸当てだった。ギリシアの叙事詩人ヘシオドスの記述によると、恐るべき力を持つこのアイテムは、束縛、彫刻術、火、鍛冶、金属細工、石工、護符の神であるヘパイストス（ヘファイストス。ローマ神話の神ウルカヌス）によって作られた。ゴルゴン3姉妹のメドゥーサの首をアイギスにはめ込んだのもヘパイストスだった。メドゥーサの顔は見るもおぞましかったので、文字どおり人間を石に変えることができ、それによって胸当てに目を向けたあらゆる敵を恐怖ですくませることができた。

出典 Roberts, *Encyclopedia of Comparative Iconography*, n.p.; Sears, *Mythology* 101, n.p.

アテナの玉座

throne of Athena, the/ Athena's throne

　ギリシア神話のオリュンポス山の評議会の広間には、工芸、軍事的勝利、戦争、知恵の女神アテナ（ローマ神話の女神ミネルヴァ）の玉座があった。この玉座は、広間の左側に置かれ、束縛、彫刻術、火、鍛冶、金属細工、石工、護符の神であるヘパイストス（ヘファイストス。ローマ神話の神ウルカヌス）の玉座と向かい合っていた（女神たちの玉座はすべて左側にあった）。ヘパイストスが作ったアテナの玉座は銀製で、背もたれと側面は黄金の籠で飾られていた。玉座の肘掛けの先端は、切断さ

れたゴルゴンの頭部の彫像で装飾されていたが、ゴルゴンの顔は微笑みをたたえていた。玉座の1番高いところに青いラピスラズリの冠が置かれ、玉座にはフクロウもいた。

出典 Graves, *Greek Gods and Heroes*, n.p.

アテナの剣

sword of Athena, the

　ギリシア神話の英雄ペルセウスは、工芸、軍事的勝利、戦争、知恵の女神であるアテナ（ローマ神話の女神ミネルヴァ）から、ゴルゴン3姉妹のメドゥーサと対決してその首をはねるという任務を命じられ、7年にわたる冒険に乗り出すことになった。若き英雄を助けるため、アテナはサンダル、盾、剣などの神具を貸した（▶アテナのサンダルと▶ペルセウスの盾を参照）。ペルセウスに剣を与えたのは、畜産、商業、雄弁、豊穣、言語、略奪、幸運、睡眠、盗賊、貿易、旅行、富の神ヘルメス（ローマ神話の神メルクリウス）だという説もある。

出典 Mabie, *Young Folks' Treasury*, 194; Simpson, *Guidebook to the Constellations*, 39

アテナのサンダル

sandals of Athena, the

　ギリシア神話の英雄ペルセウスは、工芸、軍事的勝利、戦争、知恵の女神であるアテナ（ローマ神話の女神ミネルヴァ）から、ゴルゴン3姉妹のメドゥーサと対決してその首をはねるという任務を命じられ、7年にわたる冒険に乗り出すことになった。若き英雄を助けるため、アテナはサンダル、盾、剣などの神具を貸した（▶ペルセウスの盾と▶アテナの剣を参照）。これには諸説あり、サンダルには翼がつい

ているとされたり、サンダルは、畜産、商業、雄弁、豊穣、言語、略奪、幸運、睡眠、盗賊、交易、旅行、富の神であるヘルメス（ローマ神話の神メルクリウス）の持ち物だとされることもある（▶ヘルメスのサンダルを参照）。冒険を終えたペルセウスは、借りた道具をすべて持ち主に返した。

出典 Mabie, *Young Folks' Treasury*, 1 9 4; Roman and Roman, *Encyclopedia of Greek and Roman Mythology*, 3 9 3; Westmoreland, *Ancient Greek Beliefs*, 170, 336

アドブ

Adhab, al

イスラムの伝承によれば、預言者ムハンマドは臨終のとき、それぞれに異なる9本の剣を所有していた。アル・アドブ、アル・バッタール（▶バッテル参照）、ズル・ファカール（▶ズル・フィカール参照）、アル・ハトフ（▶ハテル参照）、アル・▶カディーブ、▶クルアイ、▶マブル、アル・▶ミフザム、アル・▶ラスーブである。アル・アドブという剣については、名前以外は何もわかっていない。

出典 Sale et al., *An Universal History*, Part 2, Volume 1, 184

アトラ

Atra, al

イスラムの伝承によると、預言者ムハンマドは臨終のとき、少なくとも3本の小型の矛を所有していた。名前は、アル・アトラ、アル・▶ハフル、アル・▶ナーバである。ゾベイル・エブン・アワンがムハンマドのためにアトラの試し突きを行った。

出典 Osborne et al., *A Complete History of the Arabs*, Volume 1, 2 5 4; Sale et al., *An Universal*

History, Part 2, Volume 1, 185

アナナイティドゥス

ananaithidus

16世紀のイタリアの天文学者、鉱物学者、医師であるカミーロ・レオナルディによると、降霊術師が悪魔を呼び出すために使う石のこと。

出典 Leonardus, *The Mirror of Stones*, n.p.

アナンシの石

stone of Anansi, the

アナンシは人間で、アシャンティ族の民族的英雄。天空神ニャメの息子であり、父と地上とのあいだの仲介役を務めることが多かった。アナンシは、人類に穀物の蒔き方を教え、王女と結婚し、尽きない資源を所有し、その名前を言った者を殺すという魔法の石を持っていた。彼はまた、いつでも自分の体を小さくしたり大きくしたりすることができた。

出典 Haase, *The Greenwood Encyclopedia of Folktales and Fairy Tales*, 3 1; Penard, *Journal of American Folk-lore*, Volume 7, 241-42

アニマ・ムンディ（世界霊魂）

Anima Mundi

別名・類語 ▶賢者の石

古代錬金術の神話で、アニマ・ムンディ（「生命の源」）は、すべての▶賢者の石のなかで最古のものと信じられていた。古代ギリシアの哲学者プラトン（前428-前347年）は、生命の活力の源ではあるが純粋な魂には劣る存在と考えた。ストア学派（紀元3世紀頃まで流行したヘレニズム哲学の一学派）にとって、アニマ・ムンディは宇宙のすべてであり生命力であった。現代のオカルト信仰者たちは、アニマ・ムン

ディを集合的無意識と見なしている。プシコイド[ユングの創った言葉で、精神と物質が渾然一体となったもの]の錬金術では、アニマ・ムンディは純化され、強化され、力を何倍にも増大された▶賢者の石であると説く。

出典 Raff, *The Wedding of Sophia*, n.p.; Regardie, *Philosopher's Stone*, 69, 237, 440

アバディ

Abadi

ローマ神話では、アバディ(Abadi)は、神サトゥルヌスが妻オプスに渡されて食べた石のことで、サトゥルヌスはそれが生まれたばかりの息子ユピテルだと思い込んでいた。

フェニキア神話では、アバディール(Abadir)は、円錐形の石に与えられた名前で、フェニキアの神々を表す最古の象徴だった。

出典 McClintock and Strong, *Cyclopedia of Biblical, Theological, and Ecclesiastical Literature: Supplement*, Volume 1, 4; Smedley, *Encyclopadia Metropolitana*, Volume 14, 13

アビラ

Abyla

別名・類語 ヘラクレスの柱

古代ギリシア神話に登場する半神半人の伝説的英雄ヘラクレスが立てた2本の柱のうちの1本。もう1本は▶カルペである。2本の柱は、世界の果てを示していた。ほとんどの説によれば、諸国を巡り歩いていたヘラクレスは、ヨーロッパとリビアの国境に達すると、2本の柱を造り、ジブラルタル海峡の両側に1本ずつ立てたという。2本の柱は、「ヘラクレスの柱」と総称された。しかし、一説によると、もともとその場所には山がそびえ

ていたが、ヘラクレスが引き裂いてふたつに分け、作った道を海が自由に通り抜けられるようにしたという。

出典 Morris, *New Universal Graphic Dictionary of the English Language*, 1 0 2 0; Smith, *A Classical Dictionary of Greek and Roman Biography, Mythology and Geography*, 3 9 8; Trumbull, *The Threshold Covenant, or The Beginning of Religious Rites*, 100

アプロディテの
黄金のリンゴ

golden apples of Aphrodite, the

別名・類語 アプロディテのリンゴ

古代ギリシア神話で、子ども、狩猟、純潔、未婚の少女、野生動物の女神であるアルテミス(ローマ神話の女神ディアナ)の養女で、アルカディアの王女であるアタランテは、女神にならい、けっして結婚はしないという誓いを立てていた。しかし、アルゴ船での冒険やイノシシ狩りから戻ったあと、王である父に結婚するよう命じられた。アタランテは、求婚者が徒競走で自分に勝つことを条件に同意した。負ければ、その男を殺す権利を獲得する。多くの王子が、結婚の承諾を得ようとして命を落とした。求婚者のひとり、メラニオン(ヒッポメネス)は、愛の女神アプロディテ(ローマ神話の女神ウェヌス)に助けを求めて祈り、生贄を捧げた。アプロディテは彼に、3つの黄金のリンゴを貸した。それは、半神半人の伝説的英雄ヘラクレスがヘスペリデスの園から持ち出してエウリュステウス王に与え、さらに王が女神に贈ったものだった。アプロディテはリンゴがアルテミスにとって神聖であることを知っていたので、メラニオンに競走のあいだリンゴを1個ずつ落とすように教えた。そうすれば、アタ

ランテは立ち止まってリンゴを拾うだろうからだ。この戦術は成功し、メラニオンは余裕を持って前に出ると、リードを維持し、最後には競走に勝って、アタランテと結婚した。

出典 Crowther, *Sport in Ancient Times*, 1 4 6; Graves, *Greek Gods and Heroes*, n.p.

アプロディテの帯
belt of Aphrodite

別名・類語 アプロディテの魔法の宝帯、アプロディテのケストゥス、アプロディテの愛の帯、アプロディテの宝帯

ホメロスの作とされる古代ギリシアの叙事詩『イリアス』(前1260-前1180年)によると、出産、家族、結婚、女性の女神であるヘラ(ローマ神話の女神ユノ)は、トロイア戦争の際、アカイア人(ギリシア人)を支援した。ヘラは、自分に無関心になり敵側についた運命、王、稲妻、空、雷の神である夫ゼウス(ローマ神話の神ユピテル)の愛を取り戻すために、愛の女神アプロディテ(ローマ神話の女神ウェヌス)に帯を借りた。魔法の宝帯には、欺き、戯れ、欲望、喜び、愛、愛の苦しみ、情熱など、さまざまな誘惑の手段が封じ込められていた。

出典 Parada, *Genealogic Guide to Greek Mythology*, 1 9 2; Whatham, "The Magical Girdle of Aphrodite," 336

アプロディテの玉座
throne of Aphrodite, the/ Aphrodite's throne

ギリシア神話のオリュンポス山の評議会の広間には、愛の女神アプロディテ(ローマ神話の女神ウェヌス)の玉座があった。この玉座は、広間の左側にあるアテナ(ローマ神話の女神ミネルウァ)の隣で(女神たちの玉座はすべて左側にあった)、▶アレスの玉座と向かい合っていた。束縛、彫刻術、火、鍛冶、金属細工、石工、護符の神であるヘパイストス(ヘファイストス。ローマ神話の神ウルカヌス)が作ったアプロディテの玉座は、銀でできていた。▶アテナの玉座と区別するために、アクアマリンとベリルがはめ込まれていた。玉座の背もたれはホタテ貝の形をしており、クッションは白鳥の羽毛で作られていた。玉座の前に敷かれたマットには、リンゴ、ミツバチ、スズメが描かれていた。

出典 Graves, *Greek Gods and Heroes*, n.p.

アポロンの玉座
throne of Apollo, the/ Apollo's throne

別名・類語 アポロンの玉座

ギリシア神話のオリュンポス山の評議会の広間には、弓術、芸術、治癒、狩猟、知識、医学、音楽、託宣、疫病、予言、太陽と光、真理、若い未婚男性の神であるアポロン(「破壊する」または「追い払う」)の玉座があった。この玉座は、広間の右側にあるアレス(ローマ神話の神マルス)の玉座の隣だった(男性の神々の玉座はすべて右側にあった)。束縛、彫刻術、火、鍛冶、金属細工、石工、護符の神であるヘパイストス(ヘファイストス。ローマ神話の神ウルカヌス)が作ったアポロンの玉座は、よく磨かれた黄金でできていた。その表面には魔法の文字が刻まれ、クッションはニシキヘビの皮で作られていた。玉座の上に21本の光線を放つ太陽の円盤が吊り下げられており、光線は矢の形を模していた。

出典 Graves, *Greek Gods and Heroes*, n.p.

アポロンの竪琴

lyre of Apollo, the

　古代ギリシア神話で、畜産、商業、雄弁、豊穣、言語、略奪、幸運、睡眠、盗賊、交易、旅行、富の神であるヘルメス（ローマ神話の神メルクリウス）が、弓術、芸術、癒し、狩猟、知識、医学、音楽、託宣、疫病、予言、太陽と光、真理、若い未婚の男性の神であるアポロンの庇護下にあった牛の腸と、カメの甲羅を用いて、竪琴を作った。アポロンは誰が自分の牛を盗んで殺したのかを突き止めたが、ヘルメスは自分ではないと何度も否定した。ふたりの神がこの問題をめぐり喧嘩になるのを防ぐため、運命、王、稲妻、空、雷の神ゼウス（ローマ神話の神ユピテル）はふたりに対し、一緒に家畜を探しに行くよう命じた。残りの牛を隠した場所へ行く途中で、ヘルメスは袋から竪琴を取り出して、それを奏でながら歌った。その楽器が良質で美しい音楽を生み出すことに感動したアポロンは、竪琴を自分に譲りそれを決して盗まないと約束するのなら、ヘルメスを許すと言った。ヘルメスはこの取引に応じ、牛や羊を飼う権利とともに杖を受け取った。

出典 Allan and Maitland, *Ancient Greece and Rome*, 101; Orr, *Apollo*, 35

アポロンの弓

bow of Apollo, the

　古代ギリシア神話のなかで最も恐れられた武器のひとつが、弓術、芸術、治癒、狩猟、知識、医学、音楽、託宣、疫病、予言、太陽と光、真理、若い未婚男性の神であるアポロンの弓である。アポロン（「破壊する」あるいは「追い払う」）は、自分を怒らせた者なら誰でも弓で射た。2本の銀色の雄羊の角で作られた弓は、矢を放つとまばゆい閃光をひらめかせ、飢饉や疫病、災いを引き起こしたり、反対に、健康を授けたりする力があった。眠っているあいだに死んだ人や突然死した人は、アポロンの弓で射られたのだと言われている。

出典 Hard, *The Routledge Handbook of Greek Mythology*, 142-43; Lang, *A Book of Myths*, n.p.

天逆鉾

Ama-no-Saka-hoko

　古代日本神話で、天逆鉾（「天の丘の柱」／「天の丘の竿」／「天の逆さになった鉾」／「天の逆さまの槍」）は、太陽の女神である天照大御神の孫ニニギノミコトの武器だった。ニニギノミコトは、日本を統治するために天から遣わされた。伝説によると、ニニギノミコトは地上に降り立った際、日向の高千穂峰の山頂に天逆鉾を突き立てたという。

　また、『播磨国風土記』によれば、伝説の皇后である神功皇后は朝鮮征服に船で出陣する際、船首と船尾にニホツヒメノミコトに授かった赤土を塗った天逆鉾を立て、そのおかげで無事に海を渡ることができたという。

出典 Holtom, *The Political Philosophy of Modern Shinto*, 221; Waley, *The Secret History of the Mongols and Other Pieces*, 114

天沼矛

Amenonuhoko

別名・類語 天の沼矛（「天の沼の槍」）、天浮橋、▶蜻蛉切

　日本神話で、天沼矛（「玉で飾られた天の槍」）は、神イザナギ（「誘う男」）とイザナミ（「誘う女」）が使った、玉で豪華に飾られ

た薙刀（矛槍に似た、木の柄がついた長く幅広い刃の矛）のこと。2神は他の神々に、「漂っている状態の大地を固め、整え、命を育む」よう命じられた。2神は天浮橋の上に立ち、荒れ狂う海に天沼矛を突き立て、かき混ぜた。泡立った塩の塊が集まり始め、やがて最初の陸塊、オノゴロ島が形作られた。

出典 Herbert, *Shinto*, 220; Pauley, *Pauley's Guide*, 4; Takahashi, *A Study of the Origin of the Japanese State*, 6 4; Leviton, *The Gods in Their Cities*, n.p.; Satow, *Ancient Japanese Rituals*, 225

アマランサ

amarantha

別名・類語 アマランデ、アマランテ

古代ギリシア神話で、アマランサ（「死を超える」/「しおれない花」）は、永遠に咲き続ける花の一種と言われた。

出典 Anderson, *Joyce's Finnegans Wake: The Curse of Kabbalah*, Volume 9, 93; Samuelson, *Baby Names for the New Century*, 15

アモルタム

amortam

別名・類語 ▶アンブロシア、アムリト（「不死」）、アムリタ（「死なない」）、アムルタ（「甘露」）、ドッジ（チベット語）、不死の霊薬、▶ソーマ、不死の水

ヒンドゥー教の神話におけるアモルタムは、見た目が牛乳によく似た液体で、神々に不死を与えると言われる飲み物。法典には、疲労を和らげ、あらゆる毒を解毒する力を持つ甘露と記述されている。神々と悪魔が休戦してサムドラ・マンタン（「乳海撹拌」）を行った際には、蛇王ヴァースキの体を棒に見立てた大きな山に巻きつけて引き、回転させることで撹拌した。▶ハーラーハラは、アモルタム

とは逆の猛毒である。

出典 Balfour, *Cyclopadia of India and of Eastern and Southern Asia*, Volume 3, 9 6; Dalal, *Hinduism*, 2 4, 2 4 0; Dekirk, *Dragonlore*, 3 2; Orme, *Historical Fragments of the Mogul Empire*, 3 5 7; Southey, *Southey's Commonplace Book*, Volume 4, 253

アユダプルシャ

ayudhapurusha/ ayudha purusa

別名・類語 シャストラデヴァタ（「短剣、ナイフ、あるいはその他あらゆる刃物」）

ヒンドゥー教美術において、アユダプルシャ（「武器人間」）は、聖なる武器である▶アストラを擬人化して描いたもの。ときにそういう武器は、神を確固たる形に具現化したものと考えられている。芸術作品では、冠をかぶった2臂の存在として、自らが体現する武器の中から現れたり、頭や両手に武器をのせていたりする姿が描かれている。男性的な武器の名前には"プルシャ"（purusha「男」）という言葉がつき、女性的な武器の名前には"デーヴィー"（devi「女神」）がつく。伝統的に、シャクティ（槍）とガダ（棍棒）は女性的、チャクラ（円盤）は中性的、カドガ（剣）と▶三叉戟（トリシューラ）は男性的と見なされている。

そういう武器を使う者たちは、サストラ・デヴァタス（「聖なる武器の神々」）として知られる。

出典 Dallapiccola, *Dictionary of Hindu Lore and Legend*, n.p.; Lochtefeld, *The Illustrated Encyclopedia of Hinduism: A-M*, 75

アラ

Ara/ Arae

古代ギリシア神話において、最初に造られた祭壇の名前。運命、王、稲妻、空、雷の神であるゼウス（ローマ神話の神ユピテ

ル）が、父親であるティタン神族のクロノスと覇権をめぐって10年にわたる戦争（ティタノマキアとして知られる戦い）をしていた時代に、キュクロプス族が建造した。祭壇は、ゼウスの稲妻の力をティタン神族から隠すために、火の上に覆いが掛けられていたと記述されている。オリュンポスの神々が戦争に勝利したのち、全員がアラでゼウスに忠誠を誓った。秩序が回復すると、ゼウスは人間たちに祭壇という概念を伝え、互いに忠誠を誓いたいときにはいつでも生贄を捧げる場所を持てるようにした。人々は神聖な誓いを立てたいとき、右手を祭壇の上に置くようになった。

出典 Condos, *Star Myths of the Greeks and Romans*, 37; See, *The Greek Myths*, 17

アラジンの指輪

ring of Aladdin, the

アラジンの指輪の物語は中東の民話に由来するもので、『シェヘラザードの物語』または『千夜一夜物語』で取り上げられて世に広まった。アラジンの指輪には、願いを叶える魔法を持つジン（精霊）が宿っていた。物語の冒頭では、この指輪を持っていたのはアラジンのおじになりすました男だった。この指輪は、ランプを手に入れてもアラジンを見捨てないという誠意のしるしとして、男からアラジンに贈られた。男は指輪にジンが宿っていることを知っているが、自分がランプを手にしたら指輪を取り戻せると考えていた。指輪のジンは黒く巨大で、どこかへ運んでほしいと命じれば、魔法でそれを叶えてくれる。

出典 Dawood, *Aladdin and Other Tales from the Arabian Nights*, n.p.; Kelly, *The Magical Lamp of*

Aladdin, 18-19

アラジンのランプ

lamp of Aladdin, the

別名・類語 アラディンのランプ、アラジンの驚異のランプ、魔法のランプ

中東の民話を起源とし、『シェヘラザードの物語』または『千夜一夜物語』によって広まったアラジンの魔法のランプは、不思議なアイテムである。この話には多くのバージョンがあるが、大筋としては、アラジンとその母親は「中国のある都市」で貧しい生活を送っていた。ある日、長らく行方のわからなかった、アラジンの亡き父の兄弟だと名乗る男がふたりのもとを訪れる。その男はふたりに親身な態度で接し、ある仕事を手伝ってほしいとアラジンに持ちかける。それは一風変わった仕事だった。男はアラジンに魔法の指輪を渡し、奇妙な洞窟の中にある、赤・白・黄色の炎が揺らめくオイル・ランプを取ってくるようにと言うのだ。欲深い男は、アラジンを裏切って独り占めしようと焦るあまり、誤ってアラジンをランプとともに洞窟の中に閉じ込めてしまう。不安で両手を握りしめたアラジンは、魔法の指輪で偶然ランプをこすり、指輪の中に閉じ込められていたジン（精霊）を解放する。アラジンはランプを持って家に戻った。ランプを売って食料を買おうと思った母親がランプをきれいに磨くと、ランプに閉じ込められていた強力なジンが中から現れた。ランプのジンの力で、アラジンは大金持ちになり、スルタンの美しい王女バドルウルバドゥールと結婚する。ジンはその力で、宝石を無限に生み出し、壮麗な宮殿を作り、忠実な召使いを呼び寄せ、有益な助

言を与えた。

　かつてアラジンをだました男は、彼の幸運を聞いて戻ってくると、(ランプの力を知らない)王女をだましてランプを手に入れる。男はアラジンの人生を打ちこわし、彼が手にしていた栄光をすべて消し去る。幸運にも、ランプのジンと比べれば力は劣るが、指輪のジンの助けを借りながら、王女は一計を案じ、「女の魅力」を用いてランプを取り戻し、その男を殺す。

　物語の山場では、男の兄であるさらに邪悪な人物が、弟の仇を討つためにアラジンを探し出す。幸いにも、ランプのジンがアラジンにその復讐計画を知らせ、邪悪な男を殺す手助けをする。最後に、アラジンは王女と再会し、義父の王位を継ぐ。

出典 *Library of Famous Fiction*, 9 5 4-1 0 1 9; Marzolph, *The Arabian Nights in Transnational Perspective*, 331-41

アラステイン
Arasteinn

　北欧神話で、アラステイン(『ワシの岩』)は、コン王がスヴィーア(スウェーデン)との戦いのあと休息した場所。

出典 Norroena Society, *Asatru Edda*, 335

アラスナムの鏡
mirror of Alasnam, the

別名・類語 美徳の試金石

『シェヘラザードの物語』または『千夜一夜物語』の中の「ザイン・アル゠アスナムの物語」では、ゼイン・アラスナム(ザイン・アル゠アスナム)王子は、ジン(精霊)から1枚の鏡を渡された。貞操観念がなく心が純粋ではない女性が鏡をのぞくと、鏡は曇ってしまう。鏡が曇らずきれいに映れば、王子はその女性が不誠実ではなく、ふしだらではないことがわかるという。

出典 Brewer, *Dictionary of Phrase and Fable*, Volume 1, 2 6; Brewer and Harland, *Character Sketches of Romance, Fiction and the Drama*, Volume 8, 215; Hyamson, *A Dictionary of English Phrases*, 9

アラティル
Alatyr/ Ala'tyr

別名・類語 あらゆる石の父、ラティル(▶ラティル石参照)、ラティゴール(「石」)、ヴ・スェム・カージディ・カーミニ(「あらゆる石」)

　ロシアの民間伝承で、癒しの能力を持つ魔法の石のこと。ブーヤン島の中心にある世界樹の上に置かれ、2匹の怪物に守られている。1匹はガガナという巨大な鳥で、銅の鉤爪と鉄のくちばしを持っている。もう1匹はガラフェナという巨大なヘビで、金のねぐらの上で待ち伏せている。世界樹の下には川が流れ、その水にはいくらか癒しの力がある(アラティルが水に及ぼす影響による)。

　アラティルはさまざまな魔法や呪文で召喚され、呼び出せなければ魔法は失敗すると信じられている。

出典 Bailey, *An Anthology of Russian Folk Epics*, 3 9 8; Dole, *Young Folks History of Russia*, 5 1; Jakobson, *Word and Language*, 624; Ralston, *Songs of the Russian People*, 375

アラドヴァル
Areadbhair

別名・類語 ケルトハルのルイン

　ケルト神話の太陽神である長腕(器用な手あるいは長い手)のルグ(「輝き」または「光」)が所有する槍の1本であるアラドヴァル(「虐殺者」)は、神の一族トゥアタ・デー・ダナンが祖国を離れる際に携えていった

宝物のひとつと言われている。ほかには、ガエ・アッサル（「アッサルの槍」、▶ルイン参照）、▶スレア・ブア（「勝利の槍」）がある。アラドヴァルは、ゴリアスの街でイチイから作られたと言われる。戦いでは無敵だが、常に先端を水に浸しておかなければならなかった。さもないと炎が噴き出してしまうからだ（ほかに、槍が人を殺すのを防ぐため常に沸騰した血の大釜に入れておかなければならないという説もある）。伝説によれば、この槍はかつてペルシアのピサル王が所有していたという。

アラドヴァルはアーサー王の聖杯伝説にも、傷を負わせるとともに癒しもする、血を流す槍として登場する（▶血の滴る槍参照）。

出典 Dudley, *The Egyptian Elements in the Legend of the Body and Soul*, 174; Ellis, *The Mammoth Book of Celtic Myths and Legends*, n.p.; Stirling, *The Grail*, n.p.

アリアドネの糸

clue of Ariadne

古代ギリシア神話に登場するアリアドネは、クレタ島のミノス王の美しい娘だった。ミノスは、王妃パシパエと神の雄牛のあいだに生まれた不義の子、ミノタウロス（「ミノスの雄牛」）として知られるアステリオンを閉じ込めるため、出口のない精巧で巨大な迷宮を造らせた。都市国家アテナイが、クレタ島の王子アンドロゲオス殺害の償いとして貢いでいる生贄の青年や乙女が、アステリオンの食料となった。アテナイのアイゲウス王の息子テセウスは、生贄のひとりとして送り込まれた際、アリアドネを説き伏せ、迷宮からの脱出を助けてくれれば結婚すると約束した。アリアドネは糸玉を手渡し、テセウスはその糸を少しずつ伸ばし

ながら迷宮を進んだ。ミノタウロスを倒したあと、テセウスは糸を逆にたどって迷宮を抜け出し、アリアドネとともに逃げおおせたが、のちに彼女を置き去りにした。

出典 Lucian, *The Works of Lucian*, Volume 2, 197; Stevens, *Ariadne's Clue*, 3

アリコーン

Alicorn

別名・類語 ユニホーン、ユニコーンの角

多くの民間伝承や神話に登場するアリコーンは、ユニコーンの角の正式名称（ユニコーン研究者のオデル・シェパードがつけた名前）。角は、ユニコーンの頭から切り取られても、魔法の力の多くを保持していると言われる。最も重要なのが、どんな病気でも治す能力である。さらに、あらゆる毒の解毒剤になる、疝痛、咳、痙攣、てんかん、痛風、心臓の動悸、憂鬱、ペスト、腺ペスト、狂犬病、壊血病、潰瘍などを治す、お守りとして身に着ければ全般的な厄除けになる、強力な媚薬として働く、回虫を防ぐ、人の魂から罪を取り除く、歯を白くする、などの効能もある。角で作った杯で飲み物を飲めば、どんな毒が入っていても中和されると言われた。

あまり知られていない民間伝承では、角の下には謎めいたルビー（カーバンクルまたは宝石の王とも呼ばれる）があり、角を取り除くと現れるとされている。この石自体にも、邪悪なものを追い払い、悲しみを癒し、あらゆる毒を中和する神秘的な力があるという。

アリコーンが本物かどうかを判断する方法はいくつもある。たとえば、毒に粉末のアリコーンを加えて助手に飲ませ

る、サソリにアリコーンの粉末を振りか
けて死ぬかどうか確かめる、毒が存在す
るところで角が汗をかくかどうか観察す
る、クモの仲間はアリコーンで作った線
を越えられないので、クモのまわりに角
で円を作る、本物のアリコーンなら水が
泡立つので、角を水に浸ける、などだ。
さらに、アリコーンが存在するところで
は毒を持つ生物は死に、毒を持つ植物は
しおれ、アリコーンに近づけると有毒な
食べ物には露が浮かび上がり、絹に包ん
で燃える石炭の上に置いても角が燃える
ことはなく、燃やせば甘い香りを放つと
いう。

出典 Dudley, *Unicorns*, 61, 62, 67, 69; Ley, *Exotic Zoology*, 2 0-2 2; Shepard, *Lore of the Unicorn*, n.p.; Suckling, *The Book of the Unicorn*, n.p.

アリマタヤのヨセフの盾

shield of Joseph of Arimathea, the

アーサー王伝説によれば、アリマタヤ
のヨセフの盾は3人の乙女によってアー
サー王の城へ運ばれ、サー・パーシヴァ
ルが城でそれを発見した。それは白地に
赤い十字架が描かれた盾だったという。
13世紀の著作『ペルスヴァル』(『*Li Hauz
Livres du Graal*』または『*The High History of the Holy
Graal*』としても知られる)[『ペルスヴァルまたは
聖杯の物語』(*Perceval ou Le Conte du Graal*) とは異
なる著作]によれば、アリマタヤのヨセフ
はイエスの死後、盾に十字架を描いたと
いう。また、盾はかつて、ユダヤの民族
的英雄ユダ・マカバイのものだったとも
されている。しかし、その少し前に書か
れた『聖杯の探求』(*Queste del Saint Graal*) で
は、同様の描写と来歴の盾は、サー・ガ
ラハッドのものとなるように運命づけら
れている。

出典 Brault, *Early Blazon*, 50; Jeffrey, *A Dictionary of Biblical Tradition in English Literature*, 412

アルカヘスト (万物溶解液)

alkahest

別名・類語 火の霊薬、不滅の溶媒

錬金術において、金を含むあらゆる材
料や物質を溶かすことができる、塩類を
基礎とした万能溶媒。薬効が高く評価さ
れているこの赤い液体は、水銀と詳細不
明の塩類を注意深く配合して作られ、あ
らゆるものを「自然界で可能なかぎり最
小の原子」にまで還元できると伝えられ
る。錬金術師たちは、この物質を創り出
そうと苦心した。ヤン・バプティスト・
ファン・ヘルモント(フランドルの化学者、生
理学者、医師)が提唱したところによると、
万物は水から生まれたので、アルカヘス
トがあれば他の物質をその構成要素や根
本的な主原料に還元できると考えたから
だ。

出典 Newman and Principe, *Alchemy Tried in the Fire*, 1 3 8, 2 4 9, 2 7 6, 2 9 2; Principe, *The Aspiring Adept*, 35

アルゴ

Argo, the

紀元前3世紀にロドスのアポローニオ
スが書いた叙事詩『アルゴナウティカ』
は、英雄イアソンと随行者アルゴナウタ
イ(「アルゴの乗組員たち」)が、遠隔の地コ
ルキスから▶金の羊毛を求めて危険な旅
に出る物語である。アルゴは、彼らが冒
険に向けて乗り込んだ船の名前。工芸、
軍事的勝利、戦争、知恵の女神であるア
テナ(ローマ神話の女神ミネルヴァ)の設計に
基づいて、船大工のアルゴスが建造し
た。舳先はドドナの神聖な森の木で造ら

れていたので、マストの先が言葉を話し、予言することができたと言われている。

探求の旅が成功を収めると、アルゴは地震、馬、海の神であるポセイドン（ローマ神話の神ネプトゥヌス）に捧げられた。その際、船は天に昇って姿を変え、アルゴ座という星座になった。

出典 Daly and Rengel, *Greek and Roman Mythology, A to Z*, 1 7; Stuttard, *Greek Mythology*, n.p.; Woodard, *The Cambridge Companion to Greek Mythology*, 168-69, 463

アルテミスの玉座
throne of Artemis, the/ Artemis's throne

ギリシア神話のオリュンポス山の評議会の広間には、子ども、狩猟、純潔、未婚の少女、野生動物の女神アルテミス（ローマ神話の女神ディアナ）の玉座があった。この玉座は、広間の左側に置かれ（女神たちの玉座はすべて左側）、アポロン（「破壊する」または「追い払う」）の玉座と向かいあっていた。束縛、彫刻術、火、鍛冶、金属細工、石工、護符の神であるヘパイストス（ヘファイストス。ローマ神話の神ウルカヌス）が作ったアルテミスの玉座は銀製で、背もたれは月の形をしており、両側がナツメヤシの葉で飾られていた。クッションはオオカミの毛皮で作られていた。

出典 Graves, *Greek Gods and Heroes*, n.p.

アルテミスの弓
bow of Artemis, the

古代ギリシア神話に登場する子ども、狩猟、純潔、未婚の少女、野生動物の女神であるアルテミス（ローマ神話の女神ディアナ）の弓は、銀製で月明かりの金がちりばめられた新月の象徴であり、強力な武器だった。双子の弟アポロン（「破壊する」あるいは「追い払う」）の弓と同じく（諸説あり）、巨人族キュクロプスが作ったアルテミスの弓には、災いを引き起こしたり、病気を癒したりする力があった。年若い少女や女性が突然死すると、アルテミスの弓で射られたと言われた。

出典 Callimachus, *Hymn 3 to Artemis*; Rigoglioso, *The Cult of Divine Birth in Ancient Greece*, 224

アルバダラ
albadara

別名・類語 ▶ルーズ、ラス・サクラム

アラビアの民間伝承で、破壊を拒む人体の骨のこと。言い伝えによれば、復活の際、セサモイデ（「種」、足の親指の第一関節の骨）であるこの骨は、新しく創られる体の種となる。

出典 Brewer, *Dictionary of Phrase and Fable* 1900, 57; Quincy, *Lexicon Physicomedicum*, 39

アルプライヒ
alpleich

別名・類語 エルフェンライゲン

ドイツの民間伝承で、人が死ぬ前に耳にすると言われる音楽のこと。ブラウンシュヴァイクの物語によれば、アルプラ

イヒはセイレーンの歌に似ていると描写される。ラルゼンファンガー（まだら服の男、ハーメルンの笛吹きとも呼ばれる）が、ネズミをハーメルン川（もしくはヴェーザー川、出典により異なる）に誘導したとき、さらにその後町の子どもたちをコッペンベルグ山の洞窟に誘い込んだときに奏でていた音楽である。

出典 Brewer, *Dictionary of Phrase and Fable* 1900, 38; Character Sketches of Romance, *Fiction and the Drama*, Volume 2, 3 6 5; Mercer, *Light and Fire Making*, 38

アルマス

Almace

別名・類語 アルマツィア、アルミス

フランスの叙事詩『ローランの歌』（*La Chanson de Roland*, 1040-1115年頃）では、紀元778年のロンスヴォーの戦いでの出来事が語られており、そのなかでアルマス（古ノルド語で「施し物」、アラビア語でおそらく「切る道具」）は、ランスの大司教チュルパンの剣だった。アルマスについて、ほかにはほとんど記述がない。

北欧伝説『カルル大王のサガ（*Kalamagnus saga*）』によれば、伝説の鍛冶職人ヴェルンド（ゴファノン／ヴェーラント／ヴィーラント／ウェイランド）によって3本の剣が作られ、カルル大王（カール大帝、シャルルマーニュ）に献上された。それが、アルマス、▶コルタン、▶デュランダルである。それぞれの剣は鋼の山で試し切りが行われ、アルマスは瑕ひとつなく手幅ほども貫き通し、その後チュルパン大司教に贈られた。

出典 Pendergrass, *Mythological Swords* 4, 8, 9; Sayers, *The Song of Roland*, 38

アルミーダの魔法の杖

baguette d'Armide, de/ wand of Armida

イタリアの詩人トルクァート・タッソによる叙事詩『エルサレム解放』で、アルミーダの魔法の杖は、黄金でできた強力で神聖なアイテムであり、風、地、火の精をはじめ、あらゆる亡霊や幻影、精霊を追い払い、退ける能力を持っていた。1万種類もの疫病を引き起こせるうえに、あらゆる魔法の呪文を解くこともできるので、杖を目にした者は恐怖に震えるという。

出典 Eccles, *Rinaldo and Armida*, 2 6, 5 9; Guerber, *The Book of the Epic*, 210-13

アレクトリア

alectoria

別名・類語 アレクトリアの石

一般的な民間伝承によると、7年以上生きた去勢雄鶏の腸内で見つかる豆粒ほどの大きさの黒っぽい透明な石、アレクトリアには魔法の力が宿っているという。人がこの石を身に着けると、透明人間になれる。さらに、石を口の中に入れておけば、いくつもの魔法の力が得られる。たとえば、喉の渇きを癒やす、名誉を授ける（またはすでに手に入れた者の名誉を守る）、相手の愛を確実にする、魔法にかけられた者あるいは呪文の影響下にある者を解放する、失われた王国を取り戻す他の王国を獲得する手助けをする、夫に愛想よく接する妻にする、使用者を雄弁で誠実な感じのよい人間にする、などだ。

出典 Daniels and Stevens, *Encyclopedia of Superstitions, Folklore, and the Occult Sciences*, Volume 2, 722, 752

アレスの玉座

throne of Ares, the/ Ares' throne

ギリシア神話のオリュンポス山の評議会の広間には、戦いの神アレス（ローマ神話の神マルス）の玉座があった。この玉座は、広間の右側にあるアポロンの玉座の隣に置かれ（男性の神々の玉座はすべて右側）、アプロディテ（ローマ神話の女神ウェヌス）の玉座と向かい合っていた。束縛、彫刻術、火、鍛冶、金属細工、石工、護符の神であるヘパイストス（ヘファイストス。ローマ神話の神ウルカヌス）が作ったアレスの玉座は、真鍮製だった。強固にできていたが、魅力的ではなかった。肘掛けなどの装飾は人間の頭蓋骨に見えるように作られ、クッションは人間の皮膚で作られていた。

出典 Graves, *Greek Gods and Heroes*, n.p.

アレスの聖盾
せいじゅん

Ancile of Ares, the/ Ares's Ancile

古代ギリシア神話において、アレス（ローマ神話の神マルス）の聖盾は、戦いの神が持つ真鍮の丸盾、あるいは盾で、表面にはリンゴの上で翼を広げる勝利の女神の像が描かれていた。角がなくなるよう四方が切り取られていたと記述されている。神話によると、聖盾はローマの第2代の王となるヌマ・ポンピリウス王子のもとに天から投げ落とされ、聖盾が王子のもとにあるかぎり「ローマは世界の女王となる」と告げられたという。ヌマは保護を万全にするため、11枚の複製を作るように命じ、サリーと呼ばれる神官団に管理を任せた。聖盾は、神官たちとともにアレス神殿に置かれた。

出典 Bell, *Bell's New Pantheon*, Volume 2, 6 0; Grant and Hazel, *Who's Who in Classical Mythology*,

n.p.

アロンダイト

Arondight/ A'rondight/ Arondite

別名・類語 アーロンディット

アーサー王伝説と中世の物語によれば、▶円卓の騎士のなかで最も強く勇敢だった湖の騎士サー・ランスロットの剣。

出典 Brewer, *Dictionary of Phrase and Fable* 1900, 1 1 9 7; Evangelista, *The Encyclopedia of the Sword*, 5 7 6; Frankel, *From Girl to Goddess*, 4 9; Jobes, *Dictionary of Mythology, Folklore, and Symbols*, Part 1, 422

アロンの杖

rod of Aaron, the

別名・類語 アロンの持ち物、ホテル（「杖」または「小枝」）

ヘブライ神話では、アロンの杖は羊飼いの杖だったとされている。従来、羊飼いの杖は2メートル前後か、1メートル弱ほどの長さだったはずだ。どちらの長さでも、先端に大きなこぶがあり、オオカミを殴って追い払うために使われたようだ。アロンが杖をファラオの前に投げると、杖はヘビに変わり、神の力を示した。ファラオの魔術師であるヤンブレスとヤニスも自分の杖をヘビに変えたが、▶モーセの杖に飲み込まれた。

出エジプト記によれば、アロンの杖には、エジプトの10の災いのうちの少なくともひとつをもたらす力が宿っていた。それはシラミ［またはブヨとも言われる］の災いである。民数記には、杖がどのようにして力を得たかについて記されている。その過程で、杖は芽吹いてつぼみをつけ、花開いてアーモンドの実を結んだ。神は、杖を使用しないときは幕屋に置くようにと命じた。これに関して、杖は▶

契約の箱の中に置かれたと解釈する学者もいれば、契約の箱の横に置かれたとする学者もいる。

出典 Boren and Boren, *Following the Ark of the Covenant*, 1 3; Calmet, *Calmet's Great Dictionary of the Holy Bible*, n.p..

アワザマカット
Awadzamakat

コーカサス山脈の地方伝承やアブハジアの伝説によれば、『ナルト叙事詩』の英雄たちが酒(▶ナルトサネ)を入れるのに使った陶器の水差しのこと。英雄が水差しの近くに立って、自分の英雄談を語ると、中のナルトセインが沸騰して泡立ったという。クルホリ峠に埋められていたアワザマカットに入れた酒は、けっして尽きることがなかった。また、この水差しから酒を飲んだ者は力が湧き、寿命が伸びたという。

出典 Belyarova, *Abkhazia in Legends*, n.p.

アングルヴァダル
Angurvadel

別名・類語 アングルヴァ、フリチオフの剣

北欧神話で、アングルヴァダル(『苦悶の流れ』)は、アイスランドの英雄、勇者フリチオフ(Frithiof / Frithjof)が持っていた魔法のファルシオン(剣)のこと。ドワーフによって作られたこの武器には黄金の柄が備わり、魔法のルーン文字が刻まれていた。戦時には刃が明るく輝いたが、平時にはほの暗い微光を放った。アングルヴァダルは英雄の3つの貴重な所持品のひとつで、あとのふたつは竜船▶エリダと▶黄金の腕輪である。

出典 Brewer, *Dictionary of Phrase and Fable* 1900,

1 1 9 7; Cox and Jones, *Tales of the Teutonic Lands*, 222; Evangelista, *The Encyclopedia of the Sword*, 576; Tegner, *Frithiof's Saga*, 120

アンサラー (応答する者)
Answerer

別名・類語 ▶フラガラッハ、リタリエーター(報復する者)

アイルランドの伝承における魔法の剣。元の持ち主は、海神であり冥界の守護者であるマナナーン・マク・リル(マナナン／マナノス)で、次にその養子であるルー・ラムファダが譲り受け、さらにクー・フリン(クー・フラン／クー・フーリン／クーフーリン)に与えられたのち、"百戦の"コン王の手に渡った。神々が鍛造したアンサラーは、どんな鎧、盾、壁をも貫く力があると言われた。また、喉に突きつけられた者は動けなくなり、投げかけられた問いに答えざるをえなくなるので、アンサラー(応答する者)という名がついたという。さらに、剣の魔法によって、使い手は風を意のままに操ることができ、けっして癒えない傷を負わせることができた。

出典 Pendergrass, *Mythological Swords*, 3 9; Rolleston, *Myths & Legends of the Celtic Race*, 113, 125

アンジャリカ・アストラ
Anjalika Astra

別名・類語 アンジャリカの矢

ヒンドゥー教の神話において、▶アストラは、神々が創造した、あるいは持ち主となる者に神々が授けた超自然的な武器である。アストラの使い手はアストラダリと呼ばれる。

『マハーバーラタ』(古代インドの2大サンスク

リット叙事詩のひとつ)に登場するアンジャリカ・アストラは、弓の名手であるアルジュナ(「一点の曇りなく銀のように光り輝く」)が、非武装の無防備なカルナを背後から殺すのに使った矢。

出典 Hiltebeitel, *Mythologies: From Gingee to Kuruketra*, 4１１; Thadani, *The Mystery of the Mahabharata*, Volume V, 689, 690

アンダオクト
Andaokut

アラスカとカナダのブリティッシュコロンビア州の太平洋岸北西部に住むツィムシアン族には、アンダオクト(「粘液の少年」)の物語が伝わる。子どもを森の魔女マラハスに奪われて失い、嘆き悲しむ女が、粘液を溜めて作った▶ホムンクルスのような存在である。この魔女は、子どもを誘拐して生きたまま炉で燻製にし、好きなときに食べることでよく知られていた。アンダオクトはみるみる成長し、親になった者たちに弓と矢を求めた。養母が泣いてばかりいる理由を知ると、アンダオクトはマラハスを捜しに出かけた。慎重に一連の策を巡らせ、魔女を殺せる唯一の方法、つまり隠された小さな黒い心臓を見つけて矢で貫くことで、マラハスを殺すことに成功した。魔女を倒したあと、アンダオクトは子どもたちの遺体を集めて丁重に地面に並べ、全身に尿を振りかけた。すると、子どもたちは息を吹き返した。

出典 Boas and Tate, *Tsimshian Mythology*, 903-7

アンティン・アンティン
anting-anting

別名・類語 アンティン・インティン

フィリピンの民間伝承で、弾丸から身を守るために携帯するお守りのこと。アンティン・アンティンの名で呼ばれるアイテムの材料はなんでもかまわず、骨、ボタン、硬貨、魔法のシンボルが記された紙片、磨いたココナッツの殻のかけら、ワニの胃から取り出した白い石、あるいはシャツなど、本質的な価値を持たないものだ。お守りは、ネックレスやブレスレットのチャームにしたり、指輪にはめ込まれたりすることもある。ひとつひとつ異なっていて、代々受け継がれると言われる。民間伝承によれば、アンティン・アンティンはとても強力なので、身に帯びる者はしばしば虚勢を張り、平然と銃口に向かって歩いたり、銃剣に向かって突進したりするという。シャーマンたちによると、最初のアンティン・アンティンは、古代に黒魔術によって作られた。

出典 Kayme, *AntingAnting Stories*, vi; Tope and NonanMercado, *Philippines*, 76-77

アンドヴァラナウト
Andvaranaut

別名・類語 アンドヴァラノウト、アンドヴァレナウト、アンドヴァリ、アンドヴァリナウト

北欧神話で、アンドヴァラナウト(「アンドヴァリの贈り物」/「アンドヴァリの宝石」/「アンドヴァリの織機」)は、もともとドワーフのアンドヴァリが所有していた黄金の魔法の指輪。黄金を見つける力と生み出す力の両方を持っていた。指輪はドワーフの最愛の所有物だったので、神ロキが自分の負債を払う目的で譲るように強要したとき、アンドヴァリは指輪を身に着けた者に破滅と失墜と没落がもたらされるよう、呪いをかけた。ロキは、アンド

ヴァラナウト（に加えて、数え切れないほどた
くさんの財宝）をドワーフの王フレイズマ
ルに、息子のオト（オットル／オトル）を殺
した賠償として渡した。その直後、王の
別の息子ファーヴニル（ファーフナー）が父
親を殺し、財宝と指輪を厳重に守るた
め、竜に姿を変えた。英雄シグルズ（ジー
クフリート／シグムンド）が竜を倒し、アン
ドヴァラナウトをブリュンヒルド（ブリュ
ンヒルデ）に贈った。のちに、ギューキ族
の王妃グリームヒルドは、シグルズとブ
リュンヒルドを巧みに操って自分の子ど
もたちと結婚させ、アンドヴァラナウト
の呪いを自分の家系に持ち込むことにな
る。

出典 Daly, *Norse Mythology A to Z*, 4-5; Dodds,
The Poetic Edda, 204; Illes, *Encyclopedia of Spirits*, 182

アンドヴァラフォルス
Andvare-Force/ Andvarafors

　北欧神話において、滝が生み出す力を
表し、ドワーフのアンドヴァリは、その
中にいれば魚の一種カワカマスの姿を保
てる。

出典 Anderson, *Norse Mythology*, 440

アンヌヴンの大釜
cauldron of Annwn, the

別名・類語 復活と霊感の大釜

『タリエシンの書』に収録されたウェール
ズの詩「アンヌヴンの略奪品」には、アン
ヌヴン（「深奥」）の大鍋が登場する。9世紀
から12世紀のあいだに書かれたこの詩
は、アーサー王と家臣たちが愛用の船▶
プリドウェンに乗って黄泉の国（アンヌヴ
ン）へ向かい、黄泉の王にまみえて大釜
を手に入れようとするさまを語る。大釜
は、エナメルで花が描かれ、ダイヤモン
ド（または真珠）がちりばめられ、これを守
る9人の乙女の息で炎が保たれると描写
されている。

　大釜は「多くの」魔法の力を持つと言わ
れ、そのひとつは臆病者や偽証者のため
に食べ物を煮ることを拒絶する力であ
る。黄泉の王の所有物であり、黄泉の国
から持ち出されたことから、▶祝福され
たブランの大釜と同じく、死者を生き返
らせることもできると考えられる。

出典 MurphyHiscock, *The Way of the Hedge Witch*,
59; Zakroff, *The Witch's Cauldron*, n.p.

アンブロシア
ambrosia

別名・類語 アムリタ、蜜酒、ネクタル、
▶ソーマ

　歴史を通じて神々の食物と考えられて
きたアンブロシア（「不死」）は、それを食
する者に（完全な不死とはいかないまでも）長
寿をもたらすと信じられている。この物
質は、飲み物とも食べ物とも描写され、
香水や軟膏としても用いられてきた。

　古代ギリシア神話では、神々とその馬
がアンブロシアを食べた。ときには、気
に入りの人間に与えられることもあっ
た。人間の死体に塗ると、腐敗を防ぐこ
とができた。ある物語で、すべての有用
な果実、草、穀物の女神であるデメテル
（ローマ神話の女神ケレス）は、エレウシス王
とメタネイラ王妃の幼子にアンブロシア
を塗ってから、炉の火の中に置き、人間
としての肉体を焼き尽くして不死にしよ
うとした。

　古代ギリシアの著述家たちは、アンブ
ロシアが神々に不死を与えるのか、単に
不老にするのかについて意見を異にして
いる。アンブロシアは大地から湧き出る

と言われているが、運命、王、稲妻、空、雷の神であるゼウス（ローマ神話の神ユピテル）は、岩と岩がぶつかって海路を塞ぐ難所シュムプレーガデスを越えてアンブロシアを運んできたハトから受け取っていた。神々はほとんどアンブロシアだけを食するので、体内には血液ではなく、▶イコルと呼ばれる一種の不死の液体が流れている。

　ヒンドゥー教の神話では、アンブロシア（一般にはソーマとして知られる）は、天地創造のサムドラ・マンタン（「乳海撹拌」）を起こしている最中に手に入った。最初、神々は一体となって仕事に取り組んでいたが、徐々に秩序が乱れ始め、混沌が発生した。ただの水がいくつかの霊薬に変わり、そのひとつが神聖なアンブロシアだった。神々は不死を得るためにそれを飲んだが、殺害された者を生き返らせたり、苦しむ者の病気を取り除いたりするためにも使うことができた。アンブロシアを与えられて飲んだ人間はみな、天寿を全うし、自然死を遂げるという。

出典　Hansen, *Classical Mythology*, 35, 101, 145; O'Flaherty, *Hindu Myths*, 35, 273

イーサルンコール
Isarnkol

　北欧神話において、イーサルンコール（「氷のように冷たい鉄」）とは、ソールの太陽の戦車を引いて天を渡る馬のアルスヴィズとアールヴァックの体を冷やすために使われたふいご、または冷却物質のこと（出典により異なる）。

出典　Grimes, *The Norse Myths*, 2 8 2; Norroena Society, *Asatru Edda*, 366

イーチの帽子
hat of the yech, the

　インドの民間伝承では、イーチはユーモラスで強い力を持つ妖精で、頭に小さな白い帽子をかぶった黒いジャコウネコのような姿をしていると描写される。この妖精の帽子を手に入れることができれば、イーチはその人の忠実なしもべになる。帽子をかぶると、姿を消すことができる。

出典　Crooke, *Popular Religion and FolkLore of Northern India*, Volume 2, 8 0; Shepard et al., *Encyclopedia of Occultism and Parapsychology*, 1 0 0 5; ZellRavenheart and Dekirk, *Wizard's Bestiary*, 104

イェクルスナウト
Jokulsnaut

　アームスンドの息子であるグレティル

の剣。グレティルは、アイスランドの物語『グレティルのサガ』(13世紀から14世紀にさかのぼる)に登場する無法者の英雄で、イェクルスナウトを用いて、「ドラウグ」(「あとから行く者」——吸血鬼的な死霊の一種)を倒した。物語によれば、老カールの墓塚に埋蔵された財宝を略奪するためにグレティルが墓塚の中に入ったとき、彼は「塚の住人」カールに襲われる。長く激しい戦いの末に、グレティルはイェクルスナウトで化け物の首を切り落とした。首を切断することが、この化け物を倒す唯一の方法だった。

出典 Lecouteux, *The Return of the Dead*, n.p.; Redfern and Steiger, *The Zombie Book*, 126-27

イェ゠シェ・ラー゠ザィ

ye-she ral-gri

チベット仏教において、イェ゠シェ・ラー゠ザィ(「智慧の剣」)は、多くのイダム(守護尊)や怒れる神々が用いる武器。この種の武器の目的は、敵や妨害する悪魔を滅ぼし、断ち切ることである。右手に持つイェ゠シェ・ラー゠ザィは、存在の全領域を横断する力、錬金術に関する不死と物質の変換、千里眼、俊足、空中飛行、透明化、敵を打ち負かす力、転位と多重顕現という、霊的達成の8つの偉大な力を象徴している。

出典 Beer, *The Handbook of Tibetan Buddhist Symbols*, 124

イコル

ichor

古代ギリシア神話では、神々とその馬、神々のお気に入りの一握りの人間は、この世の食べ物ではなく、▶アンブロシアというもの(および生贄として捧げら

れた食べ物)を摂取していた。アンブロシアのおかげで、神々は肉体的に成熟すると老化が止まり、アンブロシアを定期的にとり続けるかぎり、不老不死でいられた。この食事によって、神々の体は人間の体とは異なるものとなっていた。神々の体の血管を流れるのは血液ではなく、人間の血液よりも薄くほとんど無色のイコルと呼ばれる不老不死の液体であった。この液体は、不老不死に加えて、活き活きとした心と喜びを授けた。イコルにまつわる話のなかで最もよく知られているのは、クレタ島の海岸線を守るために作られた、巨大な青銅のオートマトンの▶タロスの物語である。

出典 Hansen, *Classical Mythology*, 35, 101, 145; Nardo, *Greek and Roman Mythology*, 1 5 6; Shahan, *Myths and Legends*, 167

漁夫王の燭台
(いさなとりのおう)

candlestick of the Fisher King

フランスの詩人であり吟遊詩人(トルヴェール)であったクレティアン・ド・トロワ(1130-1191年)は、アーサー王伝説を題材にした作品とサー・ランスロットの人物造形で最もよく知られている。クレティアンは聖杯探索の物語で、漁夫王(不具の王/アンフォルタス/ブロン/エヴェレイク/パーラン/ペリアム/ペラム/ペレス)の燭台を描写している。物語のなかで、サー・パーシヴァルは、晩餐の前に行われた儀式を目撃する。それぞれに▶血の滴る槍、燭台、そして聖杯を手にした者が、列をなして部屋を通り過ぎていく。燭台は金色で、黒いエナメルがはめ込まれ、運ぶのに小姓がふたり必要なほど大きく、枝には10本のろうそくが立っていたと言われる。燭台が放つ光はまばゆいが、聖杯の燃え立

つような輝きに比べれば薄暗く見える。

出典 Greer, *Secret of the Temple*, n.p.; Karr, *Arthurian Companion*, 159

漁夫王のテーブル
（いさなとりのおう）

table of the Fisher King, the

アーサー王伝説では、漁夫王(不具の王／アンフォルタス／ブロン／エヴェレイク／パーラン／ペリアム／ペラム／ペレス)は▶聖杯を守る者たちに連なる最後のひとりである。漁夫王の富を示す一例として、彼のテーブルは象牙の一枚板と黒檀の架台で構成されているとの描写がある。テーブルを覆う布は、教皇の法衣よりも白かったという。

出典 Dom, *King Arthur and the Gods of the Round Table*, 127; Karr, *Arthurian Companion*, 160

漁夫王の肉切り皿
（いさなとりのおう）

carving dish of the Fisher King, the

フランスの詩人であり吟遊詩人(トルヴェール)であったクレティアン・ド・トロワ(1130-1191年)は、アーサー王伝説を題材にした作品とサー・ランスロットの人物造形で最もよく知られている。クレティアンは聖杯探索の物語で、漁夫王(不具の王／アンフォルタス／エヴァサハ／パーラン／ペリアム／ペラム／ペレス)の肉切り皿を描写している。物語のなかで、サー・パーシヴァルは、晩餐の前に行われた儀式を目撃する。▶血の滴る槍(やその他の品々)を手にした者が、列をなして部屋を通り過ぎていく。純銀製の小さな肉切り皿は、ひとりの乙女、漁夫王の弟で荒野の王ブロム(またはグロン)の娘が運んでいた。

出典 Karr, *Arthurian Companion*, 1 5 9; Loomis, *The Grail*, 33, 37, 62, 82

石がはめこまれた幸運のエルネドの指輪

stone and ring of Eluned the

別名・類語 エルネドの石と指輪、モドルイ・ア・クハレグ・エルネド、サンセットの指輪、幸運のエルネドの石の指輪

イギリスとウェールズの民間伝承には、▶ブリテン島の13の秘宝(ウェールズ語でトリ・スルス・アル・ゼグ・イニス・プリダイン)と呼ばれるアイテムがある(数は常に13)。伝統的な13のリストは、現代のリストとは次の点で異なる。現代のリストには、エルネドの石か、指輪と▶テグー・アイルヴォンのマントというふたつの宝物のどちらかが含まれる。ふたつとも一緒にリストに挙げられることはない。場合によっては、▶聖職者リゲニズの壺と皿がひとつのアイテムとして挙げられることもある。

エルネドの石と指輪は、中期ウェールズ語の物語『オウェイン、または泉の貴婦人』に由来する。この物語では、主人公のサー・オウェインが泉の貴婦人ローディーヌの夫エスクラドスを殺す。逃亡を図ったオウェインは、ローディーヌの侍女エルネド(ルネドまたはルネット)から魔法の指輪を渡される。指輪には石がはめ込まれており、石を手の平のほうへ回して隠すと、指輪をはめた者の姿が見えなくなる。

出典 Dom, *King Arthur and the Gods of the Round Table*, 107, 150; Kozminsky, *Crystals, Jewels, Stones*, n.p.; Pendergrass, *Mythological Swords*, 25

イシスの銛

harpoon of Isis, the/ Isis's harpoon

エジプト神話で、死、豊穣、治癒、魔

法、母性、再生の女神イシスは、混沌、闇、砂漠、無秩序、地震、日食、異人、雷雨、暴力、戦争の神セトから息子ホルスを守るため、魔法の銛を作った。イシスは、まずより糸を編んで縄を作り、次に銅を精錬して銛を仕上げた。それから銛の端に縄を結びつけた。イシスの武器には、打たれた者を解放する力もあった。

出典 Mercatante, *Who's Who in Egyptian Mythology*, 63; Regula, *The Mysteries of Isis*, 55, 58

石の中の剣

Sword in the Stone, the

別名・類語 赤い柄の剣

アーサー王伝説によれば、かつて石に突き立てられた剣があり、その剣を引き抜くことができるのは、ブリテンの正統な真の王だけであるということだった。この剣は▶エクスカリバーと誤認されることが多いが、実際には別の物だ。

石の中の剣という概念は、1200年頃にロベール・ド・ボロンが『聖杯由来の物語』(*Le Roman de l'Estoire dou Graal*)で初めてアーサー王伝説に登場させた。物語のなかで、ユーサー・ペンドラゴンが崩御して国王が不在となり、クリスマスの日に、司教、騎士、貴族が新しい王を選ぶために一堂に会した。すると、剣が突き刺さっている鉄床が置かれた石が、彼らの前に現れる。ログレスの正統な王だけが、その剣を引き抜くことができるという。兄のサー・ケイの従者を務めていたアーサーは、競技会で兄の武器を取ってくるよう遣わされたときに、その剣を引き抜く。誰もケイが剣を抜いたとは信じず、やがて評議会はその行為がアーサーによるものだと知る。彼らは、アーサーに剣を戻すように命じ、聖燭節で再び剣

を抜かせることにした。彼は引き抜いた。再びアーサーに剣を戻すように命じ、復活祭でもう一度剣を引き抜くよう命じた。彼が再び引き抜くと、聖霊降臨祭でアーサーは王として認められ王冠を受けることが決まった。

サー・トマス・マロリー(1415-1471年)によれば、アーサー王の治世初期、ペリノア王と戦っているときに、石の中の剣は砕けた。マーリン(メルディン／マルジン)とアーサーはその後アヴァロン島に渡り、アーサーはある乙女から剣(おそらく▶エクスカリバー)を渡される。その剣を受け取るためには、アーサーは将来その乙女の願いを叶えると約束しなくてはならない。このとき彼女はアーサーに剣の鞘も与える。

アーサーの治世が終わりに近づいた頃、キャメロット郊外の川で、2本めの剣が石の中に現れる。それは、サー・ガラハッドが宮廷に現れ、▶危険な座に座ったのと同じ日だったらしい。サー・ガラハッドは剣を持っていなかったので、アーサーはガラハッドに剣を引き抜いてはどうかと勧める。彼は見事に引き抜き、聖杯の探求が始まる。

出典 Bruce, *The Arthurian Name Dictionary*, 4 3, 117, 213; Knowles, *The Legends of King Arthur and His Knights*, n.p.; Pendergrass, *Mythological Swords*, 29-30; Sherman, *Storytelling*, 440

イスリエルの槍

spear of Ithuriel, the

別名・類語 イスリエルの見破る槍、天使イスリエルの槍

ジョン・ミルトン(1608-1674年)によれば、天使イスリエルは、どんな欺瞞であれ暴くことができる槍を持っていた。ミルトンの叙事詩『失楽園』のなかで、イヴ

の近くに「ヒキガエルのように」座っているサタンを見て、イスリエルが槍の穂先をサタンに当てると、サタンは本当の姿を現した。

出典 Brewer, *Dictionary of Phrase and Fable*, Volume 2, 1165; Macaulay, *Miscellaneous Essays and Lays of Ancient Rome*, 323

イズンのリンゴ

apples of Idunn, the

別名・類語 若返りのリンゴ、▶エッリリーヴ・アーサ

北欧神話において、アース神族で再生と春の女神イズンが育てて収穫した11個の黄金のリンゴ。イズンはブルナクル果樹園の管理人だった。アース神族(アースガルズの神々)がリンゴを食べると、傷は癒え、若さを取り戻した。イズンはリンゴをトネリコの小箱に入れて保管した。そして毎年、収穫したリンゴを神々にふるまう宴を催した。

出典 Coulter and Turner, *Encyclopedia of Ancient Deities*, 462; Grimes, *The Norse Myths*, 255; Guerber, *Hammer of Thor*, 7 3; Janik, *Apple*, 3 9; Oehlenschlager, *Gods of the North*, xxxviii

一撃必殺の鎚矛

mace of a single blow, the

別名・類語 ルスタムの鎚矛

詩人フィルドゥスィー(977年頃)によるペルシアの叙事詩『シャー・ナーメ』は、古代ペルシアの歴史や神話について述べたものだ。この叙事詩では有名な英雄ロスタム(ルスタム)の数多くの冒険が描かれている。絵画などでは、象徴的なアイテム、たとえば▶60巻きの投げ縄、ヒョウ革の帽子、一撃必殺の鎚矛、不思議なバラ色の馬ラクシュなどとともに描かれるので、すぐにその人物がロスタムだと

わかる。この武器の名前が示すように、戦場において鎚矛で一撃すると、たいていの場合は死に至るダメージを相手に与えた。ロスタムが鎚矛を振り回している姿を見ると、敵は恐怖のあまり背を向けて逃げ出すことも珍しくなかった。これは、マーザンダラーンで悪魔を倒すのに使った武器でもある。物語中では、重く巨大な武器と記されている。

出典 Ferdowsi, *Shahnameh*, n.p. [フィルドゥスィー(黒柳恒男訳)『王書(シャー・ナーメ)』(平凡社、1969年)]; Kinsella and Le Brocquy, *The Tain*, 5; Renard, *Islam and the Heroic Image*, 61, 142, 208

命の木

Tree of Life, the

別名・類語 不死の木

聖書の冒頭の「創世記」において、命の木と▶知識の木について述べられているが、この2本は混同されることが多い。アダムとイヴが▶知識の木の禁断の果実を食べた話はよく知られている。命の木については、エデンの園について記された箇所の最初と最後の2回しか言及されない。命の木の生えている場所は「園の中央」(知識の木と同じ場所)とされている。アダムとイヴが▶知識の木から果実を取って食べたあと、ふたりはエデンの園から追い出され、彼らが命の木へ至る道は閉ざされた。

出典 Mattfeld, *The Garden of Eden Myth*, 31, 32; Mettinger, *The Eden Narrative*, 3, 6, 7, 10

イバラの木

Tree of Thorns, the

別名・類語 カルマリ、ハンタカドルマ、カンタ=カドルマ、サルマリ、地獄の木、罰の木、ヤマの木

ヒンドゥー教の神話では、イバラの木は巨大で、枝を大きく広げ、イバラで覆われている。イバラの木は、その近くを通る魂を引っかけて閉じ込めるという。死者の神ヤマは、冥土でこの木の近くに住むと言われている。

出典 Folkard, *Plant Lore, Legends, and Lyrics*, 189; Porteous, *The Forest in Folklore and Mythology*, 201

イリアステル
（複数形はイリアストリ）

Yliaster (plural: Yliastri)

別名・類語 ダス・グレーセ・ユリアスター、イリアスター、マグヌス・リンブス、イリアストラム

錬金術の仕組みにおいて、イリアステル（「星の第一物質」）は、基本元素を生み出す"原材料"だった。イリアステルが4つの部分に分割されたあとでイリアステルは破壊され、4元素は別々の道を歩むことになった。スイスの錬金術師、占星術師、医師であり、錬金術的カバラ哲学を実践していたパラケルスス（1493-1541年）によれば、イリアステルは「無から」創造されたのだという。イリアステルが4つの異なる元素に等しく分割されていることから、第5の元素を探すことは愚かな探求であると、彼は確信していた。パラケルススはさらに、生のイリアスターが植物状態で元素の中に留まり、潜在的に活動していることについて解説し、たとえば、雨が種子を成長させるのはそういうことだ、と説いた。

出典 Granada et al., *Unifying Heaven and Earth*, 76-77, 99; Hartmann, *The Life and the Doctrines of Philippus Theophrastus*, 57-58

イル

Ir

アイルランドの叙事詩『クアルンゲの牛捕り』（『クーリーの牛争い』／『トーイン』）のなかで、「怒っている」（武器の特徴とされる）としか描写されていないことから、イルはおそらくコンチャリャの剣であったと思われる。イルは、アルスターの英雄クー・フリン（クー・フラン／クー・フーリン／クーフーリン）の3軒の家のうちのひとつのテテ・ブレックに保管されていた多くの杯、角杯、ゴブレット、槍、盾、剣のひとつとして挙げられる。

出典 Kinsella and Le Brocquy, *The Tain*, 5

イルマリネンの鋤

plow of Ilmarinen, the

叙事詩『カレワラ』に登場するフィンランドの伝説では、イルマリネンは優れた鍛冶技術を持つ神で、鍛冶場で魔法の成分を使って多くの品々を作り出した。そのひとつが、柄が銀で軸が銅でできた、金の刃の鋤だった。残念なことに、この鋤が掘り起こしたのは、大麦畑と最も豊かな牧草地だった。自分の創造物に不満を抱いたイルマリネンは、鋤を壊して、鍛冶場の魔法の炉に投げ込んでしまった。

出典 Friberg et al., *The Kalevala*, 9 9; Mouse, *Ilmar- inen Forges the Sampo*, 56

イルマリネンの銅の船

copper ship for Ilmarinen, the

フィンランドの伝説で、卓越した鍛冶の能力を持つ神イルマリネンは、鍛冶場に用意した魔法の材料を使って、多くの品々を作り出した。しかし残念ながら、恋愛ではまったく運がなかった。魔女ロ

ウヒに娘との結婚を承諾してもらうのと引き換えに、贈り物として▶サンポを作ったが、意中の娘に拒絶されてしまった。悲しみに暮れて故郷に戻ろうとするイルマリネンのために、ロウヒは赤銅の船を用意して彼を乗せた。

> **出典** Friberg et al., *The Kalevala*, 9〜9; Jennings, *Pagan Portals*, n.p.; Mouse, *Ilmarinen Forges the Sampo*, 58

イルマリネンの雌牛
heifer of Ilmarinen, the

叙事詩『カレワラ』に見られるフィンランドの伝説で、卓越した鍛冶の能力を持つ神イルマリネンは、鍛冶場に用意した魔法の材料を使って、多くの品々を作り出した。そのひとつが雌牛で、完璧に形作られた頭部と金の角を備えていた。残念ながら、雌牛は気性が荒く、森や沼地を走り回っては乳をまき散らしていた。腹を立てたイルマリネンは、自作の雌牛を切り刻み、鍛冶場の魔法の炉に投げ込んでしまった。

> **出典** Friberg et al., *The Kalevala*, 9〜9; Mouse, *Ilmarinen Forges the Sampo*, 55

イルマリネンの弓
bow of Ilmarinen, the

別名・類語 黄金の弓、イルマリネンの黄金の弓

叙事詩『カレワラ』に見られるフィンランドの伝説で、卓越した鍛冶の能力を持つ神イルマリネンは、鍛冶場に用意した魔法の材料を使って、多くの並外れた品々を作り出した。そのひとつが、月のように輝く魔法の弓である。先端に銀をあしらった銅製の軸を持つこの弓は、イルマリネンがそれまでに作ったなかで最

も美しく完璧な品だった。ところが、それは悪に染まっていた。1日にひとり（祝日にはふたり）の戦士を殺さなければ気がすまなかったのだ。腹を立てたイルマリネンは、弓を粉々に壊して鍛冶場の魔法の炉に投げ込んでしまった。

> **出典** Friberg et al., *The Kalevala*, 9〜9; Mouse, *Ilmarinen Forges the Sampo*, 55

インドラストラ
Indraastra

別名・類語 インドラ・アストラ

ヒンドゥー教の神話では、▶アストラは神々によって創られた、あるいは神々からその武器を司ることになる者へ贈られた、超自然的な力を有する武器である。アストラの使い手はアストラダリと呼ばれる。

インドラストラは、天界、稲妻、雨、河川、嵐、ヴァジュラ（「雷」）の神であるインドラの力がこもるアストラである。インドラストラには、空から矢の「雨」を降らせる力があるとされた。インド叙事詩『マハーバーラタ』によれば、アシュヴァッターマンと勇敢な弓の名手アルジュナ（「一点の曇りなく銀のように光り輝く」）との戦いで、アシュヴァッターマンがインドラストラを使い、パーンダヴァ軍に無数の矢を放った。アルジュナは報復として、自身のアストラである▶マヘンドラを使い、インドラストラを無力化した。

> **出典** Edizioni, *Vimanas and the Wars of the Gods*, n.p.; Kotru and Zutshi, *Karna*, n.p.

ヴァサヴィ・シャクティ
Vasavi Shakti

　ヒンドゥーの神話では、▶アストラは神々によって創造された、あるいはその武器を司ることになる者へ贈られた、超自然の力を有する武器である。アストラの使い手はアストラダリと呼ばれる。

　ヴァサヴィ・シャクティは、天界、稲妻、雨、川の流れ、嵐、ヴァジュラ(「雷」)の神インドラのアストラである。この魔法の槍は、多くのアストラと同様、決して狙いを外さない。しかし、1度しか使えなかった。ヴァサヴィ・シャクティはインドラからカルナに授けられた。この武器は、パーンダヴァ軍の無敵の戦士ガトートカチャに対して使われた。

　出典　Mani, *Memorable Characters from the Ramayana and the Mahabharata*, 56

ヴァーラスキャールヴ
Valaskjalf

　別名・類語　ヴァラスキャールヴ、ヴァラスキャルヴ、ヴァラスキョルヴ

　北欧神話では、ヴァーラスキャールヴ(「殺された者の棚」)は、戦い、死、狂乱、絞首台、癒し、知識、詩、王族、ルーン文字、魔術、知恵の神オーディンの本殿。この建物は白く、屋根は銀色だった。見張り塔には、ユグドラシルから枝分かれした全世界を見渡すことができる、オーディンの玉座▶フリズスキャールヴがあった。オーディンの妻である女神フリッグ(「最愛の人」)の玉座もここにあり、全世界の出来事を見渡すことができた。

　出典　Grimes, *The Norse Myths*, 305

ヴァイヴァヤストラ
Vayvayastra

　別名・類語　ヴァーヤヴ・アストラ、ヴァーヤヴァストラ、ヴァイヴァイ・アストラ

　ヒンドゥーの神話では、▶アストラは神々によって創造された、あるいはその武器を司ることになる者へ贈られた、超自然の力を有する武器である。アストラの使い手はアストラダリと呼ばれる。

　ヴァイヴァヤストラは風の神ヴァーユのアストラで、恐ろしい強風を巻き起こして、「陸地から軍隊を持ち上げる」力がある言われていた。ヴァイヴァヤストラはもっぱら▶ヴァルナストラに対抗するために使われた。

　出典　Edizioni, *Vimanas and the Wars of the Gods*, n.p.

ヴァイジャヤンティ
Vaijayanti

　ヒンドゥー教の神話で、ヴァイジャヤンティは維持神ヴィシュヌが身につける魔法の首飾り。真珠(水)、ルビー(火)、エメラルド(土)、サファイア(空気)、ダイヤモンド(エーテル)の5種類の宝石が、決まった順序で連なっており、各宝石は元素のひとつひとつを表している。この首飾りを身につける者は、空気、土、エーテル、火、水に左右されず、また、それに縛られない。

出典 Dalal, *Hinduism*, 436; Tagore, *Mani-mala*, 659

ヴァイドゥールヤ

Vaidurya

ヒンドゥー神話では、ヴァイドゥールヤ（「猫の目」）は、豊穣、美、満足、肥沃、贅沢、物質的幸運、物質的充足、権力、富の女神ラクシュミーが所有する、傷ひとつない緑金色の宝石。ラクシュミーはヴァイドゥールヤを腰帯に付けて、恥骨のあたりまで垂らしている。

出典 Meulenbeld and Leslie, *Medical Literature from India, Sri Lanka, and Tibet*, 19-20

ヴァイリクシ

Vailixi

ヒンドゥー教の神話では、ヴァイリクシはアシュヴィン族として知られる暴力的で戦争好きな人々が使う空飛ぶ戦闘機。葉巻型をしており、空や宇宙を飛行し、水中を航行できる。

出典 Childress, *Vimana*, n.p.; Ramsey, *Tools of War*, n.p.

ヴァジュラ（金剛杵）

Vajra

別名・類語 ヴァジュラユダ

ヒンドゥーの神話では、▶アストラは神々によって創造された、あるいはその武器を司ることになる者へ贈られた、超自然の力を有する武器である。アストラの使い手はアストラダリと呼ばれる。

金剛杵という武器であるヴァジュラは、天界、稲妻、雨、川の流れ、嵐、雷の神インドラのアストラである。言い伝えによれば、ヴァジュラはインドラの雷を操り稲妻を標的に命中させることがで

きる。その稲妻は太陽のように明るく輝くという。標的に当たったヴァジュラは使い手のもとに戻ってくる。インドラはこの武器を用いて龍を倒し、夜明けや空、太陽、水を世界に解放した。

出典 Edizioni, *Vimanas and the Wars of the Gods*, n.p.; Olsen and Houwen, *Monsters and the Monstrous in Medieval Northwest Europe*, 98-100; Williams, *Handbook of Hindu Mythology*, 114

ヴァスケ

Waske

別名・類語 ヴァスカ

中高ドイツ語叙事詩『ニーベルンゲンの歌』に登場するデンマーク貴族イーリンクの剣。「これまで作られたなかで最高の剣」としか記されていない。

出典 Brewer, *Dictionary of Phrase and Fable* 1900, 1197; Cobb, *The Nibelungenlied*, 554

ヴァスネミのリュート

lute of Vasunemi, the

ヒンドゥー教のおとぎ話『カタサリツァガラ』では、ヴァスネミ（「神々の愚行」）という名のナーガ（上半身が人間で下半身がヘビとして描かれる悪魔の一種）は、素晴らしいリュートを所有していた。このリュートは、弦が四分音とビンロウジュの葉に従って配置されているため、このうえなく妙なる音を出すとされた。ヴァスネミはヘビ使いから救ってくれたお礼に、感謝のしるしとして、自慢のリュートを人間のウダヤナ王に贈った。

出典 Gandhi, *Penguin Book of Hindu Names for Boys*, 665; Vogel, *Indian Serpent-lore*, 191

ウアタハ

Uathach

アイルランドの叙事詩『クアルンゲの

牛捕り』(『クーリーの牛争い』/『トーイン』)において、ウアタハは戦士ドゥフタハの剣である。これは、アルスターの英雄クー・フリン(クー・フラン／クー・フーリン／クーフーリン)の3軒の家のうちのひとつのテテ・ブレックに保管されていた多くの杯、角杯、ゴブレット、投げ槍、盾、剣のひとつ。ウアタハについては、「恐ろしい」とだけ書き残されている。

出典 Kinsella and Le Brocquy, *The Tain*, 5

ヴァフル
Vafr

別名・類語 ▶オブドックム・オグナル・リョーマ(「黒い恐怖の閃光」)

北欧神話において、ヴァフル(「素早さ」)は、▶ヴァフルロガルと▶ヴァフルニヴルの材料となるもの。

出典 Norroena Society, *Asatru Edda*, 396

ヴァフルニヴル
(複数形ヴァフルニヴラル)
Vafrnifl

北欧神話では、ヴァフルニヴル(「いがみ合う霧」/「ヴァフルの霧」)は、要塞を守るために呼び出され、要塞を取り囲むようにたち込める霧。▶ヴァフルロガルと一緒に使われることが多く、▶ヴァフルでできていると言われる。

出典 Norroena Society, *Asatru Edda*, 3　9　6; Sturluson, *Younger Edda*, 134

ヴァフルロガル
(単数形はヴァフルロギ)
Vafrlogar

別名・類語 ヴァフルロゲ

北欧神話では、ヴァフルロガル(「いがみ合う炎」/「素早い炎」)は、要塞を取り囲んで守る炎の壁。この炎は、標的に向かって白熱した稲妻を放ち、その狙いを決して外さない。ヴァフルロガルは▶ヴァフルニヴルと一緒に使われることが多く▶ヴァフルでできていると言われる。

出典 Norroena Society, *Asatru Edda*, 3　9　6; Sturluson, *Younger Edda*, 134

ヴァルグリンド
Valgrind

別名・類語 ヴァグリンド、ヴァルグリン、ヴァルグリンドル

北欧神話で、ヴァルグリンド(「死者の門」)は、ニヴルヘイムに通じる門のかかった門。エインヘルヤル(「孤独な戦士たち」——戦死した勇敢な戦士たちの魂)は▶ヴァルハラへ向かうときにこの門をくぐった。フリームスルス(霜の巨人)のフリームグリームニルはこの門の近くに住んでいた。

出典 Grimes, *The Norse Myths*, 304

ヴァルタリ
Vartari

北欧神話で、ヴァルタリ(「唇を縫うもの」)は、ドワーフのブロックがトリックスターのロキの唇を縫い合わせるために使った革ひも。ふたりは賭けを行い、自分が負けたら頭を切り落としてもいいと、ロキはブロックに約束した。賭けに負けたロキは自らの発言を逆手にとり、自分の頭をくれてやるとは言ったが、首をやるとは言っていない、首に危害が及ばないなら頭を切ってもいい、と言い放った。賭けの正当な取り分を回収しそ

こねたブロックは、ヴァルタリを使って
ロキの口を封じた。

出典 Grimes, *The Norse Myths*, ３０７; Norroena
Society, *Asatru Edda*, 396

ヴァルナストラ
Varunastra

別名・類語 ヴァルン・アストラ

　ヒンドゥー教の神話では、▶**アストラ**
は神々によって創造された、あるいはそ
の武器を司ることになる者へ贈られた、
超自然の力を有する武器である。アスト
ラの使い手はアストラダリと呼ばれる。

　ヴァルナストラは、正義、空、真実、
水の神ヴァルナのアストラである。水と
同じように、ヴァルナストラはどんな形
にもなる。「丘よりも巨大な」大波となっ
て、狙った相手を押しつぶすこともあ
る。このアストラは通常、▶**アグネヤス
トラ**に対抗するために使われる。わずか
な誤算でも使い手を死に至らしめるた
め、ヴァルナストラを使おうとするのは
経験豊富で熟練した戦士だけだ。

出典 Menon, *The Mahabharata* Volume 2, ２３７,
274, 276

ヴァルナパーシャ
Varunapasha

別名・類語 アストラ・ヴァルナアストラ、
パサ、パシャ、ヴァルナパシャ

　ヒンドゥー教の神話では、▶**アストラ**
は神々によって創造された、あるいはそ
の武器を司ることになる者へ贈られた、
超自然の力を有する武器である。アスト
ラの使い手はアストラダリと呼ばれる。

　ヴァルナパーシャは、正義、空、真実、
水の神ヴァルナのアストラで、大量の激
しい水流を生み出す力があると言われて
いる。このアストラは、▶**アグニヤスト
ラ**(火に関連する武器)と対比するために言
及されることが多い。

出典 Edizioni, *Vimanas and the Wars of the Gods*,
n.p.; Moor, *The Hindu Pantheon*, 273

ヴァルハラ
Valhalla

別名・類語 ヴァルハル、ヴァルホル、ワ
ルハラ

　北欧神話では、ヴァルハラ(「戦死者の
館」)は最後に建てられた。

　それは▶**グラズヘイム**の近くにあり、
雷神トールの館▶**ビルスキールニル**に匹
敵する大きさだった。ヴァルハラの壁は
槍の軸で作られ、屋根は盾で葺かれてい
た。540ある門はどれも、武装した800
人の戦士が肩を並べて行進できるほどの
幅があった。正門の上にはクマの頭が据
えられており、西の扉の上空をワシが飛
んでいた。正殿の中央に▶**レーラズ**とい
うマツの木が生えていた。エイクスュル
ニルという名の雄ジカが屋根の上で、い
つもレーラズを食べていた。ヴァルハラ
は、エインヘルヤル(「孤独な戦士たち」――
戦死した勇敢な戦士たちの魂で、ヴァルキュー
レによってこの栄誉に選ばれた者たち)が、互
いに戦い、酒を飲み、宴に興じながら、
ラグナレクの到来を待つ館だった。

出典 Daly, *Northse Mythology A to Z*, 111; Grimes,
The Norse Myths, 305

ヴィーヴルのルビー
ruby of Voivre, the

　フランスの言い伝えによると、かつて
ヴィーヴルという名の飛竜がおり、上半
身は豊満な女性のようだったという。そ
の額にはガーネットまたはルビーが埋め

込まれ、それによって冥界を進むことができた。

出典 Dekirk, *Dragonlore*, 47

ヴィーザルの靴

shoe of Vidarr, the

　北欧神話の寡黙な神ヴィーザルは、戦い、死、狂乱、絞首台、癒し、知識、詩、王族、ルーン文字、魔術、知恵の神オーディンの息子。ヴィーザルは、「見えざる手によって何世紀にもわたって作られた」左足用の驚くべき靴を所有していた。ラグナレクで、ヴィーザルがフェンリル（フェンリスウールヴ／フェンリスウールヴリン）の顎に足を突っ込んだときに履いていたのがこの靴だ。これを履けば、毒と牙から完全に身を守ることができる。靴が強靭なのは、靴作りの昔ながらの習慣のおかげだった。靴を作るときにはたいてい、つま先とかかとの近くで革を少し切り落とす。この革の部分は「捨てられ」、ヴィーザルの左の靴を補強するために使われた。フェンリルの口にぐいと靴を押し込まなくてはならない日に靴がどれだけ耐えられるかは、譲り受けた革の量にかかっていた。

　ヴィーザルは、母親である女巨人のグリーズから、この靴を贈られた。息子がいつかラグナレクの火に直面することを知っていた彼女は、自分の鉄の手袋（▶ヤールングレイプルを参照）と同じように、火を通さない鉄の靴を考案した。

出典 Crossley-Holland, *The Norse Myths*, 2１6; Guerber, *Myths of the Norsemen*, 158-61; Wilkinson, *The Book of Edda Called Voluspa*, 83

ヴィーンゴールヴ

Vingolf

別名・類語 ヴィンゴルヴ、ヴィンヨルフ

　北欧神話で、ヴィーンゴールヴ（「心地よい場」／「心地よい館」／「友人の館」）とは、戦い、死、狂乱、絞首台、癒し、知識、詩、王族、ルーン文字、魔術、知恵の神オーディンによって建てられた館のことで、▶グラズヘイムの隣にあった。ヴィーンゴールヴは、女神フリッグ（「最愛の人」）と、エイル、フッラ、ゲヴィウン、グナー、ヘルン、フリーン（リーン）、ロヴン、マングレズ、メングロズ、サーガ（サーゲ／ラーガ）、シェヴン、スュン、ヴェルなどアース神族の女神たちの神殿あるいは館だったと思われる。

出典 Daly, *Norse Mythology A to Z*, 108; Grimes, *The Norse Myths*, 18, 309

ウィウィレメクの角の削り屑

antler scraping of the wiwilemekw

　マリシート゠パサマクオディ族の民間伝承によれば、ウィウィレメクは、シカのような1対の枝角を持つワニに似た生き物で、急流や滝、渦の中など、水が激しく流れる場所に住んでいる。伝説によると、生きたウィウィレメクの角の削り屑を手に入れる勇気のある者は、力と強さが得られるという。

出典 Rose, *Giants, Monsters, and Dragons*, 3９7 ［キャロル・ローズ（松村一男監訳）『世界の怪物・神獣事典』原書房、2014年］; ZellRavenheart and Dekirk, *Wizard's Bestiary*, 101

ウィガー

Wigar

　アーサー王伝説において、ウィガーは

アーサーの鎧。中期英語の詩『イングランド年代記』にその名が記されている。この詩によると、鎧の大部分は、エルフが鍛造した鋼鉄でできた胴鎧(胸当てと背当てを蝶番などで固定した鎧の一部)だったという。また、アーサーの脚を覆う鋼鉄製の足鎧もあった。▶ゴズウィットと名づけられた鋼鉄の兜は、金と宝石で覆われていた。

出典 Harlow, *An Introduction to Early English Literature*, 34-35.

ヴィジャヤ

Vijaya

別名・類語 ヴィジャヤ・ダヌシャ

ヒンドゥー教の神話では、強力な弓ヴィジャヤ(「征服」/「勝利」)はもともとシヴァ神のものだった。ヴィシュヴァカルマンによって作られたこの弓は、非常に強力ですさまじい破壊力を持っていたため、宇宙のすべての生き物から尊敬を集めたという。

ヴィジャヤの弦はどんな▶アストラでも切ることができず、人間は弓を持ち上げることさえできなかった。その弦を弾くと、ヴァジュラ(「雷」)に似た、世界を恐怖に陥れんばかりの恐ろしい音が鳴り響いた。さらに、敵を気絶させ目をくらませるほど目映い閃光を発したという。

出典 Buitenen and Fitzgerald, *The Mahabharata*, Volume 3, 4 7 3; Dowson, *Classical Dictionary of Hindu Mythology and Religion*, 87, 356

ウイスネ

Uaithne

別名・類語 ウーズネ、コイア・ケサルハル(「適切な正方形」/「適合する長方形」)、ダグダの竪琴、ダウル・ダ・バラオ(「2つの草原のオーク」)、4つの角の音楽、ウイネ

ケルト神話において、豊穣、芸術性、饗宴、死、過剰、ひらめき、生命、音楽、空、戦争の神ダグダの所有する、魔法の竪琴ウイスネ(「出産」)は、3つのタイプの曲を奏でる。竪琴を演奏し、魔法のような曲を奏でることができるのは、ダグダ本人だけだった。それぞれの曲は、ゲントライゲス(「喜び」)、ゴルトライゲス(「悲しみ」)、スアントライゲス(「眠り」)と、ダグダのそれぞれの息子たちを出産したときの母親の状態にちなんで名づけられた。ダグダはどこへ行くにも、戦いに行くときでさえ、その竪琴を持っていった。それはオークでできており、高価な宝石で覆われていたという。また、季節を自在に変化させる力があるとも言われていた。

あるとき、ウイスネはフォウォレ族(当時アイルランドを支配していた妖精族)に盗まれ、彼らの宴会が開かれる広間の壁に戦利品として飾られた。ダグダ、ルグ、オグマは竪琴の奪還に向かった。広間に足を踏み入れたダグダが竪琴に呼びかけると、竪琴は壁から離れ、彼のもとへ飛ぶように戻ってきた。戻ってくるあいだに、竪琴は9人のフォウォレ族を殺したという。

出典 Blamires, *The Irish Celtic Magical Tradition*, 223, 225; Proceedings: Irish MSS. *Series*, Volume 1, 141, 162

ヴィチャラ=ブー

Vichara-bhu

ヒンドゥー教の神話では、ヴィチャラ=ブーは、死の神ヤマが座る裁きの玉座。彼の巨大な宮殿▶カリチに置かれている。

出典 Dalal, *Religions of India*, 3 9 8; Dowson, *Classi- cal Dictionary of Hindu Mythology and Religion*, 374

ヴィッタカライ
Vitthakalai

別名・類語 カーリーの黄金製の空飛ぶ馬車

ヒンドゥー教の一派であるアヤヴァジの神話において、ヴィッタカライは、死、終末、性、時間、暴力の女神カーリーの黄金の馬車。

出典 Baccarini and Vaddadi, *Reverse Engineering Vedic Vimanas*, n.p.

ウィネブグルスヘル
Wynebgwrthucher

別名・類語 ウィネブ・グルスヘル

ウェールズのアーサー王伝説において、ウィネブグルスヘル(『夕べの顔』)はアーサー王の盾である。アーサー王はキルッフに、欲しいものを何でも授けようと告げたが、王はその例外として大事な7つの所有物を挙げた。それは、剣の▶カラドボルグ、短剣の▶カルンウェナン、妻のグウェンホヴァル(グィネヴィア)、マントの▶グウェン、船の▶プリドウェン、槍の▶ロンゴミアント、盾のウィネブグルスヘルだった。王は盾のウィネブグルスヘルを5番めに挙げた。

出典 Dom, *King Arthur and the Gods of the Round Table*, 8 9, 9 2; Padel, *Arthur in Medieval Welsh Literature*, n.p.

ヴィブーティ
Vibhuti

ヒンドゥー教の神話では、▶アストラは神々によって創造された、あるいはそ

の武器を司ることになる者へ贈られた、超自然の力を有する武器である。アストラの使い手はアストラダリと呼ばれる。

ヴィブーティは、パーンダヴァ家と敵対するカウラヴァ家との戦いで使うようにと、熟練した戦士で弓の名手で、シヴァ神の熱心な信奉者だったバルバリーカ(バブルヴァハナ/バラダラ・クンヴァラ/ベラルセン)が、バラモンから授けられた神の武器だった。ヴィブーティには、「敵の体の中心部を引き裂く」力があった。

出典 Parmeshwaranand, *Encyclopaedic Dictionary of Puranas*, 155

ヴィングニルのミョルニル
Vingnir's Mjolnir

北欧神話において、雷神トールが母フリッグ(『最愛の人』)の手に負えないほど大きく強くなったとき、彼はヨトゥン(巨人)ヴィングニル(『強者』)とその妻フロールのもとで暮らすことになった。トールの最初の槌であるヴィングニルのミョルニルは、養父から譲り受けたもので、石で作られていた。

出典 Grimes, *The Norse Myths*, 2 0, 1 9 4, 3 0 2; Norroena Society, *Asatru Edda*, 399

静波号
ウェイブ・スイーパー

Wave Sweeper

別名・類語 静波号
オーシャン・スイーパー

静波号とは、ケルト神話の太陽神である長腕(芸術的な手、長い手)のルグ(『輝くもの』または『光』)に与えられた素晴らしい帆船の名前。この船にはマストも帆もなく、漕ぎ手となる乗組員も必要なかった。それなのに、水面を切って進み、水中もすいすい進むという。船の外観はカヌーのように小さく、せいぜいふたりし

か乗れないように見えるが、何人乗っても必ず十分な広さがある。静波号はまた、乗船者が行きたいと思うどんな場所にも連れて行くことができ、素早く海洋を航行して乗船者を安全に送り届けた。

出典 Spence, *A Dictionary of Medieval Romance and Romance Writers*, 2 7 4; Young, *Celtic Wonder Tales*, 50, 65, 87-89

ヴェル（ヴァレ）
Vel("vale")

ヒンドゥー教の神話において、ヴェル（槍）は、戦いの神カールッティケーヤ（ムルガン／スカンダ／スブラマニヤム）の無敵の武器である。彼はその武器を母のパールヴァティーから与えられた。カールッティケーヤがアスラ（悪魔）のタラカを倒せたのは、ヴェルのおかげだった。

出典 Kozlowski and Jackson, *Driven by the Divine*, 140, 309; Willford, *Cage of Freedom*, 59

ヴェルスンク
Welsung

ドイツの伝説によれば、ヴェルスンクはデーン人ディートライブ（シュタイナーのディートライブ／ディートライブ・フォン・シュタイナー）の剣。正しい使い手が振るえば、▶バルムンクや▶ザックスと並んで世界最高の剣である、と言われたこともあった。

出典 Brewer, *Dictionary of Phrase and Fable* 1900, 1197; Mackenzie, *Teutonic Myth and Legend*, 424

ヴェルンドの剣
sword of Volund, the

北欧神話では、ヴェルンドの剣は、彼が創造したもののなかでも屈指の強大な力を持っていた。カミソリのように鋭利な刃先に沿って、炎が絶え間なく流れていたという。その刃は決して鈍ったり折れたりしないように作られており、この剣器で戦えば、向かうところ敵なしだった。ヴェルンドは、伝説の鍛冶職人ウェイランド・スミス（ゴファノン／ヴィーラント／ウェーランド）としても知られている。

出典 Day, *Tolkien's Ring*, n.p.; Edmison, *Stories from the Norseland*, 123-26

ヴェルンドの指輪
ring of Wayland, the

アイスランドの物語詩『ヴェルンドの歌』では、英雄であり伝説に残る鍛冶師であるヴェルンド（ヴォルンド／ヴィーラント／ウェイランド）が、地上にやって来たヴァルキューレの▶白鳥の羽衣を奪って隠した。そのヴァルキューレはヴェルンドの妻になったが、結婚してから9年後に、彼女は隠されていた白鳥の羽衣を見つけ、それを取り戻して天に帰った。しかし、彼女は永遠の愛の証として、ヴェルンドに純金の魔法の指輪を残していった。その指輪は、ヴェルンドの卓越した技術を人間離れした技術にまで高めた。指輪を鍛冶場の上に置くと、魔法の力の宿る武器や鎧を作り出すことができたのだ。指輪は、ヴェルンドの無限の富の源でもあった。指輪を鍛冶場に置いて槌で

叩くと、同じ重さで同じ価値の金の指輪が700個もできたという。

出典 Day, *Tolkien's Ring*, n.p.; Edmison, *Stories from the Norseland*, 123-26

ヴォルパーティンガーの脛骨
shank bone of the wolpertinger

別名・類語 エルヴェトリッチュ、ジャッカロープ、ラッセルボク、スクヴェイダー（スウェーデン語）、ヴォルパーディンガー

バイエルンの民話に登場するキメラ生物のヴォルパーティンガーは、鳥の足、イノシシの牙、とさかのついた額、シカの角、タカの翼、ウサギの耳と後ろ足・臀部があり、ウサギやリスまたはイタチのような体つきをしているという。この生き物の唾液は発毛を促すと信じられている。男性の性的不能を治すには、この生き物の脛骨で花蜜をすすり、小川の向こう岸に放尿しなければならない。

出典 Brunvand, *American Folklore*, 8 3 1; Zell-Ravenheart and Dekirk, *Wizard's Bestiary*, 102

ヴォルパーティンガーの唾液
saliva of the wolpertinger

別名・類語 エルヴェトリッチュ、ジャッカロープ、ラッセルボク、スクヴェイダー（スウェーデン語）、ヴォルパーディンガー

バイエルンの民話に登場するキメラ生物のヴォルパーティンガーは、鳥の足、イノシシの牙、とさかのついた額、シカの角、タカの翼、ウサギの耳と後ろ足・臀部があり、ウサギやリスまたはイタチのような体つきをしているという。この生き物の唾液は発毛を促すと信じられている。男性の性的不能を治すには、この生き物の脛骨で花蜜をすすり、小川の向こう岸に排尿しなければならない。

出典 Brunvand, *American Folklore*, 8 3 1; Zell-Ravenheart and Dekirk, *Wizard's Bestiary*, 102

ウクテナの癒しの石
healing stone of the uktena, the

ノースカロライナ州とテネシー州の民間伝承によれば、ウクテナと呼ばれる翼と角を持つヘビの一種がいて、巣に近づきすぎた子どもや漁師を餌にしているという。物語によると、ヘビの頭蓋骨の中には、どんな病気でも治せる魔法の力を持つ石あるいは水晶が入っている。ウクテナの息は有毒なので、水晶を取るには危険を伴う。また、石の魔力を維持するには、毎日人間の血に浸さなくてはならない。

出典 Sierra, *Gruesome Guide to World Monsters*, 8; ZellRavenheart and Dekirk, *Wizard's Bestiary*, 98

ウコンバサラ
Ukonvasara

別名・類語 ウコンキルヴェス

フィンランドの神話で、ウコンバサラ（「ウッコのハンマー」）は、農作物、収穫、空、天候の神ウッコ（アイヨ／イサイメム／イソイネル／ピカネン／ウコ）のシンボルであり武器。ウッコはこの武器で稲妻を作り走らせた。ウコンバサラは一般に槌とされているが、斧か剣であった可能性もある。

出典 Salo, *Ukko*, n.p.

打ち出の小槌
Uchide no kozuchi

別名・類語 幸運の槌

　日本の民間伝承に登場する七福神のひとりであり、福徳の神である大黒天は、ふっくらした体型に豪華な衣服を身につけ、大袋を肩にかけた姿で描かれる。絵画や彫像では、富の象徴であるふたつの米俵の上に立ち、右手に打ち出の小槌を持つ姿で描かれることが多い。この小槌でたたいたものはみな黄金に変わり、これを振れば財宝が出てくるという。ほかにも、打ち出の小槌は、振る者の望みを何でも叶えてくれるという言い伝えもある。

　昔話『桃太郎』では、鬼ヶ島へ鬼退治に行った桃太郎が、鬼の宝物である打ち出の小槌を持ち帰った。

出典 Mayer, *The Yanagita Kunio Guide to the Japanese Folk Tale*, 54; Pate, *Ningyo*, n.p.

美しき耳
Ear of Beauty

　アイルランドの叙事詩『クアルンゲの牛捕り』(『クーリーの牛争い』/『トーイン』)に登場するコンホヴァルの盾。アルスターの英雄クー・フリン(クー・フラン／クー・フーリン／クーフーリン)の3つの屋敷のひとつであるテテ・ブレックに保管されていたたくさんの杯、角杯、ゴブレット、投槍、盾、剣などとともに名前を挙げられている。美しき耳には、4つの黄金の縁取りがあると描写されている。

出典 Kinsella and Le Brocquy, *The Tain*, 5; Mountain, *The Celtic Encyclopedia*, Volume 2, 471

ウパサムハーラ
Upasamhara

　古代ヒンドゥー教の神話において、ウパサムハーラは▶ソパサムハーラを拘束する武器の一種である。ウパサムハーラには次の54種類の武器があり、いずれも聖者ヴィシュヴァーミトラがラーマに与えたものだ。アラクシャ(知覚できないもの)、アヴァンムカ(伏し目がちのもの)、アヴァラナ(守る者)、アヴィル(不透明な)、ダイティヤ(残忍なもの)、ダサクサ(10の目の者)、ダサシルサ(10の頭の者)、ダーナラティ(富の欲望)、ダニヤ(穀物)、ダルマナバ(ダルマを中心とする武器)、ドルスナ(大胆な)、ドルティ(支えるもの)、ドルダナバ(中心がしっかりした武器)、ドゥンドゥナバ(中心を叩くもの)、ジュルンバカ(大口を開けるもの)、ジョティサ(光り輝く者)、カマルシ(自らの願いに従う者)、カマルパカ(形をとるもの)、カンカラストラ(骸骨ミサイル)、カンカナ(腕輪の武器)、カパラストラ(頭蓋骨の武器)、カラヴィア(三日月刀)、カルサナ(衰弱させるもの)、ラクシャ(知覚できるもの)、マハナバ(大きなへそ)、マカラ(怪物)、マリ(首飾り)、マウサラストラ(杵のミサイル)、モハ(魅惑的な)、ナバカ(海の軍隊)、ニラシス(落胆)、パイサカストラ(地獄のミサイル)、パランムッカ(目をそらす顔)、ピトルヤ(父性)、プラマサナ(攪拌者)、プラティハナ(撃退するもの)、ラバサ(衝動的なもの)、ルシラ(きらめくもの)、サンダナ(狙いを定めるもの)、サニドラ(眠る者)、サルシルマラ(エネルギーの花輪)、サルパナサカ(ヘビのミサイル)、サルヴァダマナ(すべてを征服するもの)、サタヴァクトラ(100の声)、サトダラ(100の腹)、サティヤキルティ(真に名高いもの)、サティヤヴァン(真の者)、サウマナサ(善良なも

の)、スナバカ(中心の定まった武器)、ヴァルナ(ヴァルナのミサイル)、ヴィドゥータ(振動するもの)、ヴィマラ(無垢なもの)、ヴルティマ(留まるもの)、ヨーガンダーラ(団結するもの)。

以上の武器のうち、5つは悪魔に向けた武器であり(カンカラストラ、カンカナ、カパラストラ、マウサラストラ、パイサカストラ)、別の5つは悪魔を滅ぼすのに最も効果的な武器だ(アラクシャ、カマルパカ、サルヴァダマナ、サティヤヴァン、ヨーガンダーラ)。

こうした武器の使い手に対して、超自然的な力が与えられたのであって、武器自体は、その力が物体となって現れたにすぎなかった。

出典 Oppert, *On the Weapons*, 28-31

ウパスの木
Bohun Upas/ Upas-Tree

別名・類語 アンチアール、ジャワの毒樹

15世紀ヨーロッパの民間伝承では、ウパスの木(「毒の木」)として知られる、中国近くの島々に生える奇妙な毒樹の話が旅行者のあいだに広まっていた。書物にも、ひどく型にはまった毒樹の絵が掲載された。物語によれば、この木はあまりにも毒性が強いので、木陰で眠るだけで命取りになったという。また、マレーシア人は囚人にこの木の樹液を飲ませて処刑したという話もある。

出典 Booth, *An Analytical Dictionary of the English Language*, 3　5　7; *London and Edinburgh Philosophical Magazine and Journal of Science*, Volume V, 218

ウリムとトンミム
Urim and Thummim

聖書によると、ウリムとトンミム(「呪いのかけられた、または欠点のない」／「教理と真理」／「光と完全」／「啓示と真理」)は、大祭司が神にご意志を直接示してもらうために使われるアイテムで、その場合はふたつ一緒に使われる。聖書での初出は「出エジプト記」第28章30節で、それ以降はふたつ一緒には出てこない。ウリムが単独で使われることはあるが、トンミムは一緒に使われていない。名前の順序が逆になっている場合が数箇所だけである。

このふたつのアイテムを使うとき、大祭司はエフォド(前掛けに似た衣服)を身につける。その上に、金、紫、緋色の上質の亜麻糸で作られた布を「正方形に折りたたみ、二重にして」作った胸当てをつける。その胸当てには、12個の宝石が横4列に並べられている。宝石には、▶モーセの杖を用いて、イスラエルの12部族の名が刻まれた。ウリムとトンミムは、エフォドのポケットの奥深く、大祭司の心臓の真上に位置するところに入れられる。準備が完全に整うと、大祭司には文字どおり神の言葉が聞こえ、神託が下る。ウリムとトンミムを▶契約の箱の純金の蓋の近くに置くと、空中に映像が投影される(投影型テレビのように)という解釈もある。

聖書によると、民は集まって質問する内容を決める。その内容は通常、戦略的に重要な質問だった。彼らはその質問を大祭司に投げかける。返ってきた答えが神の言葉とされた。答えは常に簡潔で、「ノー」か「イエス」程度だった。質問は1度にひとつだけとされた。

出典 Boren and Boren, *Following the Ark of the Covenant*, 14-15; Peake, *A Commentary on the Bible*, 1　9　1; Smith, *Dr. William Smith's Dictionary of the Bible*, Volume 4, 3356-63

ウルズの泉

Urda

別名・類語 ウルザンブルン

　北欧神話において、ウルザは熱と光の聖なる泉である。▶ビフレストを渡ったところあり、スクルド、ウルズ、ヴェルザンディの3人のノルンによって守られている。あまりに眩くて直視できないとだけ記されている。

出典 Brewer, *Dictionary of Phrase and Fable* 1900, 1 1 0 8; Keary and Keary, *Tales of the Norse Warrior Gods*, 36

ウルザル・マグン

Urdar Magn

別名・類語 ヤルダル・マグン(「大地の力」)

　北欧神話では、ウルザル・マグン(「ウルズの力」)とは、ウルズの泉から湧き出る液体のこと。ユグドラシルに命のぬくもりを与え、青々とした葉を茂らせるとともに、寒さに負けない力を与える。ウルザル・マグンは、▶ハデスの角杯の中で、▶ソナル・ドレイリ、▶スヴァルカルドル・サエルと混ぜ合わされた。

出典 Norroena Society, *Asatru Edda*, 3 9 4; Rydberg et al., *Teutonic Mythology*, Volume 2, 518

ウルザンブルン

Urdarbrunnr Well

別名・類語 ウザル・ブルンの泉、ウルダルの泉、ウルザル・ブルザルの泉、ウルザルブルンの泉、ウルザルブルンナルの泉、ウルダブルン、ウルドの泉、ウルズの泉、宿命の泉、運命の泉、ヒュドルの泉、ウルドの泉、ウルダの泉、ウルズの泉

　北欧神話では、ウルザンブルンとはミーミルの館とアースガルズ(「アース神族の地」)に伸びるユグドラシルの根本の隣にある泉。フヴェルゲルの泉とミーミルの泉とともに、ユグドラシルを育んだ3つの泉のひとつ。アース神族の会議のほとんどは、この場所で行われた。この泉の聖なる水に浸したものは何でも白くなる。このあたりには4頭の雄ジカが住んでおり、ユグドラシルの葉を食べていた。

出典 Anderson, *Norse Mythology*, 4 6 0; Grimes, *The Norse Myths*, 3 0 4; Guerber, *Myths of the Norsemen*, 15

ウルナッハの剣

sword of Wrnach Cawr, the

　ウェールズのアーサー王伝説では、巨人ウルナッハの剣は、魔法をかけられたイノシシのトゥルフ・トゥルイスを死に追いやることができる唯一の武器だった。『マビノギオン』に収録された『キルッフはいかにしてオルウェンを娶ったのか』という物語では、巨人アスバザデンは、戦士キルッフが40のアノイシル(「手に入れるのが難しいもの」)を成し遂げた場合のみ、娘のオルウェンとキルッフの結婚を許すとして、無理難題を押しつけた。その難題のひとつが、ウルナッハの剣を手に入れてトゥルフ・トゥルイスを殺し、アスバザデンの櫛やブラシを作るために、その剛毛と骨を入手することだった。

出典 Bruce, *The Arthurian Name Dictionary*, 156, 477; Rhys, *Celtic Folklore*: Rhys, *Celtic Folklore: Welsh and Manx*, Volume 1, n.p..

ウルの骨

bone of Ullr

別名・類語 オレルスの骨、ウルルの骨、

ウリンの骨

　北欧神話において、あまり知られていない冬の神ウル（「華麗」）は、熟練した魔術師で、弓術、狩猟、雪靴での走行、スケート、スキーの名手だったと言われる。持ち物のひとつに、ルーン文字の呪文を刻んだ魔法の骨があり、呪文を声に出せば瞬間移動することができた。骨にはほかにも素晴らしい力があり、そのひとつは、スケート靴やスキーに形を変え、装着すれば雪や水の上を移動できることだった。別の呪文を唱えれば、骨は船に変わった。この形態にあるときは、ウル・キョルと呼ばれた。旅に使っていないときには、盾に変えて、戦いに使うこともできた。ウルの他の武器については、弓（ウル・アルムシマ）や剣（ウル・ブラムズ、ウル・ブランダ、ウル・ベンロガ）が言及されているが、それらに特別な魔力はない。

出典 Kauffmann, *Northern Mythology*, 69, 81-82; Rydberg, *Teutonic Mythology* volume 3, 628

ウンセギラの予言の石

prophetic stone of Unhcegila, the

　ウンセギラは、ラコタ族の神話に登場するドラゴンのような女の怪物で、その体は燧石（すいせき）の鱗で覆われ、水晶の心臓を持ち、目から炎を発した。言い伝えによると、彼女は海に住んでいたが、年に数回、海岸を泳いで高波を起こし、水を汽水にして人間が使えないようにしたという。彼女の体で唯一の弱点は、頭の下の7番めの部位だった。この弱点を知ったふたりの兄弟が、矢と怪物の反応を鈍らせる魔法を武器に、怪物退治へと旅立った。兄弟のひとりが魔法の呪文を唱えている間に、もうひとりがウンセギラの頭部の弱点に向けて矢を放ち、ウンセギラを倒

した。水晶の心臓を手に入れた兄弟は、予言の力を得た。

出典 Rose, Giants, *Monsters, and Dragons*, 374；Walker, *Lakota Belief and Ritual*, 122

運命の書板

Tablet of Destiny, the

別名・類語 デュプ・シマティ、運命の石板

　メソポタミアの神話において、運命の書板とは、エンリル神に宇宙の支配者としての最高権威を与える碑文と印章が刻まれた粘土板のこと。しかし、シュメールの詩『ニヌルタと亀』では、書板を所有していたのは、芸術、工芸、創造、悪魔払い、豊穣、清水、癒し、知性、魔法、策略といたずら、男らしさ、知恵の神エンキだった。この書板を所有するということは、権威が付与されたことを意味した。

出典 Black and Green, *Gods, Demons, and Symbols of Ancient Mesopotamia*, n.p.

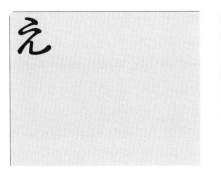

英雄の水
Water of Heroes, the

ロシアのおとぎ話に描かれる英雄の水とは、飲んだ者を勇敢で英雄的な行為へと奮い立たせ、騎士の資質を授けるという、魔法の力を持つ飲み物(たいていは古い蜜酒)。

出典　Falkayn, *Russian Fairy Tales*, 15

エヴァラックの盾
shield of Evalach, the

別名・類語　ガラハッドの盾

アーサー王の伝説では、エヴァラックの盾はサー・ガラハッドのものであり、白地に赤い十字架が描かれたこの盾は、使い手に天の守護を与えることができるとされる。

物語によると、イエスの死から42年後、アリマタヤのヨセフはサラセン人の王エヴァラックが治めるサラスという都市を訪れた。ヨセフは、当時トロメール王と交戦していたエヴァラックにイエスの話をした。戦いの3日めにもう絶望的だと思われたとき、ヨセフはエヴァラックに対し、盾から覆いを取りながら、「親愛なる神よ、あなたの死のしるしを持っているわたしを、この危険から守り、あなたの信仰を無事に受けられるようにお導きください」と声に出して言うように伝えた。エヴァラックが言われたとおりにすると、十字架に磔にされたキリストの姿が盾の表面に現れた。エヴァラックは見事な勝利を収め、この出来事のおかげで多くの者が改宗した。手を切断された男がその切断面を盾に当てると、失われた手がたちまち元どおりになった。エヴァラック王がキリスト教に改宗したとき、盾に現れた姿が消えたかと思うと、今度は彼の腕に現れた。

年月が過ぎ、ヨセフは死の床で、エヴァラックに盾を持ってくるように言った。盾が届くとヨセフは急に鼻血を出した。ヨセフはその血で盾の表面に十字架を描き、これ以降は神が指名した者だけが盾を使うことができる、秀でた武勇と徳のある男のために盾は偉大な奇跡をもたらすことになる、と告げた。神に選ばれた騎士が5日後にそれを見つけることになるだろうとして、その盾をナシエンが埋葬された場所に埋めるように命じた。その言葉どおり、サー・ガラハッドが盾を見つけた。

出典　Jeffrey, *A Dictionary of Biblical Tradition in English Literature*, 4 1 2; Waite, *The Holy Grail, Its Legends and Symbolism*, 3 3, 5 0 2; Wood, *The Holy Grail*, 27

エウリュトスの弓
bow of Eurytus, the

別名・類語　オデュッセウスの弓、ウリッセスの弓

古代ギリシア神話に登場するエウリュトスは、きわめて腕の立つ弓の名手だったが、誇り高く傲慢でもあった。うぬぼれが強すぎるあまり、エウリュトスは腕比べと称して、弓術、芸術、治癒、狩猟、知識、医学、音楽、託宣、疫病、予言、

太陽と光、真理、若い未婚男性の神である アポロン(「破壊する」あるいは「追い払う」)に挑んだ。あまりに不遜な態度のせいでアポロンに殺されたあと、エウリュトスが愛用していた強力な弓は、息子のイピトスに受け継がれた。イピトスは、この弓をオデュッセウスに譲り、代わりに剣と槍を得た。オデュッセウスはこの弓を使って、妻ペネロペの求婚者たちを皆殺しにした。

出典 Daly and Rengel, *Greek and Roman Mythology, A to Z*, 18, 39, 55; Westmoreland, *Ancient Greek Beliefs*, 349

エーギスヒャルム

Aegishjalmr/ Egishjalmr

北欧神話では、エーギスヒャルム(「畏怖の兜」/「恐怖の兜」)は、海神エーギルの黒く恐ろしい兜であり、鍛冶屋イーヴァルディの息子たちによって▶ニヴルングの財宝の一部として作られたと考えられる。兜をかぶると、ただでさえ恐ろしい神の姿は、人間を激しい恐怖で満たすほどになる。

ワーグナーが素材にした神話『ヴォルスンガ・サガ』では、エーギスヒャルムは、シグルズ(ジークフリート/シグムンド)が竜神ファーヴニル(ファーフナー)の財宝から奪ったもののひとつである。この物語に登場するのは1度だけだが、『エッダ』の「ファーヴニルの歌」と「レギンの歌」はどちらも、この兜には恐怖を引き起こす力があるとしている。しかしどちらも、形を変える力は持たないとしている。

出典 Byock, *The Saga of the Volsungs*, 66; Morris, *The Story of Sigurd the Volsung and the Fall of the Niblungs*, 192; Dasent, *Jest and Earnest*, Volume 2,

88-89; Grimes, *The Norse Myths*, 254; McConnell et al., *The Nibelungen Tradition*, 162; Norroena Society, *Asatru Edda*, 333

エーリューズニル

Eljudnir

別名・類語 エーヴーズニル(「みぞれで湿った」)

北欧神話に登場する冥界の女神ヘルは、エーリューズニル(「苦痛を招く者」/「吹雪にさらされる者」)という広大な宮殿を所有しており、そこは数々の名品で完全に装飾されている。宮殿には高い壁と手すり、巨大な門がある。ベッドのカーテンは▶ブリーキンダ・ベル、ベッドは▶ケルという名前で、皿は▶フング、ナイフは▶スルトと呼ばれ、入口の敷居は▶ファランダ・フォラズという落とし穴で、下男はガングラティ(「怠惰」)、下女はガングレト(「無精」)という名前だった。

出典 Daly, *Norse Mythology A to Z*, 21; Norroena Society, *Satr Edda*, 339

エオスの戦車

chariot of Eos, the

古代ギリシア・ローマ神話で、暁の女神エオスの紫色の戦車は、2頭のヒッポイ・アタナトイ(神々の不死の馬)、ランポスとファエトンに引かれていた。

出典 Bechtel, *Dictionary of Mythology*, 122, 171; Breese and D'Aoust, *God's Steed*, 92

エグキング

Egeking

別名・類語 エッジキング(「剣の王」)、エルキン

中世の詩『グレイスティール』では、サー・グレアム(グライム)は、レディ・ルー

スパイン（ルースペイン）から魔法の剣エグ
キングを手に入れる。サー・グレイス
ティール（Greysteil ／ Greysteel）と対決し
て相手を殺し、レディ・ルースパインの
亡夫サー・エゲックのかたきを討つため
だ。詩では、剣は「ギリシアの海の彼方」
からやってきたとされ、「とても高価な
宝物」と呼ばれている。

出典 Gray, *Later Medieval English Literature*,
526; Pendergrass, *Mythological Swords*, 4; Rickert,
Early English Romances in Verse, 183

エクスカリバー

Excalibur

別名・類語 カラブルム（『ブリタニア列王
史』）、カラブルン（『ブリタニア列王史』）、カ
ラド・ボルグ（「硬い光」）、▶**カラドボルグ**
（アイルランド語で「硬い裂け目」）、カラドコ
ルク、カラドコルグ、カレドヴルフ
（ウェールズ語）、カレドヴルッフ、カレス
ヴォル（コーンウォール語）、カリボール（『ブ
リタニア列王史』）、カリボーン（『ブリタニア
列王史』）、カリボーチ、カリボーヌ、カ
リブルク（ジェフレイ・ガイマールの著作）、カ
リバーン、カリバーヌ、カリブルヌス（ラ
テン語）、カリボー（『ブリタニア列王史』）、
カリボルク（『ブリタニア列王史』）、カリ
ボーゥルク（『ブリタニア列王史』）、カルバー
ン、カリブルン、クラウ・ソラス（「光の
剣」）、エスカリボール（古フランス語）、エ
スカリボルク（『ブリタニア列王史』）、エス
カリボルプ、エクスカリボール（古フラン
ス語）、カレドヴルク（ブルトン語）、▶**石の
中の剣**

　おそらく史上屈指の有名な剣である伝
説の剣エクスカリバー（「石から解き放つ」）
は、長年にわたって多くの作家が、その
主要な使い手である伝説の英雄キャメ
ロットのアーサー王の物語を独自のスタ
イルで語ってきたこともあり、しばしば
誤解されている。永遠の王とその騎士た
ち、彼らの冒険と伝説の剣の歴史には、
さまざまに異なる説がある。

　エクスカリバーをめぐる混乱は、その
起源の物語から始まる。一般には、剣は
別の世界で鍛えられ、魔術師マーリン（メ
ルディン／マルジン）の魔法によって、ある
いは"湖の貴婦人"からの贈り物としてこ
の世にもたらされたとされている。よく
ある思い違いは、アーサーが、あの有名
な石からエクスカリバーを引き抜き、神
授の王位継承権を持つことを証明したと
いう説だ（石中の剣参照）。確かにアーサー
は石から剣を引き抜いたが、それはエク
スカリバーではなかった。戦いの際に
は、最初に手にしたその剣を携えていた
が、やがて折れてしまった。そのときに
なって初めて、マーリンが、王にふさわ
しい剣が得られる場所を知っていると伝
える。

　この武器を鍛えたのがアヴァロン島の
妖精だったにしろ、伝説の鍛冶職人ヴェ
ルンド（ゴファノン／ヴェーラント／ヴィーラ
ント／ウェイランド）だったにしろ、剣は魔
法のごとく鋭利に作られていた。刃は超
自然的なほどの切れ味で、戦いになくて
はならぬものになった。鉄の棒も鳥の羽
も、たやすく切ることができた。エクス
カリバーの刃は、まるで稲妻を見ている
かのように明るく、戦いの熱気の中で炎
のように輝いた。多くの伝説では、刃に
は「エクスカリバーは常に神と王のため
に」、あるいは片面には「我を手に取れ」、
もう片面には「我を捨て去れ」、またはそ
れに類する銘が刻まれていたとも言われ
ている。

エクスカリバーは、戦いでの勝利をほぼ確実にすることで、アーサーが正統な王としての地位を確立するのに役立った。それどころか、王冠よりも剣のほうが、王権の象徴になった。しかし興味深いことに、剣は、それを収めるための鞘ほど強力ではなかった。マーリン自身によると、▶エクスカリバーの鞘は剣より「10倍」強力だったという。

カムランの戦いでアーサーは致命傷を負い、のちに騎士のひとり（たいていはベディヴィアかグリフレット）に、エクスカリバーをある湖に投げ込むよう命じた。偉大な戦士の武器や鎧をこういう方法で処分するのは、ケルト文化の一般的な慣習だった。騎士（誰であるかはさまざま）はすぐには命令に従わなかったが、最終的にはエクスカリバーを湖に投げ込んで、元の場所に戻した。こうして剣はふたたび"湖の貴婦人"の持ち物となった。

出典 Evangelista, *The Encyclopedia of the Sword*, 577; MacKillop, *Dictionary of Celtic Mythology*, 64-65, 174; Peterson and Dunworth, *Mythology in Our Midst*, 52-54; Pyle, *The Story of King Arthur and His Knights*, 92-93

エクスカリバーの鞘
scabbard of Excalibur, the

アーサー王伝説では、剣の▶エクスカリバーはアーサー王の持つ力の象徴だった。しかし、この剣の鞘には名前さえつけられていなかったが、剣をはるかに上回る価値があった。マーリン（メルディン／マルジン）によれば、鞘には剣の「10倍」もの力があり、鞘を身につける者は怪我を負うことはなく、1滴の血も失うことがないという。

アーサー王の治世の混乱期に、愛するアコーロンを死に至らしめたことへの復讐として、異父姉のモルガン・ル・フェがアーサーからエクスカリバーを盗み出した。アーサーは剣を取り戻したが、鞘は永遠に王の手に戻らなかった。モルガンが鞘を湖に投げ捨てたとするストーリーが多い。

出典 Evangelista, *The Encyclopedia of the Sword*, 5 7 7; Peterson and Dunworth, *Mythology in Our Midst*, 52-54

エスキスエルウィンの牙カミソリ
tusk razor of Ysgithyrwyn, the

ウェールズのアーサー王伝説では、巨人イスバザデンは、戦士キルッフが40のアノイシル（「手に入れるのが難しいもの」）を成し遂げた場合のみ、娘のオルウェンとの結婚を許すとして、無理難題を押しつけた。これは、『マビノギオン』に収録された『キルッフはいかにしてオルウェンを娶ったのか』という物語で語られてい

る。その難題のひとつは、エスキスエル
ウィン（「白き牙」）というイノシシの長い
牙からカミソリを作ることで、その牙は
生きたままのイノシシから、イウェルゾ
ンの王アエドの息子オドガルが引き抜く
こと。その後、牙はカウ王に引き渡され、
カウ王がその牙で巨人イスバザデンの頭
を剃ること、というものだった。牙を抜
かれたイノシシは、アーサー王の犬のカ
バルに殺された。

出典 Bruce, *The Arthurian Name Dictionary*,
３２１,５０１; Reno, *Arthurian Figures of History and
Legend*, 63, 172

エッケザックス

Eckesax/ Ekkisax/ Ecke-sax

　13世紀の叙事詩『シズレクのサガ』に
登場するドワーフの王で魔術師、鍛冶職
人でもあるアルベリヒは、パターン溶接
した剣エッケザックス（「ナイフにあらず」）
を作った。磨き上げられ、金で刻印を押
され、"ヴィアムファー"（ヘビの模様が施
されていた）と描写されている。剣先を地
面に向けると、刃の模様はヘビに似てい
るだけでなく、下へと動いて土に潜り込
むように見えた。さらに、剣先を空に向
けると、まるでヘビが柄から剣の側面を
伝って空へ上っていくように見えた。
　ドイツの神話によると、優れた偉大な
剣エッケザックスは、巨人エッケが所有
していたが、若き英雄ディートリヒ・
フォン・ベルン王子の忠実な軍馬ファル
ケに倒された。『エッケの歌』によれば、
エッケは、未亡人となったレディ・オブ・
ドラッヘンフェルスとその9人の娘を捕
らえていた。ディートリヒは女性たちを
救うために巨人を捜し出したが、巨人と
出くわしたのは夜で、戦うには不利な時

間だった。若い英雄がまさに巨人の犠牲
になりかけていたとき、王子の軍馬が事
態を察して戦闘に加わり、後ろ足で立ち
上がって、巨人を踏みつけて殺した。

出典 Classen, *Magic and Magicians in the Middle
Ages and the Early Modern Time*, 122; Davidson, *The
Sword in AngloSaxon England*, 1６2, 1６6; Guerber,
Legends of the Middle Ages, 116; Jobes, *Dictionary of
Mythology, Folklore, and Symbols*, Part 1, 4２3;
Macdowall, *Epics and Romances of the Middle Ages*,
164, 168

エッリリーヴ・アーサ

Ellilyf Asa

別名・類語 ▶イズンのリンゴ、エッリプリ・
エッリリーヴ（「不老のリンゴ」／「不老の霊薬
のリンゴ」）

　北欧神話で、エッリリーヴ・アーサ
（「神々の不老の霊薬」）は、世界樹▶ユグド
ラシルに実る黄金のリンゴで、神々に永
遠の若さを与える果実だった。リンゴの
守護者は、イドゥンという名の金色の髪
をした再生と春の女神で、彼女だけがリ
ンゴを清めて神聖にする能力を持ち、そ
の魔法の力を引き出すことができた。イ
ドゥンが清めていないリンゴを食べて
も、奇跡的な恩恵は得られない。エッリ
リーヴ・アーサは、総称してエップリ・
エッリリーヴ（「11個のリンゴ」）と呼ばれ
る。

出典 Daly, *Norse Mythology A to Z*, 4５; Grimes,
The Norse Myths, 264; Norroena Society, *Satr Edda*,
343; Rydberg, *Teutonic Mythology* Volume 3, 645

エニードの鞍

saddle of Enide, the

　アーサー王伝説に登場するグリヴレ
は、主人公のエニードに、目をみはるよ
うな鞍をつけた見事な栗毛の馬を贈っ

た。その鞍は黄金で飾られ、エメラルド
がちりばめられ、象牙の弓がついてお
り、エネアスとディドの物語がすべて彫
られていた。鞍を作った職人は、7年の
歳月をかけてこれを完成させた。

出典 Karr, *Arthurian Companion*, 144; Kelly, *The Romances of Chretien de Troyes*, 74, 123-24

エフタッハ

Echtach

アイルランドの叙事詩『クアルンゲの
牛捕り』(『クーリーの牛争い』/『トーイン』)
で、エフタッハはおそらくアマルギンの
剣であり、「死を喰らう者」とだけ描写さ
れている。アルスターの英雄クー・フリ
ン(クー・フラン/クー・フーリン/クーフーリ
ン)の3つの屋敷のひとつであるテテ・ブ
レックに保管されていたたくさんの杯、
角杯、ゴブレット、投槍、盾、剣などと
ともに名前を挙げられている。

出典 Kinsella and Le Brocquy, *The Tain*, 5; Mountain, *The Celtic Encyclopedia*, Volume 2, 307

エメラルド・タブレット

Emerald Tablet, the

ユダヤ教神秘主義の伝承では、▶契約
の箱には、十戒が記された石だけではな
く、他にも神秘的な素晴らしい遺物が納
まっていて、そのひとつがエメラルド・
タブレットだった。このアイテムは半透
明のエメラルド結晶で、宇宙の謎のすべ
てが記されている。エメラルド・タブ
レットが守ってきた秘密のひとつは神の
名であり、それを口にするだけで、天地
創造のすべてを解き明かすことができ
る。きわめて危険な可能性を秘めたアイ
テムだったので、タブレットは安全のた
め契約の箱の中に納められた。

エメラルド・タブレットの並外れた特
徴のひとつは、必要に応じて表面に書か
れた文章を変えられる力である。変化が
起こるとき、タブレットはうめき声をあ
げて振動し、ときおり強力な光を発し
た。

伝承によれば、エメラルド・タブレッ
トは、エノクがアダムから遺物として受
け継いだ、あるいは天上界に奉仕するた
め何度も旅をした際に授けられて所有し
ていたという。その後エノクは、来たる
べき大洪水から守るため、タブレットを
エジプトの大ピラミッドの中に隠した。
最終的に、貴重な品々はモーセによって
移動され、契約の箱の中に納められた。

出典 Boren and Boren, *Following the Ark of the Covenant*, 15-16; Hauck, *The Emerald Tablet*, n.p.

エリエスの書

Helyes book, the

アーサー王伝説に登場する、トゥー
ルーズのエリエスが所有していた強力な
魔術書。強力な魔法を帯びていると言わ
れたが、使われることは稀だった。『ラ
ンスロ＝聖杯サイクル』で、エリエスは
あるとき、ギャレオルト公爵がいくつま
で生きるのか(本人の要望で)知るため、悪
霊を呼び出すのに使った。

出典 Karr, *Arthurian Companion*, 245

エリダ

Ellide/ Ellida

別名・類語 竜船エリダ、フリダ

アイスランドの伝説の英雄、勇者フリ
チオフ(Frithiof ／ Frithjof)は、エリダとい
う名前の魔法の船を持っていたと言われ
る。船はもともと、海の神エーギルが英
雄の先祖のひとりに、親切な行為の褒美

として授けたものだった。エリダはフリチオフの3つの貴重な所持品のひとつで、あとのふたつは▶アングルヴァダルと▶黄金の腕輪である。

エリダの船首には、大きく口をあけた金製の竜の頭がついていた。船尾には長くねじれた尾があり、船底には青と金のうろこが描かれていた。船の厚板は、船大工が組み立てたのではなく、自然に組み合わさったものだった。帆は黒く、赤で縁取られていたと言われ、よくエリダの翼と呼ばれた。帆を張ればどんな船よりも速く、どれほど危険な天候の中でもまるで水面を飛ぶように走ることができたからだ。

エリダは船長の声に応答した。ある物語で、海の魔女ハムとハイドはフリチオフを亡き者にしようと嵐とクジラを呼び起こし、船を沈めて英雄もろとも葬り去ろうとした。しかし、フリチオフはエリダに助けを求めた。エリダは応じ、翼を広げて、荒れ狂う海をまるで凪いだ海を走るかのように走り、クジラに正面から激突して即死させた。

出典 Cox and Jones, *Tales of the Teutonic Lands*, 222, 230; Nye, *Encyclopedia of Ancient and Forbidden Secrets*, 49; Sladen, *Frithjof and Ingebjorg*, 11, 18, 24, 47

エルドフリームニル
Eldhrimnir/ Eidhrimner

北欧神話で、エルドフリームニル（「火の歌」／「すすで黒くなった」／「火ですすけた」）は、戦争、死、狂気、絞首台、治癒、知識、詩、高貴、ルーン文字、魔術、知恵の神であるオーディンの大鍋である。オーディンの大広間に置かれている。毎日、料理人のアンドフリームニルが、▶ヴァルハラに住むエインヘルヤル（「孤高

の戦士たち」——戦死した勇者の魂）に食べさせるため、セーフリームニル（魔法のイノシシ）を煮る。

出典 Daly, *Norse Mythology A to Z*, 2 4; Grimes, *The Norse Myths*, 2 6 3; Hawthorne, *Vikings*, 1 8; Orchard, *Dictionary of Norse Myth and Legend*, 3 7; Norroena Society, *Satr Edda*, 343

エルネドの指輪
ring of Eluned, the

別名・類語 サンセットの指輪

中期英語のアーサー王の物語『イウェインとガウェイン』には、エルネド（ルネドまたはルネット）の指輪が登場する。この指輪には石がはめ込まれており、その石を覆い隠したり、手の平のほうに回したりすると、指輪をはめている者は透明になり姿が見えなくなる。ガウェインはこの指輪を、冒険と気高い行為の助けになるようにと、獅子の騎士イウェインに渡した。

出典 Jones, *Finger-ring Lore*, 96; Taylor, *The Fairy Ring*, 389

エルフ王の調べ
Elf-King's Tune, the

ノルウェーの伝統的なフィドル奏者は、"エルフ王の調べ"を知っているとは言うが、けっしてその曲は演奏しない。奏で始めたとたん、老いも若きも立ち上がって踊り出すだけでなく、周囲の無生物までつられて踊り出してしまうからだという。音楽家たちがこの曲を演奏しないもうひとつの理由は、いったん始めると自分では止められず、誰かが後ろから忍び寄って楽器の弦を切らなければならないからだ。ある言い伝えによると、フィドル奏者に曲を逆から演奏する冷静さがあれば、旋律を逆にたどって冒頭に

戻ることで止められるという。

出典 Dudley, *Poetry and Philosophy of Goethe*, 290-91; Keightley, *World Guide to Gnomes, Fairies, Elves, and Other Little People*, 79

エレインの袖

sleeve of Elaine, the

　アーサー王物語『サー・ランスロットとエレイン』のなかで、ランスロットはウィンチェスターで開かれた試合に身分を隠して出場する。ランスロットは鎧を借り、彼に深い恋心を抱いていたアストラットのエレイン（エレイン・デスカロ）の愛のしるしを身につけた。王妃に愛と奉仕を捧げた彼が、女性の愛のしるしを身につけたのはこれが初めてだった。その袖は、高価な真珠が縫いつけられた真っ赤な繻子の布だったという。

出典 Karr, *Arthurian Companion*, 139; Pyle, *The Story of Sir Launcelot and His Companions*, 128, 129

エレックの王笏

scepter of Erec, the

別名・類語 緑色の王笏

　非の打ち所のない澄んだ緑色のエメラルドから作られたこの王笏の先端は、人の拳ほどの大きさがあるとされ、あらゆる哺乳類や鳥類、魚類の姿が彫られていた。アーサー王はエレックの戴冠式でこの王笏をエレックの手に持たせた。それが新王への贈り物だったのか、単に借しただけだったのかは不明である。

出典 Karr, *Arthurian Companion*, 148; Nolan, *Now Through a Glass Darkly*, 140

エレックの戴冠式のローブ

robe of Erec's coronation, the

別名・類語 ライマーの塔

　エレックがオトル・ガレの国王になるときに戴冠式で着用したローブには、算術、天文学、幾何学、音楽の4つの学芸を女性的に具現したものが描かれていたという。このローブは、4人の妖精が表面に波紋のある布で作ったとされ、香辛料を食べるバルビオレットというインドの動物の色とりどりの皮が、裏地として貼られていた。ローブの房飾りには4つの石がついていた。片側にアメジストがふたつ、もう片側にはクリソライトがふたつだった。

出典 Karr, *Arthurian Companion*, 148

円卓

Round Table, the

　アーサー王伝説に登場するアーサー王の円卓は、大きな円形のテーブルで、あるひとつの目的のために作られた。アーサー王とその騎士たちが集うとき、全員が同じ造りで同じ高さの椅子に座り、円卓につくときはどの騎士もその職責において対等であり、円卓の長との距離で騎士の重要度が示されることはなかった。「円卓」という言葉は、アーサー王に仕える騎士や貴族の集まりを指す言葉としても使われた。

　12世紀のノルマン人聖職者で教師だったロベール・ヴァースは、1155年に『ブリュ物語』（ジェフリー・オブ・モンマスの『ブリタニア列王史』の翻案）をアリエノール（エレノア）・ダキテールに捧げた。この作品で、こんにち知られているような円卓

が初めて言及されている。

中期英語の詩人で聖職者だったラヤモンは、アルプス以西の土地の征服後、宮廷でアーサーに接触した大工によって円卓が作られたと記している。当時使われていた長方形のテーブルの端に誰が座るかをめぐりけんかが起こったため、この円卓の案が出されたという。しかし、12世紀末のフランスの詩人ロベール・ド・ボロンと『ランスロ＝聖杯サイクル』によれば、13人が座る円形のテーブルである聖杯のテーブルというマーリンの物語を聞いて、円卓のアイデアを思いついたのは、ユーサー・ペンドラゴンだったという。ユーサーはこの円卓をカメリアード王のレオグランスに贈った。レオグランスは、娘のグィネヴィア（グェネヴィア）がアーサーと結婚する際に、この円卓を結婚祝いとして贈った。

また、ド・ボロンによれば、マーリン（メルディン／マルジン）は円卓の椅子に魔法をかけて、その椅子に座った者の名前が黄金の文字でひとりでに現れるようにしたという。イタリアのアーサー王物語には、次の4種類の椅子が登場する。行動力のある騎士のための冒険の座、空席にしてある▶危険な座、アーサーが座る王の座、そして虚弱な騎士のための椅子だ。

円卓につける人数にも、やはり諸説がある。『ディド・ペレスヴァル』によれば、13人の騎士がテーブルに座ることができたという。ウィンチェスター城の円卓は25人の騎士の名前を挙げており、ロベール・ド・ボロンは50人だと主張した。歴史家のジャン・ドゥートルムーズ（1338-1400年）は60人とした。サー・ジェイムズ・ノウルズ（1831-1908年）の『アーサー王伝

説』では130人とされた。騎士で詩人のハルトマン・フォン・アウエ（1170-1210年）は140人と主張した。『ランスロ＝聖杯サイクル』（1210-1230年頃）では150人、流布本『マーリン』では250人が座れるとされた。ウェールズの『キルッフとオルウェン』の物語では、200人ほどの騎士を挙げており、『双剣の騎士』の物語では、太陽暦の1年のために366人の騎士がいるとされている。とくに目を引くのはラヤモンの説で、円卓は1600人が着席でき、持ち運び可能だとしていることだ。円卓につく者は、サー・トマス・マロリー（1415-1471年）がまとめた誓いに縛られていた。すなわち騎士たちは、常に真実を語ること、流言や醜聞に巻き込まれないこと、友情に忠実であること、謙虚であること、弱き者を守ること、大いなる善のために人生を進展させること、貧しき者に名誉を与え女性を敬うこと、決して自慢しないこと、交わした約束は守ること、富よりも人格を重んじること、愛に忠実であること、誰に対しても公平に接し正義を守ることを誓った。

円卓が最終的にどのような運命をたどったかについて語られることはほとんどないが、『後期流布本サイクル』では、マーク王がキャメロットに攻め入ったとき、彼は円卓も破壊した。

出典 Ashley, *The Mammoth Book of King Arthur*, n.p.; Bruce, *The Arthurian Name Dictionary*, 4 3 0; Dom, *King Arthur and the Gods of the Round Table*, 96-97

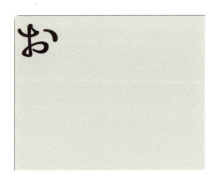

黄金の腕輪

golden arm ring, the

別名・類語 フリチオフの腕輪

アイスランドの伝説の英雄、勇者フリチオフ（Frithiof／Frithjof）は、3つの貴重な魔法の品を持っていたと言われる。剣▶アングルヴァダル、船▶エリダ、そして黄金の腕輪である。

フリチオフの父、トルステン物語によれば、腕輪には神々の像と暦が刻まれ、中央に輝くルビーがはめ込まれている。伝説の鍛冶職人ヴェルンド（ゴファノン／ヴェーラント／ヴィーラント／ウェイランド）がトルステンの父のために作ったが、海賊のソテが盗み、腕輪を持ったまま海を渡ってブリテンに逃亡していた。トルステンはベレ王とともに機会をうかがい、ブリテンに乗り込んだところ、洞穴と墓場に行き当たった。中にはソテの黒い船があり、炎のように揺らめく光を放っていた。マストの上には、炎の衣をまとい骸骨となったソテの亡霊がいた。トルステンはひとりで洞穴に入り、亡霊に立ち向かった。ついには戦いに勝利したが、それについてはひとことも話さず、「あれほど大切な腕輪を金で買うくらいなら、死んだほうがましだったのです」とだけ言った。

出典 Cox, *Popular Romances of the Middle Ages*, 381; Cox and Jones, *Tales of the Teutonic Lands*, 221

黄金の乙女たち

Golden Maidens, the

別名・類語 コーライ・クリュセイ

古代ギリシア神話で、▶オートマトン（「自らの意志で動くもの」）とは、神々が操って動かしたり、ある種の生命を吹き込んだりした動物や人間、怪物の彫像のこと。たいていは、束縛、彫刻術、火、鍛冶、金属細工、石工、護符の神であるヘパイストス（ヘファイストス。ローマ神話の神ウルカヌス）が作った。オートマトンにはほかにも、▶カウカソスのワシ、▶黄金の三脚台、▶カベイロイの馬、▶ケレドネス、▶クリセオスとアルギレオス、▶コルヒスの雄牛、▶タロスなどがある。

ヘパイストスによって純金で鍛造された黄金の乙女たち（ふたりを総称してそう呼んだ）は、オリュンポス山にある彼の真鍮の宮殿で働く私的な女性使用人として作られた。オートマトンたちは全身に関節があり、話すことができ、知性さえ備えていたので、人間に見えた。伝説的な作家ホメロスによれば、乙女たちは家事をこなすだけでなく、ヘパイストスが歩くときには体を支えていたという。

出典 Bonnefoy, *Greek and Egyptian Mythologies*, 88-89; Seyffert, *A Dictionary of Classical Antiquities*,

Mythology, Religion, Literature and Art, 2 7 7; Westmoreland, *Ancient Greek Beliefs*, 54

黄金の玉座

golden throne, the

　古代ギリシア神話で、束縛、彫刻術、火、鍛冶、金属細工、石工、護符の神ヘパイストス（ヘファイストス。ローマ神話の神ウルカヌス）は、運命、王、稲妻、空、雷の神ゼウス（ローマ神話の神ユピテル）と、出産、家族、結婚、女性の女神ヘラ（ローマ神話の女神ユノ）の息子だった。しかし、ヘパイストスは醜いだけでなく足に障害があったので、母親によってオリュンポスから海に投げ捨てられた。海の女神エウリュノメとテティスに助けられ、育てられたヘパイストスは、多くの素晴らしい品々を生み出した。発明品のひとつが、見えない鎖がついた美しい黄金の玉座で、腰かけた者を拘束するよう設計されていた。ヘパイストスは玉座をヘラに贈った。ヘラは罠にはまり、自分が捨てた息子がオリュンポスに呼び戻されるまで、拘束されたままだった。

出典 Anthon, *A Classical Dictionary*, 1 3 9 4; Seyffert, *A Dictionary of Classical Antiquities, Mythology, Religion, Literature and Art*, 277

黄金の三脚台

golden tripods, the

別名・類語 トリポデス・クリュセイ

　古代ギリシア神話で、▶オートマトン（「自らの意志で動くもの」）とは、神々が操って動かしたり、ある種の生命を吹き込んだりした動物や人間、怪物の彫像のこと。たいていは、束縛、彫刻術、火、鍛冶、金属細工、石工、護符の神であるヘパイストス（ヘファイストス。ローマ神話の神

ウルカヌス）が作った。オートマトンにはほかにも、▶カウカソスのワシ、▶黄金の乙女たち、▶カベイロイの馬、▶ケレドネス、▶クリセオスとアルギレオス、▶コルヒスの雄牛、▶タロスなどがある。

　黄金の三脚台はヘパイストスの作品であり、金製の20個の車輪がついた三脚台一式と描写されている。知性が備わっていて、自発的にオリュンポスの周囲を走り回り、必要に応じて神々に仕えていた。仕事を終えると、車輪を走らせヘパイストスの家に戻ってきた。神々は食事の際に、このオートマトンから食べ物を取っていたとも言われる。食事が終わると、三脚台は走り去ったという。

出典 Bonnefoy, *Greek and Egyptian Mythologies*, 88-89; Nosselt, *Mythology Greek and Roman*, 113-14; Westmoreland, *Ancient Greek Beliefs*, 54

黄金の枝

golden bough, the

　古代ギリシア・ローマ神話に登場する半神半人の英雄アイネイアスは、トロイの王子アンキセスと、美、豊穣、愛、売春、性、勝利の女神であるウェヌス（ギリシア神話の女神アプロディテ）とのあいだに生まれた。アイネイアスは巫女に、冥界の中を進む安全な通路を確保したければアヴェルヌス湖周辺の森へ行く必要があり、そこで神々から場所を明かす特別なしるしが与えられるだろうと告げられていた。アイネイアスの場合、それはウェヌスの神聖な鳥である2羽の白いハトだった。そして、黄金の枝をプロセルピナ（ギリシア神話の女神ペルセボネ）に供物として捧げなければならなかった。枝は、葉も茎も黄金で、切り取ってもすぐに再生するが、運命に祝福されている者だけ

がそれを実行できる。冥界を流れる川ス
テュクスの渡し守は、黄金の枝を手にし
て船に乗る者に敬意を払う。

出典 Murray, *Classical Manual*, 442; Virgil, *Aeneid* 6, 17, 34, 38［ウェルギリウス（杉本正俊訳）『アエネーイス』新評論、2013年］

大きなねじれた笛
Big Twisted Flute

スー族の伝承において、頭のない馬の
ねじれた陰茎の形に彫られた笛で、スギ
で作られ、5つの指穴があったと言われ
る。魔法の力があり、男が吹けば、忘れ
がたい旋律が響いて強力な愛の呪文が生
まれ、意中の女を伴侶にすることができ
た。

出典 Hassrick, *The Sioux*, 1　6　2-6　3; Monger, *Marriage Customs of the World*, 88, 201

オーコルニル
Okolnir

北欧神話において、オーコルニル（「寒
くない」）は巨人ブリミルのビールの館が
ある地域で、そこには美酒がいつもふん
だんにあるという。

出典 Larrington et al., *A Handbook to Eddic Poetry*, n.p.; Jones, *Medieval Literature in Translation*, n.p.

オーサディルディピヤマ ナス
ausadhirdipyamanas

ヒンドゥー教の神話に登場する眉目秀
麗な双子の神、アシュヴィン双神（「乗馬
者」）は、癒しや戦闘後の元気回復、神々
と選ばれた人間の若返りに使われる魔法

の薬草、オーサディルディピヤマナス
（「燐光を発する植物」／「まばゆい植物」）の調剤
師だった。この種の植物を探すとき、双
子の神は姿を消せる能力を持っていた。

出典 Garrett, *A Classical Dictionary of India*, 241; Smith, *Hinduism*, 2　1　2; Storl, *Untold History of Healing*, 134

静波号
オーシャン・スイーパー
Ocean Sweeper

別名・類語 ▶ 静波号 ウェブ・スイーパー

ケルト神話で、静波号（アイゲアン・スカ
バドイル）はもともと、海の神であり冥界
の守護者であるマナナーン・マク・リル
（マナナン、マナノス）の船だった。この船
は、オールや帆がなくとも彼の命令に
従って航行することができた。アイルラ
ンドとウェールズ間の移動と交易に使わ
れたほか、死亡した英雄を、異界にある
最後の安息の地ティール・タルンギリ
（「約束の地」）へ運ぶためにも使われた。

出典 Mountain, *The Celtic Encyclopedia*, Volume 4, 840; Rolleston, *Myths & Legends of the Celtic Race*, 125

オーズレリル
Odrerir/ Odraerir/ Odroerir

別名・類語 オーズヘリル、オーズ・ヘリ
ル、オーズレル、オーズレスリル、オー
ズリュイレル、オーズレレル（「精神を動か
すもの」）、オーズロリル、オースレリル

北欧神話でオーズレリル（「心臓／心をか
き混ぜるもの」）とは、女巨人のグンレズが
管理していた、貴重な蜜酒が入った3つ
の青銅釜のうちのひとつ。ほかのふたつ
は▶ボズンと▶ソーン。

アイスランドの歴史家スノッリ・ス
トゥルルソンは、『スノッリのエッダ』の

「詩語法」で、オーズレリルはクヴァシルの血を発酵させる青銅釜で、▶ボズンと▶ソーンは樽だとしている。

オーズレリルは、釜を指す場合と、その中の蜜酒を指す場合の両方がある。

出典 Anderson, *Norse Mythology*, 252; Grimes, *The Norse Myths*, 292; Hawthorne, *Vikings*, 20; Lindow, *Norse Mythology*, 252; Murphy-Hiscock, *The Way of the Hedge Witch*, 60-61

オートクレール

Halteclere/ Hauteclaire/ Hauteclare/ Hauteclere

別名・類語 オートクレリン

騎士オリヴィエの剣の1本であるオートクレール(「高く清らか」/「澄み切った」)は、磨き上げられた鋼、黄金の鍔、水晶の柄を持つと描写されている。ある物語で、騎士ローランと忠実な仲間オリヴィエがサラセン人(イスラム教徒)と戦っていたとき、オリヴィエは流れるような一連の動作で折れた槍を捨て、鞘からオートクレールを抜いて、ジャスティン・ド・ヴァル・フェリーの頭頂から胴体、鞍までまっすぐ切り裂き、敵が乗っていた馬の背骨を切断してようやくそのひと振りを終えた。

『騎士道の時代、またはクロックミテーヌの伝説』では、名高い剣工ガラが、▶フランベルジュ、オートクレール、▶ジョワユーズの3本の剣を作った。それぞれの剣は3年がかりで作られ、最後には剣▶グロリアスの刃を試すために使われたが、グロリアスがすべての剣に深く切り込む結果となった。

出典 "Ancient Literature of France," 2９6; Brewer, *Dictionary of Phrase and Fable* 1900, 1197; L'Epine, *The Days of Chivalry*, n.p.; Pendergrass, *Mythological Swords*, 43

オートマトン

automatons

別名・類語 オートモトイ

古代ギリシア神話で、オートマトン(「自らの意志で動くもの」)とは、神々が操って動かしたり、ある種の生命を吹き込んだりした動物や人間、怪物の彫像のこと。たいていは、束縛、彫刻術、火、鍛冶、金属細工、石工、護符の神であるヘパイストス(ヘファイストス。ローマ神話の神ウルカヌス)が作った。こうして作られたオートマトンには、▶カウカソスのワシ、▶黄金の乙女たち、▶黄金の三脚台、▶カペイロイの馬、▶ケレドネス、▶クリセオスとアルギレオス、▶コルヒスの雄牛、▶タロスなどがある。

出典 Bonnefoy, *Greek and Egyptian Mythologies*, 88-89; Westmoreland, *Ancient Greek Beliefs*, 54

御手杵

Otegine

別名・類語 御手杵の槍

日本の民間伝承によると、偉大な刀工である正宗(13世紀後半頃)は、史上屈指の素晴らしい刀剣を作り上げたとされている。正宗は実在の人物だが、伝説の刀剣御手杵は正宗の作ではない。御手杵は嶋田義助の作であり、▶日本号、▶蜻蛉切とともに天下三名槍に数えられる。

出典 Nagayama, *The Connoisseur's Book of Japanese Swords*, 3１; Pauley, *Pauley's Guide*, 1３0; Sesko, *Encyclopedia of Japanese Swords*, 460

音なし馬車

deaf coach

別名・類語 コシュタ・バワー

アイルランドのゴールウェイ県に伝わる民間伝承では、誰かが死の間際にある

とき、音なし馬車が、厳密に定まった道を疾走してくるのが見えると言われている。ファウグハート教会からベロナン橋へ向かって南に進み、フォーキル・ロードを抜けてオヘイガンの十字路に入り、次にキルカリーを通って、教会へと戻る。黒い馬車は4頭の首のない馬に引かれ、首のない御者が操っている。馬車は"deaf"(「くぐもった」あるいは「ゴロゴロと鳴る」という意味)で、「自転車のように」静かだと言われる。音なし馬車を見かけるのはまれで衝撃的ではあるが、不運の兆しではない。

出典 EvanWentz, *Fairy Faith in Celtic Countries*, 29-30; Jacobs et al., *Folk Lore*, Volume 10, 119, 122

踊る小屋

Dancing Hut

別名・類語 バーバ・ヤガーの小屋、バーバ・ヤガーの踊る小屋

ハンガリーの民間伝承によると、バーバ・ヤガー(「老婆ヤガー」または「老婆ヤドヴィガ」)は、もともとは優しく親切な妖精だった。しかし時とともにその物語は変わり、バーバ・ヤガーは小柄で醜い人食いの老女あるいは魔女になった。単独の存在ではなく、邪悪な妖精の種族とする物語もいくつかある。バーバ・ヤガーの名前や特徴は、東欧やスラヴのいくつもの神話に登場する。

バーバ・ヤガーが住んでいるのは杭柵に囲まれた小屋で、屋根のてっぺんには餌食となった人たちの頭蓋骨が飾られていた。窓はなく、偽の扉があり、小屋の大きさに釣り合う巨大な鶏の脚に支えられている。バーバ・ヤガーが家に入りたいときには、地面の高さまで小屋を下げるため、魔法の呪文を唱えなくてはならなかった。小屋の錠をこじあけようとすれば、鍵穴が鋭い歯の生えた口にほかならないと気づいて驚くことになった。小屋は、バーバ・ヤガーの護衛と世話に勤しむ目に見えない何人もの召使でいっぱいだった。

いくつかの物語では、バーバ・ヤガーの小屋は3人の謎めいた騎士と関わりがあった。黒に身を包んだひとりめの騎士は、黒い馬鎧と馬具を着けた黒い馬に乗る夜の化身。赤に身を包んだふたりめの騎士は、赤い馬に乗る太陽の化身。白に身を包んだ3人めの騎士は、白い馬に乗る昼の化身だった。訪問者が騎士たちのことを尋ねると、バーバ・ヤガーは何者なのか説明してくれるが、目に見えない召使たちのことをきかれると、質問した人を殺そうとする。

バーバ・ヤガーの小屋に類する発想は、それほど突飛ではなかったという説がある。セルビアの遊牧の狩猟民は、2、3本の木の高い切り株の上に丸太小屋を建てていた。その根は、まさに鶏の脚のように見えた。小屋の床には、梯子に上らなければ届かない落とし戸が造られていた(クマは頑丈な扉でも壊せるくらいの力があるだけでなく、壊れるまで粘る頑固さもあるが、どれほど大きく力のあるクマでも梯子は上れない)。同様の構造をした、土偶を納めた小さな祠も発見されている。ロシアの考古学者イェフィメンコとトレチャコフは1948年に、バーバ・ヤガーの小屋の描写に当てはまる小さな小屋をいくつか発見した。小屋の周囲は円形の柵で囲まれ、中には死体を火葬した痕跡も見つかった。

出典 Johns, *Baba Yaga*, 141-42, 146; Rose, Spirits, *Fairies, Leprechauns, and Goblins*, 2 9; Rosen,

Mythical Creatures Bible, 2　3　4; Wikimedia Foundation, *Slavic Mythology*, 117

踊る水
Dancing Water

別名・類語 アービハヤット、アムリタ、シャスムハ・ア・クーサ、不老不死の薬、マハ・ラス、マナサロワール、神々の乳、ネクタルの池、▶ソーマ、ソーマ・ラス、▶生と死の水

　ほとんどあらゆる文化に、英雄や王たちが、不死、あるいは少なくとも肉体を若返らせ、若々しい外見と活力を与えてくれる魔法の霊薬を追い求める物語がある。フランスのおとぎ話の多く、そしてアラビア語、中国語、エジプト語、エノク語、グノーシス派、ギリシア語、シュメール語の文献のいくつかでは、こういう魔法の霊薬は"踊る水"と呼ばれている。

　錬金術師の▶賢者の石と同じく、ひと瓶の踊る水を飲み干すとき、その飲み物は「白いしずく」や「液体の金」と描写される。霊薬は常にすばやく効き目を現し、飲んだ人はたいていすぐさま肉体的に最高の状態まで回復し、健康と若さを取り戻す。多くの場合、それと同時に不死を与えられ、永遠に健康と最盛期の状態を保てる。

出典 CoulterHarris, *Chasing Immortality in World Religions*, n.p.; Lightman, *The Accidental Universe*, 35

オハン
Ochain

　ケルト神話において、オハン（「美しい耳」「うめく者」）とは、アルスター物語群に登場するアルスター王コンホヴァルの魔法の盾で、彼の大広間に吊るされていた。コンホヴァルに危険が迫ると、オハンはうめき声をあげ、アルスター軍のすべての盾も一緒にうめき声をあげたという。

出典 Barber, *Myths & Legends of the British Isles*, 270, 288-89; Gregory, *Cuchulain of Muirthemne*, 43, 130

オブドックム・オグナル・リョーマ
Ofdokkum Ognar Ljoma

別名・類語 ▶ヴァブル（「俊敏」）

　北欧神話で、オブドックム・オグナル・リョーマ（「黒い恐怖の閃光」）は、▶ヴァフルロガル（「いがみ合う炎」）を構成するために使われる原料のこと。ヴァフルロガルは要塞を取り囲み、稲妻を発して敵を攻撃する。その稲妻は「賢い」ので決して標的を外さないという。

出典 Norroena Society, *Asatru Edda*, 396

オフニャッハ
Ochnech

　アイルランドの叙事詩『クアルンゲの牛捕り』（『クーリーの牛争い』／『トーイン』）のなかで、オフニャッハは、森の獣の女神フリディッシュの剣。この剣は、アルスターの英雄クー・フリン（クー・フラン／クー・フーリン／クーフーリン）の3軒の家のうちのひとつのテテ・ブレックに保管されていた、多くの杯、角杯、ゴブレット、投げ槍、盾、剣のひとつ。

出典 Kinsella and Le Brocquy, *The Tain*, 5; Mountain, *The Celtic Encyclopedia*, Volume 3, 685

オムムボロムボンガ

Omumborombonga

ナミビア神話に登場する原初の木オムムボロムボンガから、最初の人間マクル（「魔法」）と最初の女性カマングンドゥが創造された。この女性から、ベトシュアナ、ヘレロ、ナマ、オヴァヘレロ、オヴァムボ、オヴァティオナ、ツワナの各部族が生まれた。この木は牛も創り出した。

出典 Beiderbecke, "Some Religious Ideas and Customs of the Ovaherero," 9 2-9 3; Frazer, *The Golden Bough*, Volume 2, 213, 218-19

オリヴァン

Olivant

別名・類語 オリファン

778年のロンスヴォーの戦いが描かれているフランスの叙事詩『ローランの歌』（1040-1115年頃）において、オリヴァンとは、シャルルマーニュ（カール大帝）のパラディン（12勇士）だったローランが、巨人ユトムンダスから獲得した象牙の角笛。この角笛の音は50キロ先まで響き渡り、上空を飛ぶ鳥を殺すばかりか、軍隊を退却させるほどだったという。

出典 Brewer and Harland, *Character Sketches of Romance, Fiction and the Drama*, Volume 6, 310

オリハルコン

orichalcum

別名・類語 アウリカルクム（「真鍮、黄銅、金の銅」）

古代ギリシアの哲学者プラトン（前428-前347年）は、オリハルコン（「山の黄銅」）は金に次ぐ価値のある金属だと述べた。この金属は「炎の色」だと形容され、濃い黄色または赤みがかった黄色に輝くとされた。古代の文献では、オリハルコンが天

然鉱石か合金かについて意見が分かれている。ギリシアの詩人ヘシオドスやホメロスをはじめ、古代の多くの作家の作品にこの金属が登場する。古代ローマの弁護士、弁論家、哲学者であったマルクス・トゥッリウス・キケロ（前106-前43年）は、金とオリハルコンの見た目は非常に似ており、どちらがどちらであるか間違いやすいと述べているが、彼の時代にはオリハルコンはほとんど価値がなかった。ローマ帝国の軍司令官、作家、自然哲学者、博物学者、艦隊司令長官だった大プリニウス（前23-後79年）によれば、この金属が価値を失ったのは鉱山が枯渇したからだという。仮にオリハルコンが実在する金属だったとしても、プラトンが熱心に探求し始めた頃でも、この金属は見つかっていなかった。

出典 Polehampton, *The Gallery of Nature and Art*, Volume 6, 272, 280; Zhirov, *Atlantis*, 45, 46

オルジェルグ

Orderg

アイルランドの叙事詩『クアルンゲの牛捕り』（『クーリーの牛争い』／『トーイン』）のなかで、オルジェルグは、フルヴァヂャが持っていた赤い黄金でできた盾。アルスターの英雄クー・フリン（クー・フラン／クー・フーリン／クーフーリン）の3軒の家のひとつであるテテ・ブレックに保管されていた、多くの杯、酒角、ゴブレット、槍、盾、剣のひとつ。

出典 Kinsella and Le Brocquy, *The Tain*, 5; Orel, *Irish History and Culture*, 9

オルナ

Orna

ケルト神話において、オルナはフォ

ウォレ族の王テトラの剣。マグ・トゥレ
ドの戦いのあと、戦士オグマがこの剣を
見つけた。物語によれば、彼は鞘から剣
を抜き汚れを落としてきれいにした。知
性を持つ魔剣オルナは、自らが経験し成
し遂げた功績をオグマにすっかり語って
聞かせたという。

出典 Akins, *The Lebor Feasa Runda*, 7 1; Gregory and MacCumhaill, *Gods and Fighting Men*, 6 0; Sjoestedt, *Celtic Gods and Heroes*, n.p.

折れた剣

Broken Sword, the

中世フランスのアーサー王伝説で、ア
リマタヤのヨセフが腿を刺されたときに
折れたと言われる剣。ペレス王の息子
が、偶然彼の城を訪れた▶円卓の騎士3
人のところへ、この武器を持ってきた。
騎士たちは、「聖杯探求の冒険」を成し遂
げる者が持てば、剣はひとりでに修復さ
れるだろうと告げられた。それぞれが直
そうと試みたが、ガラハッドが手に取る
とそれは完璧に修復され、新品同様に
なった。3人は話し合い、ひときわ優れ
た美徳と人格を備えたサー・ボールスが
所有すべきだと決めた。

出典 Kibler and Palmer, *Medieval Arthurian Epic and Romance*, 2 6 4; Weston, *The Legend of Sir Lancelot Du Lac*, 139

蛇之麁正
おろち の あらまさ

Worochi no Ara-Masa

別名・類語 蛇 之韓鋤（「大ヘビを切った異国
おろち の からさび
風の刀」）

日本の伝説によれば、蛇之麁正（大ヘビ
を切った荒々しく完璧なもの）は、海と嵐の
神である素戔嗚尊（スサノオ／須佐之男命）
すさのおのみこと
の剣。彼はこの剣で、越の八岐大蛇を退
ヤマタノオロチ

治した。

出典 Aston, "Hideyoshi's Invasion of Kores," 213-22;Pendergrass, *Mythological Swords*, 50

オンパロス

Omphalos

別名・類語 地球のへそ

オンパロスは、古代ギリシア神話に登
場する▶ベーティラスで、夫であるティ
タン神族のクロノスとのあいだに、運
命、王、稲妻、空、雷の神のゼウス(ロー
マ神話の神ユピテル)が生まれたときに、レ
アがクロノスに渡した石。自分の子ども
の誰かに殺されるとわかっていたクロノ
スは、レアとのあいだのほかの子どもた
ち、デメテル、ハデス、ヘラ、ヘスティ
ア、ポセイドン(それぞれローマ神話のケレ
ス、ディス・パテル／プルト、ユノ、ウェスタ、
ネプトゥヌス)を飲み込んだ。夫がゼウス
も飲み込んでしまうことを恐れたレア
は、代わりに石を渡した。

出典 Daly and Rengel, *Greek and Roman Mythology, A to Z*, 152; Doniger, *Merriam-Webster's Encyclopedia of World Religions*, 1 0 6; Palmer, *Rome and Carthage at Peace*, 99

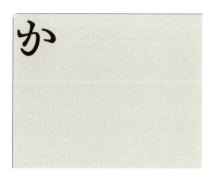

か

カーフ
Kakh

イランの伝承によると、アルボルズ山にスィームルグという巨大な鳥が住んでいるという。スィームルグはロスタムとザールの守護霊とされる。この霊鳥の巣はカーフと呼ばれ、アロエや黒檀、白檀の木の柱でできている。

出典 Houtsma et al., *The Encyclopaedia of Islam*, 427; Rosen, *Mythical Creatures Bible*, 152

カーモット
carmot

錬金術の伝承に登場する伝説の石で、▶賢者の石を作るのに必要となる重要な要素(なので、多くの人が追い求めた成分)と信じられていた。色は暗い赤と描写されている。元素または化合物としてのカーモットについては、錬金術の公式や研究のなかでしか言及されていない。

出典 Hauck, *The Complete Idiot's Guide to Alchemy*, 1 0 5; Hunter, *The American Dictionary and Cyclopedia*, Volume 12, 581

ガーンディーヴァ
Gandiva/ Gdndlva

ヒンドゥー教の神話では、▶アストラは、神々が創造した、あるいは持ち主となる者に神々が授けた超自然的な武器である。アストラの使い手はアストラダリと呼ばれる。

ガーンディーヴァは神の弓であり、持ち主や持っていた期間、譲り渡した相手は出典によって異なるが、邪悪で不道徳な人間を罰する魔法の力を有し、使い手は1ラーク(10万の兵)と戦うことができた。

弓はそもそも、宇宙の創造主である神ブラフマーがガーンディという植物から作ったと言われ、1000年間ブラフマーの手元にあった。その後プラジャーパティ(『始祖』)に譲り渡され、さらに1000年がたってから、天界、稲妻、雨、河川、嵐、ヴァジュラ(『雷』)の神であるインドラに与えられ、3585年が過ぎた。次に、チャンドラ(『月』)の手に渡り、503年がたった。その後、チャクラが85年にわたって使い、さらにソーマが4500年にわたって使用した。正義、空、真実、水の神ヴァルナは100年手元に置いたあと、インドの叙事詩『マハーバーラタ』の主要登場人物で弓の名手であるアルジュナ(『一点の曇りなく銀のように光り輝く』)に、矢の尽きない矢筒とともに譲り渡した。アルジュナは65年にわたって所有し、もはや弓が不必要になると、弓と矢筒をヴァルナに返却した。

ガーンディーヴァは、恐ろしく重く、100本の弦を持つ不滅の弓で、矢を放つと雷のような音がしたと描写されている。何百もの金の装飾突起が施され、その先端は光り輝いていた。弓は悪魔にも人間にも珍重されていた。

出典 Debroy, *The Mahabharata*, Volume 5, n.p.; Walker, *Hindu World*, Volume 1, 5 6; Williams, *Handbook of Hindu Mythology*, 132

ガイアの薬草

herb of Gaea, the

　古代ギリシア神話で、大地の化身である原初の女神ガイアは、ギガスと呼ばれる不屈の巨人族の母だった。ギガスは、ウラノス（「天」）の滴り落ちた血でガイアが身ごもった結果、生まれた。並外れて巨大なこの一族は、両脚がヘビという姿で描かれることが多く、ガイアの特別な薬草のおかげで神々に対して無敵となっていた。この薬草が、オリュンポスの神々との戦いであるギガントマキアの最中も、彼らの体を守っていた。

出典 Hansen, *Handbook of Classical Mythology*, 177; Lurker, *Dictionary of Gods and Goddesses, Devils and Demons*, 6 9; Smith and Brown, *The Complete Idiot's Guide to World Mythology*, 238

カイ・カーウースの空飛ぶ玉座

flying throne of Kay Kavus, the

　ペルシアの伝承に登場するイランの神話的な王、カイ（「王」）・カーウースは、意地悪い傾向があるだけでなく、野心家で堕落した、怒りっぽく気まぐれな性格と描写された。軽率に乗り出した冒険の旅の多くで、カイ・カーウースは名高い英雄のロスタム（ルスタム）に助けられた。冒険のひとつで、王は自分のために空飛ぶ玉座を作らせた。フィルドゥスィー作の叙事詩『シャー・ナーメ』（紀元977年頃）には、黄金と木で作られた玉座に、4本の長い棒を縦に取りつけたとある。特別に訓練されたワシを玉座の下に鎖でつなぎ、肉のかけらを棒の先端にぶら下げると、貪欲な猛禽が食べ物に誘われて上方へ飛び立ち、玉座をいっしょに運んでいくという仕組みだった。

出典 Ferdowsi, *Shahnameh*, n.p.［フィルドゥスィー（黒柳恒男訳）『王書（シャー・ナーメ）——ペルシア英雄叙事詩』平凡社、1969年］; Shirazi, A Concise History of Iran, 36; Stoneman et al., *The Alexander Romance in Persia and the East*, xiii, 16; Yarshater, *The Cambridge History of Iran*, Volume 3, Issue 1, 374

ガウェインの盾

shield of Gawain, the/ Gawain's shield

　14世紀後半に書かれたアーサー王物語『サー・ガウェインと緑の騎士』によれば、ガウェイン（ガーウェイン）は、戦いの最中に気持ちを奮い立たせられるようにと、裏側に聖母像が描かれた盾を持っていた。ガウェインの盾と言えば、たいていは、表側に描かれた五芒星について述べられることが多い。

出典 Karr, *Arthurian Companion*, 193

カウカソスのワシ

Caucasian eagle, the/ Kaukasian eagle/ Kaukasios eagle

別名・類語 アエトス・カフカシオス

　古代ギリシア神話で、▶オートマトン（「自らの意志で動くもの」）とは、神々が操って動かしたり、ある種の生命を吹き込んだりした動物や人間、怪物の彫像のこと。たいていは、束縛、彫刻術、火、鍛冶、金属細工、石工、護符の神であるヘパイストス（ヘファイストス。ローマ神話の神ウルカヌス）が作った。オートマトンにはほかにも、▶黄金の乙女たち、▶黄金の三脚台、▶カベイロイの馬、▶ケレドネス、▶クリセオスとアルギレオス、▶コルヒスの雄牛、▶タロスなどがある。

　ワシの起源については、ティタン神族テュポン（ドラカイナ）と妻の半神半蛇エキドナの子どもだったという別の説もあるが、どちら

にしても、運命、王、稲妻、空、雷の神
であるゼウス(ローマ神話の神ユピテル)の指
揮下にあった。プロメテウスは、人類に
火を与えた罪によって自由を奪われ、山
に鎖でつながれた。さらにゼウスは、カ
ウカソスのワシを毎日プロメテウスのも
とへ送り込み、体を引き裂かせ、内臓を
食い尽くさせた。

　カウカソスのワシは、プロメテウスを
救いにきた半神半人の伝説的英雄ヘラク
レスが、矢の雨を放って殺した。その後、
ワシとヘラクレスと矢はすべて夜空へ送
られ、こうして星座のわし座、ヘルクレ
ス座、や座が生まれた。

出典 Bonnefoy, *Greek and Egyptian Mythologies*,
8 8-8 9; Ridpath, Star Tales, 1 2; Westmoreland,
Ancient Greek Beliefs, 54

カウストゥバ

Kasthuba/ Kaustubha

　カウストゥバは、ヒンドゥー教の神話
のサムドラ・マンタン(『乳海攪拌』)で生み
出されたアイテムのひとつ。光り輝く美
しい宝石と描写されるカウストゥバは、
ナーラーヤナ神(ビシュヌ神の異名)の胸に
かけられている。

出典 Sutton, *Religious Doctrines in the
Mahabharata*, 148, 152

カウモダキ

Kaumodaki

　ヒンドゥー教の伝承では、維持神ヴィ
シュヌは、4本の手のうちの1本にカウモ
ダキという名のガダ(木や金属でできた、先
端に大きな丸い重りがある棍棒)を持ってい
る。カウモダキは、正義、空、真実、水
の神ヴァルナから授けられた。これを空
中で振り回すと、ヴァジュラ(『雷(いかづち)』)のよ

うに唸り、アスラの一族ダイティヤを殺
すほどの威力があった。カウモダキは、
ガダデヴィ(ガダナリ)という名の女性と
して擬人化されることもある。

出典 Gonda, *Aspects of Early Visnuism*, 9 9; Iyer,
Bhasa, n.p.; Krishna, *The Book of Vishnu*, 17, 18, 19,
25, 26

カウンディンヤの弓

bow of Kaundinya, the

　カンボジアの口頭伝承によると、イン
ドのバラモン僧カウンディンヤは予知夢
を見た。大湖へと旅し、そこで富を見つ
けよという夢だった。目を覚ましたカウ
ンディンヤは、魔法の弓を手に取り、大
湖へ向かった。危険を冒して水上へ進む
と、そこで美しいナーガ族の王女ソーマ
の船に出会った(ナーガ族は、上半身が人間
で下半身がヘビと描写される魔人・半神的存在)。
カウンディンヤは魔法の弓を使って相手
の船に矢を放ったので、最初ソーマはお
びえていたが、やがてカウンディンヤと
恋に落ちた。結婚の持参金として、ソー
マの父であるナーガ王は自国の水を吸い
上げ、カウンディンヤに与えて統治させ
た。この土地は扶南国(ふなんこく)として知られるよ
うになった。

　物語のどの版にも、カウンディンヤの
弓には魔法が宿っていたと記述されてい
るが、その弓にどんな魔法の力があった
のかや、放った矢に(もしかけたとすれば)
どんな魔法をかけたのかについては、ど
こにも言及はない。

出典 Fee and Webb, *American Myths, Legends, and
Tall Tales*, Volume 1, 5 5 5?5 6; Lee and Nadeau,
Encyclopedia of Asian American Folklore and Folklife,
Volume 1, 1, 223; Monod, *Women's Wiles*, 86

鏡

Kagami

別名・類語 八咫鏡（やたのかがみ）

　日本の神話で、天照大御神（あまてらすおおみかみ）を天の岩戸（あまのいわと）から誘い出すために使われた鏡。天鈿女命（「あまのうずめのみこと」とも呼ばれる。「天を騒がせる女性」）は、この鏡と▶八尺瓊勾玉（やさかにのまがたま）という首飾りを近くの木の枝にかけ、魅惑的で、激しく、ひょうきんな動きで、熱狂的に踊った。それを見ていた神々は大笑いし、天照大御神は外で何事が起きているのかと訝しく思った。岩戸を少し開けた大御神は、鏡に映った美女を見た。その正体を確かめようと岩戸をさらに開け、大御神は外に出ることになった。天照大御神が見たのは、鏡に映った自分の姿だった。

出典 Coulter and Turner, *Encyclopedia of Ancient Deities*, 40, 241

隠れ帽子

cap of invisibility

別名・類語 ハデスの帽子、隠れ兜、ハデスの犬皮、暗黒の兜、ハデスの兜、冥界の兜、プルートの兜

　古代ギリシア神話の巨人族キュクロプスによって、ティタノマキア［オリュンポスの神々とティタン神族の戦い］の最中に冥界の神ハデス（ローマ神話の神ディス／プルート）のために作られた隠れ帽子は、かぶれば、神々のような超自然的な存在や生き物からも姿が見えなくなる。

　ハデス以外にこの帽子をかぶった者のなかには、工芸、軍事的勝利、戦争、知恵の女神であるアテナ（ローマ神話の女神ミネルウァ）がいる。畜産、商業、雄弁、豊穣、言語、略奪、幸運、睡眠、盗賊、交易、旅行、富の神であるヘルメス（ローマ神話

の神メルクリウス）は、巨人ヒッポリュトスとの戦いでこれを使った。また、英雄ペルセウスはこの帽子をアテナから授かり、ゴルゴン3姉妹のメドゥーサを退治するのに役立てた。

　隠れ帽子は古代ギリシア神話に特有のものではなく、さまざまな文化圏に登場している。どのようなきっかけで生まれたかにかかわらず、そのアイテムは常に同じ機能を果たす。すなわち、身に着けた者の姿を見えなくするのだ。隠れ帽子は、中国の民話、インドの民間伝承、アメリカ先住民族のオマハ族やズニ族の伝説、北欧神話、ポルトガルの民間伝承などでも容易に見つけられる。また、隠れ帽子は妖精伝説にも頻繁に見られ、ヨーロッパじゅうに広まっているだけでなく、世界のほとんどの地域になんらかの形で存在している。

出典 Garry and ElShammy, *Archetypes and Motifs in Folklore and Literature*, 1６2; Hastings et al., *Encyclopadia of Religion and Ethics: Hymns-Liberty*, 406; Martinez, *Lost History of the Little People*, n.p.

カスタリアの泉

Castaly

　古代ギリシア神話に登場する泉で、湧き出す水は、飲んだ者に詩の才能を与える力があるとされた。ムーサ（ミューズ）たちにとって神聖なこの泉は、パルナッソス山にあると言われていた。泉のニンフは、アケロオスの娘カスタリアだった。泉の他のニンフたちは、カスタリデスとして知られていた。カスタリアの泉は、▶カソティスの泉とよく混同される。

出典 Brewer, *Dictionary of Phrase and Fable* 1900, 2２0; Smith, *Dictionary of Greek and Roman Biography and Mythology: Abaeus-Dysponteus*, 627

ガストロープニル

Gastrofnir/ Gastropnir

　北欧神話で、ガストロープニル(「来客を拒む者」)は、アースガルズ(「アース神族の地」)を囲む壁▶レルブリミルの門である。ソルブリンディの息子たちが造った。門は、一連の鎖を使って上下させることで機能し、招かれざる客の通行を拒む。また、この機構を勝手に操作しようとする者がいれば、鎖を巻きつけて殺すかとらえるように設計されている。さらに、ガストロープニルは2頭のガルム(オオカミ犬)、ゲリとギヴに守られている。2頭は、世界の終わり(ラグナレク)まで門番を務めることになる。

出典 Grimes, *The Norse Myths*, 2 6 8; Rydberg, *Norroena*, Volume 3, 7 5 4; Rydberg, *Teutonic Mythology* volume 2, 512

風袋

bag of wind, the

　ホメロスの作とされる古代ギリシア叙事詩『オデュッセイア』において、風の支配者でアイオリア島の統治者であるアイオロスは、穏やかな西風をとらえて皮袋にしっかり封じ込めた。この袋はオデュッセウスに、故郷のイタケまで順調な航海ができるようにと贈られた。

出典 Homer, *The Odyssey*, 178-79 [ホメロス(松平千秋訳)『オデュッセイア(上・下)』岩波書店、1994年]; Smith, *The Hero Journey in Literature*, 41

カソティスの泉

well of Cassotis, the

　ギリシア神話において、デルフォイにあるカソティスの泉は、酩酊するような匂いを発しており、それを嗅ぐとデルフォイの巫女は予言能力を得られると言われていた。泉の名前は、この泉に住んで泉を守っていたニンフのカソティスにちなんで名づけられた。

出典 Brewer, *Dictionary of Phrase and Fable* 1900, 2 2 0; Smith, *Dictionary of Greek and Roman Biography and Mythology*: *Abaeus-Dysponteus*, 627

ガダ

Gada, the

別名・類語 ゲダ

　ヒンドゥー教の神話では、▶アストラは、神々が創造した、あるいは持ち主となる者に神々が授けた超自然的な武器である。アストラの使い手はアストラダリと呼ばれる。

　シヴァ神の化身でヒンドゥー教の力の神であるハヌマーンのおもな武器は、ガダ(「棍棒」)と呼ばれる頭部の丸い棍棒である。それは、悪を滅ぼす者の象徴と

なっていた。一般にガダは重い武器なので（たいていは木製か鉄製で、金属の輪や石で重くする）、強大な力の象徴でもある。伝統的に、ハマヌーンは右手に武器を持った姿をしている。

出典 Kaur, *The Regime of Maharaja Ranjit Singh*, 15; Lutgendorf, *Hanuman's Tale*, 41, 258

カディーブ

Kadib, al

別名・類語 アル・ムハッジム（「突き刺すもの」）

イスラムの神話によれば、預言者ムハンマドは最期の時を迎えるまで、アル・▶アドブ、アル・バッタール（▶バッテルを参照）、ズル・ファカール（▶ズル・フィカールを参照）、アル・ハトフ（▶ハテルを参照）、アル・カディーブ、▶クルアイ、▶マブル、アル・▶ミフザム、アル・▶ラスーブの9種類の剣を所有していたという。アル・カディーブ（「細きもの」）について、その名前以外は不明である。

出典 Sale et al., *An Universal History*, Part 2, Volume 1, 184

カトゥーム

Catum, al

アル・カトゥーム（「強き者」）は、預言者ムハンマドが所有していた弓と言われる。伝説によると、この弓は名前にふさわしい働きをせず、初めて戦いに使われたときに壊れてしまったという。アル・カトゥームは、他の財宝とともに、シリアへ追放となったユダヤ人部族バヌ・カイヌカ族から没収した財産として、ムハンマドの手に渡った。

出典 Brewer and Harland, *Character Sketches of Romance, Fiction and the Drama*, Volume 4, 377;

Irving, *Works of Washington Irving*, Volume 9, 132; Osborne et al., *A Complete History of the Arabs*, Volume 1, 254; Sale et al., *An Universal History*, Part 2, Volume 1, 185

カナスティル・カンローの首輪

collar of Canhastyr Canllaw, the

ウェールズのアーサー王伝説で、カナスティル・カンローは、▶キリド・カナスティルの鎖にぴったり合う唯一の首輪を持っていた。猟犬使いのマボンがグライトの猟犬ドルドウィンを扱うためには、これらのアイテムを▶コルス・カント・エウィンの繋ぎ紐とともに使わなければならない。キルッフがイノシシのトゥルフ・トルイスを狩るには、これらすべてのアイテムと猟犬を集める必要があった［『キルッフとオルウェン』で、巨人イスバザデンの娘と結婚する条件として、キルッフが突きつけられた難題のこと］。

出典 Bruce, *The Arthurian Name Dictionary*, 101; Ellis, *The Chronicles of the Celts*, 327; Mountain, *The Celtic Encyclopedia*, Volume 3, 764

カベイロイの馬

Kabeirian horses/ Cabeirian horses

別名・類語 ヒッポイ・カベイリキ、ヒッポイ・カベイロイ、カベイリの馬

古代ギリシア神話では、▶オートマトン（自動人形。「自らの意志で動くもの」）とは、神々によって命を吹き込まれた、もしくはある種の生命のようなものを与えられた、動物や人間、怪物の彫像のことだ。これは通常、束縛、彫刻術、火、鍛冶、金属細工、石工、護符の神であるヘパイストス（ヘファイストス。ローマ神話の神ウルカヌス）によって行われた。その他のオー

トマトンは、▶カウカソスのワシ、▶黄金の乙女たち、▶黄金の三脚台、▶ケレドネス、▶クリセオスとアルギレオス、▶コルキスの雄牛、▶タロスなどである。

ヘパイストスは、カベイロイと総称される息子たちの▶アダマンティンの戦車を引かせるために、青銅製の馬のオートマトンを4頭作った。その御者は、エウリュメドンという名の息子だった。馬は乾いたいななきを上げ、口から火を噴いた。

出典 Bonnefoy, *Greek and Egyptian Mythologies*, 88-89; Westmoreland, *Ancient Greek Beliefs*, 54

神の玉座
Divine Throne

聖書偽典の『エノク書』では、エノク(監視者たちの仲裁役として天に昇り、彼らの弁護をする)が、神の玉座と、それが置かれた部屋について事細かに描写している。記述によると、玉座は天の聖所の最も奥に置かれていた。「床について言えば、それは火であり、その上は稲妻と星の道であった。天井について言えば、それは燃え盛る炎であった。そしてわたしは中を観察し、高い玉座を見た。その外観は水晶のようで、車輪は輝く太陽のようであった。そしてわたしはケルビムの声を聞き、玉座の下からは燃える炎が流れ出ていた。目を向けるのがむずかしいほどだった」

出典 Gallusz, *The Throne Motif in the Book of Revelation*, 53-54

カラダンダ
Kaladanda

別名・類語 カラ=ダンダ、死の杖

ヒンドゥー教の神話で、カラダンダと

いう致死的な破壊力のある杖は、ヒンドゥー教の地獄ナラカの神であるヤマの武器。ヤマは創造神ブラフマーからこれを授けられた。カラダンダの威力は凄まじく、相手にどんな恩恵が与えられていようとも、この杖で打ちつければ、その命を奪うことができた。杖の力は非常に強力で、誰もがそれを見ただけで1時間もしないうちに死んでしまうほどだった。

出典 Smith, *Hinduism*, n.p.; Venkatesananda, *The Concise Ramayana of Valmiki*, 364

ガラテイア
Galetea/ Glathea

ローマの詩人プブリウス・オウィディウス・ナーソー(前43-後18年)は、ギリシア神話に登場するキプロス島の芸術家、ピュグマリオンの物語を創作した。ピュグマリオンはアマトゥスの地の女たちの不品行に嫌気がさし、自らの理想の女性を彫刻した。物語の中の彫像に名前はついていないが、一説によると海のニンフであるガラテイア(「乳白色」)の像だと言われる。やがて象牙の像に恋するようになったピュグマリオンは、愛の女神ウェヌス(ギリシア神話の女神アプロディテ)に必死に懇願し、その甲斐あって像に命が宿った。ピュグマリオンは彼女と結婚し、パポスという名の息子をもうけた。

13世紀に書かれた『ランスロ=聖杯サイクル』の「聖杯の由来」と呼ばれる物語には、モルドランという名のサラセン人(イスラム教徒)の王が、等身大の木彫りの人形に恋をして、常にぜいたくな衣装で着飾らせておく話がある。

出典 Bulfinch, *Bulfinch's Greek and Roman Mythology*, 1 6 8-6 9; Clark, *Aphrodite and Venus in*

Myth and Mimesis, 91, 99

ガラティン

Galatine

　中世の騎士物語、アーサー王伝説によると、サー・ガウェイン（ガーウェイン）の剣ガラティンは、"湖の貴婦人"から授けられたと言われるが、伝説の鍛冶職人ヴェルンド（ゴファノン／ヴェーラント／ヴィーラント／ウェイランド）が鍛えたという説もある。

出典 Karr, *Arthurian Companion*, 168; Malory, *La Mort D'Arthure*, Volume 1, 180［トマス・マロリー（厨川文夫訳）『アーサー王の死』筑摩書房、1986年］; Sherman, Storytelling, 441

カラドボルグ

Caladbolg/ Calad Bolg

別名・類語 硬い稲妻、カラドコルフ（「硬い刃」）、カラドコルグ、カレドヴルフ（「硬い溝」）、カレドヴルッフ、カレスヴォール、カリボール、カリバーン、カリブルヌス、カレドヴールッハ、エスカリボール）、▶エクスカリバー、稲妻の剣

　ケルト神話、アイルランド神話、ウェールズ神話に登場する剣、カラドボルグ（「硬い腹」あるいは「硬い稲妻」）は、最初は英雄レテが所有していたが、息子のフェルグス・マク・レーティに受け継がれ、その後アルスター物語群に登場する王位を追われた偉大なアルスターの英雄フェルグス・マク・ロイヒの手に渡ったと言われている。聖職者で歴史家のジェフリー・オブ・モンマス（1095-1155年頃）によると、この剣はアヴァロン島で鍛えられた。アルスター物語群によれば、フェルグスが剣に向かって不明瞭な詩を唱えてから両手で剣を振るうと、刃が「空を横切る虹」ほどの大きさになり、とてつも

ない破壊を引き起こした。ある物語でフェルグスは、100人の男を切り裂き、別の物語では戦いの怒りを静めるために3つ並んだ丘の頂上を切り落とした（どちらの物語でも、この破壊が剣の大きさのせいなのか、電光石火の剣さばきによるものなのかははっきりしない）。

　また別の物語では、アーサー王が訪ねてきた親族のキルッフに、所望してはならない持ち物の名前を挙げている。「わが剣▶カレドヴルフ、わが槍▶ロンゴミアント、わが盾▶ウィネブグルスヘル、わが短剣▶カルンウェナン、わが妃グウェンホヴァル（グィネヴィア）」すべて、王の身分とアイデンティティにとって欠かせないものだからだ。この物語では、王は剣を使わないが、スレンスレオウグ・ウィゼルが巨人ディウルナッハを殺すために使う。王の剣には2匹のヘビが彫り込まれていて、鞘から抜くと、ヘビの舌から炎が吹き出すと言われる。また、その刃には発光性があり、燃える松明2本分の明るい光を発すると言われる。

出典 Koch, *Celtic Culture*: G-L, 146, 328, 329; Pendergrass, *Mythological Swords*, 1　2; Puhvel, *Beowulf and the Celtic Tradition*, n.p.

カリゴランテの網

net of Caligorant, the

　カリゴランテの網は、さまざまな伝承が混じるアイテムだが、ギリシア神話に由来するとされている。束縛、彫刻術、火、鍛冶、金属細工、石工、護符の神であるヘパイストス（ヘファイストス。ローマ神話の神ウルカヌス）は、愛の女神アプロディテ（ローマ神話の女神ウェヌス）とその恋人で戦いの神アレス（ローマ神話の神マル

ス)を捕らえるために魔法の網を作った。しかし、その網を使う前に、畜産、商業、雄弁、豊穣、言語、略奪、幸運、睡眠、盗賊、交易、旅行、富の神ヘルメス(ローマ神話の神メルクリウス)に盗まれた。ヘルメスはこれを用いて、彼が愛していたクロリスという名のニンフを捕まえた。成功を収めたヘルメスは網をアヌビス神殿に置きっぱなしにし、エジプトの人食い巨人のカリゴランテに盗まれた。巨人は網を悪用して、人間を罠にかけて捕らえては食べた。シャルルマーニュ(カール大帝)の伝承によると、巨人はやがて、物語に登場する12勇士のアストルフォに打ち負かされ、以後は荷役労働をさせられた。

出典 Daniels and Stevens, *Encyclopedia of Superstitions, Folklore, and the Occult Sciences of the World*, Volume 2, 1375-38; Reddall, *Fact, Fancy, and Fable*, 82

カリチ

Kalichi

ヒンドゥー教とヴェーダの神話において、カリチとは死の神ヤマが住む巨大な宮殿のことで、ピトリロカのヤマプリという町にある。ヤマはここで、▶ヴィチャラ=ブーという玉座に座し、裁きを行う。

出典 Dalal, *Religions of India*, 3 9 8; Dowson, *Classi- cal Dictionary of Hindu Mythology and Religion*, 374

ガルダストラ

Garudastra, the

ヒンドゥー教の神話では、▶アストラは、神々が創造した、あるいは持ち主となる者に神々が授けた超自然的な武器である。アストラの使い手はアストラダリ

と呼ばれる。

紀元前500-紀元前100年に書かれたインドの叙事詩『ラーマーヤナ』(ラーマの旅)では、ラーマ王子は、ガルダストラ(『ガルダの飛び道具』)を「弓につがえ」、空中に何千羽もの猛禽を放って、壮大な戦いのなか、鬼神の王ラーヴァナが送り込んだ▶ナーガストラを攻撃する。この節の解釈によっては、ガルダストラはもっとはっきり定義され、ラーマの弓から放たれた矢が多くのガルダ(伝説的な鳥の王)に分かれて飛び、地上にいる強大なナーガ(ナーガ族は上半身が人間で下半身がヘビと描写される地底の一族)を攻撃したと書かれていることもある。

出典 Menon, *The Ramayana*, 1 0 4; Tapovanam, Souvenir, *Spiritual Refresher Course*, 40

カルナの鎧

armor of Karna, the

別名・類語 カヴァーチャ(「鎧」)

ヒンドゥー教の神話で、カルナは処女懐胎によって、黄金の胸当てと耳輪を身に着けて生まれ、そのおかげで天の武器(▶アストラ参照)に対してさえ無敵になった。カルナが鎧を身に着けているかぎり、アストラも矢も剣も皮膚を貫くことはできなかった。その後、耳輪と鎧はカルナの体から切り離され、▶ヴァサヴィ・シャクティと呼ばれるアストラと引き換えに、天界、稲妻、雨、河川、嵐、ヴァジュラ(『雷』)の神であるインドラに渡された。

出典 Bryant, *Krishna*, 26-27, 33; Dalal, *Hinduism*, 108, 202.

カルナの耳輪

earrings of Karna

別名・類語 クンダラ(「耳輪」)

　ヒンドゥー教の神話で、カルナは処女懐胎によって、生来備わった胸当て(▶カルナの鎧参照)と黄金の耳輪を身に着けて生まれ、そのおかげで天の武器(▶アストラ参照)に対してさえ無敵になった。耳輪は太陽のように明るく輝き、カルナは身に着けているかぎり何者にも傷つけられなかったと言われる。その後、耳輪と鎧はカルナの体から切り離され、▶シャクティと呼ばれるアストラと引き換えに、天界、稲妻、雨、河川、嵐、"ヴァジュラ"(「雷」)の神であるインドラに与えられた。

出典 Bryant, *Krishna*, 2 6-2 7; Dalal, *Hinduism*, 197

カルパ・タルー

Kalpa Tarou

別名・類語 カルパドゥルマ、カルパパダパ、カルパタル、カルパヴリクシャ

　インドの言い伝えによると、望むものを何でも引き寄せることができる木があるという。この木はサムドラ・マンタン(「乳海攪拌」)の際に作られ、カルパ・タルー(「想像の木」)と呼ばれている。

出典 Brewer, *Dictionary of Phrase and Fable* 1900, 6 2 3; Scatcherd, *A Dictionary of Polite Literature*, Volume 2, 87

カルペ

Calpe

別名・類語 ヘラクレスの柱

　古代ギリシア神話に登場する半神半人の伝説的英雄ヘラクレスが立てた2本の柱のうちの1本。もう1本は▶アビラである。2本の柱は、世界の果てを示していた。ほとんどの説によれば、諸国を巡り歩いていたヘラクレスは、ヨーロッパとリビアの国境に達すると、2本の柱を造り、ジブラルタル海峡の両側に1本ずつ立てたという。2本の柱は、「ヘラクレスの柱」と総称された。しかし、一説によると、もともとその場所には山がそびえていたが、ヘラクレスが引き裂いてふたつに分け、作った道を海が自由に通り抜けられるようにしたという。

出典 Morris, *New Universal Graphic Dictionary of the English Language*, 1 0 2 0; Smith, *A Classical Dictionary of Greek and Roman Biography, Mythology and Geography*, 3 9 8; Trumbull, *The Threshold Covenant, or The Beginning of Religious Rites*, 100

カルマリ

Calmali

別名・類語 ハンタカドルマ(「▶イバラの木」)、カンタ＝カドルマ、サルマリ、サルマリア、マラブルザ、地獄の木、ヤマの木

　ヒンドゥー教の神話において、拷問に関連があり、地獄に生えていると言われる木。木にはとても大きな棘があり、通りかかる死者を引っかけ、絡め取る。この地域の神であるヤマは、カルマリの近くに住むと言われる。『マハーバーラタ』では、この木には赤い花が咲き、遠く離れたところからでも見えると描写されている。また、どんな風が吹こうとカルマリの木の葉は揺れも乱れもしないと書かれている。

出典 Folkard, *Plant Lore, Legends, and Lyrics*, 189; Porteous, *The Forest in Folklore and Mythology*, 201-2

カルンウェナン

Carnwennan/ Cernwennan

別名・類語 カルンウェンハン(「白い柄」)

　ウェールズのアーサー王伝説において、カルンウェナン(「小さな白い柄」)はアーサー王の短剣の名前。ウェールズの伝承にのみ登場し、アーサー王が神に授けられた3つの武器のひとつと考えられていた(あとのふたつは▶カラドボルグと▶ロンゴミアント)。いくつかの物語では、カルンウェナンは、使い手を影で覆い隠す魔法の力があるとされていた。『キルッフとオルウェン』で初めて名前が登場し、アーサー王がその短剣を使って黒魔女をまっぷたつに切り裂いた。

　アーサー王は、キルッフになんでも所望するものを与えようと告げたとき、7つの例外として、大切な持ち物を挙げている。剣▶カラドボルグ、短剣カルンウェナン、妃グウェンホヴァル(グィネヴィア)、マント▶グウェン、船▶プリドウェン、槍▶ロンゴミアント、盾▶ウィネブグルスヘル。カルンウェナンは6番めに名前を挙げられている。

出典 Bromwich and Evans, *Culhwch and Olwen*, 64; Jones, *The Mabinogion*, 136

カレウチェ

Caleuche

　チリのチロエ島の民間伝承に出てくる幽霊船で、島と本土のあいだにある海峡の水面下を夜間に走る。伝説によれば、この船が現れるのは夜だけで、立ち込める霧を突然突き破り、波に乗って浮上すると、ランタンで煌々と照らされた劇的な姿をあらわにするという。海の支配者エル・ミヤロボに指揮されたカレウチェは、海の生き物や大洋に苦難をもたらす

者を罰する。カレウチェを目にした者は、生き延びられたとすれば首が傾いたり口が曲がったりするが、そうでなければ目撃しただけで死んでしまうと言われる。

　幽霊船の乗組員はすべて難破船の死んだ船員と魔女たちで、巨大な海馬カバヨ・マリノに乗って船を出入りする。穏やかな晩には、カレウチェから音楽とともに大きな笑い声と浮かれ騒ぐ声が聞こえてくるという。

出典 Bingham and Roberts, *South and MesoAmerican Mythology A to Z*, 4 6; Minnis, *Chile Insight Guide*, 2 7 4; Roland, *Frightful Ghost Ships*, 9-11

変わった布のついた剣

sword with the strange hangings, the

　アーサー王伝説において、「変わった布のついた剣」はサー・ガラハッド、サー・パーシヴァル、サー・ボールスが探していたアイテムで、▶ソロモン王の船で発見された。一説によると、騎士たちを剣のあるところへ案内したのはパーシヴァルの妹で、その剣の来歴と、剣のみすぼらしい吊るし飾りを自分で取り外し、金糸と自毛で編んだ布に取り替えたと話した。金色のバックルもふたつついていた。この話では、剣の鞘は▶血の記憶と呼ばれた。

　ある話によると、剣の柄の両側にはそれぞれ異なる生き物が描かれていたという。片側にはカレドニア(スコットランド)にしかいないとされる蛇が描かれ、もう片側には、ユーフラテス川にしか生息しないという魚オルテナクスが描かれていた。

　オランダ版の物語『ヴァレヴァイン』では、剣の柄に赤い紐が付いており、刃に

は血のように赤い文字が記され、鞘はバラの花びらのように赤く、柄頭にはあらゆる色の石がはめ込まれているとされた。

出典 Bruce, *The Arthurian Name Dictionary*, 150, 2 8 6; Loomis, *Celtic Myth and Arthurian Romance*, 2 4 6, 2 7 5; Sommer, *The Vulgate Version of the Arthurian Romances*, 16

干将
<small>かんしょう</small>

Gan Jiang/ Ganjiang

中国の伝説によれば、干将と▶莫耶<small>ばくや</small>は、製作者である夫婦の剣工にちなんで名づけられた2本の剣である。伝説では、あらゆる剣工は、作品を対で作るよう依頼されると、材料の金属の雌雄を見分けられる。その場合、ふいごの精霊がふいごを操作し、蛟竜<small>こうりゅう</small>が炉を熱し、雨師が洗浄して掃き清め、赤き君主が炉に炭を入れる。

物語では、楚<small>そ</small>の王が夫の干将に2本の剣を作るよう依頼する。干将は5山から鉄を集め、10方から金を集めた。妻の莫耶は自身の爪と髪を火に捧げ、300人の童子にふいごを吹かせた。3年がかりの工程が終わりに近づき、息子の赤を産む<small>うし</small>と、莫耶は炉の中に身を投じた。異なる金属を溶け合わせるには、人身御供が必要だったからだ。雄剣(陽剣)には、亀甲模様があったと描写されている。

出典 Bonnefoy, *Asian Mythologies*, 2 5 8; Wagner, *Iron and Steel in Ancient China*, 113-14

ガンド

gandr/ gand/ gandur

北欧神話で、もともとガンド(「魔法の道具」/「魔法の杖」)は、魔法に関わるもの全般を表す言葉だった(たとえば、トールの槌▶ミョルニルはガンドである、などと言う)。

しかし、やがてガンドは、特に儀式で使われる杖を指すようになった。

出典 Norroena Society, *Asatru Edda*, 348

カンバロの指輪

ring of Cambalo, the

別名・類語 カンベルの指輪

ジェフリー・チョーサー(1340年代-1400年頃)による、未完の『カンタベリー物語』の『従者物語』に登場するカンバロは、カンバスカン王(カンビウスカン)の次男。指輪はもともと、アラビアとインドの王がカンバロの妹カナセーに贈ったものだった。この指輪を身につけた者は、植物の薬効についてあらゆる知識を得るうえに、鳥と自由に会話できるようになるという。

エドマンド・スペンサー(1552/1553-1599年)が『従者の物語』の完成を試みたとき、この指輪には傷を癒し、体力・気力を回復させる魔法の力があると記した。スペンサー版では、カンバロは妹の求婚者全員に挑戦し、トリアモッド以外の全員を打ち負かした。

出典 Brewer, *Dictionary of Phrase and Fable* 1900, 203; Rossignol, *Critical Companion to Chaucer*, 254, 255

ガンバンテイン

Gambanteinn/ Gambantein

別名・類語 ▶レーヴァテイン、フレイの剣、▶タムスヴォンド

北欧神話で、『エッダ』に2度登場するガンバンテイン(「復讐の杖」)は、豊穣、平和、雨、太陽の神フレイ(フレイル／ユングヴィ)の魔法の剣である。この剣は太陽の光を放ち、自らの意思で戦う力があり、ヴェルンドによって鍛えられ、北欧

伝説のなかで最高の剣と見なされていた。この武器の名前は、召使のスキールニルが呪いのルーン文字を3度刻んでフレイの求婚相手ゲルズを脅すのに使ったあと、タムスヴォンドと改められた。

　フレイは巨人ギュミルとアウルボザに、ふたりの娘ゲルズを娶るための婚資としてガンバンテインを与えた[『スノッリのエッダ』では、スキールニルに与えたとある]。この取引が、ラグナレクの大戦で自分に死をもたらすことはわかっていた。実際、巨人スルトは最終的に、その剣を使ってフレイを殺すのだ。剣は、鉄の森イアールンヴィズに置かれ、女巨人アングルボザの羊飼いエグベル(「剣の番人」)が守っていたが、その後スルトの息子フィアラルが父親のために剣を奪う。

出典　Grimes, *The Norse Myths*, 2 6 8; Norroena Society, *Asatru Edda*, 3 4 8; Rydberg, *Teutonic Mythology*, Volume 2, 154, 155, 449, 476, 477

ガンバントリム
Gambantrim/ Gambatrin

　北欧神話で、戦争、死、狂気、絞首台、治癒、知識、詩、高貴、ルーン文字、魔術、知恵の神であるオーディンの魔法の杖。オーディンは、ヘルモーズがホロスヨヴィと戦うとき、この杖を貸した。

出典　Blavatsky, *The Theosophical Glossary*, 1 2 4; Grimes, The Norse Myths, 268

危険な座
Perilous Seat, the

別名・類語　命取りの座

　アーサー王伝説に登場する椅子で、▶円卓の周囲に置かれた4種類の椅子のひとつ。イタリアの中世騎士物語によると、危険な座は円卓にあるが、最後の晩餐でイスカリオテのユダが席を立ち去ったことを表すように、空席のままにされており、▶聖杯を見つける騎士がいつの日か座ることになっていた。

出典　Ashley, *The Mammoth Book of King Arthur*, n.p.; Bruce, *The Arthurian Name Dictionary*, 4 3 0; Dom, *King Arthur and the Gods of the Round Table*, 93

貴重な蜜酒
Precious Mead

別名・類語　ドワーフの酒、ドワーフを満たすもの、ドワーフの渡し舟、詩の礎、ヒン・ドゥリ・ミョドル、クヴァシルの血、絆の酒、オーズレリルの酒、息子の酒、ヒントビョルグの酒、霊感の蜜酒、詩の蜜酒、オーズレリス・ドレケル、オーズレリス・ドレクル、スットゥングの宝物庫、スットゥングの蜜酒

　北欧神話で、貴重な蜜酒とは、フィヤラルとガラルというふたりのドワーフに

よって作られた飲み物で、蜂蜜、ラム酒、すべての神々の唾液、クヴァシルの血を混ぜ合わせて作られた。この酒を飲んだ者は誰でも偉大な詩人になれると言われていた。

ヨトゥン（巨人）のスットゥングの両親を殺したこのドワーフたちが、その償いとして、貴重な蜜酒をスットゥングへ渡した。スットゥングは蜜酒を宝物庫▶フニットビョルグに大切に保管し、娘のグンロズがそれを守っていた。そこへ、戦い、死、狂乱、絞首台、癒し、知識、詩、王族、ルーン文字、魔術、知恵の神オーディンが現れて蜜酒を盗み出し、まんまとアースガルズ（「アース神族の地」）へ持ち帰った。その後、蜜酒はミズヴィズニルによって盗まれ、彼は息子のセックミーミルにそれを守らせたが、オーディンによって再び盗み出された。

出典 Grimes, *The Norse Myths*, 284, 287, 292, 293; Murphy-Hiscock, *The Way of the Hedge Witch*, 6 0; Sturluson, *The Prose Edda*, 94

キビシス
kibisis

古代ギリシア神話で、キビシス（「袋」）は、畜産、商業、雄弁、豊穣、言語、略奪、幸運、睡眠、盗賊、交易、旅行、富の神であるヘルメス（ローマ神話の神メルクリウス）が持っていた袋である。半神半人の英雄ペルセウスも、ゴルゴン3姉妹のひとりであるメドゥーサの首を運ぶために、キビシスを使った。切断された首は、このたっぷりとした革袋の中では、誰かを見ることも誰かに見られることもないので、その力をすっかり失った。

出典 Garber and Vickers, *The Medusa Reader*, 24, 224; Smith and Brown, *The Complete Idiot's Guide to*

World Mythology, 240

ギムレー
Gimle

別名・類語 ギミル、ギムリ、ギムリル

北欧神話で、ギムレー（「火から守られた場所」／「宝石の屋根」／「天国」）は、ブルナクBrunnakr果樹園とウルズの泉の近く、アースガルズ（「アース神族の地」）の南部に位置する館である。アースガルズ全体で最も美しい場所と描写される。もともと、金の屋根のギムレーは、最も行いの正しい人間が住む場所だった。ラグナレクの大戦のあと、新しい世界で暮らすのがこの人たちになる。

出典 Grimes, *The Norse Myths*, 2 7 0; Norroena Society, *Asatru Edda*, 351

ギャッラルブルー
Gjallarbru/ Giallarbu/ Gjallarbro

別名・類語 ギャラールの橋、ギョル橋

北欧神話では、ギャッラルブルー（「ざわめきの橋」／「ギョル橋」）は、地下を流れる川ギョルにかかる黄金で覆われた橋。生者の国と死者の国をつないでおり、ひと房の髪で固定されていた。橋を渡りたい者は、橋の番人である骸骨の乙女モーズグズに血の通行料を払わなければならなかった。モーズグズは通行人に切りつけ、川に血を流させる。ギャッラルブルーを渡れるほど軽いのは亡霊だけだからだ。

出典 Daly, *Norse Mythology A to Z*, 3 9; Grimes, *The Norse Myths*, 73, 210, 270; Hawthorne, *Vikings*, 18; Norroena Society, *Asatru Edda*, 351

ギャラルホルン
Gjallarhorn/ Giallar Horn/ GillarHorn/ Gillarhorn/ GjallarHorn

別名・類語 アルギョル(「早朝に鳴り響く」)、ギョル

北欧神話で、ギャラルホン(「大きな音の角笛」、「鳴り響く角笛」、「響き渡る角笛」、「叫ぶ角笛」)は三日月形の角笛で、ラグナレクの戦いにアース神族を召集する際に吹かれることになっていた。必要になるときまで、角笛は▶ミーミルの泉に沈められたオーディンの片目の隣に隠されていた。オーディンは、戦争、死、狂気、絞首台、治癒、知識、詩、高貴、ルーン文字、魔術、知恵の神である。

角笛自体は、殺された原初の牛アウヅフムラの遺骨から作られた可能性がある。

出典 Grimes, *The Norse Myths*, 2 7 0; Norroena Society, *Asatru Edda*, 3 5 0; Norroena Society, *Satr Edda*, 25

キャルド・ナン・ガラン
Ceard-nan Gallan

ケルトの伝承とアイルランド神話において、キャルド・ナン・ガラン(「枝の鍛冶屋」)は、フィアナ騎士団の一員でフィン物語群の大半の語り手である偉大な詩人・吟遊詩人オシアンの剣。この武器は、強い者と若い者を切り倒すのに特に適していたので、この名がついた。

キャルド・ナン・ガランは、バングラガクハ(「巨大な女」)のロン・ロンラクハが作った6本の剣のうちの1本。他の剣は、▶クレーズ・コスガラハ、▶ドリーズ・ラナハ、▶ファスダル、▶リオブハナクハ、▶マク・ア・ルイン。

出典 Gregory and MacCumhaill, *Gods and*

Fighting Men, 2 6 8; Leodhas, *By Loch and by Lin*, n.p.

九歯釘鈀
Jiuchidingpa

中国の古典作品『西遊記』に、仏典を中国に持ち帰るために旅をする唐僧の三蔵法師を助ける、猪八戒(「8つの禁止」)というキャラクターが登場する。猪八戒(ブタのイノシシ／猪悟能)は、九歯釘鈀(「9本の歯がある鉄製の馬鍬」)という、馬鍬または槍(翻訳により異なる)の武器を携帯している。

出典 Huang, *Snakes' Legs*, 61; Wu, *Journey to the West*, 72, 176 [中野美代子訳『西遊記(1-10巻)』岩波書店、2005年]; Wu, *Monkey King's Amazing Adventures*, n.p.

ギュゲスの指輪
ring of Gyges, the

別名・類語 ギュゲースの指輪

古代ギリシアの哲学者プラトン(前428-347年)は、自著『国家』(前380年頃)第2巻で、正義には「不正を働く能力がないことによる相対的価値」があることを証明するために、ギュゲスの指輪に言及している。同著で、プラトンの兄グラウコンは、殺人、強姦、窃盗を発覚せずに(したがって結果に対する責任を負わずに)犯すことができるならば、それを犯さないほど高潔な人間が存在するだろうかと疑問を呈する。そうでないと考える彼は、人間は意図せずして正義を実践していると主張する。

グラウコンは自分の主張を説明するために、紀元前687年から紀元前654年にかけてリュディアを統治したというギュゲス王の先祖の話をする。この先祖(おそらく王の曽祖父にあたる人物で、やはりギュ

ゲスという名前だった）は、当時リュディア
を治めていたカンダウレス王に仕える羊
飼いだった。地震が起きたあと、この先
祖は失われた墓を発見した。墓の中に黄
金の指輪をはめた大男の遺体があった。
その指輪には、姿が透明になる魔法の力
があることがわかった。ギュゲス王の先
祖はその指輪を使って王宮に入り込み、
王妃を誘惑し、王妃と共謀してカンダウ
レス王を殺害し、彼女と結婚して王と
なったという。

出典 Irwin, *Plato's Ethics*, 1 8 4-8 5; Plato, *The Republic*, Volume 1, 70, 126［プラトン（藤澤令夫訳）『国家（上・下）』岩波書店、1979年］

キュラ・シ・マンジャキーニ

Cura Si Manjakini

　マレー王たちの伝説的祖先であるサン・サプルバが所有していたと言われる
素晴らしい剣。この武器は、力と正統な
支配権の象徴だった。

出典 Samad, *Sulalatus Salatin*, 28

驚異のニーハ

Nathach the Wonder

　アイルランドの叙事詩『クアルンゲの
牛捕り』（『クーリーの牛争い』／『トーイン』）の
なかで、驚異のニーハ とはロイガレの
剣（または盾）であり、アルスターの英雄
クー・フリン（クー・フラン／クー・フーリン／
クーフーリン）の3軒の家のひとつであるテ
テ・ブレックに保管されていた多くの杯、
角杯、ゴブレット、投げ槍、盾、剣のひ
とつとされる。

出典 Kinsella and Le Brocquy, *The Tain*, 5

巨人ディウルナッハの大釜

cauldron of Dyrnwch the Giant, the

別名・類語 パイル・ディウルナッハ・ガウル
　イギリスとウェールズの民間伝承に、
▶ブリテン島の13の秘宝（ウェールズ語で
はトリ・スルス・アル・ゼグ・イニス・プリダイン）
と呼ばれる一連のアイテムがある（数は常
に13）。現代に挙げられているアイテム
とは異なるが、15世紀における当初の
13品は次のとおり。巨人ディウルナッハ
の大釜、▶モーガン・ムウィンファウル
の戦車、▶グウェンドライのチェス盤、
▶パダルン・バイスルッズの外套、▶聖
職者リゲニズの壺と皿、▶クリドゥノ・
アイディンの端綱、▶グヴィズノ・ガラ
ンヒルの籠、▶ブラン・ガレッドの角杯、
▶ライヴロデズのナイフ、▶コーン
ウォールのアーサー王のマント、リデル
フ・ハイルの剣（▶ディルンウィン）、▶ティ
ドワル・ティドグリドの砥石。

　▶アンヌヴンの大釜と同じく、巨人
ディウルナッハの大釜にも、勇者の食べ
物（すぐに煮える）と臆病者の食べ物（まった
く煮えない）を区別する魔法の力があっ
た。アーサー王伝説では、『キルッフと
オルウェン』と題された中期ウェールズ
語の物語に、このアイテムが登場する。
物語のなかで、アーサー王は、持ち主の
オドガル王に大釜を使わせてほしいと要
求するが、執事のディウルナッハは大切
な持ち物を貸すことを拒む。アーサー王
は少数の側近とともにアイルランドに赴
き、大釜を使わせてほしいと直接頼んだ
が、2度めも拒まれる。すると、アーサー
王の騎士ベディヴィアが大釜を奪い、ア
イルランド人レンレアウグが剣カレドヴ

ルフ（▶カラドボルグ参照）でディウルナッハとその部下全員をひと振りで殺す。

出典 Patton, *The Poet's Ogam*, 5１0; Pendergrass, *Mythological Swords*, 2４, 2６; Zakroff, *The Witch's Cauldron*, n.p.

ギョル

Gjoll/ Gioll

北欧神話で、ギョル（「鳴り響く」）は、神ロキの息子の怪狼フェンリル（フェンリスウールヴ／フェンリスウールヴリン）を、鎖▶ゲルギヤで縛りつけた巨石。フェンリルは永遠に巨石に縛りつけられたままでいるはずだったが、予言ではラグナレクのときに脱走し、巨人と神々との戦いに加わると言われていた。

出典 Daly, *Norse Mythology A to Z*, 3９; Grimes, *The Norse Myths*, 73, 80; Hawthorne, *Vikings*, 19

ギランフィールの石

stone of Giramphiel, the

ハインリヒ・フォン・デム・テューリンによって中高ドイツ語で書かれたアーサー王物語『王冠』によると、サー・ガウェイン（ガーウェイン）は、聖杯探索の途中でサー・フィンベウスを倒し、彼から、魔法の石をあしらったベルトを手に入れる。そのベルトは、身につけた者を竜の吐き出す炎から守るだけではなく、勇猛で魅力的で見目麗しく強くするというものだった。物語によれば、この石があしらわれたベルトは、ザエルデ夫人が作り、姉妹のギランフィールに贈ったもので、彼女は後日それを愛するサー・フィンベウスに贈ったという。サー・フィンベウスは王妃グィネヴィア（グェネヴィア）を寝取ろうとして、ベルトを渡す代わりに自分の愛人になることを要求する。王妃はベルトを欲しいがその条件は受け入れられないと思い、決闘によってベルトを勝ち取るようにサー・ガウェインに頼む。しぶしぶ承諾したサー・ガウェインは、幸運にもベルトを勝ち取る。サー・ガウェインからベルトを受け取った王妃は、恋人のガゾァインに渡すが、ベルトは（どういうわけか）ガウェインのもとに戻る。しかし、ベルトに力を与えていた石はフィンベウスが取り外しており、ギランフィールの手に返された。その後、ガウェインは石を取り戻す旅に出て、サディニアへ行き、そこで石を取り戻し、フィンベウスを倒して忠誠を果たす。

出典 Bruce, *The Arthurian Name Dictionary*, 184; Thomas, *Diu Crone and the Medieval Arthurian Cycle*, 79

キリド・カナスティルの鎖

chain of Cilydd Canastyr, the

ウェールズのアーサー王伝説で、キリド・カナスティル（「100の握り」または「100のつかみ」）は、アーサー王の指揮下にあった戦士のひとりである。彼は、▶カナスティル・カンローの首輪にぴったり合う唯一の鎖を持っていた。猟犬使いのマボンがグライトの猟犬ドルドウィンを扱うためには、これらのアイテムを▶コルス・カント・エウィンの繋ぎ紐とともに使わなければならない。キルッフがイノシシのトゥルフ・トルイスを狩るには、これらすべてのアイテムと猟犬を集める必要があった[[『キルッフとオルウェン』で、巨人イスバザデンの娘と結婚する条件として、キルッフが突きつけられた難題のこと]。

出典 Bruce, *The Arthurian Name Dictionary*, 153; Ellis, *The Chronicles of the Celts*, 327; Mountain, *The Celtic Encyclopedia*, Volume 3, 764

キルッフの戦斧
battle-axe of Culhwch, the

別名・類語 キルッフの手斧

　アーサー王伝説とケルト人の伝承の両方に登場するキルッフは、王族の血を引いており、アーサー王の従弟にあたる。数ある冒険物語のひとつで、キルッフは通過儀礼の断髪式を行ってもらうという名目でアーサー王の宮廷に現れるが、同時に、結婚相手として美しい王女オルウェンを捜す旅に出るため、従兄に協力を求めるつもりでいた。キルッフは、輝くように魅力的で、鎧と武器でしっかり武装し、猟犬を従え、立派な軍馬に乗っていると描写されている。持ち物のひとつである戦斧は、「刃の幅が成人男性の前腕の長さ」ほどもあり、「空気が血を流す」ほど鋭く、露のしずくが地面に落ちるよりもすばやく振うことができた。

出典 Ashe, *The Discovery of King Arthur*, 1 6 0; Green, *Celtic Myths*, 35

キングメルピング
qengmerping

　グリーンランドのイヌイットの民間伝承では、イドリルヴィリッソンという名の悪霊が天空の家に住み、新たな死者がやって来るのを待っているという。その悪霊は上向きの鼻をしていて、たくさんの犬を飼っている。死んだばかりの者たちがやって来ると、悪霊は彼らの腸を盗み出し、自分の皿（キングメルピングと呼ばれる）に載せて、飼い犬に食べさせる。

出典 Krober, "Tales of the Smith Sound Eskimo," 180-81

ギンゲロット
Guingelot

別名・類語 ウィンジロック

　中世イングランドの民間伝承の英雄ウェイドは、かつて人気のあるキャラクターだったが、時がたつにつれ、その物語や偉業は失われてしまった。ウェイドについて知られているのは、どんな場所にもほんの数分で移動できるギンゲロット（ゆっくり進む）という名の魔法の船を持っていたということだ。この情報は、ジェフリー・チョーサーの編集者だったトマス・スペクトが、メモのなかでこの庶民の英雄に軽く触れた書き込みから得ている。どうやら、ウェイドとギンゲロットが果たした冒険や偉業は長々しく風変わりではあったが凡庸で、スペクトがもっと詳しく取り上げるべきだと感じるほどではなかったようだ。本人の言によれば、「ウェイドと彼の船ギンゲロット、そして彼の風変わりな偉業については、長く突拍子もない論になるので、割愛する」。

出典 Allard and North, *Beowulf and Other Stories*, 59; Wade, *The Wade Genealogy*, 13, 26-27

觔斗雲
Auspicious Cloud

　仏教経典を入手するため中国からインドへ旅した僧侶、玄奘の見聞録を元にした物語で、仙術を会得した孫悟空（「サルの王」）は、移動手段として、詳しい説明はないが觔斗雲とだけ呼ばれている乗り物を使っていた。常に近くにあり、空中にとどまったり、飛んだりする能力があったらしい。

出典 Wu, *Journey to the West*, 1, 29, 145, 146, 184, 226［中野美代子訳『西遊記(1-10巻)』岩波書店、

2005年]

金の鎖帷子
くさりかたびら
hauberk of gold

別名・類語 輝く金の鎖帷子

北欧神話の英雄シグルズ（ジークフリート／シグムンド）が、怪竜ファーヴニル（ファーフナー）とその弟レギンの財宝から奪ったアイテムのひとつが、金の鎖帷子だった。財宝のなかにはほかにも、▶ファーヴニルのエーギス、▶アンドヴァラナウト、古代都市の貨幣、何領もの黄金の鎧、多数の魔法の腕輪や指輪があった。シグルズは、ファーヴニルのエーギスの下から金色の髪をなびかせ、光り輝く金の鎖帷子を身に着けていたので、戦場で目を引く存在だった。

出典 Bradish, *Old Norse Stories*, 180, 205, 230; Guerber, *Myths of the Norsemen*, 242, 243, 246

金の子牛
golden calf, the

別名・類語 エゲル・マセカ（「鋳像の子牛」／「鋳造した金属の子牛」）

金の子牛の話は、旧約聖書の『出エジプト記』32章にある。伝えられるところによれば、モーセは主と語り合うために山に登っていき、アロンにあとを任せた。モーセの不在が長引くにつれ、人々は日増しに不安になってきた。40日がたつと、人々はアロンのもとへ行き、自分たちのために「神々」を作ってくれるよう頼んだ（聖書の原文では複数形が使われているが、アロンが作ったのは1体の偶像）。アロンは人々から金の装身具を集め、それを使って子牛の形の鋳像を作った。原文では名のないその偶像を、人々は新しい神として崇め、生贄を捧げた。主は何が起

こったかを知り、激怒して、彼らを滅ぼすとモーセに告げた。モーセはどうにかとりなし、十戒が記された石板を携えて民のもとへ戻った。宿営に着くと、モーセも激怒し、憤りのあまり石板を打ち砕いてから、金の子牛を取って火で焼き、その灰を水に入れて牛の信者たちに飲ませた。自分と主に忠実な者たちを傍らに呼び寄せ、金の子牛の最も熱心な信者、約3000人を殺すよう命じた。それからその後、主はモーセに、約束の地へ人々を導くように告げたが、時が来れば彼らの罪を罰するだろうと断言した。

出典 Garbini, *Myth and History in the Bible*, 91-99; Johnson, *Lady of the Beasts*, 182

銀の枝
silver branch

ケルトの妖精伝説によれば、人間がその寿命が尽きる前に冥界に入るには、パスポートが必要だった。それは通常、花や実をつけた神聖なリンゴの木の銀の枝という形をとった。常若の国の女王が友だちや恋人を求めるとき、たいていは銀の枝を人間に贈った。銀の枝は、それを持つ人の食べ物や飲み物にもなった。さらに、銀の枝は癒しの音楽を奏でるので、そのメロディーを聴いた人間はすっかり悩みを忘れ、妖精に連れ去られた家族を悲しむこともなくなるという。

出典 Evan-Wentz, *Fairy Faith in Celtic Countries*, 336

金の羊毛
Golden Fleece, the

古代ギリシア神話において、金の羊毛はとても人気のあるアイテムで、さまざまな冒険に織り込まれている。

オルコメノスの王アタマスは、雲の女神ネペレと結婚し、ふたりの子ども、息子プリクソスと娘ヘレをもうけた。王がイノという名の2番めの妻を迎えることになると、王妃は彼のもとを去り、国に干魃を引き起こした。イノは継子たちに怒りをぶつけ、干魃を終わらせるには息子を生贄にするしかないと夫を説得した。ネペレは子どもたちを救うために、空飛ぶ黄金の雄羊を送り込んだ。雄羊は子どもたちを乗せ、海を越えて運んでいったが、ヘレは下を見てしまい、目がくらむほどの高さに気を失い、落ちて死んだ。プリクソスは無事コルキスにたどり着き、アイエテス王の宮殿に迎えられた。この地でプリクソスは雄羊を生贄にし、戦いの神アレス（ローマ神話の神マルス）に捧げられた木立に羊毛を吊るした。木立は、けっして眠らない竜に守られていた。

イオルコスの王の息子イアソンは、残忍な叔父ペリアスに王位の返還を求めたとき、支配権の証明として金の羊毛を獲得して戻るよう言い渡された。イアソンは、ともに旅する仲間の一団を集め、船 ▶アルゴに乗って出発し、冒険と試練に満ちた数年を過ごしたあと、ようやく遠隔の島コルキスに到着した。しかし、アイエテス王はイアソンを殺そうともくろみ、金の羊毛を差し出す条件として3つの課題をこなすことを求めた。イアソンは、この上さらに探索に出かけることを考えて落胆した。そこへ出産、家族、結婚、女性の女神ヘラが介入し、アイエテスの娘で強力な魔術師のメデイアがイアソンに恋して、彼に協力するように仕向けた。メデイアの魔法と父に対する裏切りによってイアソンたちは課題を成し遂げて、羊毛を手に逃げ出し、故郷のイオルコスの港に向けて出航した。帰りの旅も、数々の冒険と試練と苦難に満ちていた。

金の羊毛の物語のひとつに、畜産、商業、雄弁、豊穣、言語、略奪、幸運、睡眠、盗賊、交易、旅行、富の神であるヘルメス（ローマ神話の神メルクリウス）が、ペロプスとヒッポダメイアのふたりの息子、アトレウスとテュエステスに金の羊毛を持つ子羊を与えたという話がある。王となったアトレウスは子羊を生贄として神に捧げたが、羊毛は自分のために取っておき、権威と王位の象徴とした。

出典 Coolidge, *Greek Myths*, 1 7 2-8 2; Daly and Rengel, *Greek and Roman Mythology*, A to Z, 17, 23, 8 0; Eddy and Hamilton, *Understand Greek Mythology*, n.p.

クアドリガ
Quadriga

別名・類義 ▶ ヘリオスの戦車

　ローマ時代の詩人オヴィッド（プーブリウス・オウィディウス・ナーソー。前43年-後17年）がラテン語で書いた物語詩『変身物語』によると、太陽神でティタン神族の二世のヘリオス（ソル）は、黄金の戦車クアドリガを、数頭の天馬に引かせて空を渡った。馬の名前は、アエソン、アストロペ、ブロンテ、クロノス、エオス、ランプーン、フェエソン、フレゴン、ピロイス。みな白馬で、開いた鼻孔からは炎が吹き出ているという。

出典 Breese and D'Aoust, *God's Steed*, 8 6; Coulter and Turner, *Encyclopedia of Ancient Deities*, 76; Rose, *Giants, Monsters, and Dragons*, 178

クイックボルン
Quickborn

別名・類義 ▶ 青春の泉

　古代北欧のおとぎ話によると、フッラ（フルダ）はコルボルド族の女王で、戦い、死、狂乱、絞首台、癒し、知識、詩、王族、ルーン文字、魔術、知恵の神オーディンによって、部族の統治者に任ぜられた。中世の詩によれば、彼女はヴェヌスの山に住んでおり、そこにクイックボルンの泉があるという。この泉で沐浴すれば、能力やエネルギー、体力が完全に回復し、老いを洗い流し若くて活力に満ちあふれた頃に戻れる。

出典 Macdowall, *Asgard and the Gods*, 113

グィネヴィアの櫛
comb of Guenevere

　フランスの詩人であり吟遊詩人（トルヴェール）であったクレティアン・ド・トロワ（1130-1191年）は、アーサー王伝説を題材にした作品とサー・ランスロットの人物造形で最もよく知られている。ある物語で、王妃グィネヴィア（グェネヴィア）は、自らをランスロットと同等だと思い込んでいる邪悪で高慢な男メレアガンに誘拐されたとき、金塗りの象牙の櫛を草原のまんなかにある石の上に置き、救助に来る者たちに手がかりを残した。誰が見つけても王妃のものだとわかるように、美しい金色の髪を数本、櫛に絡ませておいた。

出典 Karr, *Arthurian Companion*, 2 1 9; Morewedge, *The Role of Woman in Middle Ages*, 52-55

グィネヴィアの袖
sleeve of Guenevere, the

　サー・トマス・マロリー（1415-1471年）によると、アーサー王物語の王妃グィネヴィア（グェネヴィア）はサー・ランスロットに、試合で身につけるようにと、彼女の愛のしるし、つまり袖を渡した。それを兜のてっぺんに巻きつければ彼だとわかるからだ。

出典 Karr, *Arthurian Companion*, 220

グィネヴィアの盾

shield of Guenevere, the

別名・類語 グィネヴィアの盾

　アーサー王の伝説では、湖の貴婦人が
グィネヴィア（グェネヴィア）妃に盾を与え
た。その盾に描かれていたのは、宮廷の
淑女と騎士の姿だった。もし盾に大きな
裂け目がなかったら、絵のなかの恋人た
ちはしっかり抱き合っているはずだっ
た。その裂け目は騎士の手が悠々と通る
ほど大きかった。盾に描かれた騎士が
アーサー王の宮廷の一員となり、淑女か
ら完全な愛を得ることができたとき、そ
の裂け目は修復され閉じることになると
いう。

出典 Brault, *Early Blazon*, 2　9; Karr, *Arthurian
Companion*, 220

クヴァド・ガルドラ

Kvad Galdra

　北欧神話で、クヴァド・ガルドラは、
死者の知識を得ようとして死者を呼び出
すための歌。

出典 Grimes, *The Norse Myths*, 284

クヴィクドロパル

kvikudropar

　北欧神話では、クヴィクドロパル（「毒
のしずく」）はエーリヴァーガル川の凍結
水のことで、炉から流れ出した残滓のよ
うに見えると表現される。クヴィクドロ
パルは何層にも重なって成長し、やがて
ギンヌンガガプを形成した。神話によれ
ば、エーリヴァーガルのクヴィクドロパ
ルは、ムスペルヘイムから吹く暖かい風
にさらされて溶けて小さなしずくとな
り、それがゆっくりとたまり、やがて熱
のためにリカンディ、「生き返って」、最

初の巨人ユミル（「わめき叫ぶ者」、アウルゲ
ルミル）が誕生した。

出典　Norroena Society, *Asatru Edda*, 1, 3, 3 6 9;
Ross, *Prolonged Echoes*, 155

グウィズノ・ガランヒルの籠

hamper of Gwyddno Garanhir

別名・類語 グウィズノ・ロングシャンク
スの籠、ムイス・グウィズノ・ガランヒル

　イギリスとウェールズの民間伝承に、
▶ブリテン島の13の秘宝（ウェールズ語で
はトリ・スルス・アル・ゼグ・イニス・プリダイン）
と呼ばれる一連のアイテムがある（数は常
に13）。現代に挙げられているアイテム
とは異なるが、15世紀における当初の
13品は次のとおり。▶巨人ディウルナッ
ハの大釜、▶モーガン・ムウィンファウ
ルの戦車、▶グェンドライのチェス
盤、▶パダルン・バイスルッズの外套、
▶聖職者リゲニスの壺と皿、▶クリドゥ
ノ・アイディンの端綱、グウィズノ・ガラ
ンヒルの籠、▶ブラン・ガレッドの角杯、
▶ライヴロデズのナイフ、▶コーン
ウォールのアーサー王のマント、リデル
フ・ハイルの剣（▶ディルンウィン）、▶ティ
ドワル・ティドグリドの砥石。

　グウィズノ・ガランヒル（ロングシャンク
スとしても知られる）は、ウェールズの西海
岸沖にあったと言われる海に沈んだ島、
カントレル・グウェロッドの伝説的支配
者だった。彼は、中にいれた食べ物をな
んでも100倍にする魔法の力を持つ籠
（取っ手と蝶番のある蓋つきの大型バスケット）
を持っていた。この籠は、▶ダグダの大
釜や、▶豊穣の布、▶コルヌコピアなど
とよく似たアイテムだ。

出典 Dom, *King Arthur and the Gods of the Round*

Table, 110; Pendergrass, *Mythological Swords*, 24-25

グウェン

Gwenn

　ウェールズのアーサー王伝説で、グウェン（「白」）は、アーサー王のマントである。アーサー王は、従兄弟のキルッフになんでも所望するものを与えようと告げたとき、7つの例外として、大切な持ち物を挙げている。剣▶カラドボルグ、短剣▶カルンウェナン、妃グウェンホヴァル（グィネヴィア）、マントのグウェン、船▶プリドウェン、槍▶ロンゴミアント、盾▶ウィネブグルスヘル。グウェンは2番めに名前を挙げられている。▶ブリテン島の13の秘宝のひとつでもあるグウェンは、着用者の姿を見えなくする魔法の力を持つと言われる。アーサーはこのマントを、ユリウス・カエサルと戦った族長カッシウェラウヌスから（文字どおりではないにせよ比喩的な意味で）受け継いだ。

出典 Matthews and Matthews, *The Complete King Arthur*, n.p.; Padel, *Arthur in Medieval Welsh Literature*, n.p.

グウェンドライのチェス盤

chessboard of Gwenddoleu ap Ceidio, the

　イギリスとウェールズの民間伝承に、▶ブリテン島の13の秘宝（ウェールズ語ではトリ・スルス・アル・ゼグ・イニス・プリダイン）と呼ばれる一連のアイテムがある（数は常に13）。現代に挙げられているアイテムとは異なるが、15世紀における当初の13品は次のとおり。▶巨人ディウルナッハの大釜、▶モーガン・ムウィンファウルの戦車、グウェンドライのチェス盤、▶パダルン・バイスルッズの外套、▶聖

職者リゲニズの壺と皿、▶クリドゥノ・アイディンの端綱、▶グウィズノ・ガランヒルの籠、▶ブラン・ガレッドの角杯、▶ライヴロデズのナイフ、▶コーンウォールのアーサー王のマント、リデルフ・ハイルの剣（▶ディルンウィン）、▶ティドワル・ティドグリドの砥石。

　グウェンドライは歴史上のブリトンの王で、素晴らしいチェス盤の持ち主だったと言われる。特大の盤は金製、大ぶりな駒は銀製だった。対戦するために並べると、駒は自動で動いた。大陸版の聖杯伝説には、アーサー王の騎士のひとりがこのチェス盤と対戦し、巧みな戦略と戦術を展開しようとする場面がある。フランスのアーサー王物語では、チェス盤が自分だけを相手に対戦する場面がある。

出典 Bromwich, *Trioedd Ynys Prydein*, n.p.; Patton, *The Poet's Ogam*, 5１０; Pendergrass, *Mythological Swords*, 24-25

クールシューズ

Coreuseuse

別名・類語 コルシェンス、コレスース、コロスース（「怒り」）、コロソス、クレロス、クレスース、コルシュース

　フランス語で書かれたアーサー王伝説の散文作品『ランスロ＝聖杯サイクル』によれば、ベンウィックのバン王の剣クールシューズ（「激怒した」）は、息子のサー・ランスロットに受け継がれた。バンはこの剣を持つと、決まって最初に目にした敵に突撃し、たとえ相手が馬に乗っていてもひと振りでまっぷたつにしたという。

出典 Bruce, *The Arthurian Name Dictionary*, 130; Karr, *Arthurian Companion*, 1１8,1５0; Lacy,

Lancelot-Grail, 157

クエルン・ビテル
Quern Biter
別名・類語 クエルビット

　北欧神話に登場する剣クエルン・ビテル（「足の幅」）は、ノルウェー王ホーコン・アゼルスタン1世とその従者ソラフ・スコリンソンが所有していた。クエルン・ビテルの刃は、挽き臼石（鉄器時代からさまざまな素材を挽くために使われていた石）を切り裂けるほど鋭かったと言われている。

出典 Brewer, *Dictionary of Phrase and Fable* 1900, 1197; Eddison, *Egil's Saga*, 281

クオン・クリセオス
Kuon Khryseos/ Cyon Chryseus
別名・類語 黄金の犬、黄金の猟犬

　古代ギリシア神話に登場する黄金の犬クオン・クリセオスは、運命、王、稲妻、空、雷の神であるゼウス（ローマ神話の神ユピテル）が幼い頃、山羊のアマルテアがゼウスに授乳する際の守護者となるようにと、クレテス・ダクティロ（ダイモン、神霊）がティタンのレアのために作った。ティタノマキア（ティタンとの戦い）後、ゼウスはこの犬にクレタ島の聖域を監視するよう命じた。その後、クオン・クリセオスはパンダレーオスによって盗まれてシピュロス山に運ばれ、タンタロスに預けられた。盗難を知ったゼウスがふたりを見つけ出すと、パンダレーオスは立っていたその場で石の柱に変えられ、持ち上げられたシピュロス山はタンタロスの頭の上に崩れ落ちた。

出典 Graves, *The Greek Myths*, 2　6; Smith, *A Classical Dictionary of Greek and Roman Biography, Mythology and Geography*, 8　5　3; Trzaskoma et al.,

Anthology of Classical Myth, 14-15

草薙剣
Kusanagi-no-Tsurugi
別名・類語 天叢雲剣（「雲を呼び集める剣」）、草薙、都牟刈大刀

　日本の神話に登場する、伝説の草薙剣は、もともとは海神・嵐神の素戔嗚尊の剣だった。素戔嗚尊は▶蛇之麁正という剣で、8つの頭と尾を持つ、越の八岐大蛇を退治した。素戔嗚尊が大蛇をずたずたに斬りつけたとき、大蛇の4つめの尾の中に1本の剣を見つけた。彼はそれを天叢雲剣と名づけ、妻であり姉である▶天照大御神に献上し、ふたりの間にあるかつての恨みを解消した。

　その後何世代も経てから、この剣は偉大な武将である日本武尊の手に渡ったとされる。敵が野原に火を放ったとき、日本武尊はその剣で草を薙ぎ払い窮地を脱した。そのときに、風の方向と速度をコントロールできることに気づき、それを利用して、逆に敵のいるほうへと火を向けた。その勝利を記念して、日本武尊はこの剣を草薙剣（「草を薙ぎ払う剣」）と新たに名づけた。

出典 Aston, *Nihongi*, 5　6; Pendergrass, *Mythological Swords*, 5　0; Smith and Brown, *The Complete Idiot's Guide to World Mythology*, 29

グニタ
Gnita
別名・類語 グニタヘイズ（「輝く荒野」）、Gnitaheid、Gnitaheidr、Gnitaheior

　ノルウェー神話では、グニタ（「輝く」）は、怪竜に姿を変えたファーヴニル（ファーフナー）が住んでいる場所。ここに▶アンドヴァラナウトと呼ばれる宝を隠

していた。

出典 Anderson, *Norse Mythology*, 3 7 7, 4 4 7; Bennett, *Gods and Religions of Ancient and Modern Times*, Volume 1, 388

グノズ
Gnod

　伝説の船、グノズ(「轟音を立てる」)は、ハーロガランドの支配者アースムンドが建造を命じた。

　最初の妻ブリュンヒルドが亡くなると、アースムンドは、今度はスルタンの娘と再婚しようとした。自分を殺すための罠が仕掛けられていることを知ったアースムンドは、特別な船を造らせてグノズと名づけ、結婚式に向けて出航する計画を立てた。グノズはエーゲ海以北で最大の船と言われ、彼はグノズ・アースムンドと呼ばれるようになった。伝説によれば、グノズは積荷の財宝とともに海に沈み、船も財宝も引き揚げられることはなかった。

出典 Norroena Society, *Asatru Edda*, 353; Palsson and Edwards, *Seven Viking Romances*, n.p.

クピド (キューピッド) の矢
arrow of Cupid

　ローマ神話で、好奇心が強くせっかちな愛の神クピド(「欲望」、古代ギリシア神話ではエロス)は、弓から放つ矢を2種類持っていた。ひとつめの矢は、ハトの羽がついていて、射られた者は最初に目にした相手に恋してしまう。ふたつめの矢は、フクロウの羽がついていて、射られた者は恋愛感情をなくしてしまう。クピドは手当たり次第に矢を放つことで知られていたので、芸術作品ではよく目隠しされた姿で描かれた。

出典 Daly and Rengel, *Greek and Roman Mythology*, A to Z, 39, 52

クムカム
Qumqam

　中世ペルシアの『アミール・ハムザの冒険物語』において、かつてスレイマン王が所有していた4本の剣のうちの1本がクムカム。ほかの剣は▶アクラブ・エ・スレイマニ、▶サムサム、▶ズル=ハジャム。英雄アミール・ハムザは、クムカムとサムサムを用いた二刀流で、2時間に及ぶ戦いで異教徒の全軍を倒した。

出典 Jah, *Hoshruba*, 58, 243, 380

雲の柱
Pillar of Cloud

　神の臨在のしるしである雲の柱は、昼は荒野でイスラエルの民を導き、夜は▶火の柱に姿を変える。あるとき、紅海の近くで、雲の柱は火に変わらず、エジプト軍の夜間攻撃を防ぐため、イスラエル

の民の後方に回り、彼らを守る役割を果たした。設置した幕屋の上に雲の柱が降りているときは、出発せずにその場に留まるべきだと見なされた。雲が昇ると、彼らは宿営を解いて再び移動した。

出典 Freedman, *Eerdmans Dictionary of the Bible*, 1059; Mahusay, *The History of Redemption*, 339

グラウケの黄金の冠と白いガウン

golden crown and white gown of Glauce, the

ギリシア神話で、おそらくコルキスのアイエテス王の娘メデイアについてよく知られているのは、魔女キルケの姪、女神ヘカテの巫女で魔術師でもあったことだろう。メデイアは、英雄イアソンが▶金の羊毛を奪う手助けをした。のちにふたりは結婚し、ひとりから14人の子どもをもうけた(出典により異なる)。

物語で次に何が起こったのかについては出典によってさまざまだが、古代ギリシアの3大悲劇詩人のひとりエウリピデスによれば、イアソンはメデイアを捨てて、コリントスのグラウケを新しい花嫁に迎えた。メデイアは復讐を企て、まずは自分の後釜候補に結婚祝いを贈った。美しい白い紗のガウンと黄金の冠で、どちらにも▶ナフサと呼ばれる特殊な毒が塗られていた。次に、メデイアは自分の子どもたちを殺して夫が遺体を発見できるようにし、空飛ぶヘビが引く戦車に乗って逃げ去った。

グラウケは、メデイアから受け取ったものを身に着けると、突然耐えがたい痛みに襲われて絶叫し、口から泡を吹いて白目をむいた。冠は最初くすぶってから、超自然的な力で燃え上がり、消しよ

うがなかった。毒のガウンと燃える黄金の冠から逃れようとグラウケがもがけばもがくほど、炎はさらに熱くなった。とうとう倒れて息絶え、顔は焼き尽くされ、体は火膨れになって沸き立ち、肉から剥がれ落ちた。

出典 Graves, *The Greek Myths*, 160-161［ロバート・グレイヴズ(高杉一郎訳)『ギリシア神話』紀伊國屋書店、1998年］; Smith, *A Classical Dictionary of Greek and Roman Biography, Mythology and Geography*, 1004; Stuttard, *Looking at Medea*, 196-97

クラウ・ソラス
(クレイヴ・ソリッシュ)

Claidheamh Soluis/ Claiomh Solais

別名・類語 クレディン・カッチェン、ライエウ・ソラス、ヌアザ王の剣

アイルランドの伝承によれば、神の一族トゥアタ・デー・ダナンがアイルランドに降り立ったとき、4つの魔法の至宝を携えていた。▶ダグダの大釜、光の剣クラウ・ソラス(クレイヴ・ソリッシュ)、運命の石▶リア・ファール、そして槍▶ルインである。魔法の品はそれぞれムリアス、フィンジアス、ファリアス、ゴリアスの4都市から、ドルイド僧によって運ばれてきた。クラウ・ソラスはフィンジアス(「祝福された」または「輝く」)の街で作られたあと、ドルイド僧ウスキアスによってアイルランドに運ばれた。

クラウ・ソラス(「光の剣」または「輝く剣」)は、アイルランドやスコットランド・ゲールの言い伝えに登場する剣の一種である。剣は通常、光り輝く刃を備え、主人公の英雄が、仲間とともに3つの任務を果たすために振るわれる。仲間のひとりは動物か、女性の召使であることが多

い。物語はたいてい、花嫁を得ることか、夫となるにふさわしいと証明することにまつわる話である。敵はほぼ決まって、秘密の手段でしか倒せない巨人で、秘密は物語に登場する女性によって明かされ、そのなかでクラウ・ソラスが重要な役割を果たす。クラウ・ソラスの例としては、クー・フリン（クー・フラン／クー・フーリン／クーフーリン）の剣である▶クルジーン、▶トゥアタ・デー・ダナンの4つの至宝のひとつで、ヌアザ・アガートラムの剣であるクラウ・ソラス、アーサー王の剣▶エクスカリバーが挙げられる。

アイルランド神話の英雄ヌアザ・アガートラム（銀の腕のヌアザ）が持つ不屈の剣ライエウ・ソラスは、「正義の」剣と考えられ、剣が大義のために戦うなら、その大義は正しいとされた。

出典 Ellis, *Brief History of the Druids*, 7 3, 1 2 4; Pendergrass, *Mythological Swords*, 13, 15

グラズヘイム
Gladsheim/ Gladasheim/ Gladheim/ Gladsheim/ Glathsheim

北欧神話で、グラズヘイム（「輝きの家」／「喜びの家」／「歓喜の家」）は、アースガルズ（「アース神族の地」）にいちばん最初に建てられた宮殿。内側も外側も黄金で造られ、12の玉座が置かれている。そのひとつは他の玉座よりも高い。戦争、死、狂気、絞首台、治癒、知識、詩、高貴、ルーン文字、魔術、知恵の神であるオーディンのために用意された▶フリズスキャールヴだ。グラズヘイムは、評議会や総会を開くのに使われた。

出典 Grimes, *The Norse Myths*, 2 7 0; Norroena Society, Asatru Edda, 352

クラデニェッツ
kladenets

別名・類語 サモセク、サモショーク

ロシアやスラブのおとぎ話や民話には、たびたび魔法の剣が登場する。ほかの文化圏とは異なり、こうした武器に名前はつけられていないので、単にクラデニェッツ（「鋼鉄の剣」または「自ずと振るわれる剣」）と呼ばれている。英雄が振りかざすこうした特別な剣は魔法の剣とされることが多いが、物語のなかで具体的な力や性質が示されることはめったにない。

出典 Afanasyev, *Russian Folktales from the Collection of A. Afanasyev*, 157

グラバン
Graban

名高い剣工アンシアは、創作上の巨人であるサラセン人（イスラム教徒）の騎士フィエラブラ（Fierabras、Fierbras）のために3本の剣を作った。▶バプティズム、▶フローレンス、グラバンである。それぞれの剣を作るには3年を要した。『騎士道の時代、またはクロックミテーヌの伝説』では、この剣はストロング・イン・ジ・アームズのために作られたが、別の剣▶グロリアスの刃を試した際、ある巨人に折られてしまった。

出典 Brewer, *Dictionary of Phrase and Fable* 1900, 1 1 9 7; L'Epine, *The Days of Chivalry*, n.p.; Numismatic and Antiquarian Society of Philadelphia, *Proceedings of the Numismatic and Antiquarian Society of Philadelphia for the Years* 1899-1901, 65

グラム
Gram/ Gramr

別名・類語 ▶バルムンク、▶ノートゥンク

北欧神話で、グラム（「苦悶」/「悲嘆」/「激怒」）は、伝説の鍛冶職人ヴェルンド（ゴファノン／ヴェーラント／ヴィーラント／ウェイランド）が鍛えた剣だが、父親の巨人ヴァジが所有していた。シグルズ（ジークフリート／シグムンド）がこの剣を持つことになったのは、オーディン（戦争、死、狂気、絞首台、治癒、知識、詩、高貴、ルーン文字、魔術、知恵の神）がヴォルスングの広間に生えたバルンストックの木の幹に突き刺した剣を、シグルズが引き抜いたときだった。その後、剣はシグルズが怪竜ファーヴニル（ファーフナー）を倒すのに使われることになる。わずかに異なる物語では、グラムは折れたあと鍛え直され、それ以降は鉄床をまっぷたつにできるほど鋭利になったという。

出典 de Beaumont and Allinson, *The Sword and Womankind*, 8; Evangelista, *The Encyclopedia of the Sword*, 576; Orchard, *Dictionary of Norse Myths and Legends*, 5 9-6 0; Pendergrass, *Mythological Swords*, 13

クラレント
Clarent

中世後期英語の詩『頭韻詩アーサーの死』（1400年頃）で、クラレントはアーサー王の剣の1本として名前を挙げられている。騎士の儀式に使われる、儀式用の平和の剣だった。ウォリングフォード城の宝物庫に保管されており、王と王妃グィネヴィア（グェネヴィア）しかその場所を知らなかった。アーサー王は、戦場でモードレッドがこの剣を握っているのを見ると、グィネヴィアが裏切ったことを瞬時に悟った。ほとんどの物語では、モードレッドがアーサーを殺すのに使った剣と言われている。

出典 Bruce, *The Arthurian Name Dictionary*, 120; Goller, *The Alliterative Morte Arthure*, 1 8-1 9; Warren, *History on the Edge*, 212

クラン・ボー
Crann Buidhe

別名・類語 マナナーンのクラン・ボー、ゲイ・ボー（「黄槍」）、ディアルミド・ウア・ドゥヴネの黄槍

ケルト神話で、ディアルミド・ウア・ドゥヴネ（ディルムッド・オディナ）は、クラン・ボー（「黄色い枝」）という名の魔法の槍を振るっていた。何者も回復不能な傷を負わせることができたが、黄色い柄を持つこの槍は、赤い柄を持つ▶ゲイ・ジャルグほど強力ではなかった。クラン・ボーは、冒険に出かけるディアルミドが、それほど強力な武器は必要ないと感じるときに持っていく武器だった。しかし悲しいことに、クラン・ボーは期待に背くことになる。イノシシを傷つけてはならないというゲッシュ（魔法によって課せられる義務や誓約）を課せられていたディアミルドは、イノシシに襲われて死んだ。

出典 Joyce, *Old Celtic Romances*, 302; Leviton, *The Gods in Their Cities*, 2 3 6; MacCulloch et al., *Celtic Mythology*, Volume 3, 66

クリサスワス
Krisaswas/ Krisasva

古代サンスクリット語の叙事詩『マハーバーラタ』と『ラーマーヤナ』に描かれた▶アストラであるクリサスワスは、▶アグネヤストラのなかで最も強力だった。『ラーマーヤナ』に描かれているように、クリサスワスには命があり知性が授けられていた。

出典 Blavatsky, *The Theosophical Glossary*, 180

クリセイオー

Chrysaor

エドマンド・スペンサーの叙事詩『妖精の女王』(1590年)において、クリセイオー(「黄金の剣を持つ者」)は、黄金の剣で、正義の騎士サー・アーティガルの私的な武器である。「アダマントで強化された」クリセイオーは、かつて運命、王、稲妻、空、雷の神であるゼウス(ローマ神話の神ユピテル)がティタン神族との戦いに使った剣で、あらゆるものを切り裂くことができた。その後、剣は女神アストライアの手に渡って安全に保管されたのち、サー・アーティガルに授けられることになった。

出典 Brewer, *Dictionary of Phrase and Fable* 1900, 1197; Pendergrass, *Mythological Swords*, 4

クリセオスとアルギレオス

Khryseos and Argyreos

別名・類語 クオン・クリセオスとクオン・アルギレオス、クオネス・クリセオスとアルギレオス(「金色と銀色の犬」)

古代ギリシア神話では、▶オートマトン(自動人形。「自らの意志で動くもの」)とは、神々によって命を吹き込まれた、あるいはある種の生命のようなものを与えられた、動物や人間、怪物の彫像のことだった。オートマトンの創造は通常、束縛、彫刻術、火、鍛冶、金属細工、石工、護符の神であるヘパイストス(ヘファイストス。ローマ神話のウルカヌス)によって行われた。その他のオートマトンは、▶カウカソスのワシ、▶黄金の乙女たち、▶黄金の三脚台、▶カベイロイの馬、▶ケレドネス、▶コルヒスの雄牛、▶タロスなどである。

守護者として作られたクリセオス(「金の」)とアルギレオス(「銀の」)は、不老不死の金と銀の犬。アルキノオス王の宮殿に置かれた、半神半人の英雄アキレウスの骨が入った黄金の壺の見守り役として、王に与えられた。

出典 Bonnefoy, *Greek and Egyptian Mythologies*, 8 8-8 9; Seymour, *Life in the Homeric Age*, 4 3 3; Westmoreland, *Ancient Greek Beliefs*, 54

グリダヴォル

Gridarvolr/ Gridarvol/ Gridarvold

別名・類語 グリーズの鉄棒、グリーズの棒

北欧神話で、グリダヴォル(「グリーズの魔法の杖」/「安全の杖」)は、女巨人グリーズ(「貪欲、激烈、熱情、凶暴」)の魔法の杖。グリーズは、雷神トールにこれを貸した。さらに、トールを殺そうとするゲイルロズの計画を阻止するための手助けとして、力帯▶メギンギョルズと鉄の手袋▶ヤールングレイプルも贈った。たいてい、グリダヴォルはナナカマドの木でできていると描写されるが、鉄で作られているとされることもある。

出典 Grimes, *The Norse Myths*, 2 7 2; Norroena Society, *Asatru Edda*, 3 5 3; Norroena Society, *Satr Edda*, 2 5; Orchard, *Dictionary of Norse Myth and Legend*, 10

クリドゥノ・アイディンの端綱

halter of Clydno Eiddyn

別名・類語 ケビストル・クリドゥノ・アイディン(ウェールズ語)

イギリスとウェールズの民間伝承に、▶ブリテン島の13の秘宝(ウェールズ語ではトリ・スルス・アル・ゼグ・イニス・プリダイン)と呼ばれる一連のアイテムがある(数は常

に13)。現代に挙げられているアイテムとは異なるが、15世紀における当初の13品は次のとおり。▶巨人ディウルナッハの大釜、▶モーガン・ムウィンファウルの戦車、▶グウェンドライのチェス盤、▶パダルン・バイスルッズの外套、▶聖職者リゲニズの壺と皿、クリドゥノ・アイディンの端綱、▶グウィズノ・ガランヒルの籠、▶ブラン・ガレッドの角杯、▶ライヴロデズのナイフ、▶コーンウォールのアーサー王のマント、リデルフ・ハイルの剣（▶ディルンウィン）、▶ティドワル・ティドグリドの砥石。

クリドゥノ・アイディン（スコットランドのエディンバラをかつて支配していた君主）の端綱は、一般的に秘宝の5番めのアイテムとされる。伝説によれば、この端綱は持ち主のベッドにU字釘で留められていて、持ち主が望めばどんな馬でも端綱につながれるという。宮廷風恋愛を体現した騎士サー・ガウェイン（ガーウェイン）は、この端綱からケインカレド（フランス語ではグリンゴレ）という馬を得た。この馬は、ウェールズの三題詩（トライアド）で、ブリテンの3頭の荒馬の1頭として名前が挙がっている。

（出典）Dom, *King Arthur and the Gods of the Round Table*, 1 1 0; Pendergrass, *Mythological Swords*, 2 5; Stirling, *King Arthur Conspiracy*, n.p.

グリトニル

Glitner/ Glitnir

別名・類語 平和の城

北欧神話で、グリトニル（「輝けるもの」）は、バルドルとナンナの息子で司法の神であるフォルセティ（Forseti ／ Forsete、「裁判長」）の館。黄金の柱が銀の円屋根を支える建物で、あらゆる法律問題が白日の

もとで公然と裁定される。

（出典）Anderson, *Norse Mythology*, 2 9 6, 2 9 7; Grimes, *The Norse Myths*, 2 7 1; Tegner, *Frithiof's Saga*, 66, 68, 292

グリョートトゥーナガルザル

Grjotanagardr/ Griottunagardr

別名・類語 グリョーロン、グリョートトゥーナガルド

北欧神話で、グリョートトゥーナガルザル（「石塀の家」）は、巨人フルングニルの山の家。ここで粘土の巨人モックルカールヴィが作られた。

（出典）Anderson, *The Younger Edda*, 170, 171, 174; Grimes, *The Norse Myths*, 272

クリンショールの柱

Clinschor's pillar

別名・類語 クリンショールの魔法の柱、クリンショールの魔法の鏡、クリンショールの鏡、ウェルギリウスの鏡

ヴォルフラム・フォン・エッシェンバッハが著した13世紀のドイツの騎士物語『パルチヴァール』では、公爵で去勢された魔法使いであり、ローマの詩人ウェルギリウスの甥でもあるクリンショールという人物が登場し、アーサー王の騎士のひとりであるサー・ガウェイン（ガーウェイン）と出会う。クリンショールの宮殿シャステル・マルヴェイレは、自動化された防御や、放し飼いにされたライオン、そしていくつもの魔法を備えていた。宮殿は、ガラスのように滑らかな輝く敷石の上に建てられていた。ガウェインは、城内で巨大な鏡に似た大きな柱を見る。のぞき込むと、昼でも夜でも半径

10キロメートルにあるすべてが見渡せた。柱は堅固で、「金槌も鍛冶屋も」壊すことはできない。レディ・オルゲルーゼはガウェインに、柱はタブロニットでゼアオンディル女王から盗んだものだろうと話す。

　クリンショールは、「東洋」に位置する魔法発祥の地である都市ペルシダで、魔術と柱の創作を学んだ。この都市は、パルチヴァールのイスラム教徒の異母兄フェイレフィースのアラブの故郷である。

（出典）Churton, *Gnostic Philosophy*, n.p.; Classen, *Magic and Magicians in the Middle Ages and the Early Modern Time*, 105, 308, 311

グリン・ヒャルティ
Gullinn Hjalti/ Gullinhjalti
（別名・類語）フェティル・ヒャルティ

　古い北欧の物語に登場するフロールヴ・クラキ王の剣グリン・ヒャルティ（『黄金の柄』）は、英雄ヒャルティの剣にもなる。「フロールヴのサガ」では、剣は殺された竜の体を支えるのに使われる。臆病者ホットは王に、勇敢で大胆不敵な男だけがこの武器を振るうことができると告げられる。ホットは奪われた剣を取り戻し、それを達成することで勇敢な男に変わったこと、あるいはもはや臆病ではないことを証明する。王はホットの変身ぶりを喜び、ホットにヒャルティ（「柄」）という新しい名前を与えた。しかし一般的には、フロールヴ・クラキが振るった剣は▶スコヴヌングだとされる。

　古英語の叙事詩『ベーオウルフ』では、主人公ベーオウルフは、巨人グレンデルの母親が住む水中の洞窟で剣を発見する。この武器は"ギルデン・ヒルト"と呼

ばれている（ただし、この武器の正式名称ではないかもしれない）。おそらく『ベーオウルフ』に登場する剣は、フロールヴ・クラキ王の剣とは無関係だろう。ふたつの名前が似通っていることは、1896年にフリードリヒ・クルーゲが初めて指摘した。それ以降、『ベーオウルフ』に登場する剣の名前は、通常"ギルデンヒルト"と書かれるようになった。

　なお、古ノルド語の"hilt"という単語は、古英語の単語とは違って、剣の手で握る部分ではなく、刃と柄のあいだの鍔（ガード）を指すことに注意。

（出典）Byock, *Saga of King Hrolf Kraki*, n.p.; Chambers, Beowulf, 475; Olson, "The Relation of the Hrolfs Saga Fraka and the Bjarkarimur to Beowulf," 11-12, 39-40, 59

グリンブルスティ
Gullinbursti
（別名・類語）金の剛毛を持つイノシシ、フレイのイノシシ、太陽の黄金のイノシシ、イノシシのスリーズルグタンニ（『恐るべき歯』）

　13世紀にスノッリ・ストゥルルソンが著した『スノッリのエッダ』の第1部「ギュルヴィたぶらかし」と第2部「詩語法」の両方に登場するグリンブルスティ（『金の剛毛』）は、生きた金で作られたイノシシである。ドワーフの兄弟ブロックとエイトリが神ロキと賭けをしたとき、腕輪▶ドラウプニルとトールの槌▶ミョルニルとともに作った。このイノシシは、昼も夜も、どんな馬より速く確実に空中や水中を駆け抜ける魔法の力を持っていた。また、グリンブルスティの黄金の剛毛は、どんなに暗い夜でも道を照らし出すことができた。

（出典）Keightley, *World Guide to Gnomes, Fairies,*

Elves, and Other Little People, 6　8; Lindow, *Norse Mythology*, 90, 153, 277

クルアイ

Kolaite

別名・類語 クライー

　イスラムの神話によれば、預言者ムハンマドは晩年、アル・▶**アドブ**、アル・バッタール（▶**バッテル**を参照）、▶**ズル・ファカール**（▶**ズル・フィカール**を参照）、アル・▶**ハトフ**（▶**ハテル**を参照）、▶**アル・カディーブ**、クルアイ、▶**マブル**、アル・▶**ミフザム**、アル・▶**ラスーブ**の9種類の剣を所有していたという。クルアイは、優れた剣で有名なコラの都市にちなんで名づけられた。

出典 Sale et al., *An Universal History*, Part 2, Volume 1, 184

クルアジーン

Cruaidin

別名・類語 クルアジーン・カリャズヒャン（「硬い、硬い頭」）、クルアジーン・カタドゥヒャン

　アルスター物語群や、マン島やスコットランドの民間伝承で、アイルランド神話の英雄クー・フリン（クー・フラン／クー・フーリン／クーフーリン）は、クルアジーンという名の剣を振るっていた。この武器は、柄が金で、銀の装飾が施されていたと描写されている。刀身はしなやかで、先端を柄のほうまで曲げても、一瞬で元どおりまっすぐに戻る。また、刃は並外れて鋭く、髪の毛や水まで切ることができ、まっぷたつにされた人間がしばらくそのことに気づかないほどだった。

出典 Gregory, *Cuchulain of Muirthemne*, 4　5; Pendergrass, *Mythological Swords*, 13

グルスカブのカヌー

canoe of Gluskab, the

　アベナキ族の神話では、伝説上の文化英雄である巨人の**グルスカブ**（グルースカップ）は、花崗岩のカヌーに乗ってこの国にやってきた。石に親しんでいた（カヌーが示すとおり）グルスカブは人々に、矢じりや火、漁網、炻器の作りかたや、善悪の知識、タバコの使いかたを教えた。

出典 Calloway and Porter, *The Abenaki*, 2　3; Malinowski, *Gale Encyclopedia of Native American Tribes: Northeast, Southeast, Caribbean*, Volume 1, 12

クルセ

Courser, the

　アメリカの伝統的なほら話に登場する帆船。クルセの持ち主は、アルフレッド・ブルトップ・ストーマロング船長という名の巨人だった。物語によると、船にはいつも食べ物がたっぷりあって、乗組員たちは満足していた。帆船は、徒歩で移動するには大きすぎたので、乗組員たちは馬に乗って動き回っていた。月と太陽の下を安全に航行できるように船のマストには蝶番がつけられ、帆はサハラ砂漠で縫い合わされたという。帆を広げて置けるほど広大な無人の空間はほかになかったからだ。ストーマロング船長自身がクルセの舵を取っていないときには、32人の操舵手が必要になった。

出典 Fee and Webb, *American Myths, Legends, and Tall Tales*, Volume 1, 1　9　3; Kingshill, *The Fabled Coast*, n.p.

クレイヴ・アナム

claidheamh anam/ claudheamh anam

　ケルトの民間伝承で、水魔ケルピーが持つ魂の剣。どれほど硬い心臓でも切る

ことができ、1滴の血もこぼすことなく魂の奥深くまで突き刺せる武器である。

出典 Ellis, *The Mammoth Book of Celtic Myths and Legends*, n.p.; Ellis, *The Chronicles of the Celts*, 257

グレイスティール

Graysteel/ Greysteel、Greysteil

アイスランドの伝承で、有名な剣グレイスティール（ドワーフが鍛えたと言われる）は、魔法のおかげでけっして刃が鈍ることはなく、肉だろうと鉄だろうと、かすめた程度の一撃でさえ、打たれたものを常に深々と切り裂いた。もともとは、捕虜でありインギビョルガの養父でもあるコルの持ち物だった。コルは、自分が求めれば剣を返すという約束で、ギスリがビョルンと決闘する際に剣を貸した。ギスリは決闘に勝ったが、剣を手元に置き続けた。コルが返却を求める日が来たとき、ギスリは何度も剣を買おうと持ちかけたが、コルはいくらであっても売ろうとはしなかった。結局、ふたりは戦うことになった。コルがギスリの脳天を斧で叩き割ると同時に、ギスリがコルの頭をグレイスティールで打ち、脳天を割ったが剣も粉々に砕けた。しかしコルは息を引き取る前に、剣にまつわる不吉な未来を予言した。

豊穣、平和、雨、太陽の神フレイ（フレイル／ユングヴィ）の司祭であるトールグリムは、グレイスティールの破片を集め、穂先にルーン文字が刻まれた逆棘つきの槍に鍛え直した。穂先は1スパン（23センチ）ほどの長さの柄に取りつけられた。

何年ものちに、グレイスティールの槍は、ブレイザボルスタッドの戦いでグンラウグがビョルン・トールヴァルドソンを倒すのに使われた。オリグスタッズOrlygstadの戦いでもストゥルラ・シグヴァトソンが使用し、この槍で多くの敵を倒したが、槍の先端が曲がってしまい、足で踏んで直すために戦場で立ち止まることになった。この不運によって、ギスリの子孫であるストゥルラは敵にとらえられ、無惨に殺された。

出典 Brewer, *Dictionary of Phrase and Fable* 1900, 1 1 9 7; Dasent, *The Story of Gisli the Outlaw*, vvvii, 4-7; Eddison, *Egil's Saga*, 2 8 1; Pendergrass, *Mythological Swords*, 4

グレイプニル

Gleipnir

北欧神話のドワーフたちが作った魔法の紐、グレイプニル（「足かせ」）は、神ロキの息子の怪狼フェンリル（フェンリスウールヴ／フェンリスウールヴリン）を巨石▶ギョルに縛りつけるために使われた。アイスランドの歴史家スノッリ・ストゥルルソンによれば、鎖は女の髭、魚の息、猫の足音、山の根、クマの腱、鳥の唾液でできている。絹のように軽く、リボンのように滑らかだが、とてつもなく強いと言われた。フェンリルはグレイプニルでとらえられると、鎖▶ゲルギヤにつながれ、ギョルに縛りつけられた。

グレイプニルは、フェンリルを縛るために作られた3つめのアイテムだった。最初のふたつは、雷神トールが作った▶ドローミと▶レージングだが、どちらも失敗した。

出典 Daly, *Norse Mythology A to Z*, 4 0; Grimes, *The Norse Myths*, 2 7 1; Hawthorne, *Vikings*, 1 9; Norroena Society, *Asatru Edda*, 351

クレーズ・コスガラハ

Chruaidh Cosgarreach

ケルトの伝承とアイルランド神話において、クレーズ・コスガラハ「堅物切り（かたもの）」は、フィン物語群のフィアナ騎士団の一員、ケルテの剣だった。バングラガクハ（「巨大な女」）のロン・ロンラクハが作った6本の剣のうちの1本。他の剣は、▶キャルド・ナン・ガラン、▶ドリーズ・ラナハ、▶ファスダル、▶リオブハナクハ、▶マク・ア・ルイン。

出典 Gregory and MacCumhaill, *Gods and Fighting Men*, 2 6 8; Leodhas, *By Loch and by Lin*, n.p.

黒い雌鶏

Black Pullet, the

別名・類語 金の卵を産む雌鶏

フランスの魔術書（グリモワール）として知られる『黒い雌鶏』は、1740年に出版された。この本では、魔術師が魔法のお守りや指輪、魔除けなどさまざまなアイテムを作るための秘密の製法や手段が明かされている。題名は、同書の中で最も需要が多い創造物から取られた。金の卵を産む雌鶏、あるいは（呪文が適切に唱えられなかった場合）少なくとも黄金を見つけられる雌鶏だ。呪文をかけられるのは、特定の品種の1歳未満の雌鶏で、当然ながら、真っ黒でなくてはならなかった。日中の光が見えないようにフードをかぶせたまま、黒い材料を敷いた箱の中で卵を産ませ、温めさせる。孵ったひなの1羽が、金の卵を産む黒い雌鶏になると言われた。

出典 Anonymous, *The Black Pullet*, 6 5-6 6, 7 4; Pickover, *The Book of Black*, 66

クロケア・モルス

Crocea Mors

別名・類語 アガイ・グラス（「灰色の死」）、アナイ・コハ（「赤い死」）

アーサー王物語の発展に大きな役割を果たしたイギリスの聖職者ジェフリー・オブ・モンマス（1095-1155年頃）によると、クロケア・モルス（「サフラン色の死」）は、ユリウス・カエサルの剣だった。太陽のもとで明るく輝き、打った敵は必ず死に至らしめた。剣はもともと、ローマ神話の美、豊穣、愛、売春、性、勝利の女神であるウェヌス（ギリシア神話の女神アプロディテ）が、トロイアの王子アイネイアスに授けたものだった。その後、ローマ神話の火、鍛冶、火山の神であるウルカヌス（ギリシア神話の神ヘパイストス）がカエサルに与え、カエサルはブリテン島遠征の際にこの剣を使った。

ブリタニアの王子ネンニウスがカエサルと一騎打ちをしたとき、クロケア・モルスはネンニウスの盾から抜けなくなり、そのせいでカエサルは敗退した。ネンニウスは、カエサルに同じ剣で負わされた頭の傷によってついに命を落とすまでの15日間、その剣を使い続けた。クロケア・モルスは、ネンニウスの墓に副葬されたと言われている。

出典 Brewer, *Dictionary of Phrase and Fable* 1900, 1197; Pendergrass, *Mythological Swords*, 18

クロダ

Croda

アイルランドの叙事詩『クアルンゲの牛捕り』（『クーリーの牛争い』／『トーイン』）に登場するコルマクの剣。アルスターの英雄クー・フリン（クー・フラン／クー・フーリン／クーフーリン）の3つの屋敷のひとつであ

るテテ・ブレックに保管されていたたくさんの杯、角杯、ゴブレット、投槍、盾、剣などとともに名前を挙げられている。クロダは「血塗られた」とだけ描写されている。

出典 Kinsella and Le Brocquy, *The Tain*, 5; Mountain, *The Celtic Encyclopedia*, Volume 2, 485

グロッティ
Grotti

別名・類語 宇宙の石臼、エユルスル、グロッティの石臼、グロッティミル、天の石臼、ルスル、岩礁の石臼、嵐の石臼、スケルヤ・グロッタ、スケリー・グロッティ、世界の石臼

グロッティ(「碾き臼」)は、天空を回転させ、ヨトゥン(巨人族)の手足を碾いてミズガルズ(人間の地)の土を作っている。また、大渦巻を作り、夜空の星の天井を動かしている。9人の女巨人が石臼を回す。石臼には、碾く者が望むものなら、穀物でも、幸福や富や塩でも、なんでも生み出す力があった。初め、女巨人たちは、芸術的才能や黄金、幸運、平和、豊かさ、知恵を生み出していた。ロドゥル(ゲヴァル、空気の監視)という名のヨトゥンが、石臼の日々の稼働を監督していた。

9人の女巨人が石臼を回し続ける責任を負っていたが、他の者たちも喜んで回すのを手伝っている。光の神ヘイムダルの9人の母親、あるいは石臼を回した者として名前が挙がっているのは、アンゲイヤ(「島を狭くする者」)、アトラ(「恐ろしく厳格な乙女」)、ベイラ(「乳搾り女」)、ビグヴィル(「穀物の精」)、エイルギャヴァ(「砂の土手を作る女」)、フェニヤ、ギャールプ(「吠える者」)、グレイプ(「つかむ者」)、イムズ(「燃えさし」)、ヤールンサクサ(「鉄のナイフ」/「鉄を砕く女」)、メンヤ(「宝石の乙女」)、ウルヴリナ(「オオカミ女」)、ウルヴルーン(「オオカミの走者」)。

出典 Norroena Society, *Asatru Edda*, 12-13, 354

クロノスの大鎌
scythe of Cronus, the

別名・類語 クロノスの鎌、クロノスの手鎌

古代ギリシア神話では、ティタン神族で農耕の神であるクロノス(「農耕」、ローマ神話のサトゥルヌス)は、母ガイアからアダマンティン(ダイヤモンド)の刃のついた鎌を受け取り、それで宇宙の象徴である父ウラノス(「天」)の男性器を切断した。

神話によれば、ウラノスはガイアが出産することを拒んだが、ガイアと交わり続けたため、彼女は次々と身ごもった。ガイアは胎内に押し込めていた子どもた

ちに助けを求めた。子どもたち11人のう
ち、クロノスだけが母親を助けることに
同意した。ガイアはクロノスに大鎌を与
えた。ウラノスがガイアのもとを訪れた
とき、クロノスは父親を去勢した。

出典 Berens, *Myths and Legends of Ancient Greece
and Rome*, 17; Westmoreland, *Ancient Greek Beliefs*,
86

グロリアス
Glorious

『騎士道の時代、またはクロックミテー
ヌの伝説』によれば、オリヴィエの剣グ
ロリアスは、3人の剣工の兄弟、アンシ
ア、ガラ、ミュニフィカンが共同で作っ
た。製作には、それぞれが2年の月日を
費やした。その後、3人の剣工は3本ずつ
異なる剣を鍛えた。アンシアは▶バプ
ティズム、▶フローレンス、▶グラバン
を作り、ギャラは▶フランベルジュ、▶
オートクレール、▶ジョワユーズを作
り、ミュニフィカンは▶コルタン、▶
デュランダル、▶ソヴァジヌを作った。
10本の剣がすべて完成すると、3兄弟は
巨人を呼んで、グロリアスを取らせ、他
の剣を1本ずつ、柄頭から30センチほど
上の刃を打たせた。グロリアスは、無傷
で試し切りに合格した。

　オリヴィエは、アングラフル(エルサレ
ム総督ゴリアテの直系の子孫で、カスティリャ、
レオン、ポルトガル、バレンシアの王子である
ムラード・ヘナキヤ・メイモモヴァッシの旅仲間)
との戦いにグロリアスを使ったが、それ
でも敗れた。

出典 Brewer, *Dictionary of Phrase and Fable* 1900,
1 1 9 7; Evangelista, *The Encyclopedia of the Sword*,
577; L'Epine, *The Days of Chivalry*, n.p.

グングニル
Gungnir/ Gugner/ Gungne/ Gungner

　北欧神話で、グングニル(「揺れ動くも
の」)は、聖なるトネリコの木▶ユグドラ
シルを使って[諸説あり]鍛冶屋イーヴァ
ルディの息子たちが作った槍である。こ
の武器は、戦争、死、狂気、絞首台、治
癒、知識、詩、高貴、ルーン文字、魔術、
知恵の神オーディンが所有していた。
オーディンは魔法のルーン文字を刻ん
で、この槍を強化した。あらゆる戦いに
おいて、グングニルを投げることが戦闘
の始まりを意味した。けっして的を外す
ことはなかった。

出典 Grimes, *The Norse Myths*, 273; Hawthorne,
Vikings, 1 9; Keightley, *World Guide to Gnomes,
Fairies, Elves, and Other Little People*, 68; Norroena
Society, *Asatru Edda*, 354

グンナルのアトゲイル
atgeir of Gunnar, the

　「槍らしい槍」と形容されるグンナルの魔
法のアトゲイルは、来たるべき戦いで引
き起こされる流血を予感して歌(「響き渡
る音」)を歌うと言われた。こういう槍の
ひとつを持っていたのが、アイスランド
の英雄グンナル・ハームンダルソンだっ
た。

　アトゲイルは棒状武器の一種で、"切
り裂き槍"、"鎧通し"と呼ばれることも
あった。これらの武器は槍と剣の両方の
特徴を持ち、切りつけ突き刺すのに使わ
れる。

出典 Classen, *Magic and Magicians in the Middle
Ages and the Early Modern Time*, 1 2 4; Kane, *The
Vikings*, n.p.

ゲイ・ジャルグ

Gae Dearg

別名・類語 クランデルグ(「赤い投槍」)、ガデル、ガイ・ジャルグ

ケルト神話では、マナナーン・マク・リルからディアルミド・ウア・ドゥヴネ(ディルムッド・オディナ)に2本の槍が与えられた。無敵のゲイ・ジャルグ(「赤い槍」)と▶クラン・ボー(「黄色い枝」)である。ディアルミドは、それぞれの武器を目的によって使い分けていた。それほど危険とは思われない小さな冒険にはクラン・ボーを、生死に関わるような事態にはゲイ・ジャルグを携帯した。

出典 Joyce, *Old Celtic Romances*, 302; MacCulloch et al., *Celtic Mythology*, Volume 3, 66

ゲイ・ボルグ

Gae Bolg

別名・類語 死の槍、ゲイ・ボルガ(「稲妻の槍」)、ゲイ・ブルグ、ゲイ・ブルガ、死の苦しみの槍、クー・フリンの槍

アイルランド神話で、ゲイ・ボルグ(「棘のある槍」/「轟の矢」/「腹部の槍」/「刻み目のある槍」)は、石や錬鉄をも貫くほど鋭利な投槍(または槍)である。槍の軸は逆棘に覆われており、敵の体内に入ると棘が広がるので、殺さずに取り除くことはできなくなる。ゲイ・ボルグは、英雄クー・フリン(クー・フラン/クー・フーリン/クーフーリン)が所有している。

伝説によれば、マクベインという名の英雄が、海岸を歩いていたときクリードという海獣の遺骨を発見した。別の海獣との戦いに敗れて死んだのだった。マクベインは遺骨の1本を使って投槍を作り、ゲイ・ボルグと名づけた。物語のいくつかの版では、この武器には7つの穂先があり、それぞれに7つの逆棘がついていたとされる。

やがて槍は、マクベインからマク・ウーバルに譲り渡され、さらにその友人レナのもとへ。さらにデルメルの手を経て、女戦士でアルバ王国(スコットランド)の士官学校の教師スカータハの手に渡った。

スカータハは、娘のアイフェにこの武器を譲った。アイフェは当時、英雄クー・フリンの愛人で、彼のひとり息子コンラの母親でもあった。アイフェはその後、このゲイ・ボルグをクー・フリンに贈った。

スカータハは、ゲイ・ボルグを操るために特別に編み出した武術スタイルを持ち、クー・フリンだけにその技法を教えた。武器の使いかたのひとつは、地面の近く、足の指のあいだに槍を構えてから、(おそらく)敵に向けて上方に蹴り出し、相手の防御をすり抜けるというものだ。この武器と戦いかたで、クー・フリンは義兄弟のフェル・ディアド、さらには自分の息子コンラを殺した。

槍▶ルインと同じく、ゲイ・ボルグは投げればけっして的を外すことはなく、百発百中の精度で命中した。

出典 Gregory, *Cuchulain of Muirthemne*, 4 5;

Leviton, *The Gods in Their Cities*, 2 3 6; O'Reilly,
Ethics of Boxing and Manly Sport, 220, 222, 234

契約の箱

Ark of the Covenant, the

キリスト教とヘブライ人の神話の聖遺
物であり、『出エジプト記』で初めて言及
された契約の箱は、イスラエルの12部族
が砂漠をさまよう旅のあいだ、シェキー
ナー（神の聖なる臨在）を納めて運んでいた
箱のこと。また、神が十戒を刻んでモー
セに与えた2枚の石板が納められた容器
でもあった。

神はモーセに、どのように箱を造るべ
きかについて明確な指示を与えた。アカ
シアの木で造られた長方形の箱で、内側
にも外側にも金めっきを施し、幅は約70
センチ、長さは約120センチだった。下
部の4隅には金の輪が取りつけられてい
て、そこに同じく純金で覆ったアカシア
の棒を2本通し、箱を持ち上げて運べる
ようになっていた。箱の蓋は"贖いの座"
と呼ばれ、同じく純金製で、厚さは約20
センチあった。蓋の上部には2体の金の
ケルビムが乗せられ、向かい合って広げ
た翼で蓋を守るように覆っていた。蓋と
ケルビムのあいだの空間から神の声が
モーセに語りかけ、イスラエルの子らに
伝えるべき命令を与えると言われてい
た。神はモーセに、ケルビムの翼のあい
だにある贖いの座に雲が現れたら、誰も
箱に近づいてはならないと警告した。雲
があるときに近づいた者は、みな死んで
しまうからだ。

また、箱は空中に浮かんで自ら移動す
る能力を持ち、ときおり棒を担ぐコハテ
びと（コハテの息子たち）を運んでいくこと
があった。ときには、箱から炎が噴き出

し、コハテびとのひとりが死ぬことも
あった。また、箱が人を浮揚させてひっ
くり返したという記述もいくつかある。

武器としての箱は強力だった。戦いの
場に持ち込めば、古代イスラエル人は無
敵になった。まず、箱は「うめくような
音」を発してから、空中に舞い上がり、
敵に向かって突進し、抵抗する者を皆殺
しにした。エリコの城壁の周囲を回るこ
とで壁が崩れ落ちたのも、箱の力のおか
げだった。

ペリシテ人の手に落ちると、箱は彼ら
の神ダゴンの像を壊し、人々に痛みを伴
う致命的な腫れ物を生じさせた。その
後、箱は古代イスラエル人のもとに返さ
れたが、中身が元のままかどうか確かめ
るために蓋をあけたところ、70人が倒れ
て死んでしまった。箱はあちこちを転々
としたあと、最終的にソロモン神殿に運
ばれ、神殿の最も神聖な場所、至聖所と
して知られる純金の部屋に安置された。

箱が至聖所に安置されたのち、記録に
ある最初の機会に、領域に立ち入る特権
を有していた司祭たちが香炉を持って入
り、「主が献じてはならぬと命じていた
奇妙な火を献じた」。結果として箱から
火が噴き出し、「司祭らは焼き尽くされ
て死んだ」。さらに、至聖所内に誰もい
ないとき、垂れ布の向こうから話し声が
聞こえてきたと言われる。声がすると、
ケルビムから火花や火が発され、近くの
ものが破壊された。

紀元前587年、エルサレムとソロモン
神殿はバビロニア人に破壊された。箱が
どうなったのかについて記録はないが、
安全な場所に運ばれたか（だから今も隠さ
れている）、バビロニア人に奪われ、その
後永遠に失われたかのどちらかだと推測

されている。

　キリスト教とヘブライ人の口伝によると、箱には十戒が記された2枚の石板のほかにも品々が入っていたというが、品々が箱の中に入っていたのか、横や近くに置かれていたのかについては議論がある。品々には、天から降ってきた火球（流星）、ユダヤ民族の系図、魔法の花をつけた▶アロンの杖、▶モーセの杖（ヘブライ語ではシャミール）、▶メトシェラの剣、▶ウリムとトンミム、▶アダムの衣服、その他の遺物があった。あまり言及されないが、箱には▶エメラルド・タブレット、ひとりでに音楽を奏でる▶ダビデ王の竪琴、ダビデ王のフルートも入っていたという。

出典 *Book of the Covenant*, Volume 5, 27-28 [『出エジプト記』]; Boren and Boren, *Following the Ark of the Covenant*, 2-1　3; *The Jewish Encyclopedia*, Volume 2, 105

ケマ
Kema

　アラブの民間伝承では、ケマとはジン（精霊）の秘密が記されているという書物の名前。ジンは愛の概念に魅了され、自然の驚異を人類と共有し、そのせいで呪われることになった。

出典 Brewer, *Dictionary of Phrase and Fable* 1900, 472

煙を吐く鏡
Smoking Mirror

　メソアメリカの神々のなかで最も大きな力を持ち、争いと戦争の神であるテスカトリポカ（「煙を吐く鏡の主」）は、煙を吐く鏡を身につけている。鏡は額に貼り付けられていたり、片足に置き代えられていたりする。目には見えぬが常に存在す

るこの闇の主は、鏡を用いて未来を占い、人の心をのぞき込み、宇宙全体を見通す力がある。

出典 Bezanilla, *A Pocket Dictionary of Aztec and Mayan Gods and Goddesses*, 8; Willis, *World Mythology*, 239

ケル
Kor

別名・類語 病気

　北欧神話に登場する冥界の女神ヘルは、▶エーリューズニル（「苦痛を準備する者」／「吹雪の吹きつけ」）と名づけられた巨大な館を所有しており、そこには名前のつけられた数々の品々が飾られていた。彼女のベッドの名前がケル（「病床」）といい、カーテンは▶ブリーキンダ・ベルという。

出典 Daly, *Norse Mythology A to Z*, 21; Norroena Society, *Asatru Edda*, 369

ゲルギャ
Gelgja

　アイスランドの歴史家スノッリ・ストゥルルソンは、神ロキの息子の怪狼フェンリル（フェンリスウールヴ／フェンリスウールヴリン）を巨石▶ギョルに縛りつけるのに使われた強力な鎖に、ゲルギャ（「鎖の輪」）という名前をつけた。フェンリルはそこに永遠にとらわれたままでいることになっていた。ゲルギャは、魔法の材料で鍛造されたと言われている。

出典 Daly, *Norse Mythology A to Z*, 3　7; Garmonsway, *An Early Norse Reader*, 123; Norroena Society, *Asatru Edda*, 349

ケルタル

Celtar/ Keltar

別名・類語 ▶姿隠しのマント

ケルト神話で、ドルイド僧は、着る者の姿を透明にする力を持つケルタル（マント）を作る。いくつかの物語では、妖精によって作られ、贈り物や報酬として人間に与えられることもある。

出典 Joyce, *A Smaller Social History of Ancient Ireland*, 103

ケルナ

Kherna, al

イスラムの神話によれば、預言者ムハンマドは最期の時を迎えるまで、少なくとも7つの胴鎧（胸甲と背甲を蝶番などでつなぎ合わせた鎧）を所有していた。その名前は、アル・▶バトラー、▶ザートル・フドゥール、▶ザートル・ハワーシー、▶ザートル・ウィシャーフ、アル・▶フィッダ、アル・ケルナ、アル・▶サーディーヤだった。アル・ケルナについては、その名前とウサギの毛皮で覆われていたということ以外、何もわかっていない。

出典 Osborne et al., *A Complete History of the Arabs*, Volume 1, 2　5　4; Sale et al., *An Universal History*, Part 2, Volume 1, 185

ケルビムの戦車

cherubim chariot

別名・類語 神の戦車、玉座の戦車

聖書には、ケルビム（天使の一種）が神の戦車を動かす手段として描かれる場面が、数多くある。たとえば『歴代誌』、『エゼキエル書』、『列王記』、『エノク書』などだ。聖書の原句の翻訳によっては、神はケルビムが引く玉座の戦車に乗っているとされることが多いが、より伝統的な翻訳や、現代の聖書学者による翻訳では、神はケルビムそのものに乗っていると説明されている。戦車は、火の車輪を持つ水晶のような物質でできた「輝く光」と描写されている。

一般的にケルビムは翼を持つ者として描かれ、神の従者として仕え、祈りを捧げる。古代中東の美術では、ケルビムはたいてい人間の顔を持つ翼のある雄牛やライオンといった怪物として描かれているが、キリスト教の描写では、子どもの顔と小さな翼を持っている。

出典 van der Toorn et al., *Dictionary of Deities and Demons in the Bible*, 191-92, 349; Wood, *Of Wings and Wheels*, 44-48

ケレドネス

Keledones, the

別名・類語 イーンゲス、黄金のセレドネス

古代ギリシア神話では、▶オートマトン（自動人形。「自らの意志で動くもの」）とは、神々によって命を吹き込まれた、あるいはある種の生命のようなものを与えられた、動物や人間、怪物の彫像のことだ。オートマトンの創造は通常、束縛、彫刻術、火、鍛冶、金属細工、石工、護符の神であるヘパイストス（ヘファイストス。ローマ神話の神ウルカヌス）によって行われた。その他の▶オートマトンは、▶カウカソスのワシ、▶黄金の乙女たち、▶黄金の三脚台、▶カベイロイの馬、▶クリセオスとアルギレオス、▶コルキスの雄牛、▶タロスなど。

ヘパイストスによって創られたケレドネス（「魅惑する者たち」）は、工芸、軍事的勝利、戦争、知恵の女神であるアテナ（ローマ神話の女神ミネルヴァ）の青銅神殿に

立って歌う6人の女性だった。ケレドネスの歌は男性をうっとりさせて、悪影響を与える。一部の古文書には、ケレドネスは竪琴も演奏するとして、セイレーンになぞらえるものもある。

出典 Bonnefoy, *Greek and Egyptian Mythologies*, 8 8-8 9; Gilhuly and Worman, *Space, Place, and Landscape in Ancient Greek Literature and Culture*, 4 6-4 7; Millingen, *Ancient Unedited Monuments Illustrated and Explained*, 3 0, 3 1; Westmoreland, *Ancient Greek Beliefs*, 54

ケン
kenne

ヨーロッパの民間伝承によれば、ケンは雄ジカの目の中にできるという石。取り出した石は、強力な解毒剤として働くと考えられている。

出典 Brewer, *Dictionary of Phrase and Fable* 1900, 472

賢者の石
Philosopher's Stone, the

別名・類語 午後の光、▶**アルカヘスト（万物溶解液）**、スペインのアローム、アンティドトゥス、アンチモニウム、芳しき水、アクア・ヴォランス・ペル・エラム、自然の神秘、アーゲンヴィヴ・フィクス、黒い液体、アトレメント、雄黄、石黄、秋の収穫、気、窒素血、海の樹皮、バシリクス、ベイア、漆黒、ブロード、ボダ・シナペル、マグネシア体、ホウ砂、哲学者のブラッセ、ブルトルム・コル、ヒキガエル、焼けた真鍮、白い石、カメレオン、頭毛、カピストルム・オリ、炭、天空のルビー、大地のセルトーレ、灰、雲に打ち勝つ王冠、デヌ、天の門の露、神の真髄、ドミヌス・フィロソフォラム、腹の澱、乾いた水、灰褐色の塩、腐敗した肥溜めの土、エッゲ、象牙、不老不死の霊薬、生命の霊薬、エセル、永遠の水、魚の目、鉱物の父、万能薬の発酵体、フィリウス・イグニス、死者の血の穢れ、動物の排泄物、最初の物質、はかない揮発性物質、薄層、黄金、穀粒、グラーヌム・フルメンティ、緑の獅子、緑礬、ヘマタイト、硫肝、本草、ヘルメスの鳥、サレットを付けた高貴な人、ヒュポスタシス、結合する水、キブリ、ラック、我らが石、秘密の石、哲学者の石、哲学者の鉛、小さき世界、光のなかの光、ルーン、マグネシア、マプサ、驚嘆の父、男性、マテリア・プリマ、黒胆汁、メンストロスム・ブレジル、物質的使者、メッテライン、酸味の強すぎる酢、鮮明な黒、古の水、我らが黄金、我らの三日月石、我らの硫黄、哲学の卵、有益なる万能薬、哲学的水銀、毒、純粋体、浄化された石、真髄、根本的な湿り気、ラディセス・アルボリス・ソラレス、赤い土、赤い鉛、赤獅子、硫黄の赤い水、王のなかの王、紅玉、ろ砂、サル・メタロルム、サル・ニテル、サラルモニアック、世の救い主、内種皮、種子、太陽の影、ソル、精液、月の唾液、臭う月経、臭う酒、悪臭を放つ水、知恵者の石、硫黄の赤、不燃硫黄、ドラゴンの尾、取るに足らないもの、哲学者のチンキ剤、あぶらぎった水、ウェントゥス・ヘルメティス、朱色の白、哲学者の器、賢者の蔓、鋭利な蔓、生命の酢、処女の乳、硫酸、ウォーター・メテライン、硫黄の水、世界の水、賢者の水、白煙、白いゴム、ホワイト・ジェイレ、白い鉛、白い石、体内に吹く風（その他多数の呼び名がある）

賢者の石は、錬金術で単純な卑金属を金や銀に変える力を持つと考えられてい

た。人間をすっかり若返らせ、あらゆる病気を癒す力のある不老長寿の霊薬の重要な成分だとも考えられていた。さらに、この石を少量でも摂取すれば、不死の命が得られると信じられていた。一般的には、▶ホムンクルスを作り出す、ランプの燃料にすれば永久に燃え続ける、枯れかけた植物を生き返らせる、水晶をダイヤモンドに変える、ガラスをしなやかにする、などに使われるとされていた。

賢者の石は西暦300年の文献に登場するが、言い伝えではそれ以前からあるとされている。まったく記録に残されていないので、どのような見た目なのかを突き止めることは難しい。錬金術師たちはこの石について述べるとき、謎めいた曖昧な表現を意図的に用いた。錬金術師の文章には、寓意や不明瞭な用語・言葉が使われ、研究ごとに異なる一貫性のない記号であふれていた。

賢者の石がどのように生まれたのか、どこから来たのかについても、やはり謎めいている。魔法の材料を調合して作られたと考える錬金術師もいれば、月から滴り落ちたと考える者、天から降ってきた星の残骸だと考える者もいた。しかし、その起源がどうであれ、錬金術師たちは報酬を目当てに、その石を再び創造することに生涯を捧げたのだ。

出典 Figulus, *Book of the Revelation of Hermes*, n.p.; Guiley, *Encyclopedia of Magic and Alchemy*, 10, 104, 252; Steiger and Steiger, *Gale Encyclopedia of the Unusual and Unexplained*, 206-8

ゴヴニウの鍛冶鉤
smith hook of Goibniu, the

別名・類語 ゴヴニウの鉤形ナイフ

ケルトの鍛冶の神ゴヴニウ(ガブネ／ガブヌ／ゴヴァ／ゴヴニン／ゴヴネン／ゴヴニウ・サール)の鍛冶鉤は、海神で異界の守護者でもあるマナナーン・マク・リル(マナナン、マナノス)の▶ツルの袋に保管されていた。

出典 Gregory and MacCumhaill, *Gods and Fighting Men*, 202

ゴヴニウの杯
cup of Goibniu

ケルト神話の鍛冶の神ゴヴニウ(ガブネ／ガブヌ／ゴヴァ／ゴヴニン／ゴヴネン／ゴヴニウ・サール)は、魔法の杯を持っていた。その杯から不死のエールが尽きることはなく、それを飲んだ者はみな不死になった。

出典 MacCulloch, *Celtic Mythology*, 31; Smyth, *A Guide to Irish Mythology*, 69

ゴヴニウのベルト
belt of Goibniu

ケルト神話の鍛冶の神ゴヴニウ(ガブネ／ガブヌ／ゴヴァ／ゴヴニン／ゴヴネン／ゴヴニウ・サール)が作り、アイルランドの伝説

的な狩人で戦士のフィン・マク・クウィル（フィン・マックール／フィン・マックヴォル）に与えた魔法のベルト。超自然的な力で身を守ることができた。

出典 Mountain, *The Celtic Encyclopedia*, Volume 3, 715

幸福の長靴
Galoshes of Fortune, the

別名・類語 リケンス・カロスケル（デンマーク語）

同名の童話に登場する幸福の長靴は、ハンス・クリスチャン・アンデルセンが創作した時間旅行をする長靴である。アンデルセンは、▶セブン・リーグブーツと呼ばれる民話のアイテムから着想を得た。物語では、ふたりの妖精が、晩餐会の招待客に長靴を届ける。それを履くと、その人が選んだどんな生活、時、場所へでも瞬時に運んでもらえる。たとえば、歴史上の別の時代に行きたいとか、同時代で高い地位につきたいと願う人もいる。その人は、送られた場所にとどまっているうちに、元いた場所のほうが幸せだったと気づき始める。長靴を脱げば、その人は元の場所と時間に戻される。

出典 Anderson, *The Fairy Tales and Stories of Hans Christian Andersen*, 53-81 [H・C・アンデルセン（大畑末吉訳）『アンデルセン童話集（1-6巻）』岩波書店、1984年]; Rossel, *Hans Christian Andersen*, 24

香油の入った甕
jars of fluid, the

中世フランスの民間伝承では、キリストに使われた香油が最後に2甕だけ残っていたという。これには、どんな病気でも治し、どんな傷でもふさいでしまう魔法のような力があると言われていた。巨人バランの息子であり、サラセン人（イスラム教徒）の巨人フィエラブラ（フィエルブラ）は、父とともにローマを略奪した際にこの液体の入った甕を盗み出した。フィエラブラは最終的にオリヴィエに敗れ、オリヴィエはその香油をローマへ返還してもらうようにと、シャルルマーニュ（カール大帝）へ渡した。

出典 Daniels and Stevens, *Encyclopedia of Superstitions, Folklore, and the Occult Sciences of the World*, Volume 2, 1 3 7 6; Mancing, *Cervantes Encyclopedia: A-K*, 57, 294; Rose, Giants, Monsters, and Dragons, 37-38

ゴーム・グラス
Gorm Glas

ケルト神話で、ゴーム・グラス（「青緑」）は、アルスターの王コンホヴァルの剣で、盾▶オハンとともに使われた。コンホヴァルは、ゴーム・グラスとオハン、さらに2本の槍を息子のフィアクラに貸し、「勇敢に戦い、手柄を立てる」よう伝えた。

出典 Gregory, *Cuchulain of Muirthemne*, 1 3 0; O'Sheridan, *Gaelic Folk Tales*, 148

コーンウォールの
アーサー王のマント
mantle of Arthur in Cornwall, the

別名・類語 ▶グウェン、リエン・アルシリング・ヌグヘルヌ、スエン・アルシリング・ヌグヘルヌ、アーサー王の仮面、アーサー王のヴェール

イギリスとウェールズの民間伝承に、▶ブリテン島の13の秘宝（ウェールズ語でトリ・スルス・アル・ゼグ・イニス・プリダイン）と呼ばれる一連のアイテムがある（数は常に

13）。現代で挙げられているアイテムとは異なるが、15世紀における当初の13アイテムは次のとおり。▶巨人ディウルナッハの大釜、▶モーガン・ムウィンファウルの戦車、▶グウェンドライのチェス盤、▶パダルン・バイスルッズの外套、▶聖職者リゲニズの壺と皿、▶クリドゥノ・アイディンの端綱、▶グウィズノ・ガランヒルの籠、▶ブラン・ガレッドの角杯、▶ライヴロデズのナイフ、コーンウォールのアーサー王のマント、リデルフ・ハイル（▶ディルウィン）の剣、▶ティドワル・ティドグリドの砥石。

　コーンウォールのアーサー王のマント（"スエン・アルシリング・ヌグヘルヌ"）には、マントを被った者の姿を他人から見えなくする魔力があったが、マントを被った本人は、マントを通して周囲をはっきりと見ることができた。マントは、『キルッフとオルウェン』と『フロナブイの夢』という、ふたつの物語に登場する。前者では、マントはアーサー王がキルッフに渡さなかった唯一の品物として挙げられているが、それ以外の描写はない。後者では、マントは▶グウェン（「祝福された」「神聖な」「白い」）と名づけられている。

（出典）Dom, *King Arthur and the Gods of the Round Table*, 95, 106; Pendergrass, *Mythological Swords*, 26; Taylor, *The Fairy Ring*, 389

黒檀と象牙の扉
Doors of Ebony and Ivory, the

　アーサー王伝説のイグレイン王妃の城にあった扉。1枚は極上の黒檀で作られ、もう1枚は最高級の象牙で作られていた。どちらにも美しい彫刻が施され、黄金と魔法を帯びた貴重な宝石で縁取られていた。扉は金の蝶番で開閉され、金の

掛け金もあった。扉の下の床は、黒、青、赤、白、紫のぴかぴかに磨き上げられた石でできていた。扉は▶不思議なベッドの部屋へ通じていた。

（出典）Karr, *Arthurian Companion*, 130; Kibler and Palmer, *Medieval Arthurian Epic and Romance*, 178

五色の珠
five-colored jewel, the

　平安時代の日本の民話に、裕福な竹取りの翁の娘、"なよ竹のかぐや姫"（「しなやかな竹の輝く姫」）の物語がある。かぐや姫は、真の愛を捧げてくれる男性以外とは結婚しないと宣言する。そして求婚者を5人に絞り込むと、自分が見たいと望む特別なものを見せてくれた人と結婚すると言う。大納言大伴御行は、五色の珠を持ってくるという課題を与えられた。竜の首にしか見つからない、5色に光り輝く貴重な宝石だった。

（出典）Rimer, *Modern Japanese Fiction and Its Traditions*, 2 8 8; Shirane, *Traditional Japanese Literature*, 115

ゴズウィット
Goswhit

　アーサー王の兜、ゴズウィット（「ガンの白」）は、ユーサー・ペンドラゴン王から受け継がれた。アーサー王伝説では、金の台座にたくさんの宝石がはめ込まれた鋼鉄の兜で、竜の姿が描かれていると記述されている。

（出典）Dixon, *The Glory of Arthur*, 116; Harlow, *An Introduction to Early English Literature*, 3 4-3 5; Lambdin and Lambdin, *Arthurian Writers*, 54

コスガラハ・ヴォル
Cosgarach Mhor

別名・類語 偉大な勝ち誇れる者

　ケルト神話に登場する剣。アイルランドのフィン物語群においてフィン・マク・クウィル(フィン・マックール/フィン・マックヴォル)に従った戦士であり、フィアナ騎士団の一員であるオスガルが振るっていた。

出典 Gregory and MacCumhaill, *Gods and Fighting Men*, 268

コスクラッハ
Coscrach

　アイルランドの叙事詩『クアルンゲの牛捕り』(『クーリーの牛争い』/『トーイン』)に登場するクースクラズの剣。アルスターの英雄クー・フリン(クー・フラン/クー・フーリン/クーフーリン)の3つの屋敷のひとつであるテテ・ブレックに保管されていたたくさんの杯、角杯、ゴブレット、投槍、盾、剣などとともに名前を挙げられている。コスクラッハは「輝かしい」とだけ描写されている。

出典 Kinsella and Le Brocquy, *The Tain*, 5; Mountain, *The Celtic Encyclopedia*, Volume 2, 521

コダンダム
Kodandam

別名・類語 ラーマの弓

　ヒンドゥー教の神話で、コダンダムはラーマの弓。弓の硬さと強さは、「ダイヤモンドほど頑強」と言われた。

出典 Hande and Kampar, *Kamba Ramayanam*, 50

コナレ・モールの歌う剣
singing sword of Conaire Mor, the

　ケルト神話では、アイルランドの英雄コナレ・モール(コナレ/コナレ・メス・ブアハラ)は歌う剣を持っていた。戦いのときに、剣は流血を予期して歌う、あるいは口笛を吹くと言われていた。

出典 Classen, *Magic and Magicians in the Middle Ages and the Early Modern Time*, 1 2 4; Monaghan, *Encyclopedia of Celtic Mythology and Folklore*, 94

琥珀の木
amber tree

　かつて琥珀の源と考えられていた木で、魚が生息し琥珀が見つかる小川や沿岸の淡水沼の中や近くに生えている、なんらかの木の一種。

　古代の博物学者は、琥珀の木から生まれる黄色あるいは茶色がかったものが、動物、鉱物、それとも植物か、何かの種か、琥珀の木のそばに生息しアンバーフィッシュ(ブリ類)というふさわしい名前を持つ魚の副産物か、あるいはもしかすると結晶化した海の泡なのか、確信が持てなかった。

　魔法の儀式で、また装身具としてのお守りに琥珀を使用するのは、古代から一般的なことだった。

出典 Sources: Hunger, *The Magic of Amber*, 1 8; Lehner, *Folklore and Symbolism of Flowers, Plants and Trees*, 85

コホリン・ドゥリュー
cohuleen driuth

別名・類語 コカリン・ドロクタ(「小さな魔法の頭巾」)

　アイルランドの民間伝承で、メロウ(人魚に似た半魚人の一種)が所有する魔法の帽子。言い伝えによれば、種族の女は帽子をかぶると、海中の家を出て陸地に上がることができる。ときおり、メロウの女

は人間の男を夫にすることさえある。も
しコホリン・ドゥリューをなくしたり盗
まれたりすれば、人魚は海の底に戻れな
くなり、溺れてしまう。人間の男がメロ
ウと結婚するつもりなら、帽子を隠して
おかなければならない。見つければ、彼
女はすぐさま帽子を手にし、海に戻って
しまうだろう。

　メロウの女が美しいのとは逆に、メロ
ウの男はひどく醜い。男が自分の、ある
いは余分なコホリン・ドゥリューを人間
に貸した物語はあるが、人間を妻にした
という話はない。

出典 Eason, *Fabulous Creatures, Mythical Monsters, and Animal Power Symbols*, 151; Froud and Lee, *Faeries*, 121; Keightley, *Fairy Mythology*, 152 [トマス・カイトリー（市場泰男訳）『妖精の誕生——フェアリー神話学』インタープレイ、2012年］; Spence, *Minor Traditions of British Mythology*, 50-52; Wallace, *Folklore of Ireland*, 90

コラーダ

Colada

　エル・シッド・カンペアドール（「戦士」）
として知られるロドリゴ・ディアス・デ・
ビバール（1043-1099年頃）が所有する2本の
剣の1本。バルセロナ伯との戦いのすえ
に勝ち取られ、エル・シッドのもう1本の
剣▶ティソーナとともに、娘婿たちに受
け継がれたと言われる。婿たちが娘たち
を痛めつけて道端に捨てたことを知った
エル・シッドは、剣を返すよう要求した。
コラーダはのちに、エル・シッドの騎士
のひとり、サー・マルティーン・アント
リーネスに贈られた。

　叙事詩『わがシッドの歌』に登場するコ
ラーダは、卑劣な者を脅かして追い払う
力を持つが、勇敢な戦士が振るった場合
にのみ、その効果を発揮する。

出典 Brewer, *Dictionary of Phrase and Fable* 1900, 1197; Evangelista, *The Encyclopedia of the Sword*, 576; Pendergrass, *Mythological Swords*, 17

コルーグ

Corrougue

　傲慢で無鉄砲な異教徒の騎士オテュエ
ルは、やがてキリスト教に改宗してシャ
ルルマーニュ（カール大帝）の宮廷に加わる
が、かつて自分に挑む者は誰でもまっぷ
たつにしてやると豪語していた。その言
葉を口にするとすぐさま、名も知らない
フランスの騎士が挑戦に応じた。オテュ
エルは一瞬で剣コルーグを抜き、宣言し
たとおりに騎士を殺した。

出典 Brewer, *Dictionary of Phrase and Fable* 1900, 1196; Ellis, *Specimens of Early English Metrical Romances*, 328-29

コルス・カント・エウィンの繋ぎ紐

leash of Cors Cant Ewin, the

　ウェールズのアーサー王伝説で、コル
ス・カント・エウィン（「100本の鉤爪」）は、
▶キリド・カナスティルの鎖にぴったり
合う唯一の繋ぎ紐を持っていた。猟犬使
いのマボンがグライトの猟犬ドルドウィ
ンを扱うためには、こうしたアイテムを
▶カナスティル・カンローの首輪ととも
に使わなければならない。キルッフがイ
ノシシのトゥルフ・トルイスを狩るため
には、こうしたすべてのアイテムと猟犬
を集める必要があった［『キルッフとオル
ウェン』で、巨人イスバザデンはキルッフに、イ
ノシシ狩りのような難題をいくつも課した。巨
人の娘と結婚するためには、キルッフはそうし
た難題をすべて解決しなくてはならなかった］。

出典 Bruce, *The Arthurian Name Dictionary*, 131; Ellis, *The Chronicles of the Celts*, 327; Mountain, *The Celtic Encyclopedia*, Volume 3, 764

コルタン
Courtain

別名・類語 コルタナ、カーテナ、コルト

フランスの叙事詩『ローランの歌』(*La Chanson de Roland*, 1040-1115年頃) では、紀元778年のロンスヴォーの戦いでの出来事が語られており、そのなかでコルタンはデーン人オジエが持つ剣だった。妖精モルガナは物体の形を変える能力があったとされるので、少なくとも作られた当初は魔力があったと考えられている。モルガナは、シャルルマーニュ (カール大帝) がオジエに授けるつもりだった剣とは別に、彼に贈られるべき剣を作った。その刃には、「わが名はコルタナ、▶ジョワユーズや▶デュランダルと同じ鋼鉄と気性を有する」という言葉が刻まれていた。しかし、別の伝承では、伝説的な鍛冶職人ヴェルンド (ゴファノン／ヴェーラント／ヴィーラント／ウェイランド) が、▶アルマスや▶デュランダルとともにこの剣を鍛えたとされている。

『騎士道の時代、またはクロックミテーヌの伝説』では、名高い剣工のミュニフィカンが3本の剣、コルタン、▶デュランダル、▶ソヴァジヌを作った。それぞれの剣は3年がかりで作られ、最後には剣▶グロリアスの刃を試すために使われたが、グロリアスがすべての剣に深く切り込む結果となった。

出典 Brewer, *Dictionary of Phrase and Fable* 1900, 1197; Evangelista, *The Encyclopedia of the Sword*, 576; L'Epine, *The Days of Chivalry*, n.p.; Pendergrass, *Mythological Swords*, 19; Sayers, *The Song of Roland*, 38

ゴルディアスの結び目
Gordian knot, the

アレクサンドロス大王にまつわる伝説、ゴルディアスの結び目は、むずかしい問題を型にとらわれない発想で解決することの比喩となった。

伝説によれば、フリギア王国には王がいなかった。首都テルメッソスの神託では、牛車に乗って次に街に入ってくる男が王になると告げられた。ゴルディアスという名の貧しい農夫が、妻と息子のミダスとともに牛車に乗って街に入ってくると、彼は王に任命された。ゴルディアスは荷車から降りて、その轅(ながえ)を杭に結びつけた。それはあまりに複雑な結び目だったので、誰にも解くことができなかった。のちに、結び目を解くことができた者こそが次のフリギアの王になるだろうと言われた。予言を耳にしたアレク

サンドロス大王は結び目に挑んだが、何度試しても解くことはできなかった。一瞬の怒りとひらめきから、大王は剣を抜いて結び目を断ち切り、ゴルディアスの結び目を打ち破ったと宣言した。のちにそれは"アレクサンドロスの解決策"と呼ばれるようになった。

出典 Fox, *Alexander the Great*, 149; Graves, *The Greek Myths*, 168-169［ロバート・グレイヴズ（高杉一郎訳）『ギリシア神話』紀伊國屋書店、1998年］; Westmoreland, *Ancient Greek Beliefs*, 189, 735

コルヌコピア

cornucopia

別名・類語 アマルテイアの角、豊穣の角

古代ギリシア神話の運命、王、稲妻、空、雷の神であるゼウス（ローマ神話の神ユピテル）は、幼い頃クレタ島でニンフたちに育てられていた。聖なる山羊アマルテイア（「優しい女神」）は、幼いゼウスに乳を飲ませていた。ゼウスはアマルテイアの角の1本を折り取って、コルヌコピアを作った。手にすれば望むものがなんでもあふれてくる魔法の力を持つ角だ。豊穣の神であり冥界の神でもあるハデス（ローマ神話の神ディス／プルート）は、農耕の女神ペルセポネ（ローマ神話の女神プロセルピナ）を誘拐するときや、小麦の製粉や穀類の種まきを司る半神半人のトリプトレモスの翼のある戦車を追いかけるときなどに、コルヌコピアを手にした姿を描かれることが多い。

出典 Berens, *Myths and Legends of Ancient Greece and Rome*, 16; Illes, *Encyclopedia of Spirits*, 119-20; Loomis, *Celtic Myth and Arthurian Romance*, 230

コルヒスの雄牛

Kolkhis Bulls, the

別名・類語 コルキスの雄牛、カルコトロ

イ、タウロイ・カルケオイ（青銅の雄牛）

古代ギリシア神話では、▶オートマトン（自動人形。「自らの意志で動くもの」）とは、神々によって命を吹き込まれた、あるいはある種の生命のようなものを与えられた、動物や人間、怪物の彫像のこと。オートマトンの創造は通常、結合、彫刻術、火、鍛冶、金属細工、石工、護符の神であるヘパイストス（ヘファイストス。ローマ神話のウルカヌス）によって行われた。その他の▶オートマトンは、▶カウカソスのワシ、▶黄金の乙女たち、▶黄金の三脚台、▶カベイロイの馬、▶ケレドネス、▶クリセオスとアルギレオス、▶タロスである。

コルヒスの雄牛は青銅で作られ、その蹄は炎をあげて燃え、口から火を吐いた。雄牛たちは、アレスの野の地下にある1万6000平方メートルの土地を棲み家としていた。アレスの野には、青銅の引き具をつけた銀の犂があった。

ギリシア神話の英雄イアソンは、▶金の羊毛を手に入れるために、ドラゴンの歯を畑にまこうとしていた。そのために、2頭の雄牛をねじ伏せて引き具を装着し、犂を引かせてアレスの野を耕す必要があった。

出典 Apollonius, *Argonautica*, 116; Bonnefoy, *Greek and Egyptian Mythologies*, 88-89; Bruce, *Jason and the Argonauts*, 106-7; Hunter, *Argonautica of Apollonius*, 16; Westmoreland, *Ancient Greek Beliefs*, 54

混元傘

umbrella of chaos, the

中国の仏教神話では、四天王（四大金剛／魔家四将）と呼ばれる仏法の守護神がいて、その彫像は仏教寺院の門の左右に対になって立ち、四方を守っている。これ

を下敷きにした『封神演義』では、のちに広目天となる魔礼紅は、混元傘を持っている。傘を開くと世界中で闇が大地に降り注ぐ。傘を裏返すと（または逆さまにすると。解釈により異なる）、地震と雷を伴う激しい暴風が起こる。

出典　Buckhardt, Chinese Creeds and Customs, 163; Werner, Myths and Legends of China, 122

金剛
Kongo

日本では、金剛には金剛石（ダイヤモンド）の意味もあるが、密教の法具である金剛杵のことも指す。独鈷杵や三鈷杵などの形がある。

出典　Knappert, *Pacific Mythology*, 159

コンコルディアの水
acqua della concordia

別名・類名　ディスコルディアの水

ナポリの魔女が使った魔法の薬と言われ、子どもと親の愛、夫と妻の愛を回復させることができると信じられていた。

出典　Andrews, "Neapolitan Witchcraft," 4

サー・ガウェインのチェス盤の盾と象牙の駒
chessboard shield and ivory pieces of Sir Gawain, the

クレティアン・ド・トロワの『ペルスヴァルまたは聖杯の物語』で、サー・ガウェイン（ガーウェイン）は盾を持たずにエスカヴァロンの塔に閉じ込められる。脱出しようとすると、通常の10倍ほどの大きさのチェスセットに出くわした。ガウェインは凄まじい力を見せつけるかのように、駒をなぎ倒し、チェス盤を持ち上げて盾として使った。エスカヴァロンの王の妹が、象牙のチェスの駒を飛び道具にして襲いかかる暴徒に投げつけ、脱出を助ける。

出典　Guerin, *The Fall of Kings and Princes*, 179-80; Karr, Arthurian Companion, 192

サー・ガウェインの薬草
herb of Sir Gawain, the

アーサー王伝説には、サー・ガウェイン（ガーウェイン）が知る、めざましい治癒力を持つ名のない魔法の薬草が出てくる。病気にかかった木でさえ癒やせるほど強い効果があるという。サー・ガウェインはこの薬草を使って、負傷したグレオリアスを助ける。薬草は、生け垣の近

くの日陰に生えると言われている。

出典 Karr, Arthurian *Companion*, 1 9 3; Pickens, *Perceval and Gawain in Dark Mirrors*, 107

サーディーヤ
Sa'adia, al

イスラムの神話によれば、預言者ムハンマドは最期の時を迎えるまで、少なくとも7つの胴鎧（胸甲と背甲を蝶番などでつなぎ合わせた鎧）を所有していた。その名前は、アル・▶バトラー、▶ザートル・フドゥール、▶ザートル・ハワーシー、▶ザートル・ウィシャーフ、アル・▶フィッダ、アル・▶ケルナ、アル・サーディーヤだった。アル・サーディーヤは、ユダヤ人部族バヌ・カイノカをシリアに追放する前に、彼らから奪ったものだ。この武具は、ダビデが巨人ゴリアテに立ち向かって倒したときに身につけていたものと言われている。

出典 Sale et al., *An Universal History*, Part 2, Volume 1, 185

ザートル・ウィシャーフ
Dhat al Welhal

イスラムの伝承によると、預言者ムハンマドは臨終のとき、少なくとも7つの胴甲（胸当てと背当てを蝶番または別の方法でつなぎ合わせた鎧の一部）を所有していた。それらの名前は、アル・▶バトラー、▶ザートル・フドゥール、▶ザートル・ハワーシー、ザートル・ウィシャーフ、アル・▶フィッダ、アル・▶ケルナ、アル・▶サーディーヤである。ザートル・ウィシャーフ（「革帯で強化された」）については、名前以外は何もわかっていない。

出典 Osborne et al., *A Complete History of the Arabs*, Volume 1, 2 5 4; Sale et al., *An Universal*

History, Part 2, Volume 1, 185

ザートル・ハワーシー
Dhat al Hawafhi

イスラムの伝承によると、預言者ムハンマドは臨終のとき、少なくとも7つの胴甲（胸当てと背当てを蝶番または別の方法でつなぎ合わせた鎧の一部）を所有していた。それらの名前は、アル・▶バトラー、▶ザートル・フドゥール、ザートル・ハワーシー、▶ザートル・ウィシャーフ、アル・▶フィッダ、アル・▶ケルナ、アル・▶サーディーヤである。ザートル・ハワーシー（「縁飾りと房飾りがついた」）については、名前以外は何もわかっていない。

出典 Osborne et al., *A Complete History of the Arabs*, Volume 1, 2 5 4; Sale et al., *An Universal History*, Part 2, Volume 1, 185

ザートル・フドゥール
Dhat al Fodhul

イスラムの伝承によると、預言者ムハンマドは臨終のとき、少なくとも7つの胴甲（胸当てと背当てを蝶番または別の方法でつなぎ合わせた鎧の一部）を所有していた。それらの名前は、アル・▶バトラー、ザートル・フドゥール、▶ザートル・ハワーシー、▶ザートル・ウィシャーフ、アル・▶フィッダ、アル・▶ケルナ、アル・▶サーディーヤである。ザートル・フドゥール（「優れた者」または「美点に満ちた者」）については、名前以外は何もわかっていない。

出典 Osborne et al., *A Complete History of the Arabs*, Volume 1, 2 5 4; Sale et al., *An Universal History*, Part 2, Volume 1, 185

サクティ

Sakti

ヒンドゥー教の神話では、▶アストラは神々によって創造された、あるいはその武器を司ることになる者へ贈られた、超自然の力を有する武器である。アストラの使い手はアストラダリと呼ばれる。

サクティは、天界、稲妻、雨、川の流れ、嵐、ヴァジュラ（『雷』）の神インドラが創造し、カルナに授けた大量破壊兵器だ。それは無敵の投げ矢で、戦闘中に敵を皆殺しにすることができた。カルナは、生まれながらにして身につけていた黄金の胸当てと耳輪（▶カルナの鎧と▶カルナの耳輪を参照）と引き換えに、このアストラを受け取った。サクティを手で投げると、火を噴きながら宙を舞い、強力な敵を殺してから、投げた者の手元に戻ってきた。ほかのアストラとは異なり、サクティには条件が付けられていた。カルナが怒りにまかせてサクティを投げたり、命が危険にさらされていないときにサクティを投げたりした場合、投げたあとで、サクティはカルナのほうに襲いかかってくるのだという。

出典 Narasimhan, *The Mahabharata*, 70-71

サクラット

sakhrat

イスラムの伝承では、サクラットとは聖なるエメラルドのこと。天の霞の深く青みがかった色合いを帯びた緑色をしている。この石をほんの欠片でも手に入れたなら、秘められた宇宙の知識をすべて獲できると伝えられている。

出典 Kozminsky, *Crystal, Jewels*, Stones, n.p.

サジッタ

Sagitta

サジッタ（『矢』）は、半神にして伝説の英雄ヘラクレスが、プロメテウスの肝臓を毎日ついばむワシ（またはハゲタカ。出典により異なる）のアクイラを殺す際に使った武器。この矢は、弓術、芸術、治癒、狩猟、知識、医学、音楽、託宣、疫病、予言、太陽と光、真理、若い未婚男性の神アポロンが、息子のアスクレピオスを殺されて、その報復のために巨人のキュクロプスを殺したときに使ったものと同じ。

出典 Dixon-Kennedy, *Encyclopedia of Greco-Roman Mythology*, 40, 157, 273; Savill et al., *Pears Encyclopaedia of Myths and Legends*, 145

ザックーム

Zakkum, al

別名・類語 ザックームの木

イスラムの伝承では、ザックームとは、地獄に生える呪われた木のことで、棘に覆われ、悪魔の頭のような非常に醜く苦い実をつけるという。この実を食べるのは地獄に落ちた呪われた者たちだが、彼らの空腹は満たされず栄養も摂れない。この木の芽は悪魔をペースト状にした味だと言われている。ザックームは、エデンの園に生えている▶知識の木と正反対である。ザックームは水ではなく火によって育つ。

出典 Brewer, *The Reader's Handbook of Famous Names in Fiction, Allusions, References, Proverbs, Plots, Stories, and Poems*, 1127; Hughes, *A Dictionary of Islam*, 7 0 2; Porteous, *The Forest in Folklore and Mythology*, 2 0 9; Tyeer, 8 1-8 4, *The Qur'an and the Aesthetics of Premodern Arabic Prose*, 82

ザックス

Sachs

ドイツの伝説によれば、ザックスはベルンのディートリッヒの剣。正しい使い手が振るえば、(▶バルムンクや▶ヴェルスンクと並んで)世界最高の剣だと、一時期は評された。

出典 Mackenzie, *Teutonic Myth and Legend*, 424

ザッルーク

Zaluk, al

イスラムの伝承によれば、預言者ムハンマドは最期の時を迎えるまで、アル・フタク、アル・ラズィン、アル・ザッルークという名の、少なくとも3つの盾を所有していた。アル・ザッルーク(「撃退者」)については、その名前以外は何もわかっていない。

出典 Osborne et al., *A Complete History of the Arabs*, Volume 1, 2 5 4; Sale et al., *An Universal History*, Part 2, Volume 1, 185

サムサム

Samsam

中世ペルシアの『アミール・ハムザの冒険物語』において、かつてスレイマン王が所有していた4本の剣のうちの1本がサムサム。ほかの剣は▶アクラブ・エ・スレイマニ、▶クムカム、▶ズル＝ハジャム。英雄アミール・ハムザは、▶クムカムとサムサムを用いた二刀流で、2時間に及ぶ戦いで異教徒の全軍を倒した。

出典 Jah, *Hoshruba*, 58, 149, 243, 380

サムサムハ

Samsamha

バグダッドのカリフのハールーン・アッラシード(正しき者アロン)が使ってい

たと言われる伝説の剣。802年、東ローマ帝国皇帝のニケフォロス1世がバグダッドに向かって軍を進めていたとき、5本の剣を贈って攻撃の意思を示した。これに対して、カリフはサムサムハを引き抜いて献上品に切りかかり、「ラディッシュをバラバラに切るかのように」5本の剣を切った。この逸話は、カリフの腕力を物語ると同時に、サムサムハの威力も物語っている。

出典 Alexander, *Parallel Universal History*, 1 6 9; Brewer, *Dictionary of Phrase and Fable* 1900, 1197

サルマキス

Salmacis

サルマキスは、ギリシアのカリアにあると言われる泉または池で、そこに飛び込んだ者を女性的にする力があるとされた。

古代ギリシア神話によれば、サルマキスは性的に開放的で積極的なニンフだった。彼女は畜産、商業、雄弁、豊穣、言語、略奪、幸運、睡眠、盗賊、交易、旅行、富の神であるヘルメス(ローマ神話の神メルクリウス)と愛の女神アプロディテ(ローマ神話の神ウェヌス)のあいだの息子ヘルマプロディトスに、一目惚れした。サルマキスはヘルマプロディトスを誘惑したが、彼は拒んだ。そのあと清水の湧く池に出くわしたヘルマプロディトスは、そこがサルマキスの池だとは知らずに飛び込んだ。サルマキスは続いて飛び込み、自分の体を彼に絡ませた。彼と決して離れ離れにしないで、と彼女は神々に強く祈った。神々はその願いを聞き入れ、ふたりの体は融合してひとつになり、最初の両性具有者となった。ヘルマプロディトスのほうは、この泉で水浴び

をする男性は、男性としての特質を失い不妊になってしまえ、と祈った。彼の痛切な願いも聞き入れられた。

出典 Anderson, *Ovid's Metamorphoses*, Books 1-5, 4 4 2; Littleton, *Gods, Goddesses, and Mythology*, Volume 11, 1000; Parker, *Mythology: Myths, Legends and Fantasies*, 61

サングラモア
Sanglamore

イングランドのエドマンド・スペンサーによる叙事詩『妖精の女王』(1590年)では、「大きく血なまぐさい」サングラモアとは、大ボラ吹きで自慢の権化であるブラガドシオの剣の名前。

出典 Benet, *The Reader's Encyclopedia*, 1 0 9 1; Brewer, *Dictionary of Phrase and Fable* 1900, 1197; Urdang and Ruffner, *Allusions*, 345

三叉戟（トリシューラ）
trishula

別名・類語 シヴァの三叉戟、シヴァ神の三叉矛、トリシュール

ヒンドゥー教の神話において、シヴァ神の三叉戟は、無知を破壊するために用いる武器であるだけではなく、行動（クリヴァ）、知識（ジャナーナ）、意志（イッチャ）の3つの力の象徴であり、激性（ラジャス）、惰性（タマス）、純性（サットヴァ）という3つの性質（グナ）を超越する象徴でもある。各突起は、シヴァ神が支配するガンジス川、サラスヴァティ川、ヤムナー川という3つの川の象徴でもある。ピナーカ（シヴァの弓の名前）とは異なり、三叉戟に名前はない。

初期のヒンドゥー教では、ヘビの三叉戟がシヴァのシンボルだった。口から血を垂らした一匹の白ヘビが緑色の軸に巻きついた三叉戟だったとされている。

出典 Bansal, *Hindu Gods and Goddesses*, 6 2, 7 8; Beer, *The Handbook of Tibetan Buddhist Symbols*, 130, 134; Kaur, *The Regime of Maharaja Ranjit Singh*, 15

サンジーヴァニー
sanjeevani

ヒンドゥー教の神話に登場する奇跡の薬草サンジーヴァニーは、ヒマラヤ山脈のガンダマーダナの丘に生えるとされている。サンジーヴァニーは光を発するので見つけやすく、瀕死の人を生き返らせる力があるという。

ある物語では、力持ちの神ハヌマーンは、戦いで負傷し意識を失ったラクシュマナの治療と、医者から言われた。なかなか薬草を見つけられなかったハヌマーンは、丘全体を引き抜き、それを携えて医者のもとへ飛んだ。

出典 Agarwal, *Tales from the Ramayan*, n.p.; Venu, *The Language of Kathakali*, 295

ザンプン

Zampun

チベット神話において、ザンプンは聖なる生命の木。3本の根を生やし、1本は天に、2本めは地獄に、3本めはその中間に伸びている。

出典 Blavatsky, *Isis Unveiled*, 1 5 2; Wedeck, *Dictionary of Magic*, n.p.

サンポ

Sampo

別名・類語 幸運の粉挽き機サンポ

叙事詩『カレワラ』に見られるフィンランドの伝説によれば、優れた鍛冶師であり神ともされるイルマリネンは、鍛冶場にある魔法の道具や材料を使って多くのアイテムを作り出した。そのひとつが、サンポと呼ばれる粉挽き機だ。鍛冶場のふいごには、東西南北それぞれから風が3日間ひっきりなしに入ってきた。この粉挽き機は幸運を呼ぶアイテムであるだけではなく、小麦粉を出し、金を生み出し、塩を量産するという3つの働きをした。これを動かすたびに、日々の食事の小麦粉、市場で売る塩、貯蔵するための金が生み出されたのだ。サンポの蓋は虹のような色で、自然界のあらゆる色が含まれていた。サンポは、魔女のロウヒが自分の娘との結婚と引き換えに、イルマリネンに作るよう依頼したものだ。ロウヒはこの粉挽き機をラップランドの丘へ持って行き、3本の木の根で縛って隠した。2本の根は山に巻きつけ、1本は海岸に結びつけた。

出典 Jennings, *Pagan Portals*, n.p.; Mouse, *Ilmarinen Forges the Sampo*, 56-77

サンモーハナ

Sammohana

別名・類語 プラモーハナ

ヒンドゥーの神話では、▶アストラは神々によって創造された、あるいはその武器を司ることになる者へ贈られた、超自然の力を有する武器である。アストラの使い手はアストラダリと呼ばれる。

サンモーハナは、軍隊全体を意気消沈させたり恍惚状態に陥らせたりする力を持つと言われる▶アストラだった。インドの叙事詩『マハーバーラタ』の主人公で弓の名手アルジュナ（「一点の曇りなく銀のように光り輝く」）は、まずクルの隊長を素手で負かした。次に、▶ガーンディーヴァという弓からサンモーハナを放った。サンモーハナによって、相手軍の兵士は意識を失った。兵士たちは野外で身ぐるみを剥がされ、やがて意識を取り戻してクル王国の首都ハスティナープラへ戻った。

出典 Edizioni, *Vimanas and the Wars of the Gods*, n.p.; Narasimhan, *The Mahabharata*, 60

シームル

Simul

別名・類語 シムル

　北欧神話でシームルとは、ビルとヒューキ(ユーキ)が▶ビュルギルの泉(または井戸)で水を汲んだときに使う天秤棒のこと。シームルに吊り下げるバケツは、▶セーグという。

出典 Grimes, *The Norse Myths*, 296; Tangherlini, *Nordic Mythologies*, 194

シヴァのティーン・バーン

teen baan of Shiva

別名・類語 シヴァのティーン・バーン(絶対に外れない3本の矢)

　ヒンドゥー神話では、バルバリーカ(バブルヴァー／バラダーラ・クンヴァラ／ベラルセン)は熟練した戦士で弓の名手であり、シヴァ神の熱心な信奉者だった。そのため、彼にティーン・バーン(絶対に外れない3本の矢)という▶アストラが与えられた。

　それぞれの矢には異なる力があった。1本めの矢は、尾に赤い印があり、敵に赤い点をつけてからバルバリーカの矢筒に戻る。2本めの矢は、1本めの矢が印を付けた敵をすべて殺し、矢筒に戻る。逆に3本めの矢は、バルバリーカが守りたいすべての者に印をつける。

出典 Murty, *The Serpent's Revenge*, n.p.; Parmeshwa- ranand, *Encyclopaedic Dictionary of Puranas*, 155

シウコアトル

Xiuhcoatl

　アステカ神話において、シウコアトル(「火の蛇」)は、太陽神・軍神のウィツィロポチトリが使う武器。ウィツィロポチトリは、シウコアトルと盾で武装した成人の姿で誕生した。シウコアトルは投擲用の武器で、空を切って飛ぶ炎の稲妻のように見えたという。

出典 Aguilar-Moreno, *Handbook to Life in the Aztec World*, 195; Koontz et al., *Landscape and Power in Ancient Mesoamerica*, 33-34

ジェングロット

jenglot

　出典により異なるが、マレーシアの伝承に登場するジェングロットは、吸血鬼、あるいは吸血鬼が必要とする魔法のアイテムを指す。

　ジェングロットが、死んでいるのに生命があるかのように活動する吸血鬼である場合、最初は人形ほどの大きさだが、血を吸うにつれて、やがて人間の体ほどの大きさになる。ジェングロットは、足と痩せこけた顔が合体した体をしているらしい。ジェングロットを「ペット」として飼っていると言う者もいる。

　一方で、ジェングロットは魔術による創造物であり、ラングスイルやポンティアナック(両者ともマレーシアの吸血鬼の一種)を象徴する呪術人形だと考える人々もいる。

　どちらの場合でも、ジェングロットは血液を糧としている。動物の血でもかま

わないとされているが、通説によると、このようなクリーチャー（またはアイテム）の所有者は、赤十字から血液を購入しているという。ジェングロットは、巷で知られる吸血鬼のようなやり方で血を摂取しているのではない。目に見えないきわめて神秘的な手段によって、死んでいるのに生命があるかのように活動するために必要な成分を、血液から魔法で吸収する。血液が「消費」されたあと、その血液はいかなる目的にも使用できなくなる。

出典 Maberry and Kramer, *They Bite*, 7 6; Sherman, *Vampires*, 72

潮の干満を支配する珠
Tidal Jewels

日本神話に登場する潮の珠は、世界の潮の満ち引きを調整するもので、海底の▶龍宮という宮殿に住む龍王が所有している。龍王はこの珠で潮の満ち引きを操ることができる。ふたつの珠があり、ひとつは干珠（「潮干る珠」）、もうひとつは満珠（「潮満つる珠」）だ。それぞれリンゴほどの大きさで、燃えるような光を放つという。

出典 Aldersey-Williams, *The Tide*, n.p.; Dekirk, *Dragonlore*, 31

地獄のスープ
hell broth

別名・類語 ブロス

アメリカやヨーロッパの民間伝承で、邪悪な魔女が悪意ある目的で調合するスープのこと。シェイクスピアの戯曲『マクベス』では、魔女たちがその材料として、マムシの舌、ヘビトカゲの牙、トカゲの脚、フクロウの羽などを挙げている。

出典 Johnson, *A Dictionary of the English Language*, Volume 2, n.p.; *New and Enlarged Dictionary of the English Language*, 485

舌の石
stone of tongues, the

イタリアの伝承によると、ロンバルディアのオトニト王は、ドワーフのエルベリッヒからもらった、舌の石と呼ばれる魔法の石を持っていたという。この石を口に入れると、どんな外国語でも完璧に話すことができる。

出典 Daniels and Stevens, *Encyclopedia of Superstitions, Folklore, and the Occult Sciences*, Volume 2, 753

シダの花

fern flower

別名・類語 火の花

夏至の前夜にごく短時間だけ花を咲かせると言われる魔法の植物で、エストニア、フィンランド、ドイツ、リトアニア、ウェールズ、南ヨーロッパの民間伝承に登場する。シダの花を手に入れた者は、動物の言葉を理解して話す能力や、幸せ、幸運、富を与えられる。しかしこの花は、悪霊、竜、ヘビ、嵐、森のトロールに厳重に守られていて、これらに打ち勝たなくては花を摘むことはできない。守護者たちを倒して花を摘み取れば、持ち主は同じ魔物たちとの今後の遭遇からも魔法で守られる。「腐敗のにおいがする」という白い花が咲き、摘むと炎の閃光を発し、ときには突然の雷雨が起こると描写されている。

出典 Arrowsmith, *Essential Herbal Wisdom*, n.p.; Froude, "Mystic Trees and Flowers," 608

シビカ

Sibika

別名・類語 シヴィカ

ヴェーダ神話では、シビカ(「担い籠」)は富の神クヴェーラ(ダーナダ)の武器で、鎚矛の一種と記されている。この▶アストラは、ヴィシュヴァカルマンがあり余る太陽の光から作り出したものだ。

出典 Blavatsky, *Theosophical Glossary*, 298; Hall, *The Vishnu Purana*, Volume 3, 22

ジャール・プチーツァの尾羽

tail feather of the zhar-ptitsa

ロシアの民話に登場する魔法の鳥ジャール・プチーツァ(「光る鳥」)は、その姿を見た人が涙を流すと言われるほど美しい羽を持っているという。羽は豊かな黄金色または銀色の光を放ち、鳥の目は明るく輝く2つの水晶玉のようだ。ほとんどの物語で、この鳥は王や強力な支配者の庇護のもと、金の籠の中で暮らしている。ジャール・プチーツァには数多くの魔法の力があるが、その力は物語によって異なる。しかし、若さと美を授ける、人間の体を背負って安全に飛ぶ、深い眠りを誘う、くちばしに蓄えた「死んでいる」水と「生きている」水を使って死者を蘇らせるなどの力については、どの物語でも語られる。さらに、その歌は重病人を癒し、そのくちばしから真珠が落ちるとき盲人の視力が回復するとも言われている。

出典 Ralston, *Russian Folk-Tales*, 242, 289-92; Rosen, *Mythical Creatures Bible*, 152

ジャール・プチーツァの水

water of the zhar-ptitsa

ロシアの民話に登場する魔法の鳥ジャール・プチーツァ(「光る鳥」)には不思議な力が備わっているが、それは物語によって異なる。その力のひとつは、鳥がくちばしに蓄えた「死んでいる」水と「生きている」水を使って、死者を蘇らせるという力だ。

出典 Ralston, *Russian Folk-Tales*, 242, 289-92; Rosen, *Mythical Creatures Bible*, 152

シャールンガ

Sarnga

ヒンドゥー神話で、シャールンガはヴィシュヌの天界の神弓。この強力な弓は敵軍を恐怖に陥れる力を秘めていた。

シャールンガは角でできているとしか記されていないが、ラーマの弟も使っていた。

出典 Buitenen and Fitzgerald, *The Mahabharata*, Volume 3, 473; Dutt, *A Prose English Translation of Srimadbhagavatam*, Volumes 8-12, 365

シャールンガ

Sharnga

別名・類語 シャーランガ、シャールカ、ヴァイシュナヴ・ダヌシュ

　ヒンドゥーの神話では、▶アストラは神々によって創造された、あるいはその武器を司ることになる者へ贈られた、超自然の力を有する武器である。▶アストラの使い手はアストラダリと呼ばれる。

　シャールンガは維持神ヴィシュヌの弓であり、あらゆるものを設計し武器を作る神ヴィシュヴァカルマンによって作られた。シャールンガを使うときのヴィシュヌは、シャーランガパニと呼ばれた。

　シャールンガは骨で作られた見事な弓で、「雲のように雷を鳴らす」と言われた。ヴィシュヌの化身であるラーマとクリシュナがこの弓を持っていたときは、弓はヴァイシュナヴ・ダヌシュと呼ばれた。クリシュナは死ぬ前に、ヴィシュヌの領域である海に弓を投げ入れてヴィシュヌに返した。

出典 Dalal, *Hinduism*, 163, 377, 416; Iyer, *Bhasa*, n.p.

シャクティのサトウキビの弓

sugarcane bow of Shakti, the

『ブラフマーンダ・プラーナ』によると、力の女神シャクティは、サトウキビで作られた弓を左手に持っており、矢の先に

は花びらがついている。この弓に名前はつけられていない。

出典 Babu, *Sugar Cane*, 31

シャクナ・ヴィマナ

Shakuna Vimana

　ヴィマナ（「空中車」）には、▶プシュパカ・ヴィマナ、▶ルクマ・ヴィマナ、シャクナ・ヴィマナ、▶スンダラ・ヴィマナ、▶トリプラ・ヴィマナの5種類がある。『マハーバーラタ』第5巻の「ヴィマナパラ」（「機体の守護者」）では、高度な知識を持つ人物がヴィマナの管理を任されていた。また、30メートルの高さのシャクナ（「鳥」）・ヴィマナは、最も優れた特殊金属であるラージャロハのみで作られるべきだとも書かれている。『マハーバーラタ』には、飛行に適したこの乗り物の建造方法や、それを構成するさまざまな部品について、きわめて詳細な記述がある。たとえば、エアヒーター、空気吸引パイプ（ヴァータパー・ヤントラ）、方角指示の旗（ディクプラダーシャ・ドゥワジャ）、ドーム型の窓、発電機（ビジュド・ヤントラ）、エンジン（オーシュミヤカ・ヤントラ）、床板（ピータ）、ヒーター（クフリー）、空洞のマスト、オイルタンク、上下に動く翼、蒸気ボイラー、太陽光線を集めるベッド（キラナーカルシャナ・マニ）、3つの車輪、ウォータージャケットなどだ。

出典 Childress, *Vimana*, n.p.; Childress, *Vimana: Aircraft of Ancient India & Atlantis*, 89

鵲橋

Que Qiao

　中国の民間伝承に、牛郎（牛飼い、ニューラン）と、女神の7番めの娘である美しい織女（機を織る女、ヂーニュ）の物語がある。

そのなかに、鵲橋(カササギの橋)が登場する。恋に落ちたふたりは結婚し、子どもがふたり生まれ、愛にあふれた素晴らしい生活を送っていた。ところが、娘が一介の人間と結婚したことを知った女神は、天界に戻るよう娘に命じた。妻がいなくなってしまい、牛郎はひどく悲しんだ。そのとき、飼っていた牛が突然言葉を話すようになり、自分を殺してその皮を被るように言った。そうすれば天界に入ることができるという。牛郎は言われたとおりにして、子どもふたりを連れて織女を探しに行った。しかし、女神はこれに気づいて、髪留めで宇宙を引っ掻いて天の川を作り、愛し合うふたりを永遠に引き離した。織女は川の片側で悲しげに機織りをし、牛郎は子どもたちとその反対側にいる。しかし、カササギたちはそんなふたりを憐れみ、年に1度天空に集まって天の川に橋を架け、ふたりが会えるようにするという。この橋の名前が鵲橋である。

出典 Bernardin, "Portfolios," 4 3 1; Bhagavatananda, *A Brief History of the Immortals of Non-Hindu Civilizations*, 136

シャクラダヌス

Sakradhanus

ヒンドゥー教の神話で、天界、稲妻、雨、川の流れ、嵐、ヴァジュラ(「雷」)の神インドラの弓には、シャクラダヌスという名がある。サンスクリット語では虹のことを、インドラダヌス(『インドラの弓』)と言う。

出典 Dowson, *Classical Dictionary of Hindu Mythology and Religion*, 127

シャスティフォル

Chastiefol

別名・類語 アーサーの剣

14世紀後半(あるいは15世紀前半)のフランスのアーサー王物語『パプゴーの物語』(『オウムの騎士』)では、若きアーサー王は▶エクスカリバーではなく、シャスティフォルという剣を携えている。

出典 Bruce, *The Arthurian Name Dictionary*, 115; Vesce, *The Knight of the Parrot*, 41, 102

ジャックの竪琴

harp of Jack, the

イギリスの民話『ジャックと豆の木』には、金の竪琴が出てくる。持ち主の巨人が「歌え」と命じると、この上なく美しく心地よい音楽を奏でる(そしてそれに合わせて自身のきれいな声で歌う)。ジャックが竪琴をつかんで盗み出そうとしたときには、人間の声で叫んで助けを求めた。

出典 Jacobs, *English Fairy Tales*, 65-66

ジャパマーラー

Japamala

ヒンドゥー教の神話では、ジャパマーラーは、科学と知恵の女神サラスヴァティーが2本ある左手の1本に持っている、糸で貫かれた真珠の輪。数珠の役割を果たしている。

出典 Nath, *Encyclopaedic Dictionary of Buddhism*, Volume 3, 643; Wilkins, *Hindu Mythology*, 107

ジャマー

Jama', al

イスラムの伝承によれば、預言者ムハンマドは晩年、アル・ジャマー(『コレクション』)という名の矢筒を所有していた。この矢筒については、その名称以外は不

明。

出典 Sale et al., *An Universal History*, Part 2, Volume 1, 185

ジャムシードの杯
cup of Jamshid

別名・類語 ジャムシードの酒杯、ジャーム・ジャム、ジャミ・ジャンシード、ジェルムシードの杯

　ペルシア神話で、古代ペルシアの統治者たちが所有していたトルコ石の占いの器。7つの輪がついた魔法の杯に、世界全体が映し出され、中をのぞき込めば未来を見通すことができる。杯は、▶不死の霊薬で満たされていたと言われる。未来を明らかにするだけでなく、王を神に変えることもできた。神話によると、2万年前にペルシアを支配していたジャムシード王は、イスタフルの都市を発掘している最中に杯を発見した。杯は、少なくともそのくらい古いものだと言われている。

出典 Bennett, *Liber* 420, n.p.; Nye, *Encyclopedia of Ancient and Forbidden Secrets*, 4–5; Pinkham, *Guardians of the Holy Grail*, 32

シャムシール・エ・ゾモロドネガル
Shamshir-e Zomorrodnegar

　ペルシア神話に登場する魔法の剣シャムシール・エ・ゾモロドネガル（「エメラルドをちりばめた剣」）は、もともとはソロモン王の剣だったと言われている。この剣を持つ者は魔法から守られ、この剣で受けた傷は魔法の薬を使わないと治らなかった。その薬の材料として、剣を守っているフラード＝ゼレ（「鋼鉄の鎧を持つ」）とい

う名の、角の生えた悪魔の脳みそが必要だった。悪魔の母親は魔女で、彼女はシャムシール・エ・ゾモロドネガル以外のどんな武器によっても息子が傷つかないように、魔術をかけた。物語の主人公アミール・アルサランがこの剣を手に入れて悪魔を倒した。

出典 Chappell, *The Art of Waging Peace*, n.p.; Lind-say, *Giants, Fallen Angels, and the Return of Nephilim*, n.p.

シャルール
Sharur

　古代シュメール神話において、シャルール（「幾千も粉々にするもの」）とは、太陽神の1柱でもあるニヌルタの鎚矛。この鎚矛はニヌルタと会話し、自力で長距離飛行するだけではなく、感覚を備えていたという。シャルールは、戦闘前に情報を収集し、それをニヌルタに報告するという重要な役割を担っていた。ニヌルタはまた、父のエンリル神から助言を受けるためにシャルールを使った。

出典 Dekirk, *Dragonlore*, 5–8; Kramer, *Sumerian Mythology*, 76, 79-80; Sherman, *Storytelling*, 331

ジャン・イブン・ジャンの丸盾
buckler of Jan ibn Jan, the

　ペルシアの民間伝承において、偉大な冒険家キンフ・タフムーラス（タームラス／タフマース）は、ジンの王ジャン・イブン・ジャンがかつて所有していた強力な丸盾を持っていた。タフムーラスは腕にこの丸盾をかざして魔法の鳥シームルグに乗り、悪神デーヴァと対決するためジンの国へ向かった。

出典 Keightley, *The Fairy Mythology by Thomas Keightley*, 18［トマス・カイトリー（市場泰男訳）『妖精の誕生——フェアリー神話学』インターブレイ、2012年］

ジヤン・ベン・ジヤンの盾
shield of Gian Ben Gian, the

古代ペルシア神話では、ジヤン・ベン・ジヤン（「秘奥の知恵」または「真の知恵」）は妖女ペリという種族の頭領であり、アダム創造後2000年に渡り、ペリやジンを支配した帝王でもあったとされる。ジヤン・ベン・ジヤンは、邪悪な魔法をいっさい通さない盾を持っていた。しかし、その盾も、宿敵である魔王エブリスには役立たなかった。

出典 Blavatsky, *Secret Doctrine*, Volume 2, 394；Brewer, *Dictionary of Phrase and Fable* 1900, 3

十王の鏡
Sie-king T'ai

中国の神話において、十王は、死者を裁くときに魔法の鏡を使う。十王は新たに亡くなった人々と対峙する神で、死者を鏡台の前に立たせると、彼らが生前に苦しみを与えた人々がひとり残らずわかるという。それをもとにして、死者は10の地獄のいずれかに振り分けられる。

出典 Coulter and Turner, *Encyclopedia of Ancient Deities*, 430, 475

シュキアサルグラン
Sciatharglan

アイルランドの叙事詩『クアルンゲの牛捕り』（『クーリーの争い』／『トーイン』）に出てくるシュキアサルグランは、シェンハの盾。アルスターの英雄クー・フリン（クー・フラン／クー・フーリン／クーフーリン）の3軒の家のひとつであるテテ・ブレッ

クに保管されていた多くの杯、酒角、ゴブレット、槍、盾、剣のひとつ。シュキアサルグランについては、「鳴り響く」とだけ記されている。

出典 Gregory, *Cuchulain of Muirthemne*, 86；Kinsella and Le Brocquy, *The Tain*, 5

祝福されたブランの大釜
cauldron of Bran the Blessed, the

別名・類語 再生の大釜、パイル・ダデニ（「再生の大釜」）

ウェールズの神話で、祝福されたブランの大釜には、死者を生き返らせる力があった。遺体を大釜に入れると、翌日には生き返るだけでなく最良の健康状態で出てくるという。残念ながら、大釜には副作用があり、これで復活を遂げた者は話す能力を失った。

当初、再生の大釜を所有していたのは、アイルランドに住む巨人ラサル・ラエス・ギュフニューイドと妻のキュムデイ・キュメインフォールだった。ふたりはマソルーフ王の宮廷に招かれたが、人々の反感を買い、生きたまま焼かれるという恐ろしい企てに直面した。ふたりはブリテンの王ベンディゲイドヴラン（祝福されたブラン）の宮廷に逃げ込み、王のもてなしに感謝を示すため、再生の大釜を贈った。

大釜は、マソルーフ王と結婚したブランの妹ブランウェンの持参金の一部になった。大釜が持参金に加えられたのは、ブランの異父弟エヴニシエンがマソルーフの馬を切り刻んで惨殺したことを償うためだった。新婚夫婦は大釜を持ってアイルランドへ戻った。しかし数年後、ブランは義弟と戦うことになり、大釜はブランにとって不利な形で利用され

た。死んだ兵が絶え間なくよみがえり、隊列に戻されたからだ。エヴニシエンは死体のあいだに隠れて大釜に投げ込まれるのを待った。中に入ると、自らの命をなげうって大釜を破壊した。

出典 MurphyHiscock, *The Way of the Hedge Witch*, 59; Zakroff, *The Witch's Cauldron*, n.p.

シュペーア
Speer

リヒャルト・ワーグナーの楽劇『ニーベルングの指環』4部作の2つめにあたる『ヴァルキューレ』では、ヴォータンの槍の名前がシュペーアという。劇中でジークムントが▶ノートゥンクという剣を振るったとき、その剣はシュペーアの軸に当たって砕け散った。しかし、次作の『ジークフリート』で、ジークムントの息子ジークフリート(シグルズ)は、砕けた武器の破片を鍛え直した。父を殺したヴォータンと対決したとき、ジークフリート(シグルズ)は作り直した剣で、シュペーアの軸を折った。

出典 Lewsey, *Who's Who and What's What in Wagner*, n.p.

シュリット
Schritt

別名・類語 シュリト

中高ドイツ語の英雄詩『ビテロルフとディートライプ』において、シュリット(「刈り込みばさみ」または「敏捷な」)とは、トレドのビテロルフの剣。

出典 Benet, *The Reader's Encyclopedia*, 1091; Brewer, *Dictionary of Phrase and Fable* 1900, 1197; de Beaumont and Allinson, *The Sword and Womankind*, 8

ジョワユーズ
Joyeuse/ Joiuse

別名・類語 フスベルタ、ジョワイアン、ジョワーンス

伝統的には、ジョワユーズ(「喜びにあふれた」)はシャルルマーニュ(カール大帝)が個人的に所持していた剣につけられた名前である。伝説によれば、この剣の柄頭には、▶聖槍の破片が埋め込まれているという。また、この剣は▶デュランダルや▶コルタンと同じ材料で作られたとする伝承もある。『ローランの歌』(1040-1115年頃)には、ジョワユーズは比類ない美しさがあり、「その色を1日に30回変える」と記されている。
『騎士道の時代、またはクロックミテーヌの伝説』では、名高い剣工ガラが、▶フランベルジュ、▶オートクレール、ジョワユーズの3本の剣を作った。それぞれの剣は3年がかりで作られ、その後▶グロリアスという剣の刃を試すために使われた。グロリアスはこの3本の刃に深く切り込んだという。

出典 Brewer, *Dictionary of Phrase and Fable* 1900, 1197; Evangelista, *The Encyclopedia of the Sword*, 577; L'Epine, *The Days of Chivalry*, n.p.; Pendergrass, *Mythological Swords*, 48-49

シリアックの泉
Cyriac's well

ドイツの一部の地域では、子どもの発育が悪い場合、それは取り替え子(妖精が人間の子どもを盗み、代わりに置いていく妖精の子)だと信じられていた。取り替え子はノイハウゼン近くのシリアック・ミードという場所に連れていかれ、シリアックの泉の水を飲まされた。それから9日間、世話をされずに放置され、最後には風雨にさらされて死ぬか、回復するかの

どちらかだった。ヤーコプとヴィルヘルムのグリム兄弟（民間伝承を収集したドイツの著名な学者、作家、文化研究者、言語学者）は、自分の子どもが取り替え子とすり替えられたのではないかと疑う女性の話を記録している。女性は、子どもが見ている前でドングリの殻を使ってビールを醸造するよう助言された。取り替え子は、その光景にひどく驚いて叫んだ。「おれは森のオークの木と同じくらい年寄りだけど、ドングリの殻でビールを醸すなんて見たこともない」そして姿を消した。

出典 Keightley, *World Guide to Gnomes, Fairies, Elves, and Other Little People*, 227

尻久米縄
しりくめなわ
Shiri-Kume-na-Nawa

日本の神話において、尻久米縄（「藁の尻を切り捨てないでそのまま込め置いた縄」）とは、天岩戸と呼ばれる洞窟の入り口を守るための藁縄のこと。太陽神で世の光の化身である天照大御神は、弟の海神・嵐神の素戔嗚尊が「乱暴な行為」を働いたあと、洞窟に引きこもった。天照大御神が洞窟の外に誘い出されると、布刀玉命が尻久米縄で洞窟の入り口を塞ぎ、再び中に入れないようにした。

出典 Coulter and Turner, *Encyclopedia of Ancient Deities*, 212

シンガステイン
Singasteinn

北欧神話によれば、シンガステイン（「詠唱の石」または「歌う石」）は、スカルド詩『家の頌歌（フスドラパ）』のなかで、ロキとヘイムダルがアザラシの姿で戦った物語に出てくるアイテム。このスカルド詩以外では言及されていない。シンガステインをめぐり、このふたりの神が争ったと考える研究者がいる一方で、シンガステインとは、岩礁や陸地から少し離れた水面から突き出た岩など、争いが起こった場所の名前だろうと解釈する研究者もいる。

出典 Norroena Society, *Asatru Edda*, 230, 231; Rydberg, *Teutonic Mythology* Volume 1, 558

スィドラ・アル・ムンタハー
Sidrat al-Muntaha

別名・類語 最果てにある木

イスラムの伝承によれば、スィドラ・アル・ムンタハーとは、第7天との境界に生える巨大なロータスの木で、「天使も預言者も［それを］越えることはできない」。それは「楽園の最果て」を示しており、「そこへ向かって、その最果ての限界は古今東西の知識の限界を広げている」。この地点を越えると、神の霊感（あるいは啓示）も消滅する。

出典 Adamec, *Historical Dictionary of Islam*, 406; Singh, *Sainthood and Revelatory Discourse*, 89

スィラート
Sirat, al

別名・類語 ジャハンナムの橋、アル・スィラート・ムスタキーム（「まっすぐな道」）

イスラムの伝承では、アル・スィーラート（「道」）は地獄をまたいでかけられ、楽園へと至る橋である。この橋は、蜘蛛の糸よりも細く剣の刃よりも鋭いと言われている。邪悪な者は橋から地獄の淵へと落ちるが、善良な者は素早く橋を渡ることができる。

出典 Netton, *Encyclopedia of Islamic Civilization and Religion*, n.p.

スヴァリン
Svalin/ Svalinn

北欧神話において、スヴァリン（「冷気」／「寒さ」／「涼しさ」）は、地球と太陽のあいだにある盾。スヴァリンは女神ソールの盾として、天空を駆ける彼女の馬のアールヴァクとアルスヴィズを太陽の光と熱から守るため、戦車に取りつけられていた。『グリームニルの歌』には、この盾は輝く黄金でできていると書かれている。

出典 Coulter and Turner, *Encyclopedia of Ancient Deities*, 4 4 6; Grimes, *The Norse Myths*, 3 0 0; Hawthorne, *Vikings*, 2 1; Norroena Society, *Asatru Edda*, 388

スヴァルカルドル・サエル
Svalkaldr Saer

別名・類語 スヴァルカルドゥル・サエル

北欧神話で、スヴァルカルドル・サエル（「寒く冷たい海」）とは、海を含むすべての水の源泉である▶フヴェルゲルミルの泉の水のこと。この泉は、世界樹▶ユグドラシルがニヴルヘイムへ伸ばした根の地下付近の最北のところにある。スヴァルカルドル・サエルは、▶ソナル・ドレイリと▶ウルザル・マグンと一緒に▶ハデスの角杯の中で混ぜられた。

出典 Norroena Society, *Asatru Edda*, 4, 3 5; Rydberg, *Teutonic Mythology* Volume 1, 92, 353

スヴァンフリンガル
Svanhringar

北欧神話において、スヴァンフリンガル（「白鳥の指輪」）とは、イーヴァルディの息子たち——エギル（エーギル）、スラグビヌル（スラグヴィン）、ヴォルンドル（ボルドゥン）——に、アウダ、イドゥン、シフというスヴァンメイジャル（「白鳥の乙女」）が与えた指輪の総称。息子たちはそれぞ

れスヴァンメイジャルのひとりと結婚
し、その証として豊穣を象徴するスヴァ
ンフリンガルをはめていた。エギルはシ
フと、スラグビヌルはアウダと、ヴォル
ンドルは、再生と春の女神イドゥンと結
婚した。

出典 Norroena Society, *Asatru Edda*, 113, 390;
Rydberg, *Teutonic Mythology* Volume 1, 585, 661

スヴィアグリス
Sviagris

　ウプサラ王朝の貴重な宝物である金の
指輪スヴィアグリス(『スウェーデン人の
豚』)は、北欧神話のフロールヴ・クラキ
のサガに登場するスウェーデン王アジル
スの3つの秘宝のひとつだ。スヴィアグ
リスは古くから王の一族のものだった。
　伝説によれば、アジルス王はノル
ウェーのアリ王を倒すため、継子である
フロールヴ・クラキの支援を要請した。
アジルスはフロールヴの全軍に金を払
い、さらにスウェーデンの財宝を3つ与
えると彼に約束した。フロールヴは了承
し、最高のベルセルク12人を派遣した。
アジルスはアリを破り、戦場で相手の兜
▶ヒルディゴルトと軍馬フラヴンを奪っ
た。支払いの段になると、ベルセルクは
各自に3ポンドの金貨を、フロールヴに
は▶フィンスレイヴ、▶ヒルディゴルト、
スヴィアグリスの3つの宝物を与えるよ
うに求めた。

出典 Anderson, *The Younger Edda*, 215, 217;
Byock, *The Prose Edda*, 232

スヴィティ
Thviti

別名・類語 スヴィテ

　北欧神話では、スヴィティ(「地面に打ち

込む」/「叩きつける」)は、フェンリル(フェ
ンリスウールヴ/フェンリスウールヴリン)を
拘束する枷を固定するために使われた黒
い巨石。

出典 Coulter and Turner, *Encyclopedia of Ancient
Deities*, 465; Grimes, *The Norse Myths*, 303;
Norroena Society, *Asatru Edda*, 393

スウィルの杯
cup of Llwyr

　スウィルの魔法の杯を取ってくること
は、キルッフが巨人イスバザデンの娘オ
ルウェンとの結婚を許してもらうために
果たさなければならない13の条件のひ
とつだった。ウェールズ神話と『キルッ
フとオルウェン』の物語によれば、キ
ルッフはアーサー王の従兄弟だった。ス
ウィルの杯を取ってくることが重要なの
は、ブラゴット(ビールと蜜酒の混合飲料)と
いう特別に強い酒を入れられる唯一の杯
だからだ。この飲み物は、最初の群れか
ら採った蜂蜜の9倍甘い蜂蜜で作られ
た。

出典 Fee, Gods, Heroes, & Kings, 187; Lacy and
Wilhelm, *The Romance of Arthur*, 45

スヴェフンポルン
svefnporn

別名・類語 眠りの茨

　北欧神話では、スヴェフンポルン(『眠
りの茨』)は、魔法で眠らせるために使わ
れる茨。耳や衣服をその茨で刺すと、そ
の茨がそこに刺さっているかぎり、人は
眠り続けるという。
　ある物語では、戦い、死、熱狂、絞首
台、癒し、知識、詩、王族、ルーン文字、
魔術、知恵の神オーディンが、ヴァル
キューレのブリュンヒルド(ブリュンヒル

デ）を、▶ヒンダルフィヤルという、雲の上に突き出た頂上に光焔をまとう高山へ連れて行った。オーディンは彼女を眠りの茨で突き刺し、▶ヴァフルロガルと呼ばれる炎の壁で彼女の周りを囲んだ。炎をくぐり抜ける勇敢な夫が現れるのを待ちながら眠りにつくあいだ、彼女の美貌と若さは保たれていた。

出典 Guerber, *Myths of the Norsemen*, 280, 284; Keyser, *The Religion of the Northmen*, 270-71; Norroena Society, *Asatru Edda*, 389; Rydberg, *Teutonic Mythology* Volume 1, 489; Sturluson, *Younger Edda*, 134

スーリヤストラ

Suryastra

ヒンドゥー教の神話において、▶アストラは神々によって創造された、あるいはその武器を司ることになる者へ贈られた、超自然の力を有する武器である。アストラの使い手はアストラダリと呼ばれる。

スーリヤストラは太陽神スーリヤから授けられたアストラで、暗闇を消し去り、あらゆる水源を枯渇させるほどの目映い光を生み出す力があるとされる。スーリヤストラには数多くの鋭利な刃と回転する輪があり、火を放つ、と記されている。

出典 Aravamudan, *Pure Gems of Ramayanam*, 538; Edizioni, *Vimanas and the Wars of the Gods*, n.p..

スーリヤの戦車

chariot of Surya, the/ Surya's chariot

別名・類語 アーディティヤの戦車

ヒンドゥー教の神話で、太陽神スーリヤは、たいていはアヌシュトゥップ、ブリハッティー、ガーヤトゥリー、ジャガティー、パンクティ、トリシュトゥップ、

ウンシュニクという名前の7頭の緑色の馬が引く大きな戦車を持っていた。ときおり、7頭の赤い雌馬や、7つの頭を持つ1頭の白い雌馬が引いていると描写されることもある。

戦車は、北極星（ドルヴァ）に取りつけられたひとつの巨大な回転盤の上に置かれている。信じがたい速度で疾走しても、馬たちが回転盤を1周するのに丸1年かかる。スーリヤが旅をするあいだ、1年の各月に、7人の天人からなる別々の集団が随行する。アーディティヤ（神々）、アプサラー（天女、雲の精霊）、ガンダルヴァ（男性の自然の精霊）、ラークシャサ（鬼神）、リシ（聖仙）、サルパ（蛇神ナーガ）、ヤクシャ（自然の精霊）である。天人にはそれぞれ果たすべき役割がある。アプサラーは踊り、ガンダルヴァは歌う。リシは祈りを捧げる。ラークシャサは戦車の後ろを歩き、後衛の役を務める。サルパは戦車に馬をつなぎ、ヤクシャは手綱を握る。さらに、バールキーヤス（賢人）が戦車の四方を取り囲み、日の出の瞬間から日没の瞬間まで、戦車の移動を助ける。

出典 Charak, *Surya*, 52, 62; Coulter and Turner, *Encyclopedia of Ancient Deities*, 444

スカイツェルツィ・サモブランカ

skatert-samobranka

ロシアの民間伝承によれば、スカイツェルツィ・サモブランカは魔法のテーブルクロスである。広げると、食べ物や飲み物が出てくる。たたむと、ひとりできれいになる。丁寧にきちんと扱わないと、この繊細なアイテムは食べ物を台なしにしたり腐らせたりすることもあ

る。使っているうちに擦り切れたり穴が
あいたりすると、このテーブルクロスは
魔法の力を失う。物語によっては、使う
ときに魔法の呪文を唱えなくてはならな
いことがある。

出典 Ryan, *Bathhouse at Midnight*, 199

姿隠しのマント
cloak of invisibility/
coat of invisibility/ mantle of invisibility

姿隠しのマントは、歴史を通して数多
くの文化や宗教のおとぎ話、民間伝承、
伝説、神話に登場する。特によく出てく
るのは、中国、イギリス、ドイツ、アイ
ルランド、日本、フィリピン、そしてア
メリカの物語だ。たいてい、物語にはマ
ントを使う典型的なトリックスターが登
場する。姿隠しのマントや▶タルンカッ
ペのような強力な魔法のアイテムを持つ
ことは常に、他人にはうらやまれ、本人
には恩恵となる。

姿隠しのマントの操作は昔から簡単
で、ほとんどの場合、着用するだけでよ
い。まれに作動させる必要がある場合
も、短い呪文を口にすれば足りる。

出典 Garry and ElShammy, *Archetypes and Motifs
in Folklore and Literature*, 1 6 1-6 3; Haase, *The
Greenwood Encyclopedia of Folktales and Fairy Tales*,
2 1 7; Seigneuret, *Dictionary of Literary Themes and
Motifs*, Volume 1, 416

スカルド
フィフラフゥルトゥル
skaldfiflahlutr

北欧神話において、スカルドフィフラ
フゥルトゥル(「へぼ詩人の取り分」)は、▶
貴重な蜜酒の愚か者の取り分のこと。
アースガルズ(「アース神族の地」)の城壁の
外に漏らしてしまった蜜酒を示す。

出典 Grimes, *The Norse Myths*, 297

スギア・ゲルビン
Sgiath Gailbhinn

別名・類語 嵐の盾

ケルト神話に登場するスギア・ゲルビ
ンは、アイルランドのフィン物語群に登
場する伝説の戦士でフィアナ騎士団の団
長、フィン・マク・クウィル(フィン・マッ
クール/フィン・マックヴォル)の盾。この盾
は、▶マク・ア・ルインという剣と一緒に
使われた。スギア・ゲルビンが大きな音
を立てると、アイルランド全土に響き
渡った。

出典 Gregory and MacCumhaill, *Gods and
Fighting Men*, 269

スキーズブラズニル
Skidbladnir

別名・類語 スキーズブラズネ、スキーズ
ブラズネル、スキーズブラズニ

北欧神話において、スキーズブラズニ
ル(薄い木片で組まれた/薄い板張りの/木製の
刃)とは、ロキがトールの妻シヴの長い
金髪を切ったことの償いとして、ドワー
フのドヴァリンとその兄弟(イーヴァル
ディの息子たち)に頼んで作ってもらった
魔法の帆船。スキーズブラズニルは最終
的に豊穣、平和、雨、太陽の神フレイ(フ
レイル/ユングヴィ)に贈られた。スノッリ・
ストゥルルソンによって13世紀に書か
れた『スノッリのエッダ』と『ヘイムスク
リングラ』には、それまでに建造された
船のなかでスキーズブラズニルが最高の
船だと記されている。

スキーズブラズニルはフレイの所有物
ではあるが、戦い、死、熱狂、絞首台、
治癒、知識、詩、王族、ルーン文字、魔

術、知恵の神オーディンによって魔術が施されていた。この船は伸縮自在で、アース神族全員が乗り込むことができ、空中・陸上・海上のどこであれ、やすやすと移動することができた。使わないときは折りたたんでポケットや袋の中に入れることもできる。

出典 Faulkes, *Edda*, 36-37, 96-97; Hawthorne, *Vikings*, 21; Hollander, *Heimskringla*, 10-11; Keightley, *World Guide to Gnomes, Fairies, Elves, and Other Little People*, 68; Norroena Society, *Satr Edda*, 25, 386

スキーラル・ヴェイガル
skirar veigar

北欧神話において、スキーラル・ヴェイガル（「透明な液体」）は冥界で飲まれる蜜酒で、冥界の3つの泉の蜜酒を合わせたもの。冥界に到着したバルドルを待っていたのはこの酒で、彼はこれを飲んで再び力を取り戻した。

出典 Norroena Society, *Asatru Edda*, 386; Rydberg et al., *Teutonic Mythology*, Volume 2, 358

スクリューミル
Skrymir

北欧のサガでは、シュタイナール（「石」）が、スクリューミルと呼ばれる剣を使っていた。この剣の名前は、北欧神話の巨人スクリューミルにちなんでつけられた。決して汚れることなく災難に見舞われたこともない、優れた剣だと言われている。

出典 Eddison, *Egil's Saga*, 281; Mouse, *The Saga of Cormac the Skald*, n.p.

スコヴヌング
Skofnung

別名・類語 グンローギ、戦いの炎

スコヴヌングは、デンマークの伝説的な王フロールヴ・クラキが埋葬されたとき一緒に墓に埋められた剣で、神秘的な性質があると言われている。信じられないほど硬く鋭利であるうえに、王を守る忠実な12人のベルセルクの魂が込められていた。古代の迷信に従い、この剣は女性の前では決して抜いてはいけないとされており、日光が柄に当たることも許されなかった。スコヴヌングによって負った傷は、この剣に付いているスコヴヌングの石という治療石でこすらないかぎり、決して癒えることはない。

『コルマークのサガ』によれば、アイスランド人の中フィヨルドのスケッギがこの剣を埋葬塚から取り出した。『ラックサーダー谷の人々のサガ』では、アースのエイズがフロールヴ・クラキの墳墓からスコヴヌングを取り出し、近親者のソルケル・エイヨールヴスソンに貸した。エイズの息子を殺して追放に処されたグリームという男を、ソルケルに殺してもらうためだった。ところが、ソルケルはグリームを殺すどころか、ふたりは友人となり、スコヴヌングがエイズに返されることはなかった。剣は、ソルケルの船が沈没した際に行方不明になったが、岸に打ち上げられた船の残骸のマストに刺さっている剣を、ソルケルの息子のゲリルが発見した。その後、スコヴヌングはゲリルとともにデンマークで埋葬された。このサガによれば、こんにちに至るまで、スコヴヌングは彼とともに埋められているという。

出典 Byock, *Saga of King Hrolf Kraki*, n.p.; Eddison, *Egil's Saga*, 281; Miller, *The Epic Hero*, 160, 211; Pendergrass, *Mythological Swords*, 64

スダルシャナ

Sudarsana

別名・類語 チャクラト・アズワル(「神の指輪」)

ヒンドゥー神話において、スダルシャナ(「神の幻影」)は、維持神ヴィシュヌのチャクラ(円盤)。108の鋸歯を持つ回転する円盤とされ、法と秩序を執行するために使用された。この▶アストラを用いて、ヴィシュヌは天体と天界を維持し保護した。おそらく、スダルシャナは▶アストラのなかで最も強力だったと思われ、ひとたび投げられると、ブラフマーもシヴァもそれを止めることはできなかった。

あらゆるものを設計する神ヴィシュヴァカルマンが、▶プシュパカ・ヴィマナ、スダルシャナ、▶三叉戟という3つのアストラを作る過程で生じた塵で、太陽の神スーリヤの強さを弱めてしまったこともあった。

スダルシャナは、シヴァの聖なる1000の御名をヴィシュヌが唱えたことに対する恩恵として、シヴァがヴィシュヌに与えたものだ。火神アグニがカーンダヴァの森を焼き尽くしたとき、ヴィシュヌはスダルシャナによってアグニを守り、シシューパラの首をはねた。スダルシャナはまた、サムドラ・マンタン(「乳海攪拌」)のために、天空のマンダラ山を切るときにも使われた。

出典 Daniel, *The Akshaya Patra Series Manasa Bha-jare*, n.p.; Kaur, *The Regime of Maharaja Ranjit Singh*, 15; Rajagopalachari, *Mahabharata*, 41, 43, 44

スヤマンタカ

Syamantaka

別名・類語 スヤマンタカ・マニ

ヒンドゥー教の神話に登場する魔法の宝石。持ち主が善良で徳の高い人物であれば、その持ち主を災いから守り、持ち主が悪人であれば災いをもたらすと言われていた。また、スヤマンタカは1日に8回、自分と同じ重さの金を生み出した。この宝石は、サトラージット王子の献身的行為に対して太陽神から贈られたものだ。この宝石を身につけると、王子の周囲は明るく輝き、それに伴って彼の国ドワーラカーも輝いた。これによって、王子の国のあらゆる病気や苦痛、貧困が取り除かれたという。

出典 Meyer, *Sexual Life in Ancient India*, 400; Shama et al.

スリムギュル

Thrymgjoll/ Thrymgioll

別名・類語 ▶ヴァルグリンド

北欧神話では、スリムギュル(「大きく耳障りな音」/「激しい衝突」)は、ドワーフのソルブリンディの3人の息子によって作られた、アースガルズ(「アース神族の地」)の門。招かれざる客がこの門に入ろうとすると、枷と鎖に絡め取られるような仕組みになっている。

出典 Edmison, *Stories from the Norseland*, 229-30; Norroena Society, *Asatru Edda*, 391

ズル＝ハジャム

Zul-Hajam

中世ペルシアの『アミール・ハムザの冒険物語』のなかで、スレイマン王がかつて所有していた4本の剣のうちの1本がズル＝ハジャム。ほかの剣は▶アクラブ・エ・スレイマニ、▶クムカム、▶サムサム。

出典 Jah, *Hoshruba*, 243

ズル・ファカール

Zul Fakar

別名・類語 ズル゠フィカール、ズルフィクル、リュルフィアル、ズルフィカール

イスラムの伝承では、預言者ムハンマドの従弟で義理の息子でもあったアリー・イブン・アビー・ターリブは、ズル・ファカール(「鋭利な」)という名の素晴らしい剣を所有していた。ズル・ファカールは天使ガブリエルが預言者ムハンマドに授けた伝説の剣で、刃の先がふたつに割れた形をしている。この剣はその後、アリー・イブン・アビー・ターリブに受け継がれたと言われている。過去の絵や意匠を見ても、2本の剣がくの字型に置かれたような、ハサミの刃が開いたような形で描かれている。

別の資料では、ズル・ファカールの名前で、預言者が臨終の際に所有していた9本の剣の1本として列挙されている。他の剣は、アル・▶アドブ、アル・バッタール(▶バッテ参照)、アル・ハトフ(▶ハテル参照)、アル・▶カディーブ、▶クルアイ、▶マブル、アル・▶ミフザム、アル・▶ラスーブである。この剣はもともと、ズル・ファカールとしてムナッビフ・イブン・アルハッジャージュが所有していたが、彼はバドルの戦いで倒れ、その後、剣はムハンマドに贈られた。ムハンマドの死後、ズル・ファカールはアリーの手に渡った。

出典 Boren and Boren, *Following the Ark of the Covenant*, 1‒3; Brewer and Harland, *Character Sketches of Romance, Fiction and the Drama*, Volume 4, 3‒7‒8; Frankel, *From Girl to Goddess*, 4‒9; Pendergrass, *Mythological Swords*, 79; Sale et al., *An Universal History*, Part 2, Volume 1, 184

スルーズヘイム

Thrudheimr

別名・類語 スランドヘイム、スルードヘイム、スルーズヘイメル、スルードナマル、スルーズヴァング、スルーズヴァンガ、スルーズヴァンガル、スルーズヴァンゲル

北欧神話ではスルーズヘイム(「力の土地」/「力の放牧場」)は、雷神トールが所有するアースガルズ(「アース神族の地」)の領地で、そこに建つ館は▶ビルスキールニルとして知られていた。

出典 Grimes, *The Norse Myths*, 302-3

スルト

Sullt

別名・類語 ファミン

北欧神話に登場する、冥界を支配する女神ヘルには、▶エーリューズニル(「苦痛を招く者」/「吹雪の吹きつけ」)と名づけられた広大な館があり、名前のついた数々の品々が飾られていた。彼女のナイフの名前はスルト(「飢え」)という。

出典 Byock, *The Prose Edda*, 3‒4; Daly, *Norse Mythology A to Z*, 21; Norroena Society, *Satr Edda*, 345, 365; Thorpe, *Northern Mythology*, 50

スルトの炎の剣

flaming sword of Surtr, the

北欧神話に登場する巨人スルト(「黒」/「浅黒い者」)は、最初に生まれた世界ムスペルヘイムの国境に立ち、警護の任についている。終末の日、スルトは炎の剣を使って神々を攻め、世界を焼き尽くす(▶メズ・スヴィガ・ラーヴィ参照)。スルトの剣は、「きわめて上質」で太陽よりも明るく輝いていると描写されている。

出典 Colum, *Nordic Gods and Heroes*, n.p.;

Loptson, *Playing with Fire*, n.p.

スレア・ブア

Slea Bua

別名・類語 無敵の槍

　スレア・ブア（「勝利の槍」）は、長腕（芸術的な手、長い手）のルグの異名を持つ、ケルト神話の太陽神ルグ（「輝く」または「光」）が所有していた槍のひとつ。鍛冶神ゴヴニウ（ガブネ／ガブヌ／ゴヴァ／ゴヴニン／ゴヴネン／ゴヴニウ・サール）が鍛えた槍で、ルグの重要な持ち物のひとつだった。彼が所有していたほかの槍には、▶アラドヴァルとガエ・アッサル（「アッサルの槍」、▶ルインを参照）がある。この魔法の槍スレア・ブアは、自分の意思を持っているかのように行動するので、「生きている」と見なされた。槍は自力で飛んで敵を探し出した。血に飢えたこの槍を鎮めるには、ケシの葉を叩いて作った眠り薬に槍先を浸すしかなかった。戦いが近づくと、スレア・ブアは武者震いした。いよいよ戦いで使われる段になると、歓喜の雄たけびをあげた。

出典 Adams Media, *The Book of Celtic Myths*, 75; Mountfort, *Ogam*, 158

スロト・アン・リー

Slatt yn Ree

別名・類語 クリウニ・ソリス、クリウ・ニ・ソリス、光の剣

　マン島の伝承では、あらゆる知識の象徴とされるスロト・アン・リーは、金色と銀色に燃えるように輝き、この世ならぬ光を放つ大剣として描かれていた。この剣を握る者は戦えば無敵であり、剣に触れた者は、人間だろうと人間以外のものだろうと、ただちに異界に飛ばされる。

シェルグイ・ムールという戦士がスロト・アン・リーを守っていたが、妖精の女王ベンレイン・ナ・ショームから入念な指示を受けた英雄エシュアンが剣を盗み出した。

出典 Ellis, *The Mammoth Book of Celtic Myths and Legends*, n.p.

スンダラ・ヴィマナ

Sundara Vimana

　ヴィマナ（「空中車」）には、▶プシュパカ・ヴィマナ、▶ルクマ・ヴィマナ、▶シャクナ・ヴィマナ、スンダラ・ヴィマナ、▶トリプラ・ヴィマナの5種類がある。

　『マハーバーラタ』第5巻の「ヴィマーナパーラ」（「航空機の守護者」）では、このヴィマナの管理は高度な知識を持つ人物に任されている。スンダラ・ヴィマナは、▶ルクマ・ヴィマナと同様に円錐形をしている。

出典 Becklake, *History of Rocketry and Astronautics*, 9; Childress, *Vimana*, n.p..

せ

青雲
Blue Cloud

中国の仏教神話では、四天王(四大金剛/魔家四将)と呼ばれる仏法の守護神がいて、その影像は仏教寺院の門の左右に対になって立ち、四方を守っている。これを下敷きにした『封神演義』では、のちに増長天となる魔礼青は、青雲という名の魔法の剣を持つ。その刃には、「地、水、火、風」の文字が刻まれている。剣を抜けば黒い風が吹き、その風が幾万もの矛を生み出し、侵略者に猛然と襲いかかるので、敵の体は塵と化す。この攻撃の直後、あたりは自然発生した幾万もの燃え盛る黄金のヘビで満たされる。地面からは濃い煙が立ちのぼり、生き残った侵略者は目がくらんで窒息し、誰も炎のヘビから逃げられなくなる。

出典 Buckhardt, *Chinese Creeds and Customs*, 163; Werner, *Myths and Legends of China*, 121

青春の泉
Fountain of Youth

その水を浴びたり飲んだりすれば若さと健康を取り戻せるという魔法の泉、青春の泉は、紀元前5世紀にまでさかのぼる物語や伝説で言及されてきた。なかでも、ギリシアの歴史家ヘロドトスによれば、マクロビア(古代リビア)にある泉は、住民の寿命を延ばす水を湛えていたという。

永遠の若さの探求は神話や伝説によく見られるテーマであり、たとえば、▶イズンのリンゴ、▶ビュルギルの泉の水、▶踊る水、不老不死の薬、▶賢者の石、▶ソーマなどの物語でも取り上げられている。

スペインの探検家フアン・ポンセ・デ・レオンは、青春の泉を探索し、発見したと伝えられているが、泉の物語が探検家と結びつけられたのは、彼の死後のことだった。それでも、ポンセ・デ・レオンが自身の老いを治療するため泉と若返りの水を探しに出かけた(そしてその過程で、のちにアメリカのフロリダ州となる土地を発見した)という物語は今も広く知られている。

出典 Heinrichs, *Juan Ponce de Leon Searches for the Fountain of Youth*, 32; Herodotus, *The Histories Book 3*, 114; Morison, *The European Discovery of America*, 504

聖職者リゲニズの壺と皿
crock and dish of Rhygenydd Ysgolhaig, the

別名・類語 グレン・ア・デスギル・リゲニズ・イスゴルハイグ(聖職者リゲニズの壺と皿)、リゲニズの皿

イギリスとウェールズの民間伝承に、▶ブリテン島の13の秘宝(ウェールズ語ではトリ・スルス・アル・ゼグ・イニス・プリダイン)と呼ばれる一連のアイテムがある(数は常に13)。現代に挙げられているアイテムとは異なるが、15世紀における当初の13品は次のとおり。▶巨人ディウルナッハの大釜、▶モーガン・ムウィンファウルの戦車、▶グウェンドライのチェス盤、▶パダルン・バイスルッズの外套、聖職者リゲニズの壺と皿、▶クリドゥ

ノ・アイディンの端綱、▶グウィズノ・ガランヒルの籠、▶ブラン・ガレッドの角杯、▶ライヴロデズのナイフ、▶コーンウォールのアーサー王のマント、リデルフ・ハイルの剣(▶ディルンウィン)、▶ティドワル・ティドグリドの砥石。

伝承によると、聖職者リゲニズの壺と皿の前で願えば、どんな食べ物も魔法のように現れたという。

（出典）Bruce, *The Arthurian Name Dictionary*, 464; Pendergrass, *Mythological Swords*, 24, 26

聖槍

Holy Lance, the

（別名・類語）聖なる槍、ロンギヌスの槍、運命の槍

『ヨハネによる福音書』によれば、聖槍は、十字架にかけられて死んだイエスの脇腹を刺した武器である。磔刑に処された者の死を早めるために足を折る、クルリフラジウムと呼ばれる習慣があった。ローマの兵士たちはイエスがすでに死んでいることを確かめたかったので、兵士のひとり(聖書の伝承で、のちにロンギヌスと名づけられる百人隊長)がイエスの体を槍で刺すと、その傷からは血と水が流れ出た。

聖槍にまつわる伝説によると、聖槍を所有し、その謎を解くことができる者は「よきにつけ悪しきにつけ、世界の運命をその手に握る」とされる。

（出典）Ravenscroft, *Spear of Destiny*, n.p.; Smith and Piccard, *Secrets of the Holy Lance*, n.p.

青銅の天空

bronze dome of the heavens, the

オリュンポスの神々と戦ったティタン神族のひとりであるアトラスは、運命、王、稲妻、空、雷の神であるゼウス(ローマ神話の神ユピテル)に、青銅の天空(この中に星座が固定されていた)を肩に担ぐよう言い渡された。天空には7つの領域があった。ひとつは月、ひとつは太陽、そして既知の惑星、水星、金星、火星、木星、土星のそれぞれにひとつずつ。アトラスは天空の軸を支えて上に掲げ、回転させることで星が昇ったり沈んだりするように見せていた。

（出典）Hockney, *World, Underworld, Overworld, Dreamworld*, n.p.; Roman and Roman, *Encyclopedia of Greek and Roman Mythology*, 92

青銅のヘビ

bronze serpent

聖書の言い伝えによると、出エジプトののち、砂漠をさまよっていた古代イスラエル人は、神への信仰を失いつつあるという理由で、罰として毒ヘビを送られた。罪を悟った彼らは祈り、許しを請うた。そこで神はモーセに語りかけ、神の許しと愛のしるしとして青銅でヘビを作り、竿の先に掛けるように命じた。ヘビに咬まれた者は、モーセが作った青銅のヘビを仰ぎ見るだけで癒やされた。青銅のヘビは5世紀にわたって神殿に置かれていたが、やがて預言者たちに偶像崇拝の品として糾弾された。

（出典）Erskine, *The Brazen Serpent*, 1 1; Johnson, *Lady of the Beasts*, 1 8 2; Morris, *Moses: A Life in Pictures*, 26

聖ドゥンスタンのトング

tongs of Saint Dunstan, the

キリスト教の伝承によれば、聖ドゥンスタンは、鍛冶場が設置された、土でできた小屋に住んでいた。彼はそこで、ク

マ、イヌ、キツネ、ヘビなどに姿を変え
た悪魔にしつこく悩まされた。ある日、
悪魔が女性に化けて彼の前に現れ、「肉
欲について淫らな話」を始めた。聖ドゥ
ンスタンは、鍛冶場に置いたトングが燃
えるように熱くなるまで、じっと待っ
た。すっかり熱くなると、そのトングで
悪魔の鼻をつまんで押さえつけた。悪魔
の苦痛の叫び声が辺り一帯に響き渡った
という。

出典 Robinson, *The Life of Saint Dunstan*, 10

生と死の水
Water of Life and Death, the

ロシアの伝説によれば、バーバ・ヤ
ガー（意地悪だったり親切だったりと、語り手
によってさまざまな姿で描かれる魔女）は、火
を噴く竜チュドー＝ユドーを操り、生と
死の水を守らせている。この水は美し
さ、強さを与え、さらには不老不死を叶
える魔法の力があるだけではなく、目が
見えるようになったり、失われた手足が
元どおりになったり、死者を復活させる
ことさえできる。

ロシアのおとぎ話には、ひとりは目を
くり抜かれ、もうひとりは無残に手足を
切断されるというような、ふたりの主人
公がひどい目に遭う話がたくさんある。
ふたりはその後助け合いながら生きてい
く。ふたりはヘビまたは森の老婆に出会
うが、それはバーバ・ヤガーだった。バー
バ・ヤガーは彼らに次々と試練を与える
が、最後には生と死の水が彼らの手に入
る。主人公ふたりの体は元どおりにな
り、ふたりとも美しい王女と結婚して、
物語の幕が閉じる。

エンドウ豆のイワンの物語では、主人
公は妹ワシリーサを助け出すためにドラ
ゴンを倒し、生と死の水を汲んで瓶に入
れた。やはり同じ冒険に乗り出して死ん
だ兄ふたりの亡骸にもその水を振りかけ
ると、ふたりは生き返って元どおり元気
になった。

出典 Dixon-Kennedy, *Encyclopedia of Russian &
Slavic Myth and Legend*, 27, 132, 297; MacCulloch,
The Childhood of Fiction, 52, 77

聖杯
Holy Grail

聖杯は、アーサー王伝説および文学に
おいて繰り返し登場する重要なテーマで
あり、杯、大皿、皿、石など、さまざま
な形で描写されてきた。聖杯は、フラン
スの詩人であり吟遊詩人であったクレ
ティアン・ド・トロワ（1130-1191年）が書い
た未完の騎士物語で初めて使われ、浅く
広い杯あるいは大皿として描写されてい
る。その作品、『ペルスヴァルまたは聖
杯の物語』にはこうある。漁夫王（不具の
王／アンフォルタス／エヴァサハ／パーラン／
ペリアム／ペラム／ペレス）と食事をしてい
たペルスヴァル（パーシヴァル）は、美しい
少女が聖杯を運んでいくのを目にする。
聖杯は、漁夫王の年老いた父親が口にす
る唯一の食べ物である聖餐用聖餅（この男
性が聖人であることを示唆する）を運ぶための
大皿に近いものとして使われている。こ
の物語では、神聖あるいは特別なのは聖
杯ではなく、それが運んでいる品なの
だ。

聖杯を天から降ってきた石としたの
は、ドイツの騎士であり詩人でもあった
ヴォルフラム・フォン・エッシェンバッハ
（1170-1220年）だった。彼によれば、石（著
者はラピス・エクシリスと呼んだ）は、謀反が
起こったとき神とルシフェルのどちら側

にもつかなかった天使たちの聖域だった
という。

　聖杯が神聖なものとなり、イエスと最
後の晩餐の聖杯と結びついたのは、12世
紀後半になってからだ。こちらの物語に
よれば、アリマタヤのヨセフは、啓示の
なかでイエスから聖杯を受け取った。そ
れを持って、ヨセフと家族はイングラン
ドへ旅した。その後、他の作家たちに
よって、それは十字架のもとでキリスト
の血を受けるのに使われた杯であり、聖
杯を安全に保管するために一団の守護者
が置かれたという物語が作られた。やが
て、この系譜にパーシヴァルも組み込ま
れていった。
『ランスロ＝聖杯サイクル』では、聖杯は
神の恵みの象徴であり、騎士のなかで最
も偉大で純粋なサー・ガラハッドが受け
取る運命にあった。聖杯をめぐるこの解
釈は、15世紀にサー・トマス・マロリーに
よって『アーサー王の死』で取り上げら
れ、現在でもよく知られている。

出典　Barber, *The Holy Grail*, 9‐3; Loomis, *The
Grail*, n.p.; Sayce, *Exemplary Comparison from
Homer to Petrarch*, 143

聖杯の剣

Grail Sword

別名・類語　折れた剣

　アーサー王物語に登場する伝説の剣、
聖杯の剣は、漁夫王(不具の王／アンフォル
タス／エヴァサハ／バーラン／ペリアム／ペラ
ム／ペレス)にまつわるいくつかのアイテ
ムのひとつ。クレティアン・ド・トロワの
『ペルスヴァルまたは聖杯の物語』では、
剣は鍛冶職人トラブシェが鍛え、漁夫王
からサー・ペルスヴァル(パーシヴァル)へ
贈られた。柄にルビーがはめ込まれた見

事な剣と描写されている。しかし騎士
は、一度でも戦いに使えば刃が粉々に砕
けるだろうと警告される。もしそうなっ
てしまったら、修理できるのはコアトル
のトラブシェだけだった。

　騎士であり詩人でもあったヴォルフラ
ム・フォン・エッシェンバッハが著した中
世の騎士物語『パルチヴァール』では、パ
ルチヴァール(パーシヴァル)は、ひと打ち
で仕留めるならよいが、ふた打ちめで剣
は粉々に砕けるだろうと告げられる。こ
の場合、剣を修理する唯一の方法は、
ラックという泉の中に沈めることだ。

　トロワの『ペルスヴァル』のさまざまな
続編では、サー・ガウェイン(ガーウェイン)
は、サー・パーティナルがグーンデザー
トを殺したとき剣が折れたこと、完璧な
聖杯騎士なら剣を修理できることを知
る。ガウェインはどうにか剣を修理でき
たが、ごくわずかなひびが残ってしま
い、完璧にはあと少し足りないことがわ
かる。物語の終わりには、ガウェインは
聖杯の剣を完璧な状態に復活させる。

　また、聖杯の剣をめぐる多くの物語の
ひとつでは、剣はかつてダビデ王が所有
しており、王は柄頭を鋳直す仕事を息子
のソロモンに託したと言われる。その
後、剣はソロモンの王妃(おそらく「ファラ
オの娘」と呼ばれている女性)が造らせた豪華
な内装の船に置かれた。最後には、聖杯
探索の騎士たちが船に続いて剣を発見
し、サー・ガラハッドが剣を取って身に
帯びた。

出典　Bruce, *The Arthurian Name Dictionary*, 234;
Patrick, *Chamber's Encyclopoedia*, Volume 10, 136;
Spence, *A Dictionary of Medieval Romance and
Romance Writers*, 145

聖ミカエル山に住む巨人の鉄の棍棒

club of iron of the giant of
Saint Michael's Mount, the

イングランドのコーンウォールの民間伝承によれば、アーサー王は聖ミカエル山に住む巨人コーモラン(コリネウス、コーミラン、コーモラント、グルマイロンとも呼ばれる)を倒したあと、巨人の鉄の棍棒と外衣(カートル)を戦利品として持ち帰った。

出典 Karr, *Arthurian Companion*, 1 1 5; Malory and Caxton, *Le Morte Darthur*, 96[トマス・マロリー(厨川文夫訳)『アーサー王の死』筑摩書房、1986年]; Rose, *Giants, Monsters, and Dragons*, 87[キャロル・ローズ(松村一男監訳)『世界の怪物・神獣事典』原書房、2014年]

聖ミカエル山に住む巨人の外衣

kirtle of the giant of Saint Michael's Mount, the

聖ミカエル山の巨人は、自分が打ち負かした15人の王の髭を使って見事な刺繍を施し、宝石で装飾した外衣(カートル)を持っていた。アーサー王は巨人を倒し、その外衣と鉄の棍棒を戦利品として持ち帰った(▶聖ミカエル山に住む巨人の鉄の棍棒を参照)。

出典 Karr, *Arthurian Companion*, 115

生命の保護者

Preserver of Life, the

古代メソポタミアの『ギルガメシュ叙事詩』(前2100年)において、芸術、工芸、創造、悪魔祓い、豊穣、真水、治癒、知性、魔法、策略といたずら、男らしさ、知恵の神エンキが、迫り来る洪水から、動物や職人、家族、穀物、種子を救うために、ウトナピシュティムに対して、船を建造するように伝えた。その船の名前が『生命の保護者』。ウトナピシュティムと職人たちが7日間をかけて頑丈な材木で建造したその船は、高さ・長さ・幅の合計が約60メートル、内部は7階建てで、各階は9つの区画に分かれていたという。

出典 Abulhab, *The Epic of Gilgamesh*, 161[『ギルガメシュ叙事詩』矢島文夫訳、筑摩書房、1998年]; Rose berg, *World Mythology*, 196-200

青龍偃月刀
<small>せいりゅうえんげつとう</small>

Green Dragon Crescent Blade

外交的手腕に長け、熟練した伝説的な巨漢の武将、関羽が振るっていた同じく伝説的な中国の武器、青龍偃月刀は、剣の切断力と槍(かんう)の長さを併せ持つ偃月刀(長柄武器の一種)である。重さは出典により異なるが、ほんの8キログラムほどから45キログラムまでと幅がある。死後、関羽は軍神として神格化され、その武器は彼の武将としての力の象徴となった。

なお、偃月刀という武器は実在するが、考古学的な研究では、関羽が生きていたとされる時代のおよそ800年後、北宋時代(960-1127年)に登場したことがわかっている。

出典 Dong, *Asian American Culture*, 3 3 0; O'Bryan, *A History of Weapons*, 79

ゼウスの玉座

throne of Zeus, the/ Zeus's throne

ギリシア神話のオリュンポス山の評議会の広間には、運命、王、稲妻、空、雷の神であり神々の王であるゼウス(ローマ神話の神ユピテル)と、その妻で、出産、家族、結婚、女性の女神ヘラ(ローマ神話の

女神ユノ)の玉座が、広間の扉から最も奥まったところに、隣同士で設置されていた。広間に足を踏み入れると正面の奥に、ゼウスの玉座が右側に、ヘラの玉座が左側に、ふたつ並んでいる光景がすぐに目に入った。オリュンポスの男性の神々の玉座はすべて右側に設置され、ゼウスの玉座以外は広間の左のほうを向いている。ゼウスに近い順から、ポセイドン、ヘパイストス、アレス、アポロン、ヘルメス、そして(最終的には)ディオニュソスの玉座が置かれていた。この広間は、どの軍隊が戦争で勝つべきか、小心な王や虚栄心の強い王妃を罰するべきかといった、人間についての問題を議論するために神々が集まる場所とされていた。しかし、たいていの場合、神々は自分たちの争いに夢中で、人間の問題に介入することは思ったよりも少なかった。

束縛、彫刻術、火、鍛冶、金属細工、石工、護符の神であるヘパイストス(ヘファイストス。ローマ神話の神ウルカヌス)によって作られたゼウスの玉座は、漆黒の大理石製で、そこに装飾として金の小片がはめ込まれていた。玉座は巨大で、座るまで7段の階段を上らなければならず、各段の色はそれぞれ虹の1色だった。玉座の上には、空を象徴する大きな青い天蓋があった。玉座の右の肘掛けは鷲を模して彫られており、その目には赤いルビーがはめ込まれ、その爪はゼウスの強力な稲妻を象徴するジグザグ型の錫をつかんでいた。クッションは紫の雄羊の毛で作られており、その羊毛が揺れると世界に雨が降る。

出典 Graves, *Greek Gods and Heroes*, n.p.

ゼウスの刀剣

sickle of Zeus, the

別名・類語 ゼウスのアダマンティンの刀剣

古代ギリシア神話では、運命、王、稲妻、空、雷の神であるゼウス(ローマ神話の神ユピテル)は、雷霆に加えてアダマンティンの刀剣(または▶ハルパーという剣。出典により異なる)を武器として用いていた。巨人のテュポン(テュポエウス／テュパオン／テュポス)と戦っていたとき、ゼウスは刀剣で決定的な一撃を与えた。しかし、テュポンはその傷に倒れる前に、ゼウスの手から武器を奪い取り、ゼウスの手足の腱を切り取った。

出典 Murgatroyd, *Mythical Monsters in Classical Literature*, 146; Viltanioti and Marmodoro, *Divine Powers in Late Antiquity*, 109

ゼウスのへその緒

umbilical cord of Zeus, the/
Zeus's umbilical cord

古代ギリシア神話では、運命、王、稲妻、天空、雷の神ゼウス(ローマ神話の神ユピテル)は、赤子のときにクレタ島の神霊であるクレスたちによってイダ山へ運ばれ、そこでひそかにニンフたちの手で育てられた。移動中にゼウスのへその緒がトリトン川に落ち、聖地となった。

出典 Parada, *Genealogic Guide to Greek Mythology*, 194; Siculus, *Delphi Complete Works of Diodorus Siculus*, 30-31

セーグ

Saeg/Saegr

別名・類語 セーゲル、ソーグ、ビルとヒューキの桶

北欧神話で、セーグ(「騒がしいもの」)と

は、ビルとヒューキ（ユーキ）が▶ビュル
ギルの泉（または井戸）で汲んだ水を入れた
バケツ、樽、たらい、桶のこと。ふたり
は▶シームルという天秤棒を使ってセー
グを運ぶ。

出典 Grimes, *The Norse Myths*, 2　9　5-9　6;
Tangherlini, *Nordic Mythologies*, 194

セカス

Secace ［一般にセクエンス（Sequence）。
写本によって綴りが異なる］

別名・類語 スール

　アーサー王物語群でランスロットの名
前が題された物語において、アーサーが
サクソンロックの戦いで使用した剣は、
セカス（「連続」）と名づけられていた。こ
の「切れ味抜群の剣」は、死闘でのみ使わ
れるとされた。上記の戦いでは、▶エク
スカリバー（アーサーが普段使っている剣）は
サー・ガウェインが用いていた。アー
サー王伝説においては一般的に、セカス
はサー・ランスロットの剣である。

出典 Bruce, *The Arthurian Name Dictionary*, 443;
Corley, *Lancelot of the Lake*, 3　9　9; Sherman,
Storytelling, 441; Warren, *History on the Edge*, 212

セスルームニル

Sessrymnir

別名・類語 セスルムネル、セッスルムニ
ル

　北欧神話では、セスルームニル（「広々
とした席のある」/「席のある部屋」/「多くの席
がある」）は、美、死、豊穣、黄金、愛、
セイズ（魔術の一種）、性、戦争を司る、美
しく勇ましい女神フレイヤ（「婦人」）の宮
殿だった。客全員を悠々と収容できるこ
の宮殿は、彼女の私有地▶フォークル
ヴァングにあった。フレイヤは毎日、殺

された者の半数を選んで、ここに住まわ
せた。セスルームニルについては、「広々
として美しい」とだけ記されている。

出典 Anderson, *Norse Mythology*, 4 5 7; Bennett,
Gods and Religions of Ancient and Modern Times,
Volume 1, 3 9 6; Grimes, *The Norse Myths*, 2 6 6;
Guerber, *Myths of the Norsemen*, 131

セタン・コベル

Setan Kober

　ジャワの民間伝承によると、セタン・
コベル（「墓の悪魔」）とは、エンプ・バユ・ア
ジが鍛えたケリス（またはクリス。短剣の一
種）のことで、ドゥマク王国のジパング・
アディパティ（公爵）であるアルヤ・パナン
サンが所有していた。セタン・コベルに
は13のルク（またはロク。曲がりくねった刃の
こと）があると記されている。伝えられ
ているところによると、このケリスを鍛
えているとき、鍛冶職人は近くの墓地か
ら聞こえてきた悪魔の叫び声に気をとら
れた。セタン・コベルは強力な武器であ
るが、このときに、使い手に野心と性急
さを起こさせる邪悪な性質を帯びたとさ
れる。

出典 Gardner, *Keris and Other Malay Weapons*,
n.p.

セックヴァベック

Sokkvabekkr

別名・類語 ソックヴァベック、セクヴァ
ベク、セクアベック

　北欧神話では、セックヴァベック（「歌
う館」/「歌う小川」/「沈んだ館」）は、詩的芸
術と知恵の女神であり、オーディンの酒
飲み仲間であるサーガの、水晶でできた
館。海辺に建てられ、常に波が打ち寄せ
ていた。

出典 Grimes, *The Norse Myths*, 299

セブン・リーグブーツ

seven-league boots

別名・類語 サパギー・スカラホーディ(「早歩きのブーツ」ロシア語)、魔法のブーツ、俊足の靴(スコットランド語)、フュ・マイル・ストーヴラ(「7リーグのブーツ」)。

セブン・リーグブーツは、フランス、ドイツ、イギリス、オランダ、イタリア、ポルトガル、スカンジナビアのおとぎ話や民話によく登場する履物のこと。物語の主人公がこれを履くと、たった1歩で7リーグ(約40キロ)の距離を移動できるブーツ(靴)だ。このアイテムは、旅人が驚異的な速さで走ることができる、ロシアの早歩きブーツと似ている。

出典 Haase, *The Greenwood Encyclopedia of Folktales and Fairy Tales*, 2１7; Toune and Adam, "Inquires Answered," 554; Urdang, *Three Toed Sloths and Seven League Boots*, 127

セレネの戦車

chariot of Selene, the/ Selene's chariot

古代ギリシア神話に登場する月の女神でティタン神族のセレネの戦車は、2頭の牛あるいは翼のある白い馬に引かれて夜空を走っていた。セレネはときおり、雄牛やラバ、雄羊に横乗りした姿で描かれることもあった。古代ローマ神話では、ディアナあるいはルナとして知られていた。

出典 Daly and Rengel, *Greek and Roman Mythology, A to Z*, 131-32; Littleton, *Gods, Goddesses, and Mythology*, Volume 4, 3７4-7５; Varadpande, *Ancient Indian and IndoGreek Theatre*, 108

戦鬼

Ogress of War

別名・類語 リッム・ギューグ(「戦鬼」)

13世紀のアイスランド叙事詩『ニャールのサガ』(『焼け死んだニャールの物語』)に

よると、スカルプヘジンの斧は、戦鬼と名づけられていた。スカルプヘジンは、その斧でハッルステインを真っ二つに切り裂いて背骨を切断して殺し、シグルズ(ジークフリート／シグムント)の肩から腰にかけて一撃をくらわせて殺し、スラーイン・シグフースソンの脳天をふたつに割って殺し、その他8人の男たちを殺した。物語の後半では、ソルゲイル・クラギエルがこの斧の刃先でソルヴァルドの胸を切断し、ソルヴァルドは地面に倒れる前に死んだ。斧の峰でソルケル・シグフースソンの頭蓋骨も陥没させた。

出典 Dasent, *The Story of Burnt Njal*, 80, 173, 195, 220, 291, 300; Eddison, *Egil's Saga*, 281

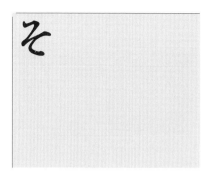

ソヴァジヌ
Sauvagine

ソヴァジヌ(「容赦ない」)とは、778年のロンスヴォーの戦いを描いた、フランスの叙事詩『ローランの歌』(1040-1115年頃)に登場するデーン人オジエが所有する、2本の魔剣のうちの1本。

『騎士道の時代、またはクロックミテーヌの伝説』では、有名な剣工ミュニフィカンが、▶コルタン、▶デュランダル、ソヴァジヌの3本の剣を作った。

それぞれの剣は3年がかりで作られ、最終的には▶グロリアスという剣の刃を試すために使われたが、グロリアスはそれぞれの剣を切り裂くことに成功した。

出典 Benet, *The Reader's Encyclopedia*, 1 0 9 1; Brewer, *Dictionary of Phrase and Fable 1900*, 1197; L'Epine, *The Days of Chivalry*, n.p.

象牙の角笛
horn of ivory, the

サー・トマス・マロリーが書いた物語のなかで、象牙の角笛は乙女の城で見つかった。金で豪華に装飾され、魔法の力を持つこの角笛を吹くと、その音は周囲の3キロ四方にまで届くという。乙女の城に騎士たちを召喚するために使われた。

出典 Anderson, *Norroena*, 1 7 2; Karr, *Arthurian Companion*, 238

ゾウの骨の角笛
horn of Elephant Bone, the

サー・トマス・マロリーのアーサー王物語で、サー・ボーマンは、"危険な城"に住む"赤い騎士"ことサー・アイアンサイドからライオネス夫人を解放するため、旅に出る。平野のまんなかにシカモアの木が1本立っていて、金がちりばめられ手の込んだ彫刻が施されたゾウの骨の角笛が掛かっていた。角笛を吹けば、"赤い騎士"を呼び出して戦いを挑むことになる。7人分の力と抜きん出た戦闘能力を持ち、あらゆる真の騎士を憎む男だった。

出典 Gilbert, *King Arthur's Knights*, 94-95; Karr, *Arthurian Companion*, 237

ソーストンの金の指輪
gold ring of Thorston, the

妖精伝説に、ある土地のソーストンという名の英雄が、竜にさらわれた小人の子どもを助ける話がある。名のない小人は救い主にどうしてもお礼がしたいと言い張り、いくつかの贈り物を受け取らせた。そのひとつが、金の指輪だった。物語によれば、指輪を着けているかぎり、金に困ることはなかったという。

出典 Dunham, *The Cabinet Cyclopaedia*, Volume 2 6, 7 3; Keightley, *World Guide to Gnomes, Fairies, Elves, and Other Little People*, 72

ソーストンの黒い石
black stone of Thorston, the

妖精伝説に、ある土地のソーストンという名の英雄が、竜にさらわれた小人の

子どもを助ける話がある。名のない小人は救い主にどうしてもお礼がしたいと言い張り、いくつかの贈り物を受け取らせた。そのひとつが黒い石だった。物語によれば、石を手のひらにのせて強く握り締めると、姿を消すことができたという。

出典 Dunham, *The Cabinet Cyclopaedia*, Volume 2 6, 7 3; Keightley, *World Guide to Gnomes, Fairies, Elves, and Other Little People*, 71

ソーストンの火の石
fire stone of Thorston, the

　妖精伝説に、ある土地のソーストンという名の英雄が、竜にさらわれた小人の子どもを助ける話がある。名のない小人は救い主にどうしてもお礼がしたいと言い張り、いくつかの贈り物を受け取らせた。そのひとつが、不思議な石だった。物語によれば、鋼の針が添えられた三角形の石で、片面は赤、もう片面は白、周囲の縁は黄色だった。針で白い面を刺すと、いきなり電を伴う嵐が起こり、あまりの激しさにまったく前が見えなくなる。嵐を止めるには、黄色い縁を刺すだけでよい。そうすれば太陽が顔を出し、電は溶けてなくなる。赤い面を刺すと、火花と炎が発生し、あまりの強烈さに目を向けていられないほどだった。そして、石は持ち主が望めばいつでも手元に戻ってきた。

出典 Dunham, *The Cabinet Cyclopaedia*, Volume 2 6, 7 3; Keightley, *World Guide to Gnomes, Fairies, Elves, and Other Little People*, 72

ソーストンの羊毛シャツ
sheep-wool shirt of Thorston, the

　妖精伝説に、ある土地のソーストンと

いう名の英雄が、竜にさらわれた小人の子どもを助ける話がある。名のない小人は救い主にどうしてもお礼がしたいと言い張り、いくつかの贈り物を受け取らせた。そののひとつが羊毛のシャツだった。そのシャツを直に肌に着ているかぎり、決して傷を負うことはなく、泳いでいても疲れないという。

出典 Dunham, *The Cabinet Cyclopaedia*, Volume 2 6, 7 3; Keightley, *World Guide to Gnomes, Fairies, Elves, and Other Little People*, 72

ソーマ
Soma

別名・類語 アンブロシア、アムリタ、不老不死の霊薬、ハオマ

　ヒンドゥー教の神話には、神々が不老不死になるために飲む霊薬ソーマの主成分である、「不死の植物」が登場する。初期の神話では、ソーマは牛や植物、水からある程度抽出され、それを混ぜ合わせて飲まれていた。その後、特定の植物の茎から汁を絞り出して作られるようになった。

　この飲み物には、不老不死をもたらすだけではなく、覚醒と意識を高め、偉大な力を与え、病人を癒し、超常能力を授け、老人を若返らせるという効能もあった。

　ソーマはまた、「称賛と崇敬の最高系統に位置する」とされる神の名前でもあり、「すべての力は彼のものであり、すべての祝福は彼が与えるもの」とされた。月の神であるソーマはインドラにも崇拝された。インドラはこの霊薬の虜となり、火神アグニとともにソーマを痛飲した。

出典 O'Flaherty, *Hindu Myths*, 35, 273; Wilkins,

ソドムのリンゴ 157

Hindu Mythology, 59-63

ソールの戦車
chariot of Sol, the/ Sol's chariot

　北欧神話の太陽の女神ソールの戦車は、アールヴァク(「早起き」あるいは「早起きする者」)とアルスヴィズ(「すばやい者」)という名前の2頭の馬に引かれて空を走っていた。2頭は、暑く明るい神の王国ムスペルヘイムで生まれた。戦車と馬たちは、一体となって夜明けを象徴していた。アールヴァクの両耳には、魔法のルーン文字が刻まれている。馬たちが女神の戦車を引くときには、盾の▶スヴァリンが太陽の有害な光線から彼らを守った。

出典 Coulter and Turner, *Encyclopedia of Ancient Deities*, 5; Grimes, *The Norse Myths*, 255; Norroena Society, *Asatru Edda*, 25; Rose, *Giants, Monsters, and Dragons*, 178［キャロル・ローズ（松村一男監訳）『世界の怪物・神獣事典』原書房、2014年］

ソーン
Son/ Sohn/ Sonr

　北欧神話において、ソーン(「血」)は▶貴重な蜜酒の一部を貯蔵する桶のひとつで、ほかの桶は▶ボズンとソーンと呼ばれていた。ソーンは▶フニットビョルグにあるスットゥングの宝物庫に保管されていたと言われている。
　アイスランドの歴史家スノッリ・ストゥルルソンは、『スノッリのエッダ』の「詩語法」で、▶オーズレリルはクヴァシルの血を発酵させる青銅釜で、▶ボズンとソーンは樽だとしている。

出典 Grimes, *The Norse Myths*, 2 9 9; Lindow, *Norse Mythology*, 252

ソドムのリンゴ
apples of Sodom, the

別名・類語 死海の果実

　中世ヨーロッパの民間伝承では、かつてゴモラとソドムの2都市があった荒れ地に、巨大な木が生えていたと言われている。旅人たちは、この木に出くわすことがあっても、誘惑に屈しておいしそうなリンゴを取ってはいけないと警告された。果実をもいだ瞬間、手の中で破裂して煙を発し、粉々に砕けてしまうからだ。この行為は、旅人が現世の肉体的快楽にいかに惑わされやすいかを示し、神の不興を買うことになる。

出典 Jameson, *Edinburgh New Philosophical Journal*, Volume 3 2, 3 2-3 3; Meltzer, *The Thinker's Thesaurus*, n.p.

ソナル・ドレイリ

Sonar Dreyri

　北欧神話において、ソナル・ドレイリ（「息子の血」）はミーミルの泉の蜜酒。この蜜酒を飲んだ者は知恵を授かる。ソナル・ドレイリは、▶ハデスの角杯の中で、▶スヴァルカルドル・サエルおよび▶ウルザル・マグンと混ぜられた。

出典　Norroena Society, *Asatru Edda*, 3　8　7; Rasums, *Norroena*, Volume 1　2, 1　3　8; Rydberg, *Teutonic Mythology* Volume 2, 92, 353

ソパサムハーラ

Sopasamhara

　古代ヒンドゥー教の神話において、ソパサムハーラは投擲武器に分類され、そのなかでも撤退や抑制に関連する武器とされている。

　ソパサムハーラには次の44種類の武器があり、いずれも聖者ヴィシュヴァーミトラがラーマに与えたものだ。アニドラカクラ（インドラの円盤）、アルドラ（濡れたもの）、アヴィディアストラ（無知のミサイル）、ブラフマーシルサ（ブラフマーの頭）、ダンドカクラ（罰の円盤）、ダルマカクラ（光の円盤）、ダルマパサ（道理の縄）、ガンダルヴァストラ（ガンダルヴァのミサイル）、ガルーダストラ（ガルーダのミサイル）、ハヤシルサ（馬の頭のミサイル）、イシカストラ（葦のミサイル）、カラカクラ（ヤマの円盤）、クラウンカストラ（クラウンカのミサイル）、マナサ（精神的なミサイル）、▶マナヴァストラ（マヌのミサイル）、マウサラ（棍棒型のミサイル）、マヤストラ（幻想のミサイル）、モダキ（魅惑的なもの）、▶ナーガストラ（蛇のミサイル）、ナンダナストラ（喜びを生むミサイル）、パイナカストラ（シヴァのミサイル）、プラサマナ（鎮めるミサイル）、プラス

ヴァパナ（眠気をもたらすミサイル）、サイラストラ（岩のミサイル）、サマナ（懐柔的ミサイル）、サムハーラー（抑制のミサイル）、サムヴァルタ（回転するミサイル）、サンタパナ（苦しめるミサイル）、サティヤ（真実のミサイル）、サウラ（太陽のミサイル）、シクハラストラ（炎のミサイル）、スジュハリ（尖ったもの）、ソマストラ（月のミサイル）、ソサナ（乾燥のミサイル）、スラヴァラ（シヴァの槍）、ススカ（乾燥）、タマサ（暗闇のミサイル）、マサナ（撹拌のミサイル）、トヴァストラ（ヴィシュヴァカルマンのミサイル）、▶ヴァルナパーシャ（ヴァルナの縄）、ヴァッサナ（雨のミサイル）、ヴァヤヴィヤ（ヴァーユのミサイル）、ヴィデイヤストラ（知識のミサイル）、ヴィラパナ（けたたましいミサイル）。

出典　Oppert, *On the Weapons*, 25-28

空飛ぶじゅうたん

flying carpet

別名・類語　魔法のじゅうたん、タングの魔法のじゅうたん、フセイン王子のじゅうたん

　常套句であり、伝統的な空想の象徴でもある空飛ぶじゅうたんは、乗り手を好きな場所へ運んでくれる道具だ。たいていは、じゅうたんが空中に舞い上がり、文字どおり乗客を飛行させることで目的を達成するのだが、ときにはじゅうたんが人を瞬間移動させることもある。

　空飛ぶじゅうたんが使われた最古の記録は古代イスラエルのソロモン王によるもので、じゅうたんは縦横100キロメートルほどの大きさがあり、緑の絹に黄金の横糸が織り込まれていたという。王はじゅうたんの上に座ると、風を操って空中をすばやく飛ぶことができた。鳥たちが頭上を舞って、日よけとなる陰を作っ

たという。

中東の説話集『千夜一夜物語』では、フセイン王子が使うじゅうたんは、空を飛ぶというよりも、魔法で人を好きなところへ「瞬く間に」運んでくれる。

出典 Brewer, *Dictionary of Phrase and Fable*, Volume 1, 217-18; IshKishor, *The Carpet of Solomon*, n.p.

ソロモン王の船
ship of King Solomon, the

アーサー王伝説の聖杯探求において、サー・ガラハッド、サー・パーシヴァル、サー・ボールスがソロモン王の船を発見した。その船に乗って彼らはサラスへ行った。非常に上質な木材で造られた船で、不思議な宝石が装飾としてはめ込まれていたという。大きな白い十字架が描かれた赤い帆が、マストから垂れ下がっていた。マストの端には渦巻き模様の細工が施されていた。船尾には3本のスピンドルがあり、色はそれぞれ緑と赤と白だった。言い伝えによると、このスピンドルは、エデンの園でアダムとイヴが食べた禁断の果実の木から作られていた。騎士たちはこの船で、▶ダビデ王の剣と鞘を見つけた。

出典 Greenslet, *The Quest of the Holy Grail*, 7 1-73; Karr, *Arthurian Companion*, 124

ソロモンの封印
seal of Solomon, the

別名・類語 ソロモンの指輪、ソロモンの盾

ユダヤ・キリスト教神話によれば、ソロモン王は魔法の指輪を所有していた。この指輪に関して書かれたものは数多いが、封印の指輪であったことはよく知ら

れている。ソロモンはそれを用いて72の悪魔を真鍮や銅の器に縛りつけ、鉛で覆って指輪の印章で封印した。初期の記述では、ベゼル(指輪に宝石や石をはめる平らな台座部分)に五芒星が彫られていたとされているが、後年の記述では六芒星とされている。たとえばユダヤ教神秘主義の経典ゾーハル(3:233 a-b)のように、この指輪にはテトラグラマトンが刻まれていたとする出典もある。テトラグラマトンとは、ヘブライ語で神の名を表す4文字(JHVHまたはYHWH)のことだ。エジプト・東洋学研究者のアーネスト・アルフレッド・トンプソン・ウォーリス・バッジ卿(1857-1934年)の記したところによると、この指輪は純金製で、テトラグラマトンが刻まれた一粒のシャミル(ダイヤモンド)がついていた。さらに、指輪には石をはじめとするあらゆる物質を切断する力があったという。

出典 Budge, *Amulets and Talismans*, 2 8 1, 4 2 4; Kuntz, *Rings for the Finger*, 288-89

た

ダーインスレイヴ
Dainsleif/ Daiinsleif/ Dansleif

北欧神話に登場する剣ダーインスレイヴ(「ダーインの遺産」)は、アイスランドの歴史家スノッリ・ストゥルルソンによれば、ドワーフのダーインが作った。剣▶ティルヴィングと同じく、この武器はひとたび鞘から抜かれれば、誰かを殺すまで鞘に収めることができないという呪いをかけられていたと言われる。さらに、ダーインスレイヴはひとたび的を突けば、相手は死ぬか、けっして癒えない傷を負うかのどちらかだった。伝説によれば、ホグニ王は、ヘジン・ヒャランダソンに誘拐された娘のヒルドを助けるため、ダーインスレイヴを抜いたという。

出典 Brodeur, *Snorri Sturluson: The Prose Edda*, 5 0; Daly, *Norse Mythology A to Z*, 1 5; Grimes, *The Norse Myths*, 2 6 1; Hawthorne, *Vikings*, 1 8; Pendergrass, *Mythological Swords*, 3

ダイダロスの翼
wings of Daedalus, the

ギリシアの文法学者、歴史家、人文学者であるアテナイのアポロドロス(前180-前120年頃)、およびローマ時代の詩人オヴィッド(プーブリウス・オウィディウス・ナーソー。前43-後17年)は、クレタ島の怪物ミノタウロスを封じ込めた迷宮を設計した古代ギリシアの建築家ダイダロス(「巧みな」)について書いている。ダイダロスと息子のイカロスは、囚われ人が迷宮から脱出した罰として幽閉された。そこから逃げ出すことは不可能に近かったが、ダイダロスは息子に「水と陸は逃げても捕まるが、空気と空は自由だ」と言った。そこでダイダロスは、蜜蝋と羽毛で一対の翼を作った。ダイダロスはイカロスに、高く飛びすぎると太陽の熱で蜜蝋が溶けて翼がバラバラになってしまうし、海に近づきすぎると、海上の湿った空気が羽毛を湿らせ、翼が重くなって動かなくなると、注意を促した。父親の警告にもかかわらず、イカロスは空高く舞い上がり、案の定、蜜蝋が溶けて墜落した。イカロスは目もくらむような高さから海に落下し、父親は嘆き苦しみながらもシチリア島を目指してひとりで飛行した。

出典 Hamilton, *Mythology*, n.p.; Westmoreland, *Ancient Greek Beliefs*, 181

ダイダロスの木製の牛
wooden cow of Daedalus, the

古代ギリシア神話に登場する、建築家で発明家のダイダロス(「巧みな」)は、かつてクレタ島の王妃パシパエを助けるために木製の牛を作った。彼女の夫であるミノス王が、地震、馬、海の神であるポセイドン(ローマ神話の神ネプテュヌス)にある雄牛を捧げることを拒んだため、王妃がこの雄牛に欲情するようにポセイドンは呪いをかけた。パシパエの要請を受けて、ダイダロスは木製の牛を作った。それは巧みに皮で覆われており、生きている牛と見間違うほどの出来栄えだった。この木製の牛は、ポセイドンに捧げるはずだった雄牛が草を食む野原へ運ばれ

た。雄牛が木製の牛を本物の雌牛だと勘違いし、交尾することを期待して、王妃はこの木製の牛の中に入り込んだ。計画は成功し、パシパエは身ごもり息子を産んだ。アステリオンと名づけられたその息子は、ミノタウロス(「ミノスの雄牛」)という名でよく知られている。

出典 Bulfinch, *Bulfinch's Greek and Roman Mythology*, 122-23; Hard, *The Routledge Handbook of Greek Mythology*, 337-41, 347; March, *Dictionary of Classical Mythology*, 146

大天使ガブリエルのラッパ

horn of Gabriel, the

聖書の伝承では、大天使ガブリエルのラッパは、審判の日の到来を告げるために使われる楽器である。しかし聖書では、死者が墓からよみがえる時を知らせる天使の名前は特定されていない。ラッパを吹き鳴らす者としてガブリエルを最初に指名したのは、この出来事が描かれている1455年のアルメニア語の写本である。一方、英文学でガブリエルの名を布告者として挙げたのは、ジョン・ミルトンの『失楽園』(1667年)が最初だった。

出典 Koehler, *A Dictionary for the Modern Trumpet Player*, 6 7; McCasland, "Gabriel's Trumpet," 159-61

タウィヤ

tawiya

ホピ族の口伝えの伝承では、タウィヤ(「ひょうたん」)は、▶パアトゥヴオタに似た、シャーマンが使う移動手段。まずタウィヤの下部に乗り込み、自らの手で上部を閉じる。閉じたら、屋根と座席の間に伸びる筋を、シャーマンが両手の手のひらでねじることによって、タウィヤは浮き上がり飛行する。移動中はハミングのような音を立てるという。

出典 Malotki and Gary, *Hopi Stories of Witchcraft, Shamanism, and Magic*, xl

宝船

Takarabune

別名・類語 寶船

日本の伝承で、宝船(「幸運の船」)は正月の2日に出航し、その年の豊漁を祈願する船である。初期の絵では、船の上に積まれていたのは豊かさの象徴である米俵や稲だった。やがて、それ以外にも、ムカデ、伊勢海老、そして七福神などの豊穣の象徴も描かれるようになった。船の

帆には「獏」の文字が書かれている。獏は悪い夢を食べると言われる動物のことだ。縁起の良い初夢を見られるように、宝船の絵を描いた小さな紙を枕の下に入れて眠る風習がある。

出典 Sources: Allen, *Japanese Art Motives*, 152-53

ダグダの大釜
cauldron of the Dagda, the/ Dagda's Cauldron

別名・類語 アーダの聖杯、豊穣の大釜、潤沢の大釜、無尽蔵

アイルランドの伝承によれば、神の一族トゥアタ・デー・ダナンがアイルランドに降り立ったとき、4つの魔法の至宝を携えていた。ダグダの大釜、光の剣▶クラウ・ソラス、運命の石▶リア・ファール、そして槍▶ルインである。魔法の品はそれぞれムリアス、フィンジアス、ファリアス、ゴリアスの4都市から、ドルイド僧によって運ばれてきた。ダグダの大釜をムリアスの街から運んできたのは、ドルイド僧セミアスだった。

ケルト神話の豊穣、芸術性、宴会、死、過剰、霊感、生命、音楽、天空、戦争の神であるダグダの持つ大釜には、さまざまな食物を無限に供給する魔法の力があり、誰ひとり空腹にさせることがなかった。結果として、大釜はけっして空にならなかった。

出典 Adams Media, *The Book of Celtic Myths*, 76-7 7; Ellis, *Brief History of the Druids*, 7 3, 1 2 4; Zakroff, *The Witch's Cauldron*, n.p.

ダグダの棍棒
club of the Dagda

別名・類語 ダグダの熊手

ケルト神話に登場する豊穣、芸術性、宴会、死、過剰、霊感、生命、音楽、天

空、戦争の神であるダグダは、運ぶのに8人の屈強な男を要する特大の強力な棍棒を振るった。また、棍棒はあまりにも重いので、車に乗せて運ぶこともあった。ダグダは棍棒を振るうとき、武器の頭部を使って敵を一撃で殴り殺した。しかし、その気になれば、武器の反対側を使ってもう一度敵を叩き、生き返らせることもできた。稲妻の象徴であるダグダの棍棒は、地表に深い溝を掘るのに使われ、その溝は地域間の境界線になった。このような溝は「ダグダのしるし」と呼ばれた。境界石で地形はいっそう強調され、石や溝に手を加えれば神の怒りを招いた。

まれに、ダグダは熊手を持っているとも言われる。棍棒とまったく同じ能力と特性を持っているが、宴会が中心の物語に登場することが多い。

出典 Davidson, *Myths and Symbols in Pagan Europe*, 204, 207; Koch, *Celtic Culture: A-Celti*, 553-54, 1632

タスラム
Tathlum

ケルト神話において、タスラムは、長腕(芸術的な手、長い手)の異名を持つ太陽神ルグ(「輝く」または「光」)が使う投弾。アモリア海と紅海の精製砂を融合して磨き丸めたもの。また、この投弾は、クマやライオン、「オスムンの体」、ヒキガエル、毒ヘビから集めた血から作られるという説もあり、赤々として、堅く、重いという。ルグはこの武器を使って、フォウォレ族の強撃のバロルとの戦いに勝利した。バロルの邪眼はタスラムによって貫かれた。

出典 Beaumont, *The Riddle of Prehistoric Britain*,

194; Squire, *Celtic Myth and Legend*, n.p.

戦いの扉
Door of Battle

別名・類語 コムラ・カサ

アイルランドの叙事詩『クアルンゲの牛捕り』(『クーリーの牛争い』／『トーイン』)では、"戦いの扉"はケルトハルの盾だった。アルスターの英雄クー・フリン(クー・フラン／クー・フーリン／クーフーリン)の3つの屋敷のひとつであるテテ・ブレックに保管されていたたくさんの杯、角杯、ゴブレット、投槍、盾、剣などとともに名前を挙げられている。戦いの扉は、茶色であるとだけ描写されている。

出典 Kinsella and Le Brocquy, *The Tain*, 5; Mountain, *The Celtic Encyclopedia*, Volume 2, 431

ダドゥ・モナラ
Dhadu Monara

別名・類語 ダドゥ・モナラ・ヤントラ(「偉大なクジャクの機械」)、▶プシュパカ・ヴィマナ(ヒンドゥー教)

シンハラ仏教の伝説によれば、ダドゥ・モナラ(「木製のクジャク」)は、スリランカのラーヴァナ王が使っていた飛行機である。紀元前500-紀元前100年に書かれた古代インドの叙事詩『ラーマーヤナ』(ラーマの旅)に登場しており、おそらくこれが文献に空飛ぶ乗り物が出てきた初の例だと考えられる。王はこの乗り物(空飛ぶ戦車と描写されることが多い)を使って、自らの10の王国を巡っていたという。注目すべきことに、スリランカにはワリヤポラ(「飛行機の場所」)と呼ばれるふたつの都市があり、どちらもラーヴァナ王がダドゥ・モナラを着陸させた場所だと言われている。密生したジャングルの中に位置する古代の空港には現在も、滑走路に似たくっきりと目立つ空き地があるという。

出典 Mason, *Rasa Shastra*, 4 7 0, 4 7 8; Rough Guides, *The Rough Guide to Sri Lanka*, n.p.

ダビデ王の剣と鞘
sword and scabbard of King David, the

アーサー王伝説の聖杯探求において、サー・ガラハッド、サー・パーシヴァル、サー・ボールスが▶ソロモン王の船を発見した。ダビデ王の剣と鞘は、その船の祭壇の台座で見つかった。物語によると、ソロモン王の妻は夫に、ダビデ王の剣の鞘と柄から宝石を取り除くように言った。そのとき、彼女は剣帯をそのままにしておいたが、その帯はとても薄くて、何も支えることができないように見えた。しかし、彼女はソロモン王に、いつか乙女がその剣帯に手を加え、愛の紐を用いて作り上げるはずだと言った。その剣は▶変わった布のついた剣として知られるようになるだろう、とも。

ガラハッドの最初の剣はバーリンの剣で、彼の2番めの剣はダビデ王の剣であった。

出典 Hennig, *King Arthur*, 4 0; Karr, *Arthurian Com-panion*, 124

ダビデ王の竪琴
harp of King David, the

別名・類語 ダビデのリラ

▶契約の箱にまつわる遺物のひとつ、ダビデ王の竪琴は、自ら音楽を奏でると言われていた。ダビデは少年の頃サウル王に仕え、悪霊に取りつかれて苦痛にさいなまれる王を癒やすために、この竪琴で心地よい音楽を奏でた。

出典 Boren and Boren, *Following the Ark of the Covenant*, 14; Friedmann, *Music in Biblical Life*, 63

食べても尽きない米俵
endless bag of rice, the

　日本の言い伝えに、琵琶湖近くの山に人食いムカデが住んでいたという話がある。文化英雄であり、怪物退治で名高い藤原秀郷<ruby>藤原秀郷<rt>ふじわらのひでさと</rt></ruby>は、龍王からムカデを退治するよう依頼された。秀郷は、1本の矢じりに自分の唾液をつけた。人間の唾液は、怪物には毒になると広く信じられていたからだ。ムカデの頭めがけて矢を放つと、矢はみごと眉間を射抜き、ムカデは即死した。秀郷は、褒美に3つの魔法の品を贈られた。そのひとつが米俵だった（▶緋色の銅鍋や▶秀郷の絹巻も参照）。伝説によると、秀郷がどれほど米をすくい取っても米俵はけっして空にならず、何百年にもわたって家族を食べさせることができたという。

出典 Kimbrough and Shirane, *Monsters, Animals, and Other Worlds*, n.p.; Roberts, *Japanese Mythology A to Z*, 22

タミング・サリー
Taming Sari

　マレー語の文献では、タミング・サリー（「美しい盾」または「花の盾」）は、史上初めて作られたケリス（またはクリス。短剣の一種）とされている。伝説的な英雄ハン・トゥアの武器であり、ジャワの鍛冶職人によって21種類の金属から鍛造されたという。非常に精巧に作られた短剣で、これを使う者は無敵であった。

出典 Azman, *The Legend of Hang Tuah*, 122-24；Yousof, *One Hundred and One Things Malay*, n.p.

タムスヴォンド
Tamsvondr

別名・類語 ガンバンテイン、レーヴァティン

　北欧神話では、タムスヴォン（「飼いならしの杖」）は豊穣、平和、雨、太陽の神であるフレイ（フレイル／ユングヴィ）の魔法の剣であり、使い手に代わって戦う力を持っていた。剣の名前は当初、▶ガンバンテインだった。フレイは、自分の使者としてスキールニルがゲルズのところへ結婚の申し込みに行くときに、彼にこの剣を与えた。スキールニルが剣にルーン文字を刻み、フレイとの結婚に同意しなければ恐ろしい呪いをかけるとゲルズを脅したあと、名前はタムスヴォンドに変更された。また、彼女が結婚を承諾したことでフレイは大喜びし、剣をスキールニルに与えたとも言われている。残念なことに、フレイはこの剣をラグナレクで使えなかったせいで、戦いに敗れた。

出典 Grimes, *The Norse Myths*, 2 6 8, 3 0 0; Norroena Society, *Asatru Edda*, 348

ダモクレスの剣
sword of Damocles, the

別名・類語 ダモクレスの剣

　ローマ帝国の執政官で法律家、弁論家、哲学者、文筆家、政治家であったマルクス・トゥッリウス・キケロ（前106-前43年）は、ダモクレスの剣の逸話について書き残している。紀元前4世紀、シチリア島シラクサの僭主ディオニュシウス2世の廷臣ダモクレスは、王の栄華と幸福を褒めそやした。追従を言う廷臣を諭すため、王はダモクレスと立場を交換してみようと提案した。ダモクレスは音楽が奏でられる贅を尽くした饗宴でもてな

れたが、玉座の真上には研ぎ澄まされた剣が1本の馬の毛で吊るされていた。ダモクレスは命の危険を感じ、贅沢な身分をまったく楽しむことができなかった。彼はすぐに、元の立場に戻してほしいと王に懇願した。莫大な富と強大な権力には大きな不安と危険がつきものであり、失うものが多い偉大な人物は常に恐怖のなかで生きているという教訓だった。

> **出典** Cicero, *Cicero's Tusculan Disputations*, n.p.; Cicero, *M. Tully Cicero's Five Books of Tusculan Disputations*, 216［キケロー（岡道男編集、木村健治訳）『キケロー選集12哲学5』岩波書店、2002年］

タルンカッペ

Tarnkappe

> **別名・類語** ヘル＝カプライン、タルンヘルム、タルン＝カッペ

北欧神話において、タルンカッペとは魔法の赤い帽子または兜の一種で、被ると透明になれるので、ドワーフたちが着用していた。タルンカッペ（「透明マント」）の魔法によって、ドワーフが太陽の光に当たって石に変わることを防ぐので、彼らにとって透明化することは重要だった。

ワーグナーの物語では、タルンカッペ（▶闇のマント、▶姿隠しのマントとも呼ばれる）は、ドワーフのアルベリヒ（アルフェリヒ／アルプリス／エルベガスト）が持っていた魔法のマントだったが、英雄シグルズ（ジークフリート／ジークムント）が手に入れた。このマントを着用すると透明になれる。

> **出典** Grimes, *The Norse Myths*, 301; Keightley, *World Guide to Gnomes, Fairies, Elves, and Other Little People*, 96, 207

タルンヘルム

Tarnhelm, the

リヒャルト・ワーグナーの『ニーベルングの指環』において、タルンヘルムは、ミーメが兄のアルベリヒに命じられて、ラインの乙女の黄金から鍛造した魔法の兜。この兜を被れば、他人から姿が見えなくなるうえに、姿を変えて瞬時に長距離を移動できる。

本来の北欧神話には、タルンヘルムは存在しない。

> **出典** Doniger, *The Ring of Truth*, 120-23; Fisher, *Wagner's The Ring of the Nibelung*, 44, 45

タロス

Talos

> **別名・類語** 真鍮の男、タロン、タラス

古代ギリシア神話では、▶オートマトン（自動人形。「自らの意志で動くもの」）とは、神々によって命を吹き込まれた、またはある種の生命のようなものを与えられた、動物や人間、怪物の彫像のこと。オートマトンの創造は通常、束縛、彫刻術、火、鍛冶、金属細工、石工、護符の神であるヘパイストス（ヘファイストス。ローマ神話の神ウルカヌス）によって行われた。その他のオートマトンは、▶カウカソスのワシ、▶黄金の乙女たち、▶黄金の三脚台、▶カベイロイの馬、▶ケレドネス、▶コルヒスの雄牛、▶クリセオスとアルギレオスである。

タロスは、ヘパイストスの手による青銅製のオートマトンで、運命、王、稲妻、空、雷の神ゼウス（ローマ神話の神ユピテル）が、クレタ島の女王エウロパに結婚祝いとして贈ったとされる。また、タロスはクレタ島のミノス王への贈り物で、雄牛の形をしていたという説もある。いずれ

の場合でも、タロスは島を見回り、海賊から島を守るように設計されていた。たいていは、海賊船に大きな岩を投げつけて撃退した。望ましくない人間が岸に近づくと、タロスは体を超高熱にし、その人間をつかんで自分の体に押しつけ、生きたまま焼き殺した。

タロスの体には首から足首まで1本の太い血管が走っていた。タロスを死に至らしめた経緯については諸説ある。メディアが魔法の薬でタロスを狂わせたとする説もあれば、メディアは彼を不死にすると約束し、血管を固定するために打ち込まれたネジのプラグを抜き取り、彼のイコルを排出させて死に至らしめたという説もある。また、ポイアスが彼の足首を撃って出血させたことを原因とする説もある。

出典 Bonnefoy, *Greek and Egyptian Mythologies*, 88-89; Westmoreland, *Ancient Greek Beliefs*, 54

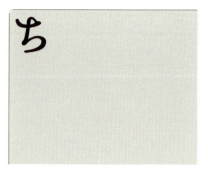

チェルの剣
sword of Cheru, the

別名・類語 エルの剣、ヘルの剣、ティルの剣

チェルの剣は、戦闘、死、狂乱、絞首台、治癒、知識、詩、王族、ルーン文字、魔術、知恵の神オーディンの槍を作ったドワーフたちによって作られ、この剣を振るう者の勝利を保証すると言われていた。伝説によれば、その剣は神殿に吊るされており、朝一番の太陽の光を受けて反射したという――それが盗まれるまでは。

ある巫女は、その剣を持つ者は世界を征服するが、その剣によって命を落とすと予言した。チェルの剣を所有しその犠牲になったとされる人物のなかには、ローマ皇帝ウィテッリウスやフン族のアッティラ王などがいる。現在の剣の所有者は大天使ミカエルと言われている。

出典 Guerber, *Myths of the Norsemen from the Eddas and Sagas*, 87-88

知識の木
Tree of Knowledge, the

別名・類語 善悪の知識の木、知恵の木

聖書の冒頭の「創世記」で、2本の木について記されている。知識の木と▶命の

木で、この2本は混同されることが多い。知識の木はエデンの園に生えていたとされ、その果実だけ、最初の人間であるアダムとイヴが食べることを禁じられていた。神が彼らに直接、食べてはいけないと命じたのだ。その果実を食べると、人は善悪の概念に目覚め、その結果「必ず死ぬ」ことになる。園の中央にはもう1本の木(▶生命の木)が生えていたが、禁じられたのは知識の木だけだった。

出典 Mattfeld, *The Garden of Eden Myth*, 31, 32; Mettinger, *The Eden Narrative*, 3, 6, 7, 10

血の記憶
Memory of Blood, the

アーサー王の伝説では、サー・ガラハッド、サー・パーシヴァル、サー・ボールスが探していた▶変わった布のついた剣は、▶ソロモン王の船で見つかった。一説によると、騎士たちを剣のところまで案内したパーシヴァルの女きょうだいは、その剣の来歴と、もともとついていたみすぼらしい吊るし飾りを外して、金糸と自毛で編んだものに取り替えたことを、彼らに伝えたという。この物語では、剣の鞘は血の記憶と呼ばれていた。

出典 Loomis, *Celtic Myth and Arthurian Romance*, 2 4 6, 2 7 5; Sommer, *The Vulgate Version of the Arthurian Romances*, 162

血の滴る槍
bleeding lance, the

別名・類語 復讐の槍、ロンギヌスの槍

聖杯伝説によれば、血の滴る槍は、聖杯の王に病気を引き起こす傷を与えた武器だった。異教徒が振るう呪われた武器であり、「いつかログレス王国を滅ぼすであろう槍」と言われた。しかし同時に、どんな傷でも癒やす魔法の力も持っていた。傷に当てると、病気が吸い取られ、痛みがすべて取り除かれる。ある物語では、傷ついたアーサー王を癒やすために、槍から血が取られ、王に与えられた。パーシヴァルの物語では、槍は純白で、台に立てかけられ、そのあいだも鉄の先端から絶え間なく流れ出る血が銀の壺に落ち、その中身がさらに金のパイプを通って小さめの複数の銀の壺に流れ込むと描写されている。また、聖杯の儀式の最中に血の滴る槍を目にすると、見た人全員が悲嘆に暮れて大声で泣き出すと言われている。

キリスト教の伝来とともに、血の滴る槍は、キリスト教外典に登場する▶聖槍と結びつけられるようになった。1098年、ロンギヌスという名のローマ兵がイエスの体に刺した槍が、アンティオキアで発見されたといううわさが広まった。

フランス語で書かれたアーサー王伝説の散文作品『ランスロ＝聖杯サイクル』では、聖槍は、キリストの初期の信奉者であるアリマタヤのヨセフによってブリテン島へ運ばれ、▶聖杯とともに隠されたとされる。その地で蛮人ベイリンが槍を使ってペラム王に傷を負わせたが、のちにサー・ガラハッドが槍の癒しの力で王の健康を回復させた。

また、血の滴る槍は、ケルト神話に登場する武器▶アラドヴァルとも結びつけられてきた。

出典 Bruce, *The Arthurian Name Dictionary*, 7 3; Jung and von Franz, *The Grail Legend*, 7 1, 8 6, 8 7, 217

乳飲み子の木

Suckling Tree

骸骨の姿をした女神イツパパロトルが支配するアステカの楽園タモアンチャンには、乳飲み子の木がある。その木は40万個以上の乳首に覆われていて、亡くなった赤ん坊を優しくあやしている。この木の枝で、乳飲み子たちは眠り、乳を吸い、体力を回復させて、再びこの世に生まれる日に備える。

出典 Cotterell, *The Lost Tomb of Viracocha*, 102

チャンドラハース

Chandrahas

別名・類語 チャンドラハーサ、月の刃

ヒンドゥー教の伝承に登場する▶アストラであるチャンドラハース（「月の笑い」——三日月の意味）は、シヴァ神から鬼神でランカ島の王であるラーヴァナに与えられた。この三日月刀は不滅だったが、1度でも不当な目的のために使われれば、すぐさまシヴァ神に戻されることになっていた。

出典 Beer, *The Handbook of Tibetan Buddhist Symbols*, 124; Cakrabarti, *The Penguin Companion to the Ramayana*, 91

チンワト橋

Chinwat Bridge

別名・類語 裁きの橋、石工の橋、報復者の橋、選別者の橋、チンヌアト・ペレトゥシュ（「記帳者の橋」）、チンヴァト橋、チンヴァト・パラトゥ、アル・セラト、アル・▶スィラート

古代ペルシア神話では、死後4日めに人のウルヴァン（「魂」）は、2種類の聖なる存在のどちらかに伴われてチンワト橋へ向かう。一方は、高潔な魂を迎える美しい少女ダエーナーであり、もう一方は、不信心者や罪人を迎えるヴィザレシャと呼ばれる悪魔である。

チンワト橋は、髪の毛よりも細いが、剣の刃よりも鋭いと描写される。怪物だらけの大峡谷と地獄への門の上に渡されている。橋の向こう側には天国への入口がある。橋のたもとには悪魔が立ち、魂を引き渡すよう主張する。悪行で重くなった魂は穴に落ち、永遠にとらわれたまま悪魔と悪鬼に拷問される。善良な魂は軽いので橋を簡単に渡ることができる。

出典 Segal, *Life After Death*, 8 5-8 7; Van Scott, *The Encyclopedia of Hell*, n.p.

尽きせぬ財布
never-failing purse

アーサー王に仕える騎士のサー・ローンファルは浪費家として知られていた。彼は妖精トリアムールから、愛情の証として、金銭が尽きることのない財布を贈られた。この魔法の財布には無尽蔵の富が詰まっていた。彼がふたりの恋愛関係を秘密にしているかぎり、この財布は彼に金銭をもたらし、トリアムールは彼の恋人であり続けるということだった。トリアムールは、彼が望めばいつでも彼のもとを訪れたし、ふたりが一緒にいるところを誰にも見られないように常に自分の姿を見えなくしていた。

出典 Fulton, *A Companion to Arthurian Literature*, 246; Keightley, *World Guide to Gnomes, Fairies, Elves, and Other Little People*, 37

月の雫
moon drop

別名・類語 月から滴り落ちるもの

古代ローマの伝承や中世の悪魔研究によれば、月の雫とは、月から降ってきたと考えられる露や泡のことで、魔法の呪文によって特定の薬草や品物の上に落ちるとされた。

出典 Brewer, *The Reader's Handbook of Famous Names in Fiction, Allusions, References, Proverbs, Plots, Stories, and Poems*, 7　2　3; Liddell, *The Elizabethan Shake-speare*, 1　3　6; Rolfe, *Tragedy of Macbeth*, 223

付喪神
つくもがみ
tsukumogami

鎌倉時代(1185-1333年)の民間伝承に付喪神が登場し、ありふれた日用品に命が宿り、手足がついた姿で描かれた。言い伝えによれば、100年たった器物には魂(『精霊』)が宿り、生命と心を持つようになるという。どう扱うかによって、付喪神は好意的な態度を取ったり害を及ぼしたりする。付喪神を退治しないと、変容し続けてやがて鬼と呼ばれる異界の存在となる。

出典 Foster, *The Book of Yokai*, 2　3　9-4　2; Foster, *Pandemonium and Parade*, 7-8

ツルの袋
crane bag

ケルト神話の海神であり冥界の守護者であるマナナーン・マク・リル(マナナン／マナノス)の持ち物のひとつで、魔法をかけられたツルの皮でできていた。ツルはかつて、イルブレク(マナナーンの息子)の最愛の人イーファだった。マナナーンは

この袋に、鍛冶の神ゴヴニウ(ガブネ／ガブヌ／ゴヴァ／ゴヴニン／ゴヴネン／ゴヴニウ・サール)のベルトと鉤(▶ゴヴニウのベルト、▶コヴニウの鍛冶鉤も参照)のほか、アサイルの豚、ロッホラン(ノルウェー)王の兜、アルバ(スコットランド)王の大ばさみ、そして自宅を入れていた。満潮のときには、品々はすべて袋に収まり、マナナーンの手の届くところにあったが、干潮のときには、袋は空になった。

出典 Greer, *The Druid Magic Handbook*, n.p.; Gregory and MacCumhaill, *Gods and Fighting Men*, 2 0 2; Mountain, *The Celtic Encyclopedia*, Volume 3, 715

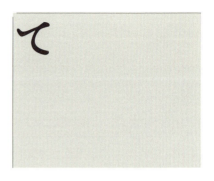

て

デイアネイラの媚薬

love potion of Deianeira, the

デイアネイラは、古代ギリシア神話に登場する半神半人の伝説的英雄であるヘラクレスの妻。ある日、ヘラクレスの伝令使リカースから、夫がまもなく冒険から帰還し、美しい王女イオレーを連れて帰るという知らせを受けた。ヘラクレスがイオレーに恋慕しているのではないかとリカースが疑っていることも聞いた。デイアネイラは、ケンタウロスのネッソス(ネッスス)の血で作った媚薬のことを思い出した。ネッソスは死の間際に、夫の不貞を疑ったときはその血を使えば夫の心を取り戻せると、彼女に請け合った。残念ながら、ネッソスの血には▶ヒュドラの血が混じっていたため、彼女の作った薬はその毒に侵されていた。デイアネイラはその媚薬を、生贄を捧げる儀式で夫が着るローブに塗った。ヘラクレスが儀式の火に近づくと、その熱が薬の反応を促進し、彼の皮膚は焼けただれた。ヘラクレスは耐え難い痛みに苦しみながらローブを脱ごうとしたが、ローブは骨と筋肉に溶け込んだ。自分が何をしたのか気づいたデイアネイラは自責の念に駆られ、首をくくり(あるいは自らを刺して。出典により異なる)命を絶った。

出典 Hard, *The Routledge Handbook of Greek Mythology*, 2　8　4; Westmoreland, *Ancient Greek Beliefs*, 327

ディーラル・ヴェイガル
dyrar veigar

　北欧神話で、ディーラル・ヴェイガル（「貴重な液体」）は、冥界の泉の混合酒から作られる至福の秘薬。美、死、豊穣、金、愛、セイズ（魔術の一種）、性、戦争の女神フレイヤ（「婦人」）が、オッタルに与えて飲ませた。

出典 Norroena Society, *Satr Edda*, 342; Rydberg et al., *Teutonic Mythology*, Volume 2, 526

ディオゲネスのランタン
lantern of Diogenes, the

別名・類語 ディオゲネスの蝋燭

　シノペのディオゲネス（前404-323年頃）は、ギリシアのキュニコス派の哲学者。よく知られた逸話によると、正直な人を見つけようとして、日中にランタンを掲げながらアテナイの街なかを歩いたという。

出典 Diogenes the Cynic, *Sayings and Anecdotes*, ix

ディオニュソスの玉座
throne of Dionysus, the/ Dionysus's throne

　ギリシア神話において、ディオニュソス（ローマ神話の神バッコス）は、豊穣、ブドウの収穫、宗教的恍惚、儀式の狂気、演劇、ワイン醸造、ワインの神。彼は、運命、王、稲妻、空、雷の神ゼウス（ローマ神話の神ユピテル）と、人間の女性セメレとのあいだに生まれた。ディオニュソスは、ワイン醸造法を編み出した褒美としてオリュンポス山の評議会の広間に玉座を与えられた。彼の玉座は、ほかの男性の神々の玉座と並んで、広間の右側に置かれていた。束縛、彫刻術、火、鍛冶、金属細工、石工、護符の神であるヘパイストス（ヘファイストス。ローマ神話の神ウルカヌス）が作ったディオニュソスの玉座は、金メッキを施したモミの木でできており、ブドウに見立てたアメジストと蛇紋石に刻まれたヘビや、カーネリアン、ヒスイ、オニキス、紅玉髄に彫られた、角のある数々の動物で装飾されていた。

出典 Graves, *Greek Gods and Heroes*, n.p.

ディオニュソスの戦車
chariot of Dionysus, the

　古代ギリシア神話で、豊穣、ブドウの収穫、宗教的恍惚、儀式の狂気、演劇、ワイン醸造、ワインの神であるディオニュソス（ローマ神話の神バッコス）は、花と花綱と花輪で飾られた戦車を持っていた。芸術作品では、ケンタウロスに引かせている姿もあれば、ゾウやヒョウ、トラに引かせている姿もある（ローマ美術ではこのような動物が神を描く際によく使われ、勝利の象徴とされることが多かった）。

出典 Immerzeel and Kersten, *Coptic Studies on the Threshold of a New Millennium*, 1　3　6　2; Stephenson, *Constantine: Roman Emperor, Christian Victor*, n.p.

ティカラウ
Tikarau

　ポリネシアの伝承では、ティカラウは魚の守護者ティニラウの魔法の剣。

出典 Craig, *Dictionary of Polynesian Mythology*, 280

貞節のマント
mantle of fidelity, the

別名・類語 夫婦の貞節のマント

アーサー王伝説に登場するアイテムである貞節のマントは、ある少年がアーサー王に贈ったもの。少年は王に、「誠実（つまり、忠実で正直）ではない妻には合わない」マントだと伝えた。宮廷の女性たちはそのマントを身につけようとしたが、しわくちゃになり着られなくなったり、汚い色に変わってしまったり、小さくなったり、背中側の丈が短くなったり、ずたずたに裂けたりして、どの女性にも合わなかった。サー・カラドック・ブリーフブラス（縮んだ腕のカラドック）の妻ギミエ（ギニエ/テグー・アイルヴォン）だけは、結婚前に夫とキスをしたことを宮廷で告白したため、このマントを身につけることができた。マントは黄金のように輝き、彼女の身の丈に寸分と違わなかったという。

出典 Brewer, *Dictionary of Phrase and Fable 1900*, 549; Bruce, *The Arthurian Name Dictionary*, 465; Gerwig, *Crowell's Handbook for Readers and Writers*, 104, 129

ティソーナ

Tizona

別名・類語 ティソーン

スペインの伝説によると、ティソーナはエル・シッド・カンペアドール（「王者」）として知られるロドリゴ・ディアス・デ・ビバール（1043 - 1099年頃）が所有していた魔法の剣のひとつ。中世の詩『わがシッドの歌』によれば、ティソーナにはある特性があり、剣の使い手の強さや見識によって、相手に与える威圧感が変わるという。この剣はモロッコの首長との戦いで勝ち取ったもので、1000タラントの金の価値があると言われている。エル・シッドはティソーナを甥のペドロに贈った。エル・シッドが持っていたもう1本の剣は▶コラーダという。

出典 Brewer, *Dictionary of Phrase and Fable 1900*, 1197; Frankel, *From Girl to Goddess*, 49; Harney, *The Epic of the Cid*, 89, 202; Pendergrass, *Mythological Swords*, 4

ティドワル・ティドグリドの砥石

whetstone of Tudwal Tudglyd, the

別名・類語 ホガレン・ティドワル・ティドグリド、ティドワルの砥石

イギリスやウェールズの民間伝承には、▶ブリテン島の13の秘宝（ウェールズ語ではトリ・スルス・アル・ゼグ・イニス・プリダイン）と呼ばれるアイテムがある（数は常に13）。現代で挙げられているアイテムとは異なるが、15世紀における当初の13アイテムは次のとおり。▶巨人ディウルナッハの大釜、▶モーガン・ムウィンファウルの戦車、▶グウェンドライのチェス盤、▶パダルン・バイスルッズの外套、▶聖職者リゲニズの壺と皿、▶クリドゥノ・アイディンの端綱、▶グウィズノ・ガランヒルの籠、▶ブラン・ガレッドの角杯、▶ライヴロデズのナイフ、▶コーンウォールのアーサー王のマント、リデルフ・ハイル（▶ディルンウィン）の剣、ティドワル・ティドグリドの砥石。

言い伝えによれば、ティドゥワル・ティドグリドの砥石は、使う人によって効果が異なるという。この砥石で剣を研いだ者が勇敢であれば、刃が相手に当たったときにその生き血を引き抜いた。しかし、研いだ者が勇敢でなければ、どんなに見事な一撃であっても、研ぎ澄まされた剣がその効果を発揮することはなかった。

出典 Patton, *The Poet's Ogam*, 510; Pendergrass,

Mythological Swords, 2 6; Stirling, *King Arthur Conspiracy*, n.p.

ティルヴィング

Tirfing

別名・類語 チュルヴィング、テュルフィング

　ティルヴィングは、コウモリ、死、熱狂、絞首台、癒し、知識、詩、王族、ルーン文字、魔術、知恵の神オーディンの直系子孫だと主張する、スアフォルラミという英雄の剣。ティルヴィング(「ティルの指」)には剣帯がついており、柄は黄金でできているという。

　ひとたび剣を振り下ろしたら決して外すことはなく、一騎打ちでの勝利を約束すると言われていた。また、ティルヴィングは決して錆びることがなく、鉄や石を簡単に切り裂くことができた。最も特筆すべきは、この剣が呪われていたことだろう。

　スアフォルラミがドワーフのドヴァリンを殺したとき、ドヴァリンはティルヴィングを呪い、こう言い放った。「この剣は、抜かれるたびに人間の災いとなる。この剣は3つの悲惨な事態を引き起こす。この剣はおまえの災いともなろう」。スアフォルラミがアンドグリムに殺されたあと、アンドグリムはティルヴィングを自分のものだと主張し、自分が死後に埋葬されるとき、剣も副葬するように命じた。アンドグリムには12人の息子がおり、そのひとりがインゲス王の娘インゲボルグへの求婚を断られたために決闘になり、12人全員が死んだ。殺された12人兄弟のひとりアンガンテュールにはヘルヴォルという娘がおり、彼女は男装して戦士の装束に身を包み、ヘル

ヴァルダルと名乗った。ティルヴィングの埋められている場所を知った彼女は、父親の墓を掘って剣を手に入れた。彼女がグドムント王を訪問したとき、召使いがティルヴィングを手に取って称賛した。その瞬間、ヘルヴォルはベルセルクのごとき怒りに駆られ、ティルヴィングを取り上げてその召使いの首を切り落とした。ヘルヴォルはやがて戦士から女性の生活に戻り、グドムント王の息子ホーフンドと結婚し、息子ふたりをもうけた。兄のアンガンテュールは温厚な性格に育ち、弟のヘイズレクは乱暴者に育った。ヘイズレクが父の宮廷から追放されたとき、母は息子にティルヴィングを渡した。去る前に、邪悪な弟は突然怒りに駆られ、穏やかな性格の兄を殺した。その後勲功を立てたヘイズレクはハロルド王の娘ヘルガと結婚したが、またしてもティルヴィングの呪いが降りかかり、義父を殺して王位を奪った。養子にしたロシアの王子と一緒にイノシシ狩りをしていたヘイズレクは、動物と誤ってその王子を殺してしまった。やがてヘイズレクはスコットランドの奴隷の一団に殺されたが、呪われた剣を持って逃げたその奴隷たちは、ヘイズレクの息子のアンガンテュールに見つかり、彼はティルヴィングを使って奴隷たち全員を殺した。アンガンテュールはフン族と戦った際にもティルヴィングを使ったが、その後、彼が殺した者たちのなかに実の弟ルンダルがいたことが明らかになった。

出典 Keightley, *World Guide to Gnomes, Fairies, Elves, and Other Little People*, 7 2-7 4; Norroena Society, *Asatru Edda*, 3 9 3; Tibbits, *Folk-lore and Legends: Scandinavian*, 189-92

ディルンウィン

Dyrnwyn

別名・類語 ディルンウィン・リデルフ・ハイル(「リデルフ・ハイルの白柄の剣」)

イギリスとウェールズの民間伝承に、▶ブリテン島の13の秘宝(ウェールズ語ではトリ・スルス・アル・ゼグ・イニス・プリダイン)と呼ばれる一連のアイテムがある(数は常に13)。現代に挙げられているアイテムとは異なるが、15世紀における当初の13品は次のとおり。▶巨人ディウルナッハの大釜、▶モーガン・ムウィンファウルの戦車、▶グウェンドライのチェス盤、▶パダルン・バイスルッズの外套、▶聖職者リゲニズの壺と皿、▶クリドゥノ・アイディンの端綱、▶グウィズノ・ガランヒルの籠、▶ブラン・ガレッドの角杯、▶ライヴロデズのナイフ、▶コーンウォールのアーサー王のマント、リデルフ・ハイルの剣(ディルンウィン)、▶ティドワル・ティドグリドの砥石。

アングロサクソンの神話に登場する剣ディルンウィン(「白い柄」)は、リデルフ・ハイルが所有していた。気高い精神を持つ人が剣を抜くと燃える炎を発し、不相応な者が使おうとすれば火に焼き尽くされると言われた。リデルフは、求められれば誰にでもすぐに剣を貸したので、ハイル(「寛大」)というあだ名がついた。しかし、剣の魔法の力について注意を受けると、借り手はすぐさま使わずに返した。

出典 Indick, *Ancient Symbology in Fantasy Literature*, 1 3 8; Patton, *The Poet's Ogam*, 5 1 0; Pendergrass, *Mythological Swords*, 24-25

デーヴァストラ

devastra

ヒンドゥー教の神話では、▶アストラは、神々が創造した、あるいは持ち主となる者に神々が授けた超自然的な武器である。アストラの使い手はアストラダリと呼ばれる。

デーヴァストラは、現代のミサイルによく似たものとして描写される。神々全般が授けるアストラであり、軽率に要求や召喚をすると、求めた者を滅ぼす。

出典 Edizioni, *Vimanas and the Wars of the Gods*, n.p.; Menon, *The Mahabharata* volume 2, 513

デーヴァダッタ

Devadatta

別名・類語 デーヴァデッタム

ヒンドゥー教の神話において、デーヴァダッタ(「天与の」)は、インドの叙事詩『マハーバーラタ』の主要登場人物で弓の名手であるアルジュナ(「一点の曇りなく銀のように光り輝く」)が所有する法螺貝である。戦闘ラッパのように使われ、その音は敵の心に恐怖を植えつけた。さらに、天災を防ぎ、悪霊を追い払い、有害な生物を脅かして遠ざけることもできた。

出典 Beer, *The Handbook of Tibetan Buddhist Symbols*, 10; Marballi, *Journey through the Bhagavad Gita*, 14

テグー・アイルヴォンのマント

mantle of Tegau Eurfon, the

別名・類語 テグーの金の胸

後年のアーサー王伝説では、アイルヴォンのマントは▶ブリテン島の13の

秘宝（ウェールズ語でトリ・スルス・アル・ゼグ・イニス・プリダイン）のひとつとされている。このマントは、15世紀以降の写本に、もとのアイテムのひとつと置き換えられる形で登場する。このような変化は通常、従来ふたつのアイテムであるリゲニズの壺と皿が、ひとつのアイテムとして数えられることで起こる。このマントには、▶貞節のマントと同様に、女性が貞節か不貞かを証明する力があった。テグー・アイルヴォンはアーサー王の宮廷において、中世時代の貞操のお手本だった。彼女は、サー・カラドック・ブリーフブラス（縮んだ腕のカラドック）の妻ギミエ（ギニエ）としてよく知られていた。

出典 Ashley, *The Mammoth Book of King Arthur*, n.p.; Bruce, *The Arthurian Name Dictionary*, 4 6 5; Ellis, *Celtic Women*, 6 2; Pendergrass, *Mythological Swords*, 25

テセウスの剣
sword of Theseus, the

　古代ギリシア神話において、アテナイの英雄テセウスは、アテナイのアイゲウス王とトロイゼーンのアイトラ王女のあいだに生まれた息子である。テセウスの父親は、テセウスが生まれる前に剣と靴を大きな石の下に埋めて、もし息子が生まれ、成長して石を動かしそれを取り出すことができたら、その子を自分の後継者として認めると王女に告げた。テセウスは、大半の男性よりも美しく強く賢く成長し、石を簡単に動かして後継者の名乗りを上げることができた。テセウスはアテナイの父親のもとへ向かう途中で、束縛、彫刻術、火、鍛冶、金属細工、石工、護符の神であるヘパイストス（ヘファイストス。ローマ神話の神ウルカヌス）の息子である巨人ペリペテスを、その剣で倒し

た。父の跡継ぎとして認められたテセウスは、アテナイの若者たちがミノタウロスへの生贄に捧げられることを阻止するため、ミノタウロス退治に乗り出し、ミノタウロスを倒した。素手で怪物を殴り殺したという説もあれば、自らの生得権を証明した剣を使ったという説もある。

出典 Guerber, *The Myths of Greece and Rome*, n.p.; Hamilton, *Mythology*, n.p.

デメテルの玉座
throne of Demeter, the/ Demeter's throne

　ギリシア神話のオリュンポス山の評議会の広間には、すべての有用な果物、草、穀物を司る女神デメテル（ローマ神話の女神ケレス）の玉座があった。この玉座は、広間の左側に置かれ（女神たちの玉座はすべて左側）、ポセイドン（ローマ神話の神ネプトゥヌス）の玉座と向かい合っていた。束縛、彫刻術、火、鍛冶、金属細工、石工、護符の神であるヘパイストス（ヘファイストス。ローマ神話の神ウルカヌス）が作ったデメテルの玉座は、鮮やかな緑色のマラカイト製で、黄金でできている大麦と豚（縁起が良いとされる）の彫刻と、ケシの実を象徴する血のように赤い宝石で装飾されていた。

出典 Graves, *Greek Gods and Heroes*, n.p.

デュランダル
Durandal/ Durendal

別名・類語 デュランダルト、ドゥリンダナ、「あらゆる不法者の脅威」

　フランスの叙事詩『ローランの歌』（*La Chanson de Roland*, 1040-1115年頃）では、紀元778年のロンスヴォーの戦いでの出来事が語られており、そのなかで不滅の剣デュランダル（「耐えること」）は、もともと

シャルルマーニュ(カール大帝)の剣だったが、のちにローランに授けられた。ローランはデュランダルを手に、シャルルマーニュとその軍がフランスへ退却するあいだ、10万のイスラム兵を食い止めた。

この剣の起源についてはさまざまな説があるが、最もよく知られているのは、伝説の鍛冶職人ヴェルンド(ゴファノン／ヴェーラント／ヴィーラント／ウェイランド)が、他の2本の剣(▶コルタンと、▶アルマス)とともに鍛えたという説。一方、シャルルマーニュが天使から授けられたとも言われる。また別の説では、デュランダルは、かつて古代ギリシアのトロイの英雄ヘクトルが振るっていた剣であるとされる。『騎士道の時代、またはクロックミテーヌの伝説』では、剣工のミュニフィカンがローランのために鍛えた剣だったが、のちに剣▶グロリアスの刃を

試すために使われ、破壊されてしまったという。

デュランダルは、不滅であるうえに、既存の剣のなかで最も鋭利だと描写される。さらに、黄金の柄には、聖バシリウスの血、聖ドニの髪、聖母マリアの衣装の切れ端、聖ペトロの歯が収められていたと言われる。

出典 Brault, *The Song of Roland*, 3 6, 2 5 1, 2 5 2, 4 4 3; Brewer, *Dictionary of Phrase and Fable 1900*, 1 1 9 7; Caro, *The Road from the Past*, 2 1, 1 0 6-7; Evangelista, *The Encyclopedia of the Sword*, 5 7 7; Pendergrass, *Mythological Swords*, 4, 9, 2 2, 4 8; Sayers, *The Song of Roland*, 38

デル・クリス

Del Chliss

マン島とスコットランドの民間伝承では、神話の英雄クー・フリン(クー・フラン／クー・フーリン／クーフーリン)は、デル・クリス(「鋭い妙技」)という名の槍を振るっていた。クー・フリンはデル・クリスを使って、ファナル(「ツバメ」)、フォイル、トゥアヘル(「逃げじょうず」)の3兄弟を倒してから、それぞれの首をはね、彼らの武具の所有権を主張した。アルスター物語群の『クアルンゲの牛捕り』(『クーリーの牛争い』／『トーイン』)では、デル・クリスは「したたかな武器」と描写され、クー・フリンは投げたり、携帯武器として使ったりしている。

出典 Kinsella and Le Brocquy, *The Tain*, 89, 263; Woodard, *Myth, Ritual, and the Warrior in Roman and IndoEuropean Antiquity*, 123

天と地を隔てる棒

pole of heaven and earth, the

ブラジルの民間伝承では、女性と巨大なジャガーが結合して生まれた異種交配

の怪物シンナが天と地を隔てる棒を取り外すと、世界の終わりが訪れると伝えられている。

出典 Cotterell, *Dictionary of World Mythology*, 288; Rose, *Giants, Monsters, and Dragons*, 335

天の橋
Heaven Bridge

別名・類語 困難の橋、死者の橋、恐怖の橋、虹の橋、魂の橋

天の橋については、さまざまな信念体系のなかでなんらかの描写が見られる。たとえば、古代ペルシアの神話(▶チンワト橋)、ビルマの民間伝承、ハワイ、インドネシア、メラネシア、ポリネシアの神話(神々の橋)、ヒンドゥー教の信仰、ボルネオ島のイダハン族、グリーンランドのイヌイット、イスラム教の神話(アル・▶スィラート)、日本の伝説(天浮橋)、ジャワの民間伝承、ビルマのカレン族、北欧神話(▶ビフレスト、▶ギャッラルブルー)、チョクトー族、オジブワ族、ミネタリー族など多数のアメリカ先住民族、ラビ文献、サルデーニャ島の神話、ヴェーダの信仰、ゾロアスターの経典『ゼンドアヴェスター』など、枚挙にいとまがない。

このような原型的な天の橋は、端的に言えば、渡らなければならない道、通路、あるいは場所である。出発点はこの世で、目的は別の領域にあるあの世に行くために向こう側にたどり着くことだ。この旅は、たとえば妖精の世界など、他の手段では到達できない"別世界"に入り込むための手段として働くこともある。橋を渡るのが危険だとすれば、その人の価値を測る試験という意味になる。そういう場合は、「困難の橋」と呼ばれることも

ある。

必ずしも、文字どおり橋である必要はない。道や湖、ぽっかり口をあけた穴の場合もある。

出典 Stuart, *New Century Reference Library*, Volume 3, 1 5 1; Todd and Weeks, *The Romanic Review*, 177; Tylor, *Researches into the Early History of Mankind and the Development of Civilization*, 359-61

天の涯なる聖木
シドラ
Cedar of the End

別名・類語 天国のナツメの木

イスラムの伝承で、神の玉座の下に生えていると言われる巨大な木。枝には何十億枚もの葉が生い茂り、古くしおれているものもあれば、若く緑色をしているものもある。木の葉の1枚1枚が生きている人間の魂を表していて、葉にはその人の名前が書かれている。葉が木から落ちるたびに、死を司る天使シドゥーリ・ムトゥワア・ローホー(アズラーイール)が拾い集め、地上に降りて、葉に名前が書かれた人を見つけると、その魂を天国に連れていく。

出典 Cornell, *Voices of Islam*, 1 5 7; Knappert, *African Mythology*, 233

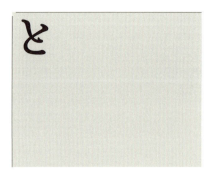

トヴァシュタル
Twashtar

ヒンドゥー教の神話では、▶アストラは神々によって創造された、あるいはその武器を司ることになる者へ贈られた、超自然の力を有する武器である。アストラの使い手はアストラダリと呼ばれる。

トヴァシュタルは、天界の建設者であるトヴァシュトリから授かったアストラ。敵軍に対して使うと、トヴァシュタルは彼らの愛する者の姿となる。そうすることで敵兵のあいだに内輪もめを引き起こすという。

出典　Edizioni, *Vimanas and the Wars of the Gods*, n.p.

トヴル
Toflur

北欧神話において、トヴルはドラフツ（「チェッカー」）に似たゲーム。このゲームの喪失は黄金時代の終わりを意味したが、トールの息子モージによる再発見は、発見の再生の最初の出来事であった。

出典　Grimes, *The Norse Myths*, 303

トゥアタ・デー・ダナンの4つの至宝
four treasures of the Tuatha de Danann, the

別名・類語　トゥアタ・デー・ダナンの4つの財宝、アイルランドの聖人たち

アイルランドの伝承によれば、神の一族トゥアタ・デー・ダナンがアイルランドに降り立ったとき、4つの魔法の至宝を携えていた。▶ダグダの大釜、光の剣▶クラウ・ソラス、運命の石▶リア・ファール、そして槍▶ルインである。魔法の品はそれぞれムリアス、フィンジアス、ファリアス、ゴリアスの4都市から、ドルイド僧によって運ばれてきた。

出典　Ellis, *Brief History of the Druids*, 7 3, 1 2 4; Loomis, *Celtic Myth and Arthurian Romance*, 237

トゥアン・ティエン（順天）
Thuan Thien

ベトナムの伝承によると、トゥアン・ティエン（順天。「天の意志」）は、皇帝のレ・ロイ（黎利）が明朝に対して反乱を起こした際に使った伝説の剣。言い伝えによると、この剣はロン・ヴーロン（「龍王」）という土地の神が持っていた。ロン・ヴーロンは、「剣をレ・ロイに貸すが、本人に直接渡すことはしない、レ・ロイは剣身（刃の部分）と柄を別々に探さなくてはならない」と告げた。剣身は漁師が見つけてレ・ロイに渡した。数年後、敵から逃げている途中で、レ・ロイは木の上できらりと光るものがあることに気づいた。その木に登ってみると、宝石をちりばめた柄があり、漁師から受け取った剣身とぴったり合った。

トゥアン・ティエンには、レ・ロイの背を高くする力があったうえに、彼に千人

力も与えた。彼はこの剣を用いて次々と勝利を収め、やがて自国の領土を解放することに成功した。数年後、緑水湖で船に乗っていたレ・ロイに、金色の甲羅をした巨大な亀が近づいてきた。亀はレ・ロイに、剣をロン・ヴーロンに返すか、剣によって堕落するかのどちらかだと告げた。レ・ロイが剣を渡すと、亀はトゥアン・ティエンを持って本来の持ち主のもとへと泳いで行った。これ以降、この湖は還剣湖（「剣を返した湖」）と呼ばれるようになった。

出典 Pendergrass, *Mythological Swords*, 69-70; Vo, *Legends of Vietnam*, 120-21

トゥイアフトゥナ
Touiafutuna

別名・類語 トゥイア・フトゥナ、トゥイア・オ・フトゥナ

トンガのポリネシア人の創世神話によれば、トゥイアフトゥナは、大地と、果てしなく広がるヴォハノアの海面に浮かぶ海藻とを隔てる、原始から存在する鉄の岩だった。あるとき、トゥイアフトゥナが激しく震え始め、ぱっかりと割れて中から4組の双子が現れた。アルンガキとその妹マイモアオ・ロンゴナ、ビキとその妹ケレ、フォヌアウタとその妹フォヌアウア、ヘモアナとその妹ルペだ。

出典 Reuter, *Sharing the Earth, Dividing the Land*, 348

トゥイスの豚の皮
pigskin of Tuis, the

トゥイス（ギリシアの王）の豚の皮は、長腕（芸術的な手、長い手）のルグの異名を持つ、ケルト神話の太陽神ルグ（「輝く」または「光」）が持っていた魔法のアイテムで、

病人や負傷者を癒したり、水をワインに変えたりする力があった。父親がトゥレンの息子たち（3兄弟）に殺されたことを知ったルグは、彼らに対し、その罪を償うために異国にある珍しいアイテムをいくつか集めるように命じた。トゥイスのブタの皮はそのひとつだった。最後の難題を成し遂げるために、兄弟はそれぞれロクハランのモドクハインの丘の上からルグに3回呼びかけることになっていた。トゥレン3兄弟は知らなかったのだが、モドクハインと彼の家族には、その丘の上で誰かに大声を出させないようにする義務があった。兄弟はルグに呼びかけることに成功したが、モドクハイン一家によって致命傷を負わされた。トゥレン3兄弟はルグにトゥイスのブタの皮を使うように懇願したが、ルグは冷たく拒み、父親殺害の罪を突きつけて、彼らが死ぬのを見届けた。

出典 Asala, *Celtic Folklore Cooking*, 288; Ellis, The *Mammoth Book of Celtic Myths and Legends*, n.p.; Williams, *Ireland's Immortals*, 261

ドゥバン
Duban

アイルランドの伝説によれば、英雄クー・フリン（クー・フラン／クー・フーリン／クーフーリン）のドゥバン（「黒」）と呼ばれる盾は、超自然的存在のトゥブデスバが作った。英雄が『クアルンゲの牛捕り』（『クーリーの牛争い』／『トーイン』）のなかで持っている盾である。叙事詩では、盾は暗赤色で、金で5つの円が描かれ、フィンドルヌ（白銅の一種）または銀で縁取られていると描写されている。

出典 Kinsella and Le Brocquy, *The Tain*, 5; SimsWilliams, *Irish Influence on Medieval Welsh*

Literature, 303

透明になる肌着
shirt of invisibility, the

北欧神話では、透明になる肌着は、▶闇の盾や▶ヘズの剣とともに、バルドルの領地に隠れていたトロールのミムリングが作った。のちに、どれもヘズに渡された。

出典 Grimes, *The Norse Myths*, 287

ドーヴァーのメリー・ダン
Merry Dun of Dover, the

スカンジナビアの民間伝承に、ドーヴァーのメリー・ダン号という巨大な帆船が登場する。船体があまりに大きく、ドーヴァー海峡を航行中にカレーの尖塔を倒したほどだ。その三角旗によって、羊の群れがドーヴァーの崖から押し出されて海に落ちたこともあったという。▶マニングフアル号と同様に、若い船乗りが船のメインマストのてっぺんまで登り、ようやく下に降りてきたときには、老人になっていたと言われている。

出典 Brewer, *Dictionary of Phrase and Fable 1900*, ５７０; Farmer, *Slang and Its Analogues Past and Present*, Volume 4, 303

トールの角杯
draught of Thor, the

別名・類語 懺悔の杯

北欧神話では、巨人ロキ王がウートガルズの地を治めていた。ここでは、なんらかの技芸に秀でていなければ滞在を許されなかった。トールと召使たちは、この地域を旅しているときロキ王と出会い、王は雷神を試そうと考えた。トールは長い角杯を差し出され、3息以内で中

身を飲み干すように言われた。トールは失敗してしまったが、それは角杯が魔法で海につながっていたからだった。飲んでいるあいだ、海の水位は下がり、引き潮が起こった。

出典 Anderson, *Norse Mythology*, ３１８-２１; Grimes, *The Norse Myths*, 260; Sturluson, *The Prose Edda*, n.p.

トールの戦車
chariot of Thor, the/ Thor's chariot

別名・類語 雷の戦車

北欧神話によれば、雷神トールの戦車を引いていたのは、タングニョースト（「歯を打ち鳴らす者」/「歯ぎしりする者」）とタングリスニ（「隙っ歯」）という名の2頭の雄山羊だった。山羊たちは銀の手綱でつながれていた。どちらかが殺されることがあっても、骨を復元すればよみがえらせることができた。

出典 Grimes, *The Norse Myths*, ３０１; Jennbert, *Animals and Humans*, 49; Norroena Society, *Asatru Edda*, 390; Rydberg, *Teutonic Mythology*, Volume 1 of 3, 853

トールの鎧
armor of Thor, the

北欧神話の雷神トールが常に身に着けていた3つの貴重な武具の総称。その3つとは、▶ヤールングレイプル、▶メギンギョルズ、▶ミョルニルである。

出典 Hall et al., *Saga Six Pack*, １０３,１４１; Norroena Society, *Satr Edda*, 374

トコロシェの透明石
invisibility stone of the tokoloshe, the

アフリカのレソトに住むコーサ族の民間伝承には、トコロシェと呼ばれる、吸血鬼のような生き物が登場する。トコロ

シェは魔法使いに似たものとされている。ヒヒのように毛むくじゃらで小さなこの生き物はみな男性で、好きなときに透明になれる魔法の石を魔術を用いて作る。トコロシェはその石をいつも口の中に隠しておく。この生き物を殺せばその貴重な石が手に入るという。

出典 Broster, *Amaqqirha*, 6 0; Knappert, *Bantu Myths and Other Tales*, 173-74; Mack, *Field Guide to Demons*, 3 5; Scobie, *Murder for Magic*, 8 0-8 2; St. John, *Through Malan's Africa*, 152-53

十束剣（十拳剣・十握剣）

とつかのつるぎ

Totsuka-no-Tsurugi

海神・嵐神である素戔嗚尊（スサノオ／須佐之男命）の持ち物である十束剣（10束、つまり拳ひとつ分の10倍の長さの剣）で、神々の父である伊弉諾尊（イザナギノミコト）は、自分の子どもの迦具土神を切り殺した。誰がこの剣を鍛えたかについての言及はないが、素戔嗚尊が出雲の簸川付近で大蛇を切ったときに、この剣を見つけたと言われている。その尾を切ったときに彼の剣の刃が欠けた。調べたところ、尾の中にこの長く鋭利な剣があったのだという。

出典 Aston, *Nihongi*, 5 7; Kammer, *Zen and Confucius in the Art of Swordsmanship*, n.p.

ドラウプニル

Draupnir/ Draupner

別名・類語 ドラウプネ、ドリプ、力の腕輪

北欧神話で、ドラウプニル（「滴る」／「滴るもの」）は、純金で作られた腕輪で、ウロボロス（自分の尾をくわえるヘビ——永遠の再生の象徴）の形をしていた。腕輪は9日ごとに、同じ力はないが同じくらい美しく貴重な腕輪を8個生み出した。

ドラウプニルは、ドワーフの兄弟ブロックとエイトリが、神ロキとの賭けに勝つ目的で、金のイノシシ、▶グリンブルスティと槌▶ミョルニルとともに作った3つの贈り物のひとつだった。ロキは、ふたりにはイーヴァルディの息子たちがアース神族のために作った贈り物ほどみごとなものは作れまいと、賭けを持ちかけた。ドワーフたちが勝てば、ロキの頭が手に入る。結局、兄弟たちの対決で最高の評価を得たのは槌のミョルニルだった。しかしロキは、ルールの抜け穴を利用して打首を免れることができた。

オーディンの息子バルドルが死んだとき、ドラウプニルは薪の上に置かれて遺体とともに火葬された。その後ヘルモーズによって回収され、豊穣、平和、雨、太陽の神フレイ（フレイル／ユングヴィ）に仕えるスキールニルが、主人の代理としてゲルズに求婚する際の贈り物にした。

出典 Grimes, *The Norse Myths*, 2 6 3; Norroena Society, *Satr Edda*, 341; Orchard, *Dictionary of Norse Myth and Legend*, 102

ドラグヴァンディル

Dragvandil

アイスランドの散文の英雄譚『エギルのサガ』では、エギル・スカラグリームスソンは、2本の剣を持っていた。1本はナズと呼ばれる剣、もう1本はアリンビョルンに与えられたドラグヴァンディルという剣だった。ドラグヴァンディル（エギルの気に入りの武器）は、"ちび"のアトリとの戦いで使った剣である。エギルはアトリの盾を叩き切り、敵の体に何度も打撃を与えたが、ドラグヴァンディルの刃でアトリの肉を切り裂くことはできなかった。

出典 Eddison, *Egil's Saga*, 2 8 1; Keyser, *The Religion of the Northmen*, 247

ドラコンティア

dracontias

別名・類語 竜の石、ダコンティア

中世ヨーロッパの伝説や旅行者の逸話によれば、エチオピアの竜はとても大きく（体長約10メートル）、1組もしくは2組の翼を持っていた。乾燥した海岸沿いでゾウを捕食していた竜の頭の中には、暗闇で目が効くようになる貴重な石（ドラコンティアと呼ばれる）が収まっていた。ドラコンティアは錬金術師たちに盛んに追い求められたが、この石を錬金術の目的に役立てるには、竜が生きているうちに取り出す必要があった。

ドラコンティアはオリーブほどの大きさで、この上なく美しい色をしていると言われる。水に入れて煮立てると、その溶液はどんな病気にでも効く強力な治療薬となり、特に下痢、赤痢、鼻血、ペストに効果があった。あらゆる毒の解毒剤にもなり、完全な回復が保証された。

出典 Conway, *Dancing with Dragons*, 2 9-3 0; Rose, *Giants, Monsters, and Dragons*, 103［キャロル・ローズ（松村一男監訳）『世界の怪物・神獣事典』原書房、2014年］

ドリーズ・ラナハ

Druidhe Lannach

ケルトの伝承とアイルランド神話において、ドリーズ・ラナハ（「魔法の刃」）は、フィン物語群のフィアナ騎士団の一員、オスガル（「シカの友人」）の剣だった。バングラガクハ（「巨大な女」）のロン・ロンラクハが作った6本の剣のうちの1本。他の剣は、▶キャルド・ナン・ガラン、▶クルーズ・コスガラハ、▶ファスダル、▶リオブハナクハ、▶マク・ア・ルイン。

オスガルはイギリスのバラッドで人気のある登場人物だったが、物語にはときどきゲール語の単語が入り込み、「その剣は彼の脇に刺され、2度めの傷を与えることはなかった」という表現が続く。ここから推測できるのは、ドリーズ・ラナハには一撃で人を殺す力があったということだ。

出典 Gregory and MacCumhaill, *Gods and Fighting Men*, 2 6 8; Leodhas, *By Loch and by Lin*, n.p.

トリトンの法螺貝

conch shell of Triton, the

古代ギリシア神話によれば、地震、馬、海の神であるポセイドン（ローマ神話の神ネプトゥヌス）と女神アムピトリテの息子トリトンは、両親とともに海底の美しい宮殿に住んでいる。トリトンは法螺貝を携えていて、これを吹けば、海に激しい嵐を巻き起こすことも、波を静めて航海に最適な状態にすることもできた。

出典 Littleton, *Gods, Goddesses, and Mythology*, Volume 8, 1144

トリプトレモスの戦車

chariot of Triptolemus, the/
chariot of Triptolemos

別名・類語 トリプトレモスの竜の戦車、トリプトレモスのヘビの戦車

古代ギリシアのエレウシスの秘儀［女神デメテルとペルセポネを祭る神秘的な儀式］において、トリプトレモス（「殻を取り去る者」）は、半神半人の英雄でエレウシスの王子でもあり、小麦の製粉や穀類の種まきを司るとされた。神話によれば、すべての有用な果実、草、穀物の女神である

デメテル（ローマ神話の女神ケレス）が娘のペルセポネ（ローマ神話の女神プロセルピナ）を誘拐されて嘆き悲しんでいるとき、トリプトレモスは彼女を温かく迎え、できるかぎり手厚くもてなした。ペルセポネが戻ってくると、女神はトリプトレモスの親切に報いるため、農耕の技術を教えた。さらに、2頭の竜が引く立派な戦車（あるいはヘビが引く翼のある戦車、翻訳により異なる）を与え、彼が空を飛んで、行く先々で小麦の種をまけるようにした。芸術作品のなかでは、ヘビは従来のように前から戦車を引くのではなく、両側の車輪の横にいる形で描かれている。

出典 Ogden, *Drakon*, 2 0 0; Roman and Roman, *Encyclopedia of Greek and Roman Mythology*, 1 3 3, 501

トリプラ・ヴィマナ
Tripura Vimana

ヴィマナ（「空中車」）には、▶プシュパカ・ヴィマナ、▶ルクマ・ヴィマナ、▶シャクナ・ヴィマナ、▶スンダラ・ヴィマナ、トリプラ・ヴィマナの5種類がある。『マハーバーラタ』第5巻の「ヴィマーナパーラ」（「航空機の守護者」）では、高度な知識を持つ人物がヴィマナの管理を任されていた。トリプラ・ヴィマナは、3種類の金属を融合させた柔軟性のある金属で作られ、空中、陸上、宇宙、水中で利用できるハイブリッドな乗り物だった。

出典 Baccarini and Vaddadi, *Reverse Engineering Vedic Vimanas*, n.p.; Childress, *Vimana*, n.p.

トロイアの木馬
Trojan Horse, the

工芸、軍事的勝利、戦争、知恵の神アテナ（ローマ神話の女神ミネルヴァ）はレスポス島の予言者プリュリスに対し、城壁に囲まれた都市トロイアに入るには木馬を使えばよいと提案した。エペイオスはアテナの指示のもと、大きな木馬を建造した。木馬建造のアイデアをオデュッセウスは自分の手柄だと偽っていたが、彼がしたことといえば、城壁内に運び込まれることになる木馬の中に一緒に入るよう、少数部隊の戦士を説き伏せたことだった。その人数については諸説あるが（23人、39人、50人、果ては3000人）、そのなかには、アカマス、ディオメデス、エペイオス、メネラオス、ネオプトレモス、ポリュダマス、ステネロス、トアスの名が挙げられている。男たちが内部に乗り込むと、ギリシア軍は木馬を浜辺に置き去りにした。その木馬には、「無事に帰郷できることに感謝を表し、ギリシア人はこれを女神に捧げます」というメッセージが刻まれていた。罠を仕掛けたギリシア軍は撤退し、宿営地を燃やして出航した。トロイア市民は門を開き、モミの板で作られた巨大な木馬を城壁内に引き入れた。馬は彼らの都市にとっても、彼らの守護神で地震と馬と海の神ポセイドン（ローマ神話の神ネプトゥヌス）にとっても、神聖なものだったからだ。その晩、部隊は木馬の中から抜け出し、城門を開けた。撤退したふりをしていた軍隊は城内に侵入し、ほぼすべての市民が虐殺された。

出典 Dixon-Kennedy, *Encyclopedia of Greco-Roman Mythology*, 1 2 2; Graves, *The Greek Myths*, 259-260; Westmoreland, *Ancient Greek Beliefs*, 573

ドローミ
Dromi

別名・類語 ドローマ、ドローメ、ドロー

ネ

北欧神話で、ドローミ(「足かせ」)は、雷神トールがフェンリル(フェンリスウールヴ／フェンリスウールヴリン)と呼ばれる神ロキの息子を縛るためにアースガルズ(「アース神族の地」)で鍛えた2番めの鎖だった。トールが鍛えた最初の鎖、▶レージングの2倍の強さがあると言われたが、これも引きちぎられてしまった。

出典 Grimes, *The Norse Myths*, 263; Hawthorne, *Vikings*, 18; Norroena Society, *Satr Edda*, 341

蜻蛉切
とんぼきり

Tonbogiri

日本の民間伝承では、偉大な刀工である正宗(13世紀後半頃)は、史上屈指の素晴らしい刀剣を作り上げたとされている。正宗は実在の人物だが、高名な大名の本多忠勝が愛用したとされる名槍の蜻蛉切は、正宗の作ではない。穂先にとまったトンボがたちまち真っ二つになったという逸話が、この名前の由来となっており、その切れ味の鋭さを証明している。蜻蛉切は、▶日本号、▶御手杵とともに天下三名槍に数えられる。

出典 Nagayama, *The Connoisseur's Book of Japanese Swords*, 3 1; Sesko, *Encyclopedia of Japanese Swords*, 460

ナーガストラ

Nagaastra

別名・類語 ナーガ・アストラ

ヒンドゥーの神話では、▶アストラは神々によって創造された、あるいはその武器を司ることになる者へ贈られた、超自然の力を有する武器である。アストラの使い手はアストラダリと呼ばれる。

ナーガストラはナーガ(ナーガ族は上半身が人間で下半身がヘビと描写されるを魔人・半神的存在)のアストラであり、矢である。この矢が標的に当たらないことはないと言われた。命中した瞬間に蛇の姿となり、相手に致命傷を与える。紀元前500年から紀元前100年のあいだに成立した古代インドの叙事詩『ラーマーヤナ』(ラーマの旅)では、ラーヴァナの息子インドラジットが、ラーマに対してナーガストラを使った。『マハーバーラタ』では、ナーガストラはコブラの頭の形をしていると描かれており、アルジュナ(「一点の曇りなく銀のように光り輝く」)を倒すために使おうとするカルナが一心に崇拝し世話をしていたので、大きな破壊力を秘めるようになった。カルナの知らないうちに、ヘビ族の王子アシュヴァセーナが、カルナに加勢しようとして、ナーガストラの入った矢筒の中に潜り込んでいた。

アシュヴァセーナは、カーンダヴァの森を焼いたときに母を殺したアルジュナに対して、その死について当然の報いを受けさせようと敢然と決断していた。ヘビの存在はナーガストラの威力を増大させたが、矢はバランスを崩し、アルジュナに当たるも傷を負わせることはなかった。

出典 Edizioni, *Vimanas and the Wars of the Gods*, n.p.; Narlikar and Narlikar, *Bargaining with a Rising India*, 40-41

ナーガパーシャ

Nagapasha

別名・類語 ナーガ・パーシャ

ヒンドゥーの神話では、▶**アストラ**は神々によって創造された、あるいはその武器を司ることになる者へ贈られた、超自然の力を有する武器である。アストラの使い手はアストラダリと呼ばれる。

ナーガパーシャ(「コブラの縄」)は、ナーガ(ナーガ族は上半身が人間で下半身がヘビと描写されるを魔人・半神的存在)のアストラで、生きた毒ヘビによって標的をぐるぐる巻きにして縛り上げる力があるとされた。

出典 Edizioni, *Vimanas and the Wars of the Gods*, n.p.; Kulkarni, *The Epics*, 149

ナーゲルリング

Nagelring

別名・類語 ナーグリング

ゲルマン神話によれば、ナーゲルリングは、グリムという名の巨人がかつて所有していた魔剣。アルベリッヒ(アルフェリッヒ/アルビルス/エルベガスト)という名のドワーフがその剣を盗み出し、巨人グリムを倒すようにと若き英雄ディートリヒ・フォン・ベルン王子に渡した。ナーゲ

ルリングの柄には宝石がびっしりとはめ込まれていたという。

大陸のゲルマン神話では、ナーゲルリングは、セットマールとオリリアの息子であるシズレク卿が使っていた剣。『シズレクのサガ』によれば、シズレクは捕まえたドワーフのアルベリッヒから剣をもらった。そして、狂暴なグリムとその妻ヒルダを倒せばさらなる財宝が手に入る、とアルベリッヒから聞いた。シズレクは夫婦を倒し、彼らの宝の山から兜▶ヒルデグリムを見つけた。

出典 Brewer, *Dictionary of Phrase and Fable* 1900, 1197; de Beaumont and Allinson, *The Sword and Womankind*, 8; Grimes, *The Norse Myths*, 277; Guerber, *Legends of the Middle Ages*, 111, 112

ナーバ

Nab'a, al

イスラムの神話によると、預言者ムハンマドは最期の時を迎えるまで少なくとも3本の小型の矛を所有していた。それぞれの名前は、アル・▶**アトラ**、アル・▶**ハフル**、アル・ナーバという。その名前以外は何も知られていない。

出典 Osborne et al., *A Complete History of the Arabs*, Volume 1, 254; Sale et al., *An Universal History*, Part 2, Volume 1, 185

ナグリンド

Nagrindr

別名・類語 ナガテス、ナグリノド、ニグリンド

北欧神話において、ナグリンド(「死者/屍の門」)は、さまざまな地域の死者を収容する門で、ニヴルヘイムに通じる門のこと。ラグナレクの始まりを告げる煤けた赤い雄鶏も、フリームスルス(霜の巨人)のフリームグリームニルも、ここに

住んでいた。これ以外の死者の門として、▶ヘルグリンドと▶ヴァルグリンドがある。

出典 Grimes, *The Norse Myths*, 289

ナグルファル

Naglfar

別名・類語 ナゲルファル(「死の船」)、ナギルファル、ナグルファレ、ナルグファル

北欧神話に登場するナグルファル(爪の船)は、死者の手足の伸びた爪だけで造られた船で、ニヴルヘイムのフヴェルゲルミルに近いナーストレンドで建造される。ナグルファルは、ニヴルヘイムからヴィーグリーズという野へ死者を運ぶ。やがて、高波によってロキとその他大勢が押し寄せてきて、この野でラグナレクの最後の戦いが行われることになる。ヨトゥン(巨人)のフリュム(「老いぼれたもの」)がこの船を操った。

出典 Grimes, *The Norse Myths*, 2 8 9; Norroena Society, *Asatru Edda*, 375

7種類の絹

seven kinds of silk

ロシアの民間伝承で、「7種類の絹の」というフレーズは、魔力のある織物ならどんなものにでも当てはまる。古代ビザンティウムでは、呪文を作るときに7種類の絹を使うことは珍しくなかった。

出典 Bailey, *An Anthology of Russian Folk Epics*, 399; Petropoulos, *Greek Magic*, 76

7つの眠りのランプ

seven lamps of sleep, the

キリスト教の民間伝承に、黒い城の騎士の話がある。騎士は、7つの眠りのランプの炎を消えないようにすることで、城に住まう者たちを魔法の眠りに閉じ込めている。この話によれば、ランプが燃えているかぎり、城の人々は目覚めることがない。ランプの炎を消せるのは魔法の泉の水しかない。この話は、リチャード・ジョンソン著『キリスト教圏の7勇士』(1596年)で語られている。

出典 Brewer, *Dictionary of Phrase and Fable*, Volume 2, 725; Champlin, *Young Folks' Cyclopadia of Literature and Art*, 442.

ナフサ

naphtha

別名・類語 メデイアの油

古代ギリシアの三大悲劇作家のひとりであるエウリピデスによれば、女神ヘカテの巫女キルケの姪にあたる魔術師メデイアは、夫である英雄イアソンがコリントスの王女グラウケとの政略結婚を選んだため、離婚された。メデイアは傷心していないふりをして、▶グラウケの黄金の冠と白いガウンにナフサという特殊な毒を塗り、結婚祝いとしてふたりに贈った。グラウケがメデイアの贈り物を身につけると、それはくすぶり出し、超自然の炎となって燃え上がった。その炎は消すことができず、生きたまま燃えている王女の体から冠やガウンを取り除くこともできなかった。王女はもがき苦しみながら息絶えた。その顔は見分けがつかないほど焼け焦げ、肉体は泡立ち燃え尽きた。

出典 Graves, *The Greek Myths*, 3 5 5; Smith, *A Classical Dictionary of Greek and Roman Biography, Mythology and Geography*, 1004; Stuttard, *Looking at Medea*, 196-97

ナラヤナストラ
Narayanastra

別名・類語 ナラヤン・アストラ

ヒンドゥーの神話では、▶アストラは神々によって創造された、あるいはその武器を司ることになる者へ贈られた、超自然の力を有する武器である。アストラの使い手はアストラダリと呼ばれる。

ナラヤナストラは、維持神ヴィシュヌのアストラで、矢や円盤（チャクラ）の雨を降らせる力がある。その威力は、相手の抵抗の度合いに応じて増大するという。そのため、ナラヤナストラを攻撃すれば、その力は一層強力で致命的になる。ナラヤナストラが敵に放たれると、大地は揺れ空は火を吹いたかのように見え、10万本の矢が降り注ぎ、炎の竜巻が襲いかかり、多くの命が奪われる。

ナラヤナストラは1度しか使えない。2度めに使おうとすると、この武器は使い手とその軍に反撃する。この武器の恐ろしい力を弱める唯一の方法は、その前に平伏してそれを崇めることだ。そうすれば、そうしない場合と比べて攻撃の危険は減らせる。

出典 Edizioni, *Vimanas and the Wars of the Gods*, n.p.; Menon, *The Mahabharata*, Volume 2, 352-53

ナルトサネ
nartsane

コーカサス山脈地の民間伝承やアブハジアの伝説によると、山岳地帯に住んでいたナルト族の英雄たちは、ナルトサネ（「ナルトの酒」）と呼ばれる一種のワインを飲んでいたという。この酒には赤ヘビの欠片が入っていた。女性には美を、若者には力を、病人には健康を、高齢者には永遠の若さを与えると言われていた。この驚くべきワインは土器の水差しに入れられており、最も大きな水差しには魔力があり、▶アワザマカットと名づけられていた。

出典 Belyarova, *Abkhazia in Legends*, n.p.

ナンダカ
Nandaka

別名・類語 ナンダキ

ヒンドゥー教の神話では、▶アストラは神々によって創造された、あるいはその武器を司ることになる者へ贈られた、超自然の力を有する武器である。アストラの使い手はアストラダリと呼ばれる。

アストラ・ナンダカ（「喜びの源」）は、維持神ヴィシュヌの不滅の聖剣。クリシュナはこの剣で無数の悪魔を殺し、剣の輝きは太陽をも凌ぐと言われた。

出典 Dalal, *Hinduism*, 163; Iyer, *Bhasa*, n.p.; Jobes, *Dictionary of Mythology, Folklore, and Symbols*, Part 1, 425

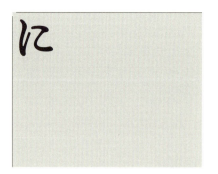

に

ニーベルンゲンの財宝
Nibelungen Hoard, the

中高地ドイツ語の叙事詩『ニーベルンゲンの歌』に登場する「ニーベルンゲンの財宝」は、荷馬車100台分の宝石と、荷馬車100台分以上の赤い黄金であるとされ、ジークフリート（シグルズ／シグムンド）がクリームヒルトとの結婚に際して贈ったものである。この物語には▶バルムンクという剣も登場する。この財宝は物語の重要な場面で登場する。この財宝をめぐり、人々は黄金への欲望のために自国や王や信条を裏切ることになる。この財宝を所有する者が、ニーベルンゲンと呼ばれた。

ジークフリートの死後、未亡人となったクリームヒルトは財宝をヴォルムスに移したが、ハゲネに奪われ、彼は後年に備えてそれを秘密の場所に埋めた。しかし、彼が財宝を取り出す前に、エッツェル王と結婚したクリームヒルトは復讐を企てた。招待されたハゲネらがクリームヒルトのもとを訪れたとき、彼女は復讐計画を実行に移し、両陣営を巻き込んだ凄惨な殺戮が繰り広げられた。

出典 Brewer, *Dictionary of Phrase and Fable* 1900, 6 1 3; McConnell et al., *The Nibelungen Tradition*, 153

ニヴルングの財宝
hodd Niflunga／Niflung treasure

別名・類語　ニーベルンゲンの財宝、ニフルングル・ハルド、ヴェルンドの宝

北欧神話で、たいていは3兄弟が共同で所有している黄金や魔法のアイテムなど、重要な秘蔵の品々。ニヴルングの財宝が登場する物語はたくさんあり、どれも英雄（通常はシグルズ／ジークフリート）が獲得する戦利品として描いている。ふつうは▶エーギスヒャルムが、黄金の中に隠されているか、英雄が財宝を探す理由になっている。伝統的なドイツの物語では、3兄弟の名前はエギル、スラグフィン・ジューク、ヴェルンドだが、別の物語では、兄弟のひとりだけがオイグリン（オイゲル）王という名前をつけられ、「星々の解釈者」だと言われている。

出典 Norroena Society, *Satr Edda*, 2 5, 3 3 3; Rydberg, *Teutonic Mythology* Volume 1 , 662

虹の投石器
Rainbow Sling, the

長腕（芸術的な手、長い手）の異名を持つ、ケルト神話の太陽神ルグ（「輝く」または「光」）の武器のひとつである虹の投石器は、フォウォレ族の強撃のバロルを殺すために使われた。白馬にまたがったルグはバロルに対し、投石機で攻撃した。その石はバロルの目に命中し、頭蓋骨を貫通した（▶タスラムの項を参照）。

出典 Macdonald, *Heroes, Gods and Monsters of Celtic Mythology*, n.p.; O'Farrell, *Ancient Irish Legends*, n.p.

ニデの野
Nide's Plain

北欧神話によると、ニデの野とは、ニ

ダ山脈の麓にある、きらめく黄金の館が建つ場所。その館は、ニヴルヘイムに住む者たちから見えるところにあり、彼らにとって希望の源となっていた。

出典 Grimes, *The Norse Myths*, 290

日本号（にほんごう）
Nihingo

別名・類語 日本号（にっぽんごう、ひのもとごう）

日本の民間伝承によると、日本号とは、▶御手杵（おてぎね）、▶蜻蛉切（とんぼきり）と並んで天下三名槍に数えられる槍。

出典 Nagayama, *The Connoisseur's Book of Japanese Swords*, 3–1; Sesko, *Encyclopedia of Japanese Swords*, 460

如意金箍棒（にょいきんこぼう）
Ruyi Jingu Bang

別名・類語 金箍棒、如意棒

16世紀に発表された中国の小説『西遊記』では、反抗的な主人公の孫悟空は、如意金箍棒（「自在に操れる、金の箍（たが）がはめられた棒」または「意のままになる、金の輪がはめられた棒」）という魔法の棒を持っている。この棒は、自発的に戦い、分身をいくつも作り出し、8トンの重さまで大きくなるだけではなく、針ほどの大きさに縮まり、孫悟空の耳の裏に隠すこともできる。孫悟空はこれを、東海龍王の水晶宮から盗み出した。か弱い玄奘の従者として、孫悟空は道中でこれを武器として使い、玄奘を守った。

出典 O'Bryan, *A History of Weapons*, 103; Wu and Yu, *Journey to the West*, Volume 1, 56, 104［中野美代子訳『西遊記』1-10巻、岩波書店、2005年］

如意宝珠（にょいほうじゅ）
chintamani stone

別名・類語 チンターマニ・ストーン、ディヴィヤ・ラトナ、ノルブ・リンポチェ、天の石

ヒンドゥー教と仏教の伝承では、如意宝珠（「世界の宝」）は、天から、あるいは恒星シリウスの周囲を回る惑星から地球にもたらされたと言われる。宝珠は、不死の国の支配者であるシャンバラの王に与えられた。この伝承によれば、紀元331年に空から4つの品が入った箱が落ちてきた。それから何年もたったあと、5人の旅人が到着し、箱の中身を説明したという。

この緑色の石は強力なアイテムで、手にした人を不老不死にする。また、あらゆる物質を金に変え、過去や未来を見通す力を与えることができる。如意宝珠をルンタと呼ばれる馬の背に乗せて運ぶと、王や賢者が長距離を高速で移動できると言われる。

出典 Baker, *The Enigmas of History*, n.p.; Lanfranchi, *Chintamani or Moldavite*, n.p.

ヌクタ
nucta

別名・類語 奇跡の雫

　エジプトの民間伝承によると、ヌクタとは聖ヨハネの日に月から落ちる露の雫。疫病を食い止める力があると信じられている。

出典 Brewer, *Dictionary of Phrase and Fable* 1900, 901; Folkard, *Plant Lore, Legends, and Lyrics*, 51

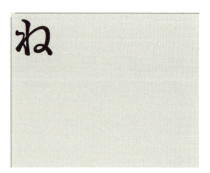

ネイリング
Naegling/ Nsegling

別名・類語 ベーオウルフの剣

　古英語で書かれた叙事詩『ベーオウルフ』で、主人公が使った多くの剣のうちのひとつが、ネイリング(「爪に近しいもの」／「鉤爪」／「鉤爪を刺すもの」)と名づけられた魔剣だった。由緒ある歴史を持った、古の家宝たるこの名剣は、「輝く」、「優れた」、「まばゆい」、「灰色の」、「力強い」、「鋭い」、「強靭な」などと形容される。その優れた資質にもかかわらず、ネイリングは最終的に、ベーオウルフとドラゴンとの最後の戦いでは役に立たなかった。ベーオウルフがドラゴンに剣を突き刺したとき、彼の剛力のせいで剣は衝撃に耐えきれずに折れてしまったのだ(剣が使い手の役に立たないというモチーフは、この時代の作品によく見られる)。

　研究者のなかには、ネイリングは『シズレクのサガ』に登場する剣▶ナーゲルリングではないかと指摘する者もいる。

出典 Frankel, *From Girl to Goddess*, 4 9; Garbaty, "The Fallible Sword," 5 8-5 9; Mullally, *Hrethel's Heirloom*, 228-44; Portnoy, *The Remnant*, 25

ネーベルカップ

nebelkap

妖精の伝承によると、ネーベルカップ（「霧のマント」）と呼ばれる魔法の石があり、それを持つと他人から姿が見えなくなるという。

出典 Edwards, *Hobgoblin and Sweet Puck*, 6 5; Keightley, *World Guide to Gnomes, Fairies, Elves, and Other Little People*, 215

願いを叶える棒

wishing rod

ドイツの民間伝承では、願いを叶える棒とは、ハシバミの木で作られた魔法の棒のこと。古来、願いを叶える棒はブラックソーンの木を切って作られ、それを使う者は願いが叶うと言われていた。まず棒を手に持ち、干し草の山を見ながら、願い事を思い浮かべて呪文を唱える。呪文を唱え終えたら、干し草を見ずにその場を離れなくてはならない。こうした指示にすべて従えば、願いは叶うとされた。コンラート・フォン・メーゲンベルクが著した『自然の書』には、それで串刺しにして肉を焼くと、願いを叶える棒は魔法のようにひとりでに回転して食材を焼くと記されている。また、ニーベルング族は純金の願い棒を持っていたとも言われている。

出典 Daniels and Stevens, *Encyclopaedia of Superstitions, Folklore, and the Occult Sciences of the World*, Volume 2, 1 4 4 5; Nielsen and Polansky, *Pendulum Power*, 21

ネス

Nes

別名・類語 ネス・スコイト（「腫れ上がったもの」）

ケルト神話の鍛冶神ゴヴニウ（ガブネ／ガブヌ／ゴヴァ／ゴヴニン／ゴヴネン／ゴヴニウ・サール）は、妻が不実を働いていると聞いたときにネス（「腫れ」）という槍を握っていた。怒りと嫉妬のあまり、ゴヴニウは槍に向かって魔法の歌を歌い、その槍で突かれた（そして生き残った）者は、膿が体中に広がり、火がついたかのようにその者を焼く「腫れ」を味わうことになるという魔法をかけた。

出典 Gregory and MacCumhaill, *Gods and Fighting Men*, 57, 81; Stokes, *Three Irish Glossaries*, xlv

ネスル

Nesr

別名・類語 ネスレム

南アラビアの伝承で偶像視されるネスルは、アラブ人に予見する力を与えたとされており、未来に起こることも、人が見る夢も、彼らが知ることができるようにした。ワシ（またはハゲワシ。出典によって異なる）の形象をとったネスルは、大きな悲しみのために目から涙をこぼし、永遠に泣き続けていると言われる。

出典 Baring-Gould, *Curious Myths of the Middle Ages*, 156; Lane, *Selections from the Kur-an*, 32

ネペンテス

nepenthe

ホメロスの古代ギリシア叙事詩『オデュッセイア』で、ネペンテスは悲しみに効く治療薬として取り上げられている。過去の悲しみを忘れさせることで、苦痛を和らげるとされた。エジプトのポリュダムナ王妃は、悲しみを消すこの薬をゼウスの娘ヘレネに与えた。

出典 Maginn, *Miscellanies: Prose and Verse*, Volume 2, 3 7; Oswald, *The Legend of Fair Helen as Told by*

Homer, Goethe and Others: A Study, Volume 10, xx

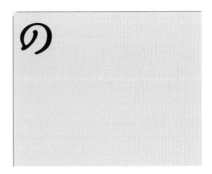

眠りの門
Gates of Sleep, the

古代ローマ市民のあいだには、夢は黄泉の国に住む死霊によって人々のもとに送られ、ふたつの門のどちらかを通ってくるという民間信仰があった。角でできたひとつめの門は、真実の光景を見せ、未来の出来事を予言する。磨き上げられた象牙でできたふたつめの門は、虚しい約束と偽りの光景に満ちた夢を送ってくる。伝説的な作家ホメロスも、古代ギリシアの叙事詩『オデュッセイア』第19巻で眠りの門について書き、この信仰に触れている。

出典 Bandera, *Sacred Game*, 145-46; Granger, *The Worship of the Romans*, 45-46

ネメアのライオンの皮
hide of the Nemean Lion, the

古代ギリシア神話では、かつて地上で最も大きく獰猛なライオンがいたと言われる。黄金の毛皮はどんな武器でも傷つかず、鉤爪はどんな盾でも切り裂くことができた。半神半人の英雄ヘラクレスの難業のひとつは、ネメアに行って、そこに住むライオンを退治することだった。どの武器を使っても獣が傷つかないことを知ると、ヘラクレスはライオンの腰をつかみ、神のごとき力で文字どおり生気を絞り出して殺した。そしてライオン自身の鉤爪を使って、毛皮で服を作った(ヘラクレスが身に着けているライオンの毛皮は、若い頃倒したキサイロナス山のライオンのものだとする著者もいる)。

出典 Daly and Rengel, *Greek and Roman Mythology, A to Z*, 63; Fiore, *Symbolic Mythology*, 175

ノーアトゥーン
Noatun

北欧神話で、ノーアトゥーン(「船小屋」/「船の居場所」/「港」)とは、火の神であり、海の猛威や海洋、船乗り、風の神であるニョルズの住まい。この住まいは海辺にあり、海鳥の鳴き声と風の音が響く騒々しい場所だった。ニョルズの妻であるスカジが、このにぎやかな海辺の家で暮らしたのは9日間だけだった。彼女はこの場所の騒々しさに耐えられず出て行き、ニョルズと別れた。

出典 Clare, *Mediaeval History*, 1 8 0; Daly, *Norse Mythology A to Z*, 73, 74; Grimes, *The Norse Myths*, 291

ノートゥンク
Nothung

別名・類語 ▶バルムンク、▶グラム

ノートゥンクは、中高地ドイツ語の叙事詩『ニーベルングの歌』の主要な登場人物ジークフリート(シグルズ/シグムンド)の剣。この剣はヴォータンに魔法の力を吹き込まれており、ジークフリートもその力を自在に利用できる。ワーグナーの楽劇『ヴァルキューレ』では、このことをブリュンヒルド(ブリュンヒルデ)がジークムントに話している。剣にその力がなく

なり、▶シュペーアと呼ばれるヴォータンの槍に当たって砕けると、ブリュンヒルド（ブリュンヒルデ）はその破片を拾い集めた。これに続く楽劇『ジークフリート』で、ジークムントの息子ジークフリート（シグルズ）は、ミーメの教えにより、ノートゥンクの破片を鍛え直し、その剣でファーヴニル（ファーフナー）という竜を倒した。ジークフリート（シグルズ）はこの剣でミーメも殺し、▶シュペーアも折った。

出典 Grimes, *The Norse Myths*, 291; Lewsey, *Who's Who and What's What in Wagner*, n.p.

パーシュパターシャストラ
Pashupatashastra

別名・類語 パーシュパタース・アストラ

　ヒンドゥーの神話では、▶アストラは神々によって創造された、あるいはその武器を司ることになる者へ贈られた、超自然の力を有する武器である。アストラの使い手はアストラダリと呼ばれる。

　矢または魔法の杖であるパーシュパターシャストラは、破壊神シヴァの妃であるマハーカーリー（「時を超えた女神」）の主要な武器だった。シヴァ神はこのアストラを、アルジュナ（「一点の曇りなく銀のように光り輝く」）とインドラジットに恩恵として授けた。パーシュパターシャストラは、何千もの矢、メイス、槍を同時に射ることができる恐ろしい武器だった。

出典 Mani, *Memorable Characters from the Ramayana and the Mahabharata*, 4　9; Vaidya, *The Mahabharata*, 45

パーシュパターストラ
Pashupatastra

　ヒンドゥーの神話では、▶アストラは神々によって創造された、あるいはその武器を司ることになる者へ贈られた、超自然の力を有する武器である。アストラの使い手はアストラダリと呼ばれる。

パーシュパタールストラは破壊神シヴァのアストラで、標的がどのようなものであれ、完全に破壊する力があるとされる、無敵のアストラだった。このアストラは矢以外にも、数体の悪魔や武器を体現した巨大な精霊を放つこともある。パーシュパタールストラによる破壊は水爆の爆発にたとえられる。この武器が体現する形状は、その都度異なっていた。パーシュパタールストラはシヴァ神から直接授けられる以外、手に入れることができなかった。

出典 Edizioni, *Vimanas and the Wars of the Gods*, n.p.

パアトゥヴォタ

paatuwvota

ホピ族の口頭伝承で、パアトゥヴォタ(「魔法の空飛ぶ盾」)とはシャーマンが使う移動手段。このアイテムは軽い綿で作られており、伝統的な長衣と同じように織

られている。シャーマンはその上に座り、呪文を唱えながら紐を何本か引っ張る。すると盾は地面から浮かび上がり、シャーマンの望むところへと連れて行く。

出典 Lomatuway'ma, *Earth Fire*, 152; Malotki and Gary, *Hopi Stories of Witchcraft, Shamanism, and Magic*, xl

ハードマンドル

hardmandle (複数形:hardmandlene)

スイスの妖精伝説では、小人たちが牛乳を使って、ハードマンドルと呼ばれる形のよい極上のチーズを作ると言われている。塊からひと切れ切り取ると、残りのハードマンドルが再生して欠けた部分を埋める。元の形が充分に残っているかぎりは、いつまでもひとりでに補充される。

出典 Keightley, *World Guide to Gnomes, Fairies, Elves, and Other Little People*, 264

バーバ・ヤガーの臼と杵

mortar and pestle of Baba Yaga, the

スラヴ神話では、バーバ・ヤガー(「老婆ヤガー」または「老婆ヤドヴィガ」)は、ハンガリーの伝承に由来するキャラクター。語り手の必要に応じて、人食いの老婆や魔女であったり、親切で慈悲深い妖精であったり、邪悪な種族の妖精などとして描かれた。どのような場合であれ、バーバ・ヤガーは魔法で空を飛べる巨大な臼と杵を持っていた。臼は驚くほど速く空を飛び、彼女は右手で杵を動かして臼を操った。

出典 Dixon-Kennedy, *Encyclopedia of Russian & Slavic Myth and Legend*, 23-28; Evan-Wentz, *Fairy Faith in Celtic Countries*, 247; Rose, *Spirits, Fairies*,

Lep- rechauns, and Goblins, 2 9; Rosen, Mythical Creatures Bible, 234

パーラーヴァタークシャの剣

sword of Paravataksha, the

ヒンドゥーの神話に登場するナーガラージャ（ナーガの王）であるパーラーヴァタークシャは、ヴィンディヤの森の北部で、神聖なアコカの木が影を落とす湖に住んでいた。彼は、厚い雲をまとい、燃えるような目を持ち、ヴァジュラ（「雷」）のような咆哮を上げるとされる。パーラーヴァタークシャは、アスラ族と神々から授けられた、地震を起こす剣を持っていた。

出典 Coulter and Turner, Encyclopedia of Ancient Deities, 333; de Visser, Dragon in China and Japan, 17-18

ハーラーハラ

halahala

ヒンドゥー教の神話で、すさまじい猛毒ハーラーハラは、サムドラ・マンタン（「乳海攪拌」）の最中に創られた。色は黒く、あらゆる生き物が死滅するほど強力だった。▶アモルタムとは正反対の創造物である。ハーラーハラは、怒りに満ちた力の現れとして炎の形を取っていた。神話の一説によれば、ブラフマーが「フーム」と長い音節を発すると、恐ろしい毒が爆発して何千もの断片に分かれたという。大きい断片のいくつかは、ナーガ族（ナーガ族は上半身が人間で下半身がヘビと描写される魔人・半神的存在）のものになった。最も小さい粒は、ありとあらゆる有毒な生物や植物に変わった。別の説で

は、シヴァ神がハーラーハラを飲み干し、それはひと塊になって喉にたまったので、シヴァ神の首は青く染まった。シヴァ神の別名のひとつであるニーラカンタ（青い喉を持つ者）は、この行為に由来する。

出典 Beer, The Handbook of Tibetan Buddhist Symbols, 232; Feller, Sanskrit Epics, 180, 189

ハール

Harr/ Haar/ Har

別名・類語 ホール

北欧神話で、ハール（「高き者」）は、オーディン（戦争、死、狂気、絞首台、治癒、知識、詩、高貴、ルーン文字、魔術、知恵の神）の館のひとつ。ここで、魔女グルヴェイグは裁かれ、唾を吐きかけられ、体を焼かれた。この第2の館にオーディンは、詩の朗読の部屋、運動競技の部屋、格闘技の部屋など、別々の目的を持つたくさんの部屋を造らせた。館の奥には、3つの玉座があった。オーディンの第1の館の名前は▶ヴァーラスキャールヴといった。

出典 Grimes, The Norse Myths, 18, 36, 272

バアル神の戦車

chariot of Baal

別名・類語 バアル神の嵐の戦車

古代中東全域、特に古代カナンやフェニキアで崇められた豊穣の神バアル（「主」）は、戦闘馬車を駆って空を走り、雨をもたらすと描写されている。戦車自体が、大きな雲と形容される。

出典 Smith, The Ugaritic Baal Cycle, 297; van der Toorn et al., Dictionary of Deities and Demons in the Bible, 704

パーンチャジャニヤ

Panchajanya

別名・類語　パアンチャジャニヤム

　ヒンドゥー教の神話で、パーンチャジャニヤ（「5種類の生けるものを支配する」）とは、維持神ヴィシュヌの法螺貝のこと。月光のように清らかで、荘厳な音が鳴ると言われ、火を発する力もある。

出典　Beer, *The Handbook of Tibetan Buddhist Symbols*, 10; Iyer, *Bhasa*, n.p.; Varadpande, *Mythology of Vishnu and His Incarnations*, 19

バウマストラ

Bhaumastra

　ヒンドゥー教の神話では、▶アストラは、神々が創造した、あるいは持ち主となる者に神々が授けた超自然的な武器である。アストラの使い手はアストラダリと呼ばれる。

　バウマストラは、大地の女神ブーミが作ったアストラである。宝石を集める、あるいは召喚する（翻訳により異なる）ために、地面に深いトンネルを掘る力があったと言われる。この装置が発する音は、耳を聾するほどだったという。

出典　Edizioni, *Vimanas and the Wars of the Gods*, n.p.; Menon, *The Mahabharata*, Volume 1, 146, 147

ハオマ

Haoma

別名・類語　ホルン

　古代ペルシアの民間伝承やゾロアスター教の神話に登場する魔法の飲み物で、不死を与えると言われている。ハオマ草という植物と牛乳と水を混ぜて作られ、神の化身と見なされてもいる。

　ハオマ草は金色に輝く緑の葉を持つ香りのよい植物で、山地に生え、成長する

と背が高くなると描写されている。薬効としては、体力をつけ、集中力を高め、性的興奮を維持し、意識を鋭敏にし、治癒を早めると言われる。この穏やかな酩酊薬は、余計な副作用なしに飲めることでよく知られている。

　ヤザタ・ハオマ（ホルン・ヤザドとしても知られる）は、ハオマ草の神が顕現した姿である。金色に輝く緑の目をした端整な男性として現れ、自身が正義と知恵を持ち、他者に洞察を与えることから、「正義を促進する」とされる。最高峰の山々の植物を守護する神。

出典　Boyce, *Zoroastrians*, n.p.; Dhalla, *History of Zoroastrianism*, n.p.; Taillieu and Boyce, "Haoma," 502

白鳥の羽衣

swan cloak

別名・類語　白鳥のドレス

　おとぎ話や神話によく登場するアイテムに、白鳥の羽衣と呼ばれる魔法の衣服がある。これを身につけているのはきまって魅力的な美女で、これを身にまとう者に何らかの魔法の力を与える（たいていは白鳥に変身したり、この世界と▶ヴァルハラなどの別世界を行き来したりできる）。よくあるパターンは、次のようなものだ。白鳥の羽衣を持つ女性が人目につかない渓谷へ行き、誰も見ていないと思って服を脱いで水浴びをする。ところが、物語の主人公の男性がその姿を見ており、彼女に一目惚れする。彼はその羽衣を盗んで隠し、知らないふりをするので、彼女はその男の花嫁になるしかなくなる。女性がその結婚生活から抜け出すには、羽衣の隠し場所を見つけて、それを取り戻して逃げるしかない。

出典 Keightley, *World Guide to Gnomes, Fairies, Elves, and Other Little People*, 2 1 4-1 5; Kerven, *Viking Myths and Sagas*, n.p.; O hOgain, *Myth, Legend and Romance*, 424

莫耶
ばく や

Mo Ye

別名・類語 鎮鄒

　中国の伝説によると、▶干将と莫耶は
かんしょう
対となる双剣で、製作した鍛冶職人夫婦
の名前にちなんでつけられた。鍛冶職人
ならば、2本1組の品物の製作を依頼され
た場合、金属の雌雄を分けることができ
ると言われている。このような場合に
は、ふいごの精はふいごを操り、蛟龍は
炉を熱し、雨の支配者は洗い流してきれ
いにし、赤の君主は炉に炭を詰め込む。

　楚の王から双剣を作るように命じられ
た干将は、5つの山から鉄を、十方から
金を集めたという。妻の莫耶は、300人
の少年少女たちを使ってふいごで燃え立
たせた火に、自分の髪と爪を投げ入れ
た。3年がかりの工程が終わりに近づき、
赤という名の息子を産んだあと、莫耶は
炉に身を投げ入れた。異なる金属を融合
させるために、人身御供が必要だったか
らだ。雌剣（陰剣）は、鰻の皮のような質
感を持つとの記述がある。

出典 Bonnefoy, *Asian Mythologies*, 2 5 8; Wagner, *Iron and Steel in Ancient China*, 113-14

ハゴロモグサのお守り

dewcup charms

　北米のイロコイ族の民間伝承では、山
に住むニンフあるいはジョガ（「小人族」）
には、ガンダヤー、ガホンガ、オードウ
ズの3種類がいると言われる。

　ガンダヤーは、大地の豊穣を司る自然
の精霊で、ハゴロモグサのお守りと呼ば
れる小さな魔法のアイテムを作る。これ
が果物や穀物を引き寄せて、花を咲かせ
芽吹かせる。精霊たちは、漁師の網に掛
かった魚を逃がすこともある。

出典 Chopra, *Academic Dictionary of Mythology*, 114

パシャ

pasha

別名・類語 パーシャ

　ヒンドゥー教の神話では、パシャ（「投
げ縄」または「輪縄」）とは、障害を取り除く
神ガネーシャ、正義、空、真実、水の神
ヴァルナ、死の神ヤマなどの神々が用い
る、神聖な武器である。

出典 Dallapiccola and Verghese, *Sculpture at Vijayanagara*, 3 8, 3 9; Moor, *The Hindu Pantheon*, 274

バジュラ

Bajura

　イスラムの伝承によると、預言者ムハ
ンマドの旗のこと。

出典 Brewer, *The Dictionary of Phrase and Fable* 1900, 60

パダルン・バイスルッズの外套

coat of Padarn Beisrudd

別名・類語 パイス・パダルン・バイスルッ
ズ（「パダルン・バイスルッズの赤い外套」）、パ
ダルン・バイスルッズのチュニック

　イギリスとウェールズの民間伝承に、
▶ブリテン島の13の秘宝（ウェールズ語で
はトリ・スルス・アル・ゼグ・イニス・プリダイン）
と呼ばれる一連のアイテムがある（数は常
に13）。現代に挙げられているアイテム

とは異なるが、15世紀における当初の13品は次のとおり。▶巨人ディウルナッハの大釜、▶モーガン・ムウィンファウルの戦車、▶グウェンドライのチェス盤、パダルン・バイスルッズの外套、▶聖職者リゲニズの壺と皿、▶クリドゥノ・アイディンの端綱、▶グウィズノ・ガランヒルの籠、▶ブラン・ガレッドの角杯、▶ライヴロデズのナイフ、▶コーンウォールのアーサー王のマント、リデルフ・ハイルの剣（▶ディルンウィン）、▶ティドワル・ティドグリドの砥石。

パダルン・バイスルッズの外套は、緋色で、卓越した職人技で仕立てられていると描写される。このアイテムについてはふたつの物語がある。ひとつは、パダルン・バイスルッズ本人以外どんな人の体にも合わない外套という話。もうひとつは、本物の貴人なら誰でも魔法のように体に合うが、卑しい人間や下層階級の者は着られない外套という話だ。

出典 Patton, *The Poet's Ogam*, 5 1 0; Pendergrass, *Mythological Swords*, 2 6; Williams, *A Biographical Dictionary of Eminent Welshmen*, 338

パッタユダ

Pattayudha

別名・類語 パッタ・ユダ

ヒンドゥーの神話では、▶アストラは神々によって創造された、あるいはその武器を司ることになる者へ贈られた、超自然の力を有する武器である。アストラの使い手はアストラダリと呼ばれる。

パッタユダは、破壊神シヴァが自軍の司令官であるヴィラバドラ（ヴィーラバドラ）に与えた金属製の武器である。

出典 Kramrisch, *The Presence of Siva*, 3 2 3, 3 2 4, 364, 365

バッテル

Batter, al

別名・類語 アル・バッタール（「切断」）

アル・バッテル（「打つ者」または「鋭い切れ味」）は、預言者ムハンマドの3本の剣の1本だったと言われる。あとの2本は、▶ハテルと▶ミフザムである。3本の剣は他の財宝とともに、シリアへ追放となったユダヤ人部族バヌ・カイヌカ族から没収した財産として、ムハンマドの手に渡った。

別の資料では、"アル・バッタール"の名前で、預言者が所有していた9本の剣の1本として列挙されている。それらは、アル・▶アドブ、アル・バッタール、ズル・ファカール（▶ズル・フィカール参照）、アル・ハトフ（▶ハテル参照）、アル・▶カディーブ、▶クルアイ、▶マブル、アル・▶ミフザム、アル・▶ラスーブである。

出典 Brewer and Harland, *Character Sketches of Romance, Fiction and the Drama*, Volume 4, 3 7 8; Irving, *Works of Washington Irving*, Volume 9, 1 3 2; Sale et al., *An Universal History*, Part 2, Volume 1, 184

バップ

Bap

別名・類語 アブフィハメット（「知恵の父」）、バフォメティ、バフォメッツ、バフォメット、バフォメス、バフィハメット（「理解の源」）

テンプル騎士団が崇めているとされた偶像の原名であるバップ（バフォメットという名前の省略形）は、マホメット（ムハンマド）という名前の転訛形だと言われる。この偶像が正確にはどんなものだったのか、どんな姿をしていたのかは不明である。いくつかの資料によれば、それは洗礼者ヨハネの切断された頭部で、言葉を

話すことができたという。別の資料によれば、木彫りの柱だったという。テンプル騎士団員たち自身は、異端審問の際に自白を強要され、偶像についてさまざまに異なる説明をしたので、逮捕者たちはバップには形を変える力があると信じるようになった。

出典 Davis, *Knights Templar*, 4 2-4 3; Napier, *Pocket A-Z of the Knights Templar*, n.p.; Roe et al., *The New American Encyclopedic Dictionary*, Volume 1, 378

ハデスの角杯
horn of Hades, the/ Hades's horn

北欧神話で、▶ソナル・ドレイリ、▶スヴァルカルドル・サエル、▶ウルザル・マグンを混ぜ合わせた液体を入れる容器のこと。

出典 Rydberg, *Teutonic Mythology* volume 1, 92

ハデスの戦車
chariot of Hades, the

古代ギリシア神話で、冥界の神ハデス（ローマ神話の神ディス／プルート）の戦車は、4頭（あるいは6頭、出典により異なる）のヒッポイ・アタナトイ（神々の不死の馬）に引かれていた。この戦車は、ペルセポネ（ローマ神話の女神プロセルピナ）の誘拐に重要な役割を果たした。ハデスは大地の裂け目から冥界を出ていったが、略奪した女神を連れて戻るときには黄金の戦車に乗っていた。ペルセポネを母親のもとに返すときにも、この乗り物を使う。畜産、商業、雄弁、豊穣、言語、略奪、幸運、睡眠、盗賊、交易、旅行、富の神であるヘルメス（ローマ神話の神メルクリウス）も、冥界から出るときには戦車を使い、大地の上空を飛ぶ。古代人がつけたハデスの4頭のヒッポイ・アタナトイの名前は、ア

バステル（「星から遠く離れて」）、アバトス（「近寄りがたい」）、アエトン（「ワシのようにすばやい」）、ノモス。

出典 Konstantinou, *Female Mobility and Gendered Space in Ancient Greek Myth*, 5 0-6 0; Leeming and Page, *Goddess: Myths of the Female Divine*, 69-70

ハデスの二叉槍
bident of Hades, the

別名・類語 ハデスの槍

バイデント（2叉の槍）は、古代ギリシア神話の冥界の神ハデス（ローマ神話の神ディス／プルート）が所有する伝統的な武器である。その黒いバイデントには、地震を起こし、大地から稲妻を引き出す力があった。ハデスのバイデントは、地震、馬、海の神▶ポセイドンの三叉槍とよく混同される。

出典 LohHagan, *Hades*, 6 8; Sibley, *The Divine Thunderbolt*, 91-92

ハテル
Hatel, al

別名・類語 ハレフ、ハテフ、ハトフ

アル・ハテル（「死を招くもの」）は、預言者ムハンマドの3本の剣の1本だったと言われる。あとの2本は、▶バッテルと▶ミフザムである。3本の剣は他の財宝とともに、シリアへ追放となったユダヤ人部族バヌ・カイヌカ族から没収した財産として、ムハンマドの手に渡った。

別の資料では、預言者ムハンマドは臨終のとき、9本の剣を所有していたとされる。それらは、アル・▶アドブ、アル・バッタール（▶バッテル参照）、ズル・ファカール（▶ズル・フィカール参照）、アル・ハトフ、アル・▶カディーブ、▶クルアイ、▶マブル、アル・▶ミフザム、アル・▶ラ

スーブである。アル・ハテルという剣については、名前以外は何もわかっていない。

出典 Brewer and Harland, *Character Sketches of Romance, Fiction and the Drama*, Volume 4, 3 7 8; Irving, *Works of Washington Irving*, Volume 9, 1 3 2; Sale et al., *An Universal History*, Part 2, Volume 1, 184

バトラー

Betra, al

イスラムの伝承によると、預言者ムハンマドは臨終のとき、少なくとも7つの胴甲（胸当てと背当てを蝶番または別の方法でつなぎ合わせた鎧の一部）を所有していた。それらの名前は、アル・バトラー、▶ザートル・フドゥール、▶ザートル・ハワーシー、▶ザートル・ウィシャーフ、アル・▶フィッダ、アル・▶ケルナ、アル・▶サーディーヤである。アル・バトラー（「交差するもの」）については、名前以外は何もわかっていない。

出典 Osborne et al., *A Complete History of the Arabs*, Volume 1, 2 5 4; Sale et al., *An Universal History*, Part 2, Volume 1, 185

バトラチャイト

batrachite

別名・類語 ブフォナイト、▶ヒキガエル石

カエルの体内で作られる神秘的な石と信じられ、古代の医者や博物学者が毒や魔術の影響を中和するのに使ったと言われる。中世ヨーロッパの民間伝承によれば、バトラチャイトの色は、体内にそれを持っていたカエルと同じ色だという。

出典 Crump and Fenolio, *Eye of Newt and Toe of Frog*, 139; *Harvard Encyclopedia*, Volume 3, 196

パナセア

panacea

別名・類語 パンクレスト

癒しの女神パナケイアにちなんで名づけられた魔法の薬。パナセア（「すべてを癒す」）には、あらゆる病気を治し、命を永遠に延ばす力があるとされた。

出典 Loar, *Goddesses for Every Day*, 25, 40

バプティズム

Baptism

名高い剣工アンシアは、創作上の巨人であるサラセン人（イスラム教徒）の騎士フィエラブラ（Fierabras、Fierbras）のために3本の剣を作った。バプティズム、▶フローレンス、▶グラバンである。それぞれの剣を作るには3年を要した。『騎士道の時代、またはクロックミテーヌの伝説』では、バプティズムは、別の剣▶グロリアスの刃を試した際、ある巨人に折られてしまった。

出典 Brewer, *Dictionary of Phrase and Fable* 1900, 1 1 9 7; L'Epine, *The Days of Chivalry*, n.p.; Numismatic and Antiquarian Society of Philadelphia, *Proceedings of the Numismatic and Antiquarian Society of Philadelphia for the Years 1899-1901*, 65

ハフル

Hafr, al

イスラムの伝承によると、預言者ムハンマドは臨終のとき、少なくとも3本の小型の矛を所有していた。名前は、アル・▶アトラ、アル・ハフル、アル・▶ナーバである。アル・ハフルについては、名前以外は何もわかっていない。

出典 Osborne et al., *A Complete History of the Arabs*, Volume 1, 2 5 4; Sale et al., *An Universal History*, Part 2, Volume 1, 185

バブレバヤーン

Babr-e Bayan

別名・類語 バブル、パランギーナ

バブレバヤーン(「荒れ狂うトラ」または「トラ皮の胴鎧」)は、ペルシアの伝説的な英雄ロスタム(ルスタム)が身に着けていた上着。この神話的な衣服は、火も水も通さず、ありとあらゆる武器から身を守ることができたと言われる。暗色の上着と描写されているが、ロスタムが着るとまるで「羽が生えた」ように見えたと言われることから、毛皮や長い毛で覆われていたのかもしれない。バブレバヤーンの下には金属板のシャツ、その下には軽量の鎖帷子のチュニックを着用していた。

バブレバヤーンという名前の解釈はむずかしいが、ロスタムが14歳のときにバブレバヤーンと呼ばれる海竜を倒したという口承物語がある。海竜を退治したあと、ロスタムはその皮で上着を作ったという。

出典 Stronge and Victoria and Albert Museum, *Tipu's Tigers*, 36-37; Yarshater, *Encyclopadia Iranica*, Volume 13, 89

ハヤブサのマント

falcon cloak, the

別名・類語 ハヤブサの服、ハヤブサの羽毛、ハヤブサの皮、羽毛のマント(「カフ・フルフル」)

北欧神話において、美、死、豊穣、金、愛、セイズ(魔術の一種)、性、戦争の女神であり、ヴァルキューレのリーダーでもあるフレイヤ(「婦人」)が所有していたハヤブサのマントは、彼女が大切にしていたふたつの持ち物のひとつだった(もうひとつは▶ブリーシンガメン)。このマントは使い手に、ハヤブサに変身して飛ぶ魔法

の力を与える。

出典 Conway, *Maiden, Mother, Crone*, 6 9-7 0; Guerber, *Myths of the Norsemen*, 135; Roberts, *Norse Gods and Heroes*, 66-67

パラシュ

Parashu

別名・類語 パラス

ヒンドゥー教の神話では、▶アストラは神々によって創造された、あるいはその武器を司ることになる者へ贈られた、超自然の力を有する武器である。アストラの使い手はアストラダリと呼ばれる。

パラシュは破壊神シヴァの神聖な戦斧であり、決して破壊されない無敵の武器だった。シヴァはパラシュをパラシュラーマ(「斧を持つラーマ」)に贈り、パラシュラーマはそれを障害物を取り除く神ガネーシャに譲った。パラシュには4つの刃があり、斧の頭の両端にひとつずつ、軸の両端にひとつずつ刃があったとされる。

出典 Knappert, *Indian Mythology*, 191

パラディオン

Palladium, the

古代ギリシア神話で、パラディオンとは、運命、王、稲妻、空、雷の神ゼウス(ローマ神話の神ユピテル)が、トロイ人の先祖であるダルダノスに与えた木の柱(または像)のこと。都市国家の安全を守ると信じられており、それが都にあるかぎりトロイは滅びないとされていた。トロイ戦争時に、パラディオンはディオメデスとオデュッセウスに盗まれた。

出典 Berens, *Myths and Legends of Ancient Greece and Rome*, 2 9 9, 3 0 1; Scull, *Greek Mythology Systematized*, 133, 354

バラフート

Barahoot/ Bal'ahoot/ Borhut

イエメンのハドラマウト県にあるバラフートの谷には、バラフートという名前以外は謎の井戸があると言われる。その水は黒く、悪臭を放っている。毎晩、偶像崇拝者と不信心者が井戸に連れていかれ、水を飲まされる。谷にはフクロウと黒いヘビがひしめいていると言われる。

出典 Lane, *Manners and Customs of the Modern Egyptians*, 531; Merrick and Majlisi, *Hayat alqulub*, 165

バララーマの鋤

plow of Balarama, the

別名・類語 ハラ

ヒンドゥー教の神話における農業、礼節、社会的礼儀の神バララーマ（クリシュナの兄）は、主にふたつの武器を持っていた。鋤（ハラ）と乳棒（ムサラ）だ。バララーマは敵に鋤を振るい、敵の体にまさに血の道を掘った。彼がヤムナー川を迂回するために鋤を使ったことは広く知られている。

出典 Beck, *Alternative Krishnas*, 93, 94; Sharma, *Essays on the Mahabharata*, 73, 74

パランジャ

Paran-ja

ヒンドゥー神話で、パランジャは、天空、稲妻、雨、川の流れ、嵐、ヴァジュラ（「雷」）の神であるインドラの剣。インドラはまた、デーヴァ（神々）とスヴァルガ（天界）の王でもある。

出典 Dowson, *Classical Dictionary of Hindu Mythology and Religion*, 127; Rengarajan, *Glossary of Hinduism*, 191

バリファルダ

Balifarda

別名・類語 バリサルダ、バリサルド

ルドヴィコ・アリオストの作であるイタリアの叙事詩『狂えるオルランド』（1516年）において、主人公オルランドが持つ剣だが、小人で狡猾な泥棒のブルネッロに盗まれてしまう。その後、剣は叙事詩のもうひとりの主人公ルッジェーロの手に渡った。魔女が鍛えたバリファルダには、魔法がかかった物質だろうと、すべてを切り裂く力があった。

出典 Ariosto, *Orlando Furioso*, Volume 1, 230 ［ルドヴィコ・アリオスト（脇功訳）『狂えるオルランド（上・下）』名古屋大学出版会、2022年］

パルヴァタストラ

Parvataastra

別名・類語 パルヴァタ・アストラ

ヒンドゥー教の神話では、▶アストラは神々によって創造された、あるいはその武器を司ることになる者へ贈られた、超自然の力を有する武器である。アストラの使い手はアストラダリと呼ばれる。

アストラであるパルヴァタストラは、空から山を降らせて、敵の上に落とす力を持つとされた。カーマデーヴァ（愛の神）がクリシュナの息子として転生したプラデュムナが、このアストラを使った。

出典 Edizioni, *Vimanas and the Wars of the Gods*, n.p.

バルガヴァストラ

Bhargavastra/ Bhargav astra

ヒンドゥー教の神話では、▶アストラは、神々が創造した、あるいは持ち主となる者に神々が授けた超自然的な武器である。アストラの使い手はアストラダリ

と呼ばれる。

バルガヴァストラは、維持の神ヴィシュヌの化身パラシュラーマが作ったアストラである。一撃で軍隊に著しい損害をもたらす力があったと言われる。また、その影響で、生き残った敵の軍隊は軍事訓練を忘れ、防御を封じられ、残存する武器は（破壊はされないまでも）損害を受けた。バルガヴァストラが空中に放たれると、「空に火の幕を掛けて」、何千本もの矢が地上に「悲鳴をあげながら」落ちてきたという。これによって、インドの叙事詩『マハーバーラタ』の主要登場人物で弓の名手であるアルジュナ（「一点の曇りなく銀のように光り輝く」）の矢はすべて破壊された。バルガヴァストラは、▶アインドラストラより強力な武器だと考えられていた。

出典 Edizioni, *Vimanas and the Wars of the Gods*, n.p.; Menon, *The Mahabharata* Volume 2, 3 8 2; Subramaniam, *Mahabharata for Children*, 28, 221

ハルパー

Harpe

別名・類語 クロノスの刀剣、ガイアの刀剣、ペルセウスの刀剣、▶クロノスの大鎌、▶ゼウスの刀剣

古代ギリシア神話で、ハルパーは、ティタン神族であり農耕の神であるクロノスが、父ウラノス（「天」）を去勢するのに使った▶アダマンティンの刀剣。しかしハルパーは、クロノスの有名な孫である半神半人の英雄ペルセウスが振るった特徴的な剣としてのほうがよく知られている。ゴルゴン3姉妹のメドゥーサの首を切り落とすのに使った剣だからだ。半神半人の伝説的英雄ヘラクレスはペルセウスの曾孫で、彼も多頭のヒュドラと

戦ったときにハルパーを使った。

畜産、商業、雄弁、豊穣、言語、略奪、幸運、睡眠、盗賊、交易、旅行、富の神であるヘルメス（ローマ神話の神メルクリウス）は、ハルパーを使って巨人アルゴスを倒した。また、運命、王、稲妻、空、雷の神ゼウス（ローマ神話の神ユピテル）は、ティタン神族テュポン（テュポエウス／テューポーン／テュポス）との戦いでハルパーを使った。

芸術作品では、ハルパーは当初、エジプトのケペシュのような鎌型の剣として描かれていた。

出典 Tatius, *Achilles Tatius*, 1 5 1; Viltanioti and Marmodoro, *Divine Powers in Late Antiquity*, 110, 118; Wilk, *Medusa*, 28, 241

バルムンク

Balmung

別名・類語 バルムス、▶グラム、▶ノートゥンク

魔法の剣バルムンクは、伝説の鍛冶職人ミーメが鍛えたと言われている。剣の刃はとても鋭く、水に浮いた羊毛の糸を切ることができたという。

ゲルマンのある物語では、戦争、死、狂気、絞首台、治癒、知識、詩、高貴、ルーン文字、魔術、知恵の神であるオーディンが、バルムンクを▶バルンストックの木に突き刺し、誰であろうと剣を抜くことができた者は戦いに勝つべく定められていると宣言した。ヴォルスング王の9人の王子が挑んだが、成功したのは末っ子のシグルズ（ジークフリート／シグムンド）だった。やがてシグルズは剣を使って、ニーベルング族と、欲に駆られて竜に姿を変えたドワーフのファーヴニル（ファーフナー）を倒した。その後、グンテル王の

異父兄弟ハゲネがシグルズを殺し、バルムンクを盗んだ。シグルズの未亡人クリームヒルトは、バルムンクを使ってハゲネの首をはね、夫の復讐を果たした。

出典 Evangelista, *The Encyclopedia of the Sword*, 576; Orchard, *Dictionary of Norse Myth and Legend*, 59; Pendergrass, *Mythological Swords*, 40-41

ハルモニアの首飾り
necklace of Harmonia, the

この首飾りについては諸説あり、そのひとつは次のようなものだ。束縛、彫刻術、火、鍛冶、金属細工、石工、護符の神であるヘパイストス(ヘファイストス。ローマ神話の神ウルカヌス)は、妻である愛の女神アプロディテ(ローマ神話の女神ウェヌス)が戦いの神アレス(ローマ神話の神マルス)と浮気をし、ふたりのあいだにハルモニアという娘まで生まれていることから、復讐を企てた。ヘパイストスは、宝石がはめ込まれ美しく細工された黄金の首飾りを作った。これは2匹のヘビを模した形をしており、ヘビの口で首飾りを留めるデザインとなっていた。身につける者に永遠の美と若さを与える力がこめられていたが、一方でそれを身につけるか所有する者に大いなる災いをもたらすようにもなっていた。ハルモニアは成長し、テーバイのカドモスと婚約した。ヘパイストスはお祝いとして彼女にその首飾りを贈った。それからまもなくして、ふたりはドラゴン(またはヘビ。出典によって異なる)へと姿を変えた。その後、首飾りはハルモニアの娘セメレの手に渡った。セメレは、運命、王、稲妻、空、雷の神ゼウス(ローマ神話の神ユピテル)のせいで意図せずして命を奪われた。何世代か経て、この首飾りは王妃イオカスタが所

有することになった。彼女はそうとは知らずに自分の息子オイディプスと結婚し、のちにその事実を知って自殺した。首飾りは必ず新しい持ち主の手に渡ったが、それはみなテーバイの王家の者で、その誰もが恐ろしい運命をたどった。知られるかぎり最後の所有者として記されているのは、フォキスの暴君フェイラスである。彼は、さらなる犠牲を防ぐためにデルフォイのアテナの神殿に保管されていた首飾りを盗み出し、自分の愛人に贈った。愛人の名前はわかっていないが、その直後に彼女の息子は狂気のようなものに取り憑かれて苦しみ、自宅に火を放ち、母親を殺害し、彼女の所有物をすべて破壊した。

出典 Daly and Rengel, *Greek and Roman Mythology, A to Z*, 8, 29-30, 52, 63, 132; Graves, *The Greek Myths*, 1 5 9.; Menoni, *Kings of Greek Mythology*, 13, 39

ハルモニアの長衣
robe of Harmonia, the

ギリシア神話で、ハルモニアは、夫のいる愛の女神アプロディテ(ローマ神話の女神ウェヌス)と、戦いの神アレス(ローマ神話の神マルス)とのあいだに生まれた。ハルモニアとテーバイのカドモスの結婚は、オリュンポスの12神が初めて参列した人間の結婚式だった。結婚祝いとして、工芸、軍事的勝利、戦争、知恵の女神アテナ(ローマ神話の女神ミネルヴァ)は、3美神が織った美しい金の長衣をハルモニアに贈った。この衣には、身につけた者に神聖さを授ける魔力があった。やがてその衣は、テーバイ攻めの7将のひとりであるポリュネイケスから、息子のテルサンドロスの手に渡った。彼はテーバイ出征を条件として、それをエリフィレ

に贈った。

出典 Brewer, *Dictionary of Phrase and Fable*, Volume 1, 582; Graves, *The Greek Myths*, 159

バルンストックの木
Branstock Tree

　ドイツの民間伝承では、レリル王の息子ヴォルスングは若いころ、バルンストックの木の周囲に屋敷を建てた。木の枝は家の屋根となり、幹は巨大な屋敷の中心にあった。多くの物語ではオークの木だと言われているが、リンゴの木だとするものもある(レリル王に子どもがいなかった当時の初期の物語によると)。

　ヴォルスングの屋敷は、バルンストックの屋敷と呼ばれていた。ある晩大広間で、ひとり娘のシグニューとあまり望ましくない王とのあまり望ましくない結婚を祝っていると、青いケープをまとった見知らぬ男(オーディン、戦争、死、狂気、絞首台、治癒、知識、詩、高貴、ルーン文字、魔術、知恵の神)が乱入してきた。蜜酒を1杯飲んだあと、男は光り輝く剣(▶バルムンク)を抜き、バルンストックの木の幹に突き刺した。見知らぬ男は、誰であろうと剣を木から引き抜くことができた者が、その使い手になると宣言した。その場にいた男たち全員が剣を引き抜こうとしたが、成功したのはヴォルスングの王子たちの末弟であるシグルズ(ジークフリート／シグムンド)だった。

出典 Boult, *Asgard and the Norse Heroes*, 1３9; Colum, *The Children of Odin*, 236-37

パンチャカラ
Pancakala

　ヒンドゥー教の神話によると、ある日、パーンドゥ王の5人の息子のひとり

で次男のビーマが湖畔を歩いていたところ、湖に住む巨大な龍(またはヘビ)に襲われた。ビーマはその怪物を捕らえ、パンチャカラと名づけた自分の親指の爪で、その首を刺して倒した。

出典 Darmawan, *Six Ways toward God*, 21

蟠桃
ばんとう
Pantao

別名・類語 不老不死の桃、長寿の桃、魔法の桃、パンタオ、不死の桃

　道教の言い伝えでは、蟠桃は不老不死の桃とされる。西王母の庭に実る桃の実は、3000年(または1万年。出典により異なる)ごとに熟すと言われていた。この果実の熟成を祝って、八仙(不老不死の8人)が盛大な宴を催した。

出典 Campbell, *Gods and Goddesses of Ancient China*, n.p.; Duda, *Traditional Chinese Toggles*, 104; Yu, *Journey to the West*, 74

パンドラの箱
box of Pandora, the/ Pandora's box

　古代ギリシア神話に登場する美しいが好奇心の強いパンドラ(「すべてを贈られた者」／「すべての贈り物」)は、人類に火を与えたティタン神族プロメテウスに対する腹いせとして、運命、王、稲妻、空、雷の神であるゼウス(ローマ神話の神ユピテル)に利用された。パンドラは、火、鍛冶、金属細工、彫刻術、石工、護符の神であるヘパイストス(ヘファイストス。ローマ神話の神ウルカヌス)の手で創造された。注文の品が完成すると、ゼウスはパンドラをプロメテウスの弟エピメテウスに与えた。兄のプロメテウスにゼウスからの贈り物は受け取るなと警告されていたにもかかわらず、エピメテウスはパンドラを

妻にした。結婚祝いとして、パンドラは聖なる箱あるいは壺を与えられ、けっして蓋をあけたり中をのぞいたりせず、しっかり保管するよう命じられた。しかしとうとう好奇心に負けて箱をあけ、世界にいくつもの恐怖を解き放ってしまった——人類に悲しみと病気と重荷をもたらすたくさんの災厄を。だが幸いにも、パンドラは箱の中に最後のひとつ、希望を残すことができた。

出典 Daly and Rengel, *Greek and Roman Mythology, A to Z*, 110, 123; Westmoreland, *Ancient Greek Beliefs*, 91-92

ビーマの鎚矛

mace of Bhima, the

ヒンドゥー教の神話では、アスラ族・ダイティヤ族・ラークシャサ族の王であるマヤスーラが、英雄ビーマに金の鎚矛を贈った（もしくは、金で装飾された鎚矛。出典により異なる）。その鎚矛で相手を打ちつけると、火の粉が飛び散り、落雷のように大きな音がした。地面を打つと、大地が震えた。ビーマは怪力で鎚矛を振るって、城門を破壊し、文字どおり無数のゾウや人、軍馬を殺した。わずか1度の戦いで、馬鎧をつけた1万頭の軍馬と数えきれないほどの兵士が殺された。

出典 Roy, *The Mahabharata*, Volumes 8-11, 221-27; Valmiki, *Delphi Collected Sanskrit Epics*, n.p.

緋色の銅鍋

crimson copper pan, the

日本の言い伝えに、琵琶湖近くの山に人食いムカデが住んでいたという話がある。文化英雄であり、怪物退治で名高い藤原 秀郷（ふじわらのひでさと）は、龍王からムカデを退治するよう依頼された。秀郷は、1本の矢じりに自分の唾液をつけた。人間の唾液は、怪物には毒になると広く信じられていたからだ。ムカデの頭めがけて矢を放

つと、矢はみごと眉間を射抜き、ムカデは即死した。秀郷は、褒美に3つの魔法の品を贈られた。そのひとつが緋色の銅鍋だった（▶食べても尽きない米俵や▶秀郷の絹巻も参照）。イギリスとウェールズの民間伝承に出てくる▶聖職者リゲニズの壺と皿と同じく、この魔法の鍋からは、持ち主が望めばどんな食べ物でもすぐさまあふれ出てきた。

出典 Kimbrough and Shirane, *Monsters, Animals, and Other Worlds*, n.p.; Roberts, *Japanese Mythology A to Z*, 22

光の衣
Garment of Light

別名・類語 輝きの衣、輝きの冠

ユダヤの神話では、天地創造の第1の日、神は白い火のタッリート（祈りのショール）に身を包んで天を創造し、そこから放たれた光が世界中に広がったと言われている。このアイテムは、黒い火で書かれたヘブライ文字で覆われていたとされる。神が常に身に着けているわけではないものの、衣は神自身と同じように輝いている。それ以上詳しくは、めったに描写されない。ときおり著者たちは、光の衣について「金のようにきらめき」、いくつもの貴重な宝石で覆われているなどと書き、さらなる描写を試みることもある。

出典 Barasch, *The Language of Art*, 4 8, 4 9; Schwartz, *Tree of Souls*, 82, 83

ヒキガエル石
toadstone

別名・類語 ブフォナイト、クレペディナ、ステロン、▶バトラチャイト

中世の言い伝えでは、ヒキガエル石と

は、大きなヒキガエルの頭部にあるとされる宝石または石のことで、ネズミ、クモ、スズメバチなどの毒に対する解毒剤になるとされていた。また、てんかんの治療にも使われた。毒が近くにあると、ヒキガエル石は色を変え、汗をかくという。言い伝えによれば、この石は、生きたままのヒキガエルから取り出す必要があった。ヒキガエル石はまた、妖精の悪意や悪影響を追い払うお守りだったとも言われている。

出典 Daniels and Stevens, *Encyclopedia of Superstitions, Folklore, and the Occult Sciences*, Volume 2, 761; Simpson and Roud, *A Dictionary of English Folklore*, n.p.

必中の矢
Dart-that-flew-Straight

古代ギリシア神話において、プロクリスは、アテナイ王エレクテウスと妻プラクシテアの3人の娘のひとりで、デイオンの息子ケパロスと結婚した。結婚後すぐに、ケパロスは暁の女神エオスに誘拐され、8年間そばに置かれた。ケパロスが妻のもとに帰りたいと願うと、女神は彼に、プロクリスは見知らぬ男に簡単に誘惑されてしまうだろうから試してみるべきだと言い聞かせ、別の男に姿を変えさせて送り返した。残念ながら誘惑は成功し、ケパロスは不貞を責めて妻を追い出した。プロクリスはクレタ島まで旅して、好色で有名なミノス王の宮廷に滞在した。妻のパシパエ王妃は夫に魔法をかけ、射精するたびに体からヤスデやサソリやヘビが放たれるようにした。この状態では跡継ぎもできない。プロクリスは、王が子をもうける方法を必ず見つけると約束した。そして王妃の子宮に山羊の膀胱を挿入して妊娠できるようにし、

目的を果たした。王はとても喜び、プロクリスにふたつの褒美を与えた。猟犬ライラプス（追いかけた獲物はなんでも捕らえることができる）と必中の矢だ。プロクリスは、子ども、狩猟、純潔、未婚の少女、野生動物の女神であるアルテミス（ローマ神話の女神ディアナ）の助けを借りて若い男に変装して、ケパロスのもとに戻り、夫をだまして狩猟競技会に参加させた。プロクリスは勝利したあと、正体を明かした。夫は恥じ入り、人がいかに簡単にだまされてしまうかを理解して、妻の帰宅を受け入れた。よりを戻すと、プロクリスは夫に猟犬と必中の矢を贈った。ところが、喜びの和解から間もなく、ケパロスは狩りの最中に、がさがさと音を立てる茂みに向けて不用意に必中の矢を放った。悲しいことに、矢は獲物ではなくプロクリスを貫き、死なせることになってしまった。

出典 Parada, *Genealogic Guide to Greek Mythology*, 156; See, *The Greek Myths*, 83-84

ヒッポクレネ

Hippocrene

別名・類語 ムーサの泉

　古代ギリシア神話に登場する泉、ヒッポクレネ（「馬の泉」）は、詩的霊感を授ける力があったので、ムーサ（ミューズ）たちにとって神聖な場所だった。翼を持つ馬ペガサスが初めて地上に降り立ったときに湧き出たと言われる甘美な泉は、この伝説的な動物が元気を回復したいときに必ず訪れる水源になった。泉の水はあまりに清らかで美味だったので、羊飼いたちはこの水を飲むと、羊の群れを捨ててオオカミのなすがままに任せ、ふらふらとさまよいながら詩や歌を口ずさみ、

誰かに聴いてもらいたがったという。

出典 Evslin, *Gods, Demigods, and Demons*, 9 2; Howey, *The Horse in Magic and Myth*, n.p.

ヒッポリュテの帯

belt of Hippolyte/ belt of Hippolyta

別名・類語 アレスの帯、ヒッポリュテの腰帯、ヒッポリュテの魔法の帯、ヒッポリュテの戦いの帯

　ギリシア神話における半神半人の伝説的英雄ヘラクレスは、狂気に駆られて妻と子どもたち、弟の子どもふたりを殺してしまった償いとして、エウリュステウス王に12年間仕えるよう命じられた（妻のメガラは生き残ったという説もある）。奉仕期間中、ヘラクレスは12の難業をこなさなければならなかったが、その9番めはアマゾン族の女王ヒッポリュテの帯を奪うことだった。帯は、ヒッポリュテの父である戦いの神アレス（ローマ神話の神マルス）からの贈り物で、アマゾン族に対するヒッポリュテの支配力と権威を象徴していた。神話によると、その"ゾスター"（帯の一種）は、魔法の力を持ち、重い革で作られていて、ヒッポリュテの胸に近い位置に着けられ、槍と剣を帯びることができたという。

　神話のほとんどの説によれば、ヒッポリュテはヘラクレスの船を訪ね、半神半人の姿にすっかり魅了されて、帯を贈ることにした。ところが、出産、家族、結婚、女性の女神であるヘラ（ローマ神話の女神ユノ）は、夫ゼウス（ローマ神話の神ユピテル）の不義の子に対する復讐心から行動を起こし、アマゾンの姿を取って、ヘラクレスが女王を誘拐したといううわさを広めた。女戦士たちは集結し、ヘラクレスの船を襲った。乱闘のなかでヒッポ

リュテは殺され、ヘラクレスは帯を持って逃げた。

神話の初期の版では、ヘラクレスはアマゾン族の首都テミスキュラまで船で赴き、帯を要求したが、ヒッポリュテは引き渡しを拒否したという。血みどろの戦いが起こり、アマゾン族の戦士たちは皆殺しにされた。アエラ(「旋風」)、処女アルキッペ、アステリア、セレンド、デイアネラ、エリボイア、エウリュビア、マルペ、ペオト、フィリピス、ポイベ、そしてテクメッサ。アマゾン族は、ほぼ絶滅した。メラニッペという名の司令官がついに降伏を申し出ると、ヘラクレスは帯を引き渡せば命は助けると言い渡した。アマゾン族の王女アンティオペは、冒険に同行したヘラクレスの友人で、アテナイの英雄テセウスに与えられた。生き残ったアマゾンたちは部隊を立て直し、スキタイの同盟軍と合流して、王女を救出するためテセウスを追ってアテナイに向かった。しかし、女戦士たちはまたもや大敗北を喫した。アンティオペはテセウスの忠実な妻となり、息子のヒッポリトスを産んだが、戦いのなかで命を落とした。

出典 Hard, *The Routledge Handbook of Greek Mythology*, 263-64; Hreik, *Hercules*, 43-50; Huber, *Mythematics*, 8 9-9 0; Seigneuret, *Dictionary of Literary Themes and Motifs*, Volume 1, 4 4; Tatlock, *Greek and Roman Mythology*, 219-20; Wilde, *On the Trail of the Women Warriors*, 12-13

秀郷の絹巻
silk roll of Hidesato, the

日本の伝承には、琵琶湖の近くの山に住む人食いムカデの話がある。怪物退治で有名な英雄の藤原秀郷は、龍王からこの怪物を退治するように頼まれた。彼は

1本の矢の矢尻に自分の唾液をつけた。人間の唾液はこのような怪物に有毒だと広く信じられていたからだ。その矢でムカデの頭を射抜くと、矢は脳を貫き即死させた。彼は3つの魔法の品を褒美としてもらったが、そのうちのひとつは尽きることのない絹巻だった(▶緋色の銅鍋と▶食べても尽きない米俵も参照)。この褒美を受け取った秀郷は、自分のために新しい衣を作り始めた。この上質の布は、いくら使ってもなくならなかったという。

出典 Kimbrough and Shirane, *Monsters, Animals, and Other Worlds*, n.p.; Roberts, *Japanese Mythology A to Z*, 22

ひとかせの魔法の糸
skein of magical thread, the

アーサー王伝説において、1220年代頃にハインリヒ・フォン・デム・テューリンによって書かれたドイツ語詩『王冠』によると、サー・ガウェイン(ガーウェイン)はヤンフルーゲの魔法使いラーモルツを打ち負かした。彼は魔法使いの命を助ける代わりにひとかせの魔法の糸を手に入れた。

出典 Bruce, *The Arthurian Name Dictionary*, 273

ピナーカ
Pinaka

別名・類語 ピナーキン、シヴァ・ダヌシュ

ヒンドゥー教の神話では、ピナーカは神聖な弓であり、シヴァ神が用いる武器。シヴァはこれをパラシュラーマからもらった。この特別な弓を用いるシヴァ神は、ピナーカヴァンと呼ばれた。ピナーカは大きく黒い弓だと記されている。この弓を使えば向かうところ敵なしであるうえに、シヴァに敵対する者の心

を恐怖に陥れることができた。人間には弦を張ることも運ぶこともできなかった。ピナーカは、あらゆるものの設計者であり武器の作り手であるヴィシュヴァカルマンが作った。

出典 Garg, *Encyclopaedia of the Hindu World*, Volume 1, 2　6　4; Satish, *Tales of Gods in Hindu Mythology*, n.p.

火ネズミの衣
robe of the fire-rat, the

中国には、火ネズミの衣という伝説がある。それは火ネズミの皮で作られており、その皮は熱に強く火に燃えないと言われていた。

平安時代の日本の民話に、「なよ竹のかぐや姫」（しなやかな竹の光り輝く姫）という名の、裕福な竹取りの娘の話がある。娘は、本当に自分を愛してくれる男性となら結婚しましょう、と言う。彼女は求婚者を5人にまで絞り込み、そのなかから、自分が見たいと思っている珍しい品を持ってきてくれた者と結婚すると伝えた。求婚者のひとりで裕福な右大臣阿倍御主人は、火ネズミの裘（皮袋）を持ってくるようにと言われた。この物語でも、手に入れるのが困難で高価なものは、伝説の美しいアイテムとされている。

出典 Rimer, *Modern Japanese Fiction and Its Traditions*, 2　8　5; Shirane, *Traditional Japanese Literature*, 117; Soothill and Hodous, *A Dictionary of Chinese Buddhist Terms*, 161

ビノーリーの竪琴
harp of Binnorie, the

イギリスの民話『ビノーリー』では、名のないふたりの姫のもとに、サー・ウィリアムが求婚のために訪れる。求婚され

るのが妹のほうだと知った姉は、舟遊びに行こうと妹を誘った。ビノーリーの水車用の小川に出ると、姉の姫は妹を溺死させ、遺体を川岸に放置した。たまたま通りかかった巧みな竪琴弾きが、溺死した妹を見つけ、その美しい顔に恋をした。竪琴弾きは彼女のことが忘れられず、数年後、遺体があった場所に戻ってみた。そして残されていた胸骨と金色の髪で、竪琴を作った。その晩遅く、竪琴弾きはサー・ウィリアムの屋敷で演奏をした。新しい竪琴を下に置くと、それは音を奏でて歌い始め、いかにして姉が妹を殺し、サー・ウィリアムを射止めたかを語った。

出典 Creeden, *Fair Is Fair*, 1 5 5; Jacobs, *English Fairy Tales*, 46-47

火の戦車
chariot of fire, the

聖書によれば、火の戦車は、預言者エリヤが天に昇ったときの乗り物である。『列王記』下2章8-11節において、エリヤが水を打つと、水は左右に分かれる。やがて乾いた土地から火の戦車と燃える馬が現れ、大きなつむじ風を伴いながらエリヤを空中に持ち上げ、天へ運んでいく。

出典 Barnes, *Dictionary of the Bible*, 1 9 6, 3 1 1; Ryken et al., *Dictionary of Biblical Imagery*, 139, 569

火の鳥の羽
firebird plumage

スラヴ神話に登場する生き物、火の鳥（ジャール・プチーツァ）は、羽がオレンジや赤や黄色の光を発し、かがり火のように明るく輝く美しい鳥として描写される。火の鳥から羽を1本抜くだけでも、その

羽毛は部屋を照らせるほど明るく輝いて
いると言われる。

出典 Dixon-Kennedy, *Encyclopedia of Russian & Slavic Myth and Legend*, 8‐6; Gohdes, *American Literature*, Volume 1 3, 3 1 9; Nigg, *A Guide to the Imaginary Birds of the World*, 89-90

火の柱
Pillar of Fire

神の臨在のしるしである火の柱は、夜
は荒野でイスラエルの民を導き、昼は▶
雲の柱として彼らを導いた。

出典 Freedman, *Eerdmans Dictionary of the Bible*, 461, 1059; Mahusay, *The History of Redemption*, 339

ビフレスト
Bifrost

別名・類語 アースの橋、アースブル
(「橋」)、ビルレスト、神々の橋(「アースブ
ル」)、虹の橋、ヴィンドヒャルムス・ブ
リー(「ヴィンドヒャルムルの橋」)

　北欧神話の虹の橋、ビフレスト(「ぐら
つく道」)は、ミズガルズ(人間の地)とアー
スガルズ(「アース神族の地」)をつなぐ天空
に架かっている。13世紀にアイスランド
の歴史家スノッリ・ストゥルルソンが著
した『スノッリのエッダ』によると、橋の
たもとにある宮殿▶ヒミンビョルグには
神ヘイムダルが住み、ヨトゥン(巨人族)
に渡らせないよう、橋を守っているとい
う。ヘイムダルが橋の見張り番に任命さ
れたのは、優れた感覚を備えているだけ
でなく、▶ギャラルホルンという、吹け
ば9つの世界に響き渡るほどの警報音を
発する角笛を持っていたからだった。

　空気、火、水で作られた橋は、脆い物
質でできた3本の糸に見えるが、実際に
は途方もなく強い。ビフレストは、神々
の敵ムスペルの力によって崩壊すると予
言されている。そのときまで、神々は毎
日馬に乗って橋を渡り、▶ウルザンブル
ンの傍らにある法廷で裁きを行う。トー
ルだけは徒歩で行かなければならなかっ
たので、ケルムト川、エルムト川、ケル
ラウグ川を歩いて渡っていた。雷神であ
るトールが渡ると、ビフレストが砕けて
しまうからだ。

出典 Anderson, *Norse Mythology*, 189; Daly, *Norse Mythology A to Z*, 1‐2; Evans, *Dictionary of Mythology*, 44; Guerber, *Myths of the Norsemen*, 153; Norroena Society, *Asatru Edda*, 399

ヒミンビョルグ
Himinbjorg

別名・類語 ヒミンビョルド、ヒミンブ
リョドル、ヒンメルベルグ

　北欧神話で、ヒミンビョルグ(「天の崖」
/「天の山」)は、光の神ヘイムダルの要塞
のような宮殿である。アースガルズ
(「アース神族の地」)にある8番めの宮殿で、
虹の橋▶ビフレストのたもとに位置して
いる。

出典 Anderson, *Norse Mythology*, 1 8 6, 4 4 9; Grimes, *The Norse Myths*, 2‐7 6; Lindow, *Norse Mythology*, 174

ヒャンダルフィヤル

Hindarfiall

別名・類語 ヒンドヴェル

北欧神話で、戦争、死、狂気、絞首台、治癒、知識、詩、高貴、ルーン文字、魔術、知恵の神オーディンが、ヴァルキューレのブリュンヒルドを眠りの茨▶スヴェフンポルンで刺したあと、連れて行った場所である。そしてオーディンは、▶ヴァフルロガルと呼ばれる炎の壁でブリュンヒルドを囲んだ。炎をくぐり抜ける勇気を持つ夫が現れるまで横たわって待つあいだ、ブリュンヒルドは美しさと若さを保っていた。ヒャンダルフィヤルは高い山で、雲に覆われた山頂にも炎の光輪があったと描写されている。

出典 Guerber, *Myths of the Norsemen*, 280, 284; Sturluson, *Younger Edda*, 134

ヒュドラの血

blood of the hydra, the

ギリシア神話に登場する半神半人の伝説的英雄ヘラクレスは、狂気に駆られて妻と子どもたち、弟の子どもふたりを殺してしまった償いとして、エウリュステウス王に12年間仕えるよう命じられた（妻のメガラは生き残ったという説もある）。奉仕期間中、ヘラクレスは、12の難業をこなさなければならなかったが、その2番めは、レルネーの沼に住む多頭のヒュドラ（「水ヘビ」）を倒すことだった。この怪物について決まった描写はないが、頭の数は、芸術作品や物語によってふたつから数百までさまざまに異なる。この戦いのなかでヘラクレスは、かつて曽祖父の持ち物だった剣▶ハルパーを使った。

ヘラクレスはヒュドラを倒すと、手持ちの矢の先端を、怪物の猛毒の血（あるいは胆汁、出典により異なる）に浸した。この矢で射られれば、軽いかき傷でも致命傷となった。

出典 Hard, *The Routledge Handbook of Greek Mythology*, 258; Hreik, *Hercules*, 13-18; Huber, *Mythematics*, 14-19

ヒュミルの大釜

cauldron of Hymer, the/ cauldron of Hymir

北欧の叙事詩『ヒュミルの歌』は、雷神トールの数ある行いのひとつを伝えている。物語で、北欧の神々は海の神エーギルとの食事に招かれる。この機会に、トールと軍神テュールはヨトゥン（巨人族）ヒュミルを訪ね、幅と深さが1.6キロメートルある大釜を手に入れようとする（1回の醸造で神々全員のための蜜酒を作れるほど巨大な大釜はおそらくほかにないので）。詩のなかで、トールはヨルムンガンド（ミズガルズの大ヘビ）、ヒュミル、大釜の強奪を止めようとした巨人たち全員を殺す。そして大釜をかついで戻ると、エーギルが蜜酒を醸造し、盛大な祝宴が催される。

出典 Keyser, *The Religion of the Northmen*, 46; Zakroff, *The Witch's Cauldron*, n.p.

ヒュリエウス王の雄牛の皮

bull hide of King Hyrieus, the

古代ギリシア神話によると、トラキアの王ヒュリエウスには子どもがなかった。この問題の解決策として、運命、王、稲妻、空、雷の神であるゼウス（ローマ神話の神ユピテル）は、雄牛の皮の中に尿を入れるように指示した。ヒュリエウスが

従うと、ゼウスは畜産、商業、雄弁、豊穣、言語、略奪、幸運、睡眠、盗賊、交易、旅行、富の神であるヘルメス(ローマ神話の神メルクリウス)と、地震、馬、海の神であるポセイドン(ローマ神話の神ネプトゥヌス)にそれを埋めさせた。9カ月後、雄牛の皮から子どもが生まれ、オリオンと名づけられた。

出典 Room, *Who's Who in Classical Mythology*, 223

ビュルギル

Byrgir

別名・類語 ビュルギ、ビュルゲル、ビュルギヴ

北欧神話で、ビュルギル(「何かを隠す者」)は、巨人族ヨトゥンのヴィズフィンルの命令で、ビルとヒューキが水をくみにいった泉である。ビュルギルの水には、飲む者に若々しさを与える力があった。この水を使って蜜酒を作るととても美味なので、何度も隠されたり盗まれたりした。

出典 Grimes, *The Norse Myths*, 2 6 0; Norroena Society, *Satr Edda*, 25

ヒョウ皮袋

panther-skin sack

中国の仏教神話では、四天王(四大金剛/魔家四将)と呼ばれる仏法の守護神がいて、その彫像は仏教寺院の門の左右に対になって立ち、四方を守っている。これを下敷きにした『封神演義』では、のちに持国天となる魔礼寿は、2本の鞭と、花狐貂という生き物の入った魔法のヒョウ皮袋を持っている。その生き物は袋に入っている間は白いネズミの姿をしているが、袋から出されると、本来の姿である、敵を食らう大きな翼象になる。

出典 Buckhardt, *Chinese Creeds and Customs*, 163; Werner, *Myths and Legends of China*, 122

ビルガ

Birga

別名・類語 フィアハの槍、フィン・マク・クウィルの槍

アイルランドの伝承で、フィアハは、アイルランド王の信頼厚い戦士コンガの息子だった。フィアハの槍ビルガは、英雄フィン・マク・クウィル(フィン・マックール／フィン・マックヴォル)に贈られ、英雄がタラの島を守り、ミグナの息子アイレンによる焼き討ちを阻止するのに役立った。槍は、先端に毒がある鋭く青い刃と、青いつばを持ち、アラビア金の30個の鋲が打ってあったと描写されている。けっして投げ損じることがないので、狙われれば命取りになることで有名だった。槍の穂先を額に当てると、アイレンのダルシマーの影響を受けずにすむ。この楽器の音を耳にすると、何をしていようと誰も彼もが眠ってしまうのだった。

出典 Dooley and Roe, *Acallam Na Senorach*, 5 1-5 4; Gregory and MacCumhaill, *Gods and Fighting Men*, 166, 273

ビルスキールニル

Bilskirnir

別名・類語 ビルスキールネ、ビルスキールネル、スドヴァンガル、スルドヘイミル

北欧神話において、ビルスキールニル(「嵐の静けさ」／「稲妻」)は、雷神トールの宮殿だった。ここには戦いで死んだ戦士たちの魂が住み、屋根は赤く輝く盾で覆われていたと描写されている。紫色にき

らめく屋内には540の部屋があり、▶ヴァルハラと同じくらいの大きさがあった。

出典 Grimes, *The Norse Myths*, 258

ヒルディゴルト
Hildigolt/ Hildegolt

別名・類語 ヒルディスヴィーン(「戦いのイノシシ」)

北欧の伝説によれば、スウェーデンのアジルス王は、ノルウェーのアーリ王を倒すため、継子であるフロールヴ・クラキ王に援助を求めた。そして、スウェーデンの宝を3つまでどれでも与えるうえに、全軍に報酬を支払うと約束した。フロールヴは同意し、12人の最も優秀なベルセルクを送った。アジルスはアーリを倒し、戦場で相手の兜ヒルディゴルトと軍馬フラヴンを奪った。支払いの時が来て、ベルセルクは自分たちにはそれぞれ金3ポンド、王には▶フィンスレイヴ、ヒルディゴルト、▶スヴィアグリスという3つの宝を要求した。

出典 Anderson, *The Younger Edda*, 2 1 5; Byock, *The Prose Edda*, 36

ヒルデグリム
Hildigrim

大陸ゲルマン神話で、ヒルデグリムは、セットマールとオリリアの息子サー・シズレク[ドイツの叙事詩の英雄ディートリヒ・フォン・ベルンのこと]がかぶっていた兜である。『シズレクのサガ』によれば、シズレクは小人アルベリヒをとらえて、剣▶ナーゲルリングを受け取るとともに、ベルセルクのグリムとその妻ヒルデを倒せば財宝をもらうと約束した。勝利を得たシズレクは、彼らの秘蔵の財宝の

なかに兜ヒルデグリムを発見した。

出典 de Beaumont and Allinson, *The Sword and Womankind*, 8; McConnell et al., *The Nibelungen Tradition*, 127

ビロウの宝扇
treasure fan of pure yin

別名・類語 陰の扇、椰子の葉の扇、芭蕉の葉の扇、宝の扇

仏教の経典を手に入れるために中国からインドへ旅した三蔵法師の物語のなかで、ビロウの宝扇は、4メートル弱の長さで、ビロウの最高級の葉で作られた霊宝とされている。これは数々の不思議な力を秘めており、火焔山に向かって振ると、その猛火を消すことができる。ふた振りめで涼しい風を起こし、3振りめで雨を降らせるという。山の炎が消えれば、その土地に住む人々は五穀を収穫することができたが、また火が起こらないようにするは、鎮火した火焔山に向かってビロウの宝扇を49回振る必要があった。この宝扇であおがれた人は、140キロ近くも吹き飛ばされてしまう。扇はいつもは普通の大きさで、簡単に持ち運びができる。4メートルまで大きくするに、柄を飾る7本めの赤い紐を握り、「ホイ・ホス・ホー・ヒス・チュイ・フー」と呪文を唱えなければならない。すると、扇は輝く光に包まれ、空気を取り込む。柄の部分は、36本の赤い編み紐で飾られていた。

出典 Wu, *Journey to the West*, 136, 137, 145, 165, 185[中野美代子訳『西遊記』1-10巻、岩波書店、2005年]

ビロコの鈴

bell of the biloko, the

コンゴ民主共和国の民間伝承によると、熱帯雨林の奥深くに、木のうろに住むビロコ(「食物」)と呼ばれる吸血鬼のような生き物がいるという。体毛ではなく草に覆われ、葉を衣服として使っていると言われ、長く鋭い鉤爪、射るような目、突き出た鼻をしている。ビロコが魔法の鈴を鳴らすと、その音を聞いた者はみな眠りに落ちる。するとビロコは獲物を拾い上げ、信じがたいほど大きく口をあけて、その人間を丸呑みにする。魔法の鈴を持っているという理由で、隠された財宝の守護を任されることも多い。幸いにも、お守りや呪物を作って携帯すれば、鈴の魔法から身を守ることができる。

出典 Chopra, *Academic Dictionary of Mythology*, 5 3; Knappert, *Bantu Myths and Other Tales*, 1 4 2; Knappert, *Myths and Legends of the Congo*, 130

ファーヴニルのエーギス

aegis of Fafnir, the

別名・類語 エーギスの兜、恐怖の兜(「▶エーギスヒャルム」)、威嚇者の兜、ガリア・テリフィカ

北欧神話では、竜神ファーヴニル(ファーフナー)は、エーギス(「恐怖の兜」)と名づけられた兜をかぶっていた。元は父親のフレイズマルの持ち物であり、ファーヴニルがこの兜をかぶると、目にした者はみな恐怖におののいた。

出典 Coulter and Turner, *Encyclopedia of Ancient Deities*, 1 7 7; Morris and Magnusson, *The Saga Library*, Volume 2, 492; Pickering, *Beowulf*, xxxix

ファーダ

Fadha, al

アル・ファーダは、預言者ムハンマドの短剣の1本だったと言われる。この銀製の剣は、他の財宝(剣アル・▶サーディーヤなど)とともに、シリアへ追放となったユダヤ人部族バヌ・カイヌカ族から没収した財産として、ムハンマドの手に渡った。

出典 Brewer and Harland, *Character Sketches of Romance, Fiction and the Drama*, Volume 2, 3 7 8; Irving, *Works of Washington Irving*, Volume 9, 132

ファスダル
Fasdail

ケルトの伝承とアイルランド神話において、ファスダル(「確実にする」)は、フィン物語群のフィアナ騎士団の一員、ゴル・マックモーナの剣だった。バングラガクハ(「巨大な女」)のロン・ロンラクハが作った6本の剣のうちの1本。他の剣は、▶キャルド・ナン・ガラン、▶クルーズ・コスガラハ、▶ドリーズ・ラナハ、▶リオブハナクハ、▶マク・ア・ルイン。

出典 Gregory and MacCumhaill, *Gods and Fighting Men*, 2 6 8; Leodhas, *By Loch and by Lin*, n.p.

ファランダ・フォラズ
Fallandaforad

別名・類語 ファランダ・フォラル(「落下の危険」)、ファランド・ゲヴァフル、つまずきの石

北欧神話に登場する冥界の女神ヘルは、▶エーリューズニル(「苦痛を招く者」/「吹雪にさらされる者」)という広大な宮殿を所有しており、そこは数々の名品で完全に装飾されている。宮殿の中で注目すべきアイテムのひとつは、ファランダ・フォラズ(「落下の危険」)という名の敷居だった。文字どおりの落とし穴で、宮殿に入るにはそこを越えるしかなかった。

出典 Daly, *Norse Mythology A to Z*, 21; Norroena Society, *Satr Edda*, 345; Thorpe, *Northern Mythology*, 50

ファルシャ
Farsha

インド神話で、ファルシャ(「戦斧」)は、接近戦の達人(そしてシヴァ神の短気な弟子)パラシュラーマの気に入りの武器だっ

た。ファルシャは、4つの刃先を持つと描写されている。刃の両端にひとつずつと、武器の柄の両端にひとつずつである。

出典 Kumar, *An Incredible War*, n.p.

フィア・ゴルタ
fear gorta(複数形:fir gorta)

別名・類語 フェア・ゴルタ、ゴルタ・マン

アイルランドの民間伝承では、fear gorta(「飢えた男」)は伝統的に、精霊、おそらく餓死した人の亡霊と見なされている。霊は道端に立って食べ物をねだり、供物を捧げた人はみな幸運に恵まれる。しかし、スリアウ・アン・イアレンでは、フィア・ゴルタは石であり、踏みつけて平穏を乱した者は、突然のすさまじい飢えに襲われると信じられている。

出典 Jacobs et al., *Folk Lore*, Volume 4, 1 8 3; Monaghan, *Encyclopedia of Celtic Mythology and Folklore*, 180; Yeats, *Fairy and Folk Tales of the Irish Peasantry*, 81

フィア・ゴルタ
fear gortagh/ fair-gortha/ fear gortach

別名・類語 妖精の草、フォド・ゴルタ、フォーディン・マリル(「さまよう草地」)、墓所の草

アイルランドには、地面のあちこちに吸血鬼のような性質を持つ部分がある。フィア・ゴルタ(「飢えた草」)と呼ばれるその部分は、人が餓死した場所だ。周囲の草地と同じように見え、そういう場所の真の姿をあらわにするものは何もない。しかし、偶然その上を歩いたとたん、突然ひどい空腹に襲われるという。その場から遠ざかっても、フィア・ゴルタはすでに生気を吸い尽くす過程を開始しているので、影響からは逃れられない。自分

を救うには、すばやく何かを飲んだり食べたりしなくてはならず、そうしないと飢えの発作で倒れて死んでしまう。

出典 Jones, *New Comparative Method*, 7 0, 7 3; Kinahan, *Yeats, Folklore, and Occultism*, 7 3; Royal Society of Antiquaries, *Journal of the Royal Society*, Volumes 72-73, 107; Wilde, *Ancient Legends, Mystic Charms, and Superstitions of Ireland*, 183, 226

フィエラブラの香油
balm of Fierabras, the

別名・類語 バルサモ・デ・フィエラブラ

フランスの騎士道伝説に由来するが、イタリアの騎士道文学で世に広まったフィエラブラの香油は、キリストの遺体に防腐処理を施すために使われた液体の残りが入った魔法の癒しの香油。サラセン(イスラム教徒)の巨人フィエラブラは、父バラン王とともにローマの街を略奪したとき、香油を盗んだ。香油には、どんな傷をも癒やす奇跡の力があった。最終的に、フィエラブラは英雄オリヴィエに敗れ、オリヴィエは香油をシャルルマーニュ(カール大帝)に献上し、ローマに返還した。

出典 Elliot, *Modern Language Notes*, 1 0 2-3; Mancing, *The Cervantes Encyclopedia*: A-K, 57

フィッダ
Faddo, al

イスラムの伝承によると、預言者ムハンマドは臨終のとき、少なくとも7つの胴甲(胸当てと背当てを蝶番または別の方法でつなぎ合わせた鎧の一部)を所有していた。それらの名前は、アル・▶バトラー、▶ザートル・フドゥール、▶ザートル・ハワーシー、ザートル・ウィシャーフ、アル・フィッダ、アル・▶ケルナ、アル・▶サーディーヤである。アル・フィッダ(「銀

の輝き」あるいは「銀で洗われたもの」)については、名前と、シリアへ追放となったユダヤ人部族バヌ・カイヌカ族から没収したという事実以外、何もわかっていない。

出典 Osborne et al., *A Complete History of the Arabs*, Volume 1, 2 5 4; Sale et al., *An Universal History*, Part 2, Volume 1, 185

フィリッパン
Philippan

ウィリアム・シェイクスピア作の悲劇『アントニーとクレオパトラ』では、マルクス・アントニウス・マルキ・フィリウス・マルキ・ネポス(「マルクス・アントニウス、マルクスの息子、マルクスの孫」)の剣はフィリッパンという名で呼ばれた。この剣は、アントニーがブルトゥス(ブルータス)とカッシウスを破った決定的な戦いである、フィリッピの戦いにちなんで名づけられたとされる。

出典 Brewer, *Dictionary of Phrase and Fable* 1900, 1 1 9 7; Rosenberg, *The Masks of Anthony and Cleopatra*, 9 4, 2 6 2; Shakespeare, *The Tragedy of Anthony and Cleopatra*, 75, 199 [シェイクスピア(福田恒存訳)『アントニーとクレオパトラ』新潮社、1972年]

フィンスレイヴ
Finnsleif

別名・類語 フィンの遺産

スウェーデンのアジルス王の鎖帷子、フィンスレイヴ(「フィンの遺産」)は、おそらくドワーフたちによって作られ、どんな武器にも破られないので、王にとってかけがえのない持ち物のひとつだった。物語によれば、アジルス王は、ノルウェーのアーリ王を倒すため、継子であるフロールヴ・クラキ王に援助を求めた。

そして、スウェーデンの宝を3つまでどれでも与えるうえに、全軍に報酬を支払うと約束した。フロールヴは同意し、12人の最も優秀なベルセルクを送った。アジルスはアーリを倒し、戦場で相手の兜▶ヒルディゴルトと軍馬フラヴンを奪った。支払いの時が来て、ベルセルクは自分たちにはそれぞれ金3ポンド、王にはフィンスレイヴ、▶ヒルディゴルト、▶スヴィアグリスという3つの宝を要求した。

出典 Anderson, *The Younger Edda*, 2 1 5, 2 7 8; Byock, *The Prose Edda*, 59

フヴィーティング
Hvitingr

別名・類語 フィーティング

『コルマークのサガ』で、ステインゲルズのふたりの夫のうちのひとりであるベルシが使っている剣の名が、フヴィーティング（「白きもの」または「白亜」）という。その柄頭には、刃で受けた傷を癒す力を持つ、生命の石と呼ばれる魔法の石がはめ込まれている。

出典 Davidson, *The Sword in Anglo-Saxon England*, 177; Eddison, *Egil's Saga*, 281; Norroena Society, *Asatru Edda*, 365

フヴェルゲルミルの泉
Hvergelur Well

別名・類語 フヴェイギルメル、フヴェンゲルミル、フヴェルゲルメン、フヴェルゲルメルの泉、フヴェルゲルミン、フヴェルゲルミル、ケヴェルゲルム、ヴェルゲルミル

北欧神話において、フヴェルゲルミルの泉（「沸きたつ鍋」／「咆哮する鍋」）は、ニヴルヘイムの中心部付近にあり、▶グロッティ（世界の石臼）の下にあるとされる。ここからエーリヴァーガル川が流れ、▶ユグドラシルの木の北側に伸びる根に水分を与えていた。この泉の水を飲んだ者は、耐久力がつくという。

出典 Grimes, *The Norse Myths*, 2 8 2; Norroena Society, *Asatru Edda*, 3 6 5; Orchard, *Dictionary of Norse Myth and Legend*, 93

フェア・バンケット
Fair Banquet

妖精伝説によれば、フェア・バンケットと呼ばれる、金色の脚がついた不思議な緑色のテーブルがあるという。目を留めると、それは小川をまたぐように置かれ、極上のパンや芳醇なワインをいっぱいに並べている。

出典 Keightley, *World Guide to Gnomes, Fairies, Elves, and Other Little People*, 352

フェイクスタフ
Feikstaf

別名・類語 フェイクナスタフ

北欧神話において、フェイクスタフは、神バルドルとその妻ナンナ・ネプスドッテルの私有地▶ブレイザブリクに建てられた宮殿で、輝く金の屋根と銀の柱があり、遠く離れたところからも見えた。邪悪なものは中に入ることができず、周りにカモミールの花がたくさん生えていたという。

出典 Grimes, *The Norse Myths*, 19, 265

フェイルノート
Fail Not

アーサー王伝説によれば、トリスタンが森の中に隠れ住んでいるあいだ、自分のために作った弓である。この機械仕掛

けの弓は、シカが前を横切ればいつでも矢を放つようになっており、けっして的を外すことがなかった。

出典 Barlow, *William Rufus*, 1 2 3; Fedrick, *The Romance of Tristan*, 87

フェ・フィアダのマント
fe-fiada mantle

別名・類語 ケーオ・ドルテフタ

ケルト神話で、ドルイド僧は、着る者の姿を透明にする魔法の力がある▶**ケルタル**(マント)を作ることができた。また、ドルイド僧はフェ・フィアダを生じさせることもできた。これは人を透明にするだけでなく、保護の象徴でもある。いくつかの物語では、フェ・フィアダは、井戸や城を覆い隠すのに使われる霧や霞だ。また別の物語では、戦場を覆って、一方を明らかに有利にするために使われる。妖精が住む場所は、フェ・フィアダで取り囲まれ、人間の目から隠される。アイルランドのキリスト教の伝説では、聖パトリックと信徒たちは、旅をしながらフェ・フィアダの賛美歌を歌うことで、敵対する者たちからは自分たちがシカの群れに見えるようにしたという。

着る者の姿を透明にするフェ・フィアダのマントの物語もある。ある物語では、妖精バンシーのエーヴィンがダルカッシャンの英雄ダンラン・オハーティガンにそのようなマントを与えた。彼の姿は透明になり、マントを着けているあいだは危険から身を守ることができた。しかしマントを脱いだとたん、殺されてしまった。

出典 Ellis, *The Druids*, 249; Joyce, *A Smaller Social History of Ancient Ireland*, 103

フェリルトの書
Book of Fferyllt, the

アーサー王伝説とケルト人の伝承では、ケリドウェンは、魔女で貴族の妻だった。占いと熟練した魔術を行う彼女の物語は、中期ウェールズ語の写本『タリエシンの書』で語られている。物語のなかで、ケリドウェンは『フェリルトの書(ウェルギリウスの書)』と呼ばれる書物を使った。そこから、錬金術、ドルイドの伝承、薬草研究、魔法の呪文など、知識の多くを得ていた。

出典 Fries, *Cauldron of the Gods*, 4 1 1-1 2; McColman, *The Complete Idiot's Guide to Celtic Wisdom*, 138

フェンサリル
Fensalir

別名・類語 フェンサル、フェンサラ、フェンサラル

北欧神話において、フェンサリル(「湿地の宮殿」/「海の宮殿」)は女神フリッグ(「最愛の者」)の海辺の宮殿で、金と銀で造られ、真珠で完全に覆われていた。人が溺死したとき、フェンサリルはその魂が向かう宮殿だとも言われた。またフェンサリルは、神ロキが老婆に変装してフリッグの信頼を勝ち取り、女神の息子バルドルの弱点を知った場所でもある。

出典 Grimes, *The Norse Myths*, 2 6 5; Lindow, *Norse Mythology*, 114

フォールクヴァング
Folkvangar/ Folkvanger/ Folkvangr

北欧神話で、フォールクヴァング(「人々の野原」/「戦場」)は、美、死、豊穣、金、愛、セイズ(魔術の一種)、性、戦争の女神フレイヤの宮殿、▶**セスルームニル**

がある場所。フレイヤはここで、エイン
ヘルヤル(「孤高の戦士たち」——戦死した勇者
の魂)と呼ばれる者たちのなかから選ば
れた者を受け取り、残りの者たちは▶
ヴァルハラに送られた。

出典 Grimes, *The Norse Myths*, 2 6 5; Norroena
Society, *Asatru Edda*, 347

不思議なベッド
Wondrous Bed, the

アーサー王伝説に登場する不思議な
ベッド(リ・マルヴィレ)は、イグレイン王
妃の城の▶黒檀と象牙の扉の向こうの部
屋に置かれていた。ベッドは、壁が絹で
覆われた大理石の部屋の中央に置かれ、
銀の紐を除いてすべて金でできていた。
紐を交差させたところに小さな鐘が吊る
されていた。ベッドの4本の支柱には、4
本のろうそくと同じほど明るい光を放つ
丸いザクロ石が取りつけられていた。
ベッドの脚はそれぞれ、威嚇するように
口を開けた恐ろしい形相の犬の姿が彫ら
れており、それぞれの犬に4つの車輪が
取りつけられていた。そのおかげで、や
すやすとベッドを動かすことができ、指
1本で簡単に部屋の端まで移動させられ
た。

この不思議なベッドに認められるため
には、騎士は獅子と戦い、矢の猛攻に立
ち向かうなどの試練を乗り越えなくては
ならなかった。その性格に強欲、臆病、
追従、その他罪深いところがあれば、こ
の試練を乗り越えることはできない。

出典 Karr, *Arthurian Companion*, 250; Kibler and
Palmer, *Medieval Arthurian Epic and Romance*, 178

フジツボの木
barnacle tree

別名・類語 アンスダ・ラ・メル、バーチャ
ド、バーナチャ、フジツボガン、バルナ
カ、ベルネッケ、ベルニクル、ベルニク
ル・グース、ガンの木、木のガン

中世には、フジツボガン(ふつうの野生
のガンより小さく、体重が2キロほどしかない鳥)
は、甲殻類のフジツボとして生まれ、フ
ジツボの木の上で育つと信じられてい
た。1187年、年代記作家でもあった聖
職者ギラルドゥス・カンブレンシスは、
海に漂うモミの材木に付着した小さなフ
ジツボから、ガンが育つと記した。フ
ジツボが成長するにつれて、育っていく鳥
がくちばしで木の枝にぶら下がっている
のが見えるという。完全に成長すると、
鳥は解放されて空に飛び立った。また、
この現象をじかに目撃したとされるカン
ブレンシスによれば、フジツボガンは親
鳥の交尾や巣での抱卵なしで生まれる世
界で唯一の鳥だという。

出典 Ashton, *Curious Creatures in Zoology*, 1 0 4;
Chambers's Encyclopaedia, Volume 1, 7 4 6; Isaacs,
Animals in Jewish Thought and Tradition, 1 7 9;
ZellRavenheart and Dekirk, *Wizard's Bestiary*, 21

不死のエール
Ale of Immortality

別名・類語 ゴヴニウ(ゴヴァノス)のエール

ケルト神話において、陶酔薬であり、
神々の飲み物でもあった。初めて醸造さ
れたのは、マナナーン・マク・リル(マナナ
ン／マナノス)が主催する"歳月の祝宴"で
供するためだった。人間が飲むと高揚感
を覚え、老い、病気、死から守られ不死
を与えられるうえに、ほかにもさまざま
な望ましい資質が得られる(たとえば、オ
イングスが不死のエールを飲むと、旅するあい

だ4羽のハクチョウが空をついてくるようになった)。

『フェルメイの書』の物語では、ボゥヴ・デルグが不死のエールを豚に飲ませた。毎日、豚をつぶして食べても、翌日には生き返って健康で元気な豚に戻ったという。

出典 Gray et al., *Mythology of All Races*, Volume 3, 5 1; Hastings et al., *Encyclopadia of Religion and Ethics: Picts-Sacraments*, 901; MacKillop, *Myths and Legends of the Celts*, n.p.

不死の長衣
robe of immortality, the

ギリシア神話では、三美神(美、魅力、優美を象徴する3人の女神)が、愛の女神アプロディテ(ローマ神話の女神ウェヌス)のために、不死の長衣を織り上げた。

出典 Hard, *The Routledge Handbook of Greek Mythology*, 2 0 8; Littleton, *Gods, Goddesses, and Mythology* Volume 4, 582

不死のリンゴ
apples of immortality, the

別名・類語 ▶ヘスペリデスのリンゴ

リンゴが不死を与えるという考えは、古代ギリシア人と古代スカンジナビア人に共通する概念である。

ギリシア人にとって、黄金のリンゴは、アトラス山のふもとの隠された地にある果樹園の木に実っていた。そこはもともと、ヘスペリデス(神アトラスの娘たちの総称)と呼ばれる3人のニンフたちに守られていた。半神半人の伝説的英雄ヘラクレスの11番めの難業は、果樹園のリンゴを手に入れることだった。そのころには、ヘスペリデスがリンゴを盗んで捕まってしまったので、果樹園はニンフたちではなく、リンゴの木の根元に巻きつ

いている眠らない竜ラドンの保護下にあった。リンゴを1個持っているだけで不死を得るには充分で、食べる必要はなかった。

北欧神話では、ヨトゥン(巨人族)とアースガルズ(「アース神族の地」)の神々とのあいだで、不死のリンゴの所有をめぐる戦いが続いていた。人間たちもリンゴを盗もうとした。再生と春の女神であるイズンはリンゴの管理人で、毎年、収穫した11個のリンゴを、入念に準備した宴で神々にふるまった。

古代ブリトンの民間伝承では、不死のリンゴはアヴァロン島に実っていた。アーサー王伝説では、アーサー王が最後の戦いのあと傷を癒やすために連れてこられた場所とされている。

出典 Browning, *Apples*, 6 9-7 2; Condos, *Star Myths of the Greeks and Romans*, 102-3; Graves, *The Greek Myths*, 133[ロバート・グレイヴズ(高杉一郎訳)『ギリシア神話』紀伊國屋書店、1998年]; Janik, *Apple*, 3 9; Palmatier, *Food: A Dictionary of Literal and Nonliteral Terms*, 9-10

不死の霊薬
Draft of Immortality, the

ゾロアスター教の神話に登場する秘薬で、原初の牛ハダヨッシュ(サルサオク)の脂肪と白い薬草を混ぜて作る。この飲み物は、正しい人の命をよみがえらせるために使われる。

出典 Boyce, *A History of Zoroastrianism*, 89; Rose, *Giants, Monsters, and Dragons*, 165[キャロル・ローズ(松村一男監訳)『世界の怪物・神獣事典』原書房、2014年]

プシュパカ・ヴィマナ
Pushpaka Vimana

別名・類語 ダーブ・モナラ、プシュパ・ヴィマナ(「花の飛行」)

ヒンドゥー教の神話では、プシュパ
カ・ヴィマナはもともと魔王ラーヴァナ
が所有する飛行する乗り物で、ラーマが
ラーヴァナから奪い、ラーギラが操っ
た。紀元前500年から紀元前100年頃に
成立した古代インドの叙事詩『ラーマー
ヤナ(ラーマの旅)』には、この乗り物は「大
きな音を立てて飛び立ち、12人を乗せて
運んだ」と書かれている。詩には、朝に
ランカーを発って、9時間後にアヨー
ディヤに到着したとある。1800キロを
時速200キロで移動したことになる。

その乗り物は雲のようで、塗料が塗ら
れて光沢があったという。2階建てで数
多くの部屋があり、各部屋に多くの窓が
あった。機上は快適で機内は広々として
いた。大気圏上層を飛行するとき、プ
シュパカ・ヴィマナはささやくような音
を立てた。この乗り物は自らの意志で動
くことができ、乗った人を望むところへ
連れて行った。

『マハーバーラタ』第5巻の「ヴィマナパ
ラ」(「飛行機の守護者」)では、ヴィマナの管
理は高度な知識を持つ人物に任されてい
る。

出典 Baccarini and Vaddadi, *Reverse Engineering Vedic Vimanas*, n.p.; Childress, *Vimana*, n.p.

フスベルタ

Fusberta

『狂えるオルランド』に登場するリナルド
の剣。この剣と彼の馬は、魔法使いの騎
士マラギギが竜の財宝のなかから発見し
た。

出典 Ariosto, *Orlando Furioso*, Volume 1, 35 [ル
ドヴィコ・アリオスト(脇功訳)『狂えるオルラ
ンド(上・下)』名古屋大学出版会、2022年];
Brewer, *Dictionary of Phrase and Fable*, Volume 1,
494

フタク

Fatuk, al

イスラムの伝承によると、預言者ムハ
ンマドは臨終のとき、少なくとも3つの
盾を所有していた。それらの名前はア
ル・フタク、アル・▶ラズィン、アル・▶
ザッルークである。フタク(「輝かしい者」)
については、名前以外は何もわかってい
ない。

出典 Osborne et al., *A Complete History of the Arabs*, Volume 1, 2　5　4; Sale et al., *An Universal History*, Part 2, Volume 1, 185

プック

pukku

ギルガメシュの魔法の太鼓プックは、
女神イナンナ(イシュタル)から贈られたも
のだ。神話『ギルガメシュとフルップの
木』によれば、イナンナは自分の庭にフ
ルップの木を植えて、大きくなったらそ
の木でベッドと椅子を作るつもりだっ
た。その計画を妨げるものが現れたと
き、ギルガメシュがイナンナを助けた。
その報酬として、女神は木の根元から
シャーマンの役目を果たす太鼓のプック
を作り、木の上部からミック(太鼓のばち)
を作った。太鼓がどのような力を持って
いたかについては、大いに議論の余地が
ある。太鼓は人を戦争に駆り立てること
ができたとする説もあれば、ギルガメ
シュに都市を支配する力を与えたとする
説もある。

神話によれば、プックとミックが冥界
に消えたとき、ギルガメシュは嘆き、友
人のエンキドゥがそれを取り戻すために
冥界へ向かったという。

出典 Gardner, *Gilgamesh*, n.p.; Hooke, *Middle Eastern Mythology*, 55

フニットビョルグ

Hnitbjorg

別名・類語 フニットベルゲン

北欧神話で、フニットビョルグ(「錠の かかる箱」)は、巨人スットゥングの宝物室。ここで、彼の娘グンロズは、▶**貴重な蜜酒**の見張りをしていた。フニットビョルグは、同じ名前の山の中にあった。

出典 Daly, *Norse Mythology A to Z*, 4 3, 5 0; Grimes, *The Norse Myths*, 277; Sturluson, *The Prose Edda*, 94

フライング・ダッチマン

Flying Dutchman, the

おそらく航海にまつわる民間伝承のなかで最も有名な幽霊船、フライング・ダッチマン(デ・ヴリゲンデ・ホランデル)は、けっして入港できない呪いをかけられ、南アフリカの西ケープ州、喜望峰周辺の海だけを永遠にさまよっている。船乗りたちによると、この船はたいてい(常にではないが)死の前触れであり、目にした者は失明したり、難破で犠牲になったりするという。

別の説では、フライング・ダッチマンは姿を変える能力を持っている。幽霊船としては奇妙なこの特徴は、物語のもうひとつの側面とうまく合致する。フライング・ダッチマンは、郵便の積荷を届けるために、別の船に横づけしようとすることがあるのだ。その船が受け取ってしまうと、入港する前に船上のすべての人間が死ぬ。

伝説によれば、船長——たいていはヴァンダーデッケン、ヴァン・デミアン、ヴァン・ストラーテンなど、オランダ風の名前で呼ばれる——は、港に向けて航海していたとき、神の怒りを招くことをしたという。ある説では、日曜日に航行することにこだわって、神でさえ自分の入港を妨げられはしないと豪語した、あるいは弟とその新妻に対して嫉妬の怒りを爆発させてふたりを殺したとも言われる。理由がなんであれ、船は永遠に航海を続ける呪いをかけられた。

船自体はふつう、古い帆船の一種として描写される。たいていは高い船尾楼甲板があり、不気味な青白い光を発し、嵐の中でも潮と風に逆らって航行できる。乗組員は、索具や帆と同様、ぼろぼろに擦り切れた姿で描写される。

出典 Barrington, *Voyage to Botany Bay*, 3 0; Brunvand, *American Folklore*, 459; Goss, *Lost at Sea*, 34-35, 42

フラガラッハ

Fragarach

別名・類語 ▶**アンサラー**(応答する者)、フラガルサッハ、リタリエーター(報復する者)、空気の剣、ゴリアスの剣

アイルランド神話で、剣フラガラッハは神々によって鍛えられたと言われる。元の持ち主は、海神であり冥界の守護者であるマナナーン・マク・リル(マナナン/マナノス)で、次にその養子であるルー・ラムファダが譲り受けた。この魔法の剣は、どんな鎧をも貫く力を持ち、誰も生き延びられない傷を負わせ、使い手に風を操る力を与えた。

出典 Pendergrass, *Mythological Swords*, 3 9; Rolleston, *Myths & Legends of the Celtic Race*, 113, 121

フラキ

hraki

フラキとは、北欧神話においてアース神族とヴァン神族とのあいだで和平が結ばれたときに、両神族が器に吐き出した唾液に与えられた名称。この唾液から、クヴァシルという知恵者が創り出された。詩と知恵の女神であるサーガが、クヴァシルの血と蜂蜜を混ぜ合わせて、▶貴重な蜜酒を作ったとされる。

出典 Grimes, *The Norse Myths*, 2　7　9; Grimm, *Teutonic Mythology*, Volume 1, 319

ブラギの竪琴

harp of Bragi, the

北欧神話によれば、雄弁、詩、歌の神であり、スカルド（吟遊詩人）の守護者でもあるブラギは、最高の詩人だった。オーディン（戦争、死、狂気、絞首台、治癒、知識、詩、高貴、ルーン文字、魔術、知恵の神）とフリッグ（「最愛の者」）の息子であるブラギは、生まれた日にドワーフたちから黄金の魔法の竪琴を贈られた。ブラギが竪琴を弾くと、「世界を生き返らせる」ことができ、草木は花開く。こうして、春という季節が始まる。

出典 Andrews, *Dictionary of Nature Myths*, 175; Lindow, *Handbook of Norse Mythology*, 87, 169

ブラダッハ

Brattach

アイルランドの叙事詩『クアルンゲの牛捕り』（『クーリーの牛争い』／『トーイン』）に登場するメンズの剣。アルスターの英雄クー・フリン（クー・フラン／クー・フーリン／クーフーリン）の3つの屋敷のひとつであるテテ・ブレックに保管されていたたくさんの杯、角杯、ゴブレット、投槍、盾、剣などとともに名前を挙げられている。

出典 Kinsella and Le Brocquy, *The Tain*, 5; Mountain, *The Celtic Encyclopedia*, Volume 4, 861

ブラフマーストラ

Brahmaastra/ Brahma astra

ヒンドゥー教の神話では、▶アストラは、神々が創造した、あるいは持ち主となる者に神々が授けた超自然的な武器である。アストラの使い手はアストラダリと呼ばれる。

ブラフマーストラは、創造神ブラフマーが作ったアストラである。一撃で、軍隊をまるごと破壊する能力を持つと言われた。武器を発射すると、先端からブラフマーに似た姿が現れる。ブラフマーに危害を加えられるほど強力な唯一のアストラであり、その威力は現代の核兵器に匹敵すると言われる。ブラフマーストラには、他のアストラの能力や威力を打ち消す力もあった。

出典 Edizioni, *Vimanas and the Wars of the Gods*, n.p.; Rao, Mahabharata, 37-39

ブラフマーの矢

arrow of Brahma, the

別名・類語 ブラフマダンダ（「ブラフマーの杖」）

ヒンドゥー教の神話において、聖なる武器▶アストラのひとつ。放たれるたびに、軍隊ひとつの全滅をもたらす。ブラフマーはかつて北方のドラマクリャに矢を放ち、矢が落ちた土地は“砂漠の荒野”として知られるようになった。矢はその地の水を干上がらせたが、汽水を湛えた泉をひとつ残し、そこはヴラナと呼ばれるようになる。

出典 Dubois et al., *Hindu Manners, Customs, and*

Ceremonies, 387; Hudson, *The Body of God*, 158

ブラフマシラ

Brahmashira

別名・類語 ブラフマーシルシャーストラ

ヒンドゥー教の神話では、▶アストラ
は、神々が創造した、あるいは持ち主と
なる者に神々が授けた超自然的な武器で
ある。アストラの使い手はアストラダリ
と呼ばれる。

ブラフマシラは、創造神ブラフマーが
作ったアストラである。デーヴァ神族を
滅ぼす力があるとされる。武器を発射す
ると、先端からブラフマーの4つの顔が
現れると言われている。この描写から、
学者たちはブラフマシラが▶ブラフマー
ストラの進化形であり、ゆえに4倍の威
力があったと考えている。

『マハーバーラタ』では、この武器が持つ
恐ろしい威力と能力がはっきりと描写さ
れている。ひとたび発動すれば、地獄の
ような炎と巨大な火球が燃え上がり、
ヴァジュラ(「雷」)が空に鳴り響き、「何千
もの流星が降り注ぎ」、地上全体が揺れ
て生きとし生けるものはみな恐怖に満た
された。武器が直撃した地域は完全に破
壊され、その範囲では何ひとつ生き延び
られなかった。草1本でも芽を出すのに
12年かかったが、そのときでさえ地域は
汚染されたままだった。

出典 Edizioni, *Vimanas and the Wars of the Gods*,
n.p.; Subramaniam, *Ramayana*, 508

ブラフマンダストラ

Brahmandastra/ Brahmand astra

ヒンドゥー教の神話では、▶アストラ
は、神々が創造した、あるいは持ち主と
なる者に神々が授けた超自然的な武器で
ある。アストラの使い手はアストラダリ
と呼ばれる。

ブラフマンダストラは防御用の武器と
して設計され、聖仙ヴァシシュタがヴィ
シュヴァーミトラとの戦いで使った。古
代インドの2大叙事詩のひとつ『マハー
バーラタ』では、先端からブラフマーの5
つの顔すべてが現れる武器と描写されて
いる。これには大きな意味がある。ブラ
フマーはシヴァ神との戦いで顔をひとつ
失っているからだ。ブラフマンダストラ
は、"ブラフマンド"、つまりヒンドゥー
教の宇宙観における14の世界すべてで
ある太陽系全体の力と強度を持つと言わ
れる。

出典 Agarwal, *Mahabharata Retold*: Part 1, 47

ブラン・ガレッドの角杯

horn of Bran Galed, the

別名・類語 ガウルガウドの角杯

イギリスとウェールズの民間伝承に、
▶ブリテン島の13の秘宝(ウェールズ語で
はトリ・スルス・アル・ゼグ・イニス・プリダイン)
と呼ばれる一連のアイテムがある(数は常
に13)。現代に挙げられているアイテム
とは異なるが、15世紀における当初の
13品は次のとおり。▶巨人ディウルナッ
ハの大釜、▶モーガン・ムウィンファウ
ルの戦車、▶グウェンドライのチェス
盤、▶パダルン・バイスルッズの外套、
▶聖職者リゲニズの壺と皿、▶クリドゥ
ノ・アイディンの端綱、▶グウィズノ・ガ
ランヒルの籠、ブラン・ガレッドの角杯、
▶ライヴロデズのナイフ、▶コーン
ウォールのアーサー王のマント、リデル
フ・ハイルの剣(▶ディルンウィン)、▶ティ
ドワル・ティドグリドの砥石。

ブラン・ガレッド(「吝嗇家」、「けち」)の角

杯は、欲しい飲み物をなんでも生み出す魔法の力を持っていた。伝説によれば、この角はもともとギリシア神話に登場する半神半人の英雄ヘラクレスのもので、彼の妻を殺したケンタウロスの頭からもぎ取ったのだという。魔術師マーリン（メルディン／マルジン）は、すべての偉大な財宝を集めるあいだ、ブラン・ガレッドから角杯を手に入れることに成功したが、物語ではその手段は語られていない。その後、マーリンは角杯と他の財宝を持ってバードジー島のティ・グウィドル（「ガラス張りの家」）に隠遁し、財宝は永遠にその地にとどまることになった。

出典 Dom, *King Arthur and the Gods of the Round Table*, 105, 109, 125; Patton, *The Poet's Ogam*, 510; Pendergrass, *Mythological Swords*, 25

フランベルジュ

Flamberge

別名・類語 フロベルジュ（「炎を切るもの」）、ブランベルジュ

　現在では、フランベルジュという言葉は特定の種類の剣を意味するのに使われているが、その名は、シャルルマーニュ（カール大帝）の騎士で、エイモン公の4人の息子のひとりである伝説の英雄ルノー・ド・モントーバンの剣、フランベルジュにまでさかのぼることができる。フランベルジュは、伝説の鍛冶職人ヴェルンド（ゴファノン／ヴェーラント／ヴィーラント／ウェイランド）が作り、もともとは魔法使いの騎士モージ（マラジジ）が所有していたが、その後、従兄弟のルノーに贈られた。

　『騎士道の時代、またはクロックミテーヌの伝説』では、名高い剣工ガラが、フランベルジュ、▶オートクレール、▶

ジョワユーズの3本の剣を作った。それぞれの剣は3年がかりで作られ、最後には剣▶グロリアスの刃を試すために使われたが、グロリアスがすべての剣に深く切り込む結果となった。

出典 Brewer, *Dictionary of Phrase and Fable* 1900, 1１９７; Evangelista, *The Encyclopedia of the Sword*, ５７７; Frankel, *From Girl to Goddess*, 4９; Keightley, *World Guide to Gnomes, Fairies, Elves, and Other Little People*, 33; L'Epine, *The Days of Chivalry*, n.p.

ブリーキンダ・ベル

Blikjandabol/ Blikianda Bol

　北欧神話に登場する冥界の女神ヘルは、エーリューズニル（「苦痛を招く者」／「吹雪にさらされる者」）という広大な宮殿を所有しており、そこは数々の名品で完全に装飾されている。ベッドの周りに掛かった"アールサル"（ベッドカーテン）は、ブリーキンダ・ベル（「輝く災い」／「きらめく悪」／「素晴らしい不幸」）と呼ばれている。

出典 Byock, *The Prose Edda*, 3４; Norroena Society, *Satr Edda*, 339

ブリーシンガメン

Brisingamen/ Brisinga-Men

別名・類語 ブリンガメン、ブリーシング・ベルト、ブリーシンガの首飾り、ブリーシンガメンの首飾り、フレイヤの首飾り

　北欧神話で、ドワーフの4兄弟アールヴリッグ、ベルリング、ドヴァリン、グレールが作ったとても美しい首飾りの名前。美、死、豊穣、金、愛、セイズ（魔術の一種）、性、戦争の女神フレイヤ（「婦人」）は、この首飾りがどうしても欲しくなり、兄弟それぞれと1夜ずつ過ごすという約束で手に入れた。神ロキが首飾りを盗んだが、光の神ヘイムダルがどうにか取り戻し、フレイヤに返した。フレイ

ヤがどのようにして首飾りを手に入れた
のかを知った夫のオーズは、彼女のもと
を去った。フレイヤは、ミズガルズ（人
間の地）じゅうをさまよって夫を捜し、彼
の名を呼びながら黄金の苦い涙を流した
という。

出典 Bellows, *The Poetic Edda*, 1 5 8; Grimes, *The Norse Myths*, 2 5 9-6 0; Hawthorne, *Vikings*, 1 7; Norroena Society, *Asatru Edda*, 340

フリズスキャールヴ

Hlidskjalf/ Hlidskialf/
Hlithskjalf/ Hlithskjolf

別名・類語 リズスキャルフ、国々の脅威

　北欧神話で、フリズスキャールヴ（「戦
いの岩棚」/「門の塔」/「天の絶壁」/「丘の空
地」）は、戦争、死、狂気、絞首台、治癒、
知識、詩、高貴、ルーン文字、魔術、知
恵の神オーディンの玉座で、彼の宮殿▶
ヴァーラスキャールヴの望楼にあった。
この玉座に座れば誰でも、北欧神話の9
つの世界すべてを見ることができる。
オーディン以外で座ることを許されてい
るのは妻フリッグ（「最愛の者」）だけだった
が、豊穣、平和、雨、太陽の神フレイ（フ
レイル/ユングヴィ）が一度座ったことが
あった。オーディンがフリズスキャール
ヴに座るとき、広間には2頭のオオカミ、
フレキ（「貪欲な者」）とゲリ（「貪欲な者」）、そ
して2羽のカラス、フギン（「思考」）とムニ
ン（「記憶」）が付き添っていた。カラスた
ちは毎日9つの世界を飛び回って、見聞
きしたことすべてをオーディンに報告し
ている。

出典 Anderson, *Norse Mythology*, 231, 445; Daly, *Norse Mythology A to Z*, 25-26, 41; Grimes, *The Norse Myths*, 277; Guerber, *Myths of the Norsemen from the Eddas and Sagas*, 119; Lindow, *Norse Mythology*, 176

フリスヒャフルム

Hulidshjalmr

　北欧神話でドワーフが作った兜。この
フリスヒャフルム（「透明になる兜」/「秘密の
兜」）を被ると、他人から姿が見えなくな
る。

出典 Eliasson and Jahr, *Language and Its Ecology*,441; Norroena Society,*Asatru Edda*, 364

ブリテン島の13の秘宝

Thirteen Treasures of the Island of Britain

　イギリスとウェールズの民間伝承に、
ブリテン島の13の宝物（ウェールズ語でト
リ・スルス・アル・ゼグ・イニス・プリダイン）と呼
ばれるアイテムがある（数は常に13）。現代
で挙げられているアイテムとは異なる
が、15世紀における当初の13アイテム
は次のとおり。▶巨人ディウルナッハの
大釜、▶モーガン・ムウィンファウルの
戦車、▶グウェンドライのチェス盤、▶
パダルン・バイスルッズの外套、▶聖職
者リゲニズの壺と皿、▶クリドゥノ・ア
イディンの端綱、▶グウィズノ・ガラン
ヒルの籠、▶ブラン・ガレッドの角杯、
▶ライヴロデズのナイフ、▶コーン
ウォールのアーサー王のマント、リデル
フ・ハイルの剣（▶ディルンウィン）の剣、▶
ティドワル・ティドグリドの砥石。

出典 Dom, *King Arthur and the Gods of the Round Table*, 9 5; Patton, *The Poet's Ogam*, 106, 111, 2 5 5; Pendergrass, *Mythological Swords*, 2 4, 2 6; Stirling, *King Arthur Conspiracy*, n.p; Taylor, *The Fairy Ring*, 389

プリドウェン

Prydwen

別名・類語 プリドゥエン、プリウェン、
プリド＝ウェン

　ウェールズのアーサー王伝説におい

て、プリドウェン(「白い局面」/「の」「きれい
な顔」/「きれいな形」)とは、アーサー王の
船。しかし後年、サー・トマス・マロリー
(1415-1471年)は「プリドウェン」を盾の名
前としている。この後世の解釈は、透明
化および異界への移動手段を示してい
る。

　アーサー王がキルッフに、欲しいもの
を何でも授けようと告げたが、王はその
例外として大事な7つの所有物を挙げ
た。剣の▶カラドボルグ、短剣の▶カル
ンウェナン、妻のグウェンホヴァル(グィ
ネヴィア)、マントの▶グウェン、船のプ
リドウェン、槍の▶ロンゴミアント、盾
の▶ウィネブグルスヘルだった。王はプ
リドウェンを真っ先に挙げた。

　ウェールズの詩『アンヌヴンの略奪』で
は、アーサーとその従者たちがプリド
ウェンで異界へ行き、▶アンヌヴンの大
釜を奪おうとする。

出典 Karr, *Arthurian Companion*, 4 0 8; Padel,
Arthur in Medieval Welsh Literature, n.p.

プリマ・マテリア

Prima Materia

別名・類語 アゼルナド、アダーネー、ア
グナン・アラルタル、アルバル・エヴィ
ス、アルカリト、アレブロス、アリナグ
ラ、アルケスト、アルマルデル、アルミ
サダ、アルン、アマルグラ、アナトロン、
アンドロギュノス、怒り、動物の石、ア
ンチモン、アレマロス、アルネク、ヒ素、
アスマルケー、アスロブ、▶アゾート、
温泉、ダチョウの腹、ヘルメスの鳥、沸
騰させたミルク、ホウ砂、ボリティス、
花嫁、雄牛、バター、使者の杖、カイン・
シール、寝室、混沌、雲、雄鶏、神の創
造物、水晶、露、溶解性の廃棄物、行為、

ドラゴン、雫、畜糞、ワシ、ワシの石、
エビセメス、胚、ユーフラテス、イブ、
糞便、真っ赤に燃える水、イチジク、最
初の物質、太陽の花、霧、庭園、ガラス、
黄金の木、太陽の中心、天、蜂蜜、質量、
インドの黄金、造物主、イシス、キブリ
ス、子羊、真鍮、鉛、獅子、石の主、ル
シファー、灰汁　磁石、マグネシア、天
然磁石、大理石、火星、マテリア・プリマ、
あらゆる形の物質、サンザシの花、薬、
月経、水銀、雌雄同体、金属体、小宇宙、
聖母の乳、月、母、星雲、鉱石、オリエ
ント、不変の水、哲学の石、毒、純粋で
汚されていない乙女、虹、火トカゲ、硝
石の塩、スコットランドの宝石、海、ヘ
ビ、日陰、太陽の影、銀、命の水の息子、
元素の魂と天、サトゥルヌスの魂、神霊、
神聖な血、月の唾液、配偶者、春、ステ
ラ・シグナータ、硫黄、自然の硫黄、夏、
太陽と月、糖蜜、哲学者の酒石、錫、金
属のチンキ剤、木、尿、蒸気、野菜の煮
汁、毒液、銅、酢、黄金の水、生命の水、
オクシデント、ホワイト・エセシア、白
い水、白い煙、純白、女性

　▶賢者の石を作るときに最初に必要な
材料が、プリマ・マテリア(第一質料)であ
る。プリマ・マテリアは自然界に存在し、
錬金術を用いて不完全な部分を取り除く
ことができると言われている。純粋な状
態のプリマ・マテリアには、その他物質
の不完全な部分を除去する力がある。プ
リマ・マテリアの原形や変化した形がど
のような見た目かについては、歴史のな
かで変化してきたが、プリマ・マテリア
にはすべての色と金属が含まれていると
される。　そのうえ、錬金術師たちはこ
の元素が何であるかを曖昧にするため
に、プリマ・マテリアという名前をその

まま使わずに、別名を使うことが多かっ
た。ドイツの錬金術師で医師のマルティ
ン・ルーランド（1569-1611年、同名の父の息
子）自身が編纂した錬金術辞典のなかで
プリマ・マテリアの名前を50以上挙げ、
それぞれの名前を選んだ理由について短
い説明を添えている。さらに混乱に拍車
をかけたのは、錬金術師のなかには、プ
リマ・マテリアと賢者の石を同じものだ
と考える者と、別のものだと考える者が
いたことで、後者の使っていた別名が重
複していたことだ。

出典 Atwood, *A Suggestive Inquiry into Hermetic
Mystery*, 7 2; Kugler, *The Alchemy of Discourse*, 1 1 2;
Ruland, *Lexicon Alchemiae*, 93

ブリミル
Brimir/ Brimer

　北欧神話に登場する蜜酒の館であるブ
リミル（「光輝」）は、そこに住んでいた巨
人族ヨトゥンのミズヴィズニル（「中狼」／
「海狼」）にちなんで名づけられ、ニザ
ヴェッリルに近い▶オーコルニルにあっ
た。中で提供される蜜酒は、ミズヴィズ
ニルが盗んで、▶ヘイズドラウプニルの
頭骨と▶ホッドロヴニルの角杯の中に保
管していた▶貴重な蜜酒だった。ブリミ
ルは、終末の日ラグナレクのあとに建て
られた。館には常に蜜酒がたっぷりあっ
たので、アース神族はここに集まって昔
話をしてくつろぎ、楽しんだ。

出典 de Beaumont and Allinson, *The Sword and
Womankind*, 8; Grimes, *The Norse Myths*, 58, 259

フリングホルニ
Hringham/ Hringhorni

別名・類語 フリングハウニ、フリングホ
ルン、リングホーン、リングホーニ

　北欧神話において、フリングホルニ（湾
曲した舳先／船首に輪のついた船）はバルドル
の船で、世界最大の船だった。光の神バ
ルドルの遺体を火葬するときに使われ、
彼の生涯を描いたタペストリーがマスト
に掛けられ、船体に金、貴重品、銀、武
器が飾りつけられ、花輪と大量の食料、
数々の道具が副葬品としてぎっしり積み
込まれた。彼のお気に入りの馬と猟犬も
殺されて船に乗せられた。バルドルの妻
でありネプの娘であるナンナは、この悲
しい葬儀船の光景を見て悲嘆に暮れるあ
まり息絶えてしまう。彼女の遺体も船に
運ばれた。

　船が大きすぎて神々は船を海へ押し出
すことができなかったので、ヨトゥンヘ
イムの女巨人ヒュロッキン（「火の煙」）が
呼び出された。彼女は怪力で船を海へと
押し出し、その摩擦で火花が飛び散り、
フリングホルニに引火した。戦争、死の
神であり、狂気、絞首台、治癒、知識、詩、
高貴、ルーン文字、魔術、知恵の神であ
るオーディンは、自分の腕輪の▶ドラウ
プニルを火葬の薪の上に置いた。

出典 Bassett, *Wander-ships*, 118-19; Grimes, *The
Norse Myths*, 2 0 8, 2 1 0, 2 8 0; Norroena Society,
Asatru Edda, 3 6 2; Guerber, *Myths of the Norsemen*,
2 0 6-0 7; Randolph, *Norse Myths and Legends*, 4 4;
Simek, *Dictionary of Northern Mythology*, 159

ブルートガング
Blutgang/ Blodgang/ Burtgang

　ディートリヒ・フォン・ベルン（ドイツの
文学および伝説で人気の登場人物）には側近の
戦士がおり、そのひとりの名をハイメ
（ハーマ）といった。軍馬の飼育係だった
ストダスの息子であるハイメは、若き貴
族ディートリヒ王子がどれほど勇名を馳
せていても恐れることを知らなかった。

ハイメは大胆不敵な騎士で、無作法で陰気なところがあり、戦っていないときでさえ冷酷だったと描写されるが、勇気に満ちた心を持ち、豪胆で荒々しく、年齢に似合わない強さがあった。ハイメはリスペという名の敏捷な灰色の馬に乗り、ブルートガング(『血を呼ぶ者』)という名の剣を振るいながら王子の前に現れた。

ブルートガングは史上屈指の武器という評判だったが、ディートリヒとの一騎討ちの際、▶ヒルデグリムという名の兜に打ちつけると、ばらばらに砕けてしまった。ふたりは友情を結び、ディートリヒはハイメに▶ナーゲルリングという剣を贈った。

出典 de Beaumont and Allinson, *The Sword and Womankind*, 8; McConnell et al., *The Nibelungen Tradition*, 84; Brewer, *Dictionary of Phrase and Fable 1900*, 1197; Mackenzie, *Teutonic Myth and Legend*, 424

フルドラスラート
Huldraslaat

別名・類語 フルドラス・ラート

ノルウェーの民間伝承によると、妖精の音楽はフルドラスラートと呼ばれており、短調で奏でられ、音色は鈍く悲しげだという。

出典 Keightley, *World Guide to Gnomes, Fairies, Elves, and Other Little People*, 79; von Wildenbruch, *Poet Lore*, Volume 3, 183

フルミネン
Fulminen

北欧神話で、トールの槌▶ミョルニルから放たれる雷と稲妻に与えられた名前。

出典 Grimes, *The Norse Myths*, 288

フルンティング
Hrunting

別名・類語 ベードローマ(『戦いの光』)

古英語で書かれた叙事詩『ベーオウルフ』では、主人公ベーオウルフがフロースガール王の臣下ウンフェルスから渡された、フルンティングという剣を振るう。フルンティングは古く珍しい鉄剣で、刃は毒でメッキされ「憎悪あふれる模様」で覆われ、その柄はヘビをイメージしたものだった。フルンティングは戦いでその使い手を失望させたことはなかったが、怪物グレンデルの母親に対しては役に立たなかった。それにもかかわらず、ベーオウルフはウンフェルスに剣を返すとき、剣を褒めたたえた。

出典 *The Sword in Anglo-Saxon England*, 1 2 9, 131, 142, 144; Pendergrass, *Mythological Swords*, 3

ブレイザブリク
Breidablik

別名・類語 バルドルの眉、ブレイダブリク、ブレラブリク

北欧神話において、ブレイザブリク(『幅広き輝き』)は光の神バルドルの私有地である。ここに不浄なものは何ひとつ入ることができず、不浄なものは何ひとつ見つからない。アースガルズ(『アース神族の地』)の最も災いが少ない土地に築かれた。バルドルは妻である女神ナンナ・ネプスドッテルとともにブレイザブリクに住み、その宮殿、▶フェイクスタフは輝く金と銀で造られている。ここにたくさん生えているカモミールの花は、薬効が高いことから、"バルドルの眉"と呼ばれることもある。ブレイザブリクは、グリダスタドル(『聖地』)と考えられている。

出典 Anderson, *Norse Mythology*, 186, 279; Daly,

Norse Mythology A to Z, 13-14; Dunham, History of Denmark, Sweden, and Norway, Volume 2, 5 5; Grimes, The Norse Myths, 19, 200, 215; Sturluson, Younger Edda, 77, 84, 259

フレイヤの戦車
chariot of Freyja, the

北欧神話に登場する美、死、豊穣、金、愛、セイズ（魔術の一種）、性、戦争の女神フレイヤ（「婦人」）は、アイスランドの歴史家スノッリ・ストゥルルソンが書いた『スノッリのエッダ』の第2部「詩語法」によると、2匹のフレス（「雄猫」）が引く戦車を持っている。しかし、「ギュルヴィたぶらかし」の部では、戦車は2匹のコットル（「テン」あるいは「イタチ」）が引くとされている。

出典 Grimes, The Norse Myths, 131, 263; Grimm, Teutonic Mythology, Volume 1, 306

フレーダ
Hraeda

北欧神話で、フェンリル（フェンリスウールヴ/フェンリスウールヴリン）を拘束するため、▶グレイプニルと▶ゲルギャという足かせを、▶ギョルという巨石に固定するために使われた綱。

出典 Grimes, The Norse Myths, 279

プレシユーズ
Precieuse

別名・類語 プレシューズ、バリガンの剣

フランスもの（カロリング物語群とも呼ばれる）において、プレシユーズ（「貴重な」）とは、伝説に残るアラブの王バリガンの剣の名前。物語によれば、シャルルマーニュ（カール大帝）と出会い、彼の剣が▶ジョワユーズ（「喜びにあふれた」）と呼ばれていることを知ったバリガンは引け目を

感じた。そのときに、自分の剣にプレシユーズという同じような名前をつけたという。また、これはバリガンの鬨の声でもあり、激戦では彼の騎士たちも「プレシューズ」と叫んだという。

出典 Auty, Traditions of Heroic and Epic Poetry, 96; Pendergrass, Mythological Swords, 6 1; Sayers, The Song of Roland, 38

不老不死の丸薬
Pill of Immortality, the

別名・類語 翡翠の秘薬

中国、日本、韓国の民間伝承によると、月には、カッシアの木の下に月ウサギが住んでいるという。月ウサギは臼と杵を持って永遠に座り、金、翡翠、宝石を叩いて不老不死の丸薬を作っている。この丸薬は永遠の命をもたらすと言われ、▶賢者の石と共通する多数の効能がある。

出典 Bredon and Mitrophanow, Moon Year, 409; Newman, Food Culture in China, 165

フロージの石臼
Frodi, Mill of

別名・類語 ▶グロッティ

北欧神話では、フロージの石臼は、世界中に平和があると信じられていた時代にデンマークを治めていた王、平和のフロージが所有していたと言われる。ヘンギキョフト（「垂れた顎」）から贈られたものだった。魔法の石臼は、金、平和、繁栄など、フロージが望むものならなんでも礒いて生み出すことができた。

出典 Guerber, Myths of the Norsemen, 1 2 8; Thorpe, Northern Mythology, 207

ブロージンガメン

Brosinga mene

別名・類語 ▶ブリーシンガメン

古英語の叙事詩『ベーオウルフ』では、英雄ハーマがブロージング族の首飾り、ブロージンガメンを盗んだという伝説にそれとなく言及している。この首飾り（あるいは首鎖）は、美、死、豊穣、金、愛、セイズ（魔術の一種）、性、戦争の女神フレイヤ（『婦人』）の装飾品のひとつと言われていた。

出典 Lindow, *Norse Mythology*, 8 9; Room, *Who's Who in Classical Mythology*, 2 2 3; Wyatt and Chambers, *Beowulf*, 89

フローレンス

Florence

名高い剣工アンシアは、創作上の巨人であるサラセン人（イスラム教徒）の騎士フィエラブラのために3本の剣を作った。▶バプティズム、フローレンス、▶グラバンである。それぞれの剣を作るには3年を要した。『騎士道の時代、またはクロックミテーヌの伝説』では、フローレンスはストロング・イン・ジ・アームズのために作られたが、別の剣▶グロリアスの刃を試した際、ある巨人に折られてしまった。

出典 Brewer, *Dictionary of Phrase and Fable* 1900, 1 1 9 7; L'Epine, *The Days of Chivalry*, n.p.; Numismatic and Antiquarian Society of Philadelphia, *Proceedings of the Numismatic and Antiquarian Society of Philadelphia for the Years 1899-1901*, 65

プロクリスの投げ槍

javelin of Procris, the

古代ギリシア神話に登場する、子ども、狩猟、純潔、未婚の少女、野生動物の女神であるアルテミス（ローマ神話の女神ディアナ）は、エレクテウス王の娘であるプロクリスの結婚式の日に、プロクリスと夫ケパロスの間に亀裂が生じるかどうか見てみようと、プロクリスにふたつの贈り物をした。ひとつは、狙った獲物は必ず捕まえる、すばしっこい狩猟犬ライラプス、もうひとつは、決して標的を外さない魔法の槍だった。ローマ時代の詩人オヴィッド（プーブリウス・オウィディウス・ナーソー）は、その槍は奇妙な木で作られており、先端は金だったと記している。また、命中したあと、槍は投げた者の手元に戻ってくるとも述べている。

出典 Ovid, *The Essential Metamorphoses*, 9 2-9 3; Westmoreland, *Ancient Greek Beliefs*, 761

フロッティ

Hrotti

北欧神話に登場する剣で、ヘズの所有物。シグルズ（ジークフリート／ジークムント）が、▶グラムという剣で竜神ファーヴニル（ファーフナー）を倒したあと、ファーヴニルの財宝から取り戻した。フロッティの刃には、鱗模様または波状の模様があるとされている。

出典 *The Sword in Anglo-Saxon England*, 1 6 7; Norroena Society, *Satr Edda*, 3 6 4; Pendergrass, *Mythological Swords*, 45

プロメテウスの軟膏

Promethean Unguent

古代ギリシア神話によると、ティタン神族の一員で天界から火を盗んだプロメテウス（『先見の明を持つ者』）が、人類に火という贈り物を与えた罰として岩に鎖でつながれたとき、彼の血が薬草の上に流れ落ちた。すると、この薬草は魔法の力

を帯びるようになった。それに気づいた
メデイアは、薬草を用いて軟膏を作っ
た。塗った者は火や武器から護られると
いう効能がある軟膏で、メデイアはこれ
をアルゴナウタイの一員である英雄イア
ソンに与えた。

出典 Brewer, *Dictionary of Phrase and Fable* 1900,
1010; Draco, *The Dictionary of Magic and Mystery*,
n.p.

プロメテウスの火
Promethean Fire

　ギリシア神話では、人間の創造を任さ
れたティタン神族のプロメテウス(「先見
の明を持つ者」)は、天界から火を盗んで人
類に与えるという英雄的行為に及んだ。

出典 Brewer, *Dictionary of Phrase and Fable* 1900,
1010; Draco, *The Dictionary of Magic and Mystery*,
n.p.

不和のリンゴ
Apple of Discord, the

別名・類語 エリスのリンゴ、不和の黄金
のリンゴ、ツイスタプル(「争いのリンゴ」
──オランダ語)

　古代ギリシア神話によれば、不和と争
いの女神エリス(「争い」、ローマ神話の女神
ディスコルディア)は、のちに英雄アキレウ
スの親となるプティアの王ペレウスと海
の女神テティスの婚礼の祝宴に招かれな
かった。エリスはその名に背かず、黄金
のリンゴに"最も美しい者へ"と書いてか
ら、それを祝宴のまんなかに投げ入れ、
みなの目に留まるようにした。このささ
やかな行為がきっかけとなって、アプロ
ディテ(ローマ神話の女神ウェヌス)、アテナ
(ローマ神話の女神ミネルウァ)、ヘラ(ローマ
神話の女神ユノ)の3女神が、それぞれリン

ゴを自分のものだと主張する虚栄心から
の諍いが起こった。3女神のあいだの不
和は最終的に、トロイア戦争の原因とな
る出来事につながっていった。

出典 Graves, *The Greek Myths*, 165[ロバート・グ
レイヴズ(高杉一郎訳)『ギリシア神話』紀伊國
屋書店、1998年]; Palmatier, *Food: A Dictionary of
Literal and Nonliteral Terms*, 9-10

フング
Hungr

　北欧神話に登場する、冥界を支配する
女神ヘルには、▶エーリューズニル(「苦
痛を準備する者」/「吹雪の吹きつけ」)と名づ
けられた広大な館があり、名前をつけた
数々の品が飾られていた。彼女の皿の名
前はフング(「空腹」)という。

出典 Byock, *The Prose Edda*, 3　4; Norroena
Society, *Satr Edda*, 365; Thorpe, *Northern Mythology*,
50

ヘイズドラウプニルの頭骨
skull of Heidraupnir

　北欧神話では、ミズヴィズニル(「中狼」/「海狼」)という名のヨトゥン(巨人)が、ムスペルスヘイム地方の▶オーコルニルにある▶ブリミルという名の館に住んでいた。彼はアースガルズ(「アース神族の地」)から▶貴重な蜜酒を盗み出し、自分の館に戻った。それをヘイズドラウプニルの頭骨と▶ホッドロヴニルの角杯の中に入れて保管し、息子のセックミーミルが守った。

出典　Grimes, *The Norse Myths*, 58

ベイレーズベイン
Bele's Bane

別名・類義　スマルブランド(「夏の剣」)、鋭利な剣

　北欧神話において、豊穣、平和、雨、太陽の神フレイ(フレイル/ユングヴィ)が所有する剣の1本。長さはわずか1エル(110センチ余り)で、ひとりでに巨人に向かっていき、戦う能力があったと記述されている。
　12世紀の歴史書『アイスランド人の書』などの別の資料では、フレイの剣の名前はスマルブランド(「夏の剣」)とされている。

出典　Hodgetts, "On the Scandinavian Elements in the English Race," 141; Magnusen, "The Edda-Doctrine and Its Origin," 240; Rasums, *Norroena*, Volume 12, 73, 292; Titchenell, *The Masks of Odin*, 99

ベーティラス
baetylus

別名・類義　ベーテル、ベーティル

　古代ギリシア神話における神聖な石で、生命を与えられて天から降ってきたと信じられていた。おそらく隕石だと考えられるこれらの物体は、神々に捧げられたり、場合によっては、その形から神の生きた象徴として崇められたりした。たとえば、ピラミッド形のベーティラスは運命、王、稲妻、空、雷の神であるゼウス(ローマ神話の神ユピテル)に結びつけられ、円錐形に近いベーティラスは弓術、芸術、治癒、狩猟、知識、医学、音楽、託宣、疫病、予言、太陽と光、真理、若い未婚男性の神であるアポロン(「破壊する」あるいは「追い払う」)と結びつけられた。このような石を崇める習慣は、現代まで続いている。

出典　Doniger, *Merriam Webster's Encyclopedia of World Religions*, 106; Palmer, *Rome and Carthage at Peace*, 99

ヘオロット
Heorot

別名・類義　ヘロット

　アングロサクソンの叙事詩『ベーオウルフ』で、伝説のデンマーク王フロースガールの宮殿で宴会場でもあったヘオロット(「雄ジカの館」)は、「地上最高の館」と描写されている。ここは、ベーオウル

フが怪物グレンデルと対決する（そして最終的には倒す）館である。

出典 Bjork and Niles, *A Beowulf Handbook*, 225, 277; Orchard, *A Critical Companion to Beowulf*, 172, 206, 216

ベガルタ
Beagalltach/ Begallta

ケルト神話で、ディアルミド・ウア・ドゥヴネ（ディルムッド・オディナ）は、養父のオイングスに2本の剣、ベガルタ（「小なる怒り」）と▶モラルタ（「大なる怒り」）を与えられた。ディアルミドはそれぞれの剣を異なる目的に使い分け、ベガルタはそれほど危険とは思われない小さな冒険の際に、モラルタは生死に関わるような事態の際に携帯していた。

出典 Joyce, *Old Celtic Romances*, 302

ヘスティアの玉座
throne of Hestia, the/ Hestia's throne

ギリシア神話のオリュンポス山の評議会の広間には、建築、家族、囲炉裏、家、家庭の秩序、国家の女神であるヘスティア（ローマ神話の女神ウェスタ）の玉座があった。その玉座は広間の左側に置かれ、ヘルメス（ローマ神話の神メルクリウス）の玉座の向かいだった（女神の玉座はすべて左側にあった）。束縛、彫刻術、火、鍛冶、金属細工、石工、護符の神であるヘパイストス（ヘファイストス。ローマ神話の神ウルカヌス）によって作られたヘスティアの玉座は地味な木製で、クッションは染めていない羊毛で作られていた。やがてヘスティアは玉座を手放し、火の側にシンプルな三脚のスツールを置いて座るようになった。これによって、ゼウスと人間の女性とのあいだにできた息子で、豊穣、

ブドウの収穫、宗教的恍惚、儀式の狂気、演劇、ワイン醸造、ワインの神であるディオニュソス（ローマ神話の神バッコス）は、ワインの醸造法を編み出した褒美として玉座に座ることができた。

出典 Graves, *Greek Gods and Heroes*, n.p.

ヘズの剣
sword of Hodr, the

北欧神話では、ヘズの剣は、▶闇の盾や▶透明になる肌着とともに、バルドルの領地に隠れていたトロールのミムリングが作った。のちに、どれもヘズに渡された。

出典 Grimes, *The Norse Myths*, 287; Norroena Society, *Asatru Edda*, 121-26

ヘスペリデスのリンゴ
apple of the Hesperides, the

別名・類語 ▶不死のリンゴ、ヘスペリデスの黄金のリンゴ

古代ギリシア神話で、ヘラクレスの11番めの難業は、アトラス山のふもとの隠された果樹園に実るリンゴを手に入れることだった。出産、家族、結婚、女性の女神であるヘラ（ローマ神話の女神ユノ）が自ら植えた木で、大地と生命の女神であるガイアから、運命、王、稲妻、空、雷の神であるゼウス（ローマ神話の神ユピテル）とヘラの結婚祝いとして贈られたものだ。果実はまだヘスペリデス（3人のニンフ）のリンゴと呼ばれていたが、ニンフたちはリンゴを盗んで捕まってしまったので、もはや守護者ではなくなっていた。ヘラは果樹園を眠らない竜ラゴンの保護下に置き、ラゴンは木の根元に巻きついて役目を果たした。黄金の（あるいは少なくとも金色をした）リンゴは、それを手に入

れたあらゆる者に不死を与えた。

出典 Condos, *Star Myths of the Greeks and Romans*, 102-3; Graves, *The Greek Myths*, 133［ロバート・グレイヴズ（高杉一郎訳）『ギリシア神話』紀伊國屋書店、1998年］

ヘパイストスの玉座
throne of Hephaistos, the/ Hephaistos's throne

ギリシア神話のオリュンポス山の評議会の広間には、束縛、彫刻術、火、鍛冶、金属細工、石工、護符の神であるヘパイストス（ヘファイストス。ローマ神話の神ウルカヌス）の玉座があった。この玉座は広間の右側にあるポセイドン（ローマ神話の神ネプトゥヌス）の玉座の隣に置かれていた（男性の神々の玉座はすべて右側）。ヘパイストスの玉座は自身の手によって作られ、あらゆる種類の貴石と希少金属でできていた。この玉座は回転し、ヘパイストスの意志に従って玉座が自ら動くことができた。

出典 Graves, *Greek Gods and Heroes*, n.p.

ヘパイストスのベッドの罠
bed trap of Hephaistos, the

古代ギリシア神話で、束縛、彫刻術、火、鍛冶、金属細工、石工、護符の神であるヘパイストス（ヘファイストス。ローマ神話の神ウルカヌス）は、優れた発明家だった。ヘパイストスがとても醜いことを理由に、運命、王、稲妻、空、雷の神であるゼウス（ローマ神話の神ユピテル）は、美しい愛の女神アプロディテ（ローマ神話の女神ウェヌス）と結婚させた。ところが、アプロディテは婚外の恋愛関係を数多く持つことになった。ある物語で、ヘパイストスは、妻が戦いの神アレス（ローマ神話の神マルス）と密通していることを知った。不貞に激怒したヘパイストスは、

神々でさえ見破れずにとらわれてしまうほど精巧に仕上げた細い手かせをいくつも作った。この手かせを、ベッドの支柱の上と、天井の垂木に掛けた。次の機会に愛人たちがベッドに入ると、ふたりはたちまち罠にかかり、束縛から逃げられなくなった。そこでヘパイストスは神々を呼び集めて、ふたりの恥ずべき姿を目撃させ、アプロディテの父親に、花嫁の代価として支払った財宝をすべて返すよう要求した。

出典 Morford and Lenardon, *Classical Mythology*, 80-81

蛇神カペラの矢
arrow of the serpent Capella, the

別名・類語 ナーガ・カペラの矢

ヒンドゥー教の神話において、蛇神カペラの矢に匹敵する威力を持つ武器はほとんどない。▶アストラであるこの矢が一団となった軍隊に向かって放たれると、戦士たちは無気力状態で地面に倒れ、近づいてくる敵のなすがままになるという。

出典 Dubois et al., *Hindu Manners, Customs and Ceremonies*, 387

ヘラクレスの黄金の杯
golden goblet of Heracles, the

古代ギリシア神話で、半神半人の伝説的英雄ヘラクレスの10番めの難業は、エリュテイアの島から美しい赤い牛の群れを、譲り受けたり買ったりせずに奪って戻ることだった。牛は、世界一強い男と伝わるゲリュオンが所有していた。クリュサオルとカリロエの息子で、3つの巨体が腰でつながれた姿をしている。牛の番をしているのは、牛飼いのエウリュ

ティオンと双頭の犬オルトロスだった。

ヘラクレスは、1歩ごとに太陽が照りつけるなか、のちにヨーロッパとなる土地を苦労しながら進んだ。もはや暑さに耐えきれなくなり、弓に矢をつがえて(▶ヘラクレスの弓矢参照)、太陽を射落とそうとしたそのとき、太陽の化身ヘリオス(ソル)が止めに入った。ヘリオスはヘラクレスに黄金の杯を貸すことを申し出て、スイレンのような形をしたこの杯を使えば、どんな船よりも確実に赤い牛を運んで海を渡れるはずだと説明した。ヘラクレスは同意し、ライオンの毛皮を帆にして黄金の杯で出航した。

出典 Graves, *The Greek Myths*, 287[ロバート・グレイヴズ(高杉一郎訳)『ギリシア神話』紀伊國屋書店、1998年]; Westmoreland, *Ancient Greek Beliefs*, 131

ヘラクレスの青銅のカスタネット

bronze castanets of Heracles, the

ギリシア神話に登場する半神半人の伝説的英雄ヘラクレスは、狂気に駆られて妻と子どもたち、弟の子どもふたりを殺してしまった償いとして、エウリュステウス王に12年間仕えるよう命じられた(妻のメガラは生き残ったという説もある)。奉仕期間中、ヘラクレスは、12の難行をこなさなければならなかったが、そのうち旧来の6番め(または5番め、出典により異なる)はステュムパロスの鳥を退治することだった。肉食性の恐ろしく獰猛な鳥で、密林地帯に大群となって生息しているので、狩るには戦略が必要だった。ヘラクレスは青銅のカスタネット(または鳥威し)を用いることにした。いくつかの説では、自作したと言われるが、ほとん

どの説では、工芸、軍事的勝利、戦争、知恵の女神であるアテナ(ローマ神話の女神ミネルウァ)が贈ったとされている。どちらにしても、その楽器が立てる凄まじい音に鳥たちは驚いて飛び立った。数羽は飛び去って二度と姿を見せなかった(あるいはアレス島へ行き、最後の生き残りがイアソンと随行者アルゴナウタイと争った)が、残りはヘラクレスが弓矢で射落とした。

出典 Hreik, *Hercules*, 34-36; Huber, *Mythematics*, 5 3-6 4; Murgatroyd, *Mythical Monsters in Classical Literature*, n.p.

ヘラクレスの弓矢

bow and arrows of Heracles

古代ギリシア神話に登場する半神半人の伝説的英雄ヘラクレスの弓矢は、それ自体に魔法の力は備わっていないが、多くの神話で言及され、トロイア戦争では重要な役割を果たした。

ヒュドラを倒したあと、ヘラクレスは

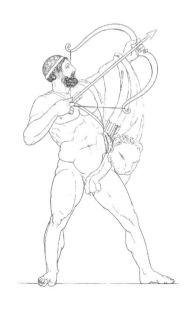

手持ちの矢を怪物の血に浸し、毒を含ませた。狩りの最中、ヘラクレスは誤って気高いケンタウロスのケイロンを毒矢で射てしまった。ケイロンはアキレウス、アイネイアス、アスクレピオス、イアソン、ペレウス、そしてヘラクレス自身を含む、多くのギリシアの英雄を教育していることで有名だった。

またあるとき、ヘラクレスは、妻デイアネイラを凌辱しようとしたケンタウロスのネッソスを射殺した。ネッソスは死ぬ間際に、自分の血と精液を集めておけば夫の愛をつなぎとめる媚薬を作れるとデイアネイラに信じ込ませた(▶デイアネイラの媚薬参照)。デイアネイラは、夫が美しい王女イオレーを連れて帰ることを知ったとき、夫の衣にこの薬を塗った。すると薬は肉体に焼きついて骨まで達し、ヘラクレスはあまりの苦痛に狂気に駆られ、自ら命を絶つことにした。ヘラクレスのために火葬用の薪に火をつけたピロクテテスは、英雄の弓矢を与えられた。

ピロクテテスはトロイア戦争に出征する途中でヘビに咬まれ、傷が癒えなかったので、レムノス島に置き去りにされた。そのまま島にとどまり、弓矢で狩った鳥を食べて生き延びていた。やがて、ヘラクレスの弓矢がなければアカイア人(ギリシア人)がトロイア戦争に勝利することはない、という予言が明らかになる。ディオメデスとオデュッセウス(あるいはネオプトレモスとオデュッセウス、出典により異なる)が弓矢を回収して戦場に戻り、それを使ってパリスを殺した。

出典 Hard, *The Routledge Handbook of Greek Mythology*, 258; Hreik, *Hercules*, 13-18; Warner et al., *Library of the World's Best Literature: A-Z*, 1 3, 671-13, 672

┃ヘラの玉座
throne of Hera, the/ Hera's throne

ギリシア神話のオリュンポス山の評議会の広間には、出産、家族、結婚、女性の女神であり、運命、王、稲妻、空、雷の神ゼウス(ローマ神話の神ユピテル)の妻であるヘラ(ローマ神話の女神ユノ)の玉座があった。広間の扉から最も奥まったところにあり、夫の玉座の隣に置かれていた。広間に足を踏み入れると正面の奥に、ゼウスの玉座が向かって右側に、ヘラの玉座が向かって左側に、ふたつ並んでいる光景がすぐに目に入った。オリュンポスの女神の玉座はすべて左側に設置され、ヘラの玉座以外は広間の右のほうを向いている。ヘラに近い順から、デメテル、アテナ、アプロディテ、アルテミス、ヘスティア(それぞれローマ神話の女神ケレス、ミネルヴァ、ウェヌス、ディアナ、ウェスタ)の玉座だ。

ヘラの玉座は象牙製で、水晶でできた3段の階段が玉座に続いていた。玉座の背もたれにはカッコウと柳の葉の彫刻が施されていた。頭上には月が吊るされていた。女神が座るクッションは牛皮でできており、それを揺らすと雨を降らせることができる。

出典 Graves, *Greek Gods and Heroes*, n.p.

┃ヘリオスの戦車
chariot of Helios, the/ Helios's chariot

別名・類語 太陽の戦車、ソルの戦車、ソル・インウィクトゥスの戦車

古代ギリシア神話に登場する太陽の化身でティタン神族のヘリオス(ソル)は、▶クアドリガ(並列4頭立ての2輪馬車)を

持っており、毎日のように天空を駆けていた。戦車を引くのは、4頭のヒッポイ・アタナトイ（神々の不死の馬）だった。どの馬も、広げた鼻孔から炎を吐いていたという。出典によって、馬の名前はさまざまに異なる。アブラクサス（セルベーオ）、アエオス、アエシオプス（「炎のような」）、アエトン（「赤々と輝く」、「燃え上がる」、「火のような赤」、「輝く」）、アストロペ、ブロンテ、クロノス、エオス、ランポーン、ランポス（「きらめき」または「輝き」）、ファエトン（「きらめくたてがみ」、「輝くたてがみ」、「輝く者」）、フレゴン（「燃え立つ」）、プロキス（「火のように熱い」）、プロエイス、プロイスなどだ。

出典 Apollodorus and Hyginus, *Apollodorus' Library and Hyginus' Fabulae*, 1 5 8; Breese and D'Aoust, *God's Steed*, 86; Brewer, *Dictionary of Phrase and Fable* 1900, 565; Guirand, *Larousse Encyclopedia of Mythology*, 1 6 0; Parada, *Genealogical Guide to Greek Mythology*, 3 5; Rose, *Giants, Monsters, and Dragons*, 178［キャロル・ローズ（松村一男監訳）『世界の怪物・神獣事典』原書房、2014年］

ヘリオスのベッド
bed of Helius, the

古代ギリシア神話で、ティタン神族のひとりである太陽神ヘリオスは、中が空洞で翼のあるベッドに寝ていた。神々の持ち物の多くと同じように、束縛、彫刻術、火、鍛冶、金属細工、石工、護符の神であるヘパイストス（ヘファイストス。ローマ神話の神ウルカヌス）が造ったものだった。眠っているあいだに、ヘリオスは西から東へ運ばれた。

出典 Parada, *Genealogic Guide to Greek Mythology*, 192

ペリオンの槍
Pelion spear, the

別名・類語 ペリオン、アキレウスの槍

ギリシア神話で、神聖な武器であるペリオンの槍は、ケンタウロスのケイロンがペリオン山の木で作り、ペレウスと女神テティスとの婚礼の日にペレウスへ贈ったことから、その名がつけられた。ケイロンがペレウスにそのトネリコ材の槍を与えたとき、彼はそれが「英雄たちの死」となることを意図していた。ペレウスはのちに、その槍を息子のアキレウスに譲った。

ペリオンの槍は、ホメロスの古代ギリシア叙事詩『イリアス』（前1260-前1180年）に「巨大で、重く、ずっしりとした……アテナの槍のような」と記されている。「青銅のように重い」とも。扱いにくいので、アキレウス以外のアカイア人はこの槍を使うことができない。そのため、パトロクロスがアキレウスの鎧をまといヘクトルに立ち向かったときに、その槍を持っていなかった。

出典 Homer, *Homer: Iliad*, Book 22, 93, 141［ホメロス（松平千秋訳）『イリアス（上・下）』岩波書店、1992年］; Mueller, *Objects as Actors*, 134

ペリデクシオンの木
peridexion tree, the

中世の民間伝承によると、インドにはペリデクシオンと呼ばれる木があり、その果実は甘く美味で、なぜか鳩が寄ってきて離れないという。鳩はその果実をついばみ、木の枝に住みついた。また、この木は龍（またはヘビ。翻訳による）を寄せつけなかった。龍はこの木を恐れて、木陰に入ることさえしなかったという。

出典 Curley, *Physiologus*, 2 8; Hassig, *The Mark of*

the Beast, 1 4 6; Porteous, *The Forest in Folklore and Mythology*, 196

ヘルヴェーギル

Helvegir（複数形：Helvegr）

　北欧神話で、ヘルヴェーギル（「ヘルの道」）は、冥界の女神ヘルの国（こちらもヘルと呼ばれる）の領域内にあるたくさんの道を指す。

出典 Norroena Society, *Asatru Edda*, 3 5 9; Rydberg, *Teutonic Mythology* Volume 1 , 299

ペルーンの斧

axe of Perun, the

別名・類語 ペルーヌの斧、ペルーンの槌

　スラヴ神話の雷と稲妻の神であるペルーン（「神」および「雷」）は、神々の王と言われていた。その斧（戦斧あるいは槌、翻訳により異なる）は、投げると手元に戻ってきたという。ペルーンは北欧神話の雷神トールとよく比較されるが、その斧にはトールの斧（▶ミョルニル）のような名前はなかった。

出典 Hubbs, *Mother Russia*, 1 1 9; Sibley, *The Divine Thunderbolt*, 270

ヘルグリンド

Helgrindr

別名・類語 屍の門、ヘルの門、ヘルドグリンド、ヘルゲート、▶ナグリンド、▶ヴァルグリンド

　北欧神話で、ヘルグリンド（「死の門」／「ヘルの門」）は、生者の世界と死者の世界をつなぐ橋、▶ギャッラルブルー（▶天の橋参照）の向こう側に立つ、門のある壁。病気や老衰で死んだ者の世界、ヘルへ通じる第1の門で、ヘルの道の果てに位置する。門の上にはすすで赤茶けた雄鶏が

いて、鳴き声で死者を動揺させる。門の反対側には、フリームスルス（霜の巨人）のフリームグリームニルがいる。

出典 Anderson, *Norse Mythology*, 4 4 9; Bennett, *Gods and Religions of Ancient and Modern Times*, Volume 1, 3 8 9; Grimes, *The Norse Myths*, 7 3; Lindow, *Norse Mythology*, 1 7 2; Norroena Society, *Asatru Edda*, 357

ヘル・ケーキ

Hel Cake

　北欧神話で、死者がニヴルヘイムの番犬ガルムに与えるごちそうのパンのこと。ガルムが気をそらしているあいだに、横を通り抜けることができた。生前貧しい人にパンを与えたり、困っている人を助けたりした者だけが、死後にヘル・ケーキを手に入れることができた。

出典 Abel, *Death Gods*, 6 8; Grimes, *The Norse Myths*, 275; Sherman, *Storytelling*, 185

ヘル・ケプレイン

hel keplein

別名・類語 ▶隠れ帽子

　ドイツの民間伝承で、小人の王ラウリンは、たくさんの魔法のアイテムを持っていた。そのひとつが、ヘル・ケプレインと呼ばれる魔法の帽子（またはマント）で、身に着ければ意のままに姿を消すことができた。

出典 Keightley, *World Guide to Gnomes, Fairies, Elves, and Other Little People*, 2 0 7; Pope, *German Composition*, 71-73; Wagner, *Great Norse, Celtic and Teutonic Legends*, 69-77

ヘル・シューンズ

Hel shoons

別名・類語 ヘル・シューズ、ヘルスコ、ヘルスコット

　スカンジナビアの民間伝承で、死者の

国ヘルの前に広がる荒れ地を通り抜けるために、死者が履かなければならない靴のこと。かつては、死者が"向こう側"にたどり着けるように、1足の靴とともに遺体を火葬する習慣があった。アイスランドの伝承では、ヘル・シューンズは、▶ヴァルハラへの険しい道のりを旅するのに不可欠だった。

出典 Brewer, *Dictionary of Phrase and Fable*, Volume 1, 5 9 7; Grimes, *The Norse Myths*, 2 7 5; Sidgwick, *Old Ballads*, 174

ペルセウスの盾
shield of Perseus, the

ギリシア神話の英雄ペルセウスは、工芸、軍事的勝利、戦争、知恵の女神であるアテナ(ローマ神話の女神ミネルヴァ)から、ゴルゴン3姉妹のメドゥーサと対決してその首をはねるという任務を命じられ、7年にわたる冒険に乗り出すことになった。若き英雄を助けるため、アテナはサンダル、盾、剣などの神具を貸した(▶アテナのサンダルと▶アテナの剣を参照)。メドゥーサの目を見たもの(あるいは彼女をちらりと見たもの。出典により異なる)は、石に変えられてしまった。しかし、鏡などに映った彼女の姿を見るならば、石にされる危険はなかった。そこで、ペルセウスはアテナの真鍮の盾(▶アイギスを参照)を利用した。盾はきれいに磨かれていたので、鏡さながらに周囲のものを映したのだ。メドゥーサが死んだら、女神は盾の表側にその首を埋め込むつもりだった。

出典 Kirk, *Greek Myths*, 129; Mabie, *Young Folks' Treasury*, 193

ペルセウスの袋
wallet of Perseus, the

古代ギリシア神話において、畜産、商業、雄弁、豊穣、言語、略奪、幸運、睡眠、盗賊、交易、旅行、富の神ヘルメス(ローマ神話の神メルクリウス)は、英雄ペルセウスに(翼のついた黄金のサンダルのほかに)、ゴルゴン3姉妹のメドゥーサの切断された頭部を安全に持ち運ぶために、▶キビシス(袋、かばん)と呼ばれる革製の袋を貸した(▶ヘルメスのサンダルの項を参照)。

出典 Dixon-Kennedy, *Encyclopedia of Greco-Roman Mythology*, 2 4 5-4 6; Sherman, *Storytelling*, 625

ヘルヘイム
Helheim

北欧神話で、ヘルヘイム(『ヘルの家』)は、女神ヘルが支配する死者の国。生前不道徳だった者や、老衰や病気で死んだ者は、ここでヘルのもとへ赴く。北欧神話の宇宙を構成する9つの世界のひとつ、ヘルヘイムは、ミズガルズの真下にあり、ニヴルヘイムとスヴァルトアールヴヘイムのあいだに位置する。

出典 Anderson, *Norse Mythology*, 187, 391, 449; Bennett, *Gods and Religions of Ancient and Modern Times*, Volume 1, 389

ヘルメスの玉座
throne of Hermes, the/ Hermes's throne

ギリシア神話のオリュンポス山の評議会の広間には、畜産、商業、雄弁、豊穣、言語、略奪、幸運、睡眠、盗賊、交易、旅行、富の神であるヘルメス(ローマ神話の神メルクリウス)の玉座があった。その玉座は、広間の右側に置かれ、ヘスティア(ローマ神話の女神ウェスタ)の玉座の向かい

だった(男性の神々の玉座はすべて右側にあった)。束縛、彫刻術、火、鍛冶、金属細工、石工、護符の神であるヘパイストス(ヘファイストス。ローマ神話の神ウルカヌス)によって作られたヘルメスの玉座は石造りで、肘掛けは雄羊の頭に似せて作られていた。玉座の背もたれには、彼が発明した火起こしのシンボルが彫られていた。玉座のクッションは山羊の皮で作られていた。

出典 Graves, *Greek Gods and Heroes*, n.p.

ヘルメスの剣
sword of Hermes, the

ギリシア神話の英雄ペルセウスは、工芸、軍事的勝利、戦争、知恵の女神であるアテナ(ローマ神話の女神ミネルヴァ)から、ゴルゴン3姉妹のメドゥーサと対決してその首をはねるという任務を命じられ、7年にわたる冒険に乗り出すことになった。一説によると、畜産、商業、雄弁、豊穣、言語、略奪、幸運、睡眠、盗賊、交易、旅行、富の神であるヘルメス(ローマ神話のメルクリウス)は、この任務を支援するため、ペルセウスに自分の短剣を貸した。この短剣の鋭い切れ味ならば、確実にゴルゴンの首を一振りではねられる。これは、青銅のベルトに黒い刃の剣だったとされている。

出典 Simpson, *Guidebook to the Constellations*, 39; Westmoreland, *Ancient Greek Beliefs*, 169

ヘルメスのサンダル
sandals of Hermes, the

別名・類語 ヘルメスの翼のついたサンダル、タラリア、翼のついたサンダル

古代ギリシア神話では、畜産、商業、雄弁、豊穣、言語、略奪、幸運、睡眠、

盗賊、交易、旅行、富の神であるヘルメス(ローマ神話の神メルクリウス)は、翼の付いた黄金のサンダルを所有していた。これは、翼のついた黄金の兜とともに、運命、王、稲妻、空、雷の神であるゼウス(ローマ神話の神ユピテル)から贈られたものだ。このサンダルのおかげで、以前から俊足だったヘルメスは最速の神となり、どの神よりも素早く地上を移動するばかりか、海上も飛べるようになった。

ギリシア神話の英雄ペルセウスが、工芸、軍事的勝利、戦争、知恵の女神アテナ(ローマ神話の女神ミネルヴァ)から、メドゥーサと対決してその首をはねるという任務を命じられたとき、ペルセウスに翼のついたサンダルを貸したのはヘルメスだと言われる場合もある。また、ペルセウスに短剣(▶ヘルメスの剣を参照)を与えたという説もある。冒険を終えたペルセウスは、借りた道具をすべて持ち主に返した。

出典 Roman and Roman, *Encyclopedia of Greek and Roman Mythology*, 393; Westmoreland, *Ancient Greek Beliefs*, 57, 336, 826

ヘルメスの杖
rod of Hermes, the

別名・類語 メルクリウスの杖

ギリシア神話に登場する畜産、商業、雄弁、豊穣、言語、略奪、幸運、睡眠、盗賊、交易、旅行、富の神であるヘルメス(ローマ神話の神メルクリウス)は、神々の命令やメッセージを伝える使者の役割を果たしていた。ヘルメスはその任務の象徴である杖をどこへ行くにも携えていた。神話によると、ある日のこと、ヘルメスは伝言を伝えに行く途中で、2匹のヘビが交尾しているところ(あるいは、戦っ

ているところ。出典により異なる）に出くわした。2匹のヘビは彼の杖に絡みつき、それ以来ずっとその杖にとどまっている。

出典 Cavanaugh, *Hippocrates' Oath and Asclepius' Snake*, n.p.; Westmoreland, *Ancient Greek Beliefs*, 204

ペレウスの剣

sword of Peleus, the

古代ギリシア神話において、アルゴナウタイのひとりであるペレウスは、アイアコス王とエンデイスのあいだの息子である。彼は、アカストス王の妻アステュダメイアの誘惑を退けた褒美として、束縛、彫刻術、火、鍛冶、金属細工、石工、護符の神であるヘパイストス（ヘファイストス。ローマ神話の神ウルカヌス）が作った魔法の剣を授けられた。この剣には、戦いでも狩りでも、使い手を勝利に導く魔法の力があった。ペレウスは英雄アキレウスの父である。

出典 Grant and Hazel, *Who's Who in Classical Mythology*, 403; Hansen, *Ariadne's Thread*, 126, 342

ペロプスの戦車

chariot of Pelops, the

古代ギリシア神話で、ペロプスは、翼のある疲れ知らずの2頭の馬が引く黄金の戦車を持っていた。伝説によると、ペロプスは、シピュロス山周辺地域を治めるタンタロス王の息子だった。タンタロスは神々の全知を試すために、わが子を殺して切り刻み、シチューにして供したが、神々は子どもを生き返らせた。また、ペロプスがあまりに美しかったので、地震、馬、海の神であるポセイドン（ローマ神話の神ネプトゥヌス）は少年をさらってオリュンポス山に連れ帰り、長年のあいだ愛人としてそばに置いた。地上に戻り、妻を得ることにしたペロプスは、オイノマオス王のひとり娘ヒッポダメイアに恋をした。しかし、戦車競走で王に勝った者だけが娘と結婚できると定められ、失敗した者は首を切られて城門に釘で打ちつけられることになっていた。ペロプスは海へ行き、かつての愛人にヒッポダメイアと結婚できるよう手助けしてくれることを祈った。ポセイドンは、戦車と2頭のヒッポイ・アタナトイ（神々の不死の馬）を贈った。

出典 March, *Dictionary of Classical Mythology*, 380; See, *The Greek Myths*, n.p.

ベンベン

Benben

エジプト神話のヘリオポリスの伝承で、創造の神アトゥムが住処とした丘のこと。丘は原初の水ヌーから出現した。ベンベンは、ピラミッドあるいは小ぶりなオベリスクのようだと描写されている。この丘から最初の神が姿を現した。ベンベンは太陽の象徴であり、星に至る門だと信じられている。永遠に飛んでいるという伝説の神聖な鳥ベンヌは、隆起するベンベンに目を留めて、休息のために舞い降りた。

出典 Crisologo and Davidson, *Egyptian Mythology*, 18-21; Remler, *Egyptian Mythology, A to Z*, 28-29

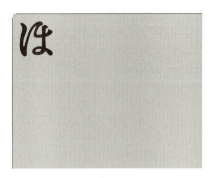

ホアフロスト
hoarfrost

別名・類語 リムフロスト

　北欧神話では、ホアフロストは特別な種類の霜で、氷でできたたくさんの針が交差しているかのように見える。灼熱の国ムスペルヘイムの焼けつくような熱気と、巨大な裂け目ギンヌンガガプの凍るような寒気がぶつかったとき、ホアフロストは溶けて周囲の霜と混じり合い、邪悪な巨人ユミル(「わめく者」、アウゲルミル)が創られた。霜以外に食べるものが何もないとわかると、ユミルはホアフロストを使って原初の牛アウズンブラを創った。

出典 Grimes, *The Norse Myths*, 3-4, 278

忘却の椅子
chair of forgetfulness

別名・類語 レテの椅子

　古代ギリシア神話の冥界に置かれた忘却の椅子は、古代の作家たちにもほとんど言及されていない。半神半人の英雄テセウスと盟友ペイリトオスが、冥界の神ハデス(ローマ神話の神ディス/プルート)の妻である農耕の女神ペルセポネ(ローマ神話の女神プロセルピナ)を誘拐するため冥界に降りたとき、この椅子に遭遇したと言われる。

　ある説では、冥界をさまよっていたふたりが、岩に座って休息していると、岩が成長して体に食い込み、あるいは周囲を取り囲み、その場にとらわれてしまった。その後ふたりは復讐の3女神エリニュスに拷問された。別の説では、ふたりはハデスに喜々として迎えられ、座って休むよう勧められた。言われたとおりにすると、ふたりは椅子(あるいは岩、物語により異なる)に縛りつけられ、その後エリニュスに拷問された。

出典 Hansen, *Handbook of Classical Mythology*, 180, 260, 329; Pausanias, *Pausanias's Description of Greece*, Volume 5, 381

忘却の王冠
Crown of Forgetfulness, the

　中世後期英語で書かれたデーン人オジエの騎士物語で、オジエは、妖精の女王モルガン・ル・フェのもとへ旅することになる。モルガンは、完璧な春の日がとこしえに続く庭で、永遠にいっしょに暮らすことを求める。そしてオジエの指に▶**妖精の女王の指輪**をはめ、頭に忘却の王冠をかぶせる。金のマートルの葉とゲッケイジュの枝で作られ、宝物庫を持つ人間が買えるどんなものより高価で貴重な王冠だ。王冠は、オジエの過去の不安や恐れをすべて取り除いた。心を悩ませるものはなくなり、生き生きした愛が内側から湧き上がってきた。こうしてオジエは、およそ200年にわたって、愛と喜びに満ちた妖精の夢の中で暮らすことができた。

出典 Courthope, *The Marvellous History of King Arthur in Avalon*, 17, 31, 35, 48, 78; Cox, *Popular Romances of the Middle Ages*, 362

忘却のビール

beer of oblivion

フィンランド神話で、冥界トゥオネラに足を踏み入れた者に与えられる飲み物。彼らはまず氷のように冷たい川を泳いでから、鬱蒼とした棘だらけの森をどうにか抜けて、さらに腐敗の門を守るスルマという肉食の怪物に立ち向かわなければならなかった。この試練を生き延びた者たちは立ち入りを許され、褒美のようにも思える忘却のビールを与えられて飲む。ところが、ビールを飲んだ者はみな、たちどころに現世や人間の世界のことを忘れ、トゥオネラから脱出しようとする理由を失ってしまった。

出典 Bartlett, *The Mythology Bible*, 1 3 9; Wilkinson, *Myths & Legends*, 103

忘却の帽子

cap of oblivion

ウェールズの妖精伝説で、エサソンと呼ばれる妖精の一種だけがかぶっている帽子。この帽子を人間がかぶると、その人はエサソンのあとに従い、妖精のダンスに加わるようになる。また、この帽子をかぶると、起こった出来事を正確に思い出せなくなった。

出典 Sikes, *British Goblins*, 69

豊穣の布

cloth of plenty

アイルランドの民話には、豊穣の布と呼ばれるアイテムが出てくる。▶コルヌコピアと同じく、使う人が二度と空腹や喉の渇きを感じなくてすむようにする。ただ布を広げて、欲しい食べ物や飲み物を求めるだけで、瞬く間に願いがかなえられる。

出典 Curtin, *Myths and Folk-lore of Ireland*, 69-70

ホヴズ

Hofud/ Hofund

別名・類語 ビフレストの剣

北欧神話で、ホヴズ(「人間の頭」、「人の頭」)は、▶ビフレスト(虹の橋)の守護者、ヘイムダルの光を放つ禍々しい鎌形の剣である。

出典 Hawthorne, *Vikings*, 1 9; Simek, *Dictionary of Northern Mythology*, 155

ボーシャン

bo shan

中国の民間伝承では、応龍という名の翼のある龍だけが、空を飛ぶ生来の能力を持つ。翼のない龍は、額に飛行を可能にする節やこぶがある。この特徴的な部分は尺木と呼ばれる。そういう身体的な特徴を持たない雄の龍が空を飛びたい場合は、飛行能力を与えてくれる魔法の杖、ボーシャンを持たなくてはならない。雌の龍はボーシャンの代わりに、尾で傘をさしている。

出典 Bates, *All about Chinese Dragons*, 23-24

ボズン

Bodn

別名・類語 ボーデン、ボーン

北欧神話において、ボズン(「供物」)は、▶貴重な蜜酒を保管しておく容器のひとつだった。ほかに、▶オーズレリルと▶ソーンがあった。アイスランドの歴史家スノッリ・ストゥルルソンは、『スノッリのエッダ』の「詩語法」で、オーズレリルは賢者クヴァシルの血を発酵させるための青銅の釜であり、ボズンとソーンは樽であると述べている。

出典　Grimes, *The Norse Myths*, 259; Hawthorne, *Vikings*, 17; Lindow, *Norse Mythology*, 252

ポセイドンの玉座
throne of Poseidon, the/ Poseidon's throne

　ギリシア神話の地震、馬、海の神ポセイドン（ローマ神話の神ネプトゥヌス）の玉座は、オリュンポス山の評議会の広間にある玉座のなかで2番めに大きかった。広間の右側に置かれ（男性の神々の玉座はすべて右側にあった）、運命、王、稲妻、空、雷の神ゼウス（ローマ神話の神ユピテル）の玉座に最も近かった。束縛、彫刻術、火、鍛冶、金属細工、石工、護符の神であるヘパイストス（ヘファイストス。ローマ神話の神ウルカヌス）によって作られたポセイドンの玉座は、灰緑色と白の縞模様の大理石でできており、珊瑚、金、真珠で飾られていた。玉座の肘掛けには海の生き物の細工が施され、クッションはアザラシの皮で作られていた。

出典　Graves, *Greek Gods and Heroes*, n.p.

ポセイドンの三叉槍
trident of Poseidon, the

　古代ギリシア神話では、地震、馬、海の神ポセイドン（ローマ神話の神ネプトゥヌス）は三叉槍を持っており、これで文字どおり海をかき回し、激しい嵐を巻き起こすことができるとされた。これが三叉であることを示す文献的証拠は（わずかだが）いくらかある。しかし、三叉槍が、ポセイドンが何者なのかを視覚的に表現すること——すなわち、ポセイドンを、海神トリトンや、運命、王、光、空、雷の神ゼウス（ローマ神話の神ユピテル）と区別するための手段——以外のものであったことを示す証拠はない。

出典　Roman and Roman, *Encyclopedia of Greek and Roman Mythology*, 418; Walters, "The Trident of Poseidon", 14

ポセイドンの戦車
chariot of Poseidon, the

別名・類語　ネプトゥヌス（ローマ神話）の戦車、海の戦車

　ギリシア神話に登場する地震、馬、海の神であるポセイドン（ローマ神話の神ネプトゥヌス）は、2頭のヒッポカムポス（魚の尾を持つ馬）が引く戦車を持っていた。ときおり、イルカが引くと描写されることもあった。
　これは、ポセイドンが海の王国とオリュンポス山を行き来するのに使っていた戦車だった。また、ポセイドンが恋をした少年ペロプスをさらったときに使った戦車でもある。
　『イーリアス』と『オデュッセイア』の伝説的な作者ホメロスの描写によれば、この戦車は、青銅の蹄鉄をつけ、長い金色のたてがみをなびかせた2頭の馬が引いて

いたという。ポセイドンは金色の衣をまとい、黄金の鞭で馬を駆った。馬は並外れて俊足だったので、戦車の青銅の車軸を濡らすことなく波を越えて走ることができた。

出典 Keightley, *The Mythology of Ancient Greece and Italy*, 7 8; March, *Dictionary of Classical Mythology*, 380

菩提樹
Cloud Tree

別名・類語 アンブロシアの木、カルパドルマ、▶知識の木、仏陀の木、知恵の木

仏教神話では、菩提樹は、文字どおり輝くまでに神聖な木である。枝から落ちる花はきらきらと光を放つ。形はヤシの木に似ているとされ、美しい花々と小川のせせらぎに囲まれている。枝、葉、根、幹は、この上なく輝かしい宝石でできている。木が育つ土すら清らかで、下草は「クジャクの首の色合い」よりも美しい。菩提樹は、あらゆる望みをかなえ、知恵と知識を与え、思いも寄らない幸福を授けることができると言われる。仏陀は、この木の下に座っているときに悟りを開いたという。

出典 Altman, *Sacred Trees*, 39; Folkard, *Plant Lore, Legends and Lyrics*, 4; Porteous, *The Forest in Folklore and Mythology*, 197

ホッド・ゴーサ
hodd Goda/ hoddgoda

北欧神話で、ホッド・ゴーサ(「ゴディンの財宝」)は、知恵の巨人ミーミルの住む土地にある宝物室。数多くの神聖な遺物が納められている。隠されたホッド・ゴーサの正確な場所については、詳細な情報が乏しく、特定はむずかしい。ヘル

の南部にあり、泉フヴェルゲルミルを源とする"ヘルの川"に囲まれていると言われるが、川の名前は記されていない。神話によれば、川を渡ると障壁が作られ、この地に属していないものをすべて締め出していることがうかがえる。

出典 Norroena Society, *Asatru Edda*, 3 6 1; *Rydburg, Norroena*, Volume 3, 4 1 6; Rydberg, *Teutonic Mythology* volume 1 , 285

ホッドロヴニルの角杯
horn of Hoddrofnir, the

別名・類語 ホッドロヴニルの角

北欧神話のなかで、ホッドロヴニル(「宝庫を引き裂く者」/「宝をバラバラにする者」)の角杯は、エッダの詩『シグルドリーヴァの歌』においてのみ取り上げられている。この角杯は、ヨトゥン族(巨人)のミズヴィズニル(「中狼」/「海狼」)によって盗まれた。彼は自らの館に戻ると、その角杯を▶ヘイズドラウプニルの頭骨の中にしまい込んだ。その後、この角杯と頭は、彼の息子のセックミーミルが保管することになった。

液体が滴るホッドロヴニルの角杯が本来何を指すのかについては、長年議論の的となってきた。著者や翻訳者の多くは、▶貴重な蜜酒が入った角杯であると見なしているが、少数ながら、滴る液体は精液であり、豊穣を願う儀式を反映していると考える者もいる。

出典 Grimes, *The Norse Myths*, 5 8; Larson et al., *Myth in Indo-European Antiquity*, 165; Terry, *Poems of the Elder Edda*, 163-64

仏の御石の鉢
stone begging bowl of the Buddha, the

平安時代の日本の民話に、「なよ竹の

かぐや姫」(しなやかな竹の光り輝く姫) という名の、裕福な竹取りの娘の話がある。娘は、本当に自分を愛してくれる男性となら結婚しましょう、と言う。彼女は求婚者を5人にまで絞り込み、そのなかから、自分が見たいと思っている珍しい品を持ってきてくれた者と結婚すると伝えた。石作皇子という求婚者は、「仏の御石の鉢」を持ってくるようにと言われた。

出典 Rimer, *Modern Japanese Fiction and Its Traditions*, 2 8 5; Shirane, *Traditional Japanese Literature*, 117; Soothill and Hodous, *A Dictionary of Chinese Buddhist Terms*, 64

炎の剣

flaming sword

炎の剣という発想は、さまざまな民間伝承、神話、伝説でよく見られるテーマだ。このような武器は、神聖な、魔法の、あるいは超自然的な力を持つアイテムとして描写され、炎を発したり、太陽よりも明るく燃えたりする。力、強さ、生命力の古典的な象徴である。

古代メソポタミア神話の神マルドックは、バアルや竜ティアマトとの戦いに、稲妻の力も利用した炎の剣を使った。

旧約聖書『創世記』(3章24節) には、神はアダムとイヴをエデンの園から追放したあと、回転してあらゆる方向に動く剣の炎で武装したケルビムをエデンの園の門に置いたと書かれている。東方正教会の言い伝えによれば、イエスの復活後に剣は取り除かれ、人類はふたたび入ることを許されたという。

北欧神話では、巨人スルトが、最初に生まれた世界ムスペルヘイムの国境を守るために、名のない炎の剣を振るっている (▶スルトの炎の剣参照)。

▶ブリテン島の13の秘宝のひとつが、

リデルフ・ハイルの炎の剣▶ディルンウィンだった。フン族のアッティラ王も、炎の剣▶アズ・イシュテン・カルディヤを振るっていたと言われる。

出典 George and George, *The Mythology of Eden*, 173, 174; Pendergrass, *Mythological Swords*, 24-25, 33

ホムンクルス

homunculus (複数形：homunculi)

錬金術を使って作られる人造人間、ホムンクルス (『小さな人間』) は、「技術を通じた自然」を達成するという夢を象徴しているので、錬金術師たちにとって最大の功績になるだろうと言われた。

ホムンクルスを作るには、一定量の人間の精液をフラスコに入れて密封し、火にかけて40日間ゆっくり加熱する必要がある。その時点で、材料は動いて人間に似た形を取り始める。次に、おもに人間の血液を使って特別に調合した化学食品を、40週にわたって与える。この段階が終わると、完全に形作られたホムンクルスになる。人間の子どもに似ているが、ホムンクルスは生まれながらにして知識と力を備えており、自らを作るのに必要な技術もすべて知っている。また、女性の"けがれ"の要素がない状態で作られるので、さらに深く偉大な知識を持っているのだという。精液ではなく月経血を使って同じ実験を行うと、バシリスクという生き物が生まれると言われている。

出典 Draaisma, *Metaphors of Memory*, 2 1 2; Principe, *Secrets of Alchemy*, 131-32

ホルン・ヒルト

Horn Hilt

スカンジナビアの民間伝承で、ラクナルの兄弟のヴァルは、ホルン・ヒルトという名の剣を持っていた。ぜいたくに金がはめ込まれ、敵に向かって振るえば的を外すことはなかった。ヴァルはこの剣を使って、雷神トールの息子、"豪傑"スヴィディを倒した。ある有名な民話で、トーリル・オドソンとその仲間たちは、ヴァルの宝の洞窟を探す大冒険に出かけた。見張りの竜を退治したあと、トーリルは3日かけて莫大な財宝を探し、ついにホルン・ヒルトを見つけた。トーリルはその剣と、財宝の最大の分け前を獲得した。

出典 Craigie, *Scandinavian Folklore*, 249; Palsson and Edwards, *Seven Viking Romances*, n.p.

マウイのカヌー

canoe of Maui, the

別名・類語 ピリタ・オ・テ・ランギ(「天のつる植物」)、テ・ワカ・ア・マウイ(「マウイのカヌー」)

マオリ族の神話で、文化英雄マウイは、魔法のカヌーに乗ればどんな風よりも速く海を進むことができた。

出典 Westervelt, *Legends of Ma-Ui*, 9 7; White, *Ancient History of the Maori*, 117

マウイの釣り針

fishhook of Maui, the

別名・類語 エデンの釣り針、タラウガの釣り針、マナイア、タワケア(「継ぎを当てる」)、トゥ・ファファキア・テ・ランギ(「空をつかむ」)

ポリネシアの神話で、神でも人間でもある文化英雄のマウイは、冥界から人類に火をもたらし、釣り針のかえしを発明してムリ・ランガ・ウェヌアと名づけた。釣り針と、兄弟たち——マウイ・ムア(「かつてのマウイ」)、マウイ・ロト(「中のマウイ」)、マウイ・チキチキ・ア・タランガ(「天国から来たマウイ」)、マウイ・ワホ(「外のマウイ」)——の手助けで、マウイはニュージーランドの島を釣り上げることができた。末弟マウイ・チキチキ・ア・タランガ

の耳が、餌として使われた。

出典 Best, "Notes on the Art of War as Conducted by the Maori of New Zealand," 7–8; Dieffenbach, *Travels in New Zealand*, Volume 2, 88, 89; White, *Ancient History of the Maori*, 117

マク・ア・ルイン
Mac an Luine/ Mac an Luin

別名・類語 「波の息子」

　マク・ア・ルイン(「大波の息子」)は、フィン物語群に登場する伝説の戦士でフィアナ騎士団の団長、フィン・マク・クウィル(フィン・マックール/フィン・マックヴォル)の剣。この剣は、▶スギア・ゲルビンという盾と一緒に使われた。マク・ア・ルインは、バングラガクハ(「巨大な女」)であるロン・ロンラクハが作った6本の剣のうちの1本。その他の剣は、▶キャルド・ナン・ガラン、▶クレーズ・コスガラハ、▶ドリーズ・ラナハ、▶ファズダル、▶マク・ア・ルイン。

出典 Gregory and MacCumhaill, *Gods and Fighting Men*, 2–6–8; Leodhas, *By Loch and by Lin*, n.p.

正宗の名刀
benevolent sword of Masamune, the

別名・類語 正宗の刀

　日本の民間伝承では、偉大な刀工である正宗(13世紀後半頃)は、史上最も優れた刀を作ったと言われる。正宗は実在の人物だが、もうひとりの刀工、村正と競い合ったというエピソードはおそらく架空の話だろう。

　物語で、ふたりはどちらがより優れた刀工であるか決着をつけることにし、それぞれが仕上げた刀を小川の上に吊るした。村正の刀は、動物だろうと水に浮く葉だろうと、刃に触れたものをすべて

まっぷたつに切った。しかし正宗の刀は動物を寄せつけず、水に浮く葉は最後の瞬間にそれて流れていった。旅の僧は、村正が作った刀は見境なく殺す血に飢えた妖刀だが、正宗が作った刀は本質的に善であり、むだに命を奪わない名刀であると判定した。

　また、村正の刀は持ち主を自殺や殺人に駆り立てると言われ、その刀を持つ者は戦場でしか身に帯びることを許されなかったという話もある。

出典 Blomburg, *The Heart of the Warrior*, 5–2; Winkler, *Samurai Road*, n.p.

マドゥ・ヴィディヤ
madhu vidya

別名・類語 マハウシャディ

　ヒンドゥー教の神話で、マドゥ・ヴィディヤ(「蜂蜜」/「蜂蜜の教え」/「蜂蜜の知識」)は、死すべき者を不死にする力を持つ▶オーサディルディピヤマナスのひとつ。

出典 Garrett, *A Classical Dictionary of India*, 241

マドゥの三叉戟
trident of Madhu, the

　ヒンドゥーの神話では、▶アストラは神々によって創造された、あるいはその武器を司ることになる者へ贈られた、超自然の力を有する武器である。アストラの使い手はアストラダリと呼ばれる。

　きわめて高潔なダイティヤだったマドゥ・ラークシャサは、シヴァ神から恩恵として、三叉戟を授けられた。その三叉戟は、彼が神々や賢者たちに逆らわないかぎり、彼に逆らう者を灰燼に帰する力を持っていた。

出典 Dalal, *Hinduism*, 227; Venkatesananda, *The Concise Ramayana of Valmiki*, 384

マナ

manna

別名・類語 天使の食べ物、力ある方のパン、天の使いの食べ物、マーナ、マリア

旧約聖書では、イスラエルの民が砂漠の荒野をさまよっていたとき、マナと呼ばれる食べ物を絶えず与えられていた。この食べ物は毎朝、露とともに現れ、神の民に送られた。それは、「地上の霜のように」薄く「……コリアンダーの種のようで」、色は白く、味は蜂蜜やウエハースに似ている、と言われた。ラビの伝承では、マナは食べる人によって味が変わり、その人の望む味になるという。

マナは焼いても煮込んでもよく、イスラエルの民の日々の食事を補う役目を果たした。40年間毎日天から与えられ、イスラエルの民がカナンの地に到着して、その地産品を食べた翌日に、供給が途絶えた。毎日、適切な量のマナが降ってきて、その日のうちに食べる必要があった。翌日に残ったマナは悪臭を放ち、虫がわいたという。

出典 Boren and Boren, *Following the Ark of the Covenant*, 11; Lockyer, *All the Miracles of the Bible*, 66

マナヴァストラ

Manavastra

ヒンドゥー教の神話では、▶**アストラ**は神々によって創造された、あるいはその武器を司ることになる者へ贈られた、超自然の力を有する武器である。アストラの使い手はアストラダリと呼ばれる。

マナヴァストラは、人類の神たるマヌから授かったアストラである。マナヴァストラには、対象物を数百キロ離れたところまで移動させる力があるとされる。

また、人間に悪意を吹き込むことができ、邪悪な存在に人間の特徴を持たせることもできた。

紀元前500年から紀元前100年のあいだに成立した古代インドの叙事詩『ラーマーヤナ(ラーマの旅)』では、ラーマがマナヴァストラを矢のように放ち、あるラークシャサの胸を射た。放たれたマナヴァストラは、そのラークシャサを空中に持ち上げ、燃え上がらせ、風を切って100ヨジャーナ(約1200キロ)先まで飛ばし、ラークシャサは瀕死の状態で海に着水した。

出典 Edizioni, *Vimanas and the Wars of the Gods*, n.p.; Menon, *The Ramayana*, 29

マナナーンの鎖帷子

mail coat of Manannan, the/
mail of Manannan, the

別名・類語 マナナーンの緑のシャツ

マナナーン・マク・リル(マナナン、マノス)は、ケルト神話に登場する海神で異界の守護者でもある。変身の達人で、多彩な多くの力と魔法のアイテムを持っていた。彼の所有物のひとつに鎖帷子があった。それを着ている者は、帷子が突き破られても傷を負わないと言われていた。

出典 Kittredge and Bodleian Library, *Arthur and Gorlagon*, 42; Macbain, *Celtic Mythology and Religion*, 97

マナナーン・マク・リルの船

boat of Manannan mac Lir, the

ケルト神話において、海神であり冥界の守護者であるマナナーン・マク・リル

（マナナン／マナノス）は、変身の達人で、さまざまな能力と魔法のアイテムを持っていた。持ち物のひとつが、銅製の自走式の船だった。アンヴァル（「比類なきたてがみ」または「水の飛沫」）という名の馬に引かせることもあった。馬は冷たい春風のごとく疾走すると言われ、その背に乗っているあいだに殺された者はひとりもいなかった。

出典 Macbain, *Celtic Mythology and Religion*, 97; Monaghan, *Encyclopedia of Celtic Mythology and Folklore*, 311

マナナーン・マク・リルのマント

cloak of Manannan mac Lir

別名・類語 忘却のマント

　ケルト神話において、海神であり冥界の守護者であるマナナーン・マク・リル（マナナン／マナノス）は、変身の達人で、さまざまな能力と魔法のアイテムを持っていた。持ち物のひとつに、脱いで振り広げると、現在も過去も忘れてしまうマントがあった。

出典 Macbain, *Celtic Mythology and Religion*, 97; Monaghan, *Encyclopedia of Celtic Mythology and Folklore*, 311

マナナーンの胸当て

breastplate of Manannan

　ケルト神話において、海神であり冥界の守護者であるマナナーン・マク・リル（マナナン／マナノス）は、変身の達人で、さまざまな能力と魔法のアイテムを持っていた。持ち物のひとつが、どんな武器でも貫くことのできない胸当てだった。

出典 Macbain, *Celtic Mythology and Religion*, 97

マニ・ビッティ

Mani Bhitti

別名・類語 マニ・マンダパ（「宝石の宮殿」）

　ヒンドゥー教の神話では、マニ・ビッティ（「宝石張りの」）は、パタラという地獄の王スィーシャとその妻アナンタ＝シルシャの宮殿。当然ながら、宝石張りの壁は見積もることができないほど莫大な価値があるとされる。

出典 Balfour, *The Cyclopadia of India and of Eastern and Southern Asia*, Volume 3, 584; Dowson, *A Classical Dictionary of Hindu Mythology and Religion*, 291-92

マニングフアル

Mannigfual

　北フリジアの伝承では、マニングフアル号は巨大な船で、それ自体がほぼひとつの世界だった。船は常に大西洋を航海していた。この船には山ほど高いマストがあったという。若い船員たちが帆を広げるためにマストに登ると、長い白髭をたくわえた老人になって降りてきた。幸いなことに、各区画と滑車に休憩所があった。この巨船の船長は、馬の背に乗って甲板を走り、大声で命令を出した。食べ物は常にふんだんにあり、船員たちは満足していたという。

出典 Anderson, *Norse Mythology*, 8 7; Guerber, *Myths of the Norsemen from the Eddas and Sagas*, 235; Kingshill, *The Fabled Coast*, n.p.

マハウシャディ

mahaushadi

　ヒンドゥーの神話で、マハウシャディ（「偉大な薬物」）は、名高い▶オーサディルディピヤマナスのひとつで、北部のガンダ＝マンダナ山に生育していた。マハウシャディは、瀕死の者や死者を完全な健

康体へ蘇らせることができた。患者はその蒸気を吸い込むことによって、回復したという。

出典 Garrett, *A Classical Dictionary of India*, 241

マブル
Mabur

イスラムの神話によれば、預言者ムハンマドは晩年、アル・▶**アドブ**、アル・バッタール(▶**バッテル**を参照)、▶**ズル・ファカール**(ズル・フィカールを参照)、アル・▶**ハトフ**(▶**ハテル**を参照)、▶**アル・カディーブ**、▶**クルアイ**、マブル、アル・▶**ミフザム**、アル・▶**ラスーブ**の9種類の剣を所有していたという。マブル(「鋭利な」)という剣については、その名前以外には何もわかっていない。

出典 Sale et al., *An Universal History*, Part 2, Volume 1, 184

マヘシュワラストラ
Maheshwarastra

別名・類語 マヘシュワル・アストラ

ヒンドゥーの神話では、▶**アストラ**は神々によって創造された、あるいはその武器を司ることになる者へ贈られた、超自然の力を有する武器である。アストラの使い手はアストラダリと呼ばれる。

マヘシュワラストラは破壊神シヴァのアストラであり、神の第3の眼を宿すと言われている。この武器は、強烈な火のビームを瞬時に発生させて、デーヴァのひとりさえ灰燼に帰することができるほどだという。マヘシュワラストラは無敵だが、シヴァ神のアストラや維持神ヴィシュヌのアストラによって、その力を無効化することが可能だった。

出典 Edizioni, *Vimanas and the Wars of the Gods*,

n.p.

マヘンドラ
Mahendra

別名・類語 マヘンドラ・アストラ

ヒンドゥーの神話では、▶**アストラ**は神々によって創造された、あるいはその武器を司ることになる者へ贈られた、超自然の力を有する武器である。アストラの使い手はアストラダリと呼ばれる。

マヘンドラは、英雄で弓の名手アルジュナ(「一点の曇りなく銀のように光り輝く」)が持っていたアストラ。アシュヴァッターマンの神聖な武器インドラストラの効力を無効化する力があった。

出典 Edizioni, *Vimanas and the Wars of the Gods*, n.p.; Kotru and Zutshi, *Karna*, n.p.

魔法の弾丸
magic bullet

別名・類語 意のままに命中させる射手(「魔弾の射手」または「射手」)、魔法の弾丸

ドイツの民間伝承によれば、悪魔は、人間の魂と交換できる魔法の弾丸を7発作った。そのうち6発の弾丸は狙ったところに間違いなく命中するが、もう1発は、予期せぬ結果をもたらし、驚くべき展開を引き起こすことになるという。

魔法の弾丸にはまた別の種類がある。それは銀製(あるいは少なくとも銀メッキ)で、オオカミ男を殺す手段として、別のドイツ民話に登場する。

出典 Humez and Humez, *On the Dot*, 40; Kay et al., *New Perspectives on English Historical Linguistics*, 88

魔法の豆

magic beans

イギリスの童話『ジャックと豆の木』では、ジャックという名の貧しく素朴な少年が、母親が1頭だけ飼っていた乳牛を魔法の豆と交換する。庭に植えられた豆は、一晩で根を生やし、信じられないほど巨大に成長し、雲の上にまで達し、意図せずして別の存在の領域に入り込んだ。豆の木を登っていったジャックは、巨人が住む異世界に足を踏み入れる。そこは危険に満ちていたが、ジャックは知恵を働かせ、母を養えるほどの巨万の富を手に入れることができた。手に入れた財宝を奪われないように、ジャックは豆の木を切り倒すことにし、自分の世界ともうひとつの世界とのあいだの扉を、おそらくは永遠に閉じることにした。

出典 Lewis and Oliver, *The Dream Encyclopedia*, 252; Telesco, *The Kitchen Witch Companion*, 15

魔法を無力にする指輪

ring of dispelling, the

別名・類語 ランスロットの指輪

アーサー王の物語で、サー・ランスロットは湖の貴婦人から、あらゆる魔法を払う力を持つ指輪を贈られた。名前のない妖精から贈られたとする物語もある。ランスロットはこの指輪を使ってゴールの橋を渡った。

出典 Gerritsen and Van Melle, *A Dictionary of Medieval Heroes*, 163; Lacy et al., *The New Arthurian Encyclopedia*, 269

迷い草

stray sod

スコットランドの妖精伝説において、迷い草とは妖精に魔法をかけられた草の茂みのこと。そこを踏むと魔法にかかり、急に道に迷う。木や建物や地形は見覚えのないものとなり、ついさっきまで歩いていた小道や道路も消えてしまったかに見える。一部の地域の迷信として、洗礼を受けていない子どもが埋葬されると、その墓の一画に迷い草が生い茂ると信じられている。いずれにしても、魔法を解くただひとつの方法は、服を裏返しにして着ることだ。

出典 Bord, *Fairies*, 1 1-1 2; Jacobset et al., *Folk Lore*, Volume 4, 182

マルテ

Maltet

フランスもの(カロリング物語群とも呼ばれる)では、マルテ(「邪悪な」)とは、伝説に残るアラブのバリガン王の槍のこと。この槍は、棍棒のように太い柄の先端に、ラバが運べる重さの鉄が取りつけられていたと記されている。

出典 Auty, *Traditions of Heroic and Epic Poetry*, Vol- ume 1, 96; Sayers, *The Song of Roland*, 38

マルドルの涙

Mardallr Gratr/
Mardallar Gratr/ Mardaller Grate

北欧神話では、マルドルの涙(「金の涙」)とは、マルドル(女神フレイヤの別名)が泣いたときに目から落ちた金の欠片につけられた名前。

出典 Billington and Green, *The Concept of the Goddess*, 70; Grimes, *The Norse Myths*, 286

マルミアドワーズ

Marmiadoise/ Marmydoyse

フランスのアーサー王物語で、マルミアドワーズはアイルランドのリオン王の

「名剣」。リオン王の身長は約7.3メートルあったという。世界有数の名剣と言われるこの剣は、束縛、彫刻術、火、鍛冶、金属細工、石工、護符の神であるヘパイストス(ヘファイストス。ローマ神話の神ウルカヌス)によって鍛造された。ギリシア神話に登場する半神半人で伝説の英雄ヘラクレスは、イアソンがメディアを連れてきた土地で巨人を倒すときに、この剣を使った。

マルミアドワーズは、決して曲がることも錆びることもなく、剣がつけた傷が癒えることのないように作られていた。マルミアドワーズを目にしたアーサーは、「どんな都よりも」この剣を欲しがり、それを手に入れようとしてリオンと戦った。マルミアドワーズを手に入れたアーサーは、▶エクスカリバーをサー・ガウェインに与えた。

出典 Warren, *History on the Edge*, 203, 205

マンジェット
Mandjet

別名・類語 数万年の船、マンジェットバルケ

エジプト神話では、マンジェット(「力強く成長する」)は、太陽の神ラー(レー)を天空に運ぶ、朝の太陽の船だった。ホルス神、マアト神、トート神が毎日この船に同乗し、ラーが航路を定め操縦した。マンジェットは「東の船」であり、太陽の左目であると言われる。これは、ラーが乗る2隻の太陽の船の1隻で、もう1隻は▶メセケテットという。

出典 Hart, *A Dictionary of Egyptian Gods and Goddesses*, 182; Remler, *Egyptian Mythology, A to Z*, 117, 180

マントラムクタ
Mantramukta

古代ヒンドゥー教の神話に、全部まとめてマントラムクタと呼ばれる、6つの武器が存在する。マントラムクタは非常に強力な武器で、これを阻止・制圧できるものはないとされていた。マントラムクタは呪文によって放たれる。武器のそれぞれの名前は、▶ブラフマスートラ(ブラフマーのミサイル)、カラパサカ(死の投げ縄)、▶ナラヤナストラ(ナラヤナのミサイル)、パシュパタストラ(パシュパティのミサイル)、ヴァジュラストラ(雷電)、ヴィシュヌカクラ(ヴィシュヌの円盤。ヴィシュヴァカルマンがあり余る太陽の光から創造した)。

出典 Hall, *The Vishnu Purana*, Volume 3, 2　2; Oppert, On the Weapons, 30

ミーミルの泉
Mimirsbrunnr Well

別名・類語 ミーミスブルンの泉、ミーミスブナルの泉、ミーミス・ブルナル、ミーミルの泉、知恵の泉

　北欧神話では、ミーミルの泉はあらゆる知恵と機知の泉であり、ヨトゥンヘイムのオダインサケルの地にある▶ユグドラシルの根の隣、ミーミルの木立ちにある。この泉は、ユグドラシルを育む3つの泉のうちのひとつ(ほかのふたつは▶フヴェルゲルミルの泉と▶ウルザンブルン)。ミーミルの泉の水はとても澄んでいて、未来を見ることができる。この泉から湧き出る水は記憶の源流とされ、戦い、死、狂乱、絞首台、癒し、知識、詩、王族、ルーン文字、魔術、知恵の神オーディンは偉大な知恵を欲して、この泉の水を飲む代わりに自らの片目を差し出した。ミーミルの泉は神であるミーミルが守っている。

出典 Grimes, *The Norse Myths*, 2 8 7; Guerber, *Myths of the Norsemen*, 13, 30-31

ミーミルの角杯
drinking horn of Mimir

　ミーミルは、北欧神話に登場する巨人族ヨトゥンで、知識と記憶の泉である▶ミーミルの泉を守っている。泉は、世界樹▶ユグドラシル(「記憶」と「思慮」)のヨトゥンヘイムに通じる根の下にある。ミーミルは毎日泉の水を飲んでいたが、ほかの者には大きな代償を払わないかぎり飲むことを許さなかった。戦争、死、狂気、絞首台、治癒、知識、詩、高貴、ルーン文字、魔術、知恵の神であるオーディンは、洞察と知恵を得るために、片方の目を犠牲にした。

　夜明けになると、太陽の光が泉の水を黄金色の蜜酒に変える。ミーミルはそのときだけ、金の角杯を使ってほんのひと口飲む(それ以上飲むと、知識が増えすぎて身を滅ぼす)。オーディンは、蜜酒ひと口のために片目を犠牲にしたとき、契約を破って角杯の中身をほとんど飲み干した。ミーミルは、オーディンの片目を泉に投げ入れた。やがてミーミルは、その目を器にして泉の水を汲み、ユグドラシルの根に水をやるようになった。また、蜜酒を毎朝ひと口飲むための杯としても使った。

出典 Daly, *Norse Mythology A to Z*, 6 9; Grimes, *The Norse Myths*, 2 8 7; Norroena Society, *Asatru Edda*, 335, 336, 351, 354, 357, 361, 371, 374, 375, 376, 377

ミームング
Mimmung

別名・類語 ミーミング、ミムング

　ドイツの神話によれば、ミームングとは、伝説の鍛冶職人ヴェルンド(ゴファノン/ヴェーラント/ヴィーラント/ウェイランド)が鍛造し所有していた名剣。この剣は、彼の息子のヴィトゲ(ヴィトガ)に引き継がれた。ある物語では、ニドゥン王の鍛冶屋アミリアスのびくともしない兜に剣を当てると、ヴェルンドはその兜に

剣を突き刺し、そのままアミリアスの腰まで切り裂いた。どんな感じかと聞かれたアミリアスは、「全身に冷水をかけられたようだ」と答えた。アミリアスが立ち上がって体を揺すると、彼の体は真っ二つになった。

ニーベルンゲンの伝承では、ミームングはヴェレント（ヴェルンド）がニスングにいたときに鋳造した剣。ヴェレントは、騎士になるために旅立つ息子のヴィトガにその剣を譲り渡した。ある物語では、ヴィトガはティドレクに決闘を申し込み、ミームングでティドレクの兜▶ヒルデグリムを真っ二つに切り裂いたという。冒険を重ねるうちに、ヴィトガは何度かミームングを失うが、そのたびに取り戻した。しかし、物語の最後には、ヴィトガはティドレクを完全に敵に回し、ミームングを抱えて海に逃げ込む。それ以来、ヴィトガの姿とミームングを見た者はいない。

出典 Brewer, *Dictionary of Phrase and Fable* 1900, 1197; Anonymous, *Curious Stories about Fairies and Other Funny People*, 85, 92; Grimes, *The Norse Myths*, 2 8 7; McConnell et al., *The Nibelungen Tradition*, 164; Pender- grass, *Mythological Swords*, 3

御倉板挙之神
Mi-Kuratana-no-Kami

日本の神話では、天照大御神は、父である伊邪那岐命から、御倉板挙之神（稲倉の棚の神霊）という、豊穣の首飾りの珠を授けられた。

出典 Coulter and Turner, *Encyclopedia of Ancient Deities*, 5 2.; Holtom, *The Political Philosophy of Modern Shinto*, 142

湖の貴婦人の首飾り
necklace of the Lady of the Lake, the

別名・類語 ニミュエの首飾り

アーサー王伝説で、湖の貴婦人のなかで最もよく知られているニミュエが、サー・ペレアスの名声、騎士にふさわしい気高さ、高潔さを試すために老婆の姿を装った。テストに合格したサー・ペレアスを大いに気に入った彼女は、エメラルド、金、オパールでできた自分の首飾りをサー・ペレアスに贈った。その首飾りはサー・ペレアスの胸まで垂れ下がった。この強力な魔法のアイテムには、見た者誰もが、その首飾りをつけている人物を心から愛するようにさせる力があった。サー・ペレアスはその力を知らなかったが、首飾りの美しさを愛でて大切にしていた。

出典 Pyle, *The Story of King Arthur and His Knights*, 2 3 9; Smithmark Publishing, *Robin Hood/ King Arthur's Knights*, 189

ミスティルテイン
Mistilteinn

別名・類語 ミセルテイン、ミステルタン、ミステルテイン、ミスティリン、ミスティルイン、ミストゥレタイン

北欧神話では、ミスティルテイン（「ヤドリギ」）はヤドリギの小枝。女神フリッグ（「最愛の人」）は、息子のバルドルに危害を加えないという約束を世界のあらゆるものとしたのに、ヤドリギから取りつけていなかった。ヤドリギは脅威にならないと彼女が思い込んでいたせいで、ロキはその小枝を武器に仕立て上げ、ヘズがそれをバルドルに投げつけて彼を殺してしまった。

『フロームンド・グリプスソンのサガ』で

は、ミスティルテインは、伝説の英雄フ
ロームンドが、塚人またはドラウグ（「あ
とから行く者」、吸血鬼的な死霊の一種）である
プレン王から勝ち取った剣の名前。その
剣には、常に鋭い切れ味を保つという魔
法の力があった。

出典 Grimes, *The Norse Myths*, 288; Pendergrass, *Mythological Swords*, 3

緑の飾帯

green sash, the

別名・類語 ガウェインの腰帯、緑の腰帯

　アーサー王伝説で、サー・ガウェイン
（ガーウェイン）は、"緑の騎士"に自分の首
を打たせる約束をした場所、緑の礼拝堂
を探す途中で、ベルシラックの城に滞在
することになる。滞在中（クリスマスから元
日にかけての期間）、ガウェインは、毎日こ
の城で得たものを城主に差し出すという
地元の慣習に従う。そして毎日、魔術師
モルガン・ル・フェに支配されたサー・ベ
ルシラック（サー・ベルシラック・ド・オーデ
ゼール）の奥方が誘惑しようとするが、ガ
ウェインは理性を保ち続ける。ある日、
奥方はガウェインに緑の帯を差し出し、
これは魔法の帯で、着けていればどんな
打撃からも身を守ることができると告げ
る。ガウェインはこのアイテムを、勝負
で勝ち取ったものではなく贈り物として
受け取ったので、ベルシラックに渡すこ
とを怠る。（のちに明らかになるのだが）ベル
シラックこそが緑の騎士だった。

出典 Hanson, *Stories of the Days of King Arthur*, 126-28; Knight, *The Secret Tradition in Arthurian Legend*, 64; Lacy et al., *The Arthurian Handbook*, 196-97

緑の鎧

Green Armor, the

　アーサー王伝説に登場する緑の鎧は、
魔法によって着用者をあらゆる身体的な
危害から守り、攻撃の影響をまったく受
けないようにしたと言われる。緑の鎧を
所有し、着用していたのは、"緑の袖の
騎士"としても知られマルヴェラットの
サー・エンガモアで、彼はグラントメン
スネルのレディ・エタードに仕えていた。

　アーサー王伝説には、もう1式の緑の
鎧の話もある。こちらを着用していたの
は"緑の騎士"で、緑色の肌をして、緑色
の兜と盾で武装し、緑色の馬にまたがっ
ている男だった。物語のなかで、男は
アーサーの宮廷に乗り込み、これから1
年後に同じ運命をたどる勇気のある騎士
がいるなら、自分の首を切らせてやる、
と挑発する。サー・ガウェイン（ガーウェ
イン）は挑戦を受け、緑の騎士の首を切
る。騎士は自分の首を拾うと、1年後に
ガウェインが約束を果たすために行くべ
き場所を告げる。物語の残りの部分で
は、ガウェインの正直さと誠実さについ
て語られる。緑の騎士は、ここでは自然
の再生力の象徴になっている。

出典 Metzner, *Green Psychology*, n.p.; Pyle, *The Story of King Arthur and His Knights*, 229

ミニホルン

Minnihorn

　北欧の伝統では、ミニホルン（「記憶の
角杯」）は、追悼のための蜜酒だった。祖
先を敬うだけではなく、情報を思い出し
保持するために使われた。

出典 Norroena Society, *Satr Edda*, 375

ミフザム

Mehdham, al

イスラムの神話によれば、預言者ムハンマドは最期の時を迎えるまで、アル・▶アドブ、アル・バッタール（▶バッテルを参照）、ズル・ファカール（▶ズル・フィカールを参照）、アル・ハトフ（▶ハテルを参照）、アル・▶カディーブ、▶クルアイ、▶マブル、アル・ミフザム、アル・▶ラスーブの9種類の剣を所有していたという。アル・ミフザム（「鋭きもの」）は、ユダヤ人の部族バヌ・カイノカがシリアに追放される前に、彼らから奪ったものだ。この部族はかつて、やはりムハンマドに奪われた槍アル・▶ムスウィーを所有していた。

出典 Brewer and Harland, *Character Sketches of Romance, Fiction and the Drama*, Volume 4, 3 7 8; Irving, *Works of Washington Irving*, Volume 9, 1 3 2; Sale et al., *An Universal History*, Part 2, Volume 1, 184

ミュルクヴァン・ヴァフルロガ

Myrkvan Vafrloga

北欧神話において、ミュルクヴァン・ヴァフルロガ（「揺らめく炎」）とは、ヨトゥン（巨人）のギュミルの領地であるギュミルガルズを囲む、魔法の炎でできた高い壁のこと。ギュミルの愛娘ゲルズはその地で暮らしており、彼女の広間の炎の入り口には炎の猟犬2匹がつながれていた。

出典 Grimes, *The Norse Myths*, 164, 289

ミュルグレ

Margleis

別名・類語 ミュルグレス（「死の剣」）、ガヌロンの剣

ミュルグレ（「死の烙印」／「ムーア人の剣」／「優れた穴あけ器」）は、フランスの叙事詩『ローランの歌』（1040-1115年頃）に登場する、裏切り者ガヌロン伯爵の剣。この剣の黄金の柄頭には、ある種の聖遺物が仕込まれており、ザクロ石もついていたとされる。レーゲンスブルクのマデルガーによって鍛造された。

出典 Pendergrass, *Mythological Swords*, 56; Sayers, The Song of Roland, 38

ミョトヴィードル

Mjotvidr

北欧神話において、ミョトヴィードル（「分量の成長」または「計測樹」）とは、成長期のユグドラシルにつけられた名前。

出典 de Santillana and von Dechend, *Hamlet's Mill*, 158

ミョトゥードル

Mjotudr

北欧神話において、ミョトゥードル（「分量の減退」）とは、衰退期のユグドラシルにつけられた名前。

出典 de Santillana and von Dechend, *Hamlet's Mill*, 158

ミョルニル

Mjolnir

別名・類語 トールの槌、ミオルニル、ミョヒール、ミョルネ、ミョルネル、ムリクルスル、スルダメール、スルナマリン、スルサメル、ヴィジ（「神聖な」）

北欧神話において、ミョルニル（「粉砕機」／「粉砕機」／「打ち砕くもの」）は、ドワーフの兄弟ブロックとエイトリが、ロキとの賭けに勝つために作った魔法の槌。鍛造の重要な工程で、ロキが卑怯な手段で

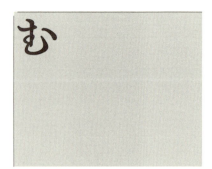

ブロックの気をそらしたせいで、でき上がった槌の柄が短くなり、せいぜい片手で振るえるほどの長さとなった。それでも、ミョルニルには魔法の力が備わっていた。ミョルニルは小さく折りたたんで、狭いところ（普段はトールの肌着の下にしまってある）に押し込めることができる。そのうえ、槌を投げると必ず標的に命中し、持ち主の手元に自ら戻ってくる。雷神トールに与えられたミョルニルは、ヨトゥン（巨人）を倒すときと、出産、葬儀、結婚式などの出来事を神聖だと宣言するときにのみ使われた。これはトールにとって2本めの槌だった。最初の槌は石製で、▶ヴィングニルのミョルニルと呼ばれた。

通常、この武器は猛烈に熱い。使用時にそこから放たれる雷と稲妻は、▶フルミネンとして知られている。短い柄を補うため、トールは▶ヤールングレイプルと呼ばれる鉄の手袋を使用した。この手袋のおかげで、ミョルニルを持ち上げて使用できた。

ラグナレクの戦いのあと、ミョルニルはトールの息子であるマグニとモージが所有することになった。

出典 Grimes, *The Norse Myths*, 2 8 8, 3 0 8; Keightley, *World Guide to Gnomes, Fairies, Elves, and Other Little People*, 68; Norroena Society, *Satr Edda*, 2 5; Orchard, *Dictionary of Norse Myth and Legend*, 255

無常の果実
ephemeral fruits

古代ギリシア神話において、巨大で奇怪なヘビの体を持つテュポン（テュポエウス／テュポーン／テュポス）は、嵐を起こす巨人であり、火山の力の象徴だった。運命、王、稲妻、空、雷の神であるゼウス（ローマ神話の神ユピテル）の敵であり、すでに1度ゼウスの脚の腱を切り取って無力にさせていた。テュポンは運命の3女神に、食べればもっと強くなれるという果実を勧められた。その言葉を疑う理由もなく、言われるがままに食べたところ、それは逆の効果を持つ無常の果実で、食べれば食べるほど、テュポンは力を失っていった。

出典 Hard, *The Routledge Handbook of Greek Mythology*, 8 5; Parada, *Genealogic Guide to Greek Mythology*, 193

ムスウィー
Monthawi, al

アル・ムスウィー（「破壊するもの」）は、預言者ムハンマドの所有する槍のひとつだったとされる。ユダヤ人部族バヌ・カイノカをシリアに追放する前に、その他の宝物とともに彼らから没収し、ムハンマドが所有することになった。アル・ム

スウィーは、ムハンマドが最期の時を迎えるまで所有していた品々のひとつとされる。

出典 Irving, *Works of Washington Irving*, Volume 9, 132; Osborne et al., *A Complete History of the Arabs*, Volume 1, 254; Sale et al., *An Universal History*, Part 2, Volume 1, 185

ムスニー

Monthari, al

アル・ムスニー(「追い散らすもの」)は、預言者ムハンマドの所有する槍のひとつだったとされる。ユダヤ人部族バヌ・カイノカをシリアに追放する前に、その他の宝物とともに彼らから没収し、ムハンマドが所有することになった。

出典 Irving, *Works of Washington Irving*, Volume 9, 132; Osborne et al., *A Complete History of the Arabs*, Volume 1, 254; Sale et al., *An Universal History*, Part 2, Volume 1, 185

ムダーラの指輪

ring of Mudarra, the

叙事詩『ララの7人の王子の歌』は、復讐に駆られた一族の確執と、スペインのララまたはサラスの7人の王子の殺害の伝説に基づいている。この詩では、領主ゴンサロ・グスティオスは指輪をふたつに割り、いつか再会したときに父親だとわかるように、幼い息子ムダーラへ渡す。成長したムダーラが父のもとを訪れ、半分に割ったそれぞれの指輪を合わせると、指輪は魔法のように元どおりになった。すると年老いたゴンサロの視力は回復し、彼はついに(文字どおり、そして比喩的にも)それが息子だとわかった。

出典 Ganelin and Mancing, *The Golden Age Comedia*, 185

ムプ・ガンドリングのケリス

keris of Mpu Gandring, the

別名・類語 ムプ・ガンドリングのクリス

インドネシアの民話では、伝説に残るケリス(またはクリス。短剣の一種)は、11世紀の高名な短剣職人ムプ・ガンドリングによって作られた。その民話によると、ケン・アロックという男が、王の一族の母になると予言されていた絶世の美女ケン・デデスと結婚するため、その夫であるトゥングル・アムルトゥンを殺そうとして、この短剣の製作を依頼したという。依頼を引き受けたムプ・ガンドリングは、1年以内に仕上げると約束したが、せっかちなケン・アロックは5カ月後に彼のもとを訪れた。ケリスはすでに形状を整えられ、並外れた武器としての力が充分にあったが、ムプ・ガンドリングは、邪悪な武器にならないようにさらなる魔法と呪文を重ねづけする時間が必要だと訴えた。ケン・アロックはケリスを奪ってムプ・ガンドリングを殺した。彼は息を引き取る前に、彼を殺した者とその7代先までの子孫をこの剣が殺すようにと呪いをかけた。ケリスはケン・アロックの子孫の命を奪うことはなかったが、剣の行方がわからなくなるまでに6人の殺害に関わった。

出典 Khan, *The Malay Ancient Kingdoms*, n.p.; Muljana, *A Story of Majapahit*, 15-17

ムワッシャフ

Mawashah, al

イスラムの神話によれば、預言者ムハンマドは最期の時を迎えるまで、2つの兜を所有していた。内側の兜には名前が

なかったが、外側の兜はアル・ムワッシャフ（「鉢巻き」、「リース」、「花輪」）と呼ばれていた。この兜は、オホドの戦いでムハンマドが被っていたものだという。

出典 Osborne et al., *A Complete History of the Arabs*, Volume 1, 2 5 4; Sale et al., *An Universal History*, Part 2, Volume 1, 185

め

メギンギョルズ
Megingjardar

別名・類語 力の腰帯、メギンギョルド、メギンギャルパー

　北欧神話に登場する雷神トールの3つの秘宝のひとつメギンギョルズ（「力のベルト」「力帯」）は、腰に巻くとトールの怪力を倍増させる。女巨人のグリーズから、▶ヤールングレイプルとともに与えられ、トールはゲイルロズの陰謀を阻止（および殺害）するために使った。

出典 Hall et al., *Saga Six Pack*, 1 0 3, 1 4 1; Hawthorne, *Vikings*, 2 0; Norroena Society, *Satr Edda*, 3 7 4; Orchard, *Dictionary of Norse Myth and Legend*, 10

メズ・スヴィガ・ラーヴィ
Med Sviga Laevi

　北欧神話において、メズ・スヴィガ・ラーヴィ（「枝を枯渇させる者」／「枝に対する脅威」）は、エルドヨトゥン（火の巨人）であるスルトが持っていた炎の剣の名前。スルトは、ヤルンヴィドの森でアングルボザから与えられた。戦い、死、熱狂、絞首台、癒し、知識、詩、王族、ルーン文字、魔術、知恵の神のオーディンは、スヴィズリルと名乗り、ヨトゥン（巨人）のミズヴィズニルに奪われた▶貴重な蜜酒を取り戻し、ミズヴィズニルの息子セッ

クミーミルの首をメズ・スヴィガ・ラーヴィで切り落とした。

ラグナレクの最終決戦では、スルトがヴィーグリーズの野で、豊穣、平和、雨、太陽の神フレイ（フレイル／ユングヴィ）を殺し、メズ・スヴィガ・ラーヴィを投げて、9つの世界は炎で焼きつくされた。

出典 Grimes, *The Norse Myths*, 5 8, 2 8 7, 3 0 0; Rydberg, *Teutonic Mythology* Volume 1, 4 4 3-4 4; Brewer and Harland, *Character Sketches of Romance, Fiction and the Drama*, Volume 4, 378; Irving, *Works of Washington Irving*, Volume 9, 132

メセケテット

Mesektet

エジプトの神話では、メセケテット（「弱くかすかになる」）は、天を横切り太陽の神ラー（レー）を冥界へと運ぶ夕方の太陽船。友好的な神々に伴われていた昼間の旅とは異なり、ラーは夜の間、敵に囲まれながらひとりで移動する。メセケテットは「西の船」で、太陽の右目と言われていた。これはラーが乗る2隻の船のうちの1隻で、もう1隻は▶マンジェットという。

出典 Remler, *Egyptian Mythology, A to Z*, 117, 180

メデイアの戦車

chariot of Medea, the

別名・類語 メデイアの竜の戦車

古代ギリシア神話によれば、メデイアはコルキスのアイエテス王の娘で、魔女キルケの姪にあたり、女神ヘカテの巫女で魔術師でもあった。メデイアは、船アルゴを率いる夫イアソンが、コリントス王クレオンの娘グラウケ王女を愛人としたため、王とグラウケを殺した。さらに怒りのあまり、イアソンとのあいだの子どもふたりも殺してしまった。復讐を果

たしたメデイアは、2匹の空飛ぶヘビが引く戦車に乗り、コリントスから逃げ去った。戦車は、祖父のヘリオス（ソル）が与えたものだった。

出典 Clauss and Johnston, *Medea*, 67, 142, 312; Morse, *The Medieval Medea*, 29

メデイアの鍋

kettle of Medea, the

別名・類語 メデイアの大釜、メデイアの妙薬

古代ギリシア神話において、メデイア（コルキス王アイエテスの娘、キルケの姪、女神ヘカテの巫女、魔術師）は魔法の鍋を持っていた。薬草の知識と扱いに精通していたメデイアは、夫のイアソンに頼まれ、彼の年老いた父親アイソンの血を抜き、それを薬草と一緒に鍋で煮てからアイソンの体に戻した。これによってアイソンは若さを取り戻した。ペリアス（アイソンの兄弟。アイソンを殺そうとした）の娘たちも、老衰した父を若返らせたいと願った。メデイアはその娘たちに、父を殺して遺体を鍋で煮るように命じた。娘たちは言うとおりにしたが、メデイアはペリアスには魔法の鍋も特別な薬草も使わなかった。夫の家族を何人も殺したペリアスへの復讐に加担したのだ。ペリアスの体は炎に焼かれ、適切に埋葬されなかった。

出典 Lempriere, *Bibliotheca Classica*, 7 3 7-3 8; Westmoreland, *Ancient Greek Beliefs*, 7 6 1-6 2; Williams, *Chambers's New Handy Volume American Encyclopedia*, Volume 7, 964-65

メドゥーサの首

head of Medusa, the

古代ギリシア神話で、ゴルゴン3姉妹のメドゥーサの切断された頭部は、強力な武器になった。セリフォス島のポリュ

デクテス王は、若き英雄ペルセウスに、メドゥーサの首を取ってくるよう要求した。メドゥーサの姿(あるいは凝視、出典により異なる)はあまりにも恐ろしく、目にした人は文字どおり石に変わってしまう。神々の寵愛を受け、冒険を助けるアイテムを授かったペルセウスは、目的を遂げた。メドゥーサの首を切ったときに吹き出した血から、翼のある馬ペガサスが生まれた。首は▶キビシス(『財布』)と呼ばれる革袋に入れられ、ペルセウスはそれを武器として使い、敵を次々と石に変えた。ポリュデクテス王とその軍勢、ティタン神族アトラス、アンドロメダが生贄にされかけた海の怪物……。ペルセウスは、冒険の日々を終えると、メドゥーサの首を工芸、軍事的勝利、戦争、知恵の女神アテナ(ローマ神話の女神ミネルヴァ)に贈った。アテナはその首を、自分の盾▶アテナのアイギスの表面にはめ込ませた。

出典 Daly and Rengel, *Greek and Roman Mythology, A to Z*, 22, 114; Roberts, *Encyclopedia of Comparative Iconography*, n.p.; Sears, *Mythology* 101, n.p.

メトシェラの剣

sword of Methuselah, the

別名・類語 神の力強い剣、主の剣

　聖書でつたえられるところによると、メトシェラの剣は多くの人々に用いられた神秘的な剣だった。この剣はエノクに受け継がれ、エノクはそれで巨人を倒した。次にエノクの息子メトシェラが譲り受けた。剣の名前は彼の名前からつけられた。ヤコブやほかの家長たちも、同じようにこの剣を所有していたと言われている。

　伝説によれば、この剣は正統な継承者

だけが振るうことができた。彼らの手形が剣の柄にぴったりと収まるのだ。すると、この剣はその人を、向かうところ敵なしの大義の擁護者とする。

　ミドラシュ・アブキルでは、イヴのもとを去ったアダムは、ピズナイという名のリリト(悪魔の一種)を恋人にした。ふたりのあいだに9万2000のジンとリリトが生まれ、その長子はアグリマスと名づけられた。アグリマスはアマリトという名のリリトと親しくなり、彼らのあいだに9万2000のジンとリリトが生まれた。彼らの長子アヴァルマスも、ゴフリトという名のリリトと親しくなり、彼らのあいだに8万8000のジンとリリトが生まれた。彼らの長子アクリマスは、ピズナイの娘アフィザナとねんごろになった。しかし、彼らが人類を誘惑していることから、さらなる世代が続く前に、メトシェラは剣に神の名を記し、90万のジンとリリトを殺した。その後、アクリマスはメトシェラに謁見を求めた。アクリマスが、生き残ったジンとリリトの真の名前と、霊魂を殺すのではなく縛りつける鉄の秘密を教えることと引き換えに、メトシェラは、アクリマスとその同族を海の最深部と荒野の最遠地に隠れることを認めることで、合意が成立した。

　キリスト教とヘブライ人の伝承によれば、▶契約の箱には十戒を記した2枚の石板以外のアイテムが収められていた。そのアイテムが箱の中にあったのか、箱のそばにあったのか、あるいは箱の近くにあったのかについて議論はあるが、そのアイテムのなかには、天から降ってきた流星(隕石)や、ユダヤ人の系図、魔法のように花を咲かせた▶アロンの杖、▶モーセの杖、▶ウリムとトンミム、▶ア

ダムの衣服などが含まれている。箱の中のアイテムであまり言及されないものとして、▶エメラルド・タブレット、自ら奏でる▶ダビデ王の竪琴、ダビデ王の横笛などがある。

出典　Boren and Boren, *Following the Ark of the Covenant*, 13-14; Dennis, *The Encyclopedia of Jewish Myth, Magic and Mysticism*, n.p..

メルヴェイユーズ
Merveilleuse

メルヴェイユーズとは、シャルルマーニュ（カール大帝）の物語のなかで、英雄ドーン・ド・マイヤンスが使っていた剣。ガランの鍛冶場で弟子のひとりが作ったものだが、魔法の力を持つ剣だった。ガランの母である妖精は、その剣に祈りを捧げ、魔法をかけ、十字の印をつけた。それから剣を三脚の上に置き、一晩休ませた。翌朝見てみると、剣は三脚を切り裂いていた。魔法によって鋭くなった剣先に感動した彼女は、その剣をメルヴェイユーズと名づけ、神自身が介入しないかぎり、剣で切ることができない物質はこの世に存在しないと宣言した。

出典　Brewer, *Dictionary of Phrase and Fable* 1900, 1197; Depping, *Wayland Smith*, lxv; Urdang and Ruffner, *Allusions*, 344

モーガン・ムウィンファウルの戦車
chariot of Morgan Mwynfawr, the

別名・類語　モーガン・ムウィンファウルの車、アリアンロッドの戦車、富豪王モーガンの戦車、カル・モーガン・ムウィンヴァウル（「モーガン・ムウィンファウルの戦車」）

イギリスとウェールズの民間伝承に、▶ブリテン島の13の秘宝（ウェールズ語ではトリ・スルス・アル・ゼグ・イニス・プリダイン）と呼ばれる一連のアイテムがある（数は常に13）。現代に挙げられているアイテムとは異なるが、15世紀における当初の13品は次のとおり。▶巨人ディウルナッハの大釜、モーガン・ムウィンファウルの戦車、▶グウェンドライのチェス盤、▶パダルン・バイスルッズの外套、▶聖職者リゲニズの壺と皿、▶クリドゥノ・アイディンの端綱、▶グウィズノ・ガランヒルの籠、▶ブラン・ガレッドの角杯、▶ライヴロデズのナイフ、▶コーンウォールのアーサー王のマント、リデルフ・ハイルの剣（▶ディルンウィン）、▶ティドワル・ティドグリドの砥石。

たいてい4番めのアイテムとして挙げられる、アスリスの息子でモーガンヌグ

の王モーガン・ムウィンファウル（富豪王）の戦車は、望むままどんな目的地へもすばやく移動できると言われた。

出典 Dom, *King Arthur and the Gods of the Round Table*, 1 0 6; Pendergrass, *Mythological Swords*, 2 5; Stirling, *King Arthur Conspiracy*, n.p.

モーグレイ

Morglay

6世紀のイングランドの伝承によると、モーグレイ（『大剣』）は、巨人アスクパートが振るった剣。

出典 Brewer, *Dictionary of Phrase and Fable* 1900, 1197; Evangelista, *The Encyclopedia of the Sword*, 577

モーセの杖

rod of Moses, the

別名・類語 シャミル、岩を割る石

ヘブライ神話で、モーセの杖は、▶エメラルド・タブレットと▶アロンの杖と一緒に▶契約の箱の中に入れられたもののひとつとされている。長さは1キュビト（50センチ弱）で、金属製とされる。この杖は、モーセが民を率いて砂漠を旅するあいだに、大祭司の胸当てにはめ込まれた石を彫るために使われた。杖は、どんな硬い物質でも難なく、熱も出さずに切断でき、少しも音を立てなかった。杖から放たれるエネルギーは「光の虫」と文献に記されている。使用しないときは、杖は毛織物の布で包まれ、鉛で内張りされた木箱に入れられた。

イスラムの言い伝えによると、何かを建築するときに、モーセの杖は大きな石を空中に浮かせて目的の場所まで動かし、設置させることができたという。エジプトに災いをもたらしたときも、紅海を割ったときも、砂漠で岩を打って新鮮

な水を湧き出たせたときも、モーセは杖を手にしていた。また、アマレク人との戦いで勝利を確かなものにするために、モーセは杖を頭上に掲げた。聖書（民数記の17章6-10節）によれば、モーセの杖はアロンの杖に力を与えた。

出典 Boren and Boren, *Following the Ark of the Covenant*, 1 1, 1 2, 1 3; McClintock and Strong, *Cyclopaedia of Biblical, Theological, and Eclesiastical Literature*, Volume 9, 615

モーセの杖

staff of Moses, the

別名・類語 マテイ・ハニエロヒム（『神の杖』）、神の杖

聖書でモーセの杖が最初に言及されるのは「出エジプト記」である。神がモーセに対し、イスラエルの民を率いてエジプトを脱出するよう彼を説得するために、杖を一瞬ヘビに変えた。モーセがエジプトに第7と第8の災い（それぞれ雹とイナゴ）をもたらしたときも、この杖があった。モーセは、紅海を割ったときにも、砂漠の岩を打って水を湧き出たせたときにも、アマレク人と戦うときにもこの杖を握っていた。この杖は神の力と臨在の象徴であり、モーセの権威と統率力の象徴でもあった。

モーセの杖がどのようなものだったのかについては、学者の間でも議論が分かれる。一説では、それは奇跡的なアイテムだったとされ（おそらく安息日の前夜に神によって創造されたもの）、またある説では、もともと超自然的な性質が備わっていたアイテムだったとされる。さらにまた別の説では、奇跡が行われている間に単にその場にあっただけにすぎないとされる。また、▶モーセの杖(rod)とモーセの杖(staff)が同じものかどうかに関する

考察もされている。

　モーセの杖が安息日の前夜に神が創造した杖である場合、それはアーモンドの木かサファイアでできており、どちらであれ、ヘブライ語で神の名を表す4文字のテトラグラマトンが刻まれて、光を放っている。ひとたび地面に突き刺したら、正統な所有者だけがそれを抜くことができるという。この言い伝えによれば、神は杖を創造してアダムに与えた。アダムはエノクに与え、エノクは息子のメトシェラに与え、メトシェラは孫のノアに譲り渡した。ノアは息子のセムに与え、その後、子孫のアブラハムに伝えられ、アブラハムは息子イサクに与え、イサクは息子ヤコブに譲り渡し、ヤコブは息子ヨセフに与えたという。ヨセフが死ぬと、その杖とほかの所有物はすべてファラオの金庫に保管された。ファラオに仕えていたエテロは、その杖を自分のものにしたいと思い金庫から盗み出した。ある日、彼は杖を庭に突き刺したが、引き抜くことはできなかった。やがて、彼の娘婿のモーセが来て地面から杖を引き抜いた。

出典 Dennis, *The Encyclopedia of Jewish Myth, Magic and Mysticism*, n.p.; Lim, *The Sin of Moses and the Staff of God*, 139, 152, 162

モーモスの格子窓
lattice of Momus, the

別名・類語 モーモスの窓

　モーモスとは、ギリシア神話に登場する下級神で、嘲笑と風刺を擬人化した存在。モーモスは、束縛、彫刻術、火、鍛冶、金属細工、石工、護符の神であるヘパイストス（ヘファイストス。ローマ神話の神ウルカヌス）に対して、人間の胸に格子を

作って、人の秘密を見たり思考を知ったりできるようにしなかったのは残念だ、と嘆いたという。

出典 Brewer, *Dictionary of Phrase and Fable* 1900, 851

モーリュ
moly

別名・類語 美徳の薬草、モル

　モーリュ（徳の薬草）とは、ホメロスの古代ギリシア叙事詩『オデュッセイア』で、畜産、商業、雄弁、豊穣、言語、略奪、幸運、睡眠、盗賊、交易、旅行、富の神ヘルメス（ローマ神話のメルクリウス）が、オデュッセウスに与えたもの。神から与えられたこの薬草を飲んで、オデュッセウスは魔女キルケの魔力を防いだ。モーリュの根は黒く、花は乳白色で、人間ではこの薬草を掘り起こすことはできない。

出典 Anderson, *Finding Joy in Joyce*, 471; Naddaf, *The Greek Concept of Nature*, 13, 14

モックルカールヴィ
Mokkerkalfe

別名・類語 モックル・カールヴィ、モックルカルヴ、モックルカルヴィ

　モックルカールヴィ（「雲の子牛」／「霧を歩くもの」）は、北欧神話に登場する粘土で作られたヨトゥン（巨人）で、雷神トールとフルングニルの戦いで、フルングニルを助けるために作られた。この粘土の巨人は、身長が9ラスタ（約101キロメートル）、身幅は3ラスタ（約34キロメートル）あった。巨人の体には雌馬の心臓が使われていたが、フルングニルとともに戦いの場へ行ったモックルカールヴィは、戦う前から緊張で汗をかき、トールの姿を見る

と、恐怖のあまり失禁したという。モックルカールヴィはトールの従者スィアールヴィに破壊され、粉々に砕け散った。

出典 Anderson, *Norse Mythology*, 5 5, 3 0 9; Anderson, *The Younger Edda*, 171; Norroena Society, *Asatru Edda*, 375; Oehlenschlager, *Gods of the North*, lv

モヒニ
Mohini

ヒンドゥーの神話では、▶アストラとは、神々によって創造された、あるいはその武器を司ることになる者へ贈られた、超自然の力を有する武器である。アストラの使い手はアストラダリと呼ばれる。

モヒニとは、維持神ヴィシュヌの化身であるモヒニのアストラ。これには、その近辺で使われたあらゆる種類の魔法や妖術を追い払う力があるとされる。

出典 Edizioni, *Vimanas and the Wars of the Gods*, n.p.

もみ殻を吹き分ける櫂
winnowing oar, the

ホメロスによる古代ギリシア叙事詩『オデュッセイア』に登場する、もみ殻を吹き分ける櫂は、実は普通の櫂にすぎない。オデュッセウスがイタケーに帰還したとき、船から櫂を持ち出して旅をし、海を見たことのない人から、それはいったいどんな箕(麦ともみ殻を分ける道具)なのかと尋ねられるまで旅を続けるように勧められた。その場所で、オデュッセウスは櫂を地面に突き立て、地震、馬、海の神ポセイドン(ローマ神話の神ネプトゥヌス)にイノシシ、雄牛、雄羊を捧げることになっていた。続いて、オデュッセウスは、オリュンポスのすべての神々に牛100頭

の生贄を捧げる。そうすることで、オデュッセウスには、彼の愛する人たちは幸せに暗し、彼らに囲まれて、長寿に恵まれた穏やかな老後が約束されるということだった。

出典 Schein, *Reading the Odyssey*, 1 1 3; Westmore- land, *Ancient Greek Beliefs*, 492

モラルタ
Moralltach

別名・類語 ノラルタ

ケルト神話で、ディアルミド・ウア・ドゥヴネ(ディルムッド・オディナ)は、父であるブルグのオイングスから、▶ベガルタ(「小さな激情」)とモラルタ(「大いなる激情」)という2本の剣を与えられた。ディアルミドはそれぞれの剣を異なる目的で携帯していた。▶ベガルタはさほど危険ではないと思った小さな冒険に、モラルタは生死に関わるような事態に際して携帯した。

出典 Joyce, *Old Celtic Romances*, 302; MacCulloch et al., *Celtic Mythology*, Volume 3, 66

ヤールングレイプル
Jarngreipr

別名・類語 ヤーン・グレイプル、ヤーングレイプル、ヤールングロヴル、(「鉄の長手袋」)、ヤールン・グレイプル

　北欧神話において、ヤールングレイプル(「つかむために使う鉄製のもの」)とは、雷神トールが所有する鉄の手袋のこと。この鉄の手袋は、力帯である▶メギンギョルズと一緒に、女巨人のグリーズから贈られた。この手袋のおかげでトールは命拾いし、ゲイルロズの陰謀は阻止された(そのときゲイルロズはトールに殺された)。

　トールが自身の槌▶ミョルニルを敵に向かって投げつけ、手元へ戻ってくる槌を受け止められたのは、この手袋があったからだ。▶ミョルニルの柄は短いので、ヤールングレイプルがその扱いづらさを補ってくれた。トールにとって大切な所有品はほかに、▶グリダヴォルと▶メギンギョルズがある。

　ゲイルロズがトールに向かって熱く光る鉄を投げつけたとき、ヤールングレイプルをはめていたおかげで、トールは手を傷つけることなく鉄を受け止められた。ゲイルロズは鉄柱の陰に隠れていたが、トールは熱い鉄を投げ返してゲイルロズを打ち殺した。

出典 Grimes, *The Norse Myths*, 2７2, 2８4; Norroena Society, *Asatru Edda*, 3５3; Norroena Society, *Satr Edda*, 25; Orchard, *Dictionary of Norse Myth and Legend*, 10; Simek, *Dictionary of Northern Mythology*, 178

ヤグルシ
Yagrush

　フェニキア神話において、▶アイムール(「運転する者」)とヤグルシ(「追跡する者」)は、工芸神コシャル・ハシスによって作られ名づけられた棍棒。この2本の武器は、海神ヤムを倒そうとする嵐神バアル(「雲の乗り手」)に渡された。

出典 Gowan, *Theology in Exodus*, 1３5; Pritchard and Fleming, *The Ancient Near East*, 109, 112

ヤコブの梯子
Jacob's ladder

　旧約聖書の創世記に記されているように、地上から、天使たちが両側に立つ天国の門へと延びる梯子のこと。聖書に登場する族長ヤコブは、神から示された幻でこの梯子を見たと述べた。

出典 Ryken et al., *Dictionary of Biblical Imagery*, 433

八尺瓊勾玉
Yasakani no Magatama

　日本神話において、八尺瓊勾玉は、太陽神の天照大御神を天岩戸から誘い出すために、▶鏡の横の木の枝に掛けられた、美しい石の首飾りである。

出典 Bocking, *A Popular Dictionary of Shinto*, 1１5; Coulter and Turner, *Encyclopedia of Ancient Deities*, 445

ヤフェトの石

stone of Japheth, the

別名・類語 ギデタシュ、ヤダ・タス（「雨の石」）、ヤペテの石、センヤド、ヤダタシュ（「雨の石」）

聖書で伝えられるところによると、かつてノアが天使ガブリエルから与えられた石には、意のままに雨を降らせる力があったという。ほかの言い伝えでは、天使ガブリエルがノアに雨を降らせる神の言葉を告げ、ノアはそれを石に刻んでお守りとして首にかけたとされる。どちらの言い伝えでも、ノアはその石を3人の息子のひとりヤフェト（イフェト／ヤペテ）に贈っている。

現代ではこの物語について、適切な呪文を唱えて石を空に掲げると、嵐雲が集まってきてやがて雨が降る、と解釈されている。

出典 Brewer, *Dictionary of Phrase and Fable* 1900, 455; *Journal of Indian History*, Volumes 13-14, 246; Molnar, *Weather-Magic in Inner Asia*, 12, 13, 55

ヤマのパシャ

pasha of Yama, the

別名・類語 ヤマの輪縄、ヤマのパーシャ

ヒンドゥー神話における死の神であるヤマは、生きるものから命を奪い去る力を持つパシャ（輪縄）を携えていた。トリムールティ（ブラフマー、シヴァ、ヴィシュヌの3神を一体化した名称）以外は、この強力な武器から逃れることはできなかった。

出典 Moor, *The Hindu Pantheon*, 2 7 4; Nahm, *Dealing with Death*, 69, 199

闇の盾

shield of darkness, the

北欧神話では、闇の盾は、▶透明にな

る下着や▶ヘズの剣とともに、バルドルの領地に隠れていたトロールのミムリングが作った。のちに、どれもヘズに渡された。

出典 Green, *Myths of the Norsemen*, n.p.; Grimes, *The Norse Myths*, 287

闇のマント

cloak of darkness

アイルランドの民話には、闇のマントと呼ばれるアイテムが登場する。闇のマントは、▶姿隠しのマントと同じく、人間の男女、自然界の生物すべてからマントの着用者の姿を見えなくするだけでなく、頭に浮かべたどんな場所にでも「風が運ぶよりも速く」移動できるようにする。

ある物語では、闇のマントは、想像のなかの人物を呼び出す力を持っている。『オヘア王の3人の娘』では、一番上の王女が結婚を望んで父親の魔法のマントを借り、それを着て、この世で最も眉目秀麗な男性を夫にしたいと願った。一瞬ののちに、4頭立ての黄金の馬車が家の前に停まり、見たこともないほど魅力的な男性が降りてきた。

出典 Curtin, *Myths and Folklore of Ireland*, 5 0; Haase, *The Greenwood Encyclopedia of Folktales and Fairy Tales*, 217

ゆ

憂愁のリンゴ
Apple of Ennui

中世後期英語で書かれたデーン人オジエの騎士物語では、アーサー王の騎士オジエが、妖精の女王モルガン・ル・フェの求めに応じて、永遠に平和な島アヴァロンに住むようになり、そこで▶忘却の王冠と▶妖精の女王の指輪を与えられて身に着ける。島には魔法のリンゴの木があり、その果実の力はあまりにも強いので、食べた者は、忘却の王冠によって抑えられていたはずの、この世の人間たちが味わった痛みと悲しみをいくらか感じるようになる。木からリンゴをもいで食べるたびに、身に着けている魔法のアイテムの効き目が少しずつ消えていく。その影響力は、アヴァロンの吟遊詩人たちの心に深い痛手を与えた。

出典 Courthope, *The Marvellous History of King Arthur in Avalon*, 17, 31, 35, 48, 78

ユーセトル
Ysetr

別名・類語 ゲイルヴァディルス・セトル、ゲイルヴァンディルス・セトル

北欧神話では、ユーセトル(「弓の小屋」または「弓の」)は、アースガルズ(「アース神族の地」)の神々であるアース神族が、ヨトゥン(巨人)に対抗するための前哨地としていた館▶ユーダリルの砦。当初はイーヴァルディとその息子たちに任されていたが、その後、冬の神で弓の名手ウル(「華麗な」)が境界地方の防御を任されるようになった。

出典 Anderson, *Norroena, Volume 5*, 867; *Norroena Society, Asatru Edda*, 401

ユーダリル
Ydalir

別名・類語 ユーダール、ユーダレル、ユーダウ

北欧神話において、ユーダリル(「イチイの弓」または「イチイの谷」)は、冬の神ウル(「華麗な」)が所有する館。この館はイチイの森の中にあり、小さいながらも、訪れた者はとても快適に過ごすことができたと言われている。

出典 Daly, *Norse Mythology A to Z*, 109; Grimes, *The Norse Myths*, 18-19, 309

ユグドラシル
Yggdrasil

別名・類語 存在の灰の木、灰のユグドラシル、宇宙の背骨、ミーマムド、ミーマメイド、ミーマメイデル(「ミーミルの木」)、ミーマメイドル、ミードの木、存在の木、時の木、イグドラシル、ユッグドラシル、ユッグドラジル

北欧神話の9つの世界の中心に立つ、ユグドラシル(「ユグを運ぶもの」)と呼ばれるトネリコの木は、その根が過去、現在、未来に広がっており、さまざまな次元を結びつけている。この木は次のように誕生した。巨人のベストラとボルが岩の下にこの木の種を植えてすぐに、ユミル(「うめく者・荒れ狂う者」、アウルゲルミル)の

血の津波に襲われ、ふたりは溺れ死んだ。ユミルの血を養分として、トネリコの木は急速に成長したという。この強大な木がついに倒れるとき、宇宙は滅亡するとされている。

ユグドラシルは、▶フヴェルゲルミルの泉、▶ミーミルの泉、そして▶ウルザンブルンという3つの泉から水分を吸収している。オーディンが死者の知識と知恵を得る必要があったとき、自分の槍で自らを貫き、ユグドラシルの枝に9日間吊り下げられていた。

ユグドラシルのてっぺんの枝には、エドガーという錆びた黄色い羽のワシが住んでいる。タカのヴェズルフェルニルは、エドガーの視界を遮るように巣を作った。ヘビ(またはドラゴン)のニーズヘグは、ニヴルヘイムの領域で木の根に絡みついている。ここで、ニーズヘグとその息子らなど(ゴーイン、グラーバク、グラフヴェルズ、モーイン、オヅニル、スヴァーヴニル)が、強大なトネリコの根をかじり、そこに堆積した死者たちを食べる。赤リスのラタトスクは木の幹を上り下りし、エドガーとニドホグルにせっせと噂を伝え、トラブルが起こって彼らが木を攻撃するよう煽る。ユグドラシルの下には、ダイン、ドゥネイル、ドゥラスロール、ドヴァリンの4頭の雄牛が草を食んでいる。ユグドラシルの枝から彼らの角の中に滴り落ちる蜜は、この木にいるミツバチを養う。

アース神族たちは、毎日▶ビフレストを渡ってユグドラシルの下に集まり会議を開く。

出典 Anderson, *Northse Mythology*, 74, 120, 190, 206, 370, 453; Evans, *Dictionary of Mythology*, 275; Grimes, *The Norse Myths*, 7, 15, 242, 261, 263, 281, 287, 291-92, 298

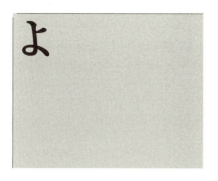

物が幻でないとすれば、葉っぱやら小石やら、栄養価のない何かに魔法をかけたものかもしれない。妖精は人間の食物の栄養や滋養を盗み取ることもできるので、それを食べた人は空腹で満たされないままになる。

出典 Keightley, *World Guide to Gnomes, Fairies, Elves, and Other Little People*, 354; Moorey, *The Fairy Bible*, 54

妖精の女王の指輪
ring of the Fairy Queen, the

中期英語の物語『デーン人オジエ』で、オジエは妖精の女王モルガン・ル・フェのもとへ旅することになる。女王は、素晴らしい常春の庭園で彼を迎え入れ、彼女と一緒に永遠に暮らすようにと言う。彼女はオジエの指に魔法の指輪をはめる。その指輪は歳月を溶かし、オジエを若盛りへと戻す。彼女はオジエの頭に▶忘却の王冠をかぶせ、彼は愛と喜びの妖精の夢のなかで生きる。

出典 Cox, *Popular Romances of the Middle Ages*, 362

妖精の食べ物
fairy food

伝統的な妖精伝説では、妖精の食べ物は、小麦パンに蜂蜜とワインを混ぜたような味がすると描写されている。また、妖精界にいるあいだにひと口でも妖精の食べ物を食べれば、永遠にその世界にとらわれたままになるという警告がある。わずかながら実際に体が変化し、妖精界の一部になってしまうからだ。言うまでもなく、妖精の食べ物はおいしそうな香りがし、目にも魅力的に映るが、たいていその外観は見せかけにすぎない。食べ

妖精のパン
fairy loaf

別名・類語 偽善者のパン

伝説によれば、妖精が慈悲の心から人間に与えるパンのこと。パンの出どころを明かさない、子どもたちには必ずひと切れ食べさせるなどの条件を守りさえすれば、パンは常に新鮮なままで、大きさも変わらない。

化石化したウニは妖精のパンと呼ばれ、イングランドのノーフォークには、「妖精のパンを持っていれば、パンが欲

しくなることはない」ということわざがある。興味深いことに、「urchin（ウニ）」という言葉は、「fairy（妖精）」の婉曲表現でもある。

出典 McNamara, *StarCrossed Stone*, 1 1 9, 1 2 8; Spence, *Legends and Romances of Brittany*, 5 3; Wright, *Rustic Speech and FolkLore*, 208

四弦の琵琶

four-string guitar of Mo-li, the

中国の仏教神話では、四天王（四大金剛/魔家四将）と呼ばれる仏法の守護神がいて、その彫像は仏教寺院の門の左右に対になって立ち、四方を守っている。これを下敷きにした『封神演義』では、のちに多聞天となる魔礼海は、四弦の魔法の琵琶を持つ。この楽器をかき鳴らすと、敵陣の兵士たちは音楽に聴き惚れてしまい、自らの陣営に火が放たれ、あたり一面が燃え上がっていることに気づかない。

出展 Buckhardt, *Chinese Creeds and Customs*, 163; Werner, *Myths and Legends of China*, 122

ラーグルフ

Lagulf

ドイツの英雄ティドレクの物語『ティドレクのサガ』（1205年頃）において、ラーグルフは、ティドレクの老いた下士官ヒルデブランドの剣である。ヒルデブランドはこの剣でゲルノスを殺した。

出典 Anderson, *The Saga of the Volsungs*, 2 2 3; Hatto, *The Nibelungenlied*, 338

ラーの太陽船

solar barge of Ra, the

別名・類語 アテット、古今の帆船、百万年の船、無数の雄牛、マドジェット（「強くなる」）、▶マンジェット、マテット、▶メセケテット、セケテット船、セメケテット（「弱くなる」）、太陽の帆船、太陽の艀、太陽の舟

エジプトの神話では、太陽神ラー（レー）は毎日、太陽船に乗って天空の12の地域を横断していた。死、つまり日没時に危険な冥界ドゥアトへ降りて、毎晩12の地域を旅し、彼が再び東の空に姿を現して朝を迎える。日中はアテットまたはマテットと呼ばれ、夜はセケテットと呼ばれた。

出典 Britannica Educational Publishing, *Egyptian Gods & Goddesses*, n.p.; Hart, *The Routledge*

Dictionary of Egyptian Gods and Goddesses, n.p.

ライヴロデズのナイフ
knife of Llawfrodedd Farchof, the

イギリスやウェールズの民間伝承には、▶ブリテン島の13の秘宝(ウェールズ語でトリ・スルス・アル・ゼグ・イニス・プリダイン)と呼ばれるアイテムがある(数は常に13)。現代で挙げられているアイテムとは異なるが、15世紀における当初の13アイテムは次のとおり。▶巨人ディウルナッハの大釜、▶モーガン・ムウィンファウルの戦車、▶グウェンドライのチェス盤、▶パダルン・バイスルッズの外套、▶聖職者リゲニズの壺と皿、▶クリドゥノ・アイディンの端綱、▶グウィズノ・ガランヒルの籠、▶ブラン・ガレッドの角杯、ライヴロデズのナイフ、▶コーンウォールのアーサー王のマント、リデルフ・ハイル(▶ディルンウィン)の剣、▶ティドワル・ティドグリドの砥石。

ライヴロデズ(「憂鬱」または「悲哀」)については、アーサー王物語の『キルッフとオルウェン』と『フロナブイの夢』で少しだけ言及されており、アーサーの従者のなかで助言者として登場する。ライヴロデズのナイフ(ウェールズ語ではカセス・サウヴロデズ・ヴァルクホグ)は武器というよりむしろ給仕用の道具で、一度に24人分の料理を出すことができる魔法の力を備えていた。

出典 Dom, *King Arthur and the Gods of the Round Table*, 1 1 1, 2 5 5; Patton, *The Poet's Ogam*, 5 1 0; Pendergrass, *Mythological Swords*, 24, 26

ラウズスキナ
Raudskinna

別名・類語 力の書、赤い皮

スカンジナビアの民間伝承では、ラウズスキナ(赤い皮)とは、16世紀にホラールの司教ゴットスカルク・グリミ・ニクラッソン(残酷なゴットスカルク)によって書かれたと言われる黒魔術の本。彼はこの本と一緒に埋葬されたと伝えられている。この本には黒魔術の呪文がすべて記されており、文字は金色のインクで手書きされ、赤い革で装丁されていたという。その話によれば、ラウズスキナを読んで内容を習得した人は、サタンを召喚して操るまでになるという。また、この本には魔法符(当時のアイスランド魔術に特有の符号)についての記述もあった。

出典 Curran, *A Haunted Mind*, n.p.; Hayes, *Folklore and Book Culture*, 5 1, 5 2; Ross, *You Can't Read This*, n.p.

ラウフィ
Laufi

アイスランドの民間伝承、およびビアルカリムル(15世紀)に、フロールフ・クラキ王に仕えるビャルキという英雄の物語がある。このビャルキという戦士は白クマに変身でき、白クマの姿でいるときは刃物が突き刺さらないという。獰猛な戦士アグナルが挑みかかってきたとき、ビャルキは何度も剣で頭部を切りつけられたが、怪我を負わなかった。その後、ビャルキはすぐに人間の姿に戻り、ラウフィという剣でアグナルの体を貫いた。アグナルは笑いながら息絶えた。フロールフ王は褒美として彼に12の領地を与え、自分の娘を娶らせた。

出典 Byock, *Saga of King Hrolf Kraki*, n.p.; Olrik, *The Heroic Legends of Denmark*, Volume 4, 76

ラウリンの帯

girdle of Laurin

ドイツの民間伝承で、小人の王ラウリンは、たくさんの魔法のアイテムを持っていた。そのひとつが、12人分の力を与えてくれる魔法の帯だった。

（出典）Jiriczek, *Northern Hero Legends*, 8 3; Keightley, *World Guide to Gnomes, Fairies, Elves, and Other Little People*, 207

ラウリンの指輪

ring of Laurin, the

ドイツの民間伝承で、小人王ラウリンは多くの魔法のアイテムを所有していた。そのひとつが魔法の指輪で、幻影を見破り、透明になった人や物体を見抜くことができた。

（出典）Jiriczek, *Northern Hero Legends*, 8 3; Keightley, *World Guide to Gnomes, Fairies, Elves, and Other Little People*, 207

ラ・オク・リト

La Ok Litr

北欧神話で、ラ・オク・リト（『血から生じる生命の温かさ』）はヴェーがアスクとエンブラに贈ったもの。

（出典）Grimes, *The Norse Myths*, 284

ラスーブ

Rosub, al

イスラム神話によると、預言者ムハンマドは最期の時を迎えるまで、アル・▶アドブ、アル・バッタール（▶バッテル参照）、ズル・ファカール（▶ズル・フィルカール参照）、アル・ハトフ（▶ハテル参照）、アル・▶カディーブ、▶クルアイ、▶マブル、アル・▶ミフザム、アル・ラスーブの9種類の剣を所有していたという。アル・ラ

スーブ（『貫く者』）については、その名前以外何もわかっていない。

（出典）Sale et al., *An Universal History*, Part 2, Volume 1, 184

ラズィン

Razin, al

イスラムの伝承によれば、預言者ムハンマドは最期の時を迎えるまで、少なくとも3つの盾を所有していた。その名は、アル・▶フタク、アル・ラズィン、アル・▶ザッルーク。アル・ラズィン（『堅固な者』または『強い者』）については、その名前以外には何もわかっていない。

（出典）Osborne et al., *A Complete History of the Arabs*, Volume 1, 2 5 4; Sale et al., *An Universal History*, Part 2, Volume 1, 185

ラタチャル

Rathachal

（別名・類語）ブラフマーのチャリオット

ヒンドゥー教の神話で、トリプラースラと呼ばれた魔神族の3兄弟は、多くのシッディ（霊的な力）を集めることで途方もない力を得た。彼らが戦いで負けることはなかった。トリプラースラは、それぞれ金、鉄、銀でできた3つの都市を築いた。この3都市はまとめてトリプラと呼ばれるようになった。彼ら3人でそれぞれひとつの都市を支配した。トリプラースラが神々に戦いを挑み、天界、稲妻、雨、川の流れ、嵐、ヴァジュラ（『雷』）の神インドラを破ったとき、ほかの神々はブラフマーに助けを求めた。維持神ヴィシュヌの指導の下で、神々はラタチャル（『戦車の山』）という不思議な戦車を作った。その枠組みは大地から作られ、車輪は月と太陽から作られた。ブラフ

マーは戦車の御者で、インドラ、クベーラ、ヴァルナ、ヤマの4人の神々を馬に変えて、戦車を走らせた。トリプラースラに対する勝利を確実にするため、ヴィシュヌは自ら矢に姿を変え、矢はシヴァ神（▶アジャガヴではない）の弓から放たれることになった。その他の神々が献身的な祈りを捧げるなか、矢は放たれた。トリプラースラは敗れ、都市も兄弟たちも滅んだ。

出典 Haas, *Rudraksha*, 2　6-2　7; Javeed, *World Heritage Monuments and Related Edifices in India*, Volume 1, 151; Kosambi, Intersections, 27, 41

ラテ

Rate

別名・類語 ラティ

北欧神話に登場するラテ（「旅人」）は、戦い、死、狂乱、絞首台、癒し、知識、詩、王族、ルーン文字、魔法、知恵の神オーディンの持っていた魔法の錐。▶**貴重な蜜酒**を盗むために、オーディンはこのアイテムを使って穴を開け、スットゥングの宝物庫▶フニットビョルグに入ろうとした。

出典 Anderson, *Norse Mythology*, 2　4　9; Grimes, *The Norse Myths*, 294

ラティル石

Latyr stone, the

別名・類語 アラティル、白きラティル石

ロシアの民話や歌に登場し、伝説として伝わる神秘的なラティル石には、あらゆる種類の病気や不思議な力が凝縮されている。病気や不純物が魔法で集められて、この石の中へ入れられる。ヘビに噛まれた者がこの石のところへ行けば、蛇の毒は魔法のように体から抜け出し、石

の中へ吸い込まれるという。

出典 Bailey, *An Anthology of Russian Folk Epics*, 37, 398; Frog and Stepanova, *Mythic Discourses*, 461, 462

ラトナ・マル

Ratna Maru

ヒンドゥー教の神話において、ラトナ・マルは比類なき神剣。マハーデーヴァによって創造され、維持神ヴィシュヌの第10の化身であるカルキに与えられた。

出典 Chaturvedi, *Kalki Purana*, 18

ラフィング

Lafing

古英語で書かれた叙事詩『ベーオウルフ』に登場するラフィング（「戦いの切り裂き魔」）という剣は、ヘンゲストが新たにフンに忠誠を誓い、フィンへの誓いを破ったことの象徴として、半デーン人の反乱軍族長フン（フンラフ）がヘンゲストへ贈った武器。しかし、これに関して、ヘンゲストはフィンの従者フンによってラフィングという剣で殺された、という別の解釈もある。

出典 Child, *Beowulf and the Finnesburh Fragment*, 3　1, 9　1; Olrik, *The Heroic Legends of Denmark*, Volume 4, 524; Sedgefield, *Beowulf*, 122

ラムサファド

Lamthapad

アイルランドの叙事詩『クアルンゲの牛捕り』（『クーリーの牛争い』／『トーイン』）で、ラムサファド（「素早く手に」）はコナル・ケルナハの剣、あるいは盾か槍のこともある。この剣は、アルスターの英雄クー・フリン（クー・フラン／クー・フーリン／クー

フーリン)の3軒の家のうちのひとつのテテ・ブレックに保管されていた多くの杯、角杯、ゴブレット、投げ槍、盾、剣のひとつとして挙げられる。

出典 Kinsella and Le Brocquy, *The Tain*, 5; Mountain, *The Celtic Encyclopedia*, Volume 2, 465

ランダル
Randarr

別名・類語 フルングニルの盾、ランダル・イス

　北欧神話で、フルングニル(「うるさい」)は岩のヨトゥン(巨人)のなかで最も大きいだけではなく、フリームスルス(霜の巨人)の長でもあった。彼はランダルと呼ばれる石の盾を持っていた。縁が鋭い三角形の盾だった。

出典 Daly, *Norse Mythology A to Z*, 5 2; Grimes, *The Norse Myths*, 2 8 0, 2 9 4; Selbie and Gray, *Encyclopadia of Religion and Ethics*, Volume 12, 253; Vigfusson and Powell, *Court Poetry*, Volume 2, 425

ランドヴィディ
Landvidi/ Landithi/ Landvide

　北欧神話において、ランドヴィディ(「広い土地」/「白い土地」)は、人里離れた森の中にある沈黙神ヴィーザルの館の名前。ヴィーザルは母グリーズと一緒にそこで暮らしていた。ランドヴィディはこの地域の呼称でもあり、ここには背の高い草や緑の木が生い茂る野原が数多くあった。

出典 Grimes, *The Norse Myths*, 284; Kaldera, *The Pathwalker's Guide to the Nine Worlds*, n.p.

リア・ファール
Lia Fail

別名・類語 戴冠の石、タラの戴冠の石、運命の石、ファルの石

　アイルランドの言い伝えによれば、神の一族トゥアタ・デー・ダナンがアイルランドに来たとき、4つの魔法の宝物を持ち込んだという。それは、▶ダグダの大釜、光の剣▶クラウ・ソラス(クレイヴ・ソリッシュ)という剣、運命の石リア・ファール、槍の▶ルインのことで、それぞれムリアス、フィンジアス、ファリアス、ゴリアスの都市からもたらされ、ドルイドによって運ばれた。

　ファリアスとは、リア・ファールの出自であるファール(「運命」)島にある神話上の都市で、ドルイドのモルフェッサ(フェッサス)によって守られていた。この素晴らしい石リア・ファールには、魔法の力が宿っているとされた。伝説によれば、アイルランドの正統な上王がリア・ファールの上に足を置けば、石は「歓喜の叫び」を上げるのだという。さらに、この石は王に長い治世を与え、肉体を若返らせることができたという。

　リア・ファールと呼ばれる立石が、実際にアイルランドのミース県のタラの丘にある。そこは、アイルランド王が戴冠

した場所だと言われている。

出典 Anonymous, *From the Book of Invasions*, n.p.; Ellis, *Brief History of the Druids*, 7 3, 1 2 4; Spence, *The Magic Arts in Celtic Britain*, 99

リーシング
Lysingr

別名・類語 リーシングス

エッダとゲルマンの伝承において、リーシング(「輝くもの」)は、英雄コン(グラム/ハルフダン/ヘルギ/マヌス/リグル)の父ヤルルが持っていた剣。彼はこの剣で、ヒルディブランド＝ヒルディギル(ヒルディング・ヒルディギル、すなわち「ヒルドゥルの末裔」)を倒した。リーシングは彼らを殺す力のある唯一の武器だった。

出典 Davidson, *The Sword in Anglo-Saxon England*, 177; Norroena Society, *Satr Edda*, 164, 74, 373

リオブハナクハ
Liobhanach

ケルトの伝承とアイルランド神話で、リオブハナクハ(「磨き手」)とは、フィン物語群に登場するフィアナ騎士団の、ディアルミド・ウア・ドゥヴネ(ディルムッド・オディナ)の剣である。リオブハナクハは、バングラガクハ(「巨大な女」)であるロン・ロンラクハが作った6本の剣のうちの1本。その他の剣は、▶キャルド・ナン・ガラン、▶クレーズ・コスガラハ、▶ドリーズ・ラナハ、▶ファスダル、▶マク・ア・ルイン。

出典 Gregory and MacCumhaill, *Gods and Fighting Men*, 2 6 8; Leodhas, *By Loch and by Lin*, n.p.

龍宮
Ryugu

日本の龍王の宮殿は龍宮と呼ばれ、深海の底にある。龍王はここで、▶潮の干満を支配する珠を保管している。

出典 De Visser, *The Dragon in China and Japan*, 142, 193; Dekirk, *Dragonlore*, 31

龍脂のろうそく
dragon fat candles

中国の民間伝承によると、龍の脂で作られたろうそくは特別に明るく、田園地帯を150キロメートル以上にわたって照らすことができる。ただし、灯心には「火で洗った布」(アスベスト)を使わなくてはならない。

出典 Bates, *All about Chinese Dragons*, 2 3; de Visser, *The Dragon in China and Japan*, 96

龍神の宝玉
jewels of Ryujin, the

日本の神話における龍王である龍神

は、美しい深青色の体をした巨大な生き物とされる。その体躯は非常に壮大であるため、威厳をたたえたその姿を見て生き延びることができた者はいなかった。龍神は天気を司る魔法の宝石を持っている。

出典 Andrews, *Dictionary of Nature Myths*, 165; Barber and Riches, *Dictionary of Fabulous Beasts*, 125; Niles, Dragons, 77-78; Rose, *Giants, Monsters, and Dragons*, 312

竜の歯
dragon teeth

竜は、ほとんどあらゆる文化の民間伝承や神話に登場する。古代ギリシア神話では、カドモスが戦いの神アレス(ローマ神話の神マルス)の竜を殺したとき、竜の歯を引き抜いて土に植えると、瞬く間に兵士の大軍が育った。兵士のあいだに宝石を投げ入れてみると、彼らは争い、殺し合った。わずか5人が生き残ってようやく戦いは止み、生存者たちはカドモスの指導のもと、テーベの都市を築いた。

ヨーロッパの民間伝承では、竜の歯をシカの皮に包んで持っていると、王子の恩寵が得られると信じられていた。

出典 Gribble, "The Alpine Dragon," 570; Sample, *The Dragon's Teeth*, 15

竜の旗
Dragon Banner, the

アーサー王伝説によれば、魔術師マーリン(メルディン／マルジン)は、謀反を起こした王たちとの戦いに向かうアーサー王に、この旗を贈った。サー・ケイが持つこともあれば、マーリン自身が持つこともあった。少なくとも一度、マーリンが旗を持っていたとき、旗に描かれた竜が口から火を吐いたという。

出典 Karr, *Arthurian Companion*, 131; Lacy et al., *The New Arthurian Encyclopedia*, 14, 230

リングリウム
lyngurium/ ligurium

中世の言い伝えによると、リングリウムとは、大山猫が海砂利に放尿したときにできる強力な物体で、時間が経つと固まって宝石になるという。リングリウムは、傷口を止血したり、月経のつらい症状を和らげたりするほかに、怒っている人を落ち着かせるためにも使われる。また、大山猫の属性のひとつとされる鋭敏な視覚に起因する魔法もある。

ギリシアの哲学者テオプラストス(前372-前287年)は、リングリウムは透明で冷たく、たいていの石よりも硬いとし、「ほかの物体を引きつける」魔法の力があると述べた。その力は、葉を敷き詰めたものや藁の上だけではなく、銅や鉄の薄板の上でも作用した。さらに、その食習慣や運動から、野生の雄の大山猫は、家畜化された雄や野生の雌の大山猫よりも優れたリングリウムを生み出すと考えられていた。

出典 Taylor, *Chaucer Translator*, 148; Young, *A Medieval Book of Magical Stones*, 60-61

る

ルア＝イ＝パク
Rua-i-paku

ポリネシアの伝承では、ルア＝イ＝パク(「必ず落ちる穴」)とは、英雄オノが持っていた鉄樹で作られた魔法の鋤。オノはその鋤で、鉄樹の森の悪魔ヴァオテレ(「移動する奥底」)を殺した。

出典 Beckwith, *Hawaiian Mythology*, n.p.; Porteous, *The Forest in Folklore and Mythology*, 142

ルイン
Luin

別名・類語 ルグの火の槍、ガエ・アッサル(「アッサルの槍」)、ガエ・ボルガ(「稲妻の槍」)、電光石火の槍、ケルトハルの槍、ルグのスレグ、アッサルの槍、運命の槍、火の槍、ルグの槍、真夏の太陽光線

アイルランドの言い伝えによれば、トゥアタ・デー・ダナンがアイルランドに来たとき、4つの魔法の宝物を持ち込んだという。それは、▶ダグダの大釜、光の剣▶クラウ・ソラス(クレイヴ・ソリッシュ)、魔法の石▶リア・ファール、槍のルインのことで、それぞれムリアス、フィンジアス、ファリアス、ゴリアスの都市からもたらされ、ドルイドによって運ばれた。

ゴリアスは異界にあると言われる都市で、ルインはここで作られた。高貴な身分のドルイドであるウリアス(エスラス)が、この槍を運んだ。

アルスター物語群に登場するルインは、ケルト神話の太陽神である長腕(芸術的な手、長い手)のルグ(「輝くもの」または「光」)が持っていた炎の槍(またはランス)のこと。ファール(「運命」)島の神話上の都市ファリアスの武器鍛冶がルグのために作り、強殴打者バロールとの戦いで用いた。ほかに炎を消す方法がなかったため、使用しないときは水中に入れておく必要があった。ケルトハル・マク・ウテヒル、ドゥフタハ、フェドリミド、マクケフトなど、ほかの英雄たちもこの武器を使用した。

この槍に関して、『メスカ・ウラド』(『ウラドの武者たちの酩酊』)と『トーガール・ブルーヌ・ダ・デルガ』(『ダ・デルガの宿の破壊』)の物語に詳しい説明がある。この槍は、偉大な戦士の背丈ほどもあると言われ、柄に50個の鋲が打ち込まれており、「牛の一団」にとってさぞかし重かっただろうと思われる。使用の前後には、夜間に魔術で準備された毒、あるいは猫や犬またはドルイドの血ではないかと思われる「ぞっとするような暗い液体」に浸された。戦いの際には、槍を使う者が手の平に槍の柄を3回叩きつけると、「卵大」の火花が散った。槍を突き刺すたびに、たとえ突きが浅かったとしても標的を殺すことができた。ときには、1度に9人もの相手を殺したこともあった。使用後は、槍を水中に入れ、大釜の中に浸したままにしなくてはならなかった。さもなければ、「家を燃やさん」ばかりの熱と勢いで、炎が柄をさかのぼった。英雄ケルトハルがこの槍を持ち上げたとき、大釜

の中の液体が滴り落ちて体にかかり、命を落とした。

イチイの木で作られたルインは、向かうところ敵なしだった。言い伝えによると、この槍で戦う者は勝利を約束されていたという。槍は常に熱を発していたので、ルグは槍を使用しないときは水を張った大桶に入れて冷やした。槍には魔法の力もあった。例えば、槍を投げるとき、ルグが「イバル」(「イチイ」)と呪文を唱えると、槍は標的に向かってまっすぐに飛んでいき命中した。槍を手元に戻すときは、「アティバル」(「イチイに戻れ」)と呪文を唱えた。

ルインはルグが使用した槍のひとつにすぎず、彼はほかにも▶アラドヴァルと▶スレア・ブアという槍を所有していた。

出典 Bruce, *The Arthurian Name Dictionary*, 337; Ellis, *Brief History of the Druids*, 7 3, 1 2 4; Gantz, *Early Irish Myths and Sagas*, 9 7; Knott, *Togail Bruidne Da Derga*, 3 7-3 8; Koch, *The Celtic Heroic Age*, 106-27; Leviton, *The Gods in Their Cities*, 236; Watson, *Mesca Ulad*, 120

ルーズ

luz/ Luez

ラビの言い伝えによれば、人体にはルーズと呼ばれる不変の骨があり、神が人間を改革し復活させる出発点だという。ルーズは背骨にあり、アーモンドまたはヘーゼルナッツの形をしていると言われ、火で焼き尽くすことも、ひき臼ですりつぶすことも、ハンマーや金床で砕くことも、水で柔らかくすることもできない。

出典 Brewer, *Dictionary of Phrase and Fable* 1900, 784; Butler, *Hudibras*, Volume 3, 136-37

ルクマ・ヴィマナ

Rukma Vimana

ヴィマナ(「空中車」)には、▶プシュパカ・ヴィマナ、ルクマ・ヴィマナ、▶シャクナ・ヴィマナ、▶スンダラ・ヴィマナ、▶トリプラ・ヴィマナの5種類がある。『マハーバーラタ』第5巻の「ヴィマナパラ」(「飛行機の守護者」)では、ヴィマナの管理は高度な知識を持つ人物に任されている。▶スンダラ・ヴィマナと同じように、ルクマ(「黄金」)・ヴィマナも円錐形で3階建て、各階は6メートルの高さがあり、3階はコックピットになっている。また、古代サンスクリット語の文献では、このヴィマナには4枚の翼と8つのプロペラがあったとされている。

出典 Baccarini and Vaddadi, *Reverse Engineering Vedic Vimanas*, n.p.; Becklake, *History of Rocketry and Astronautics*, 9; Childress, *Vimana*, n.p.

ルダストラ

Rudastra

ヒンドゥー教の神話では、▶アストラは神々によって創造された、あるいはその武器を司ることになる者へ贈られた、超自然の力を有する武器である。アストラの使い手はアストラダリと呼ばれる。

ラーマは並外れた技量を持つ弓の名手だった。ラーヴァナとの戦いで、ラーマは相手の黄金の鎧を貫かんとして、ルダストラ(「腕」)という矢を放った。このアストラには、「大地と冥界を震動」させるほどの力がある。

出典 Aravamudan, *Pure Gems of Ramayanam*, 538

ルーナルのヒョウの櫛
Pan-the-ra comb of Reynard the Fox, the

別名・類語 ヒョウの櫛

12-15世紀に書かれた『狐物語』によると、キツネのルーナルはヒョウの櫛を持っており、王に献上したいと考えていた。その櫛は、ヒョウの遺体から取り出した1本の骨から作られたものだという。ルーナルによれば、そのヒョウは立派で素晴らしい性質だったので、ジャングルのすべての生き物がそのあとを追って歩いたほどだった。ヒョウが死んだとき、その素晴らしい特徴はすべて1本の骨に残った。その骨から光沢のある青黒い櫛が作られた。櫛は羽毛のように軽かったが、どんな物質によっても破壊することはできなかった。この櫛はかつてのヒョウのように素晴らしい香りを放ち、人体のあらゆる病気を癒やすという。さらに、櫛を使う者の体が弱っていれば、たちまち強くなり、心が悲しみに満ちていたとしても、それを使うと喜びで満たされるばかりになる。

出典 Brewer, *Dictionary of Phrase and Fable* 1900, 819; Day, *The Rare Romance of Reynard the Fox*, 122-23; de Sanctis, *Reynard the Fox*, 137; Hyamson, *A Dictionary of English Phrases*, 263

ルーナルの望遠鏡
glass of Reynard the Fox, the

12-15世紀にロストックのヘルマン・バクザンによって書かれた『狐物語』によると、キツネのルーナルは、美しい木枠にはめ込まれたガラスの球(望遠鏡)を持っていた。ガラスは完璧に作られていたので、1キロメートル以上先の物事も、まるで数十センチ先で起こっているかのように見えた。黄金と貴重な宝石で飾られた木枠は、年月や湿気、ほこりや虫の影

響を受けなかった。

出典 Day, *The Rare Romance of Reynard the Fox*, 124

ルナールの指輪
ring of Reynard, the

15世紀にロストックのヘルマン・バルクザンによって書かれた物語によると、キツネのルーナルは魔法の指輪を持っていた。この指輪の輪の部分は純金で、3つの名前が刻まれていた。その名前を声に出して呼ぶと(その名前を正しく発音できるのは黒魔術の達人だけ)、指輪に込められた呪文が発動し、稲妻や雷鳴、寒さや暑さによる悪影響、かけられたかもしれない「不可解な」魔法から、指輪をはめた人を守ってくれるという。指輪には石がひとつはめ込まれており、輪の部分は3色に分かれていた。ひとつは赤い色で、夜になると真昼の太陽のように輝いた。ふたつめは光沢のある白で、食べ過ぎや、酒や薬の飲み過ぎで、胃や腸が膨れたり不快な症状や痛みを感じたときに、それを癒す力があった。3つめの色は、赤と青の斑点がある若草色だった。これは、平時であれ戦時であれ、指輪をはめている者を敵から守る力があるのだという。

出典 Day, *The Rare Romance of Reynard the Fox*, 121-22; *Kozminsky, Crystals, Jewels, Stones*, n.p.

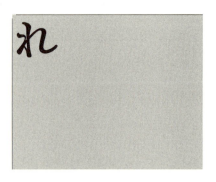

レイヴニス・エルダ
Leifnis Elda

別名・類語　レイヴニルの炎

ゲルマン伝承の魔法薬レイヴニス・エルダ(「レイヴニルの炎」/「火に塗られた者」)を飲んだ者は、息を吹きかけるだけで、どんな拘束からも逃れることができるという。

ドイツ文学および伝説においてよく知られているベルンのディートリヒは、この薬を飲んだと言われている。薬のおかげで、彼は文字どおり口から火を噴いて、自分の体を縛るどんな鎖でも焼き払うことができるようになった。この薬は非常に強力で、戦闘中にディートリヒが激怒すると、彼の口から出る熱と炎によって敵の剣の刃が赤熱するほどだった。

出典　Norroena Society, *Asatru Edda*, 3 7 0; Rydberg, *Teutonic Mythology*, Volume 1 of 3, n.p.

霊感の大釜
cauldron of inspiration, the

別名・類語　ケリドウェンの大釜、霊感と学問の大釜、知恵の大釜

中期ウェールズ語の写本『タリエシンの書』にのみ登場する霊感の大釜は、テギド・ヴォエルが所有し、妻のケリドウェンが醜い息子モルヴランに知識をつけさせるために使った。一家はテギド湖中央の水中に住んでおり、大釜はもとより魔法の器だった。ケリドウェンは材料を1年と1日絶え間なく煮詰め、ついに濃縮された霊薬が3滴だけ残った。大釜をかき混ぜていた召使のグウィオン・バハがこの滴を飲み、やがて高い技巧を持つ有名な吟遊詩人になった。大釜からあふれた残りの液体は毒となって近くの小川に流れ込み、海に沈んだ王国カントレル・グウェロッドの伝説的支配者グウィズノ・ガランヒルの馬を死なせた。

出典　*Anniversary Papers by Colleagues and Pupils of George Lyman Kittredge*, 244; Zakroff, *The Witch's Cauldron*, n.p.

レーヴァテイン
Laevateinn

北欧神話に登場する剣レーヴァテイン(「ずる賢い小枝」/「狡猾な小枝」)は、ロキが所有していた。彼は▶ナグリンド(「死者の門」)の下で、この剣の力を増強するために魔法のルーン文字を刻んだ。レーヴァテインはグリンカムビ(「金の櫛」、ヴィドフニル)を倒すことができる唯一の武器である。グリンカムビとは、ラグナレクが始まるときにエインヘルヤル(「孤独な戦士」。戦いで死んだ勇敢な戦士の霊)や神々、英雄たちに警告を発する雄鶏のこと。スルトの妻の女巨人シンモラ(シンマラ)がこのレーヴァテインを守っている。彼女は、グリンカムビの尾羽を贈られた場合にかぎり、剣を解放できることになっているという――つまり、このふたつは相容れない話なのだ。

出典　Crossley-Holland, *The Norse Myths*, 1 2 4; Frankel, *From Girl to Goddess*, 4 9; Gray et al., *The*

Mythology of All Races, Volume 2, 136; Grimes, *The Norse Myths*, 284; Hawthorne, *Vikings*, 20; Loptson, *Playing with Fire*, n.p.; Welch, *Goddess of the North*, 60

レージング
Laedingr

別名・類語 レーディン、レディング、レーディング

北欧神話において、レージング(「狡猾に縛るもの」)とは、雷神トールが、ロキの息子であるフェンリル(フェンリスウールヴ/フェンリスウールヴリン)を縛りつけようとして、アースガルズ(「アース神族の地」)で最初に作った▶アダマンティンの鎖である。フェンリルはそれを引きちぎった。同じ目的で、やはりトールが▶ドローミという鎖を作ったが、これも壊された。しかし、ドワーフが作った▶グレイプニルというロープは引きちぎられなかった。

出典 Anderson, *Norse Mythology*, 4 5 2; Grimes, *The Norse Myths*, 2 8 4; Hawthorne, *Vikings*, 2 0; Lindow, *Hand-book of Norse Mythology*, 1 4 5; Norroena Society, *Asatru Edda*, 369

レーラズ
Laeradr/ Laerad

北欧神話で、レーラズ(「保護を与える」)とは、戦い、死、熱狂、絞首台、癒し、知識、詩、王族、ルーン文字、魔術、知恵の神オーディンの館である▶ヴァルハラに生える木のことで、▶ユグドラシルと同一視されることも多い。雌山羊のヘイズルーンはこの木の若芽を食べて、毎日大きな桶(130ガロン。491リットルに相当)いっぱいの乳を出す。雄ジカのエイクスュルニルもレーラズの枝から芽を食べ、その角から、川ができるほどの水を滴らせる。

出典 Grimes, *The Norse Myths*, 284

レオクハイン
Leochain

アイルランドの叙事詩『クアルンゲの牛捕り』(『クーリーの牛争い』/『トーイン』)では、レオクハインはファーガスの剣であり、アルスターの英雄クー・フリン(クー・フラン/クー・フーリン/クーフーリン)の3軒の家のうちのひとつのテテ・ブレックに保管されていた、多くの杯、角杯、ゴブレット、槍、盾、剣の1つとして挙げられる。レオクハインについては、「幅広の」剣としか描写されていない。

出典 Kinsella and Le Brocquy, *The Tain*, 5; Pender-grass, *Mythological Swords*, 16

レグビター
Legbiter

1103年、ノルウェー王マグヌス3世(マグヌス・オラフソン/マグヌス裸足王)がアルスターの男たちに待ち伏せされて殺されたとき、彼の剣レグビターはその場から回収され、故郷に持ち帰られたと伝えられている。

出典 Pendergrass, *Mythological Swords*, 5 4; Sturluson, *Heimskringla*, 685

レタハ
Lettach

アイルランドの叙事詩『クアルンゲの牛捕り』(『クーリーの牛争い』/『トーイン』)で、レタハはエルギェの剣、あるいは盾。これは、アルスターの英雄クー・フリン(クー・フラン/クー・フーリン/クーフーリン)の3軒の家のうちのひとつのテテ・ブレックに保管されていた多くの杯、角杯、ゴブレット、投げ槍、盾、剣のひと

つとされる。

出典 Eickhoff, *The Red Branch Tales*, 50; Kinsella and Le Brocquy, *The Tain*, 5

レビヤタンの皮
hide of Leviathan, the

古代ヘブライ人の民間伝承に起源を発し、中世の悪魔研究で世に広まった嫉妬と信仰の悪魔、レビヤタン(「ねじれたヘビ」／「刺し貫く竜」)は、堕天した熾天使だったとも言われる海の悪魔である。ユダヤ・キリスト教の伝承では、避けられない敗北ののち、レビヤタンの皮は分割される。神はその皮で、第1級の信者たちにはテントを、第2級には腰帯を、第3級には鎖を、第4級には首飾りを作る。残った皮は神殿の壁に掛けられ、世界は「その輝きで照らされる」。

出典 Singer and Adler, *The Jewish Encyclopedia*, Volume 8, 38

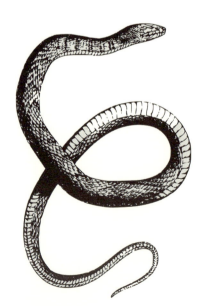

レファス
Leffas

オカルト伝承では、レファスとは大地の蒸気のことで、そのおかげで植物が生い茂るとされる。また、植物のアストラル体の名前とも言われる。

出典 Drury, *The Dictionary of the Esoteric*, 180; Gaynor, *Dictionary of Mysticism*, n.p.; Paracelsus, *Hermetic Medicine and Hermetic Philosophy*, Volume 2, 372

レファヌ号
Refanu

スウェーデンの伝承によると、レファヌ号という船は、端から端まで移動するのに3週間かかるほど巨大な帆船だったという。幸いなことに、すべての滑車にパブがあった。スクーナー船が、レファヌ号の料理鍋の中で遭難したという話もある。しかし、食べ物は常にふんだんにあり、乗組員は満足していた。

出典 Bassett, *Wander-ships*, 26-27; Kingshill, *The Fabled Coast*, n.p.

レフィル
Refil

別名・類語 Ridill

スノッリ・ストゥルルソンによる『スノッリのエッダ』第2部の「詩語法」によると、リレフィルはファーヴニル(ファーフナー)の弟レギンの剣。

出典 Anderson, *The Younger Edda*, 196; Pendergrass, *Mythological Swords*, 62

レルネー
Lerna

古代ギリシア神話におけるレルネーの泉は、美しいニンフのアミュモネの秘泉のひとつ。地震、馬、海の神であるポセ

イドン(ローマ神話のネプトゥヌス)が、彼女の愛情を得るために、ほかの泉とともに贈った。レルネーは、アミュモネが住む泉であるだけではなく、黄泉の国への入り口のひとつでもある。

出典 Hard, *The Routledge Handbook of Greek Mythology*, 235; Illes, *Encyclopedia of Spirits*, 171

レルブリムル
Lerbrimr/ Lerbrimer

　北欧神話において、レルブリムルは、フリームスルス(霜の巨人)とアース神族(神々)の始祖であるユミル(「わめき叫ぶ者」、アウルゲルミル)の手足である。ユミルの手足はアースガルズ(「アース神族の地」)の城壁の土台となった。霜の巨人や山の巨人から防御するに充分だった。▶ガストロープニルの門はこの壁の中にあった。

出典 Grimes, *The Norse Myths*, 2 8 5; Rydberg, *Teutonic Mythology* Volume 1, 162, 512

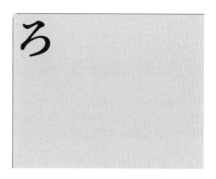

ロートスの木の果実
lotus tree fruit, the

　古代ギリシアのホメロスの叙事詩『オデュッセイア』に、食べると夢見心地になり無気力になるという、ロートスの木になる果物が登場する。この果物は、ロートパゴス族(「ロートスを食べる人々」)と呼ばれる島民の唯一の食べ物だった。ロートスの実はマスティックの木の実ほどの大きさで、ナツメヤシのような甘い味がする。物語では、この果実を食べた人は、家族や友人、故郷の記憶や過去を忘れてしまうという。ロートスの果実には中毒性があり、オデュッセウスが島を出ようとしたとき、果実を食べた船員たちが島に残ると言って、泣き叫んで抵抗したので、その手足を縛らなければならなかった。

出典 Brewer, *Dictionary of Phrase and Fable* 1900, 5 2 6; Mandzuka, *Demystifying the Odyssey*, 2 5 2; Osborne, *Tales from the Odyssey*, Part 1,

ロキの靴
shoes of Loki, the

別名・類語 ロキの空飛ぶ靴

　北欧神話に登場するロキは、神話ではほとんど取り上げられないが、空中や水上を走れる靴を履いていた。ヘーニル、

ロキ、オーディンがオト（オトル／オット
ル）を殺した話では、オトの兄弟ファー
ヴニル（ファーフナー）がロキから靴を盗ん
だが、ロキはのちにそれを取り戻した。

出典 Crossley-Holland, *The Norse Myths*, 1 8 6-
189; Keightley, *World Guide to Gnomes, Fairies, Elves,
and Other Little People*, 6 9; Rooth, *Loki in
Scandinavian Mythology*, 45

60巻きの投げ縄
lasso of sixty loops, the

別名・類語 ロスタムの60巻きの投げ縄

　詩人フィルドゥスィー（977年頃）による
ペルシアの叙事詩『シャー・ナーメ』は、
古代ペルシアの歴史や神話について述べ
たものだ。この叙事詩では有名な英雄ロ
スタム（ルスタム）の数多くの冒険が描か
れている。絵画などでは、象徴的なアイ
テム、たとえば60巻きした投げ縄、ヒョ
ウ革の帽子、▶一撃必殺の鎚矛、不思議
なバラ色の馬ラクシュなどとともに描か
れるので、すぐにそれがロスタムだとわ
かる。投げ縄は美術作品で表現すること
が難しいので、彼の身体的特徴について
記述するときに取り上げられることが多
い。ロスタムの投げ縄で最も印象的な場
面は、第5道程で、国境地帯の領主であ
る勇者ウーラードを捕らえるところだ。

出典 Ferdowsi, *Shahnameh*, n.p.［フィルドゥ
スィー（黒柳恒男訳）『王書（シャー・ナーメ）』
（平凡社、1969年）］; Melville and van den Berg,
Shahnama Studies II, 4 1; Renard, *Islam and the
Heroic Image*, 61, 142, 208

ロスタムの兜
helmet of Rostam, the

　ペルシアの叙事詩『シャー・ナーメ』で、
伝説的な英雄ロスタム（ルスタム）は、王
を解放するために7つの試練を受ける。
最後に直面した難題は、マーザンダラー

ンのディヴ（鬼）の首領、デイヴ・エ・セピ
ド（「白鬼」）との戦いだった。ディヴを倒
したあと、英雄はその血と肝臓を使って
盲目になった王カイカーウースの目を癒
した。その後ロスタムは、切り落とした
白鬼の首を兜として使った。

出典 Khan, *Who Killed Kasheer?*, n.p.; Warner and
FernandezArmesto, *World of Myths*, Volume 2, 125-
26

ロス・ファール
Roth Fail

　アイルランドの伝説では、ドルイドの
シモン（シモン・マグス／魔術師シモン）は、ロ
ス・ファール（「光輪」）という車輪を作る
ために、ドルイドのモグ・ルイスに力を貸
した。この車輪には魔法がかけられてお
り、空を飛ぶことができる。伝説による
と、モグ・ルイスはこの車輪を用いて
ローマ軍と戦ったという。

出典 Forlong, *Faiths of Man*, Volume 2, 9 1;
Spence, *The Magic Arts in Celtic Britain*, 36

ロス・ラマック
Roth Ramach

別名・類語 ロス・ラムハック

　中世アイルランドの神話では、ロス・
ラマック（漕ぐ車輪）は陸上でも海上でも
航行できる魔法の船だった。非常に大き
な船で、中間の船室に1000ものベッド
を積んでいたほどだ。そのベッドも巨大
で、各ベッドに1000人の船員が眠って
いたという。物語によれば、いつも食べ
物がふんだんにあり、船員は満足してい
た。

出典 Kingshill, *The Fabled Coast*, n.p.

ロッセ

Rosse

ドイツの民話によれば、ロッセという剣は、捕虜となった敗将でドワーフのエルベリッヒ(アルベリッヒ)王がオトニト(オトニット)に支払った身代金の一部。ゴイケルザス山で鍛えられたロッセは、明るい色合いとガラスのように透明な刃で、黄金で装飾されていたという。この剣で攻撃した者は、相手に加えた一撃を恥じないようになるという魔法がかけられていた。

出典 Keightley, *The Fairy Mythology by Thomas Keightley*, 208-9

ロンゴミアント

Rhongomiant

別名・類語 ロンゴミニアド(「必殺の槍」または「槍で突き刺すもの」)、ロンゴウェハン、ロン

ウェールズのアーサー王伝説において、ロンゴミアントはアーサー王の重槍であり、神から授けられた3種の武器のひとつと考えられている(他のふたつは▶カラドボルグと▶カルンウェナン)。

アーサー王はキルッフに、欲しいものを何でも授けようと告げたが、王はその例外として大事な7つの所有物を挙げた。それは、剣のカラドボルグ、短剣のカルンウェナン、妻のグウェンホヴァル(グィネヴィア)、マントの▶グウェン、船の▶プリドウェン、槍のロンゴミアント、盾の▶ウィネブグルスヘルだった。王は槍のロンゴミアントを4番めに挙げた。

出典 Bromwich and Evans, *Culhwch and Olwen*, 64; Padel, *Arthur in Medieval Welsh Literature*, n.p.

ロンバルディア王の指輪

ring of the king of Lombardy, the

別名・類語 オトニトの指輪

イタリアの伝承によると、ロンバルディアのオトニト(オルトニット)王は、母親から贈られた魔法の指輪をはめていた。この指輪には、はめている者を透明な姿にし、方向感覚を失ったり道に迷ったりすることを防ぐ力があったとされる。

出典 Brewer, *Dictionary of Phrase and Fable*, Volume 1, 659; Kozminsky, *Crystals, Jewels, Stones*, n.p.

ワイナミョイネンのカンテレ

kantele of Vainamoinen, the

別名・類語 ヴィネムス

　フィンランドの神話において、魔術を使う賢人ワイナミョイネンが、巨大なカワカマスの顎の骨と雄馬ヒーシのたてがみを使い、ツィターのような楽器を作った。その楽器はカンテレと呼ばれた。ワイナミョイネンがそれを奏でると、その妙なる音楽に、森の動物や空飛ぶ鳥、海の魚も聴き惚れ、男も女も子どもも美しい音楽を聴こうと集まってきた。ワイナミョイネン自身も涙を流し、水中に落ちた彼の涙は真珠に変わった。

出典 Pentikainen, *Kalevala Mythology*, 5 5; Seal, *Encyclopedia of Folk Heroes*, 259

参考文献

Abel, Ernest L. *Death Gods: An Encyclopedia of the Rulers, Evil Spirits, and Geographies of the Dead*. Westport, CT: Greenwood Press, 2009.

Abulhab, Saad D. *The Epic of Gilgamesh: Selected Readings from Its Original Early Arabic Language: Including a New Translation of the Flood Story*. New York: Blautopf, 2016.

Adamec, Ludwig W. *Historical Dictionary of Islam*. Lanham, MD: Rowman & Littlefield, 2016.

Adams Media. *The Book of Celtic Myths: From the Mystic Might of the Celtic Warriors to the Magic of the Fey Folk, the Storied History and Folklore of Ireland, Scotland, Brittany, and Wales*. Avon, MA: Adams Media, 2016.

Afanasyev, Alexander. *Russian Folktales from the Collection of A. Afanasyev: A Dual-Language Book*. Mineola, NY: Dover, 2014.

Agarwal, Himanshu. *Mahabharata Retold: Part 1*. Chennai: Notion Press, 2016.

Agarwal, Meena. *Tales from the Ramayan*. New Delhi: Diamond Pocket Books, 2016.

Aguilar-Moreno, Manuel. *Handbook to Life in the Aztec World*. Oxford: Oxford University Press, 2007.

Akins, Steven L. *The Lebor Feasa Runda: A Druidic Grammar of Celtic Lore and Magic*. Bloomington, IN: iUniverse, 2008.

Aldersey-Williams, Hugh. *The Tide: The Science and Stories Behind the Greatest Force on Earth*. New York: W. W. Norton, 2016.

Alexander, Prince Philip. *Parallel Universal History: Being an Outline of the History and Biography of the World, Divided into Periods*. London: Whittaker, 1838.

Allan, Tony, and Sara Maitland. *Ancient Greece and Rome: Myths and Beliefs*. New York: Rosen Publishing Group, 2011.

Allard, Joe, and Richard North. *Beowulf and Other Stories: A New Introduction to Old English, Old Icelandic and Anglo-Norman Literatures*. London: Routledge, 2014.

Allen, Maude Rex. *Japanese Art Motives*. Chicago: A. C. McClurg, 1917.

Altman, Nathaniel. *Sacred Trees*. San Francisco: Sierra Club Books, 1994.

"Ancient Literature of France." *Quarterly Review* 120 (1866): 283–324.

Andersen, Hans Christian. *The Fairy Tales and Stories of Hans Christian Andersen*. New York: Race Point Publishing, 2016.

Anderson, George Kumler. *The Saga of the Völsungs, Together with Excerpts from the Nornageststháttr and Three Chapters from the Prose Edda*. Newark: University of Delaware Press, 1982.

Anderson, John P. *Finding Joy in Joyce: A Reader's Guide to Ulysses*. Irvine, CA: Universal-Publishers, 2000.

Anderson, John P. *Joyce's Finnegans Wake: The Curse of Kabbalah, Volume 9*. Irvine, CA: Universal-Publishers, 2014.

Anderson, William S. *Ovid's Metamorphoses: Books 1–5*. Norman: University of Oklahoma Press, 1997.

Anderson, Rasmus B. *The Younger Edda: Also Called Snorre's Edda, Or the Prose Edda*. Chicago: Scott Foresman, 1897.

Anderson, Rasmus Bjorn. *Norroena: Embracing the History and Romance of Northern Europe, Volume 5*. London: Norroena Society, 1905.

Anderson, Rasmus Bjorn. *Norroena: The Arthurian Tales. By Thomas Mallory*. London: Norroena Society, 1906.

Anderson, Rasmus Bjorn. *Norroena, the History and Romance of Northern Europe: A Library of Supreme Classics Printed in Complete Form, Volume 2*. London: Norroena Society, 1906.

Anderson, Rasmus Bjorn. *Norse Mythology: Or, The Religion of Our Forefathers, Containing All the Myths of the Eddas, Systematized and Interpreted*. With an Introduction, Vocabulary and Index. Chicago: C. S. Criggs and Company, 1884.

Andrews, J. B. "Neapolitan Witchcraft." *In Folklore: A Quarterly Review of Myth, Tradition, Institution, and Custom Being the Transaction of the Folk-Lore Society and Incorporating the Archaeological Review and the Folk-Lore Journal*. Volume 8, edited by David Nutt, 1–9. London: David Nutt, 1897.

Andrews, Tamra. *Dictionary of Nature Myths: Legends of the Earth, Sea, and Sky*. Oxford: Oxford University Press, 2000.

Anniversary Papers by Colleagues and Pupils of George Lyman Kittredge: Presented on the Completion of His Twenty-fifth Year of Teaching in Harvard University, June, MCMXIII. Boston: Ginn, 1913.

Anonymous. *The Black Pullet: Science of Magical Talisman*. Boston: Weiser Books, 2000.

Anonymous. *Curious Stories about Fairies and Other Funny People*. Boston: Ticknor, 1856.

Anonymous. *From the Book of Invasions: The Conquest of Nemed, The Conquest of the Fir Bolg, The Conquest of the Sons of Mil and The Conquest of the*

Tuatha De Danann. N.pag.: Library of Alexandria, n.d.

Anthon, Charles. *A Classical Dictionary.* New York: Harper & Brothers, 1872.

Apollodorus and Hyginus. *Apollodorus' Library and Hyginus' Fabulae.* Translated with introductions by R. Scott Smith and Stephen M. Trzaskoma. Indianapolis: Hackett, 2007.

Apollonius (Rhodius). *"The Argonautica" of Apollonius Rhodius.* Translated by Edward Philip Coleridge. London: George Bell, 1889.

Aravamudan, Krishnan. *Pure Gems of Ramayanam.* Gurgaon: Partridge India, 2014.

Ariosto, Lodovico. *The Orlando Furioso,* Volume 1. Translated by William Stewart Rose. London: John Murray, 1823.

Arrowsmith, Nancy. *Essential Herbal Wisdom: A Complete Exploration of 5 0 Remarkable Herbs.* Woodbury, MN: Llewellyn Worldwide, 2009.

Asala, Joanne. *Celtic Folklore Cooking.* St. Paul, MN: Llewellyn Worldwide, 1998.

Ashe, Geoffrey. *The Discovery of King Arthur.* New York: Henry Holt, 1987.

Ashley, Mike. *The Mammoth Book of King Arthur.* London: Little, Brown Book Group, 2011.

Ashton, John. *Curious Creatures in Zoology: With 130 Illustrations throughout the Text.* Strand: John C. Nimmo, 1890.

Aston, W. G. "Hideyoshi's Invasion of Kores: Chapter III: Negotiation." *Transactions of the Asiatic Society of Japan* 9–10 (1881): 213–22.

Aston, William George. *Nihongi: Chronicles of Japan from the Earliest Times to A.D. 697,* Book 1, Part 1. North Clarendon, VT: Tuttle, 1976.

Atwood, Mary Anne. *A Suggestive Inquiry into Hermetic Mystery: With a Dissertation on the More Celebrated of the Alchemical Philosophers, Being an Attempt towards the Recovery of the Ancient Experiment of Nature, also an Appendix Containing the [Table Talk and] Memorabilia of Mary Anne Atwood.* Belfast: W. Tait, 1918.

Auden, William C. *Reading Albrecht Durer's the Knight, Death, and the Devil Ab Ovum: Life Understood as Struggle.* Bloomington, IN: Archway Publishing, 2016.

Auty, Robert. *Traditions of Heroic and Epic Poetry, Volume 1: The Traditions.* London: Modern Humanities Research Association, 1980.

Azman, Ruzaini Fikri Mohd. *The Legend of Hang Tuah.* Kuala Lumpur: DBP, 2008.

Babu, C. N. *Sugar Cane.* New Delhi: Allied Publishers, 1990.

Baccarini, Enrico, and Kavya Vaddadi. *Reverse Engineering Vedic Vimanas: New Light on Ancient Indian Heritage.* Firenze, Italy: Enigma Edizioni, 2014.

Bailey, James. *An Anthology of Russian Folk Epics.* London: Routledge, 1998.

Bailey, James, and Tatyana Ivanova. *Anthology Russian Folk Epics.* Armonk, NY: M. E. Sharpe, 2006.

Baker, Alan. *The Enigmas of History: Myths, Mysteries and Madness from Around the World.* New York: Random House, 2012.

Balfour, Edward. *The Cyclopædia of India and of Eastern and Southern Asia: Commercial, Industrial and Scientific, Products of the Mineral, Vegetable, and Animal Kingdoms, Useful Arts and Manufactures,* Volume 3. New South Wales: Allen & Unwin, 1968.

Bandera, Cesareo. *Sacred Game: The Role of the Sacred in the Genesis of Modern Literary Fiction.* University Park: Penn State University Press, 2010.

Bansal, Sunita Pant. *Hindu Gods and Goddesses.* New Delhi: Smriti Books, 2005.

Barasch, Moshe. *The Language of Art: Studies in Interpretation.* New York: New York University Press, 1997.

Barber, Richard W. *The Holy Grail: Imagination and Belief.* Cambridge, MA: Harvard University Press, 2004.

Barber, Richard W. *Myths & Legends of the British Isles.* Sussex: Boydell and Brewer, 1999.

Barber, Richard W., and Anne Riches. *A Dictionary of Fabulous Beasts.* Sussex: Boydell and Brewer, 1996.

Baring- Gould, Sabine. *Curious Myths of the Middle Ages: The Sangreal, Pope Joan, the Wandering Jew, and Others.* Mineola, NY: Dover, 2005.

Barlow, Frank. *William Rufus.* New Haven, CT: Yale University Press, 2008.

Barnes, Charles Randall. *Dictionary of the Bible: Biographical, Geographical, Historical, and Doctrinal.* New York: Eaton & Mains, 1900.

Barrington, George. *Voyage to Botany Bay.* New South Wales: Sydney University Press, 2004.

Bartlett, Sarah. *The Mythology Bible: The Definitive Guide to Legendary Tales.* Sterling: New York, 2009.

Bassett, Wilbur. *Wander- ships: Folk- stories of the Sea, with Notes upon Their Origin.* Chicago: Open Court Publishing Company, 1917.

Bates, Roy. *All about Chinese Dragons.* Raleigh: Lulu.

com, 2007.

Beaumont, Comyns. *The Riddle of Prehistoric Britain, Hardback.* Raleigh: Lulu.com, 1946.

Bechtel, John Hendricks. *A Dictionary of Mythology.* Philadelphia: Penn Publishing Company, 1917.

Beck, Guy L., editor. *Alternative Krishnas: Regional and Vernacular Variations on a Hindu Deity.* Albany: State University of New York Press, 2012.

Becklake, John. *History of Rocketry and Astronautics: Proceedings of the Twenty- Second and Twenty- Third History Symposia of the International Academy of Astronautics,* Bangalore, India, 1 9 8 8, Málaga, Spain, 1989.

Beckwith, Martha Warren. *Hawaiian Mythology.* Honolulu: University of Hawaii Press, 1970.

Beer, Robert. *The Handbook of Tibetan Buddhist Symbols.* Chicago: Serindia Publications, 2003.

Beiderbecke, H. "Some Religious Ideas and Customs of the Ovaherero." *Folk- lore Journal* 1, Part 2 (1879): 88–97.

Bell, J. *Bell's New Pantheon; or Historical Dictionary of the Gods, Demi- gods, Heroes and Fabulous Personages of Antiquity: Also of the Images and Idols Adored in the Pagan World; Together with Their Temple, Priests, Alters, Oracles, Feasts, Festivals, Games, Etc, as well as Descriptions of their Figures, Representations, and Symbols, Collected from Statues, Pictures, Coins, and Other Remains of the Ancients. the Whole Designed to Facilitate the Study of Mythology, History, Poetry, Painting, Statuary, Medals, And Etc. and Compiled from the Best Authorities, in Two Volumes,* Volume 2. London: J. Bell, 1790.

Bellows, Henry Adams. *The Poetic Edda: The Heroic Poems.* Mineola, NY: Dover, 2013.

Belyarova, Lina. *Abkhazia in Legends.* Moscow: LitRes, 2018.

Benét, William Rose. *The Reader's Encyclopedia.* New York: Crowell, 1955.

Bennett, Chris. *Liber 420: Cannabis, Magickal Herbs and the Occult.* Walterville, OR: TrineDay, 2018.

Bennett, De Robigne Mortimer. *The Gods and Religions of Ancient and Modern Times,* Volume 1. New York: D.M. Bennett, 1880.

Berens, E.M. *Myths and Legends of Ancient Greece and Rome.* Irvine, CA: Xist Publishing, 2015.

Berg, William J. *Literature and Painting in Quebec: From Imagery to Identity.* Toronto: University of Toronto Press, 2013.

Bernardin, Buchahan. "Portfolios." *Yale Literary Magazine* 83, Issue 9 (1918): 426–31.

Best, Elsdon. "Notes on the Art of War as Conducted by the Maori of New Zealand, with Accounts of Various Customs, Rites, Superstitions, and Pertaining to War as Practiced by the Ancient Maori, Part 2." *Journal of the Polynesian Society* 11 (1902).

Best, Elsdon. "Te Whanga- Nui-A-Tara: Wellington in pre- Pakeha Days" p 1 0 7- 1 6 5. *Journal of the Polynesian Society* 10 (1901).

Bezanilla, Clara. *A Pocket Dictionary of Aztec and Mayan Gods and Goddesses.* Los Angeles: Getty Publications, 2010.

Bhagavatananda, Shri Guru. *A Brief History of the Immortals of Non- Hindu Civilizations.* Raleigh: Lulu. com, 2015.

Bigsby, Robert. *Old Places Revisited; Or the Antiquarians Enthusiast,* Volume 3. London: Wright, 1851.

Billington, Sandra, and Miranda Green, editors. *The Concept of the Goddess.* London: Routledge, 2002.

Bingham, Ann, and Jeremy Roberts. *South and Meso- American Mythology A to Z.* New York: Infobase Publishing, 2010.

Bjork, Robert E., and John D. *Niles, editors. A Beowulf Handbook.* Lincoln: University of Nebraska Press, 1998.

Black, J., and A. Green. *Gods, Demons and Symbols of Ancient Mesopotamia: An Illustrated Dictionary.* London: British Museum Press, 1992.

Blamires, Steve. *The Irish Celtic Magical Tradition.* Cheltenham: Skylight Press, 1992.

Blavatsky, Helena Petrovna. *Anthropogenesis.* London: Theosophical Publishing Company, 1888.

Blavatsky, Helena Petrovna. *Isis Unveiled: A Master Key to the Mysteries of Ancient and Modern Science and Theology.* New York: J.W. Bouton, 1877.

Blavatsky, Helena Petrovna. *The Secret Doctrine: The Synthesis of Science, Religion, and Philosophy,* Volume 2. Charleston, SC: Forgotten Books, 1893.

Blavatsky, Helena Petrovna. *The Theosophical Glossary.* Adelphi: Theosophical Publishing Society, 1892.

Blomberg, Catharina. *The Heart of the Warrior: Origins and Religious Background of the Samurai System in Feudal Japan.* Sandgate, UK: Psychology Press, 1994.

Boas, Franz, and Henry W. Tate. *Tsimshian Mythology.* Washington, DC: Government Printing Office, 1916.

Bocking, Brian. *A Popular Dictionary of Shinto.*

Surrey: Curzon Press, 2005.

Bonnefoy, Yves, editor. *Asian Mythologies*. Chicago: University of Chicago Press, 1993.

Bonnefoy, Yves. *Greek and Egyptian Mythologies*. Chicago: University of Chicago Press, 1992.

Book of the Covenant, Volume 5. New York: KTAV Publishing House, 1928.

Booth, Daniel. *An Analytical Dictionary of the English Language: In Which the Words Are Explained in the Order of Their Natural Affinity*. London: Simpkin, Marshall, and Company, 1836.

Bord, Janet. *Fairies: Real Encounters with Little People*. New York: Carroll and Graf, 1997.

Boren, Kerry Ross, and Lisa Lee Boren. *Following the Ark of the Covenant: The Treasure of God*. Springville, UT: Bonneville Books, 2000.

Boult, Katherine F. *Asgard and the Norse Heroes*. New York: Biblo & Tannen, 1940.

Boyce, Mary. *A History of Zoroastrianism: The Early Period*. Leiden, Netherlands: Brill, 1989.

Boyce, Mary. *Zoroastrians: Their Religious Beliefs and Practices*. London: Routledge, 1979.

Bradish, Sarah Powers. *Old Norse Stories*. New York: American Book Company, 1900.

Brault, Gerard J. *Early Blazon: Heraldic Terminology in the Twelfth and Thirteenth Centuries with Special Reference to Arthurian Heraldry*. Woodbridge: Boydell & Brewer, 1997.

Brault, Gerard J. *The Song of Roland: An Analytical Introduction and Commentary*. University Park: Pennsylvania State University Press, 1996.

Bredon, Juliet, and Igor Mitrophanow. *The Moon Year: A Record of Chinese Customs and Festivals*. New York: Routledge, 2005.

Breese, Daryl, and Gerald D'Aoust. *God's Steed: Key to World Peace*. Raleigh: Lulu.com, 2011.

Brennan, J. K. *The Delphian Course: A Systematic Plan of Education, Embracing the World's Progress and Development of the Liberal Arts*, Volume 2: Hebrew Literature. Greek Mythology. Chicago: Delphian Society, 1913.

Brewer, Ebenezer Cobham. *Dictionary of Phrase and Fable: Giving the Derivation, Source, or Origin of Common Phases, Allusions, and Words That Have a Tale to Tell*, Volume 1. London: Cassell, 1898.

Brewer, Ebenezer Cobham. *Dictionary of Phrase and Fable: Giving the Derivation, Source, or Origin of Common Phases, Allusions, and Words That Have a Tale to Tell*, Volume 2. London: Cassell, 1898.

Brewer, Ebenezer Cobham. *Dictionary of Phrase and Fable: Giving the Derivation, Source, or Origin of Common Phases, Allusions, and Words That Have a Tale to Tell*. London: Cassell, 1900.

Brewer, Ebenezer Cobham. *The Reader's Handbook of Famous Names in Fiction, Allusions, References, Proverbs, Plots, Stories, and Poems*. Philadelphia: J. B. Lippincott Company, 1910.

Brewer, Ebenezer Cobham. *The Wordsworth Dictionary of Phrase and Fable*. Hertfordshire: Wordsworth Editions, 2001.

Brewer, Ebenezer Cobham, and Marion Harland. *Character Sketches of Romance, Fiction and the Drama*, Volume 2. New York: Selmar Hess, 1902.

Brewer, Ebenezer Cobham, and Marion Harland. *Character Sketches of Romance, Fiction and the Drama*, Volume 4. New York: Selmar Hess, 1902.

Brewer, Ebenezer Cobham, and Marion Harland. *Character Sketches of Romance, Fiction and the Drama*, Volume 6. New York: Selmar Hess, 1902.

Brewer, Ebenezer Cobham, and Marion Harland. *Character Sketches of Romance, Fiction and the Drama*, Volume 8. New York: Selmar Hess, 1902.

Britannica Educational Publishing. *Egyptian Gods & Goddesses*. New York: Rosen Publishing Group, 2014.

Brodeur, Arthur Gilchrist. *Snorri Sturluson: The Prose Edda*. New York: American- Scandinavian Foundation, 1916.

Bromwich, R., and D. Simon Evans. *Culhwch and Olwen: An Edition and Study of the Oldest Arthurian Tale*. Cardiff: University of Wales Press, 1992.

Bromwich, Rachel, editor. *Trioedd Ynys Prydein: The Triads of the Island of Britain*. Cardiff: University of Wales Press, 1961.

Broster, Joan A., and Herbert Bourn. *Amagqirha: Religion, Magic and Medicine in Transkei*. Cape Town: Afrika Limited, 1982.

Browning, Frank. *Apples*. New York: North Point Press, 1998.

Bruce, Christopher W., editor. *The Arthurian Name Dictionary*. New York: Garland, 1999.

Bruce, David. *Jason and the Argonauts: A Retelling in Prose of Apollonius of Rhodes' Argonautica*. Raleigh: Lulu.com, 2013.

Brunvand, Jan Harold, editor. *American Folklore: An Encyclopedia*. New York: Garland, 1996.

Bryant, Edwin F. *Krishna: A Sourcebook*. Oxford: Oxford University Press, 2007.

Buckhardt, Valentine Rodolphe. *Chinese Creeds and Customs*. London: Kegan Paul, 2006.

Budge, Ernest Alfred Thompson Wallis. *Amulets and Talismans*. Mineola, NY: Dover, 1978.

Buitenen, Johannes Adrianus Bernardus, and James

L. Fitzgerald, editors. *The Mahabharata*, Volume 3: *Book 4: The Book of the Virata; Book 5: The Book of the Effort*. Chicago: University of Chicago Press, 1973.

Bulfinch, Thomas. *Bulfinch's Greek and Roman Mythology: The Age of Fable*. North Chelmsford: Courier Corporation, 2012.

Bullen, Margaret. *Basque Gender Studies*. Reno: Center for Basque Studies, University of Nevada, Reno, 2009.

Burton, Richard F. *The Book of the Sword*. Mineola, NY: Dover, 1987.

Butler, Samuel. *Hudibras by Samuel Butler; with Dr. Grey's Annotations*. In Three Volumes, Volume 3. Charles & Henry Baldwyn: London, 1819.

Byock, Jesse. *The Saga of the Volsungs*. London: Penguin, 1999.

Byock, Jesse L. *The Prose Edda*. London: Penguin UK, 2005.

Byock, Jesse L. *Saga of King Hrolf Kraki*. London: Penguin UK, 2005.

Cakrabarti, Bishnupada. *The Penguin Companion to the Ramayana*. New York: Penguin Books, 2006.

Calloway, Colin Gordon, and Frank W. Porter. *The Abenaki*. New York: Chelsea House Publishers, 1989.

Calmet, Augustin. *Calmet's Great Dictionary of the Holy Bible*. Charlestown, MA: Samuel Etheridge, 1813.

Campbell, John Gregorson. *Witchcraft & Second Sight in the Highlands & Islands of Scotland*. Glaswog: James MacLenose and Sons, 1902.

Campbell, Trenton, editor. *Gods and Goddesses of Ancient China*. New York: Encyclopaedia Britannica Educational, 2014.

Carlyon- Brotton, P. W. P., L. A. Lawrence, and W. J. Andrew, editors. *The British Numismatic Journal: Including the Proceedings of the British Numismatic Society*, Volume 1. London: British Numismatic Society, 1905.

Caro, Ina. *The Road from the Past: Traveling through History in France*. San Diego: Harcourt Brace, 1996.

Cavanaugh, T.A. *Hippocrates' Oath and Asclepius' Snake: The Birth of the Medical Profession*. New York: Oxford University Press, 2017.

Chambers's Encyclopaedia: A Dictionary of Universal Knowledge, Volume 1 0. London: Lippincott, 1912.

Chambers, Raymond Wilson. *Beowulf: An Introduction to the Study of the Poem with a Discussion of the Stories of Offa and Finn*.

Cambridge: Cambridge University Press, 1921.

Champlin, John Denison. *The Young Folks' Cyclopædia of Literature and Art*. New York: Henry Holt and Company, 1901.

Chappell, Paul K. *The Art of Waging Peace: A Strategic Approach to Improving Our Lives and the World*. Westport, CT: Prospecta Press, 2013.

Charak, K. S. *Surya, the Sun God*. Delhi: Institute of Vedic Astrology, 1999.

Chaturvedi, B.K. *Kalki Purana*. New Delhi: Diamond Pocket Books, 2003.

Child, Clarence Griffin, editor. *Beowulf and the Finnesburh Fragment*. Boston: Houghton, Mifflin, 1904.

Childress, David Hatcher. *The Anti- Gravity Handbook*. Kempton, IL: Adventures Unlimited Press, 2003.

Childress, David Hatcher. *Vimana: Aircraft of Ancient India & Atlantis*. Kempton, IL: Adventures Unlimited Press, 1994.

Childress, David Hatcher. *Vimana: Flying Machines of the Ancients*. Kempton, IL: SCB Distributors, 2013.

Chisholm, Hugh, editor. "Baetylus." In *Encyclopedia Britannica 3*, 1 1th edition. Cambridge: Cambridge University Press, 1911.

Chopra, Ramesh. *Academic Dictionary of Mythology*. New Delhi: Gyan Books, 2005.

Churton, Tobias. *Gnostic Philosophy: From Ancient Persia to Modern Times*. New York: Simon & Schuster, 2005.

Cicero, Marcus. *Cicero's Tusculan Disputations*. Moscow: LitRes, 2018.

Cicero, Marcus. M. *Tully Cicero's Five Books of Tusculan Disputations, Done into English by a Gentleman of Christ Church College, Oxford*. London: Jonas Brown, 1715.

Clare, Israel Smith. *Mediaeval History*. New York: Union Book Company, 1906.

Clark, Nora. *Aphrodite and Venus in Myth and Mimesis*. Cambridge: Cambridge Scholars Publishing, 2015.

Classen, Albrecht. *Magic and Magicians in the Middle Ages and the Early Modern Time: The Occult in Pre- Modern Sciences, Medicine, Literature, Religion, and Astrology*. Boston: Walter de Gruyter, 2017.

Clauss, James J., and Sarah Iles Johnston. *Medea: Essays on Medea in Myth, Literature, Philosophy, and Art*. Princeton, NJ: Princeton University Press, 1997.

Cobb, Mary S., editor. *The Nibelungenlied*. Boston:

Small, Maynard, and Company, 1906.

Codrington, Robert Henry. *The Melanesians: Studies in Their Anthropology and Folk- lore*. London: Clarendon Press, 1891.

Colum, Padraic. *The Children of Odin*. New York: Macmillan, 1920.

Colum, Padraic. *Nordic Gods and Heroes*. Mineola, NY: Dover, 2012.

Condos, Theony. *Star Myths of the Greeks and Romans: A Sourcebook*. Grand Rapids, MI: Red Wheel/ Weiser, 1997.

Conley, Craig. *Magic Words: A Dictionary*. San Francisco: Weiser Books, 2008.

Conway, D. J. *Dancing with Dragons: Invoke Their Ageless Wisdom and Power*. St. Paul, MN: Llewellyn Worldwide, 1994.

Conway, D. J. *Maiden, Mother, Crone: The Myth and Reality of the Triple Goddess*. St. Paul, MN: Llewellyn Worldwide, 1994.

Coolidge, Olivia E. *Greek Myths*. Boston: Houghton Mifflin Harcourt, 2001.

Corley, Corin. *Lancelot of the Lake*. Oxford: Oxford University Press, 2000.

Cornell, Vincent J. *Voices of Islam: Voices of Life: Family, Home, and Society*. Westport, CT: Greenwood Publishing Group, 2007.

Cotterell, Arthur. *A Dictionary of World Mythology*. New York:G. P. Putman's Sons, 1980.

Cotterell, Maurice. *The Lost Tomb of Viracocha: Unlocking the Secrets of the Peruvian Pyramids*. New York: Simon & Schuster, 2003.

Coulter, Charles Russell, and Patricia Turner. *Encyclopedia of Ancient Deities*. Oxon: Routledge, 2013.

Coulter- Harris, Deborah M. *Chasing Immortality in World Religions*. Jefferson, NC: McFarland, 2016.

Courthope, William John. *The Marvellous History of King Arthur in Avalon: And of the Lifting of Lyonnesse. A Chronicle of the Round Table*. London: J. Murray, 1904.

Cox, George William. *Popular Romances of the Middle Ages, by G. W. Cox and E.H. Jones*. London: Kegan Paul, 1880.

Cox, George William, and Eustace Hinton Jones. *Popular Romances of the Middle Ages*. London: Longmans, Green, 1871.

Cox, George William, and Eustace Hinton Jones. *Tales of the Teutonic Lands*. London: Longmans, Green, 1872.

Craig, Robert D. *Dictionary of Polynesian Mythology*. New York: Greenwood Press, 1989.

Craigie, William Alexander. *Scandinavian Folk- lore: Illustrations of the Traditional Beliefs of the Northern Peoples*. Detroit, MI: Singing Tree Press, 1970.

Creeden, Sharon. *Fair Is Fair: World Folktales of Justice*. Little Rock, AR: August House, 1994.

Crisologo, Jonalyn, and John Davidson. *Egyptian Mythology—Ancient Gods and Goddesses of the World*. Mendon: Mendon Cottage Books, 2015.

Crooke, William. *The Popular Religion and Folk- Lore of Northern India*, Volume 2. Westminster: Archibald Constable and Company, 1896.

Crossley- Holland, Kevin. *The Norse Myths*. New York: Knopf Doubleday Publishing Group, 2012.

Crowther, Nigel B. *Sport in Ancient Times*. Westport, CT: Greenwood Publishing Group, 2007.

Crump, Marty, and Danté Bruce Fenolio. *Eye of Newt and Toe of Frog, Adder's Fork and Lizard's Leg: The Lore and Mythology of Amphibians and Reptiles*. Chicago: University of Chicago Press, 2015.

Curley, Michael J. *Physiologus: A Medieval Book of Nature Lore*. Chicago: University of Chicago Press, 1979.

Curran, Bob. *A Haunted Mind: Inside the Dark, Twisted World of H. P. Lovecraft*. Grand Rapids, MI: Red Wheel/Weiser, 2012.

Curtin, Jeremiah. *Myths and Folk- lore of Ireland*. Boston: Little, Brown, 1889.

Dalal, Roshen. *Hinduism: An Alphabetical Guide*. London: Penguin, 2014.

Dalal, Roshen. *Religions of India: A Concise Guide to the Nine Major Faiths*. London: Penguin, 2014.

Dallapiccola, Anna L. *Dictionary of Hindu Lore and Legend*. London: Thames & Hudson, 2002.

Dallapiccola, Anna Libera, and Anila Verghese. *Sculpture at Vijayanagara: Iconography and Style*. New Delhi: Manohar Publishers and Distributors for American Institute of Indian Studies, 1998.

Daly, Kathleen N. *Norse Mythology A to Z*. New York: Facts on File, 2009.

Daly, Kathleen N., and Marian Rengel. *Greek and Roman Mythology, A to Z*. New York: Infobase Publishing, 2009.

Daniel, Signet Il Y' Viavia. *The Akshaya Patra Series Manasa Bhajare: Worship in the Mind Part One*. Philadelphia: Xlibris, 2015.

Daniels, Cora Linn, and C. M. Stevens. *Encyclopedia of Superstitions, Folklore, and the Occult Sciences*, Volume 2. Honolulu, HI: University Press of the Pacific, 1903.

Daniels, Cora Linn, and C. M. Stevens. *Encyclopaedia of Superstitions, Folklore, and the*

Occult Sciences of the World: A Comprehensive Library of Human Belief and Practice in the Mysteries of Life, Volume 2. Wisconson: J. H. Yewdale and Sons, Company, 1914.

Daniels, Cora Linn, and C. M. Stevens. *Encyclopedia of Superstitions, Folklore, and the Occult Sciences of the World*, Volume 2. Doral: Minerva Group, 2003.

Daniels, Cora Linn (Morrison), and Charles McClellan Stevens. *Encyclopedia of Superstitions, Folklore, and the Occult Sciences of the World: A Comprehensive Library of Human Belief and Practice in the Mysteries of Life*. Milwaukee: J.H. Yewdale and Sons Company, 1903.

Darmawan, Apollinaris. *Six Ways toward God*. Houston: Strategic Book Publishing, 2011.

Dasent, George Webbe. *Jest and Earnest: A Collection of Essays and Reviews*, Volume 2. London: Chapman and Hall, 1873.

Dasent, George Webbe. *The Story of Burnt Njal: From the Icelandic of the Njals Saga*. London: Grant Richards, 1900.

Dasent, George Webbe, editor. *The Story of Gisli the Outlaw*. Edinburgh: Edmonston and Douglas, 1866.

Davidson, Hilda Roderick Ellis. *Myths and Symbols in Pagan Europe: Early Scandinavian and Celtic Religions*. Syracuse, NY: Syracuse University Press, 1988.

Davidson, Hilda Roderick Ellis. *The Sword in Anglo- Saxon England: Its Archaeology and Literature*. Woodbridge: Boydel Press, 1962.

Davis, Graeme. *Knights Templar: A Secret History*. New York: Bloomsbury, 2013.

Dawood, N. J. *Aladdin and Other Tales from the Arabian Nights*. London: Puffin Books, 1982.

Day, David. *Tolkien's Ring*. London: Pavilion Books, 2012.

Day, Samuel Phillips. *The Rare Romance of Reynard the Fox, the Crafty Courtier: Together with the Shifts of His Son, Reynardine, in Words of One Syllable*. London: Cassell, Petter, and Galpin, 1870.

de Beaumont, Édouard, and Alfred Richard Allinson. *The Sword and Womankind: Being a Study of the Influence of "The Queen of Weapons" upon the Moral and Social Status of Women*. London: Society of British Bibliophiles, 1900.

de Genlis, Stéphanie Félicité comtesse. *Tales of the Castle: Or, Stories of Instruction and Delight*. Being Les Veillées de Chateau, Volume 3. Translated by Thomas Holcroft. London: G. G. J. and J. Robinson, 1798.

de Sanctis, translator. *Reynard the Fox*. London: W. S. Sonnenschein and Company, 1885.

de Santillana, Giorgio, and Hertha von Dechend. *Hamlet's Mill: An Essay on Myth and the Frame of Time*. Boston: David R. Godine Publisher, 1977.

de Visser, Marinus Willem. *The Dragon in China and Japan*. New York: Comico Classics, 2006.

Debroy, Bibek, translator. *The Mahabharata*, Volume 5. London: Penguin UK, 2015.

Dekirk, Ash. *Dragonlore: From the Archives of the Grey School of Wizardry*. Grand Rapids, MI: Red Wheel/ Weiser, 2006.

Dennis, Geoffrey W. *The Encyclopedia of Jewish Myth, Magic and Mysticism*, 2nd edition. St. Paul, MN: Llewellyn Worldwide, 2016.

Depping, Georges- Bernard. *Wayland Smith: From the German of Oehleschaläger*. London: William Pickering, 1847.

Dhalla, Maneckji Nusserwanji. *History of Zoroastrianism*. New York: Oxford University Press, 1938.

Dieffenbach, Ernst. *Travels in New Zealand: With Contributions to the Geography, Geology, Botany, and Natural History of That Country*, Volume 2. London: Murray, 1843.

Diogenes the Cynic. *Sayings and Anecdotes: With Other Popular Moralists*. New York: Oxford University Press, 2012.

Dixon, Jeffrey John. *The Glory of Arthur: The Legendary King in Epic Poems of Layamon, Spenser and Blake*. Jefferson, NC: McFarland, 2014.

Dixon- Kennedy, Mike. *Encyclopedia of Greco- Roman Mythology*. Santa Barbara, CA: ABC- CLIO, 1998.

Dixon- Kennedy, Mike. *Encyclopedia of Russian & Slavic Myth and Legend*. Santa Barbara, CA: ABC- CLIO, 1998.

Dodds, Jeramy, translator. *The Poetic Edda*. Toronto: Coach House Books, 2014.

Dole, Nathan Haskell. *Young Folks' History of Russia*. Boston: Estes and Lauriat, 1881.

Dom, David. *King Arthur and the Gods of the Round Table*. Morrisville: Lulu.com, 2013.

Dong, Lan. *Asian American Culture: From Anime to Tiger Moms*, 2 volumes. Santa Barbara, CA: ABC- CLIO, 2016.

Doniger, Wendy. *Merriam- Webster's Encyclopedia of World Religions*. Springfield, MA: Merriam- Webster, 2000.

Doniger, Wendy. *The Ring of Truth: And Other Myths of Sex and Jewelry*. Oxford: Oxford University Press, 2017.

Dooley, Ann, and Harry Roe, editors. *Acallam Na Senorach*. Oxford: Oxford University Press, 1999.

Dowson, John. *A Classical Dictionary of Hindu Mythology and Religion, Geography, History, and Literature*. London: Trubner and Company, 1870.

Draaisma, D. *Metaphors of Memory: A History of Ideas about the Mind*. Cambridge: Cambridge University Press, 2000.

Draco, Melusine. *The Dictionary of Magic and Mystery*. Lanham, MD: John Hunt Publishing, 2012.

Drury, Nevill. *The Dictionary of the Esoteric: 3 0 0 0 Entries on the Mystical and Occult Traditions*. Delhi: Motilal Banarsidass, 2004.

Dubois, Jean Antoine, Carrie Chapman Catt, and Henry K. Beauchamp. *Hindu Manners, Customs and Ceremonies: The Classic First Hand Account of India in the Early Nineteenth Century*. Mineola, NY: Dover, 2002.

Duda, Margaret B. *Traditional Chinese Toggles*. Singapore: Editions Didier Millet, 2011.

Dudley, Louise. *The Egyptian Elements in the Legend of the Body and Soul*. Baltimore: J. H. Furst Company, 1911.

Dudley, Marion Vienna Churchill. *Poetry and Philosophy of Goethe*. Chicago: S.C. Griggs & Company, 1887.

Dudley, William. *Unicorns*. San Diego: Reference Point Press, 2008.

Dunham, S. A. *The Cabinet Cyclopaedia*, Volume 26. London: Longman, Rees, Orme, Brown and Green, 1839.

Dunham, Samuel Astley. *History of Denmark, Sweden, and Norway*, Volume 2. London: Longman, Orme, Brown, Green and Longmans and John Taylor, 1839.

Dutt, Manmatha Nath, editor. *A Prose English Translation of Srimadbhagavatam*, Volumes 8–12. Calcutta: Elysium Press, 1896.

Eason, Cassandra. *Fabulous Creatures, Mythical Monsters, and Animal Power Symbols: A Handbook*. Westport, CT: Greenwood Publishing Group, 2008.

Eccles, John. *Rinaldo and Armida*. Middleton: A-R Editions, 2011.

Eddison, E. R. *Egil's Saga: Done into English Out of the Icelandic with an Introduction, Notes, and an Essay on Some Principles of Translation*. Cambridge: Cambridge University Press Archive, 1970.

Eddy, Steve, and Claire Hamilton. *Understand Greek Mythology*. London: Hodder & Stoughton, 2012.

Edizioni, Enigma. *Vimanas and the Wars of the Gods: The Rediscovery of a Lost Civilization, of a Forgotten Science and of an Ancient Lore of India and Pakistan*. Firenze, Italy: Enigma Edizioni, 2016.

Edmison, John P. *Stories from the Norseland*. Philadelphia: Penn Publishing Company, 1909.

Edwards, Gillian Mary. *Hobgoblin and Sweet Puck: Fairy Names and Natures*. London: Geoffrey Bles, 1974.

Eickhoff, Randy Lee. *The Red Branch Tales*. New York: Tom Doherty Associates, 2003.

Eliasson, Stig, and Ernst H. Jahr, editors. *Language and Its Ecology: Essays in Memory of Einar Haugen*. Berlin: Walter de Gruyter, 1997.

Elliot, A. Marshall, editor. *Modern Language Notes*. Baltimore: Johns Hopkins Press, 1910.

Ellis, George. *Specimens of Early English Metrical Romances: Saxon Romances: Guy of Warwick. Sir Bevis of Hamptoun. Anglo-Norman Romance: Richard Coeur de Lion. Romances Relating to Charlemagne: Roland and Ferragus. Sir Otuel. Sir Ferumbras*. London: Longman, Hurst, Rees, Orme, and Brown, 1811.

Ellis, Peter. *The Mammoth Book of Celtic Myths and Legends*. London: Constable and Robinson, 1999.

Ellis, Peter Berresford. *A Brief History of the Druids*. New York: Running Press, 2002.

Ellis, Peter Berresford. *Celtic Women: Women in Celtic Society and Literature*. Grand Rapids, MI: William B. Eerdmans, 1996.

Ellis, Peter Berresford. *The Chronicles of the Celts: New Tellings of Their Myths and Legends*. London: Robinson, 1999.

Ellis, Peter Berresford. *The Druids*. Grand Rapids, MI: William B. Eerdmans, 1994.

Erskine, Thomas. *The Brazen Serpent, Or Life Coming through Death*. Edinburgh: Waugh & Innes, 1831.

Evangelista, Nick. *The Encyclopedia of the Sword*. Westport, CT: Greenwood Publishing Group, 1995.

Evans, Bergen. *Dictionary of Mythology*. New York: Dell Publishing, 1970.

Evan-Wentz, Walter Yeeling. *The Fairy Faith in Celtic Countries: The Classic Study of Leprechauns, Pixies, and Other Fairy Spirits*. New York: Citadel Press, 1994.

Evslin, Bernard. *Bernard Evslin's Greek Mythology*. New York: Open Road Media, 2017.

Evslin, Bernard. *Gods, Demigods, and Demons: An Encyclopedia of Greek Mythology*. New York:

Scholastic, 1975.

Falkayn, David, editor. *Russian Fairy Tales*. Doral: Minerva Group, 2004.

Farmer, John Stephen. *Slang and Its Analogues Past and Present: A Dictionary, Historical and Comparative, of Heterodox Speech of All Classes of Society for More than Three Hundred Years with Synonyms in English, French, German, Italian, Etc., Compiled by J.S. Farmer and W.E. Henley*, Volume 4. N.pag.: Harrison and Sons, 1896.

Faulkes, Anthony, translator. *Edda*. London: Viking Society for Northern Society for Research, 1985.

Faulkes, Anthony. *Snorri Sturluson. Edda. Prologue and Gylfaginning*. London: Viking Society for Northern Research, 1982.

Fedrick, Alan S. *The Romance of Tristan: The Tale of Tristan's Madness*. London: Penguin UK, 2005.

Fee, Christopher R. *Gods, Heroes, & Kings: The Battle for Mythic Britain*. Oxford: Oxford University Press, 2001.

Fee, Christopher R., and Jeffrey B. Webb. *American Myths, Legends, and Tall Tales: An Encyclopedia of American Folklore*, Volume 1. Santa Barbara, CA: ABC- CLIO, 2016.

Feller, Danielle. *Sanskrit Epics*. Delhi: Motilal Banarsidass, 2004.

Ferdowsi, Abolqasem. *Shahnameh: The Persian Book of Kings*. New York: Penguin, 2016.

Figulus, Benedictus. *Book of the Revelation of Hermes Interpreted by Theophrastus Paracelsus Concerning the Supreme Secret of the World*. Whitefish, MT: Kessinger, 2010.

Fiore, John. *Symbolic Mythology: Interpretations of the Myths of Ancient Greece and Rome*. San Jose, CA: Writers Club Press, 2001.

Fisher, Burton D. *Wagner's The Ring of the Nibelung: Opera Classics Library Series*. Miami: Opera Journeys Publishing, 2005.

Folkard, Richard. *Plant Lore, Legends, and Lyrics: Embracing the Myths, Traditions, Superstitions, and Folk- lore of the Plant Kingdom*. London: Sampson Low, Marston, Searle, and Rivington, 1884.

Folklore and Its Artistic Transposition: Proceedings of the Scientific Assembly. Belgrade: Faculty of Music Arts, 1989.

Forlong, James George Roche. *Faiths of Man: A Cyclopaedia of Religions*, Volume 2. London: Bernard Quaritch, 1906.

Foster, Michael Dylan. *The Book of Yokai: Mysterious Creatures of Japanese Folklore*. Oakland: University of California Press, 2015.

Foster, Michael Dylan. *Pandemonium and Parade: Japanese Monsters and the Culture of Yokai*. Berkeley: University of California Press, 2008.

Fox, Robin Lane. *Alexander the Great*. London: Penguin UK, 2004.

Frankel, Valerie Estelle. *From Girl to Goddess: The Heroine's Journey through Myth and Legend*. Jefferson, NC: McFarland, 2010.

Frazer, James George. *Folk- lore in the Old Testament: Studies in Comparative Religion, Legend, and Law*, Volume 2. London: Macmillan, 1919.

Frazer, James George. *The Golden Bough: A Study in Magic and Religion*, Volume 2. London: Macmillan, 1911.

Freedman, David Noel, editor. *Eerdmans Dictionary of the Bible*. Grand Rapids, MI: William B. Eerdmans, 2000.

Friberg, Eino, George C. Schoolfield, and Bjorn Landstrom, editors. *The Kalevala*. Helsinki: Otava, 1988.

Friedmann, Jonathan L. *Music in Biblical Life: The Roles of Song in Ancient Israel*. Jefferson, NC: McFarland, 2013.

Fries, Jan. *Cauldron of the Gods: A Manual of Celtic Magick*. Oxford: Mandrake, 2003.

Frog, Anna- Leena Siikala, and Eila Stepanova. *Mythic Discourses: Studies in Uralic Traditions*. Helsinki: Finnish Literature Society, 2012.

Froud, Brian, and Alan Lee. *Faeries*. New York: Harry N. Abrams, 1978.

Froude, James Anthony. "Mystic Trees and Flowers." *Fraser's Magazine* 12 (1870): 590–608.

Fulton, Helen, editor. *A Companion to Arthurian Literature*. West Sussex: John Wiley and Sons, 2011.

Gallusz, Laszlo. *The Throne Motif in the Book of Revelation*. London: Bloomsbury, 2013.

Gandhi, Maneka. *Penguin Book of Hindu Names for Boys*. New Delhi: Penguin Books, 2004.

Ganelin, Charles, and Howard Mancing, editors. *The Golden Age Comedia: Text, Theory, and Performance*. West Lafayette, IN: Purdue University Press, 1994.

Gantz, Jeffrey. *Early Irish Myths and Sagas*. Harmondsworth: Penguin, 1986.

Garbaty, Thomas Jay. "The Fallible Sword: Inception of a Motif." *Journal of American Folklore* 7 5 (1962): 58–59.

Garber, Marjorie B., and Nancy J. Vickers, editors. *The Medusa Reader*. New York: Routledge, 2003.

Garbini, Giovanni. *Myth and History in the Bible*. New York: Sheffield Academic Press, 2003.

Gardner, Gerald B. *Keris and Other Malay Weapons.* London: Orchid Press, 2009.

Gardner, John, editor. *Gilgamesh.* New York: Knopf Doubleday Publishing Group, 1984.

Garg, Gaga Ram. *Encyclopaedia of the Hindu World,* Volume 1. New Delhi: Concept Publishing Company, 1992.

Garmonsway, G. N., editor. *An Early Norse Reader.* Cambridge: Cambridge University Press, 1928.

Garrett, John. *A Classical Dictionary of India: Illustrative of the Mythology, Philosophy, Literature, Antiquities, Arts, Manners, Customs, Etc., of the Hindus.* Madras: Higginbotham and Company, 1871.

Garry, Jane, and Hasan El-Shammy, editors. *Archetypes and Motifs in Folklore and Literature.* Armonk, NY: M. E. Sharpe, 2005.

Gaynor, Frank. *Dictionary of Mysticism.* New York: Open Road Media, 2018.

George, Arthur, and Elena George. *The Mythology of Eden.* Lanham, MD: Rowman & Littlefield, 2014.

Gerald, John. *The Herball or Generall Historie of Plantes.* London: Norton, John, 1597.

Gerritsen, Willem Pieter, and Anthony G. Van Melle, editors. *A Dictionary of Medieval Heroes: Characters in Medieval Narrative Traditions and Their Afterlife in Literature, Theatre and the Visual Arts.* Woodbridge: Boydell & Brewer, 2000.

Gerwig, Henrietta. *Crowell's Handbook for Readers and Writers: A Dictionary of Famous Characters and Plots in Legend, Fiction, Drama, Opera, and Poetry, Together with Dates and Principal Works of Important Authors, Literary and Journalistic Terms, and Familiar Allusions.* New York: Thomas Y. Crowell Company, 1925.

Gibbon, Edward. *The History of the Decline and Fall of the Roman Empire,* Volume 4. London: J. Murray, 1887.

Gilbert, Henry. *King Arthur's Knights: The Tales Retold for Boys and Girls.* New York: Fredrick A. Stokes Company, 1911.

Gilhuly, Kate, and Nancy Worman, editors. *Space, Place, and Landscape in Ancient Greek Literature and Culture.* Cambridge: Cambridge University Press, 2014.

Gohdes, Clarence Louis Frank. *American Literature: A Journal of Literary History, Criticism and Bibliography,* Volume 1 3. Durham, NC: Duke University Press, 1942.

Goller, Karl Heinz, editor. *The Alliterative Morte Arthure: A Reassessment of the Poem.* Suffolk:

Boydell and Brewer, 1981.

Gonda, Jan. *Aspects of Early Visnuism.* Delhi: Motilal Banarsidass, 1993.

Goss, Michael. *Lost at Sea: Ghost Ships and Other Mysteries.* Amhurst, NY: Prometheus, 1996.

Gowan, Donald E. *Theology in Exodus: Biblical Theology in the Form of a Commentary.* Louisville, KY: Westminster John Knox Press, 1994.

Granada, Miguel A., Patrick J. Boner, and Dario Tessicini. *Unifying Heaven and Earth: Essays in the History of Early Modern Cosmology.* Barcelona: University of Barcelona, 2016.

Granger, Frank. *The Worship of the Romans: Viewed in Relation to the Roman Temperament.* London: Methuen, 1895.

Grant, Michael, and John Hazel. *Who's Who in Classical Mythology.* New York: Routledge, 2004.

Graves, Robert. *Greek Gods and Heroes.* New York: Robert Graves Foundation, 2014.

Graves, Robert. *The Greek Myths.* New York: G. Braziller, 1957.

Gray, Douglas. *Later Medieval English Literature.* New York: Oxford University Press, 2008.

Gray, Louis Herbert, George Foot Moore, and John Arnott MacCulloch, editors. *The Mythology of All Races,* Volume 2. Boston: Marshall Jones, 1930.

Gray, Louis Herbert, George Foot Moore, and John Arnott MacCulloch, editors. *The Mythology of All Races,* Volume 3. Boston: Marshall Jones, 1918.

Green, Miranda Jane. *Celtic Myths.* Austin: University of Texas Press, 1993.

Green, Roger. *Myths of the Norsemen.* New York: Puffin Classics, 2017.

Greenslet, Ferris. *The Quest of the Holy Grail: An Interpretation and a Paraphrase of the Holy Legends.* Boston: Curtis & Cameron, 1902.

Greer, John Michael. *The Druid Magic Handbook: Ritual Magic Rooted in the Living Earth.* San Francisco: Weiser Books, 2008.

Greer, John Michael. *The Secret of the Temple: Earth Energies, Sacred Geometry, and the Lost Keys of Freemasonry.* St. Paul, MN: Llewellyn Worldwide, 2016.

Gregory, Augusta, editor. *Cuchulain of Muirthemne: The Story of the Men of the Red Branch of Ulster.* London: J. Murray, 1903.

Gregory, Augusta, and Finn MacCumhaill. *Gods and Fighting Men: The Story of Tuatha de Danann and of the Fianna of Ireland.* London: John Murray, 1905.

Gribble, Francis. "The Alpine Dragon." *Strand Magazine,* Volume 3 1, Issue 1 8 6–Volume 3 2,

Issue 191 (1906): 569–74.

Grimassi, Raven. *Encyclopedia of Wicca & Witchcraft*. St. Paul, MN: Llewellyn, 2003.

Grimes, Heilan Yvette. *The Norse Myths*. Boston: Hollow Earth, 2010.

Grimm, Jacob. *Teutonic Mythology*, Volume 1. London: W. Swan Sonnenschein and Allen, 1880.

Guerber, H. A. *Hammer of Thor*. El Paso, TX: Norte Press, 2010.

Guerber, H. A. *The Myths of Greece and Rome*. Mineola, NY: Courier, 2012.

Guerber, H. A. *Myths of the Norsemen: From the Eddas and Sagas*. Mineola, NY: Dover, 1992.

Guerber, Hélène Adeline. *The Book of the Epic: The World's Great Epics Told in Story*. Philadelphia: J. B. Lippincott, 1913.

Guerber, Hélène Adeline. *Legends of the Middle Ages*. New York: American Book Company, 1896.

Guerber, Hélène Adeline. *Myths of the Norsemen from the Eddas and Sagas*. London: George G. Harp and Company, 1908.

Guerin, M. Victoria. *The Fall of Kings and Princes: Structure and Destruction in Arthurian Tragedy*. Stanford, CA: Stanford University Press, 1995.

Guiley, Rosemary. *The Encyclopedia of Magic and Alchemy*. New York: Infobase Publishing, 2006.

Guirand, Félix. *The Larousse Encyclopedia of Mythology*. New York: Barnes and Noble, 1994.

Haas, Nibodhi. *Rudraksha: Seeds of Compassion*. Kerala: M. A. Center, 2013.

Haase, Donald. *The Greenwood Encyclopedia of Folktales and Fairy Tales*, 3 volumes. Westport, CT: Greenwood Publishing Group, 2007.

Haeffner, Mark. *Dictionary of Alchemy: From Maria Prophetessa to Isaac Newton*. Wellingborough: Aquarian Press, 1991.

Hall, Fitzedward, editor. *The Vishnu Purana: A System of Hindu Mythology and Tradition*, Volume 3. London: Trubner and Company, 1864.

Hall, Jennie, William Morris, Arthur Gilchrist Brodeur, J. Lesslie Hall, and Snorri Sturluson. *Saga Six Pack*. Los Angeles: Enhanced Media, 2016.

Halliwell- Phillipps, James Orchard. *Torrent of Portugal: An English Metrical Romance*. Now First Published from an Unique Manuscript of the Fifteenth Century, Preserved in the Chetham Library at Manchester. London: John Russel Smith, 1842.

Hamilton, Edith. *Mythology: Timeless Tales of Gods and Heroes, 75th Anniversary Illustrated*. New York: Running Press, 2017.

Hammer, Olav, and Mikael Rothstein, editors. *Handbook of the Theosophical Current*. Leiden, Netherlands: Brill, 2013.

Hande, H. V., and Kampar. *Kamba Rāmāyanam: An English Prose Rendering*. Mumbai: Bharatiya Vidya Bhavan, 1996.

Hansen, William F. *Ariadne's Thread: A Guide to International Tales Found in Classical Literature*. Ithaca, NY: Cornell University Press, 2002.

Hansen, William F. *Classical Mythology: A Guide to the Mythical World of the Greeks and Romans*. Oxford: Oxford University Press, 2004.

Hansen, William F. *Handbook of Classical Mythology*. Santa Barbara, CA: ABC- CLIO, 2004.

Hanson, Charles Henry. *Stories of the Days of King Arthur*. London: T. Nelson, 1882.

Hard, Robin. *The Routledge Handbook of Greek Mythology: Based on H.J. Rose's "Handbook of Greek Mythology."* London: Psychology Press, 2004.

Harlow, William Burt. *An Introduction to Early English Literature: From the Lay of Beowulf to Edmund Spenser*. Syracuse, NY: C. W. Bardeen, 1884.

Harney, Michael, translator. *The Epic of the Cid: With Related Texts*. Indianapolis: Hackett, 2011.

Hart, George. *A Dictionary of Egyptian Gods and Goddesses*. London: Routledge, 2006.

Hart, George. *The Routledge Dictionary of Egyptian Gods and Goddesses*. London: Routledge, 2005.

Hartmann, Franz. *The Life and the Doctrines of Philippus Theophrastus, Bombast of Hohenheim, Known by the Name of Paracelsus: Extracted and Translated from His Rare and Extensive Works and from Some Unpublished Manuscripts*. New York: John W. Lovell Company, 1998.

The Harvard Encyclopedia: A Dictionary of Language Arts, Sciences, and General Literature, Volume 3. New York: Harvard Publishing Company, 1890.

Haslam, William. *The Cross and the Serpent: A Brief History of the Triumph of the Cross, through a Long Series of Ages, in Prophecy, Types, and Fulfilment*. Oxford: John Henry Parker, 1849.

Hassig, Debra, editor. *The Mark of the Beast: The Medieval Bestiary in Art, Life, and Literature*. New York: Garland, 1999.

Hassrick, Royal B. *The Sioux: Life and Customs of a Warrior Society*. Norman: University of Oklahoma Press, 2012.

Hastings, James, John Alexander Selbie, and Louis Herbert Gray. *Encyclopædia of Religion and Ethics: Hymns–Liberty*. New York: Charles Scribner's Sons, 1915.

Hastings, James, John Alexander Selbie, and Louis Herbert Gray, editors. *Encyclopædia of Religion and Ethics: Picts–Sacraments*. Edinburgh: T. & T. Clark, 1919.

Hatto, Arthur Thomas. *The Nibelungenlied: A New Translation*. New York: Penguin Books, 1969.

Hauck, Dennis William. *The Complete Idiot's Guide to Alchemy*. New York: Penguin, 2008.

Hauck, Dennis William. *The Emerald Tablet: Alchemy of Personal Transformation*. New York: Penguin, 1999.

Hawthorne, Simon. *Vikings: Viking Mythology: The Complete Guide to Viking Mythology and the Myths of Thor, Odin, and Loki*. Raleigh: Lulu.com, 2017.

Hayes, Kevin J. *Folklore and Book Culture*. Knoxville: University of Tennessee Press, 1997.

Heinrichs, Ann. *Juan Ponce de Leon Searches for the Fountain of Youth*. Minneapolis: Capstone, 2002.

Hennig, Kaye D. *King Arthur: Lord of the Grail*. Friday Harbor, WA: DesignMagic Publishing, 2008.

Herbert, Jean. *Shinto: At the Fountainhead of Japan*. New York: George Allen and Unwin, 1967.

Herodotus. *The Histories Book 3: Thaleia*. New York: Simon & Schuster, 2015.

Hesiod. *Hesiod's Theogony*. Translated by Richard S. Caldwell. Cambridge, MA: Focus Information Group, 1987.

Hiltebeitel, Alf. *Mythologies: From Gingee to Kuruketra*. Chicago: University of Chicago Press, 1988.

Hockney, Mike. *World, Underworld, Overworld, Dreamworld*. Miami: HyperReality Books, 2013.

Hodgetts, J. Frederick. "On the Scandinavian Elements in the English Race." *The Antiquary* 13–14 (1886): 137–43.

Hollander, Lee Milton, translator. *Heimskringla: History of the Kings of Norway*. Austin: University of Texas Press, 2007.

Holtom, Daniel Clarence. *The Political Philosophy of Modern Shinto: A Study of the State Religion of Japan*. Chicago: University of Chicago, 1922.

Homer. *Homer: Iliad*, Book 22. Edited by Irene J. F. De Jong. Cambridge: Cambridge University Press, 2012.

Homer. *The Iliad*. Translated by E. V. Rieu. New York: Penguin Classics, 1950.

Homer. *The Odyssey: A Tom Doherty Associates Book*. Translated by R. L. Eickhoff. New York: Macmillan, 2001.

Hooke, Samuel Henry. *Middle Eastern Mythology*. Mineola, NY: Dover, 2004.

Hopkins, Edward Washburn. *The Social and Military Position of the Ruling Caste in Ancient India: As Represented by the Sanskrit Epic; with an Appendix on the Status of Woman*. New Haven, CT: Bharat-Bharati, 1889.

Houtsma, Martijn Theodoor, Thomas Walker Arnold, René Basset, Richard Hartmann, Arent Jan Wensinck, Willi Heffening, Évariste Lévi-Provencal, and Hamilton Alexander Rosskeen Gibb, editors. *The Encyclopaedia of Islam: A Dictionary of the Geography, Ethnography and Biography of the Muhammadan Peoples*, Volume 4. Leiden, Netherlands: E. J. Brill, 1934.

Howey, M. Oldfield. *The Horse in Magic and Myth*. London: William Rider and Son, 1923.

Hreik, Haret. *Hercules*: Volume 8 of Young Reader's Classics. Beirut: Dreamland, 2016.

Huang, Martin W., editor. *Snakes' Legs: Sequels, Continuations, Rewritings, and Chinese Fiction*. Honolulu: University of Hawaii Press, 2004.

Hubbs, Joanna. *Mother Russia: The Feminine Myth in Russian Culture*. Bloomington: Indiana University Press, 1993.

Huber, Michael. *Mythematics: Solving the Twelve Labors of Hercules*. Princeton, NJ: Princeton University Press, 2009.

Hudson, D. Dennis. *The Body of God: An Emperor's Palace for Krishna in Eighth- Century Kanchipuram*. Oxford: Oxford University Press, 2008.

Hughes, Thomas Patrick. *A Dictionary of Islam: Being a Cyclopoedia of the Doctrines, Rites, Ceremonies, and Customs, Together with the Technical and Theological Terms, of the Muhammadan Religion*. London: W. H. Allen and Company, 1896.

Humez, Alexander, and Nicholas Humez. *On the Dot: The Speck That Changed the World*. Oxford: Oxford University Press, 2008.

Hunger, Rosa. *The Magic of Amber*. Philadelphia: Chilton Book Company, 1979.

Hunter, R. L. *The Argonautica of Apollonius*. Cambridge: Cambridge University Press, 2005.

Hunter, Robert, editor. *The American Dictionary and Cyclopedia*, Volume 12. New York: Dictionary and Cyclopedia Company, 1900.

Hyamson, Albert Montefiore. *A Dictionary of English Phrases: Phraseological Allusions, Catchwords, Stereotyped Modes of Speech and Metaphors, Nicknames, Sobriquets, Derivations from Personal Names, Etc., with Explanations and Thousands of Exact References to Their Sources or*

Early Usage. London: Routledge, 1922.

Illes, Judika. *Encyclopedia of Spirits: The Ultimate Guide to the Magic of Fairies, Genies, Demons, Ghosts, Gods, and Goddesses*. New York: HarperCollins, 2009.

Immerzeel, Jacques van der Vliet, and Maarten Kersten, editors. *Coptic Studies on the Threshold of a New Millennium: Proceedings of the Seventh International Congress of Coptic Studies, Leiden, August 2 7–September 2, 2 0 0 0*, Issue 1. Leuven, Belgium: Peeters, 2004.

Indick, William. *Ancient Symbology in Fantasy Literature: A Psychological Study*. Jefferson, NC: McFarland, 2012.

Irving, Washington. *Works of Washington Irving*, Volume 9. New York: Peter Fenelon Colloer and Sons, 1897.

Irwin, Terence. *Plato's Ethics*. Oxford: Oxford University Press, 1995.

Isaacs, Ronald H. *Animals in Jewish Thought and Tradition*. Northvale, NJ: Jason Aronson, 2000.

Ish- Kishor, Sulamith. *The Carpet of Solomon: A Hebrew Legend*. New York: Pantheon Books, 1966.

Iyer, G.S. *Bhasa: Complete Works*. Kottayam: Wink, 2008.

Jacobs, Joseph. *English Fairy Tales*. New York: Crowell, 1978.

Jacobs, Joseph, Alfred Trubner Nutt, Arthur Robinson Wright, and William Crooke, editors. *Folk Lore*, Volume 4. London: David Nutt, 1893.

Jacobs, Joseph, Alfred Trubner Nutt, Arthur Robinson Wright, and William Crooke, editors. *Folk Lore*, Volume 10. London: David Nutt, 1899.

Jah, Muhammad Husain. *Hoshruba: The Land and the Tilism*. Brooklyn, NY: Urdu Project, 2009.

Jakobson, Roman. *Word and Language*. Boston: Walter de Gruyter/Mouton, 1971.

Jameson, Robert, editor. *Edinburgh New Philosophical Journal*, October to April 32 (1842).

Janik, Erika. *Apple: A Global History*. London: Reaktion Books, 2011.

Javeed, Alī Jāvīd, and Tabassum. *World Heritage Monuments and Related Edifices in India*, Volume 1. New York: Algora Publishing, 2008.

Jeffrey, David L. *A Dictionary of Biblical Tradition in English Literature*. Grand Rapids, MI: William B. Eerdmans, 1992.

Jennbert, Kristina. *Animals and Humans: Recurrent Symbiosis in Archaeology and Old Norse Religion*. Lund: Nordic Academic Press, 2011.

Jennings, Pete. *Pagan Portals—Blacksmith Gods: Myths, Magicians, & Folklore*. Alresford, UK: Moon books, 2014.

The Jewish Encyclopedia, Volume 2. New York: Funk and Wagnalls, 1925.

Jiriczek, Otto Luitpold. *Northern Hero Legends*. London: J. M. Dent, 1902.

Jobes, Gertrude. *Dictionary of Mythology, Folklore, and Symbols*, Part 1. Lanham, MD: Scarecrow Press, 1962.

Jobes, Gertrude. *Dictionary of Mythology, Folklore, and Symbols*, Part 2. Lanham, MD: Scarecrow Press, 1962.

Johns, Andreas. *Baba Yaga: The Ambiguous Mother and Witch of the Russian Folktale*. New York: Peter Lang, 2004.

Johnson, Buffie. *Lady of the Beasts: The Goddess and Her Sacred Animals*. Rochester, VT: Inner Traditions International, 1994.

Johnson, Samuel. *A Dictionary of the English Language: In Which the Words Are Deduced from Their Originals; and Illustrated in Their Different Significations, by Examples from the Best Writers: Together with a History of the Language, and an English Grammar*, Volume 2. London: Longman, Hurst, Rees, Orme, and Brown, 1818.

Jones, Charles W. *Medieval Literature in Translation*. Mineola, NY: Courier, 2016.

Jones, Steven Swann. *The New Comparative Method: Structural and Symbolic Analysis of the Allomotifs of "Snow White."* Helsinki, Finland: Suomalainen Tiedeakatemia, 1990.

Jones, T., and G. Jones. *The Mabinogion*. London: Dent, 1949.

Jones, William. *Finger- ring Lore: Historical, Legendary, & Anecdotal*. London: Chatto & Windus, 1898.

Jordanes. *The Origin and Deeds of the Goths: In English Version*. Princeton, NJ: Princeton University Press, 1908.

Journal of Indian History, Volumes 1 3–1 4. Department of Modern Indian History, 1935.

Joyce, Patrick Weston. *Old Celtic Romances*. London: C. Kegan Paul & Company, 1879.

Joyce, Patrick Weston. *A Smaller Social History of Ancient Ireland: Treating the Government, Military System and Law, Religion, Learning and Art, Trades, Industries and Commerce, Manners, Customs and Domestic Life of the Ancient Irish People*. London: Longmans, Green and Company, 1908.

Jung, Emma, and Marie- Luise von Franz. *The Grail Legend*. Princeton, NJ: Princeton University Press, 1998.

Kaldera, Raven. *The Pathwalker's Guide to the Nine Worlds*. Hubbardston, MA: Asphodel Press, 2013.

Kammer, Reinhard. *Zen and Confucius in the Art of Swordsmanship: The "Tengu- geijutsu-ron" of Chozan Shissai*. New York: Routledge, 2016.

Kane, Njord. *The Vikings: The Story of a People*. Yukon: Spangenhelm Publishing, 2015.

Karr, Phyllis Ann. *The Arthurian Companion*. Oakland, CA: Green Knight, 2001.

Kauffmann, Friedrich. *Northern Mythology*. London: Norwood Editions, 1903.

Kaur, Madanjit. *The Regime of Maharaja Ranjit Singh*. Chandigarh: Unistar Books, 2008.

Kay, Christian J., Carole A. Hough, and Irené Wotherspoon, editors. *New Perspectives on English Historical Linguistics: Selected Papers from 1 2 ICEHL, Glasgow, 21–26 August 2002. Volume II: Lexis and Transmission*. Amsterdam: John Benjamins Publishing Company, 2002.

Kayme, Sargent. *Anting- Anting Stories: And Other Strange Tales of the Filipinos*. North Charleston: CreateSpace Independent Publishing Platform, 2017.

Keary, Annie, and Eliza Keary. *Tales of the Norse Warrior Gods: The Heroes of Asgard*. Mineola, NY: Courier, 2012.

Keightley, Thomas. *The Fairy Mythology by Thomas Keightley*. London: H. G. Bohn, 1860.

Keightley, Thomas. *The Fairy Mythology Illustrative of the Romance and Superstition of Various Countries*. London: George Bell and Sons, 1905.

Keightley, Thomas. *The Mythology of Ancient Greece and Italy*. London: George Bell and Sons, 1877.

Keightley, Thomas. *The World Guide to Gnomes, Fairies, Elves, and Other Little People*. New York: Random House Value Publishing, 1878.

Kelly, Douglas. *The Romances of Chretien de Troyes: A Symposium*. Lexington, KY: French Forum Publishers, 1985.

Kelly, Tim. *The Magical Lamp of Aladdin*. Denver, CO: Pioneer Drama Service, 1993.

Kerenyi, Karl. *The Gods of the Greeks*. London: Thames and Hudson, 1951.

Kerven, Rosalind. *Viking Myths and Sagas: Retold from Ancient Norse Texts*. Morpeth, Northumberland: Talking Stone, 2015.

Keyser, Jacob Rudolph. *The Religion of the Northmen*. Translated by B. Pennock. London: Turbner and Company, 1854.

Khan, Nahar Akbar. *The Malay Ancient Kingdoms: My Journey to the Ancient World of Nusantara*. Singapore: Partridge Publishing, 2017.

Khan, Ruhail. *Who Killed Kasheer?* Chetpet Chennai: Notion Press, 2017.

Kibler, William W., and R. Barton Palmer, editors. *Medieval Arthurian Epic and Romance: Eight New Translations*. Jefferson, NC: McFarland, 2014.

Kimbrough, Keller, and Haruo Shirane, editors. *Monsters, Animals, and Other Worlds: A Collection of Short Medieval Japanese Tales*. New York: Columbia University Press, 2018.

Kinahan, Frank. *Yeats, Folklore, and Occultism: Contexts of the Early Work and Thought*. London: Unwin Hyman, 1988.

Kingshill, Sophia. *The Fabled Coast: Legends: Legends and Traditions from Around the Shores of Britain and Ireland*. New York: Random House, 2012.

Kinsella, Thomas, and Louis Le Brocquy, editors. *The Tain: From the Irish Epic Tain Bo Cualinge*. Oxford: Oxford University Press, 2002.

Kirk, Shoshanna. *Greek Myths: Tales of Passion, Heroism, and Betrayal*. San Francisco: Chronicle Books, 2012.

Kittredge, George Lyman, and the Bodleian Library. *Arthur and Gorlagon*. Boston: Ginn, 1903.

Knappert, Jan. *African Mythology: An Encyclopedia of Myth and Legend*. Berkeley, CA: Diamond Books, 1995.

Knappert, Jan. *Bantu Myths and Other Tales*. Leiden, Netherlands: Brill Archive, 1977.

Knappert, Jan. *Indian Mythology: An Encyclopedia of Myth and Legend*. Wellingborough: Aquarian Press, 1991.

Knappert, Jan. *Myths and Legends of the Congo*. London: Heinemann Educational Books, 1971.

Knappert, Jan. *Pacific Mythology: An Encyclopedia of Myth and Legend*. Wellingborough: Aquarian Press, 1992.

Knight, Gareth. *The Secret Tradition in Arthurian Legend*. Cheltenham: Skylight Press, 1983.

Knott, Eleanor, editor. *Togail Bruidne Da Derga*. Dublin: Institute for Advanced Studies, 1936.

Knowles, James. *The Legends of King Arthur and His Knights*. Munich: BookRix, 2018.

Koch, John T., editor. *Celtic Culture: A–Celti*. Santa Barbara, CA: ABC- CLIO, 2006.

Koch, John T., editor. *Celtic Culture: G–L*. Santa Barbara, CA: ABC- CLIO, 2006.

Koch, John T., and John Carey, editors. *The Celtic Heroic Age*. Andover: Celtic Studies Publications, 2000.

Koehler, Elisa. *A Dictionary for the Modern Trumpet Player*. Lanham, MD: Scarecrow Press, 2015.

Konstantinou, Ariadne. *Female Mobility and*

Gendered Space in Ancient Greek Myth. London: Bloomsbury, 2018.

Koontz, Rex, Kathryn Reese- Taylor, and Annabeth Headrick. *Landscape and Power in Ancient Mesoamerica*. Boulder, CO: Westview Press, 2001.

Kosambi, Meera, editor. *Intersections: Socio- cultural Trends in Maharashtra*. Hyderabad: Orient Blackswan, 2000.

Kotru, Umesh, and Ashutosh Zutshi. *Karna: The Unsung Hero of the Mahabharata*. Mumbai: Leadstart Publishing, 2015.

Kozlowski, Frances, and Chris Jackson. *Driven by the Divine*. Bloomington, IN: Balboa Press, 2013.

Kozminsky, Isidore. *Crystals, Jewels, Stones: Magic & Science*. Lake Worth, FL: Ibis Press, 2012.

Kramer, Samuel N. *Sumerian Mythology: A Study of Spiritual and Literary Achievement in the Third Millennium B.C.* Philadelphia: University of Pennsylvania Press, 1972.

Kramrisch, Stella. *The Presence of Siva*. Delhi: Motilal Banarsidass, 1988.

Krishna, Nanditha. *The Book of Vishnu*. New York: Penguin Books India, 2010.

Krober, A. L. "Tales of the Smith Sound Eskimo." *Journal of American Folk- lore* 7 (1898): 166–82.

Kugler, Paul. *The Alchemy of Discourse: Image, Sound, and Psyche*. Einsiedeln, Switzerland: Daimon Verlag, 2002.

Kulkarni, Shripad Dattatraya. *The Epics: Ramayana and Mahabharata*. Bhishma: Shri Bhagavan Vedavyasa Itihasa Samsodhana Mandira, 1992.

Kumar, Bharat. *An Incredible War: IAF in Kashmir War, 1 9 4 7–1 9 4 8*. New Delhi: KW Publishers, 2013.

Kuntz, George F. *Rings for the Finger*. Mineola, NY: Dover, 1973.

Lacy, Norris J. *Lancelot- Grail: The Story of Merlin*. Cambridge: Boydell & Brewer, 2010.

Lacy, Norris J., and James J. Wilhelm, editors. *The Romance of Arthur: An Anthology of Medieval Texts in Translation*. London: Routledge, 2015.

Lacy, Norris J., Geoffrey Ashe, and Debra N. Mancoff. *The Arthurian Handbook*, 2nd edition. New York: Garland, 1997.

Lacy, Norris J., Geoffrey Ashe, Sandra Ness Ihle, Marianne E. Kalinke, and Raymond H. Thompson. *The New Arthurian Encyclopedia: New Edition*. New York: Routledge, 2013.

Lambdin, Laura C., and Robert T. Lambdin, editors. *Arthurian Writers: A Biographical Encyclopedia*. Westport, CT: Greenwood Press, 2008.

Lane, Edward William. *The Manners and Customs of the Modern Egyptians*. London: J. M. Dent, 1908.

Lane, Edward William, editor. *Selections from the Kur- án Commonly Called in England, the Koran, with an Interwoven Commentary; Translated from the Arabic, Methodically Arranged, and Illustrated by Notes, to Which Is Prefixed an Introduction Taken from Sale's Preliminary Discourse, with Corrections and Additions by Edward William Lane*. London: James Modden, 1843.

Lanfranchi, Edalfo. *Chintamani or Moldavite*. Berlin: Little French Ebooks, 2017.

Lang, Jeanie. *A Book of Myths*. N.pag.: Library of Alexandria, 1914.

Larrington, Carolyne, Judy Quinn, and Brittany Schorn, editors. *A Handbook to Eddic Poetry: Myths and Legends of Early Scandinavia*. Cambridge: Cambridge University Press, 2016.

Larson, Gerald James, C. Scott Littleton, and Jaan Puhvel, editors. *Myth in Indo- European Antiquity*. Berkeley: University of California Press, 1974.

Layman, Dale. *Medical Terminology Demystified*. New York: McGraw- Hill Professional, 2007.

Lecouteux, Claude. *The Return of the Dead: Ghosts, Ancestors, and the Transparent Veil of the Pagan Mind*. New York: Simon & Schuster, 2009.

Lee, Jonathan H. X., and Kathleen M. Nadeau, editors. *Encyclopedia of Asian American Folklore and Folklife*, Volume 1. Santa Barbara, CA: ABC-CLIO, 2009.

Leeming, David Adams, and Jake Page. *Goddess: Myths of the Female Divine*. New York: Oxford University Press, 1996.

Lehner, Ernst, and Johanna Lehner. *Folklore and Symbolism of Flowers, Plants and Trees*. New York: Tudor Publishing Company, 1960.

Lempriere, John. *Bibliotheca Classica: Or, A Dictionary of All the Principal Names and Terms Relating to the Geography, Topography, History, Literature, and Mythology of Antiquity and of the Ancients: With a Chronological Table*. Philadelphia: J. B. Lippincott, 1888.

Leodhas, Sorche Nic. *By Loch and by Lin: Tales from Scottish Ballads*. New York: Open Road Media, 2014.

Leonardus, Camillus. *The Mirror of Stones: In Which the Nature, Generation, Properties, Virtues and Various Species of More than 2 0 0 Different Jewels, Precious and Rare Stones, Are Distinctly Described. Also Certain and Infallible Rules to Know the Good from the Bad, How to Prove Their Genuineness, and to Distinguish the Real | From Counterfeits*.

Extracted from the Works of Aristotle, Pliny, Isiodorus, Diony sius Alexandrinus, Albertus Magnus, &c. By Camillus Leonardus, M.D. A Treatise of Infinite Use, Not Only to Jewellers, Lapidaries, and Merchants Who Trade in Them, But to the Nobility and Gentry, Who Purchase Them Either for Curiosity, Use or Ornament. Dedicated by the Author to Caesar Borgia. London: Printed for J. Freeman, 1750.

L'Epine, Ernest Louis Victor Jules. The Days of Chivalry: The Legend of Croquemitaine. N.pag.: Library of Alexandria, 2014.

Leviton, Richard. The Gods in Their Cities: Geomantic Locales of the Ray Masters and Great White Brotherhood, and How to Interact with Them. Lincoln, NE: iUniverse, 2006.

Lewis, James R., and Evelyn Dorothy Oliver. *The Dream Encyclopedia.* Detroit, MI: Visible Ink Press, 2009.

Lewsey, Jonathan. *Who's Who and What's What in Wagner.* New York: Routledge, 2017.

Ley, Willy. *Exotic Zoology.* New York: Viking Press, 1959.

A Library of Famous Fiction Embracing the Nine Standard Masterpieces of Imaginative Literature (Unabridged). New York: J.B. Ford and Company, 1876.

Liddell, Mark Harvey. *The Elizabethan Shakespeare: Tragedy of Macbeth.* New York: Doubleday, Page, and Company, 1903.

Lightman, Alan. *The Accidental Universe: The World You Thought You Knew.* New York: Pantheon Books, 2014.

Lim, Johnson T. K. *The Sin of Moses and the Staff of God: A Narrative Approach.* Assen, Netherlands: Uitgeverij Van Gorcum, 1997.

Lindow, John. *Handbook of Norse Mythology.* Santa Barbara, CA: ABC- CLIO, 2001.

Lindow, John. *Norse Mythology: A Guide to Gods, Heroes, Rituals, and Beliefs.* Oxford: Oxford University Press, 2011.

Lindsay, Dennis. *Giants, Fallen Angels, and the Return of the Nephilim: Ancient Secrets to Prepare for the Coming Days.* Shippensburg, PA: Destiny Image Publishers, 2018.

Littleton, C. Scott, editor. *Gods, Goddesses, and Mythology,* Volume 4. New York: Marshall Cavendish, 2005.

Littleton, C. Scott, editor. *Gods, Goddesses, and Mythology,* Volume 8. New York: Marshall Cavendish, 2005.

Littleton, C. Scott, editor. *Gods, Goddesses, and Mythology,* Volume 1 1. New York: Marshall Cavendish, 2005.

Loar, Julie. *Goddesses for Every Day: Exploring the Wisdom and Power of the Divine.* Novato, CA: New World Library, 2010.

Lochtefeld, James G. *The Illustrated Encyclopedia of Hinduism: A–M.* New York: Rossen, 2002.

Lockyer, Herbert. *All the Miracles of the Bible.* Grand Rapids, MI: Zondervan, 1961.

Loh- Hagan, Virginia. *Hades.* Ann Arbor, MI: Cherry Lake, 2017.

Lomatuway'ma, Michael. *Earth Fire: A Hopi Legend of the Sunset Crater Eruption.* Walnut, CA: Northland Press, 1987.

London and Edinburgh Philosophical Magazine and Journal of Science, Volume V (July–December 1834).

Lonnrot. *The Kalevala: The Epic Poem of Finland.* Translated by John Martin Crawford (1 8 8 8). Woodstock: Devoted Publishing, 2016.

Loomis, Roger Sherman. *Celtic Myth and Arthurian Romance.* Chicago: Chicago Review Press, 2005.

Loomis, Roger Sherman. *The Grail: From Celtic Myth to Christian Symbol.* Princeton, NJ: Princeton University Press, 1963.

Loptson, Dagulf. *Playing with Fire: An Exploration of Loki Laufeyjarson* (Epub). Morrisville: Lulu Press, 2015.

Lucian (of Samosata). *The Works of Lucian,* Volume 2. London: T. Cadell, 1781.

Lurker, Manfred. *Dictionary of Gods and Goddesses, Devils and Demons.* London: Routledge Kegan and Paul, 1987.

Lutgendorf, Philip. *Hanuman's Tale: The Messages of a Divine Monkey.* Oxford: Oxford University Press, 2007.

Maberry, Jonathan, and David F. Kramer. *They Bite: Endless Cravings of Supernatural Predators.* New York: Citadel Press, 2009.

Mabie, Hamilton Wright, editor. *Young Folks' Treasury: Myths and Legendary Heroes,* Volume II. New York: University Society, 1909.

Macaulay, Thomas Babington. *Miscellaneous Essays and Lays of Ancient Rome.* New York: Cosimo, 2005.

Macbain, Alexander. Celtic Mythology and Religion. New York: Cosimo, 2005.

MacCulloch, John Arnott. Celtic Mythology. Mineola, NY: Courier, 2004.

MacCulloch, John Arnott. *The Childhood of Fiction:*

A Study of Folk Tales and Primitive Thought. New York: E. P. Dutton, 1905.

MacCulloch, John Arnott, Jan Machal, and Louis Herbert Gray. *Celtic Mythology*, Volume 3. Boston: Marshall Jones Company, 1918.

Macdonald, Fiona. *Heroes, Gods, and Monsters of Celtic Mythology*. Brighton: Salariya Book Company, 2009.

Macdowall, M. W. *Asgard and the Gods, Tales and Traditions of Our Northern Ancestors, Adapted from the Work of W. Wagner by M. W. Macdowall and edited by W. S. W. Anson*. London: W. Swan Sonnenschein & Allen, 1884.

Macdowall, Maria Wilhelmina. *Epics and Romances of the Middle Ages, Adapted from the Work of W. Wagner by M. W. Macdowall, edited by W. S. W. Anson*. London: W. Swan Sonnenschein and Company, 1883.

Mack, Carol K., and Dinah Mack. *A Field Guide to Demons, Fairies, Fallen Angels, and Other Subversive Spirits*. New York: Henry Holt, 1998.

Mackenzie, Donald A. *Teutonic Myth and Legend*. London: Gresham Publishing Company, 1912.

Mackenzie, Donald Alexander. *Myths from Melanesia and Indonesia*. London: Gresham Publishing Company, 1930.

MacKillop, James. *Dictionary of Celtic Mythology*. London: Oxford University Press, 1998.

MacKillop, James. *Myths and Legends of the Celts*. London: Penguin, 2006.

Maginn, William. *Miscellanies: Prose and Verse*, Volume 2. London: S. Low, Marston, Searle, and Rivington, 1885.

Magnusen, Finn. "The Edda- Doctrine and Its Origin." *Foreign Quarterly Review* 2 (1828).

Mahusay, Nancy. *The History of Redemption*. Maitland, FL: Xulon Press, 2007.

Malinowski, Sharon. *The Gale Encyclopedia of Native American Tribes: Northeast, Southeast, Caribbean*, Volume 1. Detroit, MI: Gale, 1998.

Malory, Thomas. *La Mort D'Arthure: The History of King Arthur and the Knights of the Round Table*, Volume 1. London: John Russell Smith, 1865.

Malory, Thomas, and William Caxton. *Le Morte Darthur: Sir Thomas Malory's Book of King Arthur and of His Noble Knights of the Round Table*. The Text of Caxton. London: Macmillan, 1899.

Malotki, Ekkehart, and Ken Gary. *Hopi Stories of Witchcraft, Shamanism, and Magic*. Lincoln: University of Nebraska Press, 2001.

Mancing, Howard. *The Cervantes Encyclopedia: A–K*.

Westport, CT: Greenwood Publishing Group, 2004.

Mandzuka, Zlatko. *Demystifying the Odyssey*. Bloomington, IN: Author- House, 2013.

Mani, Chandra Mauli. *Memorable Characters from the Ramayana and the Mahabharata*. New Delhi: Northern Book Centre, 2009.

Marballi, G. K. *Journey through the Bhagavad Gita— A Modern Commentary with Word- to-Word Sanskrit- English Translation*. Raleigh: Lulu.com, 2013.

March, Jennifer R. *Dictionary of Classical Mythology*. Oxford: Oxbow Books, 2014.

Martinez, Susan B. *The Lost History of the Little People: Their Spiritually Advanced Civilizations Around the World*. New York: Simon & Schuster, 2013.

Marzolph, Ulrich, editor. *The Arabian Nights in Transnational Perspective*. Detroit, MI: Wayne State University Press, 2007.

Mason, Andrew. *Rasa Shastra: The Hidden Art of Medical Alchemy*. London: Singing Dragon, 2014.

Mattfeld, Walter. *The Garden of Eden Myth: Its Pre-Biblical Origin in Mesopotamian Myths*. Raleigh: Lulu.com: 2010.

Matthews, John, and Caitlin Matthews. *The Complete King Arthur: Many Faces, One Hero*. New York: Simon & Schuster, 2017.

Matyszak, Philip. *The Greek and Roman Myths: A Guide to the Classical Stories*. London: Thames & Hudson, 2010.

Mayer, Fanny Hagin. *The Yanagita Kunio Guide to the Japanese Folk Tale*. Bloomington, IN: Indiana University Press, 1986.

McCasland, S. Vernon. "Gabriel's Trumpet." *Journal of Bible and Religion* 11–12 (1943): 159–61.

McClintock, John, and James Strong. *Cyclopedia of Biblical, Theological, and Ecclesiastical Literature: Supplement*, Volume 1. New York: Harper and Brothers, 1885.

McClintock, John, and James Strong. *Cyclopaedia of Biblical, Theological, and Ecclesiastical Literature*, Volume 9. New York: Harper and Brothers, 1891.

McColman, Carl. *The Complete Idiot's Guide to Celtic Wisdom*. Indianapolis: Alpha, 2003.

McConnell, Winder, Werner Wunderlich, Frank Gentry, and Ulrich Mueller, editors. *The Nibelungen Tradition: An Encyclopedia*. New York: Routledge, 2013.

McLellan, Alec. *The Secret of the Spear: The Mystery of the Spear of Longinus*. London: Souvenir Press,

1988.

McNamara, Kenneth J. *The Star- Crossed Stone: The Secret Life, Myths, and History of a Fascinating Fossil*. Chicago: University of Chicago Press, 2010.

Meltzer, Peter E. *The Thinker's Thesaurus: Sophisticated Alternatives to Common Words* (Expanded Third Edition). New York: W. W. Norton, 2015.

Melville, Charles, and Gabrielle van den Berg, editors. *Shahnama Studies II: The Reception of Firdausi's Shahnama*. Leiden, Netherlands: Brill, 2013.

Menon, Ramesh. *The Mahabharata: A Modern Rendering*, Volume 1. New York: iUniverse, 2006.

Menon, Ramesh. *The Mahabharata: A Modern Rendering*, Volume 2. New York: iUniverse, 2006.

Menon, Ramesh. *The Ramayana: A Modern Retelling of the Great Indian Epic*. New York: North Point Press, 2004.

Menoni, Burton. *Kings of Greek Mythology*. Raleigh: Lulu.com, 2016.

Mercatante, Anthony S. *Who's Who in Egyptian Mythology*. New York: Barnes & Noble, 1995.

Mercer, Henry C. *Light and Fire Making*. Philadelphia: Press of MacCalla and Company, 1898.

Merrick, James Lyman, and Muḥammad Baqir ibn Muḥammad Taqi Majlisi. *Hayat al- qulub*. Boston: Phillips, Sampson, 1850.

Mettinger, Tryggve N. D. *The Eden Narrative: A Literary and Religio- historical Study of Genesis 2–3*. Winona Lake, IN: Eisenbrauns, 2007.

Metzner, Ralph. *Green Psychology: Transforming Our Relationship to the Earth*. New York: Simon & Schuster, 1999.

Meulenbeld, Gerrit Jan, and I. Julia Leslie, editors. *Medical Literature from India, Sri Lanka, and Tibet*. Leiden, Netherlands: Brill, 1991.

Meyer, Johann Jakob. *Sexual Life in Ancient India: A Study in the Comparative History of Indian Culture*. Delhi: Motilal Banarsidass, 1971.

Miller, Dean A. *The Epic Hero*. Baltimore: Johns Hopkins University Press, 2000.

Millingen, James. *Ancient Unedited Monuments Illustrated and Explained by James Millingen: Statues, Busts, Bas- Reliefs, and Other Remains of Grecian art, from Collections in Various Countries, Illustrated and Explained by James Millingen*, Volume 2. London: J. Millingen, 1826.

Minnis, Natalie. *Chile Insight Guide*. Maspeth, NY: Pangenscheidt Publishing Group, 2002.

Molnar, Adam. *Weather- Magic in Inner Asia*. Bloomington: Indiana University, Research Institute for Inner Asian Studies, 1994.

Monaghan, Patricia. *The Encyclopedia of Celtic Mythology and Folklore*. New York: Infobase Publishing, 2005.

Monger, George. *Marriage Customs of the World: From Henna to Honeymoons*. Santa Barbara, CA: ABC- CLIO, 2004.

Monod, G. H. *Women's Wiles: Cambodian Legends*. Holmes Beach, FL: DatAsia, 2013.

Moor, Edward. *The Hindu Pantheon*. London: Bensley, 1810.

Moorey, Teresa. *The Fairy Bible: The Definitive Guide to the World of Fairies*. New York: Sterling, 2008.

Morewedge, Rosmarie Thee, editor. *The Role of Woman in Middle Ages*. Albany: State University of New York Press, 1975.

Morford, Mark P. O., and Robert J. Lenardon. *Classical Mythology*. Oxford: Oxford University Press, 1999.

Morison, Samuel Eliot. *The European Discovery of America: The Southern Voyages 1 4 9 2–1 6 1 6*. New York: Oxford University Press, 1974.

Morris, Charles, editor. *New Universal Graphic Dictionary of the English Language, Self- pronouncing: Based on the Foundation Laid by Noah Webster and Other Lexicographers*. Chicago: John C. Winston Company, 1922.

Morris, Neil. *Moses: A Life in Pictures*. Brighton: Salariya Publishers, 2004.

Morris, William. *The Story of Sigurd the Volsung and the Fall of the Niblungs*. London: Ellis and White, 1877.

Morris, William, and Eirikr Magnusson. *The Saga Library: The Stories of the Kings of Norway Called the Round of the World (Heimskringla), by Snorri Sturluson*, Volume 2. London: B. Quaritch, 1895.

Morse, Ruth. *The Medieval Medea*. Cambridge: Boydell & Brewer, 1996.

Mountain, Harry. *The Celtic Encyclopedia*, Volume 2. Parkland, FL: Universal- Publishers, 1998.

Mountain, Harry. *The Celtic Encyclopedia*, Volume 3. Parkland, FL: Universal- Publishers, 1998.

Mountain, Harry. *The Celtic Encyclopedia*, Volume 4. Parkland, FL: Universal- Publishers, 1998.

Mountfort, Paul Rhys. *Ogam: The Celtic Oracle of the Trees: Understanding, Casting, and Interpreting the Ancient Druidic Alphabet*. Rochester, VT: Inner Traditions / Bear & Co., 2002.

Mouse, Anon E. *Ilmarinen Forges the Sampo—A Legend from Finland: Baba Indaba Children's Stories*. London: Abela Publishing, 2016.

Mouse, Anon E. *The Saga of Cormac the Skald—A Norse & Viking Saga*. London: Abela Publishing, 2019.

Mueller, Melissa. *Objects as Actors: Props and the Poetics of Performance in Greek Tragedy*. Chicago: University of Chicago Press, 2016.

Muljana, Slamet. *A Story of Majapahit*. Singapore: Singapore University Press, 1976.

Mullally, Erin. *Hrethel's Heirloom: Kinship, Succession, and Weaponry in Beowulf*. Newark: University of Delaware, 2005.

Murgatroyd, Paul. *Mythical Monsters in Classical Literature*. New York: Bloomsbury, 2013.

Murphy- Hiscock, Arin. *The Way of the Hedge Witch: Rituals and Spells for Hearth and Home*. New York: Simon & Schuster, 2009.

Murray, John. *Classical Manual: Or, A Mythological, Historical, and Geographical Commentary on Pope's Homer, and Dryden's Æneid of Virgil, with a Copious Index*. London: Longman, Rees, Orme, Brown, and Green, 1827.

Murty, Sudha. *The Serpent's Revenge: Unusual Tales from the Mahabharata*. London: Penguin, 2016.

Naddaf, Gerard. *The Greek Concept of Nature*. Albany: State University of New York Press, 2005.

Nagayama, Kokan. *The Connoisseur's Book of Japanese Swords*. Tokyo: Kodansha International, 1995.

Nahm, Oliver. *Dealing with Death: A Search for Cross- Cultural and Time- Transcending Similarities*. Zurich: LIT Verlag Münster, 2017.

Napier, Gordon. *Pocket A–Z of the Knights Templar: A Guide to Their History and Legacy*. Mt. Pleasant: The History Press, 2017.

Narasimhan, Chakravarthi V. *The Mahabharata: An English Version Based on Selected Verses*. Calcutta: Oxford Book, 1965.

Nardo, Don. *Greek and Roman Mythology*. Detroit, MI: Green Haven Press, 2009.

Narlikar, Amrita, and Aruna Narlikar. *Bargaining with a Rising India: Lessons from the Mahabharata*. Oxford: Oxford University Press, 2014.

Nath, Samir. *Encyclopaedic Dictionary of Buddhism*, Volume 3. New Delhi: Sarup & Sons, 1998.

Netton, Ian Richard, editor. *Encyclopedia of Islamic Civilization and Religion*. New York: Routledge, 2008.

New and Enlarged Dictionary of the English

Language: The Pronunciation Marked and Modelled, with Important Variations, on the Plan of Walker. Preceded by a Complete Englisyh Grammar Stereotype Edition. London: Isaac, Tuckey, and Company, 1863.

Newman, Jacqueline M. *Food Culture in China*. Westport, CT: Greenwood Publishing Group, 2004.

Newman, William R., and Lawrence M. Principe. *Alchemy Tried in the Fire: Starkey, Boyle, and the Fate of Helmontian Chymistry*. Chicago: University of Chicago Press, 2005.

Nielsen, Greg, and Joseph Polansky. *Pendulum Power: A Mystery You Can See, a Power You Can Feel*. Rochester, VT: Destiny Books, 1977.

Nigg, Joe. *A Guide to the Imaginary Birds of the World*. Cambridge, MA: Apple- wood Books, 1984.

Niles, Doug. *Dragons: The Myths, Legends, and Lore*. Avon, MA: Adams Media, 2013.

Nolan, Edward Peter. *Now through a Glass Darkly: Specular Images of Being and Knowing from Virgil to Chaucer*. Ann Arbor: University of Michigan Press, 1990.

Norroena Society. *The Asatru Edda: Sacred Lore of the North*. Bloomington, IN: iUniverse, 2009.

Norroena Society. *The Satr Edda: Sacred Lore of the North*. Bloomington, IN: iUniverse, 2009.

Nosselt, Friedrich August. *Mythology Greek and Roman, translated by Mrs. A. W. Hall*. London: Kerby and Endean, 1885.

Numismatic and Antiquarian Society of Philadelphia. *Proceedings of the Numismatic and Antiquarian Society of Philadelphia for the Years 1899–1901*. Philadelphia: The Society, 1902.

Nye. *Encyclopedia of Ancient and Forbidden Secrets*. Jakarta: Bukupedia, 2000.

O hOgain, Daithi. *Myth, Legend and Romance: An Encyclopaedia of the Irish Folk Tradition*. Upper Saddle River, NJ: Prentice Hall Press, 1991.

O'Bryan, John. *A History of Weapons: Crossbows, Caltrops, Catapults & Lots of Other Things That Can Seriously Mess You Up*. San Francisco: Chronicle Books, 2013.

Oehlenschlager, Adam. *Gods of the North*. London: William Pickering, 1845.

O'Farrell, Padraic. *Ancient Irish Legends: The Best-Loved and Most Famous Tales of Ancient Ireland*. Dublin: Gill & Macmillan, 2001.

O'Flaherty, Wendy Doniger. *Hindu Myths: A Sourcebook Translated from the Sanskrit*. New

Delhi: Penguin Books India, 1994.

Ogden, Daniel. *Drakon: Dragon Myth and Serpent Cult in the Greek and Roman Worlds*. Oxford: Oxford University Press, 2013.

Olrik, Axel. *The Heroic Legends of Denmark*, Volume 4. New York: American Scandinavian Society, 1919.

Olsen, Karin E., and L. A. J. R. Houwen, editors. *Monsters and the Monstrous in Medieval Northwest Europe*. Leuven, Belgium: Peeters, 2001.

Olson, Oscar Ludvig. "The Relation of the Hrolfs Saga Fraka and the Bjarkarimur to Beowulf." *Scandinavian Studies* 3 (1916): 1–104.

Oppert, Gustav Salomon. *On the Weapons, Army Organisation, and Political Maxims of the Ancient Hindus*. London: Messrs, Trubner, and Company, 1880.

Orchard, Andy. *A Critical Companion to Beowulf*. Rochester, NY: Boydell & Brewer, 2003.

Orchard, Andy. *Dictionary of Norse Myth and Legend*. London: Cassell, 1997.

O'Reilly, John Boyle. *Ethics of Boxing and Manly Sport*. Boston: Ticknor and Company, 1888.

Orel, Harold, editor. *Irish History and Culture: Aspects of a People's Heritage*. Lawrence: University Press of Kansas, 1976.

Orme, Robert. *Historical Fragments of the Mogul Empire, of the Morattoes, and of the English Concerns in Indostan, from the year M,DC,LIX [by R. Orme]. [Enlarged]. To Which Is Prefixed an Account of the Life of the Author*. London: F. Wingrave, 1805.

Orr, Tamra. *Apollo*. Hockessin: Mitchell Lane Publishers, 2009.

Osborne, Mary Pope. *Tales from the Odyssey*, Part 1. Logan, IA: Perfection Learning, 2003.

Osborne, T., C. Hitch, L. Hawes, A. Miller, J. Rivington, S. Crowder, P. Davey, B. Law, T. Longman, C. Ware, and S. Bladen. *A Complete History of the Arabs: From the Birth of Mohammed to the Reduction of Baghdad; with the Life of Mohammed*, Volume 1. London: Osborne, Hitch, Hawes, Miller, Rivington, Crowder, Davey, Law, Longman, Ware, and Bladen, 1761.

O'Sheridan, Mary Grant. *Gaelic Folk Tales: A Supplementary Reader*. Chicago: William F. Roberts and Company, 1911.

Oswald, Eugene. *The Legend of Fair Helen as Told by Homer, Goethe, and Others: A Study*, Volume 1 0. London: John Murray, 1905.

Ovid. *The Essential Metamorphoses*. Translated by Stanley Lombardo. Indianapolis, IN: Hackett, 2011.

Owen, Michael. *The Maya Book of Life: Understanding the Xultun Tarot*. Tauranga: Kahurangi Press, 2011.

Padel, Oliver James. *Arthur in Medieval Welsh Literature*. Cardiff: University of Wales Press, 2013.

Palmatier, Robert Allen. *Food: A Dictionary of Literal and Nonliteral Terms*. Westport, CT: Greenwood Publishing Group, 2000.

Palmer, Robert Everett Allen. *Rome and Carthage at Peace*. Stuttgart: F. Steiner, 1997.

Palsson, Herman, and Paul Edwards, translators. *Seven Viking Romances*. London: Penguin UK, 1995.

Paracelsus. *Hermetic Medicine and Hermetic Philosophy*, Volume 2. Edited by Lauron William de Laurence. Chicago: De Laurence, Scott & Company, 1910.

Parada, Carlos. *Genealogic Guide to Greek Mythology*, Volume 1 0 7 of Studies in Mediterranean Archaeology. Uppsala: Astrom, 1993.

Parker, Janet. *Mythology: Myths, Legends and Fantasies*. Victoria, Australia: Global Book, 2003.

Parmeshwaranand. *Encyclopaedic Dictionary of Puranas*. New Delhi: Sarup & Sons, 2001.

Pate, Alan Scott. *Ningyo: The Art of the Japanese Doll*. North Clarendon, VT: Tuttle, 2013.

Patrick, David, editor. *Chamber's Encyclopoedia: A Dictionary of Universal Knowledge*, Volume 1 0. London: William and Robert Chambers, 1892.

Patton, John- Paul. *The Poet's Ogam: A Living Magical Tradition*. Raleigh: Lulu.com, 2011.

Pauley, Daniel C. *Pauley's Guide: A Dictionary of Japanese Martial Arts and Culture*. Dolores, CO: Anaguma Seizan Publications, 2009.

Pausanias. *Pausanias's Description of Greece*, Volume 5. London: Macmillan and Company, 1898.

Peake, Arthur, editor. *A Commentary on the Bible*. New York: Thomas Neilson and Sons, 1919.

Penard, A. P., and T. G. Penard. "Surinam folk-Tales." *The Journal of American Folk- lore*, Volume 7 of *Bibliographical and special series of the American Folklore Society* edited by the American Folklore Society, 239–251. Lancaster: American Folk- lore Society, 1917.

Pendergrass, Rocky. *Mythological Swords*. Raleigh: Lulu.com, 2015.

Pentikainen, Juha. *Kalevala Mythology*, revised edition. Bloomington: Indiana University Press,

1999.

Peterson, Amy T., and David J. Dunworth. *Mythology in Our Midst: A Guide to Cultural References*. Westport, CT: Greenwood Publishing Group, 2004.

Peterson, Shelley Stagg, and Larry Swartz. *Good Books Matter: How to Choose and Use Children's Literature to Help Students Grow as Readers*. Markham, Ontario: Pembroke Publishers, 2008.

Petropoulos, John C. *Greek Magic: Ancient, Medieval and Modern*. New York: Routledge, 2008.

Pickens, Rupert T. *Perceval and Gawain in Dark Mirrors: Reflection and Reflexivity in Chretien del Graal*. Jefferson, NC: McFarland, 2014.

Pickering, William. *Beowulf: An Epic Poem Translated from the Anglo-Saxon into English Verse by Diedrich Wackerbarth*. London: William Pickering, 1849.

Pickover, Clifford A. *The Book of Black: Black Holes, Black Death, Black Forest Cake and Other Dark Sides of Life*. Mineola, NY: Calla, 2013.

Pinkham, Mark Amaru. *Guardians of the Holy Grail*. Kempton, IL: Adventures Unlimited Press, 2004.

Plato. *The Republic*, Volume 1. Introduction by David Arthur Rees. Cambridge: Cambridge University Press, 1963.

Polehampton, Edward. *The Gallery of Nature and Art; Or, a Tour through Creation and Science*, Volume 6. London: N. rose, 1821.

Pope, Paul Russel. *German Composition: With Notes and Vocabularies*. New York: Henry Holt and Company, 1908.

Porteous, Alexander. *The Forest in Folklore and Mythology*. Mineola, NY: Dover, 2013.

Portnoy, Phyllis. *The Remnant: Essays on a Theme in Old English Verse*. London: Runetree, 2006.

Principe, Lawrence. *The Secrets of Alchemy*. Chicago: University of Chicago Press, 2013.

Principe, Lawrence M. *The Aspiring Adept: Robert Boyle and His Alchemical Quest*. Princeton, NJ: Princeton University Press, 2005.

Pritchard, James B., and Daniel E. Fleming, editors. *The Ancient Near East: An Anthology of Texts and Pictures*. Princeton, NJ: Princeton University Press, 2011.

Proceedings: Irish MSS. Series. Volume 1, Part 1 [only]. Dublin: M. H. Gill, 1870.

Puhvel, Martin. *Beowulf and the Celtic Tradition*. Waterloo, Ontario: Wilfrid Laurier University Press, 2010.

Pyle, Howard. *The Story of King Arthur and His Knights*. New York: Penguin, 2006.

Pyle, Howard. *The Story of Sir Launcelot and His Companions*. New York: Charles Scribner's Sons, 1907.

Quincy, John. *Lexicon Physico-medicum: Or, A New Medicinal Dictionary. Explaining the Difficult Terms Used in the Several Branches of the Profession and in Such Parts of Natural Philosophy Are the Introductory thereto with an Account of the Things Signified by Such Terms by the Author and Collected from the Most Eminent Author*. London: T. Longman, 1794.

Raff, Jeffrey. *The Wedding of Sophia: The Divine Feminine in Psychoidal Alchemy*. Berwick, ME: Nicolas-Hays, 2003.

Rajagopalachari, Chakravarti. *Mahabharata*. New Delhi: Diamond Pocket Books (P), 1972.

Ralston, William Ralston Shedden. *Russian Folk-Tales*. New York: R. Worthington, 1880.

Ralston, William Ralston Shedden. *Songs of the Russian People, as Illustrative of Slavonic Mythology and Rustic Social Life*. London: Ellis & Green, 1872.

Ramsey, Syed. *Tools of War: History of Weapons in Ancient Times*. New Delhi: Vij Books India, 2016.

Randolph, Joanne. *Norse Myths and Legends*. New York: Cavendish Square Publishing, 2017.

Rao, Shanta Rameshwar. *The Mahabharata (Illustrated)*. Hyderabad: Orient Longman, 1985.

Rasums, Anderson Bjorn. *Norroena, the History and Romance of Northern Europe: A Library of Supreme Classics Printed in Complete Form*, Volume 1 2. London: Norroena Society, 1906.

Ravenscroft, Trevor. *Spear of Destiny*. Boston: Weiser Books, 1973.

Reddall, Henry Frederic. *Fact, Fancy, and Fable: A New Handbook for Ready Reference on Subjects Commonly Omitted from Cyclopaedias; Comprising Personal Sobriquets, Familiar Phrases, Popular Appellations, Geographical Nicknames, Literary Pseudonyms, Mythological Characters, Red-Letter Days, Political Slang, Contractions and Abbreviations, Technical Terms Foreign Words and Phrases, and Americanisms*. Chicago: A. C. McClurg, 1892.

Redfern, Nick, and Brad Steiger. *The Zombie Book: The Encyclopedia of the Living Dead*. Detroit, MI: Visible Ink Press, 2014.

Regardie, Israel. *Philosopher's Stone: Spiritual Alchemy, Psychology, and Ritual Magic*. St. Paul, MN: Llewellyn Worldwide, 2013.

Regula, DeTraci. *The Mysteries of Isis: Her Worship and Magick.* St. Paul, MN: Llewellyn Worldwide, 1995.

Remler, Pat. *Egyptian Mythology, A to Z.* New York: Infobase Publishing, 2010.

Renard, John. *Islam and the Heroic Image: Themes in Literature and the Visual Arts.* Macon: Mercer University Press, 1999.

Rengarajan, T. *Glossary of Hinduism.* New Delhi: Oxford and IBH Publishing Company, 1999.

Reno, Frank D. *Arthurian Figures of History and Legend: A Biographical Dictionary.* Jefferson, NC: McFarland, 2010.

Reuter, Thomas, editor. *Sharing the Earth, Dividing the Land: Land and Territory in the Austronesian World.* Canberra: Australian National University Press, 2006.

Rhys, Sir John. *Celtic Folklore: Welsh and Manx,* Volume 1. Charleston: Forgotten Books, 1983.

Rickert, Edith. *Early English Romances in Verse.* London: Chatto & Windus, 1908.

Ridpath, Ian. *Star Tales.* Cambridge: James Clarke & Company, 1988.

Rigoglioso, Marguerite. *The Cult of Divine Birth in Ancient Greece.* New York: Springer, 2009.

Rimer, J. Thomas. *Modern Japanese Fiction and Its Traditions: An Introduction.* Princeton, NJ: Princeton University Press, 2014.

Roberts, Helene E., editor. *Encyclopedia of Comparative Iconography: Themes Depicted in Works of Art.* Chicago: Routledge, 2013.

Roberts, Jeremy. *Japanese Mythology A to Z.* New York: Infobase Publishing, 2009.

Roberts, Morgan J. *Norse Gods and Heroes.* Dubuque, IA: Friedman Group, 1994.

Roberts, Wess. *Leadership Secrets of Attila the Hun.* New York: Warner Books, 2007.

Robinson, William. *The Life of Saint Dunstan.* London: G. Coventry, 1844.

Roe, Edward Thomas, Le Roy Hooker, and Thomas W. Handford, editors. *The New American Encyclopedic Dictionary: An Exhaustive Dictionary of the English Language, Practical and Comprehensive; Giving the Fullest Definition (Encyclopedic in Detail), the Origin, Pronunciation and Use of Words,* Volume 1. New York: J.A. Hill, 1907.

Roland, James. *Frightful Ghost Ships.* Minneapolis: Lerner, 2017.

Rolfe, William J., editor. *Tragedy of Macbeth.* New York: Harper and Brothers, 1892.

Rolleston, Thomas William. *Myths & Legends of the Celtic Race.* London: Constable, 1911.

Roman, Luke, and Monica Roman. *Encyclopedia of Greek and Roman Mythology.* New York: Infobase, 2010.

Room, Adrian. *Who's Who in Classical Mythology.* New York: Random House Value Publishing, 2003.

Rooth, Brigitta Anna. *Loki in Scandinavian Mythology.* Lund: C. W. K. Gleerup, 1961.

Rose, Carol. *Giants, Monsters, and Dragons: An Encyclopedia of Folklore, Legend, and Myth* (in English). New York: W. W. Norton, 2001.

Rose, Carol. *Spirits, Fairies, Leprechauns, and Goblins: An Encyclopedia.* New York: W. W. Norton, 1996.

Rosen, Brenda. *The Mythical Creatures Bible: The Definitive Guide to Legendary Beings.* New York: Sterling Publishing Company, 2009.

Rosenberg, Donna. *World Mythology: An Anthology of the Great Myths and Epics.* Chicago: National Textbook Company, 1994.

Rosenberg, Marvin. *The Masks of Anthony and Cleopatra.* Newark: University of Delaware Press, 2006.

Ross, Margaret Clunies. *Prolonged Echoes: The Myths.* Odense: University Press of Southern Denmark, 1994.

Ross, Val. *You Can't Read This: Forbidden Books, Lost Writing, Mistranslations, and Codes.* Toronto: Tundra Books, 2009.

Rossel, Sven Hakon. *Hans Christian Andersen: Danish Writer and Citizen of the World.* Amsterdam: Rodopi, 1996.

Rossignol, Rosalyn. *Critical Companion to Chaucer: A Literary Reference to His Life and Work.* New York: Infobase, 2006.

Rough Guides. *The Rough Guide to Sri Lanka.* New York: Penguin, 2015.

Roy, Pratap Chandra. *The Mahabharata,* Volumes 8–11. Calcutta: Bharata Press, 1889.

Royal Society of Antiquaries of Ireland. *Journal of the Royal Society of Antiquaries of Ireland,* Volumes 72–73. Dublin, Ireland: The Society, 1942.

Ruland, Martin. *Lexicon Alchemiae.* Frankfurt: Johannem Andream and Wolfgangi, 1661.

Ryan, William Francis. *The Bathhouse at Midnight: An Historical Survey of Magic and Divination in Russia.* University Park: Pennsylvania State University Press, 1999.

Rydberg, Viktor. *Norroena: The History and Romance*

of Northern Europe, Volume 3. London: Norroena Society, 1906.

Rydberg, Viktor. *Teutonic Mythology*, Volume 1 of 3: Gods and Goddesses of the Northland. N.pag.: Library of Alexandria, 1907.

Rydberg, Viktor. *Teutonic Mythology*. London: Swan Sonnenschein and Company, 1889.

Rydberg, Viktor, Rasmus Björn Anderson, and James William Buel. *Teutonic Mythology: Gods and Goddesses of the Northland*, Volume 2. London: Norroena Society, 1906.

Ryken, Leland, James C. Wilhoit, and Tremper Longman III, editors. *Dictionary of Biblical Imagery*. Downers Grove, IL: InterVarsity Press, 2 0 1 0. St. John, Robert. *Through Malan's Africa*. Garden City, New York: Doubleday, 1954.

Sale, George, George Psalmanazar, Archibald Bower, George Shelvocke, John Campbell, and John Swinton. *An Universal History: From the Earliest Accounts to the Present Time*, Part 2, Volume 1. London: C. Bathurst, 1780.

Salisbury and South Wales Museum. *Some Account of the Blackmore Museum*. London: Bell and Daldey, 1868.

Salo, Unto. *Ukko: The God of Thunder of the Ancient Finns and His Indo- European Family*. Washington, DC: Institute for the Study of Man, 2006.

Salverte, Eusebe. *The Occult Sciences: The Philosophy of Magic, Prodigies and Apparent Miracles*, Volume 1. London: Richard Bentley, 1846.

Samad, Ahmad. *Sulalatus Salatin* (Sejarah Melayu). Kuala Lumpur: Dewan Bahasa dan Pustaka, 1979.

Sample, Thomas Mitchell. *The Dragon's Teeth: A Mythological Prophesy*. New York: Broadway Publishing Company, 1911.

Samuelson, Pamela. *Baby Names for the New Century*. New York: HarperCollins, 1994.

Satish, V. *Tales of Gods in Hindu Mythology*. Singapore: Partridge Publishing Singapore, 2014.

Satow, Ernest Mason. *Ancient Japanese Rituals*. London: Routledge, 2002.

Satyamayananda, Swami. *Ancient Sages*. Uttarakhand: Advaita Ashrama, 2012.

Savill, Sheila, Mary Barker, and Chris Cook. *Pears Encyclopaedia of Myths and Legends*: Chapter 1. *The Ancient Near and Middle East*. Chapter 2. *Classical Greece and Rome*. London: Pelham, 1976.

Sayce, Olive. *Exemplary Comparison from Homer to Petrarch*. Cambridge: D. S. Brewer, 2008.

Sayers, Dorothy Leigh, translator. *The Song of Roland*. Middlesex: Penguin Books, 1957.

Scatcherd. *A Dictionary of Polite Literature, Or, Fabulous History of the Heathen Gods and Illustrious Heroes*, Volume 2. London: Scatcherd and Letterman, 1804.

Schein, Seth L. *Reading the Odyssey: Selected Interpretive Essays*. Princeton, NJ: Princeton University Press, 1996.

Schwartz, Howard. *Tree of Souls: The Mythology of Judaism*. Oxford: Oxford University Press, 2006.

Scobie, Alastair. *Murder for Magic: Witchcraft in Africa*. London: Cassell, 1965.

Scull, Sarah Amelia. *Greek Mythology Systematized*. Philadelphia: Porter & Coates, 1880.

Seal, Graham. *Encyclopedia of Folk Heroes*. Santa Barbara, CA: ABC- CLIO, 2001.

Sears, Kathleen. *Mythology 1 0 1: From Gods and Goddesses to Monsters and Mortals, Your Guide to Ancient Mythology*. New York: Simon & Schuster, 2013.

Sedgefield, W. J. *Beowulf*. Manchester: Manchester University Press, 1978.

See, Sally. *The Greek Myths*. N.pag.: S&T, 2014.

Segal, Alan. *Life after Death: A History of the Afterlife in Western Religion*. New York: Crown Publishing Group, 2010.

Seigneuret, Jean- Charles. *Dictionary of Literary Themes and Motifs*, Volume 1. Westport, CT: Greenwood Publishing Group, 1988.

Selbie, John Alexander, and Louis Herbert Gray. *Encyclopædia of Religion and Ethics*, Volume 1 2. Edinburgh: T. & T. Clark, 1917.

Sesko, Markus. *Encyclopedia of Japanese Swords*. Raleigh: Lulu.com, 2014.

Seyffert, Oskar. *A Dictionary of Classical Antiquities, Mythology, Religion, Literature and Art, from the German of Dr. Oskar Seyffert*. London: Swan Sonnenschein, 1891.

Seymour, Thomas Day. *Life in the Homeric Age*. New York: Macmillan, 1907.

Shahan, Thomas Joseph, editor. *Myths and Legends*. Boston: Hall and Locke Company, 1902.

Shakespeare, William. *The Tragedy of Anthony and Cleopatra*. Edited by Michael Neill. Oxford: Oxford University Press, 2000.

Shama, Mahesh, P. Balla, and Prasad Verna. *Tales from the Upanishads*. New Delhi: Diamond Pocket Books, 2005.

Sharma, Arvind, editor. *Essays on the Mahabharata*. Delhi: Motilal Banarsidass, 2007.

Shepard, Leslie, Nandor Fodor, and Lewis Spence. *Encyclopedia of Occultism and Parapsychology.* Detroit, MI: Gale Research Company, 1985.

Shepard, Odell. *Lore of the Unicorn.* N.pag.: Library of Alexandria, 1985.

Sherman, Aubrey. *Vampires: The Myths, Legends, and Lore.* Avon, MA: Adams Media, 2014.

Sherman, Joseph. *Storytelling: An Encyclopedia of Mythology and Folklore.* New York: Routledge, 2008.

Shirane, Haruo, editor. *Traditional Japanese Literature: An Anthology, Beginnings to 1600.* New York: Columbia University Press, 2012.

Shirazi, Saeed. *A Concise History of Iran: From the Early Period to the Present Time.* Los Angeles: Ketab, 2017.

Sibley, J.T. *The Divine Thunderbolt: Missile of the Gods.* Philadelphia: Xlibris, 2009.

Siculus, Diodorus. *Delphi Complete Works of Diodorus Siculus* (Illustrated). East Sussex: Delphi Classics, 2014.

Sidgwick, Frank, editor. *Old Ballads.* Cambridge: Cambridge University Press, 1908.

Sierra, Judy. *The Gruesome Guide to World Monsters.* Cambridge, MA: Candlewick Press, 2005.

Sikes, Wirt. *British Goblins: Welsh Folk Lore, Fairy Mythology, Legends and Traditions.* Boston: James R. Osgood and Company, 1881.

Simek, Rudolf. *Dictionary of Northern Mythology.* Suffolk: D. S. Brewer, 2007.

Simpson, Jacqueline, and Stephen Roud. *A Dictionary of English Folklore.* Oxford: Oxford University Press, 2000.

Simpson, Phil. *Guidebook to the Constellations: Telescopic Sights, Tales, and Myths.* New York: Springer Science and Business Media, 2012.

Sims- Williams, Patrick. *Irish Influence on Medieval Welsh Literature.* Oxford: Oxford University Press, 2011.

Singer, Isidore, and Cyrus Adler, editors. *The Jewish Encyclopedia: Leon–Moravia,* Volume 8. New York: Funk & Wagnalls, 1904.

Singh, David Emmanuel. *Sainthood and Revelatory Discourse: An Examination of the Bases for the Authority of Bayān.* Delhi: Regnum International, 2003.

Sjoestedt, Marie- Louise. *Celtic Gods and Heroes.* Mineola, NY: Dover, 2000.

Sladen, Douglas Brooke Wheelton. *Frithjof and Ingebjorg, and Other Poems.* London: Kegan Paul, Trench, 1882.

Smedley, Edward, editor. *Encyclopædia Metropolitana; or, Universal Dictionary of Knowledge,* ed. by E. Smedley, Hugh J. Rose and Henry J. Rose. *[With] Plates,* Volume 14. London: B. Fellowes, 1845.

Smith, Bardwell L. *Hinduism: New Essays in the History of Religions.* Leiden, Netherlands: E. J. Brill, 1976.

Smith, Benjamin Eli. *The Century Cyclopedia of Names: A Pronouncing and Etymological Dictionary of Names in Geography, Biography, Mythology, History, Ethnology, Art, Archaeology, Fiction, Etc., Etc.,* Volume 6. New York: The Century Company, 1918.

Smith, Evans Lansing. *The Hero Journey in Literature: Parables of Poesis.* Lanham, MD: University Press of America, 1997.

Smith, Evans Lansing, and Nathan Robert Brown. *The Complete Idiot's Guide to World Mythology.* New York: Penguin, 2008.

Smith, Jerry E., and George Piccard. *Secrets of the Holy Lance: The Spear of Destiny in History and Legend.* Kempton, IL: Adventures Unlimited Press, 2005.

Smith, Mark S., editor. *The Ugaritic Baal Cycle.* Leiden, Netherlands: Brill, 1994.

Smith, William. *A Classical Dictionary of Greek and Roman Biography, Mythology and Geography.* London: J. Murray, 1904.

Smith, William. *Dictionary of Greek and Roman Biography and Mythology: Abaeus–Dysponteus.* Boston: Little, Brown, 1894.

Smith, William. *Dr. William Smith's Dictionary of the Bible: Comprising Its Antiquities, Biography, Geography, and Natural History,* Volume 4. Boston: Houghton, Mifflin, 1888.

Smith, William, editor. *A Smaller Classical Mythology: With Translations from the Ancient Poets, and Questions upon the Work.* London: John Murray, 1882.

Smithmark Publishing. *Robin Hood/King Arthur's Knights.* New York: Smithmark Publishers, 1996.

Smyth, Daragh. *A Guide to Irish Mythology.* Dublin: Irish Academic Press, 1988.

Snodgrass, Adrian. *The Symbolism of the Stupa.* Ithaca, NY: South East Asian Program, Cornell University, 1985.

Sommer, Heinrich Oskar, editor. *The Vulgate Version of the Arthurian Romances: Les aventures ou la queste del Saint Graal. La mort le roi Artus.* N.pag., 1913.

Soothill, William Edward, and Lewis Hodous, editors. *A Dictionary of Chinese Buddhist Terms: With S zanskrit and English Equivalents and a Sanskrit- Pali Index*. Delhi: Motilal Banarsidass, 1977.

Sorensen, Soren. *An Index to the Names in the Mahabharata: With Short Explanations and a Concordance to the Bombay and Calcutta Editions and P. C. Roy's Translation*, Volumes 1–7. London: Williams & Norgate, 1904.

Southey, Robert. *Southey's Common- place Book*, Volume 4. London: Longman, Brown, Green and Longmans, 1851.

Spence, Lewis. *A Dictionary of Medieval Romance and Romance Writers*. London: George Routledge & Sons, 1913.

Spence, Lewis. *Legends and Romances of Brittany*. Mineola, NY: Dover, 1997.

Spence, Lewis. *The Magic Arts in Celtic Britain*. Mineola, NY: Courier, 1999.

Spence, Lewis. *The Minor Traditions of British Mythology*. London: Rider and Company, 1948.

Squire, Charles. *Celtic Myth and Legend*. Mineola, NY: Dover, 2003.

Srivastava, Diwaker Ikshit. *Decoding the Metaphor Mahabharata*. Mumbai: Leadstart Publishing, 2017.

St. John, Robert. *Through Malan's Africa*. Garden City, NY: Doubleday, 1954.

Staver, Ruth Johnston. *A Companion to Beowulf*. Westport, CT: Greenwood Publishing Group, 2005.

Steiger, Brand, and Sherry Hansen Steiger. *The Gale Encyclopedia of the Unusual and Unexplained*. Detroit, MI: Thomson- Gale, 2003.

Stephens, Susan A., editor. *Callimachus: The Hymns*. Oxford: Oxford University Press, 2015.

Stephenson, Paul. *Constantine: Roman Emperor, Christian Victor*. New York: Overlook Press, 2010.

Stevens, Anthony. *Ariadne's Clue: A Guide to the Symbols of Humankind*. Princeton, NJ: Princeton University Press, 2001.

Stirling, Simon Andrew. *The Grail: Relic of an Ancient Religion*. Croydon, UK: Moon Books, 2015.

Stirling, Simon Andrew. *King Arthur Conspiracy: How a Scottish Prince Became a Mythical Hero*. Stroud, UK: History Press, 2012.

Stokes, Whitley, editor. *Three Irish Glossaries; Cormac's Glossary, Codex A (from a Manuscript in the Library of the Royal Irish Academy), O'Davoren's Glossary (from a Manuscript in the Library of the British Museum), and a Glossary to the Calendar of Oingus the Culdee (from a Manuscript in the Library of Trinity College, Dublin); With a Pref. and Index by W. S.* London: Williams and Norgate, 1862.

Stoneman, Richard, Kyle Erickson, and Ian Richard Netton, editors. *The Alexander Romance in Persia and the East*. Eelde, Netherlands: Barkhuis, 2012.

Stork, Mokhtar. *A–Z Guide to the Qur'an: A Must- have Reference to Understanding the Contents of the Islamic Holy Book*. Singapore: Times Books International, 2000.

Storl, Wolf D. *The Untold History of Healing: Plant Lore and Medicinal Magic from the Stone Age to Present*. Berkeley, CA: North Atlantic Books, 2017.

Stronge, Susan, and the Victoria and Albert Museum. *Tipu's Tigers*. London: V & A Publishing, 2009.

Stuart, Leonard. *New Century Reference Library of the World's Most Important Knowledge: Complete, Thorough, Practical*, Volume 3. Cleveland: Syndicate Publishing Company, 1909.

Sturluson, Snorri. *Heimskringla: History of the Kings of Norway*. Austin: University of Texas Press, 1964.

Sturluson, Snorri. *The Prose Edda—Tales from Norse Mythology*. Mineola, NY: Dover, 2013.

Sturluson, Snorri. *The Younger Edda, Also Called Snorre's Edda of the Prose Edda: An English Version of the Foreword; the Fooling of Gylfe, the Afterword; Brage's Talk, the Afterword to Brage's Talk, and the Important Passages in the Poetical Diction (Skaldskaparmal)*. Chicago: S. C. Griggs, 1879.

Stuttard, David. *Greek Mythology: A Traveler's Guide*. London: Thames & Hudson, 2016.

Stuttard, David, editor. *Looking at Medea: Essays and a Translation of Euripides' Tragedy*. London: Bloomsbury, 2014.

Subramaniam, Kamala. *Ramayana*. Mumbai: Bharatiya Vidya Bhavan, 1981.

Subramaniam, Neela. *Mahabharata for Children*. Chennai: Sura Books, 2005.

Suckling, Nigel. *The Book of the Unicorn*. New York: Overlook Press, 1998.

Sundaram, P. S. *Kamba Ramayana*. London: Penguin UK, 2002.

Sutton, Nicholas. *Religious Doctrines in the Mahabharata*. Delhi: Motilal Banarsidass, 2000.

Tagore, Sourindro Mohun. *Mani- mala; or, A*

Treatise on Gems, Volume 2. Calcutta: I. C. Bose and Company, 1881.

Taillieu, Dieter, and Mary Boyce. "Haoma." *Encyclopaedia Iranica*. New York: Mazda Publishing, 2002.

Takahashi, Seigo. *A Study of the Origin of the Japanese State*. New York: Columbia University, 1917.

Tangherlini, Timothy R. *Nordic Mythologies: Interpretations, Intersections, and Institutions*. Berkeley, CA: North Pinehurst Press, 2014.

Tapovanam, Sivananda. *Souvenir, Spiritual Refresher Course*. Sri Lanka: Sivananda Tapovanam, 1981.

Tatius, Achilles. *Achilles Tatius: With an English Translation by S. Gaselle*. London: William Heinemann, 1917.

Tatlock, Jessie May. *Greek and Roman Mythology*. New York: Century Company, 1917.

Taylor, John Edward. *The Fairy Ring: A Collection of Tales and Traditions*, Translated from the German by Jacob and Wilhelm Grimm. London: John Murray, 1857.

Taylor, Paul Beekman. *Chaucer Translator*. Lanham, MD: University Press of America, 1998.

Tegnér, Esaias. *Frithiof's Saga: Or The Legend of Frithiof*. Edited by William Edward Freye; translated by H. G. and R. C. Paris: A. H. Baily and Company, 1835.

Tegnér, Esaias, and Bernhard Henrik Crusell. *Frithiof's Saga: A Legend of Ancient Norway*. Chicago: The Translator, 1908.

Telesco, Patricia. *The Kitchen Witch Companion: Simple and Sublime Culinary Magic*. New York: Citadel Press, 2005.

Terry, Patricia Ann. *Poems of the Elder Edda: Edda Sigrdrífuma: Translated by Patricia Terry with an Introduction by Charles W. Dunn*. Philadelphia: University of Pennsylvania Press, 1990.

Thadani, N. V. *The Mystery of the Mahabharata*, Volume V: The Explanation of the Epic Part II. Karachi: India Research Press, 1935.

Thomas, Neil. *Diu Crône and the Medieval Arthurian Cycle*. Cambridge: D. S. Brewer, 2002.

Thorpe, Benjamin. *Northern Mythology, Comprising the Principal Popular Traditions and Superstitions of Scandinavia, North Germany, and the Netherlands*. London: Lumley, 1851.

Tibbits, Charles John. *Folk-lore and Legends: Scandinavian*. Philadelphia: J. B. Lippincott, 1891.

Titchenell, Elsa Brita. *The Masks of Odin: Wisdom of the Ancient Norse*. Pasadena, CA: Theosophical University Press, 1985.

Todd, Henry Alfred, and Raymond Weeks. "Sword of Bridge of Chreitien de Troyes and its Celtic Origin: *The Romanic Review* 4, Issue 2, pages 166-190. (1913).

Tope, Lily Rose R., and Detch P. Nonan-Mercado. *Philippines*. Tarrytown: Marshall Cavendish, 2002.

Topsell, Edward. *The History of Four-footed Beasts and Serpents and Insects*, Volume 1. Boston: Da Capo Press, 1967.

Toune, Edward Cornelius, and Graeme Mercer Adam, editors. "Inquires Answered." *Modern Culture* 5 (April–September 1897): 552–62.

Trumbull, H. Clay. *The Threshold Covenant, or The Beginning of Religious Rites*. New York: Charles Scribner's Sons, 1906.

Trzaskoma, Stephen M., R. Scott Smith, Stephen Brunet, and Thomas G. Palaima. *Anthology of Classical Myth: Primary Sources in Translation*. Indianapolis: Hackett, 2004.

Tyeer, Sarah R. bin. *The Qur'an and the Aesthetics of Premodern Arabic Prose*. London: Springer Nature, 2016.

Tylor, Edward Burnett. *Researches into the Early History of Mankind and the Development of Civilization*. Boston: Estes and Lauriat, 1878.

Urdang, Laurence. *Three Toed Sloths and Seven League Boots: A Dictionary of Numerical Expressions*. New York: Barnes and Noble Books, 1992.

Urdang, Laurence, and Frederick G. Ruffner. *Allusions: Cultural, Literary, Biblical, and Historical: A Thematic Dictionary*. Farmington Hills: Gale Research Company, 1982.

Vaidya, Chintaman Vinayak. *The Mahabharata: A Criticism*. Bombay: A. J. Combridge and Company, 1905.

Valmiki. *The Ramayana of Valmiki: An Epic of Ancient India*, Volume 1: Balakanda. Delhi: Motilal Banarsidass, 2007.

Valmiki, Vyasa. *Delphi Collected Sanskrit Epics* (Illustrated). Hastings: Delphi Classics, 2018.

van der Toorn, Karel, Bob Becking, and Pieter Willem van der Horst. *Dictionary of Deities and Demons in the Bible*. Grand Rapids, MI: William B. Eerdmans, 1999.

Van Scott, Miriam. *The Encyclopedia of Hell: A Comprehensive Survey of the Underworld*. New York: Thomas Dunn Books, 2015.

Varadpande, M.L. *Ancient Indian and Indo-Greek*

Theatre. New Delhi: Abhinav Publications, 1981.

Varadpande, Manohar Laxman. *Mythology of Vishnu and His Incarnations.* New Delhi: Gyan Publishing House, 2009.

Venkatesananda, Swami. *The Concise Ramayana of Valmiki.* Albany: State University of New York Press, 1988.

Venu, Ji. *The Language of Kathakali: Notations of 874 Hand Gestures.* Natana Kairali: Research and Performing Centre for Traditional Arts, 2000.

Vesce, Thomas E., translator. *The Knight of the Parrot.* New York: Garland, 1986.

Vigfússon, Gudbrandur, and Frederick York Powell, editors. *Court Poetry,* Volume 2 of *Corpus Poeticvm Boreale: The Poetry of the Old Northern Tongue, from the Earliest Times to the Thirteenth Century.* Oxford: Clarendon Press, 1883.

Viltanioti, Irini- Fotini, and Anna Marmodoro. *Divine Powers in Late Antiquity.* Oxford: Oxford University Press, 2017.

Virgil. *Aeneid 6.* Indianapolis: Hackett, 2012.

Vo, Nghia M. *Legends of Vietnam: An Analysis and Retelling of 8 8 Tales.* Jefferson, NC: McFarland, 2014.

Vogel, Jean Philippe. *Indian Serpent- lore: Or, the Nāgas in Hindu Legend and Art.* New Delhi: Asian Educational Services, 1926.

von Wildenbruch, Ernst. *Poet Lore,* Volume 3. Philadelphia: Writer's Center, 1891.

Wade, Stuart Charles. *The Wade Genealogy: Being Some Account of the Origin of the Name, and Genealogies of the Families of Wade of Massachusetts and New Jersey. [pt. 1–4] Comp. by Stuart Charles Wade.* New York: S. C. Wade, 1900.

Wagner, Donald B. *Iron and Steel in Ancient China.* Leiden, Netherlands: Brill, 1993.

Wagner, Wilhelm. *Great Norse, Celtic and Teutonic Legends.* Mineola, NY: Dover, 2004.

Waite, Arthur Edward. *The Holy Grail, Its Legends and Symbolism: An Explanatory Survey of Their Embodiment in Romance Literature and a Critical Study of the Interpretations Placed Thereon.* London: Rider and Company, 1933.

Waley, Arthur. *The Secret History of the Mongols and Other Pieces.* Cornwall: House of Stratus, 2008.

Walker, Barbara G. *The Woman's Dictionary of Symbols and Sacred Objects.* San Francisco: HarperCollins, 1988.

Walker, Benjamin. *Hindu World: An Encyclopedic Survey of Hinduism,* Volume 1. Sydney: Allen & Unwin, 1968.

Walker, James R. *Lakota Belief and Ritual.* Lincoln: University of Nebraska Press, 1980.

Wallace, Kathryn. *Folk- lore of Ireland: Legends, Myths and Fairy Tales.* Chicago: J. S. Hyland, 1910.

Walters, H. B. "The Trident of Poseidon." *Journal of Hellenic Studies* 13 (1893): 13–20.

Warner, Charles Dudley, Hamilton Wright Mabie, Lucia Isabella Gilbert Runkle, George Henry Warner, and Edward Cornelius Towne, editors. *Library of the World's Best Literature: A–Z.* New York: R. S. Peale and J. A. Hill, 1897.

Warner, Marina, and Felipe Fernández- Armesto, editors. *World of Myths,* Volume 2. Austin: University of Texas Press, 2004.

Warren, Michelle R. *History on the Edge: Excalibur and the Borders of Britain, 1 1 0 0–1 3 0 0.* Minneapolis: University of Minnesota Press, 2000.

Watson, J. Carmichael. *Mesca Ulad: Mediaeval and Modern Irish.* Series 13. Dublin: Stationery Office, 1941.

Wedeck, Harry E. *Dictionary of Magic.* New York: Open Road Media, 2015.

Welch, Lynda C. *Goddess of the North: A Comprehensive Exploration of the Norse Goddesses from Antiquity to the Modern Age.* York Beach, ME: Weiser Books, 2001.

Werner, Edward Theodore Chalmers. *Myths and Legends of China.* Peking: Prabhat Prakashan, 1922.

West, Martain L. *Hesiod: Theology.* Oxford: Clarendon Press, 1966.

Westervelt, W. D. *Legends of Ma- Ui—A Demi God of Polynesia and of His Mother Hina.* Honolulu: Hawaiian Gazette Company, 1910.

Westmoreland, Perry L. *Ancient Greek Beliefs.* San Ysidro, CA: Lee and Vance, 2007.

Weston, Jessie Laidlay. *The Legend of Sir Lancelot Du Lac: Studies upon Its Origin, Development, and Position in the Arthurian Romantic Cycle, Issue 12.* London: David Nutt, 1901.

Whatham, Arthure E. "The Magical Girdle of Aphrodite." *Journal of Religious Psychology: Including Its Anthropological and Sociological Aspects* 3 (1909): 336–77.

White, John. *The Ancient History of the Maori, His Mythology and Traditions.* Wellington: Government Printer, 1890.

Wikimedia Foundation. *Slavic Mythology.* Würzburg: eM Publications.

Wilde, Jane Francesca Elgee. *Ancient Legends, Mystic Charms, and Superstitions of Ireland: With Sketches of the Irish Past. To Which Is Appended a Chapter on "The Ancient Race of Ireland."* Boston: Ticknor and Company, 1888.

Wilde, Lyn Webster. *On the Trail of the Women Warriors: The Amazons in Myth and History.* New York: Thomas Dunne Books, 2000.

Wilk, Stephen R. *Medusa: Solving the Mystery of the Gorgon.* Oxford: Oxford University Press, 2000.

Wilkins, William Joseph. *Hindu Mythology, Vedic and Puranic.* Calcutta: Thacker, Spink and Company, 1882.

Wilkinson, James John Garth. *The Book of Edda Called Voluspa: A Study in Its Scriptural and Spiritual Correspondences.* London: J. Speirs, 1897.

Wilkinson, Philip. *Myths & Legends: An Illustrated Guide to their Origins and Meanings.* New York: DK Publishing, 2009.

Willford, Andrew C. *Cage of Freedom: Tamil Identity and the Ethnic Fetish in Malaysia.* Ann Arbor: University of Michigan Press, 2006.

Williams, George M. *Handbook of Hindu Mythology.* Oxford: Oxford University Press, 2003.

Williams, John D. *Chambers's New Handy Volume American Encyclopaedia*, Volume 7. New York: Arundel Print, 1885.

Williams, Mark. *Ireland's Immortals: A History of the Gods of Irish Myth.* Princeton, NJ: Princeton University Press, 2016.

Williams, Robert. *A Biographical Dictionary of Eminent Welshmen: From the Earliest Times to the Present, and Including Every Name Connected with the Ancient History of Wales.* London: William Rees, 1852.

Willis, Roy G., editor. *World Mythology.* New York: Macmillan, 1993.

Wilson, Daniel. *Prehistoric Annals of Scotland.* Cambridge: Cambridge University Press, 2013.

Winkler, Lawrence. *Samurai Road.* Raleigh: LuLu. com, 2016.

Winning, W. B. "On the Aegypto- Tuscan 'Daemonology.'" *In British Magazine and Monthly Register of Religious and Ecclesiastical Information, Parochial History, and Documents Respecting the State of the Poor, Progress of Education, Etc.*, Volume 1 7, edited by J. G. F. and J. Rivington, 646–50. London: J. G. F. and J. Rivington, 1840.

Wood, Alice. *Of Wings and Wheels: A Synthetic Study of the Biblical Cherubim.* Berlin: Walter de Gruyter, 2008.

Wood, Juliette M. *The Holy Grail: History and Legend.* Cardiff: University of Wales Press, 2012.

Woodard, Roger D., editor. *The Cambridge Companion to Greek Mythology.* New York: Cambridge University Press, 2017.

Woodard, Roger D. *Myth, Ritual, and the Warrior in Roman and Indo- European Antiquity.* Cambridge: Cambridge University Press, 2013.

Wright, E. W. *Rustic Speech and Folk- Lore.* London: H. Milford, 1913.

Wu, Cheng'en. *Journey to the West.* Chicago: University of Chicago Press, 1984.

Wu, Cheng'en. *Monkey King's Amazing Adventures: A Journey to the West in Search of Enlightenment.* Tokyo: Tuttle, 2012.

Wu, Cheng' en, and Anthony C. Yu. *The Journey to the West*, Volume 1. Chicago: University of Chicago Press, 2012.

Wu, Cheng'en, and Anthony C. Yu. *The Journey to the West*, Revised Edition, III. Chicago: University of Chicago Press, 2012.

Wyatt, Alfred John, and Raymond Wilson Chambers, editors. *Beowulf: With the Finnsburg Fragment.* Cambridge: Cambridge University Press, 1914.

Yarshater, Ehsan. editor. *The Cambridge History of Iran*, Volume 3, Issue 1. London: Cambridge University Press, 1983.

Yarshater, Ehsan. *Encyclopædia Iranica*, Volume 1 3. Abingdon: Routledge & Kegan Paul, 2004.

Yeats, William Butler. *Fairy and Folk Tales of the Irish Peasantry.* London: Walter Scott, 1888.

Young, Ella. *Celtic Wonder- Tales.* Mineola, NY: Dover, 1995.

Young, Francis. *A Medieval Book of Magical Stones: The Peterborough Lapidary.* Cambridge: Texts in Early Modern Magic, 2016.

Yousof, Ghulam- Sarwar. *One Hundred and One Things Malay.* Singapore: Partridge Publishing, 2015.

Yu, Anthony C. *Journey to the West.* Chicago: University of Chicago Press, 1984.

Zakroff, Laura Tempest. *The Witch's Cauldron: The Craft, Lore & Magick of Ritual Vessels.* Woodbury, MN: Llewellyn Worldwide, 2017.

Zell- Ravenheart, Oberon, and Ash Dekirk. *A Wizard's Bestiary: A Menagerie of Myth, Magic, and Mystery.* Franklin Lakes, NJ: New Page Books, 2007.

Zhirov, N. *Atlantis: Atlantology: Basic Problems.* Honolulu: University Press of the Pacific, 1970.

【著者】

テレサ・ベイン（Theresa Bane）

ホラーに関する専門家。ポッドキャスト、テレビ、ラジオ番組などにも出演している。アメリカ、バージニア州在住。

【訳者】

桐谷知未（きりや・ともみ）

翻訳家。東京都出身、南イリノイ大学ジャーナリズム学科卒業。ファーゾン・A・ナーヴィ『コード・グレー：救命救急医がみた医療の限界と不確実性』（みすず書房）、エドワード・ポズネット『不自然な自然の恵み：7つの天然素材をめぐる奇妙な冒険』（みすず書房）、ビル・ブライソン『人体大全：なぜ生まれ、死ぬその日まで無意識に動き続けられるのか』（新潮社）、ジム・アル=カリーリ『人生を豊かにする科学的な考えかた』（作品社）、キャロリン・A・デイ『ヴィクトリア朝病が変えた美と歴史：肺結核がもたらした美、文学、ファッション』（原書房）など訳書多数。

庭田よう子（にわた・ようこ）

翻訳家。慶應義塾大学文学部卒業。バリー・マイヤー『民間諜報員：世界を動かす"スパイ・ビジネス"の秘密』（晶文社）、カール・ローズ『WOKE CAPITALISM：「意識高い系」資本主義が民主主義を滅ぼす』（東洋経済新報社）、ニコラス・クリスタキス『疫病と人類知』（講談社）、ダニエル・リー『SS将校のアームチェア』（みすず書房）、クリスティー・ゴールデン『ヴァレリアン：千の惑星の救世主 ノベライズ』（共訳、キノブックス）など訳書多数。

Encyclopedia of Mythological Objects
by Theresa Bane

Copyright © 2020 Theresa Bane
Japanese translation rights arranged with McFarland & Company, Inc., North Carolina,
through Tuttle-Mori Agency, Inc., Tokyo

神話・伝説・伝承
世界の魔法道具大事典

2024 年 10 月 7 日　　第 1 刷

著者…………テレサ・ベイン

訳者…………桐谷知未、庭田よう子

装幀…………和田悠里

発行者…………成瀬雅人
発行所…………株式会社原書房

〒 160-0022 東京都新宿区新宿 1-25-13
電話・代表 03（3354）0685
http://www.harashobo.co.jp
振替・00150-6-151594

印刷…………新灯印刷株式会社
製本…………東京美術紙工協業組合

©Tomomi Kiriya, Yoko Niwata, 2024
ISBN978-4-562-07465-5, Printed in Japan